仮面劇場

由利・三津木探偵小説集成
3

横溝正史

日下三蔵〔編〕

柏書房

目次

由利・三津木探偵小説集成 3

仮面劇場

双仮面

黄金ダイヤ船

アルゴジーというのは西洋宝船という意味だそうな。この言葉の起因《おこり》はアルゴノートから来ているらしい。アルゴノートというのは西洋紀元何千年か前にギリシャの勇士達がアルゴー号という帆船にのって、東の国へ黄金の羊毛を取りにいったという伝説である。

だがアルゴノートの勇士達が手に入れて来た黄金羊毛が、どんなに高価なものであったにしろ、今この船を形取って造られた、僅《わず》か三呎《フィート》のあの模型船にくらべたら、殆《ほと》んど物の数に入らなかったのにちがいない。

船首から船尾まできっちり三呎、黄金造りの縦帆式帆船《スクーナーせん》、――この素晴らしい模型船は、日本一の船成金といわれる大富豪、雨宮万造《あまみやまんぞう》氏がちかく迎える喜寿のお祝いに自ら造らせたものとやら、特に船首に鏤《ちりば》められた大粒のダイヤモンドは、時価五万円というのだから、その豪華さは推して知るべく、盗難保険の金額だけでも莫大な高にのぼろうという評判。

それぐらいだから、雨宮氏がこの黄金船に払っている注意というものは非常なもので、目黒にある自邸の中に、特にしつらえられた金庫のような厳重な部屋の周囲には、十重二十重《とえはたえ》、眼に見えぬ電線が蜘《く》蛛《も》の巣のように張られているだの、無断で部屋に侵入しようものなら、忽《たちま》ち金縛りにあって動けなくなるだの、床がどんでん返しになっているだの、嘘《うそ》か真実《まこと》か、話半分としても非常な警戒がされていることは疑いをいれない。

だがこれくらい用心に用心を重ねても、雨宮氏はまだまだ不安で耐《たま》らない。お祝いの日が近附くにしたがって、その不安はいよいよつのって来るばかり。

その当日にはこの豪華船を披露してあっと言わせようという計画で、すでに配られた案内状にも、ちゃんとその旨を記してあるのだから、万一の事があってはと、老人の苦労は一通りや二通りではない。

「千晶《ちあき》や、ほんとうに大丈夫だろうかのう」

「大丈夫よ、そんなに御心配なさらなくても。書生だって大勢いるんですし、それにあの仕掛けですもの、蟻《あり》一匹だって這《は》い込む隙はありゃしませんわよ、お祖父さま」

「お前がそういってくれるのは有難《ありがた》いが、俺《わし》はどうも心配じゃ。嗤《わろ》うておくれでない。他の時とちがってあの風流騎士とやら。……」

今日も今日とて雨宮氏は、孫の千晶を相手に胸の不安を訴えているのである。

雨宮万造氏は髪こそ白けれ、皺《しわ》こそよったれ、今年七十七の高齢とは受取りかねる程、矍鑠《かくしゃく》たる老人だが、黄金船以来すっかり神経質になって、日頃の剛毅な性質もどこへやら、年端もいかぬ孫娘を相手に、とかく愚痴《ぐち》っぽくなっていた。一代に今日の巨富を築きあげた幸運児雨宮氏も、子供運には恵まれず、もとは二人の男の子があったが、二人とも夭折《ようせつ》して、今では長男の遺《のこ》していった恭助《きょうすけ》と、次男の遺児千晶という令嬢と、従兄妹《いとこ》同志の二人の孫が氏にとっては唯一の肉親。千晶は今年二十一、婦人雑誌の口絵などで、始終その容姿を謳《うた》われる才色兼備の才媛だった。

「またお祖父《じい》さまがあんなことを仰有《おっしゃ》るわ」

千晶はたしなめるように、

「風流騎士といったところで、まさか忍術を心得ているわけじゃあるまいし、この厳重な警戒に、指一本だって指せるもんですか」

「いやいやそうじゃない。人の噂《うわさ》によるとあいつはどんな厳重な警戒でも平気で破るということだ。現に鷲尾《わしお》子爵の場合だって。……」

「まあ、お祖父さまも近頃よっぽどどうかしていらっしゃるわね。そんな伝説あてになるもんですか。恭助兄さんなんか彼奴《あいつ》がやって来たらこれ幸い、捕えて見せるってハリキッていらっしゃるのに」

「め、滅相《めっそう》もない。冗談にもそんな事をいうてくれるな」

雨宮氏は真顔になって、鶴亀々々《つるかめつるかめ》とばかり打消したが、これには深い仔細《しさい》がある。
風流騎士。——誰が言い初《そ》めたかその頃、そういう怪盗が横行して、都人士の話題の種になっていた。一種の紳士強盗とでもいうのであろう、専《もっぱ》ら富豪の邸宅に秘蔵されている宝石だの骨董《こっとう》の類に目をつけて、しかも一度目をつけたが最後、決して失敗せぬという巧妙さ、警視庁でも無論腕利《うでき》きの面々が、躍《やっ》起《き》となって怪盗捕縛に狂奔《きょうほん》しているが、未《いま》だに尻尾《しっぽ》を押えることが出来ないのだ。ズバ抜けて大胆なその遣口《やりくち》、どこか諧謔味《かいぎゃくみ》にとんだその犯行、わけても彼の特異な点は、多分西洋の探偵小説でも模倣したのだろう、犯罪のあとには必ず一輪の薔薇《ばら》を署名代りにのこしていくというところから、誰いうとなく風流騎士。

　雨宮氏の黄金船の噂が、パッと世間にひろがったのはそういう折柄《おりから》だった。そしてダイヤを積んだ黄金船とは、風流騎士が触手を動かすに、これ程屈《くっ》竟《きょう》な物はないではないか。

　で、風流騎士が雨宮氏の黄金船を覘《ねら》っているらしいという噂が、まことしやかに伝えられ始めたのも無理もない。いや、らしいどころじゃない、何時何日《いっか》頂戴《ちょうだい》に参上するという手紙が舞い込んだそうなと、探偵小説もどきの新聞記事まで現れる始末、雨宮氏がしだいに臆病になって来たのも無理ではなかった。

「千晶はまだ若いから、平気で、澄《すま》していられるが俺《わし》の身にもなってくれ」

「だからお祖父さま、あたしが初めに言ったとおり、どこか確かなところへ保管をお頼みになればよかったのですわ」

「ふむ、いずれお祝いの日がすんだら、お前のいう通りにしよう。あゝあゝ、それまで後三日の辛抱《しんぼう》か」

　雨宮氏もこの思いつきで、幾《いく》らか胸の重みがおりたのか、何気なくデスクの上の新聞紙を取りあげたが、その瞬間、わっと叫んで椅子から飛上《とびあが》った。

「あれ、お祖父様、どうなすって」

「千晶や、駄目じゃ、これを——これをご覧」

　雨宮老人がわなゝく指で、デスクの上から抓《つま》みあげたは燃ゆるような一輪の紅薔薇《べにそうび》。

　千晶は途方に暮れたようにもじもじしながら、

「お祖父様、御免《ごめん》なさい。あの——それは、あたしがそこへ置き忘れたんですわ」

「何《な》んじゃ、お前が……？」

「さっき花瓶《かびん》に活《い》けるつもりで、お庭から剪《き》って来たのをつい忘れてたんですの」

雨宮氏はガタンと椅子へ腰をおとした。

「千晶や、家《うち》の者によく言っておいておくれ。この家に薔薇は禁物じゃ。花壇の花を捨てゝおしまい、造花もいかん、絵も駄目じゃ。そんな物があったら、みんな俺《わし》の眼のとゞかぬところへしまっておくれ」

雨宮氏は両手で頭をかゝえたが、やがてムックリ顔をあげると、急《いそ》がしく電話の電鈴《ベル》を鳴らして、呼《よ》び出したのは警視庁でもその人ありと知られた等々力《とど》《ろき》警部。

妖魔変身

千晶がおき忘れた一輪の薔薇、怯《おび》えきった雨宮氏には、これが不吉の前兆のように思われてならぬ。電話によって駆けつけて来た等々力警部は、話をきくと何んだという気がしたが、しかし今評判の黄金船、万一のことがあってはと、取敢《とりあえ》ず数名の部下に邸《やしき》の内外を監視させることにした。

しかしその日も次《つ》ぎの日も、何の変事も起らない。そしていよいよ今日はお祝いの日。

この一日がすぎれば黄金船は、確かな筋で保管されることになっている。今日一日だ。そう考えると雨宮氏は気が楽になるどころか、不安はいよいよ昂《こう》じて来る。後から思えば、雨宮氏の不吉な予感は当っていたのだ。しかもそれは雨宮氏の予想より、迥《はる》かに迥かに恐ろしい形をもってやって来たのである。

それはさておき、雨宮氏の邸宅というのは、代々木のお船御殿とて附近でも評判の変った建物、邸の外観が船みたいな恰好《かっこう》をしているのは、船成金雨宮氏が特に所有の豪華船の一部を模してつくらせたものとやら。

このお船御殿に今日しもひらめくは五色の万国旗、船首にあたる二階の露台には、目もあやな大薬玉《くすだま》が吊《つる》されて、進水式まがいに鳩《はと》を放とうという趣向、その他模擬店余興場など、用意万端とゝのって、正午頃には早くも客がボツボツとやって来る。羽振りのいゝ雨宮氏の事とて、客も粒選《つぶよ》りの紳士淑女ばかり、模擬店や余興場に打ち興じながら、話題となるは勢いあの黄金船と怪盗のこと。

「風流騎士もこれだけ騒がれたら、厭《いや》でも手を出さなきゃ面目にかゝわるというもの。何かひと騒動起りそうな気配だね」

「起るなら今日だが、ひょっとするとこの席に、彼奴が混《まぎ》れ込んでいるんじゃないかな」

「あれ厭だ、気味の悪いことね」

「はゝゝゝは、大丈夫、あなたのような綺麗な人には、何んの危険もありませんとさ」

若い賓人《まろうど》達がわいわいと打興《うち》じているちょうどその頃。

孫の恭助が唯《ただ》一人見張りをしている大広間へ、気《き》遣《づか》わしげに入って来たのは雨宮老人。数々のお祝いと共に飾られている、問題の黄金船が気になって耐《た》まらないのだ。

成程《なるほど》自慢の品だけあって、その黄金船は実に素晴らしい。優美な姿態、金色眩《こんじきまばゆ》きばかりの船体、さては又、船首に鏤められたダイヤの見事さ、老人は思わずうっとりしながら、

「恭助や、何も変ったことはないかね」

「えゝ、残念ながら彼奴《あいつ》まだ来ませんね。来るなら早く来ればいゝんですが」

嘯《うそぶ》く如《ごと》く笑う孫の恭助というのは、二十五六の、タキシードも映りよく、色白の好男子だ。

「また冗談をいう、かりにもそんな事をいうてくれるな。間もなくお客様を御案内しなければならぬから、この上ともに、十分気をつけてくれなくちゃ困るぜ」

言いながら黄金船をおさめたガラス箱に、顔すり寄せた雨宮老人、あっと叫ぶと、胸をおさえてうしろへよろめいた。

「恭助や、恭助や、あれは何んだえ。あの紅《あか》い汚点《しみ》は」

成程ガラス蓋の上にポッチリ着いているのは、小指で突いたほどの紅い斑点だ。

「あっ、血かしら」

「血じゃない。恭助や、警部をよんでおくれ。等々力警部をよんでおくれ、早く、早く!」

老人が気狂《きちが》いのように喚《わめ》いたのも無理はない。血と見えたその斑点は、小さい小さい薔薇の花、小人の国の薔薇一輪、実に見事に画《えが》いてあるのだった。

「お祖父さん、まあ待って下さい。詰《つま》らぬ事に騒いで後で恥をかいちゃなりませんからね」

「それじゃといって現にあの絵が――」

「だからそれを考えるんです。こうっと、一体いつ、

誰がこんな物を画《か》いたのやら」

　老人が焦《いらだ》立てば焦立つほど、恭助は益々《ますます》落着《おちつ》き払って、白い額《ひたい》が無気味に冴えて来る。

「先《ま》ず今朝、あなたと千晶さんと僕の三人で、これをこゝへ運んで来た時のことから考えて見ましょう。あの時あなたは万一の時に指紋が残るようにとガラスを拭《ぬぐ》われた。それが十時頃の事で、その後十二時迄《まで》千晶さんが番をしていて、それから僕が交替したんです」

「ひょっとすると、お前たちのうちどちらかが、その間に席を外したのじゃないか」

「どう致しまして。僕は一刻だって離れやしません。千晶さんだってそうでしょう」

「恭助や、そんな事をいってる暇に誰か呼んでおくれ。考えるだけでも俺《わし》ゃ怖くなる」

「まあお聴きなさい。赤ん坊にだって解ける問題でさ。十時にガラスを拭《ふ》いてから、この部屋に入ったのは僕と千晶さんの二人きり」

　老人はぎょっとしたように、

「するとお前は千晶の悪戯《いたずら》だというのかい」

「いや、そうじゃありません。そうそう交替する時僕は念のためよく調べたんですが、その時こんな絵なんてありませんでしたぜ」

「恭助や、恭助や、それじゃ一体誰なんだ」

「お祖父さん、まだ分りませんか」

　恭助の眼がふいにギロリと光った。

「二引く一は一残る。千晶さんを除くと。……」

「え、何んじゃ、それじゃお前が？」

「はゝは、やっと合点がいきましたね」

　老人は憤然として眼を瞋《いか》らせた。

「恭助、おまえ何んだってこんな悪戯をするんだ。この家《うち》で薔薇を禁じてある事はお前もよく承知の筈《はず》、それをことともあろうに。――」

　言いかけた雨宮老人、ふいにはっとしたように息を弾ませ、きっと恭助の顔を瞶《みつ》めると、

「恭助――お前は本当の恭助だろうな」

　喰入るようなその眼つき、怖れと驚きと疑いに、血管が脹《ふく》れあがって額にはべっとりと脂汗《あぶらあせ》。あゝ何んという恐ろしい疑い！　しかも雨宮氏には、そういう疑いを抱《いだ》かざるを得ない何等《ら》かの理由があったにちがいない。

「まさか――まさか――そんな事が――」

と、わなわなと唇《くちびる》を顫《ふる》わせつゝ呟《つぶや》いたが、しかしその信じられぬ事が今や起ったのだ。にやりと笑った恭助が、ポケットから取出したのは、船首に鏤めてあったダイヤモンド。

「薔薇の署名は仕事を終ったことを意味するんですよ。あそこにあるのは真赤《まっか》な贋物《にせもの》、本物は私が頂戴していきますぜ」

ガラリと仮面でも脱ぐように、恭助――少くとも恭助と同じ顔をしたその男の表情は、すっかり別のものになった。瞳《ひとみ》が爛々《らんらん》と輝いて、ピーンとまくれあがった唇の気味悪さ。

(あ、違う！　こいつは恭助じゃない。もう一人の男、彼奴《あいつ》だ彼奴だ、助けてくれ！)

叫ぼうとしたが舌が縺《もつ》れて声が出ない。固いカラーの上でくびれた咽喉《のど》が波打って、タラタラと脂汗が頬《ほお》に流れる。恭助――恭助に似た男は心地よげにそれを見ながら、

「はゝゝは、驚いたかい、おいお祖父さん。俺が誰だか分ったろうな」

憎々しげに言いながら、ズラリと抜いたのは鋭い短刀、その途端、老人の頬がベソを掻《か》くように激しく痙攣《けいれん》した。

恐怖の映像

ちょうどその頃、庭の一角にとくにしつらえられた展望台のうえでは、千晶がひとりの紳士とさっきから頻《しき》りに話しこんでいた。

その展望台というのは、今日の会のために特別に急造されたもので、そう大して高くはなかったが、それでもそこから見下ろすと、音楽堂だの余興場だの模擬店だの、さては蜘蛛手《くもで》に張られた万国旗からお花畑、そのお花畑のあいだを三々五々逍遥《しょうよう》している紳士淑女の群にいたるまで、まるでお伽噺《とぎばなし》の遊園地のように一望《ひとめ》で美しく見渡せるのだった。

双眼鏡を眼にあてた千晶は、物珍しげにそういう風景を眺めながら、連れの紳士の質問に対して、如才なく応対している。

その紳士というのがまた、まことに不思議な人物だった。顔を見ると四十二三にしか見えないのに、帽子からはみ出ている髪の毛は雪のように真白《まっしろ》で、浅黒い頬はナイフで剝《そ》ぎ落したように嶮《けわ》しかったが、その瞳は子供のように柔和で、人をひきつけずには

おかぬ魅力を持っている。

白髪の紳士はさっきから、黄金船のことを根掘り葉掘り訊《たず》ねていたが、しかしその訊ねかたがいかにも穏《おだや》かなので、千晶は少しも不愉快な気がしなかった。

「えゝ、黄金船は広間《ホール》の中にありますわ。恭助兄さんが番をしていますの。さっきまであたしが番をしていたんですけれど交替しましたの。ほほほ、おかしいでしょう、お祖父さまったらあの事ですっかり臆病になってしまって、人の顔さえ見れば、みんな泥棒に見えるらしいんでございますのよ」

千晶はわざと好みの夜会服を着ていたが、黒繻子《じゅす》のその衣裳がよく似合って、ごてごてと装身具をつけていないのも好もしく、唯《ただ》一輪、胸に飾った白椿《しろつばき》の花が、臈《ろう》たき姿をいっそう高貴にひきたてゝいる。

「広間といえば向うに見えるあれですね」

「えゝ、窓という窓にすっかり鉄棒が篏《は》めてあるでしょう。あれもお祖父さまが泥棒の用心にって、急にお作りになりましたのよ。あんなことをして、ほんとにあたし恥かしいんですわ。——あら」

その時、急に広間《ホール》の附近にいた人々のあいだに、何やらざわざわと騒ぎが起ったので、千晶はおやと首をかしげながら、展望台から体を乗り出した。

「まあ、どうなすったのでしょう、皆さん広間のほうへ走っていらっしゃるわ」

千晶はあわてゝ首にかけていた双眼鏡を眼にあてたが、そのとたん、あっと叫んだ彼女は唇の色まで真蒼《まっさお》になってしまった。

あゝ、何んということだ!

いま広間の窓の鉄棒のあいだから、両手を突出《つきだ》し頻りに何か喚いているのは、贋《まが》う方なき祖父の雨宮老人ではないか。恐怖に顔を引釣《ひきつ》らせ、髪を逆立て、眼を見張り、金魚鉢の金魚のように口をパクパク動かしているのは、どうやら救いを求めているらしい。美しい白髪が何やら黒ずんで見えるのは、あれは血のせいじゃないかしら。

(あらどうしよう。何かあったのだわ!)

千晶はぎゅっとみぞおちの固くなるような恐怖をおぼえたが、その途端、さっと白いものが老人の背後にひらめいた。と思うと、引戻されるように老人の姿はうしろへ消えて、次ぎの瞬間、双眼鏡の中にクローズアップされたのは、髪振り乱した悪鬼の如き恭助の形相《ぎょうそう》だ。

「あれ！」

と、叫んだ拍子に千晶は思わず双眼鏡を取り落としたが、それと見るより白髪の紳士は、直様《すぐさま》それを取りあげて、ちらと広間のほうを覗《のぞ》いて見て、

「や、や、こいつは大変だ！」

叫ぶとともに早二三段、まっしぐらに螺旋《らせん》階段をおりていく。

「待って、待って。あたしも一緒に連れていって頂戴」

「よし」

紳士は再びあがって来ると、いきなり千晶の体を抱きあげる。見かけによらぬ恐ろしい力だった。鋼《はがね》のように鞏靭《きょうじん》な腕で、かるがる千晶を抱いたまゝ、タタタタと滑るように螺旋階段をおりていく。

千晶は恐怖のために、何度気を失いそうになったか分らない。いま目撃したあの恐ろしい光景が、旋風のように頭の中に渦巻いている。恭助兄さんは気が狂ったのだ。お祖父さまをあんなひどい目に遭《あ》わすなんて、あゝ、何んという恐ろしいことだろう。

庭からホールへ通ずる扉《ドア》のまえまで、千晶が漸《よう》やくかけつけて見ると、そこにはワイワイと大勢の人が騒いでいるのだ。扉にはうち側からピッタリ錠がおりていた。

「こちらへ来て、裏のほうから入りましょう」

ホールの下をぐるりと廻って、裏口のほうへいくと幸いこゝの扉は開いていた。夢中になって跳びこむと、ホールのまえの大階段の下には、書生や女中や料理人がひとかたまりになって顫《ふる》えている。誰も彼も真蒼なかおをして、まるで馬鹿みたいにポカンと立っているのだ。

「あれ、お嬢様！」

千晶の姿を見ると、いきなり側《そば》へかけよったのは、この家に古くから仕えているお清《きよ》という老女中。

「お嬢様、お嬢様、どう致しましょう、旦那《だんな》さまが——旦那さまが——」

「清や、分っているのよ、あたしも見たのよ。そして恭助兄さんは？」

「はい、若旦那さまは、まるで気狂いのようになってお二階のほうへ」

千晶はちらと階段のほうを振仰《ふりあお》いだが、それよりも気になるのは祖父の身のうえ。

「あなた、お願いですからあたしと一緒に来て下さいまし」

千晶は何故《なぜ》かあの白髪の紳士が頼母《たのも》しく感じられたのだ。哀願するような瞳を向けると、紳士も軽くうなずいた。千晶はそれに勇気を得て、ホールの中へ踏みこんだが、その途端シーンと全身がしびれて、いまにも気が遠くなりそうだった。

あゝ、何んということだ！

雨宮老人は白い胴着《チョッキ》を真赤にそめて、血のりの中をのたうち廻っているではないか。そしてあたり一面、血潮の飛沫《ひまつ》！

「あ、お祖父さま、しっかりして、しっかりして頂戴」

怖さも何もうち忘れ、いきなり側《そば》へかけ寄って、優しく頭を抱き起した拍子に、

「ムーム」

と、老人の唇から苦しげな呻《うめ》き声が洩《も》れた。見ると顳顬《こめかみ》から顎《あご》へかけて、パックリと恐ろしい傷が口を開いている。

「お祖父さま、お祖父さま、誰かお医者さまを呼んで頂戴」

その声が耳に入ったのか、ふいにポッカリと老人が眼をひらいた。

「ち――千晶」

「はい、お祖父さま、千晶はこゝにおります。しっかりして頂戴。傷は浅いんですわ」

老人は軽く頭をふったが、またもや切《せつ》なげな声で、

「恭助――恭助――」

と呼ぶ。それを聞くと千晶はゾーッと冷水を浴びせられたような気がした。

「お祖父さま、堪忍《かんにん》してあげて頂戴。恭助兄さんは――恭助兄さんは気が狂ったのですわ」

「ち――違う――違う――」

老人は体を起そうとしたが、再びがっくり首うなだれると、それでも必死となって、

「あれは――あれは恭助じゃない。彼奴《あいつ》は――」

その時出血が肺を冒《おか》しはじめたのだろう、咽喉がゴロゴロとなって言葉が途絶えた。

「御老人、何か仰有りたいことがありますか。もし仰有ることがあれば千晶さんと私が承《うけたまわ》りますよ」

老人はその声にふと眼をあげて、あの白髪紳士の顔を見たが、ふいにピクリと頬をふるわせると、

「おゝ、き、君は由利《ゆり》君！」

「そうです。由利麟太郎《りんたろう》です。さあ、誰があなたを刺したのですか。そいつの名前を言って下さい」

あっと、千晶は思わず白髪紳士の顔を見直した。そうだったのか。さっきから何んとなく曰《いわ》くありげに見えたこの人は、世間で有名なあの私立探偵だったのか。

「ゆ、由利君――千晶もお聴き。俺を殺したのは――彼奴《あいつ》は――彼奴は西荻窪《にしおぎくぼ》に住む画家《えかき》」

「西荻窪に住む画家――ですね。そして名前は――？　そいつの名前は？」

「名前は――名前は――柚木《ゆのき》――柚木薔薇《そうび》――薔薇――おゝ！」

老人はふいにかっと眼を見ひらいた。何かしら恐ろしい衝撃《ショック》をかんじたらしい。じっと虚空《こくう》を凝視したまゝ、わなわなと唇を顫わせていたが、やがてウームと呻くと、それが最期《さいご》だった。

老人は白髪の由利先生と千晶に手をとられたまゝ、ぐったりと動かなくなってしまった。

素晴らしき余興

丁度その頃、屋敷の周囲に張りこんでいた等々力警部と部下の一行も、変事をきゝつけてどっとばかりに邸内に雪崩《なだ》れこんで来た。

おろおろと狼狽《うろた》え騒ぐ奉公人達をつかまえて訊ねて見ると、犯人はさっき二階へ駆けあがったまゝ、まだ降りて来ないという。

しめた！　こうなればもう袋の鼠《ねずみ》も同然、等々力警部には犯人がこの家《や》の主人の孫であろうがなかろうが、そんなことはどうでもよいのだった。捕えさえすればそれで役目はすむというもの、しかもそいつは、いま世間を騒がせている、大胆不敵なあの風流騎士とやらであるかも知れないではないか。

そこで警部はすぐに部下を二手にわけると、一方はホールわきの正面階段から、他の一組は雇人たちの出入する裏階段から――と、警部はこうしてじりじりと包囲の網をちゞめていくつもりなのだ。

こうして警部が声を嗄《か》らして部下を督励《とくれい》しているところへ、ひょっこり出て来たのは由利先生と千晶の二人。

「等々力君、どうしたね、犯人はもうつかまったかね」

「おゝ、あなたは由利先生、どうしてこゝへ」

「なあに、雨宮老人の依頼によって、客のなかに混《まぎ》れこんでいたんだが、さすがの俺《わし》もこんなことが起ろうとは、夢にも思わなかったよ」

由利先生の探偵談を、これまで一度でもお読み下すった方は、先生がかつて警視庁の捜査課長をしていられたことを御承知の筈である。それのみならず先生は、隠退後もしばしば警視庁のために、ひとかたならぬ力を添えていられるので、等々力警部も日頃から、この先輩に対して非常な尊敬を払っているのだ。

「そうですか。実はいま犯人が二階にいるというので、これからジリジリと追いつめていくつもりです」

「そいつは面白い、じゃ俺もひとつ仲間に加わろう」

「あたしもいきます」

その時、横から決然と言い放ったのは千晶だ。千晶の胸にはいま、恐ろしい疑惑《うたがい》と恐怖《おそれ》が闘っている。雨宮老人が最後にのこしていったあの奇怪な言葉、いったいあれはどう解釈したらいゝのだろう。

千晶は現にその眼で、恭助が老人を刺すところをハッキリと見たのだ。それだのに老人の言葉によると、犯人は恭助ではないという。老人は孫をかばうために、わざと嘘をついたのであろうか、それとも臨終《りんじゅう》の心の乱れから、他愛もないことを喋舌《しゃべ》ったのだろうか。いやいや、そうとは思われぬ。あの言葉の裏には、何かしら千晶のこれまで知らなかった、恐ろしい、恐ろしい秘密があるのではなかろうか。

どちらにしても千晶は一刻もはやく従兄《いとこ》の恭助に会わねばならなかった。会ってよくよく事情を訊《き》かねばならぬ。もしまた、恭助が警官に抵抗するようなことがあったら、側《そば》から自分がいさめねばならぬ。

健気《けなげ》にもそう決心した千晶は、長いイヴニングドレスの裾《すそ》をからげて、夢中で広い階段をのぼっていく。

二階には部屋が十五六あった。警部の一行は足音を忍ばせ、扉《ドア》をひらいて一つ一つ部屋を覗いてみたが、恭助の姿はどこにも見当らぬ。押入《おしいれ》も開いてみた。露台にも出て見た。露台には紅白の幔幕《まんまく》が張りめぐらしてあって、頭上にはあの、進水式まがいの五色の大薬玉がブラ下っている。

幕をあげて下を見ると、そこにはいっぱいの人だかり、むろんこゝから遁《に》げ出せば、それ等の人の眼につかぬという法はない。

「お嬢さん、部屋はこれだけですか」

「えゝ、でもまだ三階があります。三階は屋根裏みたいになっていて、召使たちの部屋が五つ六つあります」

「その階段はどちらにありますか」

「こちらです」

そういう会話もあたりを憚《はばか》るひそひそ声、千晶が人々を案内したのは、一番奥まったところにある狭い階段だ。この階段は日頃あまり使用せぬと見えて、降口には太い鎖が一本真一文字《まいちもんじ》に張ってある。

「三階へのぼるのには、この階段だけですか」

「いゝえ、もう一つ、一階から直接あがれる階段があって、雇人はふだん、そちらのほうを使うことになっております」

「あゝ、裏階段ですね。あちらのほうへも人を廻しておいたから大丈夫、よし、こゝから登ってみよう」

その階段は暗くて狭くて、おまけに途中で鍵の手に曲っている。等々力警部を先頭に一行がその曲角《まがりかど》まで来たときである。ふいに警部がうしろを振返ると、シーッとばかり唇に手をあてゝ合図をした。

うえの方からコトコトと、軽い靴音《くつおと》をさせておりて来る者があるのだ。妙に忍びやかなその靴音、雇人でもなければ、むろん、裏へ廻った部下でもない。靴音は一段々々階段をおりて、曲角のほうへ近附いて来る。警部はポケットを探って何やら取り出すと、そっと傍《そば》の部下に眼配《めくば》せする。

靴音はついに曲角の向うで止まった。

息詰まるような一瞬。

と、壁のうえを撫《な》でるように現れたのは二本の腕、つぎに肩、それから真蒼な顔。

その途端、凄《すさ》まじい騒ぎが起ったのだ。ガチャンという音、あっという叫び、畜生《ちくしょう》と罵《ののし》る声、狭い階段のうえで、三つ四つの肉塊が団子《だんご》のように揉《も》みあって、靴で蹴《け》るやら、殴るやら、嚙《か》みつくやら、何が何やら分らぬうちに、やっとその騒ぎがおさまると、あゝ、今しも両手に手錠をはめられて、幽霊のようにそこに立っているのは、紛《まぎ》れもなく恭助ではないか。

「あゝ、お兄さま」

千晶はそれこそ血を吐くおもい、浅間《あさま》しい従兄の姿に思わず涙ぐんだけれど、恭助はフフンと冷笑をうかべたきり、血走った眼《まなこ》でギロギロとあたりを見《み》廻《ま》わしているのだ。

「いったい君たちは僕をどうしようというのだ」

「どうもしやしないさ。雨宮老人殺害の犯人として逮捕するのだ」

「あっ！」

と叫ぶと恭助は、思わず背後へよろめいた。

「フフン、今更知らぬとはいえまい。目撃者が沢山いるのだからな。いう事があるなら出るところへ出て言いたまえ」

警部が引っ立てようとすると、

「まあ待って下さい。いま脚を挫《くじ》いて」

「よし、それじゃ抱《かか》えていってやろうか」

「いえ、それには及びませんが、まあ一息入れさせて下さい」

恭助は手錠をはめられた手でネクタイを直すと、乱れた髪の毛を撫でつける。

この時、なまじ手錠をはめているという油断がいけなかった。澄まして髪を撫でつけていた恭助が、両手をあげていきなり発矢《はっし》と、警部の頭上に振りおろしたから耐まらない。

あっと警部が面部をおさえた、その隙に、くるりと身をひるがえした恭助は、今おりて来た階段をまっしぐらに。――

「あれ、お兄さん、いけません」

血を吐くような千晶の声。

「おのれ、逃げるか」

刑事の一団はひとかたまりになって後を追っていく。その時、がらがらと物凄《ものすご》い音がして、大きな花瓶が落ちて来た。あっと叫んで刑事がとびのく、それだけの隙が恭助には天のたすけ、彼は屋根裏の廊下を走って、裏階段のほうへ逃げていったが、しまった、こゝにも物音をきゝつけた刑事たちが、ひしひしと揉みあいながら登って来る。

「チェッ！」

こうなればもう絶体絶命、恭助は血走った眼であたりを見廻わしたが、その時ふと眼についたのは、廊下の端にある小さい窓、走り寄って見るとそこは丁度、船首がたになった邸の正面、あの二階の露台の真上なのだ。

飛びおりようか。いやいや、下にはワイワイといっぱいの人だかり、しかも背後からは警官たちが迫って来る。恭助は絶望的な呻きをあげたが、その時、天のたすけか眼についたのは一本の綱。蜘蛛手に張られた万国旗の綱の一筋が、ちょうどその窓の庇《ひさし》から、向うの展望台のうえまで張り渡されているのである。展望台のほうがいくらか低いから、綱は斜《ななめ》になっていた。

いまはもう躊躇《ちゅうちょ》している場合ではない。一か八か、あとはもう運命の神にゆだねるよりほかに方法はないと、観念の臍《ほぞ》をきめた恭助は、手錠をはめられた不自由な手で、いきなりパッとその綱にとびつくと、くるり両脚を綱にかけ、するするする、さながら猿の身軽さだ、ひらめく万国旗のあいだを縫《ぬ》って滑っていく。あゝ素晴らしい大余興！

千晶の射撃

こう書いて来ると長いようだが、事実は等々力警部が倒されてから、それまでの間には数秒の時間しか経過していなかった。

このあいだ階段の下に立って、しびれたように空洞《うつろ》の眼を見張っていた千晶は、折からワッとあがる歓声に、はじめてハッと我れにかえった。

露台へ出て、急いで幔幕をとり外すと、あゝ、何んということだ、恭助はいま礫《つぶて》のように展望台さして滑っていくではないか。

美しく彩られた庭園は、いまや上を下への大騒ぎ、紳士も淑女もただ空を仰いで、この素晴らしい離れ業《わざ》に、あれよあれよと手に汗を握って立ち騒ぐばかり、誰ひとり展望台のほうへ駆けつける者もない。いやいや、そちらにいた者までが、ワッと雪崩《なだれ》をうって四方に散る始末。

警官はいま、みんなこの邸の中《うち》に集まっている。このまゝにしておいたら、恭助は首尾よく逃げてゆくだろう。

千晶はきっと、血が滲《にじ》むほど唇をかみしめて、虚空を渡る恭助の姿を見つめていたが、何を思ったのかくるりと身をひるがえすと、一散に家のなかへ駆けこんだが、ふたゝび姿を現わしたところを見ると、手に一挺《ちょう》の銃を提げているのだ。

千晶が銃を構えた時、

「危い！」

と叫んでいきなり彼女の腕をおさえた者がある。振返って見るとほかならぬ、白髪の由利先生だ。

「銃を持ち出してどうするんです」

「放して下さい。このまゝ逃がしては世間に申訳《もうしわけ》がございません」

「しかし、あれはあなたの従兄ですよ」

「えゝ、でも、お祖父さまを殺した憎い敵《かたき》です。いいえ、恭助兄さんは気が狂っているんですわ。それにあたし撃殺《うちころ》すつもりはありません、手か脚を傷つけて、お巡りさんの手助けをしたいのです」

「自信がありますか」

「あたし射撃は名人なのよ」

「よろしい、じゃ覘《ねら》いなさい、しかし、くれぐれも生命《いのち》をとっちゃいけませんよ」

「分ってます」

こんな事を知るや知らずやこちらは恭助、今しも生命がけの離れ業をおえて漸く展望台へ辿《たど》りついた彼は、あの螺旋階段をぐるぐる廻って、独楽《こま》のようにおりていく。

人々はこの様子を遠巻きにして、たゞあれよあれよと立騒《たちさわ》ぐばかりだが、恰《あたか》もよし、その時漸く邸内から駆出《かけだ》した警官連中が、バラバラとそのほうへ駆けよっていく。

漸く展望台から下へおりた恭助は、そこで再び窮地におちいった。前方からは警官が駆けつけて来る。振返って見ると、少し向うに音楽室があって、その音楽室と彼とのあいだには、三百にあまるベンチが放射状に並んでいる。幸いこの騒ぎに、ベンチには一人も人はいなかったが、一つ一つこのベンチをまたぎ越えていこうなど、容易の業じゃない。おまけに彼は手錠をはめられているのだ。愚図々々《ぐずぐず》していれば、もはや千晶の射撃を待つまでもない。

千晶はほっと安堵《あんど》の吐息を洩らしたが、しかし彼女の安心はまだ早かった。

追いつめられた恭助は窮余の一策、タタタと弾《はず》みをつけてベンチのほうへ走っていくと、あゝ何んという見事さ、手錠をはめられた両手を、つとベンチの背にかけたと見るや、体を斜にくるりとそれをとび越えて、更に次ぎのベンチ、次ぎ、次ぎ、次ぎ――またゝく間に十あまりのベンチをとび越えていた。

つまりハードル飛びの要領なのだ。しかしハードルのどんな世界的選手だって、この時の恭助ほどうまくベンチを越えていくことは出来なかったろう。タキシードを着たその四肢のリズミカルな動き、燕《つばめ》のような敏捷《びんしょう》さ、むろん警官にはそんな芸当は出来ないから、見る見る距離ははなれていった。

「うむ、こいつは素晴らしい」

由利先生が我れを忘れて喝采したくなったのも無理でない。

千晶は唇を噛むとさっと瞼際《けんさい》に朱を刷《は》いた。彼女はつとイヴニングの裾をからげると、露台の欄干に片脚をかけて、銃を取り直す。

「いよいよ、撃ちますか」

「撃ちます」

力強い一言、しばらく照準を定めていた彼女の指が、引金にかゝると見るや、ズドンと一発！

そのとたん、最後のベンチをとび越えた恭助がバッタリと倒れた。ワッとあがる喚声。

「うまい」

由利先生が手を打ったとたん、恭助は再び起きあがって二三歩いきかけたが、またもやバッタリ地上に倒れる。どうやら脚を撃たれたらしい。

「うまい、実に見事だ！」

だが、その喜びはまだ早かったのだ。恭助が再び起きあがったとたん、音楽室の蔭《かげ》からバラバラと走り寄った一つの影、大きな塵《ちり》よけ眼鏡に外套《がいとう》の襟《えり》を立てた人物がつと恭助を抱き起すと、肩を貸して、そのまゝ一散に逃げていく。二つの影はすぐ音楽堂の向うへ消えた。

「しまった！　相棒があったんだわ」

千晶が呟いたとき、音楽堂の向うの道から俄《にわ》かにけたゝましいエンジンの音が聞えて来た。はっとした千晶が、胸に吊《つり》さげた双眼鏡を取りあげてみると、その時、塀の外をまっしぐらに走っていく黄色い自動車、その自動車の運転台に乗っている人物の横顔が、ちらと千晶の双眼鏡にうつったが、そのとたん、彼女は思わずはっとしたのである。

大きな塵よけ眼鏡に、外套の襟を立てゝ顔半分かくしていたけれど、その横顔はまぎれもなく女だった。恭助の相棒というのは女なのだ。——

と、こゝまで書いて来て、筆者は是非《ぜひ》とも読者にお詫《わ》びしなければならぬことがある。というのは、今正体不明の女とともに、黄色い自動車で逃げ去った人物を、筆者はかりに恭助と呼んで来たが、実はいまのところ、それよりほかに呼びようがなかったからだ。

　千晶もその男を恭助と思いこんでいる。警官もそう信じて追っかけている。ところが、それから間もなく世にも変てこなことが起ったのである。

　いま、千晶と由利先生が立っている露台のうえに、大きな薬玉がブラ下《さが》っているという事はまえにも言っておいたが、千晶がズドンと一発ぶっ放した刹那《せつな》、その薬玉のなかゝら奇妙なうめき声が洩れて来た。

　その薬玉の中には鳩《はと》が入っている筈だ。しかし、その呻き声は断じて鳩の啼声《なきごえ》ではない。

「おや、あれは何だ！」

　由利先生が最初にそれに気がついた。つゞいて千晶もそれを聞くと、思わず真蒼になった。確かに人の呻き声だ。

　しかし、まさかこんなところに――。

　この薬玉は今日会が無事に終った時、最後に千晶がこれを割って、中から鳩を放す予定になっていた。いま千晶は奇妙な呻き声を聞きつけると、きっと唇をかみしめ、つかつかとその薬玉のそばへよった。ポケットからナイフを取り出すと、薬玉を縫いとめている綱をプッツリ切断する。

　その途端、パックリ四つに割れた薬玉の中から、さっと飜《ひるがえ》ったのは五色の吹流し、バラバラと飛び立ったのは数羽の鳩、だが、だが、これは一体なんとした事だ。いつの間に、誰が封じこめたのか、さんさんと降って来る薔薇の花とともに、薬玉の中からツツーと礫の如く落下して来たのは一人の男、男は虚空でガッキリとまると、ブランブランと振子のように左右に揺れた。

　分った分った！

　男は雁字《がんじ》絡《がら》めに手脚を縛《し》ばられ、猿轡《さるぐつわ》をはめられて、一本の綱で薬玉にブラ下げられているのだ。

　あゝ、何んという素晴らしい悪戯、何んという見事な見世物、五色の吹流しの中にブラブラ揺れているその人間振子を見た時、千晶は思わずあっと呼吸《いき》をのんだが、つぎの瞬間、まるで悪夢のあとでも追うような眼つきをして、喘《あえ》ぎ喘ぎ呟いた。

「恭――恭助兄さん！」

　そうなのだ。信じられない事だけれどそれが事実なのだ。いま猿轡をはめられて、ブランブランと揺れている人間振子こそ、まぎれもなく千晶の従兄恭助だった。

しかし、そんならさっき逃げていった男は――？

千晶はまるで、夢に夢見る心地だったが、丁度その時、薬玉から放たれた数羽の鳩が、虚空のどかに輪を画いていたが、やがてその中から唯一羽だけ、群をはなれて矢の如く、いずこともなく飛び去ったのを、誰一人気附くものはなかったのである。

善悪双面

船成金雨宮万造氏の喜寿のお祝いに招かれた客たちは、その時の何んとも名状出来ぬ変梃《へんてこ》な感じを、長い後まで忘れることが出来なんだということだが、それも洵《まこと》に無理のない話。

手足を縛られ、猿轡をはめられて、五色の吹流しの中にユラユラとブラ下っている人間振子、――それは確かに、たった今黄色い自動車に乗って逃去《にげさ》った男ではないか。その同じ男がいつの間にやら、所もあろうに大薬玉の中に潜んでいたなんて、天勝《てんかつ》の奇術ならいざ知らず、こんな不思議な事がまたとあろうか。


千晶は呆然《ぼうぜん》として露台のうえに佇《たたず》んでいる。あまり奇怪な出来事に彼女は驚くすべさえ忘れてしまったのだ。恐怖さえも感じなかった。頭脳《あたま》の中が滅茶《めちゃ》滅茶《めちゃ》に混乱して、思考力が全《まった》くなくなってしまった。無理もない、さすが物に動ぜぬ由利先生でさえ、この時ばかりはあっとどぎもを抜かれたというのだから。

それはさておき、その時、猿轡をはめられた恭助の唇から、かすかにウームと苦しげな呻き声がもれた。そしてこの呻き声が、ハッとばかりに千晶や由利先生の魂を、悪夢の世界から引戻したのだ。

「兄さん、兄さん、恭助兄さん」

叫んで駆けよる千晶とともに、つかつかと側《そば》へよった由利先生、手早く恭助の縛《いまし》めを解き猿轡を外したが、それでも恭助はまだぐったりと眼を閉じ、歯を喰いしばっている。

「麻酔薬ですね。麻酔薬を嗅《か》がされて眠っているんです」

「まあ！」

千晶はいよいよわけが分らなくなった。

「それじゃ――それじゃ、さっきの人はいったい誰ですの」

「さあ、いずれその事はこの人が眼覚めたら分るでしょう。とにかく静かな部屋へつれていって手当てをしなけりゃ」

折よくそこへ、等々力警部を先頭に、警官や書生の一団がドヤドヤと駆けつけて来たので、早速彼の体を二階の寝室へかつぎこむ。幸い客の中には医者も混っていたので、注射をするやら、胸を冷やすやら。――かくして半時間ばかりたつと、恭助はぼんやりと濁《にご》った眼を開いた。

しかし彼が眼覚めたら、何もかも判明するだろうという期待は見事に外れた。恭助は千晶をはじめ由利先生や等々力警部の知りたがっている事を、何一つ話すことが出来なんだばかりか、却《かえ》って千晶の口から祖父の死をきかされた時には、雷にでも打たれたように驚き、且《か》つ悲嘆の涙に暮れさえしたのだ。

やがてその悲しみもおさまって、さて恭助がおぼつかなげに話したところによると。――

その日の正午まえのこと。恭助は黄金船の見張りに立っている千晶と交替しようと、二階から正面階段のほうへ歩いていったが、その時、ふいにうしろから誰かゞ抱きつくと、いきなり鼻のうえに押しつけられたのは、何やら湿《しめ》った甘酸っぱい匂い。

「それきり後のことは何も憶《おぼ》えていないのです。相手の顔を見ようと、顔をうしろへ捩向《ねじむ》けたのですが駄目でした。匂いが鼻から頭へツーンと抜けると、そのまゝ意識がぼやけて、何もかも分らなくなってしまったのです」

と、まるで雲をつかむような話。

あゝ、これは一体なんという事だ。して見ると千晶が恭助とばかり信じてあの黄金船の監視を委《まか》せたのは、その実恭助ではなくて他の男だったのだろうか。そうするとこの世の中に、恭助と寸分違わぬ男がもう一人存在することになるが、そんな奇怪なことが果してあり得るだろうか。

「それがあり得るんだよ、等々力君、妙な話だがそういう人間が実際にいるんだよ」

と、この疑問に答えたのは由利先生。

「千晶さん、あなたはさっき、雨宮老人の言い残された言葉を憶えていますか」

「えゝ、憶えていますわ。俺を殺したのは西荻窪に住む画工《えかき》、柚木薔薇。――」

「そう、そいつですよ、恭助君をあの大薬玉の中に封じこめ、身替りとなって、雨宮老人を殺した奴は」

「まあ、でもその人があんなに恭助兄さんに似ているなんて！」

「いや、それには何か深い仔細があるにちがいありません。しかも老人はその事実を知っていられたのです。が、ともかくもう一度、あの黄金船を調べて見ようじゃありませんか」

一同は大広間へ取って返して、問題の黄金船を調べたが、すぐその船首に鏤められていた、老人秘蔵のダイヤモンドが、ガラス玉にすりかえられているのを発見した。

「やっぱりそうだ。目的はこのダイヤだ。ところがいざという間際に、老人に看破されたものだから、とうとうあゝいう兇行を演じてしまったのだ。あゝ等々力君、見たまえ、ガラス箱の上に、薔薇の花が画いてあるぜ」

「おゝ、そうすると先生、やっぱり風流騎士とはあいつの事なんですね」

「あゝ、今のところそうとしか思えないね」

「そして、そいつは西荻窪に居を構えている、柚木薔薇という画工なんですね」

「そう、雨宮老人の言葉によるとね」

「よし、それじゃ早速これから西荻窪へ行って見ましょう、西荻窪といっても広いが、なあに、探せばすぐ分るでしょう」

勇躍する警部の尾について、

「先生、あたしも行きます」

「僕も行く」

と、異口同音《いくどうおん》に叫んだのは、いわずと知れた千晶と恭助。祖父の敵《かたき》の風流騎士、その怪賊を捕えんがためには、いかなる危険も敢《あ》えて辞せぬという二人の固い意気込みなのだ。

薔薇のアトリエ

西荻窪のかたほとり、淋《さび》しい森の片蔭《かたかげ》に、蔓薔薇に覆われた一軒のアトリエがある。主は柚木薔薇とて無名の画家だが、おのが名に因《ちな》んでの趣味であろう。庭一面、いろとりどりの薔薇を栽培している所から、薔薇のアトリエとて附近では誰知らぬ者もない。

主《あるじ》なる画家は芸術家にありがちの変り者と見えて、

妻も娶《めと》らず女中もおかず、近所づきあいも一切せず、唯一人の例外を除いては、そのアトリエを訪れる者も絶えてなかった。

この例外とは一人の婦人。いつも日暮れてから紗のヴェールで面を包み、人眼を避けてこっそりと訪れて来るところから、大方《おおかた》あれは、良人《おっと》の眼を盗んでアトリエの主人と、道ならぬ恋に、憂身《うきみ》をやつす人妻であろうなどと、郊外の住人には閑人《ひまじん》が多いから、兎角《とかく》妙な噂がたえなかったが、しかも、誰ひとりその女の正体をつきとめた者はない。

さて、雨宮邸であの大騒動があってから間もなく、このアトリエの前に停《とま》ったのは粘土色に塗った一台の自動車、と見ると中から降り立ったのは主の薔薇と若い女の二人づれ。

その時、アトリエの近所にいた御用聞きの、後になって証言したところによると、女は外套の襟を立て、煤色《すすいろ》眼鏡で顔をかくしていたが、たしかにいつも訪ねて来る、あのヴェールの婦人に違いなかったという。男女は追われるように門の中へ駆けこんだが、途中で男がバッタリ倒れた。女は急いでかけよると、

「あなた、傷が痛んで?」

「フム、片脚がもぎとられるようだ」

と、男は跛《びっこ》を曳《ひき》ながら呻く。

「ほんとに憎らしいわね。これというのも彼奴のせいよ。いつかこの敵は討ってやるから」

女はさも憎々しげに言い放った。と、これもやっぱり御用聞きの話。

やがて二人はアトリエの中へ姿を隠したが、十分ほどたつと、各々《めいめい》荷物を小脇に、再び自動車に乗っていずくともなく立去ったが、雨宮邸から、自動車に乗った一行が、どやどやとこのアトリエへ駆けつけて来たのは、それから凡《およ》そ一時間ものちのこと。

「こゝだ、こゝだ、柚木薔薇という表札が出ているぜ。みんな、中へ踏込んでみろ！」

警部の命令一下、一同はバラバラと中へ踏みこんだが、むろん後の祭、アトリエの中は大急ぎで引っかき廻したとおぼしく、目ぼしい品は何一つ残っておらぬ。

千晶は窓際に佇んで、警官たちの捜査の様子を熱心に打ち見守っている。むろん、証拠になりそうな品は何一つ残っていないが、画きかけの画布《カンバス》や、気

の利いた装飾品はそのまゝ取り残されて、主の好もしい趣味を物語っている。こんな綺麗なアトリエに住んでいた人が、恐ろしい殺人鬼だろうか、千晶はいまさら夢のような気がするのだ。

　眼を転じて庭をながむれば、折からの西陽《にしび》のなかに燦爛《さんらん》と咲乱れているは、紅白とりどりの薔薇の花、アア、この美しい花園から、怪盗署名の薔薇がよごと摘みとられたのかと思うと、千晶はゾッと身慄《みぶる》いを感じたが、恰もその時、ふと彼女の耳をうったのは、ハタハタと軒《のき》をうつ軽いもの音。

（あら、何んだろう）――と、窓からからだを乗り出してみれば、一面に蔓薔薇をはわせた軒に、草色塗りの鳩舎《きゅうしゃ》があって、その中に羽搏《はばた》きをしているのは灰色の鳩一羽。

「おや、鳩がいるわ」

　千晶が手を出して呼んで見ると、鳩はよく馴らされていると見えて、すぐ鳩舎から舞いおりて千晶の掌にとまった。

「まあ、かあいゝのね」

　千晶は思わず頬摺《ほおず》りしようとしたが、ふと見ると、鳩の脚には小さい金襴のお護符《まもり》袋がくゝりつけてある。

「あら、これ何？　ちょっと動かないでね、何をブラ下げてるの、見せて頂戴ね」

　千晶は何気なくその袋をとって口をひらいたが、そのとたんあっとばかり小さい叫び声が彼女の唇からもれた。アヽ、何んということ！　袋の中からコロリと転がり落ちたのは、まがうべくもない、黄金船からもぎとられた、雨宮老人秘蔵のダイヤモンドではないか。

　叫びを聞いて集《あつま》った一同も、千晶の掌を見ると、思わずはっと呼吸《いき》をのんだ。

「千晶さん、ど、どうしたの、そのダイヤは一体どこにあったの？」

「兄さん、この鳩が持っていたのよ」

「え？　鳩が？」

　由利先生は千晶の抱いた鳩に目をやったがやがてハタと小手を打つと、

「分った、分った、この鳩は伝書鳩なんだ。ねえ、等々力君、柚木薔薇はきょう雨宮邸へのりこむ時、ひそかに飼いならした伝書鳩を携《たずさ》えていったんだよ。そしてダイヤを手に入れると、こいつに托して、あの薬玉の中から放したんだ。千晶さん、あなたは憶えていませんか。さっき薬玉の中から飛出《とびだ》した鳩のうち、群をはなれて矢のように飛び去ったのがあったが、それがつまりこの鳩なんだよ、きっと」

あゝ、なんという奇抜な思いつき、成程、ダイヤさえ身につけていなければ、現場では捕えられても言いのがれるすべがあるというもの、しかも、伝書鳩は間違いなく家《うち》へ帰って来る性質を持っているから、盗んだダイヤは絶対に安全なのだ。

「成程、それで彼奴《あいつ》は危険をおかしてまで、わざわざこの家へ帰って来たんですね」

「そうだよ、等々力君、彼奴はこの鳩に用があったんだ」

さすがの由利先生も、あまり巧妙な方法に、思わず舌をまいて驚嘆したが、まことにそれも無理のない話。

翌朝の新聞には、素晴らしく煽情《せんじょう》的なみだしのもとに、これらの記事があっとばかりに都人士の胆をつぶさせた。中にはわざわざ、薔薇の仮面をかぶった怪盗が、警官たちを尻目にかけ、鳩にまたがり悠々とどび去っていく漫画まで掲げて、警視庁を揶揄《やゆ》した新聞さえもあったくらい。

なるほど怪盗をまんまと取り逃したのは、警視庁の失態だったかも知れないが、しかし正体が判っただけでも大収穫といわねばならぬ。怪盗の名は柚木薔薇、しかもその容貌は雨宮恭助に酷似しているのだ。

これだけの手懸りに勇躍した警視庁では、さっそく全国に手配りしたが、柚木薔薇はどこへ潜りこんだやら、その後一ケ月に及ぶも、杳《よう》として行方《ゆくえ》は分らない。柚木ばかりではない。相棒の女も黄色い自動車も、それきり消息をたってしまった。

こうなると気になるのは、アトリエのまえで御用聞きが耳にしたという言葉。

(これというのも彼奴のせいだ。この敵はきっと討ってやるわ)――と、相棒の女がいったというが、彼奴とはむろん千晶のことにちがいない。脚を撃れた腹癒《はらい》せに、千晶に対して、何か恐ろしい復讐《ふくしゅう》を企んでいるのではなかろうか。――警察ではだから、千晶の身辺にたいして内々警戒を怠《おこた》らなかったが、半月とたち一《ひと》月とたってもそういう気配もない。

さあ、こうなると頼りないのは世間の心。世の中に寸分ちがわぬ容貌をもった人間なんて、そうザラにある筈がない。ひょっとすると、あれは恭助の狂言ではなかったか。どういう方法でか分らないが、彼奴がたくみに一人二役を演じたのではあるまいか。――と、そんな恐ろしい噂が、ボツボツと人の口にのぼり始めたのだ。

無理もない。現に従妹《いとこ》の千晶ですら、あの日のことを思うと、いまだに恭助の顔を見るのが怖いような気がする。あの日以来彼女は、同じ家に住みながら、出来るだけ彼を避けるように努めているが、恭助にとってはこれこそ、耐えがたい屈辱《くつじょく》だったにちがいないのだ。

もう警察も探偵も頼まない。今度、あの風流騎士とやらが出現したら、必ず自分の手で捕え、この汚名を濯《そそ》がねばならぬと、会う人ごとに恭助はいきまいていたが、その願望が叶《かな》ったのか、こゝにはしなくも、又もや次ぎのような怪事件が突発したのだ。

アリ殿下

雨宮邸の怪事件があってから二月ほど後のこと、あれきり鳴りをしずめてしまった風流騎士に代って、今度は珍らしい人物の噂が、毎日のように新聞の紙面を賑《にぎ》わした。噂の主人公というのは、中央亜細亜《アジア》にある一小国の王族で、アリ殿下と称《よ》ばれたもうお方。

この王国の名は些《いささ》か憚《はば》かりがある故《ゆえ》省くが、欧洲と亜細亜の境、ペルシャ湾の近くに位する小さな王国で、回教を信仰するアラビヤ民族から成立《なりた》っているとやら。アリ殿下はその国の王様の甥《おい》に当《あた》られ、正しくいえば、アクメッド・アリ・ハッサン・アブダラア殿下と、やたらに長いお名前だそうだが、普通、簡単にアリ殿下とお呼び申上《もうしあ》げている。

殿下は半年程まえ世界漫遊の旅にと故国を出られ、途々《みちみち》いたるところに大名旅行の噂を撒《ま》きつゝ、三月ほどまえ上海《シャンハイ》に到着され、そこで四五十日滞在されたが、どういうわけか、従者の大部分はそこから直接アメリカへ送り、御自分はモハメットという忠実な武官と乳母《めのと》の二人だけを召連れて、飄然《ひょうぜん》と、この東京へやって来られたのである。

一体殿下のお国と日本とは昔から至って馴染《なじ》みが薄く、お国を訪問した日本人とては殆んどなく、ましてやその国から来朝した者は、殿下の御一行を嚆《こう》矢《し》とするという噂、無論、外交関係なども皆無で、この度の御来朝も、全く個人的な旅行にすぎなかった。

この珍客を迎えた当座、殿下の御消息が新聞に出ぬ日とてはなく、若い頃、ロンドンで御勉学あそばされたこと、借切りにされた船室の立派なこと、上海における豪奢《ごうしゃ》な御生活ぶり、さては回教徒としての一風変った御日常、事毎《ことごと》に珍らしいことずくめだったが、わけても人々の好奇心をそゝったのは、お供の乳母婦人が、回教徒の習慣から、どんな場合にも、頭からスッポリかぶった、黒い、長い被衣《かつぎ》をとらぬという一事。それとも一つ、殿下が英語のほかに、かなり巧みに日本語を話されるという事実が、人々を不思議がらせたが、これには次ぎのような挿話がある。

ロンドンに御留学中、殿下は一人の日本青年と親しくなられ、ある時一緒にアフリカへ猛獣狩りに出かけられたが、その時、殿下は一頭の牝獅子《めじし》のために、危《あや》く生命をおとすところを、連れの日本青年に救われたとやら。

「私の日本語はその人に習ったのです。その人は私にとって生命の恩人です。もし現在《いま》、その人が日本にいるなら是非会ってお礼を言いたい」

新聞記者に向って殿下はそう語られたが、不思議なことには、その青年の名を明かすことは好まないように見えた。

さて前置きが長くなったが、このアラビヤ王子が、これからお話する物語に、どういう風に関聯《かんれん》して来たか、それを語るには、是非とも千晶のその後の消息からお話しなければならぬ。

祖父が非業《ひごう》の最期を遂げて以来、千晶は自宅に閉じこもり、鬱々《うつうつ》として楽《たのし》まなかったが、今日も今日とて、奥まった書斎の窓にもたれ、深い物思いに沈んでいる。

この部屋は、生前雨宮老人がとくに愛していたところとて、空色の絹をはった土耳古《トルコ》椅子から豪華なペルシャ絨毯《じゅうたん》、さては煖炉の上に飾ってある金箔《きんぱく》塗りの二本の燭台、ルイ十四世風の背の高い椅子にいたるまで、見るもの悉《ことごと》く思い出させるのは祖父のことばかり。

わけても日頃老人が自慢していたのは、一方の壁いっぱいを占領している大きな油絵、この油絵は外国の美術館にある泰西の名画を模写したものとか、髪ふり乱した金髪の裸女が、醜《みにく》い半人半獣の怪人に襲われているところを、等身大に画いてあったが、その色彩の異様に黝《くろず》んだのも物凄く、千晶はいつもこの絵を見るたびに、ぞっとするような恐ろしさをかんじるのだ。

あゝ、思えば今の千晶こそ、この絵の裸女と同じような運命ではあるまいか。祖父を殺され、風流騎士とやらにみこまれた千晶の身は、とりも直さず半人半獣の怪物の恐怖におのゝく、金髪の裸女なのだ。

と、そこへ入って来たのは老女のお清。

「おや、お嬢さま、またこんな所で物思い、そんなにくよくよなさいますと、お体の毒ですよ。たまには外へ出て、新らしい空気をお吸いになっては」

「清や、この方が、でも、あたしの勝手なの」

「いくら勝手だと仰有ってもそれではあんまりですわ。それに涙は仏のためになりません。若旦那を御覧あそばせ。毎日、あのように元気にとび廻っていらっしゃいますのに」

「お兄さまはお兄さま、あたしはあたしよ」

「そんな我儘《わがまま》を仰有って」

「いゝの、後生《ごしょう》だから我儘を通させて頂戴。で、清や、何か御用なの」

「おや、まあ、あたしとしたことが。――お嬢さまにお手紙が参っております」

「あたしに手紙？　いったい誰から？」

「誰だか、名前はございません」

「そう、見せて頂戴」

千晶はものうげに手紙の封を切って、その文面を読み下したが、ふいに、

「あれ！」

と、叫んで手紙をヒラヒラ床に落した。

「お嬢さま、ど、どう遊ばしたのですか」

「清や、清や、大変だわ」

と、物憂《ものう》げな千晶の顔は一変して、烈々として強い焔《ほのお》が瞳のなかに燃えている。

お清老女もはっとした如く、

「お嬢さま、もしやあの悪党からでも――？」

「いゝえ、そうじゃないの。でもそれに関係した事よ、あゝ、あたしどうしたらいゝだろう、清や、その手紙を読んで見て」

お清はあわてゝ手紙を拾いあげると、おろおろし

ながら眼を通したが、なるほど、これでは千晶が驚くのも無理はない。

――お嬢さま。突然お手紙を差上《さしあ》げる無礼をお許《ゆ》るし下さいまし。私は是非ともお嬢さまにお眼にかゝって、申上げねばならぬ事がございます。その話とはほかでもなく、お嬢さまのお祖父さまを殺した男のこと、私はある事情から、その男のことを詳しく知っているのでございます。――

「あっ」

と、お清の唇から叫び声が洩れる。

――お嬢さま。その男は私にとっても憎い憎い敵《かたき》です。何んとかして私はその敵をお嬢さまにとって戴《いただ》きたいのでございます。そいつは私を欺《だま》し、私を今の不幸な境涯に陥入れました。お嬢さま、哀れな私を不憫《ふびん》と思召《おぼしめ》し、今夜、東都劇場までおいで下さいませ。いゝえ、私のほうからはとても、お宅へ参れません。いつもそいつが見張っているのでございますから。どうぞ、どうぞ、お嬢さま、私の言葉を信じて、是非、是非、会って下さいませ。

欺《あざむ》かれた不幸な女より

二伸

――第三幕目が終ったとき、階下椅子席最前列の、舞台に向って左から十三番目の椅子に坐《すわ》っている女が私と思召し下さいませ。尚《なお》、この事必ず警察へは内密に。

「どうしよう、どうしよう、清や、あたしは一体どうしたらいゝの」

「お嬢さま、まあ落着きあそばせ。何も念ばらし、これは一応手紙にある通り、お出かけになったほうがいゝかも知れません」

「でもお前、これが罠《わな》だったら？」

「しかしこの文面からみると、そうとも思えません。これはきっと彼奴にひどい目に遭わされた女でございますよ」

「ひょっとすると、あの相棒ではあるまいか」

「そうかも知れませんね」

「それじゃ、お前」

「ですからお一人ではいけません。誰か信用の出来る人に、ついて行って戴くのです」

「でも、そんな人があって？」

「ございますとも、ほら、由利先生」

「だって清や、こゝには必ず必ず警察へは内密にって書いてあるじゃないの」

「由利先生は警察の方ではありませんよ。あら、若旦那がお帰りの様子、ひとつ御相談なすったらよろしゅうございましょう」

従兄の恭助もお清の説に賛成だった。彼はいよいよ怪盗捕縛の時節到来とばかりに勇躍するのだ。二人は直《ただ》ちに自動車を走らせて、由利先生を訪れたが、先生は手紙を読むと、差図《さしず》に従ってみた方がよかろうという意見。

「ほうら御覧、先生も同じ御意見だよ、千晶さん大丈夫、先生や僕がついている。それにしても先生、この女が面会の場所に、東都劇場をえらんだというのは奇妙な因縁ですな」

「え？　恭助君、それはどういう意味？」

「いや、いずれ後でわかります。先生、今夜は素晴らしい捕物《とりもの》が見られますぜ」

恭助はニヤリと微笑《わら》うと、千晶を一人のこしたま、風のように出ていったが、さるにても恭助のいった謎《なぞ》のような言葉には、一体どんな意味があったのだろう。

十三番目の椅子

東京の新名物となった東都劇場、不況に喘《あえ》ぐ興行界を尻目にかけ、こゝばかりは我が世の春を謳歌《おうか》しているレヴュー劇場。この劇場ばかりがかくも人気を呼んでいるのは、むろんレヴューその物の魅力、斬新《ざんしん》な興行方針、洗練された演物《だしもの》と、原因は数々あろうが、それらに増して大きな魅力は、この座の主脳女優歌川鮎子《うたがわあゆこ》だという事はかくれもない事実。『深夜の金糸雀《カナリヤ》』――とそういういみじき綽名《あだな》をもった鮎子は、まこと金糸雀の如《ごと》くよく歌い、よく踊り、よく巫山戯《ふざけ》、今や満都の人気を一身に集めている。この鮎子の今度の演物というのが『沙漠《さばく》の王子』折から御来朝のアリ殿下をあてこんだ事はいう迄《まで》もない。

このレヴュー劇場へ、その夜唯《ただ》一人でのりこんだ千晶が、今しも正面の階段を登っていくと、あたりはいっぱいの人だかり、おや、何事が起ったのかしらと、思わず歩調をゆるめた時、表に一台の自動車がとまって、悠然と降りたったのは、ほかならぬアリ殿下。抜け目のない支配人が、演物にことよせて御招待申上《もうしあ》げたのを、気軽な殿下は快《こころよ》くうけられて、今宵《こよい》の御観劇となったのである。

殿下は例のモハメットと、黒衣の婦人を左右にしたがえ、出迎えの人たちに軽く会釈《えしゃく》を賜《たまわ》りながら、悠々と階段を登って来られる。

丈《たけ》は大して高い方ではないが、いかにもガッシリとした御体格、この国の人の例に洩《も》れず、煤《すす》をなすりつけたように色こそ黒けれ、鼻は鷲の嘴《くちばし》のように隆《たか》く、眼光炯々《けいけい》として、漆黒《しっこく》の口髭《くちひげ》、恰好《かっこう》のいゝ顎《あご》髯《ひげ》、いかさま王者の貫禄とうなずける。しかもそのお服装《みなり》というのが、まるでアラビヤ夜話の挿絵にでもありそうな珍らしいお国の礼装で、頭に巻かれた雪白のターバンにきらめいているのは、何カロットあろうかと思われるような大ダイヤ。

「まあ、素敵ね」

「昔見たヴァレンチノのシークってところね」

レヴュー劇場だけに客は婦人が多かった。口々に溜息《ためいき》とも囁《ささや》きともつかぬ嘆声を洩《も》らしている中を、殿下は静かに歩いて来られたが、やがて千晶のまえまで来ると、ふと立止《たちど》まり、一瞬燃える様に瞳《ひとみ》が輝いたと思われたが、それは千晶の思い過しであったろうか。

殿下はすぐさり気ない様子にかえると、支配人の案内で貴賓《きひん》席の方へ歩を運ばれる。

千晶はその後を見送ると、何故《なぜ》とも、自分でも分らぬ溜息をほっとつき、さてあわてゝ自分の席へ入っていったが、見ると舞台は第二幕目、アラビヤ王子に扮した鮎子がさかんに歌い、かつ踊っているところだった。

恰《あたか》もそこへ、殿下のお姿が貴賓席に現れたので観客席から一斉に拍手が起る。殿下は愛嬌《あいきょう》よくその拍手に答え席につかれたが、その時観客は非常に愉快な事実を発見した。というのはアラビヤ王子に扮した鮎子の衣裳というのが、殿下とそっくりそのまゝなのだ。

千晶とて、ふだんなら大いに興ある事に思ったろうが、今はしかし、それどころではない。最前列の左から十三番目の席、目で探して見ると、そこには人はいなかった。

「まだ来ていないんだわ」

千晶は却《かえ》ってほっとする。

彼女はさっきから不安で耐《た》まらない。その女は一体、自分に何を要求するつもりかしら。犯人を知っているなら、何故警察へとゞけないのだろう。ひょっとすると自分はとんでもない罠《わな》におちかけているのではなかろうか。第一、十三番目の椅子というのが気に喰わぬ。近頃では迷信も西洋かぶれがして、新らしい知識を持った者なら、誰だって十三なんて不吉な数をえらぶ筈《はず》がない。それやこれやを考えると、千晶はどうしても今宵の会見が無事にすみそうに思われぬ。ひょっとすると、どこかその辺に、風流騎士が恐ろしい眼を光らせているのではなかろうか。

そんな事ばかりとつおいつ考えているものだから、千晶には少しも舞台が目に入らぬ。わけの分らぬうちにその幕は終った。

次《つ》ぎはいよいよ第三幕目、幕がひらくとそのとたん観客席の電灯がスーッと暗くなる。この幕は星低きアラビヤの夜の光景。鮎子の王子が、美しい銀の笛を吹きながら、恋人の窓の下をさまよう場面。

と、その時、千晶は自分のすぐ側《そば》の通路を、ツツーと小走りにかけ抜けていく人影を見た。

(あ、ひょっとすると今のがあの女ではないかしら)

息をつめて見送ると、人影は果して十三番目の椅子に腰を下ろした。千晶は俄《にわ》かに心臓がドキドキして来る。これからすぐに行って見ようか。いや、手紙には三幕目の終りと書いてあった。仕方がない。それまで待とう。あゝ、それにしてもなんて長い幕だろう。

だが、その長丁場も漸《ようや》く終りに近づいて来た。大勢の踊子《おどりこ》がひっこむと、唯一人、舞台前面に取りのこされたのは鮎子の王子、銀笛片手に、詠歎《えいたん》にみちたひとくさりのアリアがあって、その詠誦《アリア》のうちに舞台はしだいに暗く、重く、闇のそこに沈《よど》んでいく。嵐のような拍手。そしてスルスルと幕。

やっと終った。さあ、いよいよこれからだわ。廊下へ流れ出る客をやりすごしておいて、千晶はドキドキしながら舞台のほうへ歩いていく。幸いあたりにはその女のほか誰もいない。千晶は何気ない風で、女の隣りに腰を下ろした。

女は舞台のほうへ眼をやったまゝ目動《まじろ》きもしない。いまの場面の感動がまだおさまらないのだろうか、肌もあらわな薄桃色の洋装をした、まだ若い、小綺麗な女だ。

「あなたね、お手紙を下すったのは?」

千晶は低声《こごえ》でいって見る。しかし女は答えない、依然として舞台のほうへ向いたまゝ。

「あたし、お手紙を戴《いただ》いた雨宮千晶よ、で、お話というのはどんなこと?」

女はまだ無言の行。千晶はしだいに腹立たしくなって来た。この女《ひと》は自分を馬鹿にしているのかしら。まあ、なんて蒼《あお》い顔!

「あなた、どうかなすって? お気分が悪いんじゃなくって?」

いいながら千晶の眼はふと女の胸もとにおちた。彼女は激しく瞬《またた》きをした。

女の胸に何やら銀色に光るものが突立《つきた》っている。その下にジットリ黒い汚点《しみ》がついている。汚点はしだいにひろがっていく。やがてポトリと黒い滴《しずく》が膝《ひざ》におちた。

「あれえ!」

叫ぼうとした口にあわてゝ手をやった千晶は、もういちど女の姿を見直した。

アヽ、もう間違いはない。返事のないのも道理、女は死んでいるのだ。いや、殺されたのだ。それもたった今、あのレヴューの最中に。――それにしても何《な》んという気味の悪い殺されよう! 瞬きもせぬ瞳を舞台に向けて、苦痛の表情《いろ》も、恐怖の痕跡《あと》もなく、安らかに、まるで生きているように。

千晶はふいに、舌がシーンとしびれて来た。

戦《おのの》くカナリヤ

「じっとしていらっしゃい。声を立てちゃいけませんよ。今夜は外国の貴人も見えているのですから無闇に騒いじゃなりません」

耳のそばで優しい声が聞えた。もしこの声が耳に入らなんだら、千晶はそのまゝ気が遠くなってしまったのにちがいない。

声をかけたのはいう迄もなく由利先生、先生の背後には恭助もいる。恭助のそばには二十《はたち》くらいの小僧も控えている。この小僧の顔を、千晶はどこか見覚えがあるような気がしたが、すぐには思い出せなかった。しかし、そんな事はこの際問題ではないのだ。

由利先生がやっと皺嗄《しわが》れ声でいった。

「恭助君、君はすぐ支配人をこゝへ招《よ》んでくれたまえ。だがあまり脅《おど》かしちゃいかんよ。それからついでに警視庁へ電話をかけて、等々力警部も呼んでくれたまえ」

「畜生《ちくしょう》！」

恭助は頭の毛をかきむしりながら、足音荒く走っていったが、と、間もなく泡を食ってやって来たのは禿頭《はげ》の支配人。

「ひ、人殺しですって？」

と、被害者の顔を覗《のぞ》いてみて、

「や、や、これは！」

「叱《しっ》！　君はこの劇場を台なしにしても構わんというのかね。さあ、この女を楽屋へかつぎ込むんだ。人が聞いたら気分が悪くなったのだというんですよ」

幸い客の多くが廊下へ出ていたのと、由利先生の措置がよかったので、客の中には誰一人この椿事《ちんじ》に気づいた者はなかった。

由利先生と支配人は被害者の体を楽屋の一隅にある、作者部屋へ運びこんだ。千晶もこわごわそのあとについていく。間もなく、恭助もその部屋へやって来た。

「で、支配人、君はこの女を知っているんですか」

「知っているどころの段じゃありません。これはこの踊子ですよ」

「何んですって。この一座の者ですか」

これは由利先生にとっても頗《すこぶ》る意外だった。支配人の話によると、被害者は緒方絹代《おがたきぬよ》といって、現にあの三幕目にも、はじめの方でちょっと顔を出していたというのだ。

「何んだってこいつ、客席へなど出娑婆《でしゃば》っていやがったんだろう」

余計な真似《まね》をするから、こんな迷惑を蒙《こうむ》らねばならんといわんばかりの支配人の口吻《くちぶり》。

「そんな事はどうでもよろしい。それより表へいって三幕目のはじまった時分から、誰も外へ出ていった者はないか調べてくれたまえ。いや、ついでに楽屋口のほうもお願いします」

「なんですって？　それじゃこの一座に犯人がいるとでもいうんですか」

「なんともいえませんね。何しろ風流騎士のやることだから」

「え？　風流騎士？　ほ、ほんとですか」

「こんな際に誰が冗談などいうもんか」

「あゝ、あゝ、何もかもおしまいだ。明日から一人も客は来ないだろう」

支配人が気狂《きちが》いのように表へ走り去ったあと、改めて由利先生は被害者の体を調べはじめたが、と、忽《たちま》ち非常な驚愕《おどろき》の表情《いろ》がその顔にうかんで来た。

「先生、どうかしましたか」

「恭助君、これは実に容易ならん犯罪だよ。君はこんな兇器を今迄見たことがあるかね」

先生の言葉に改めて被害者の胸を見直すと、そこに突立っているのは、長さ五寸ぐらいの、畳針みたいな細い金属で、その末端には矢羽のようなものがついている。そして被害者の体を動かすたびに、その矢羽が鶺鴒《せきれい》の尾のようにブルンブルンと顫《ふる》えるのだ。

「俺《わし》は一度あるところで、これと同じようなものを見たことがあるが、こいつはアフリカの土人などがつかっている吹矢なんだよ」

「吹矢ですって？」

「そうだ、見たまえ、こいつほんのちょっとしか肉へ喰いこんでいないだろう。普通ならこれくらいの傷で死ぬ筈はないのだ。ところが、この吹矢には普通、恐ろしい毒が塗ってあるので、その毒が瞬間にして相手を斃《たお》すのだ。つまり土人が猛獣狩りに使うあれだよ」

あゝ、何んということだ。東京の真中《まんなか》でアフリカの猛獣狩りみたいな犯罪が起るなんて。千晶はあまりの恐ろしさに口も利《き》けなんだ。

「そうすると、犯人は必ずしも、被害者の側《そば》にいる必要はなかったのですね」

「そうだよ、よく慣れたものなら五間《けん》、いや十間ぐらい離れたところから、巧みに的を狙うことが出来る。おそらく三幕目の終りの、舞台と客席が同時に暗くなった時行われたのだろう」

恰もそこへ支配人に案内されて、大勢の刑事とともにどやどやと駆けつけて来たのは等々力警部、幸い支配人の調べたところによると、三幕目がひらいた時分から、誰もこの劇場を立去《たちさ》った者はないということ。犯人はまだ劇場内にいるのだ。

「よし、今度こそ袋の中の鼠《ねずみ》だぞ！」

劇場は直《ただ》ちに蟻《あり》の這《は》い出す隙間もないほど、私服や警官によって包囲される。

「で、お客様はどういうことになるんで」

「どうもこうもあるもんか。片っ端から取り調べるんだ。一人だって帰しちゃいかんぞ」

「そ、そんな無茶なこと！」

支配人は頭から湯気を立てゝ、虚空《こくう》をつかむ真似をする。もし、そんな事になったらそれこそ劇場の面目は丸潰《まるつぶ》れだったが、幸い、そこへ恭助が横から助け舟を出した。

「警部、客席も客席ですが、それより楽屋のほうから始めたら如何《いかが》ですか。被害者が一座の者である事といい、現場が一番前の席であった事といい、これは座の中に関係があるかも知れませんぜ」

なるほど、恭助の言葉にも一理あった。兇器が吹矢とすると、犯人は舞台のうえにいてもいゝ事になるのだ。それにどんな知名の士がいるかも知れない観客より、座員を取調べるほうが面倒も少くてすむというもの。

「よし、それじゃそういう事にしよう。で、一体誰から始めたものかな」

「誰かれというより、スターの歌川鮎子からはじめたらどうです。あの女が三幕目の一番最後まで舞台にいたのですから」
ア、、恭助は何事かを知っているのだ。知っていて、捜査の方針をある方向へ導こうとしているのだ。事実を知っているということほど強味はない。人々はいつしか恭助にリードされて、唯々諾々《いいだくだく》と彼の指令に従っていた。
絹代が殺されたという事実は、すでに楽屋中にひろがっていた。あちらでもこちらでも、踊子たちがよりあって、不安そうに囁きを交わしている。警部の一行はその中をかきわけて、鮎子の部屋のほうへ行った。

歌川鮎子はさすが一座のドル箱だけあって、狭いながらも二階に独立した部屋を占領していた。彼女もすでに絹代の殺されたことを知っていたに違いない。一同の顔を見ると、ハッと面《おもて》を曇らせたが、わけても恭助と千晶の顔を見た刹那《せつな》、唇《くちびる》のいろまで変ったように思えた。

「まあ、皆さん、お揃《そろ》いで何か御用でございますの」

鮎子はしいて快活に振舞《ふるま》おうとしたが、その声は妙に咽喉《のど》にひっかゝってかすれていた。恭助はつかつかとその前に歩みよった。

「鮎子さん。あなたは緒方絹代が殺されたことを御存じでしょうね」

「えゝ、いま聞きましたわ。びっくりしているところなんですの」

「で、あなたにお訊《たず》ねしたい事があるんです」

「まあ、あたしが何か知っているとでも仰有《おっしゃ》るんですの」

「あなたは三幕目の一番終りまで舞台にいらっしゃった。そして絹代はその間に殺されたんです」

「で？」

「絹代は吹矢で殺されたんです。犯人は絹代のそばに近づく必要はなかったんです。ということは、舞台のうえからでも絹代を殺すことが出来たということですよ」

「まあ、何んのことをいってらっしゃいますの。御用があるなら早く仰有って下さいませんか。間もなくアリ殿下がこゝへいらっしゃる筈になっているんですから」

「何？　アリ殿下だって？」

警部がびっくりして叫んだ。

「はい、実はその、楽屋を御訪問下さるようにさっきお願い申上げたんです。歌川君と並んで記念撮影をして頂《いただ》こうと思いまして」

支配人が汗を拭《ふ》きながらいった。

「いかん、いかん、こんなところへ殿下を御案内しちゃいかん」

「でも、もうお約束が出来ているんで」

「なんでもいゝ、お断り申上げて来い」

警部の権幕《けんまく》に支配人は豚《ぶた》みたいにブーブー唸《うな》りながら、あたふたと出ていった。

「で？」

カナリヤは今や怒りのため全身を顫わせているのだ。鮎子は挑戦するように恭助の方を振返った。

「鮎子さん、ちょっとその笛を見せてくれませんか」

言い忘れたが、鮎子はまだアラビヤ王子の扮装《ふんそう》のまゝで、手にはさっきの細長い銀笛を持っていた。

恭助はそれを受取ると、

「おや、これは拵《こしら》えものですね」

「小道具ですわ。竹に銀紙を張らせて作らせたのです。あなたはほんとにあたしが舞台で笛を吹くと思っていらしたの」

恭助はその言葉に耳もかさず、

「先生、吹矢を吹くのにこの管はどうでしょう」

「まあ！　それじゃあなたは、あたしが絹代さんを殺したと仰有るの？」

「正にそのとおりです」

「舞台から絹代さんのところまで四五間はありますよ」

「吹矢は十間まで飛ぶそうです」

「でもその間にはオーケストラ・ボックスがありますよ」

「楽師諸君は楽譜を読むのに熱中していました」

「まあ、面白いのね。で、動機はなんなの？」

「あなたはそれを聞きたいですか」

「えゝ、聞きたいわ」

「よろしい、今いってあげます」

恭助は今やこの訊問《じんもん》劇の立役者なのだ。彼は気取った身振りで振返ると、

「山下《やました》君、山下君」

と呼んだ。と、声に応じて入って来たのは、千晶がさっきから気にしていた小僧なのだ。

「鮎子さん、あなたはこの人に見覚えがありませんか」

鮎子は訝《いぶか》しそうにその男の顔を見ると、かるく首を横に振ったが、その動作は少からず不安らしく、必死の思いをこらえていると見えて、額《ひたい》からツルリと一滴の汗が落ちた。

「なるほど、あなたの方では御存じないかも知れない。それじゃ皆さんに御紹介しましょう。この人は西荻窪の薔薇のアトリエの近くにある、酒屋の小僧さんなんです。そして、たった一度だけだが、偶然のことからアトリエを訪れて来るヴェールの婦人の顔を、ハッキリと見たことがあるというんです」

あっという叫びが一座の人々の口から洩《も》れた。分った、分った、いまや恭助の目的がハッキリと分った。千晶は思わず大きく呼吸《いき》をすいながら鮎子の顔を見直した。この人が――この有名なスターが、この美しい女優が風流騎士の相棒で、あゝ、恐ろしい。こんな意外な、こんな奇怪なことがあるだろうか。

山下の視線に射すくめられた鮎子は、いまや全《まった》く猫《ねこ》に狙われたカナリヤだった。カナリヤは全身の羽毛を逆立てゝ、恐怖におのゝいた。バタバタと籠《かご》の中を狂気のように飛び廻った。そうすることによって、美しい羽根に傷がつくということも知らずに。

「この女《ひと》です。薔薇のアトリエを時々訪れたあのヴ

エールの婦人はこの女《ひと》に違いありません」

宣告するような山下の声が陰気に響きわたった。

金色《こんじき》の王子

「この女《ひと》です。はい、確かにこの女《ひと》にちがいありません」

御用聞き山下の言葉に、部屋のなかには一瞬、恐ろしい沈黙が落ちこんで来た。

この女が、この有名なレヴュー界の女王が風流騎士の仲間だって？　こんな意外な話があるだろうか。この小僧はなにかとんでもない感違いをしているのだ。だが、それにしても鮎子は何故抗弁しないのだろう。何故、この恐ろしい疑いを解こうとしないのだろう。

人々の眼は探るように鮎子の面に注がれたが、その顔は蠟《ろう》のように固く硬《こわ》ばって、玉虫色に彩った唇もカサカサに乾いていた。

「で、仰有ることはそれだけなの？」

鮎子は必死となって内心の動揺をおさえると、挑むように恭助の瞳を見る。

「そうさ、これだけ言えば十分じゃないか。それとも、もっと君の悪事を数えあげて貰《もら》いたいのかい？」

「もう沢山、あたしそれよりあなたにお願いがあるの、聞いて下すって？」

「ははは、とうとう兜《かぶと》を脱いだな。よしよし、僕に出来る事ならきいてやってもいゝぜ」

美しいカナリヤを手捕りにした恭助は有頂天《うちょうてん》だった。得意そうに由利先生や等々力警部、さては千晶の顔を一瞥《いちべつ》すると、

「で、その頼みというのは？」

「なんでもない事なのよ。ちょっとあなたにそこを退《ど》いて戴きたいの」

「な、なんだって？」

「ほゝゝゝほ、何も驚くことはないわ。邪魔だからそこを退《ど》いてといってるのよ。ついでに両手をあげて戴くと都合がいゝのだけど、ほら、外国映画によくあるように」

あゝ、何んという大胆さ、鮎子がさっと衣裳の下から取出《とりだ》したのは一挺《ちょう》のピストルだ。

「あっ、いけない」

一瞬蒼白《あおじろ》んだ恭助が、つぎの瞬間、勇をふるって猛然と躍りかゝっていったが、そのとたん、ブスッ

と妙な音がしたかと思うと、

「しまった！」

　恭助は悲鳴をあげてたじろいだ。見ると袖《そで》の下から手の甲を伝わって、タラタラと赤い血の筋が垂れているのである。

「うぬ、抵抗する気か」

　今の今までよもやよもやと半信半疑でいた等々力警部も、こうなると容赦《ようしゃ》は出来ぬ。恭助に代ってとびかゝろうとするのを、鮎子はひらりととびのいて、

「ほゝゝゝほ、お止《よ》しなさいよ、警部さん、あたしその男に極印をうってやったのよ、極印を、ね、お分りになって？　でもこれ以上殺生《せっしょう》な真似はしたくないの。さあみんなそこを退《ど》いてよ。王子様のお通りよ。そうそう、白髪の探偵さん、さすがにあなたお悧巧《りこう》ね」

　まだ薄白い煙を吐いているピストルを身構えたまま、ジリジリとドアのほうへ行く鮎子の姿を見ると、恭助は腕の負傷を打《うち》忘れ、

「おのれ、待て！」

　猛然と躍りかゝっていったが、その時早く、ひらりと廊下へとび出した鮎子は、

「ほゝゝゝほ、お生憎《あいにく》さま！」

　嘲笑《あざわら》うような嬌声《きょうせい》とともに、さっと右手をふったと見るや、何かしら、梅の実ほどのものが廊下にとんだ。

「あ、危い！」

　由利先生が小脇に千晶を抱きとめたとたん、ドカーンという物音、パッと炸裂《さくれつ》する青白い火華、あたり一面濛々《もうもう》たる煙なのだ。しかもその煙の眼にしみること、一同思わずボロボロ涙を流して咳入《せきい》っている隙に、鮎子は長い廊下を走っていった。わっと叫んで逃げまどう踊子たち、彼女はそれを尻眼にかけ、階段まで来たが、しまった、物音をきゝつけた刑事数名、一塊《ひとかたまり》になって上って来る。

　チェッと舌を鳴らした鮎子は、くるりと廻れ右をすると、タタタタと狭い階段を伝って三階へのぼっていった。

　近代的な装備を誇るこの劇場は、勝手を知らぬ者にとってはまるで迷路だ。夥《おびただ》しい部屋の数、曲りくねった廊下と昇降器、あちこちに散在している大道具小道具、鮎子はたくみにその間隙を縫《ぬ》って、追いすがる刑事の眼をくらましていたが、そのうちにス

ーッと劇場内の電気が消えたから、あたりは全くの闇黒《あんこく》と化してしまった。

どうやら相棒がいたらしい。

さあ、劇場内は大混乱、先程より唯ならぬ気配におびえていた観客は、いっせいにわっと立上《たちあが》ると、泣く者、叫ぶ者、罵《ののし》る者。だが、観客席も観客席だが、楽屋のほうではその時、もっと大きな混乱が起っていた。

電気が消えたとたん、人々は何んともいえぬ変梃《へんてこ》な感じにうたれたのだ。

闇を縫うて逃げていく鮎子の体が、まるで鬼火《おにび》のようにボーッと炎《も》えあがっている。何もかも闇の一色に塗りつぶされた中に、彼女の体だけがきらきらと輝きながら、宙をとんでいく妖《あや》しさ、美しさ。分った、分った、彼女の着ているあのアラビヤ王子の衣裳には、舞台効果を強めるために、一種の発光塗料が塗りつけてあったのだ。

あゝ、燦爛《さんらん》たる金色《こんじき》の王子！　人々は思わずあっと呼吸《いき》をつめたが、すぐ気を取直《とりなお》すと、ジリジリと発光王子めざして進んでいく。もうどんな暗闇の中でも逃がしっこはない。あの輝ける衣裳こそ何よりの目印なのだ。

追いつめられた鮎子は三階から更に屋根裏へとのぼっていった。

そこは舞台の真上にあたっていた。近代劇場のことだから、さすがに場末の小屋ほど、ごたごたしてはいなかったが、それでも格子に組まれた床の上には、鎖で巻きあげられた背景だの、嚙《か》みあう歯車だの、縺《もつ》れあうロープだのが一面に散乱して、一歩足を踏みすべらせようものなら、格子《こうし》の目から真逆様《まっさかさま》に舞台へ顚落《てんらく》せねばならぬ。

鮎子は絶体絶命だった。背後からは刑事の群が口々に怒鳴りながら近附いて来る。いつの間にか、その中には等々力警部や恭助の声も混っていた。

鮎子は仕方なしに格子の目から体を滑らせると、舞台に垂れているロープを伝っておりはじめた。ロープの先には次の場面に使用するブランコがブラ下っている。鮎子の脚がブランコの横木にかゝった。

千番に一番のかねあいとは全くこのこと、漆黒の闇の中に、ブランコがひと揺れ大きく揺れて、鮎子の体がまるで人間蛍《ぼたる》のように、虚空にさっと金色の虹《にじ》をはいた。

あゝ、金色王子の大曲芸、レヴュー以上の大レヴュー、舞台の周囲に群がっていた踊子も、舞台上から追跡していた刑事も、この素晴らしい離れ業《わざ》に、わっと叫ぶと、しばし呆然《ぼうぜん》と立ちすくんでしまったのである。

闇の中の顔

丁度その頃、千晶は唯一人、まっくらな迷路をさまよい歩いていた。

あたりは旋風の通りすぎた跡のように、無気味に静もり返っていて、折々聞えるのは観客席のどよめきと、刑事の罵《のの》り騒《し》ぐ声。

千晶は胸をワクワクさせながら、長い廊下を手探りに歩いていったが、その時、誰やら向うから急ぎ足にこっちへやって来る様子、千晶はぎょっとして闇のなかに立ちすくんだが、丁度幸い、すぐ側《そば》にドアが半開きになっているのに気附いたので、あわてゝその中へ滑りこんだ。

見るとそこはどうやら衣裳部屋らしい。壁いっぱいにさまざまな衣裳がブラ下っている。千晶は前後の考えもなく、衣裳の中に潜りこんだが、そのとたん、足音はドアのまえでピタリと停った。

ギイとドアを開く音、荒々しい息使い、千晶が思わずハッと胸をとどろかせたとたん、鈍い月光に隈《くま》取られた部屋のなかへ、何んともいえぬ異様な顔が覗きこんだのだ。

石炭のようにまっ黒な顔、鷲の嘴のように尖《とが》った鼻、西洋皿のようにギラギラ光る双《ふた》つの眼。——恐ろしく背の高い男だった。そして頭には何やら妙なものを巻いている。

千晶はあまりの恐ろしさに、思わず声を立てようとするのを、あわてゝ唇《くち》に手をやっておさえた。

そいつは暫《しばら》く、ギラギラ光る眼で部屋のなかを見《み》廻《ま》していたが、幸い千晶のいることに気附かなかったのか、スーッと顔を引っこめると、やがて引摺《ひきず》るような重い足音が、しだいにドアから遠のいていった。

千晶はほっと溜息をつく。気がついてみると、体中いっぱいの汗なのだ。いったい、あの男は何者だろう。丁度レヴュー『沙漠の王子』に出て来る人物とそっくり同じだったが、あんなに背の高い、あんな恐ろしい顔をした役者なんてある筈がない。ひょっとするとあの男は鮎子の相棒ではあるまいか。

千晶は遠ざかりゆく足音に耳を傾けたまゝ、じっとブラ下った衣裳のなかに身を縮《ちぢ》めていたが、その時、何んともいえぬ妙なことが起った。

そこにブラ下っている衣裳と、彼女の薄い洋装とを通して、何やら得体の知れぬ温かさが、ジーンと肌にしみ通って来るのだ。おや、この温さは何かしら？　千晶はそっと傍《そば》の衣裳をまさぐってみたが、そのとたん、あまりの怖ろしさに、

「あれえ！」

と、金切声《かなきりごえ》をあげてとびのいた。衣裳の下には、何やら、柔《やわら》かいもの――確かに人間の体と思われるものがあった。

瞳をこらしてよく見ると、そこにブラ下っている衣裳というのは、さっき鮎子が着ていたのと同じようなアラビヤ王子の衣裳なのだ。いやいや、これは壁にブラ下っている衣裳ではない。その衣裳の中には確かに人が隠れているのだ。あ、裾《すそ》のほうに足が見える。そしてその足が少しずつ動き出した。

あゝ、誰か来て頂戴《ちょうだい》、鮎子が――鮎子さんがこゝに隠れていたのだわ！　千晶は声を出して救いを求めようとしたが、咽喉がカラカラに乾いて声が出ない。逃げ出そうにも足がすくんで動けないのだ。

と、ふいにそいつが両手をのばして、むんずとばかりに千晶の肩を抱いた。

「お嬢さん、何もびっくりすることはありません、わたし、決して怪しい者ありません」

何んだか妙な声だった。鼻にかゝった一種の異様なアクセントと、子供のような舌足らずな口の利きかたに、千晶はギクリとしてその顔をふりかえったが、すると、彼女の唇《くち》からは、思わずあっと低い叫び声がもれた。

何んということだ。そこにいられるのは正真正銘、贋《まが》いなしのアラビヤ王子、アリ殿下なのであった。

「あら、殿下――殿下さまでございましたの」

千晶はさっと頬《ほお》を紅《あか》らめると、何んといっていゝか言葉に困ってしまった。こんな場所で、こんな妙な具合に、外国の貴賓に体を抱かれて、千晶は恥かしさと、畏《おそ》れ多さのために、すっかり度を失ってしまった。

殿下はチョコレート色の頬をほころばせて、ニッと美しい歯を出して笑うと、

「そう、わたしアリです。私、困りました。私、鮎子さんに会う約束でこゝへ来ました。電気消えました。真暗《まっくら》になりました。従者、どこかへいってしまいました。私、困ってこゝに待っていました。お嬢さん、こゝの人ですか」

殿下は美しい髯をしごきながら、さも困ったように渋面《じゅうめん》を作って見せる。

「いゝえ。さようではございません。殿下、あたしも連れにはぐれて困っている者でございます」

「あゝ、そう、で、あの騒ぎはいったいどうしたのですか」

「はあ、あの、それは」

千晶は口籠《くちご》ってしまった。まさかこの人に、今人殺しがあったなどと言われない。

「あたしにもよく分りませんのですけれど――」

「何んだか、ピストルのような音がしましたが」

「はあ、そのようでございました」

「モハメットはどうしたのだろう。あなた、モハメット、私の従者、知りませんか」

「モハメット？」

千晶はふと、今部屋を覗いていった、あの異様な顔を思い出した。あゝ、そうだったのか。それではあれが殿下の従者だったのか。

「あゝ、その方なら、いま廊下を通られましたが、お呼びして参りましょうか」

相手が怪物でも何んでもなく、外国の貴賓であることが分ると、千晶は俄かに勇気が出て来た。彼女は急いで廊下へ出ていこうとしたが、その時、殿下の腕がまだしっかり自分の体を抱きしめていられるのに気がつくと、思わずまごまごして顔を紅らめた。

殿下もそれに気がつくと、すぐ彼女の体を離したが、と、丁度そこへ、一旦行きすぎた従者のモハメットが、話声をきゝつけて再び引き返して来た。

モハメットはくらがりの中に殿下の姿を認めると、つかつかと中へ入って来て、二言三言、何やら殿下に囁いていたが、その時、千晶が少し妙に思ったのは、モハメットの殿下に対する態度が、些《いささ》か慇懃《いんぎん》を欠きはしないかと思われたことだ。

しかし、それも束《つか》の間《ま》、殿下が何かいって傍《かたわら》の千晶を指さすと、モハメットははっとしたらしく、俄かに鄭重《ていちょう》な態度になった。

二人は何やら分らぬ言葉で、猶《なお》も二言三言応対し

ていたが、やがて、殿下は千晶のほうを振りかえると、

「幸いモハメットが来てくれましたから、私はいきます。あなた、まだこゝにいますか」

「いゝえ。あたしも帰りたくてなりませんの。でも、一人では何んだか怖くて」

涙ぐんだ千晶の訴えに、殿下も心を動かされたのか、

「そう、それでは一緒にいきましょう」

と、やさしく千晶の手をとった。

奈落の怪

こちらは金色王子の鮎子である。

ひと揺れ、ふた揺れ、漆黒の闇に燃えあがる虹をえがきながら、しばらくブランコの呼吸をはかっていた鮎子は、やがて身を躍らせると舞台にとびおりた。猫のような身軽さなのだ。ひらりと舞台に這《は》った鮎子は、すぐむっくりと起きあがった。その時だ。

ズドンというピストルの音、さっと炎の筒が舞台の上空に奔《はし》ったかと思うと、鮎子の体がパッタリ顚倒した。誰かゞ、あの金色の衣裳めあてに狙撃したのだ。鮎子は一旦舞台に倒れたが、勇気をふるって起きあがると、よろめき、よろめき上手《かみて》のほうへ逃げていった。

これを見ると舞台の袖《そで》に佇《たたず》んでいた踊子たちは、わっと叫んで逃げ迷う。いや踊子ばかりではない。そこには幕内の事務を司《つかさど》る人々や、道具方なども大勢いたけれど、誰一人彼女の行手を遮《さえぎ》ろうとする者はなかった。

鮎子は片手で胸をおさえ、片手にピストルを振りかざしつつ、必死の形相物凄《ぎょうそうものすご》く楽屋へかけ込んだが、やがてその姿はついと舞台下の奈落《ならく》へ消えた。奈落というのは、楽屋から花道へ通じている一種の地下道である。

一同がその後を見送って、ワイワイ騒いでいるところへ、しばらくおくれて刑事の一行が三階から駈けつけて来た。

「あの女はどうした。どこにいるのだ」

事務員のひとりをつかまえて、噛みつくように訊ねるのは等々力警部だ。

「鮎子さんなら、今奈落へ入っていきましたよ」

「何故、あの女を捕えないんだ。あんなに声を嗄《か》ら

して叫んだのが分らないのか」

「捕えるたって向うはピストルを持っているんですぜ。危くて近寄れやしませんや」

　事務員は頬をふくらして不服そうにいった。なに、ピストルを持っていずとも、捕える気などなかったのだ。彼等《ら》はみんな、心のうちではひそかに鮎子に同情していたのだから。

「よしよし、なに、この中へ入ったのなら、袋の中の鼠も同然だ。誰か先に立って案内してくれたまえ」

「御冗談でしょう。向うは死にもの狂いですよ。ズドンと一発喰ったらお陀仏《だぶつ》でさ。そんな危い真似はまあ真平《まっぴら》ですね」

　成程《なるほど》、事務員の言分《いいぶん》にも一理ある。これには刑事も弱って互いに顔を見合《みあわ》せていたが、さっきから懐中電灯でしきりに舞台のうえを調べていた恭助が、この時、点々として滴《したた》っている血の跡を見附けだした。

「御覧なさい、こゝに血が垂れている。さっき僕のぶっぱなした一弾が見事に命中したんですね。この血の量から察すると、鮎子の奴、かなり深手を負っているに違いない。大丈夫、みんな僕について来て下さい」

　ああ、恭助は鮎子に対して、よほど激しい敵意を抱《いだ》いていると見えるのだ。彼の顔にはゾッとする程執念ぶかい憎悪がうかんでいた。

　恭助は懐中電灯の光を消すと、ピストル片手に一歩一歩奈落へおりていった。一同もそのあとから続いたが、どうしたのか、由利先生の姿だけがその中には見られなかった。

　舞台も暗かったが奈落はそれにもまして暗かった。窒息しそうな重い空気、底知れぬ漆《うるし》の闇、厚い壁に外部の物音はかき消され、墓場のような静寂なのだ。全く奈落とはよく名附けたものと思われる。

　ワクワクするような緊張感、息詰まるような亢奮《こうふん》、一同はしだいに奈落の奥深く進んでいったが、ふいに、恭助が鋭い低声《こごえ》で叫んだ。

「あ、あすこに鮎子が倒れている！」

　なるほどずっと向うの闇の底に、かすかな燐光《りんこう》が怪しく蠢《うごめ》いているのだ。その光は一度ユラユラと立ちあがったが、すぐまた、パッタリと倒れた。

「神妙にしろ、抵抗するとぶっぱなすぞ」

恭助は大声で怒鳴ったが、その時、何んともいえぬ変なことが起った。狭い奈落のなかに一種異様な叫び声が反響したのだ。まるで怪鳥《けちょう》の叫びにも似たキーキー声、わけの分らぬアクセント、人々は一瞬、ゾーッと冷水を浴びせられたような無気味さを感じたが、やがて一散に側《そば》へ走りよると、恭助はいきなりさっと懐中電灯の光を浴びせた。

そのとたん、刑事たちは一斉にわっと叫んで、うしろへたじろいだ。無理もない、円《まる》い光の中に浮き出したのは、何んともいえぬ異様な顔だった。タールのように黒い皮膚、大きな白い眼、尖った鼻、長い髪の毛、しかもその服装《みなり》の異様さに、さすがの警部も一時は鳥肌が立つような薄ら寒さをかんじた。

「うわ！　何んだ、この女は？」

「分りました。警部、これはアリ殿下の乳母《めのと》という女にちがいありません」

叫ぶとともに、恭助は激しく女の肩に手をかけて鮎子の行方《ゆくえ》を尋《たず》ねたが、むろん言葉が分らないから話の通ずる筈がない。色の黒い乳母は気狂いのように喘ぎながら、しきりに首をしめる真似をして見せる。見るとその首には長い布がまきつけてあった。鮎子が頭にまいていたあのターバンなのだ。燐光はその布から発するのだった。

「分った。この女は鮎子に首をしめられたんです。殿下と一緒に楽屋へ来たところが、電気が消えてまっくらになったので、こんなところへまぎれこんだのですよ。こいつ、鮎子が妖しい光を放っていたものだから、幽霊か何かのように考えて怖れているんですよ」

「よし、誰かこの女を一緒につれて来い」

腰の抜けた乳母をかゝえて一同は再び闇のなかを進んでいったが、やがて奈落はつきて揚幕《あげまく》のうしろへ出た。恭助が一番にその揚幕からとび出した時、まるで人を馬鹿にしたように、ボヤーッと場内の電気がついて、わっとあがる歓呼の声。

恭助は右往左往《うおうさおう》する観客をかきわけて、支配人を探し出すと、嚙みつくように訊ねる。

「支配人、アリ殿下は――殿下はどこにいますか」

「アリ殿下ですって？　殿下はいまお帰りになりましたよ。いくら警部の命令でも、殿下をお引止《ひきと》めするわけにはいきませんからね」

支配人は汗を拭きながら自暴自棄《やけくそ》な笑い方をした。無理もない、足止めを喰《くら》った観客が、蜂《はち》の巣をつっついたようにワイワイ騒いでいるのだ。

「それで、殿下はお一人でしたか」

「いや、御婦人の連れがありましたよ。そうそう、あなたと御一緒だった、千晶さんという方です」

「なに、千晶が？」

恭助は面喰《めんくら》ったように叫んだが、

「いや、僕の聴いているのはそれじゃない。殿下のお供の者はどうしたというんです」

「むろん御一緒でしたよ。モハメットとかいう色の黒い大男と、被衣《かつぎ》をかぶった婦人と。――」

と、いいかけて支配人は俄かにハタと口をつぐんでしまった。その時、色の黒い婦人が、刑事にかゝえられて、気狂いのように泣き叫びながら近附いて来たからである。

「や、や、これは！　すると、すると――いまの被衣の婦人は、ありゃ誰だ」

「むろん、鮎子ですよ」

ふいに横合から、静かな声が聞えて来たので、一同がハッとして振りかえって見ると、いつの間にやら由利先生が来て立っていた。

「警部、すぐ殿下の自動車を追わねばなりますまい。殿下のお身に間違いがあったら、それこそ大変ですからね」

だが、そういう由利先生の表情はまことに奇妙なものだった。重そうに垂れた瞼《まぶた》の下から、先生はきっとばかりに恭助の横顔を睨《にら》んでいるのであった。

瀕死のカナリヤ

千晶はアリ殿下と並んで自動車の中に腰をおろしていた。殿下の左側にはあの被衣をかぶった婦人が、そして前には従者のモハメットが、不機嫌らしくきっと唇を結んで腰をおろしていた。

自動車が動揺する度に、殿下の肩が軽く千晶の肩に触れるのだ。その度に、千晶はハッとして体をちゞめる。不思議なことには、殿下とそうして並んで坐《すわ》っていても、少しも異国人特有の不快な体臭は感じられなかった。

千晶はふと、さっき衣裳部屋の暗闇で、強く殿下の腕に抱きしめられた時のことを思い出した。すると、何んともいえぬ妖しいトキメキを感じて、思わず頬を染めるのだった。

外国の貴賓と同乗しているという、千晶のギコチなさを救うためであろう、殿下は何くれとなく、優しく話しかけられたが、千晶にはその心使いも有難《ありがた》く嬉《うれ》しかった。

千晶はなるべく言葉少なに、謹《つつし》んでお答えしようとするのだが、どうかすると相手の御身分を忘れて、つい、親しそうな言葉使いになるので、その度にドギマギしてしまう。殿下にはそれがおかしいのか、鷹揚《おうよう》に微笑されるのであった。

「何故、そんなに体を固くしているのですか。もっと楽にしたほうがよろしい」

「いゝえ、勿体《もったい》のうございますわ。それに、あたし代々木まで送って戴かなくてもよろしいのですの。その辺で降ろして戴ければ結構でございますわ」

「どうしてゞすか。私、一緒にいると迷惑ですか」

「まあ、そんなことございませんけど」

「それでは、私の言葉に従った方がよろしい。私の国では婦人を送るのが紳士の務めです」

「えゝ、でも」

殿下のやけつくような視線を頬にかんじた千晶が、眼のやり場に困って、ふと床のうえに瞳を落した時である。千晶はふいにあれっと叫んで真蒼《まっさお》になった。

「あっ、血が――血が――」

「え？　血？」

殿下もはじめて気がついたように足許《あしもと》を見た。と、そこには赤黒い血の流れが、蚯蚓《みみず》のようにうねりながら這っているのだ。しかも、その血は、被衣をかぶった婦人の足許から、滴々として滴っているのである。

殿下は何か大声で叫びながら、被衣の婦人を振返ったが、そのとたん、前に坐っていたモハメットが、あっと叫んで、殿下のまえに立ちはだかった。

被衣の下から、ヌッと銀色の銃口が覗いている。その銃口がしだいに上へあがったかと思うと、静かに被衣をとりのけて真蒼な顔が現れた。

「あら！　あなたは鮎子さん！」

いかにもそれは鮎子だった。彼女は今にも気が遠くなりそうな苦痛を、じっとこらえながら、

「停めて、停めて、自動車を停めて！」

と、喘ぐように言った。見ると片手でしっかり押えた胸の下からは、泡のように血がブクブクと吹き出していた。アリ殿下はそれを見ると、もう一度大声で叫んだが、鮎子はそれを押えるように、

「お願い、自動車を停めて」

と、叫ぶ。運転手もこの騒ぎに気がついたのか、ぴたりと暗い路傍《ろぼう》に自動車をとめた。鮎子はよろめくように自動車から降りると、

「後生《ごしょう》だから、あたしの後を追わないで、さあ、真直《まっす》ぐに自動車をやって」

運転手はそれを聞くと、殿下の命令も待たないで、再びまっしぐらに駛《はし》り出した。バック・ウインドウから覗いてみると、鮎子は一度、バッタリ路傍に倒れたが、またムクムクと起きあがると、よろめきながら向うの横町へ姿を消した。

千晶は心臓が固くなるほどの、強いショックに口も利けなかった。いま見た鮎子の姿のいたましさに、恐ろしいというより、女らしい憐憫《れんびん》の情に負かされて、思わず涙ぐんでしまった。

カナリヤはいま死にかけているのだ。彼女があゝしてよろめきながらも歩いていけるのは、逃げなければならぬという強い精神力のためなのだ。出来ることなら、千晶はその後を追っていって、介抱《かいほう》してやりたかった。

アリ殿下もモハメットも口を利かない。二人はじっと眼と眼を見交わしたまゝ、彫像のように坐っていたが、こうして自動車がものの五分間も走りつゞけた頃、背後から激しく警笛を鳴らして近附いて来る二三台の自動車に気がついた。

アリ殿下はそれに気がつくと、すぐ手をあげて自動車を停まらせた。近附いて来たのはいう迄もなく警部の一行である。

「あ、千晶さん、あの女は？　鮎子は？」

叫びながら近附いて来たのは恭助だ。

「あの女《ひと》はさっき自動車を降りました。殿下をピストルで脅かしておいて」

「なに、逃げた？　どの辺だ」

「ずっと向うのほう」

「よし、千晶さん、案内するんだ。我々を鮎子の降りた地点まで案内してくれたまえ」

恭助はあくまでも鮎子を捕えずんばやまぬ意気込みなのである。千晶には何故か、恭助のその熱心さがうとましく感じられた。

アリ殿下は不興げな表情《いろ》を露骨《ろこつ》に面にうかべて、この様子を見守っていられたが、やがて手をあげると、千晶を残して再び自動車を走らせる。

警部の一行は千晶を乗せて、さっき鮎子のおりた地点まで引返して来たが、むろん、その時分には、鮎子の姿はすでに見えなかった。

瀕死《ひんし》のカナリヤは、いずこともなく飛び去ったのである。

裸女と怪人

翌日の各新聞は、殆《ほと》んどこの事件のために埋めつくされた感じだった。

あの有名な歌川鮎子が、風流騎士の相棒だったという事実だけでも、人々を驚かすに十分だのに、あの奇抜な逃亡方法がおまけについているのだ。いま満都の好奇心の的になっているアリ殿下が、一役を受持《うけも》ったのだから、これほど素晴らしい特種《とくだね》はなかった。

それにしても、鮎子は一体どこへ逃げたのだろう。あの重傷を負った身で、果して無事に捜査の網をくゞることが出来るだろうか。

それはさておきこちらは千晶だ。

前にも述べた雨宮老人の愛していた居間に、今宵もひとり閉じこもった千晶が、とつおいつ、昨夜の出来事を思いうかべ、われにもなく怪しく心をときめかしているところへ、やって来たのは由利先生と等々力警部。

その後《うしろ》から恭助も入って来たが、何んとやら唯《ただ》ならぬ三人の気配に、千晶はハッと胸をとゞろかせた。

「あゝ、千晶さん、こゝにいましたか、実はこゝで恭助君に、ちょっとお話したいことがあるので」

「あら、何んでしたら、あたし向うへいきましょうか」

「いやいや、どうぞそのまゝ、あなたにも聞いて戴いたほうがよいのです。等々力君、差支《さしつか》えないだろうな」

「おゝ、いゝとも」

言いながら、さっきからきょろきょろと部屋の中を見廻わしていた等々力警部は、最後に、壁にかゝっている半獣半人の怪物と裸女の油絵を見ると、思わずうむと唸《うな》った。

「先生、僕に話があるというのはいったい、どういうことなのです。そしてまた、何故、この部屋でなければいけないのです」

「恭助君」

由利先生がきっと恭助の面を凝視《みつめ》ながら、重々しくいった。

「実は君に少し説明を求めなければならぬことがあるんだ。というのは、ほかでもない、昨夜《ゆうべ》、東都劇場で殺害された緒方絹代の日記帳が発見されたんだ」

あっという叫びが、恭助と千晶の唇《くち》から、殆んど同時に洩れた。

「実は昨夜、君たちが鮎子を追い廻しているうちに、俺が楽屋の中から見附けたんだが、この日記のなかに、絹代を裏切ったという男のことがちゃんと書いてある」

「あっ、それじゃ風流騎士のことが分ったのですね。あいつは今どこにいるのですか」

「なるほど、そいつは風流騎士かも知れない。が、またそうでないかも知れないのだ。それで君の説明を聴きたいと思って。――」

「先生、いったい、どうしたのです」

恭助はいかにももどかしそうに、

「どうして、そんな廻りくどい言い方をされるんです。絹代を欺《だま》したのは風流騎士に極《き》まっているじゃありませんか。いったい、その日記にはどんなことが書いてあるんです」

「よろしい、それじゃ話してあげるから、千晶さん、あなたも聞いていて下さい」

由利先生は等々力警部と意味ありげな眼配《めくば》せをすると、

「先《ま》ず最初に、絹代とその男、かりにXとしておきましょう、そのXとの交渉はまことに妙な風にはじまったのです。絹代はその男の身分も名前も全く知らずに、何もかも男に捧げてしまったのです。どういうものか、そういう深い仲になっても、男は何故か絹代に自分の身分姓名を明かそうとしなかった。……」

「それはむろん、男に後暗《うしろぐら》いところがあったからです。それだけでも男が風流騎士だということが分るじゃありませんか」

「まあ、待ちたまえ。そう話の腰を折っちゃ困る。さて、唯一度だけXは、絹代の懇望もだしがたく彼女をともなって、自分の家へつれていったことがある。しかしその男はよほど用心ぶかい性質と見えて、行きも帰りも絹代に眼かくしをして自分の邸《やしき》の位置を知られないようにしたというのだ。だから、絹代は後々までその家がどこにあるのか、ちっとも知らなかったのだが、眼かくしを取られた部屋のありさまだけをハッキリ頭の中に刻みこんでおいたのだ。分りますか」

「で、それがどうしたのです」

「今、こゝにその部屋の様子を詳しく書いてあるから読んであげよう。聞きたまえ」

由利先生は絹代の日記の一節を、声を出して読みはじめた。

「その部屋は美しい飾りつけの洋室でした。床には豪華なペルシャ絨毯《じゅうたん》がしいてあり、暖炉の上には金《きん》箔《ぱく》塗りの二本の燭台、それからルイ十四世風の背の高い椅子や、空色の絹をはった土耳古《トルコ》寝椅子がありました。しかし、それよりももっとあたしの注意をひいたのは、壁いっぱいを占領している奇妙な油絵でした。あたしはこの油絵のことを忘れないようにしましょう。いつかこれを目印に、あの人の家を探し出すことが出来るかも知れないからです。その油絵というのは、髪ふり乱した金髪の裸女が、醜《みにく》い半人半獣の怪人に襲われている、等身大の、見るも気味の悪い絵でした。……」

あっと千晶は思わず目を瞠《みは》った。恭助は呆然《ぼうぜん》として由利先生の顔を見つめている。先生は鋭い視線を恭助の面に注ぎながら、

「空色の絹をはった土耳古寝椅子、豪華なペルシャ絨毯、金箔塗りの二本の燭台、ルイ十四世風の背の高い椅子、そして、最後に、半人半獣の怪物と裸女の油絵」

由利先生は一々、その部屋にある、それらの家具や、絵を指さしながら、

「恭助君、これをどう説明しますか。絹代のつれこまれたのは、つまりこの部屋、いま、われわれが立っているこの部屋ですよ。風流騎士が、この家へ女を引きずり込むことが出来たなんて、そんな事が信じられるかね」

「違う、違う。絹代という女はとんでもない間違いをしているのだ。いや、われわれが間違っているのかも知れない。なるほど、部屋の調度はよく似ているが、必ずしもそれがこの部屋とは限らないでしょう」

「ところが、絹代という女は絵心があったと見えて、その部屋というのを、ちゃんと絵にしてこゝに画《か》い

てあるのだが、それによるとこの部屋に寸分の違いもないのですよ。それから彼女は、恋人Xの肖像もこゝに画いているが、恭助君、それは君に生写《いきうつ》しだぜ」

「むろん、それは風流騎士の柚木薔薇だ。あいつが僕に忌々《いまいま》しいほど似ていることは、みんな知っているじゃありませんか」

「しかし、この部屋は？　人間の双生児《ふたご》はともかくとして、部屋にまで双生児があるというのですか」

「何か間違っているのです。どこかに、とんでもない錯誤《さくご》があるのです。あゝ、誰も僕を信じてくれないのですか。僕が絹代をこの部屋へ引き摺りこんだというのですか。そして僕があなたのいわゆるXだというのですか。千晶さん。お前だけはまさかそんな馬鹿なことを信じやしまいね」

　恭助は訴えるように、千晶のほうを振りかえったが、すぐ、絶望の呻《うめ》きをあげて、ドシンと土耳古椅子に腰をおとした。恭助が腕をさしだしたとたん、千晶がまるで毛虫にでも刺されたように、身顫《みぶる》いをしながら、あとにとび下ったからである。

「千晶さん、お前まで、お前まで――」

「だって、だって、お兄さま」

　千晶はわけの分らぬ混乱に喘ぎながら、

「ほかの調度はともかくとして、この油絵は、滅多《めった》にほかにないものですわ」

「滅多にない、滅多にない」

　恭助はうわごとのように呟《つぶや》いていたが、何を思ったのかふいにすっくと立ちあがると、

「分った、分った。千晶さん、お前は忘れているのだ。この絵と同じ絵が、もう一枚この日本に存在する筈なんだ」

　言いながら激しく電鈴《ベル》を鳴らすと、老女中のお清を呼びよせた。

「お清や、今僕が聞くことはとても大切なことだから、お前そのつもりで、ハッキリ返事してくれなきゃ困るよ」

「はい、若旦那《だんな》さま、何事でございます」

　お清も部屋の中の緊張に圧倒されたのか、はやくも顔色蒼褪《あおざ》めて、必死となって恭助の顔を凝視している。

「先ず第一に、去年の暮から今年の春へかけて、お祖父さんはこゝにある油絵を、画家に模写させたこ

とがあったね」

「はい、ございました」

あっと、千晶は口の中で叫んだ。彼女もやっとそのことを思い出したのだ。

「で、その絵はどこにあるんだ。もう一枚の絵はどこにあるんだ」

「はい、あの、それは……」

「お清や、ハッキリいっておくれ、これは僕にとっては、生きるか死ぬかの大問題なのだから」

「はい、それは確かに御別邸のほうにございます筈で」

「別邸、鎌倉のか」

「いゝえ、あの……」

「お清や、どうしたのだ、別邸といえば、鎌倉よりほかにない筈じゃないか」

「はい、あの、それが、実は大旦那さまは極《ご》く内緒で、去年、渋谷のほうに、一軒お屋敷をお建てになりましたので……」

「何んですって？　お清や、それほんとうのことなの？」

千晶にもこれは初耳だったらしく、思わず恭助と顔を見合せた。

「はい、ほんとうのことでございます」

「でも、何故、お祖父さまはそのことを、あたしたちに内緒にしていられたの？」

「はい、それには深い事情がございますけれど、今こゝで申上げることは出来ません」

「お清や、お清や、そんなことはどうでもいゝ。お前その別邸を知っているのだね」

「はい、存じております。代官山のへんで。……」

「よし、それじゃ、これから我々を案内しておくれ」

「いゝえ、それはいけません」

「何故いけないのだ。お清や、よくお聞き、これは僕にとっては生命がけの問題なんだよ。是非《ぜひ》とも、その絵の飾ってある部屋を見なければならないのだ」

「でも、でも、そのお屋敷にはいま人が住んでいますもの」

「誰が貸したのだ。お祖父さんがお貸しになったのか」

「いゝえ、つい近頃、その家《うち》を管理していらっしゃる弁護士の黒川《くろかわ》さんからお話がありまして。……」

「そんなことはどうでもいゝ。人が住んでいるのなら、わけを話して、ちょっと家の中を覗かせて貰う」

「でも、それが普通の方ではありませんので」

「普通のかたではない？」

「はい、外国の方で。……外国の王子様とやらで……」

「何？　外国の王子様？」

「はい、アリ――アリ殿下とかおっしゃいました」

あっという叫び声が、期せずして一同の唇から洩れた。

アリ殿下！　あゝ、アリ殿下！

千晶はふいに眼のまえがまっくらになるような、深い驚きと怖れとをかんじたのだった。

双生館

雨宮老人が寸分ちがわぬ二つの部屋を、人知れずしつらえていたというさえ、すでに人々を驚かせるに十分だったのに、更に、秘密のその部屋の住人が、アリ殿下であると聞くに及んで、一同がまるで、底なしの迷路につき当ったような、深い疑惑をおぼえたのも無理ではなかった。

「お清や、お清や、それはおまえほんとうのことかえ。アリ殿下にその家をお貸し申上げたというのは」

「はい、若旦那さま、たしかにそれに違いございません。なんでもアラビヤの王子様だと申しますことで」

あゝ、もう間違いはない、たしかにアリ殿下なのだ。

由利先生も等々力警部も、一瞬間、深い陥穽《おとしあな》のなかをでも覗かされたような眼つきをした。

「先生、警部さん行って見ましょう。これからすぐに行って見ましょう」

「行くってどこへ行くんだね、恭助君」

「極まっているじゃありませんか。アリ殿下のところへ行って見るんです。あゝ、あいつだ、あいつに違いない」

「あいつって、君は――まさか風流騎士のことを言っているんじゃあるまいね」

等々力警部はまだ、夢からさめ切らぬような眼つきをしている。

恭助はいかにも自烈体《じれった》そうに、

「いゝえ、風流騎士のことを言ってるんですとも。あいつでなくて、どうしてその家に住みこみますものか。ああ、アリ殿下こそ、風流騎士に違いないのだ」

「バ、馬鹿な、ソ、そんな馬鹿なことがあるものか」

警部が一言のもとに打消した。

「アリ殿下については、警視庁の外事課でもちゃんと調査がすんでいるんだ。あの方は、間違いもなく、アラビヤの王子、アクメッド・アリ・ハッサン・アブダラア殿下にちがいないんだよ」

「それが何かの間違いなんです。えゝ、間違いに極まっていますとも」

恭助は駄々《だだ》っ児《こ》のように地団駄《じだんだ》を踏みながら、

「あいつのことです。どんな手品だって使えるんだ。アラビヤの王子はおろか、どんな外国の貴賓にだって、あいつの事なら、やすやすと化《ば》ける事が出来るんです。警部さん、あなたはあの歌川鮎子が、いかにして我々の手から遁《のが》れたかをお忘れになったのですか。鮎子はアリ殿下の乳母の扮装を借りて、我々の追跡から首尾よく逃げおおせたのですよ。これが果して偶然でしょうか。いゝえ、いゝえ、あの逃走は、きっと予《あらかじ》め打合せてあった方法に違いありません」

「そうだ。そういえば、鮎子の逃走にはいろいろ解《げ》せない節《ふし》がある」

言いながらも、警部はいまだに半信半疑の態なのだ。

「しかし、アリ殿下が――? あゝ、俺には、何が何やらさっぱりわけがわからなくなった」

「等々力君、これは一応アリ殿下のお住居《すまい》へお伺《うかが》いしてみる必要があるね」

側《そば》から口を出したのは由利先生である。先生は考え深い眼つきで、恭助や千晶、さては老女中お清の顔までじっと見据えながら、

「アリ殿下が果して風流騎士であるか否《いな》かの問題は別としても、我々はこの部屋と同じ部屋が、別にあるかどうか、その点だけでも、是非ともハッキリさせておかねばならぬ。君がいやなら、我々だけで行ってもいゝ」

「あゝ、先生は僕と同じ意見なんですね。さあ、行きましょう、お清や、おまえ、その家《うち》へ案内しておくれ」

「お兄さま、あたしも行きます」

いま迄、凝然として立ちすくんでいた千晶も、そ

の時、必死の面持《おもも》ちでかたわらより叫んだ。

「ふむ。みんなが行くというなら、俺もあえて反対しないがね」

警部も遂に同意する。

「あゝ、警部さんも行って下さいますか。よし、それじゃみんなで行って見ましょう」

恭助は雀躍《こおど》りせんばかりに、手を打って叫んだ。

こうして、五人の男女はそれから直《ただ》ちに、自動車を駛《はし》らせることになったが、それにしても、彼等の行手《ゆくて》には、どのような恐ろしい事件が待ちかまえていたゞろうか。

それはさておき、代々木から渋谷の代官山といえば、ほんの眼と鼻のあいだだ。

「お清や、お祖父さまがお建てになったという家は、どの辺なんだね」

「はい、もうすぐでございます。運転手さん、そこのところを左へ曲って。――あゝ、こゝです。こゝで自動車を停めて下さい」

案内人のお清の言葉に、一同はすぐ自動車を停めて降り立った。

「清や、そして、そのお屋敷というのは?」

「はい、お嬢さま、若旦那さまも皆さまもよく御覧下さいまし。あの樹の茂みの間から見えておりますお屋敷の恰好を。――」

お清が何故か、感動に声を顫わせて指さすかなたへ、何気なく眼をやった一同は、そのとたん、言い合せたように、あっと叫んで二三歩うしろへたじろいだ。

あゝ、何んということだ。

折からの薄月夜の空に、屹然《きつぜん》として聳《そび》えているその奇怪な館の恰好は、たったいま、彼等があとにして来た、雨宮邸とそっくりそのまゝではないか。

雨宮邸が附近でも、お船御殿と呼ばれるほど、特異な恰好をした建物であることは、前にも述べておいたが、今、彼等のまえにのしかゝるようにそゝり立っているその奇怪な屋敷というのが、代々木のお船御殿と寸分ちがわぬ外観をそなえているのだ。

船首のような恰好をした二階のバルコニー、煙突型の展望台、マストのような屋上のアンテナ、あゝ、人間に双生児があるように、建物にも双生児があったのだ。そして、代々木のお船御殿と、代官山のこの怪屋とは、取りもなおさず、双生館なのだ。

「まあ、清や、これが——これがお祖父さまのお建てになった?……」

と、千晶は深い感動に、殆んど口を利くことすら出来なんだ。

「さようでございますよ、お嬢さま、大旦那さまは、何事もきちんとした事がお好きでございました。ですから、お屋敷をお建てになるにも、不公平のないようにと仰有って……」

「不公平?」

由利先生がすぐにその言葉を聞きとがめた。

「お清さん、それはいったいどういう意味だね」

と、訊ねかけたが、その時である。

二三歩先《さ》きに立って、さっきから凝然と怪屋の表を打見守《うちみまも》っていた恭助が、ふいに、

「あっ!」

と、叫んで由利先生の袖を引っ張った。

「先生、あれを御覧なさい。あの塀のうえを」

唯ならぬその声に、由利先生も等々力警部も、さては千晶やお清まで、ぎょっとしたように傍《そば》の塀のうえを眺めたが、そのとたん、一同はまたもや、何んともいえぬ恐ろしいことを発見したのだ。


コンクリート塀のうちがわから、太い松の木が枝をさしのべていたが、その繁《しげ》みのあいだから、さながら、蛍火《ほたるび》のような妖しげな光がボーッと洩れているのだ。そして、風が吹く度に、その妖しい光は、ユラユラと鬼火のように、折からの薄闇のなかにゆらめいた。

「歌川鮎子の衣裳のきれはしですよ。ね、お分りですか。鮎子はこの塀を乗り越えて、あの松の木を伝って、中へとびこんだのです。ほら、御覧なさい、鮎子の衣裳が擦《す》れたのでしょう、塀の表も、極くかすかに光っているじゃありませんか」

亢奮に顫える恭助の声を、しかし等々力警部は終りまで聞いてはいなかった。いきなりつかつかと、門の側《そば》へ寄ると、激しく呼鈴《ベル》を鳴らしたのである。

殿下と恭助

今はもう疑いの余地はない。

鮎子がこの屋敷へ逃げこんだのだとすれば、アリ殿下こそ、鮎子の共犯者にちがいないのだ。そしてその共犯者とは取りも直さず風流騎士、あの柚木薔薇なのだ。

あゝ、こんな意外な、こんな途方もないことがあり得るだろうか。千晶はまるで、魔酒にでも酔わされたような気持ちだった。

暫《しばら》くすると、やがて、門の中からさくさくと砂利を踏む音が聞えて、やがて、ギイと重そうな音と共に、鉄門をひらいたのは、ヨボヨボの白髪の老人――しかし、これは間違いもなく日本人だった。

等々力警部が己《おの》れの身分を告げ、アリ殿下にお目にかゝりたいと申込むと、老人はしばし当惑したような顔をしていたが、それでも一度中へ引っ込むと、間もなく出て来て、無言のまゝ、こちらへという身振り。

老人にしたがって、玄関から中へ入った千晶はいよいよ驚いた。この館は外観のみならず、邸内の間取りから、飾りつけに到るまで、何から何まで、代々木のお船御殿の双生児なのだ。千晶がさながら、夢に夢見る心地だったのも無理ではない。

いやいや、千晶ばかりではない、由利先生でさえも、あまり念の入ったこの怪屋の秘密に、些《いささ》か呆然とした態《てい》だった。おそらくこの時、少しの驚きも示さなかったのは、老女中のお清ばかりだったろう。

白髪の老人は、きょろきょろしている一同を促《うなが》すように、自ら先頭に立って階段をのぼりながら、こちらへと軽く手招きをする。

依然として無言のまゝだ。

その様子がいかにも、殿下のお目をさますことを懼《おそ》れているように見える。なるほど、広い邸内はシーンと鎮もりかえって、何《な》にやら無気味な気配をさえ感じられる。

等々力警部は由利先生と思わず顔を見合せたが、ポケットに手を突込《つっこ》むと、ピストルをぎゅっと握りしめ、それから、油断なくあたりの様子に気を配りながら、老召使いのあとについていった。むろん他の人々もそのあとからついていく。

老召使いは先きに立って、一々階段から廊下の電気をつけながら、やがて一同を案内したのは、大きなドアのまえ。あゝ、そのドアこそ、問題の裸女と怪人の部屋なのだ。

老召使いは静かにそのドアを左右に開くと、何やらわけの分らぬ言葉で部屋の中の人に告げ、それから一歩退《さが》って、一同に軽くお辞儀《じぎ》をする。

「殿下はこのお部屋かね」

「は、お待ちでございます」

低い、殆んど聞きとりかねるぐらいの返事。

一同は思わずシーンと身のひきしまる感じだったが、やがて、由利先生が先頭に立って部屋の中へ踏みこんだ。

と、その時、軽い衣触《きぬず》れの音とともに、見憶《みおぼ》えのある土耳古寝椅子から、つと身を起されたのは、チヨコレート色のあのアリ殿下。

殿下は椅子に腰を下ろしたまゝ、いかにも不審そうな、物問いたげな眼で、ジッとこちらを見ていられたが、その顔を、さっきからしげしげと打見守っていた千晶は、そのとたん、ふいによろよろとよろめくと、犇《ひし》とばかりに由利先生の腕を摑《つか》んだ。

「あ、違う——、こ、この方は、この間のアリ殿下じゃありませんわ」

咽喉《のど》をついて、迸《ほとばし》るような千晶の声に、恭助が先ずかっとしたように叫んだ。

「なに？　千晶さん、この人がこの間のアリ殿下とは違うんだって？」

「えゝ、ちがいますわ。あゝ、あのお髭から、お顔の御様子まで、ソックリそのまゝだけれど、確かにこの間のアリ殿下はこの方じゃございませんわ」

「バ、馬鹿な、ソ、そんな筈があるもんか。千晶さん。君はどうかしているんだ。それとも君は、そんなことを言って、この男をかばいたいのか」

恭助の瞳《め》が、ふいに憎悪と軽蔑《けいべつ》に燃えあがった。

「よし、そんな事をいうのなら、俺がこの男の面《つら》の皮をひん剝《む》いてやる」

「アレ、いけません、お兄さま、お兄さま、人違いです。人違いです」

千晶が必死になって制《と》めたのも無駄だった。狂気の如く亢奮《こうふん》した恭助は、千晶の手を振り払うと、いきなりつかつかと殿下のそばに歩み寄ると、スックとそのまえに立ちはだかった。

「おい、殿下、アリ殿下さま、はゝゝは、何んてえ面をしているんだい。鍋墨《なべずみ》なんか顔に塗りやがってよ。沙漠の王子様が聞いてあきれるぜ。どこでそんな狂言を仕組んで来やがったのだ。えゝおい、そう白《しら》ばくれても、ネタはちゃんとあがっているんだぜ。ひとつ、その鍋墨を落して、君の素顔を見せてくれよ。おい、風流騎士、可愛《かわい》い俺の双生児よ」

あゝ、何んという不遜《ふそん》な言葉だったろう。何んという傲慢《ごうまん》無礼な態度だったろう。

しかし、恭助はいまや亢奮のために、スッカリ自分を忘れてしまったのだ。彼は歯を剝《む》き出して嘲弄《ちょうろう》し、手を拍《う》って、相手を揶揄《やゆ》する。

殿下はふいにすっくと椅子から起きあがった。その瞳《め》は憤怒に燃え、その態度は傷つけられた王子の誇《ほこり》に、獅子のようにブルブルと顫えている。

殿下はとつぜん、手を叩くと、何やらわけの分らぬ言葉で叫んだ。

「え？　何んだって？　そのチンプンカンはいったい、どういう意味だ。おい、我々の間で通用する言葉で話そうぜ。日本語でな。よし、一つ、日本語で話せるようにしてやらあ」

「あっ、いけません、お兄さま！」

さっきから、ハラハラしながら、この場のなりゆきを見ていた千晶が、ハッとして叫んだが遅かった。

我れを忘れた恭助が、アリ殿下の体に躍りかゝっていったそのとたん、彼の体はもんどり打って絨毯のうえに投げ出された。

「あっ！」

いつ、どこからとび出したのか、殿下のまえには、あのモハメットが、さながら仁王《におう》様のように突立《つった》っているのだ。モハメット――そうなのだ。この間、劇場でアリ殿下のお供をしていたモハメット。

千晶はそれを見ると、思わず眩《めくるめ》くような気がした。モハメットがこゝにいる以上、あのアリ殿下は、やっぱり、この間のアリ殿下であろうか。

モハメットが何やら大声で叫ぶと、すぐさっきの白髪の老召使いが入って来た。老人は暫くモハメットのまえにペコペコと頭をさげていたが、くるりと一同のほうを振りかえると、

「あなた方は何んということをなさるんです。殿下に対して、そのような無礼な態度は、たとい警察の方だとて、許すことは出来ませんぞ」

等々力警部はすっかり当惑してしまった。

アリ殿下は全くアリ殿下にちがいなかった。

殿下はたしかにアラビヤ人にちがいない。日本人、風流騎士の変装などではなかったのだ。等々力警部は、恭助のしでかしたこの無礼に対して、何んといっておわびを申上げてよいやら、スッカリ言葉に窮してしまった。

と、その時、横から静かにまえへ進み出たのは由

利先生。

「いや、御老人、たいへん無礼を働いて何んとも申し訳ありません。この男は、実は非常に大きな感違いをしているんです。しかし、その感違いは感違いとしても、是非とも殿下にお訊ね申上げねばならぬことがあります」

「いったい、そのお訊ねというのはどんなことですね。これ以上、殿下に対して御無礼はお許しすることが出来ませんぞ」

「いや、これは決して、殿下に対して御無礼なお訊ねじゃない。実はこのお屋敷に、曲者《くせもの》が忍び込んだ気配があるのです」

「なに、曲者?」

老人の面に、一瞬不安そうな表情《いろ》がうごいた。

「そうです。先達《せんだ》って、殿下の御身辺を騒がせた、東都劇場の歌川鮎子が、このお屋敷に忍びこんだという疑いがあるのです」

「ほゝう、それはまた異なこと。そしてまた誰がそんなことを申しました」

「いや、誰も言いはしませんが、このお屋敷の松の木に、鮎子の衣裳のきれはしがひっかゝっているのです」

「あっ!」

と、いう軽い叫びが老人の唇から洩れたが、すぐまた必死となってそれをおさえると、

「そ、それは大変だ、よろしい、それでは家探《やさが》しでもして戴きましょうか。そんな危険な人物がこの屋敷に忍びこんだとは容易ならん」

老人がいかにも泡を喰ったように叫んだ時である。突然、部屋の一隅から、けたゝましい笑い声が湧起《わきおこ》った。

ぎょっとして一同がその方を見ると、笑っているのは恭助なのだ。

彼はさっきモハメットに殴《なぐ》り倒されたまゝ、まだ床のうえに腹這《はらば》いになっていたが、まるで人を刺すような、皮肉な、高らかな笑いを笑いながら、よろよろと床から起き直ると、

「おい、爺さん、鮎子のいどころなら、何も家探しするまでもあるまいぜ。ほら、鮎子はあすこにいるじゃないか」

恭助の指さすほうを振りかえって、そこにいる人々のすべてが、思わずサアーッと真蒼になった。

画面の血潮

さて、殿下にかまけて、いま迄《まで》この部屋の有様を述べる機会がなかったが、実に、この部屋こそ、恭助の探《たず》ねる、あのもう一つの部屋だったのだ。そこには、絹代の日記にもあった通り、空色の絹を張った土耳古《トルコ》寝椅子もあれば、豪華なペルシャ絨毯《じゅうたん》もある。金箔《きんぱく》塗りの二本の燭台もあれば、ルイ十四世風の背の高い椅子もある。そして、最後にあの奇怪な裸女と怪人の油絵だ。

つまり、その部屋こそ、双生館《ふたごやかた》の中での双生部屋《ふたごべや》なのだが、いま、恭助が、高らかに勝利の笑いに酔い痴《し》れながら指さしたのは、実に、あの奇怪な裸女と怪人の絵の表なのだ。

「御覧なさい、あの裸女の胸もとを。あの胸もとから、滴々《てきてき》と滴《したた》っているのは、あれは何《な》んだと思います。あれこそ、鮎子の血にちがいないじゃありませんか」

千晶は思わずハッと息をのみこんだ。

あゝ、何んという奇怪さ、壁いっぱいにかけられた、あの等身大の裸女の乳房のあいだから、滾々《こんこん》と溢《あふ》れ流れている赤黒い滴《しずく》！　さながら、怪人の爪《つめ》に引き裂かれた、裸女の肉体から湧《わ》き出ているようにも見える血潮の河、もとより妖怪《ようかい》味をおびたその絵が、いっそうの怪奇さをおびて、ゾーッと総毛立《そうけだ》つような恐ろしさなのだ。

一同は暫《しば》く息をひそめて、画面を伝って流れ落ちる、その静かな流れを打ち見守っていたが、あゝ、分った！　分った！　その絵の裸女の胸もとにあたるところには、小さな破れた孔《あな》があいているのだ。そしてその孔から血潮が溢れているのである。ふいにつかつかと恭助がそのまえに駆け寄っていった。

と、あっという間もない。いきなり、裸女の乳房に爪をかけた恭助が、ピリピリとそれを引き裂くと見るや、そのうしろから、千鈞《せんきん》の重みをもって、恭助の体にのしかかって来たのは、あっ、まぎれもない歌川鮎子。

「あれえ！」

叫ぶと同時に千晶は思わず、傍《そば》にいたお清のからだにしがみついた。

無理もない。鮎子の体は、ちょうど裸女の背後にあたる、壁の窪《くぼ》みに立てかけてあったのだが、それがよろよろと前のめりに倒れて来たさまは、おどろに振り乱した髪といい、青黛《せいたい》を塗ったように、真蒼《まっさお》な顔といい、さてはまた、胸もとから滾々と溢れているあの恐ろしい血潮といい、何んとも名状することの出来ぬほど、気味悪い眺めだった。

「あっ、死んでいる!」

さすがに恭助も、一旦はうしろへとびのいたが、すぐまた、ぐったりと床のうえにうつ伏しになった鮎子の体を抱き起すと、思わずそう叫んだ。

「ダ、誰が鮎子を殺したのだ」

「誰が殺したんだって? キ、貴様が殺したのじゃないか」

降って湧いたような、鋭い声に、一同がハッとうしろを振返《ふりかえ》ると、そこに立っているのは、あの白髪の老召使い。

老人は満身の憎悪と哀愁を瞳《ひとみ》にこめて、烈々と恭助を睨《にら》んでいる。

「貴様が殺したのだ。東都劇場で貴様の放った一弾のために鮎子は生命をおとしたのだ。貴様こそ、鮎子を殺した犯人なのだ」

腸《はらわた》を断つようなその声、怒りに顫《ふる》えるその眼差《まなざ》し、いまにも、躍りかゝらんずその気構《きが》まえ。恭助は思わず二、三歩、たじたじとうしろへたじろいだ。

「ダ、誰だ、貴様は誰だ」

「ハハハハハ、俺が誰だか分らないのか、貴様の恋《こ》いこがれる双生児の兄弟、柚木薔薇」

あっという間もない。怪老人はふいにツルリと顔を撫《な》でると、顔にかぶった白髪の鬘《かずら》を取りのけたが、世の中にこれほど恐ろしい眺めがまたとあろうか。

鮎子の屍体《したい》を中にはさんで、深讐綿々《しんしゅうめんめん》たる眼差しで、きっと互いの顔を見据えて立ったのは、似たというのもおろかなこと、それこそ二人の恭助、いやいや二人の柚木薔薇。どちらがどちらとも定めがたい程、何から何まで寸分ちがわぬ二つの憎悪の化身なのだ。

あまりにも劇的な、この二人の出会いに、千晶はいうまでもなく、そこに居合《いあわ》せた人々のすべてが、一瞬間、心臓の鼓動も停止するような、深い驚きに化石してしまったのも無理はない。

恭助は何かいおうとした。しかし、凄《すさ》まじい相手の気魄《きはく》に圧倒されて、声も出ないのだ。

まるで蛇《へび》に見込まれた蛙《かえる》のように、唯《ただ》、身動《みじろ》ぎもしないで、相手の眼の中を見返しているばかり。

喰うか、喰われるか、恐ろしく緊迫した一瞬。

——だが、その緊張は先《ま》ず、柚木薔薇のほうから破れた。

彼はふと気がついたように、殿下のほうへ振りかえると、恭《うやうや》しく頭《かしら》をさげて、何か二言三言囁《ささや》いた。すると、いまゝでいかにも興ありげにこの場のなりゆきを眺めていられたアリ殿下は、軽くうなずくと、すぐモハメットを引き連れて、その部屋から立ち去られた。

誰一人、それを止める者もない。

「殿下は何事も御存知ないのです」

その後姿を見送りながら、薔薇は歎息《たんそく》とともに呟《つぶや》いた。

「私はかつて、ロンドンで殿下と机を並べて勉強したことがある。また、ある時は、アフリカの狩猟にお供して、恐れながら、殿下のお生命をお救い申上《もうしあ》げたこともあるのです。殿下はその時のことをいつまでも御記憶あそばされて、少しばかり私に利用されることを、快《こころよ》く御承諾《ごしょうだく》下すったのです。薔薇のアトリエから逃げ出した私は、上海《シャンハイ》へ渡ってはからずもそこで殿下にお眼にかゝり、その殿下の庇護《ひご》のもとに再び日本に舞い戻って来たのです。そして、殿下と私が体恰好《かっこう》の似ているのを幸い、時には、殿下のお身代りをお勤《つと》めすることさえ、お許し下すったのです」

千晶は思わず、チリチリと身を顫わせた。あゝ、そうすると、この間の晩、劇場からのかえりみち、しっかと自分の体を抱きしめたのは、この人の腕だったのか。

「柚木薔薇！」

その時、やっと我《わ》れにかえった等々力警部がそばへ歩みよった。

「貴様、覚悟はしているだろうな」

「分っています、警部」

柚木薔薇はさもうるさそうに、警部の手を払いのけながら、

「もうこうなったら、逃げもかくれも致しません」

薔薇はひざまずいて、鮎子の顔に軽く接吻《せっぷん》した。

「可哀《かわい》そうな鮎子。鮎子はついさっき、この屋敷へ逃げこんで来たのです。しかし、こゝへ逃げこむのがやっとでした。鮎子はこの部屋へ入るなり、私の

腕に抱かれて死んでしまったのです。私は取敢《とりあえ》ず鮎子の体をこの絵のうしろへかくしたのですが、返す返すも、このことは殿下の御承知ないことですよ」

「分っている。このことは殿下の御承知ないことですよ」


「分っている。外国の貴賓《きひん》に御迷惑のかゝるようなことはしない」

「有難《ありがと》う、それをきいて安心しました。では、参りましょう」

階段の奇計

全《まった》くそれはあっけない程の結末だった。

風流騎士ともあろう者が、こんなに簡単に兜《かぶと》を脱ごうとは誰が予期したろう。

いかに、鮎子の死に対する悲しみが深かったとはいえ、また、いかにアリ殿下に対する義理もあったとはいえ、今迄、あんなに逃げ廻っていたこの男が、どうしてこうも神妙に警部の手に身を委《ゆだ》ねる心になったのであろう。

或《ある》いは鮎子の死に会って、すっかりこの世をはかなんだのではあるまいか。いやいや、風流騎士ほどの人物が、そんなことで心を取り乱すとも思われない。何かしら、これには深い魂胆《こんたん》があるのではなかろうか。

果して、それから間もなく。

警部に手をとられた柚木薔薇は、あの大階段の上へとさしかゝったが、その時、薔薇がふいに、

「おい、双生児の兄弟」

と、憎々しげに恭助のほうを振りかえった。

「なんだい」

恭助は何気なくその側《そば》へ寄っていった。

「ちょいとあれを見ろ！」

「なんだ。なにがあるんだ」

恭助は用心しながら、薔薇から少しはなれて、階段のうえに立ちどまった。その時、薔薇は手摺《てす》りの上端にある、青銅の置物によりかゝっていたが、恭助と自分以外の、すべての人々の足が、階段の上の廊下にあることを見届けると、とっさの間に、青銅の置物をぐいとばかりに押した。と、あっという間もない。

まるで鎧扉《よろいど》をしめるように、階段がスーと一枚の板になったかと思うと、

「あっ、しまった！」

恭助と薔薇の体は、さながら立板《たていた》のうえを流れる

二滴の水滴のように、もんどり打ってツツーと滑っていくと、そこには真暗《まっくら》な穴がパックリと口をひらいて待っているのだ。

「アレ、お兄さん、お兄さん」

千晶は地団駄《じだんだ》を踏んで叫んだが、すでに遅かった。真暗な穴は二つの体を飲んだと思うと、またもや、覗《のぞ》きからくりの絵板をかえすように、カタリ、階段は一瞬にして、もと通りにかえった。

さあ、大変だ。

「畜生《ちくしょう》！　畜生！　まんまと一杯はめやがった」

警部は地団駄を踏んで口惜《くや》しがる。由利先生はすぐさま、さっき柚木薔薇がやったように、青銅の置物をおさえて見たが、何か複雑な仕掛けになっていると見えてビクともしないのだ。

千晶とお清の二人は、真蒼になって、今二つの体をのみこんだ階下の廊下を眺めていた。

と、そこへ騒ぎをきゝつけてかけつけて来たのは例の、色の黒いモハメット。

警部はすぐ、そのモハメットをとらえて、事のいきさつを語ったが、何しろ言葉が通ぜぬから、一向要領を得ない。漸《ようや》く手振り身振りで朧気《おぼろげ》ながらも、出来事の意味を相手にのみこませる事が出来たが、階段の仕掛けについては、モハメットは何事も知らぬらしい。

無理もないのだ。この屋敷を借りうけたのも、すべて柚木薔薇の差図《さしず》だから、アリ殿下や、モハメットは何も知らないのである。

「等々力君、愚図々々《ぐずぐず》しちゃいられん。どうせあの穴は地下室へ通じているにちがいないから、一つその方を探して見よう」

「よし！」

由利先生と警部の二人は、大急ぎで階段を駆けおりていったが、途中でふと気がついたように立ちどまると、

「千晶さん、あなたはお清さんと二人で、表に待たせてある自動車の中で待っていて下さい」

と、振りかえりざま由利先生が叫んだ。

「はい」

答えた千晶はもとより一刻もこんな家にはいたくない。お清の手をとり、逃げるようにその怪屋から表へとび出すと、待たせてあった自動車にとびのったが、生憎《あいにく》、運転手はどこへ行ったのか姿を見せぬ。

「お嬢さま、お嬢さま」

お清は眼に涙をいっぱい浮かべると、いきなり犇《ひし》と千晶の体を抱きしめた。

「あゝ、お気の毒な大旦那《だんな》さま、可哀そうな若旦那さま。大旦那さまの昔の情《なさけ》ないお仕打ちが、いまになって、こんな恐ろしい出来事をうんだのでございますわ」

「お清や」

千晶はぎょっとしたように、お清の顔を見直すと、

「おまえ、それじゃあの人を――さっきの人を知っているの?」

「はい、存知ております。あの人が大旦那さまを殺したのです。そして、若旦那さまもきっと今頃は……」

「お清や、それはどういう意味?」

「はい、それは――」

と、いいかけたが、そのとたん、二人はぎょっとしたように、息をのんで向うを見据えたのである。

その時、薄ら明りの月光を浴びた地上から、ムックリと湧きあがったかと見える一つの人影が、よろぼい、よろぼいこちらの方へ近附いて来るのだ。

相手は何度か、地上にバッタリ倒れたが、やっと自動車のそばまで近附いて来たところを見ると、まぎれもなくそれは恭助だった。

「あっ、千晶さん、由利先生や等々力警部は?」

恭助は喘《あえ》ぎ喘ぎ訊《たず》ねかける。

「あ、若旦那さま、早くお乗りあそばせ。またあいつが来ます。ああ、恐ろしい、早く逃げましょう。さあ、あなた、自動車を運転して下さいまし」

お清は傷だらけの相手の顔を見ると、夢中になって自動車からとび降りたが、その時である。

恭助はお清の言葉も待たず、いきなりパッと運転台へとび乗ると、つゞいて乗ろうとするお清を突きのけておいて、ぐいとハンドルを廻したから耐《た》まらない。

「あ、何をするのです」

「婆《ばば》あ、俺が恭助に見えるかい」

あゝ、その声の恐ろしさ。

自動車の中にいた千晶は、一瞬サーッと冷水を浴びせられたような恐ろしさをかんじて、いきなりハッと立上《たちあが》ったが、その時早く、取りすがるお清をつきとばした自動車は砂塵《さじん》を巻いてまっしぐらに。

――「婆あ、恭助にあったら言っといてくれ。鮎子の敵《かたき》はこの千晶で討つとな。ハハハハハ」

「お嬢さま。お嬢さま！　あれ、誰か来てえ！」

追いすがるお清を、見る見るうちに引離《ひきはな》して、自動車は間もなく、折からの薄月夜の中をいずこともなく姿をかくしてしまったのである。

鼬《いたち》ごっこ

あっという間もない。千晶はお清の面前から、まんまと風流騎士のために拉《らっ》し去られてしまったのだ。

「あれえェ！　誰か来て下さいまし、お嬢さまが、お嬢さまが……」

お清のたゞならぬ叫び声をきゝつけて、先ず一番に邸内から、よろよろと姿を現わしたのは、今度こそ、間違いもなく本物の恭助だった。みると全身埃《ほこり》まみれとなり、ところどころ鉤裂《かぎざき》さえ出来ているのは、風流騎士とのあいだに、よほど激しい格闘があったと思われるのだ。

恭助も一度はバッタリ地上に倒れたが、すぐに気力をとり直して、よろよろとお清の側《そば》に近づいて来た。

「お清や、どうしたのだ。あいつは――あいつはどこへ行った？」

「あゝ、あなたは！」

と、叫んだものゝ、お清はあわてゝ二三歩うしろへとびのくと、まるで化物《ばけもの》をでも見るような眼つきで、わなわなと顫えながら、

「あゝ、若旦那さま、あなたは本当の若旦那でございましょうね」

「何をいっているのだ。お清や、俺だよ。恭助がわからないのかい？」

「でも――でも――さっきもあなた様だとばかり思っていたら――」

「え、何んだって？　それじゃあいつが先に出て来たのかい？　そしてお清、そいつは何処《どこ》へいったのだ？」

「はい、お嬢さまを自動車に乗っけたまゝ、どこかへ連れていってしまいました」

「何、千晶さんを？」

ふいに恭助の髪の毛がピーンと逆立った。頬《ほお》の筋肉が恐怖のために、ピクピクと激しく痙攣《けいれん》した。

恭助はいきなりお清にとびつくと、まるで嚙《か》みつきそうな荒々しい口調で、

「お清！　お前どうしたんだ。お前というものが側についていながら、あいつに千晶さんを連れていかれるなんて！　お清、貴様は木偶《でく》かい、人形かい、まさかあいつと共謀《ぐる》じゃあるまいな。えゝい、何んという役立たずの糞婆《くそばば》だ。もしも、もしも、あいつがほんとうのことを千晶さんに打明けたら――」

いいかけて、恭助はふいにハッとしたように口をつぐんだ。お清の大きく見開かれた瞳《め》が、じっと自分の面に注がれているのに気がついたからである。

恭助は俄《にわ》かに狼狽《ろうばい》したように、

「お清、御免《ごめん》よ、つい気が立っていたものだから」

「いゝえ」

お清の声は氷のように冷かった。

「わたしはどうせ役立たずの糞婆でございます」

「おまえ、憤《おこ》ったのかい、少し言いすぎたかも知れないが、これも千晶さんの身を気遣《きづか》うあまりだ。堪忍《かんにん》しておくれ」

「でも、あなた様はいま仰有《おっしゃ》いました。もしもあいつが本当のことを千晶さんに打明けたら――って。何か本当のことをいわれて悪いような、後暗《うしろぐら》いことを、あなた様はなすっていらっしゃるのですか」

「僕が？　そんなことをいったかい？　馬鹿な、それはお前の聴きちがいだよ。あゝ畜生！　畜生！　今度こそあいつを取っちめてやったと思ったのに！」

恭助はいかにも口惜《くや》しげに、髪の毛を搔《か》きむしり、地団駄を踏んでみせたが、お清にはその時、恭助の態度に何かしら解《げ》せないものが感じられたが、それは何故《なにゆえ》だろう。

あゝ、この時から、老女の胸には、得体の知れぬ妖《あや》しい黒雲がはびこって来たのだが、それはさておき、恰《あたか》もそこへあわたゞしく駆けつけて来たのは由利先生と等々力警部。

警部はお清の口から簡単に、事のいきさつをきゝとると、直《ただ》ちに警視庁へ電話をかけて、逃げ去った自動車を取り押えるべく命令したが、さすがに敏速を誇るわが警戒網だ。問題の自動車が浅草附近に乗りすてられているのが発見されたのは、それから僅《わず》か半時間ばかりの後のことである。

この報告を手に入れると、警部は勇躍、浅草へ出向いていって、その附近を虱潰《しらみつぶ》しに調べてみたが、

間もなく次ぎのような事実が判明した。

千晶と風流騎士を乗せた自動車が、代官山を立去《たちさ》ってから二十分あまり後のこと、隅田公園の側《そば》のうすくらがりで、洋服姿の老紳士が、気を失った若い令嬢を小脇にかゝえ、通りすがりの空車を呼びとめたというのだ。

「娘が急に気分が悪くなりましてな、困っております。麻布《あざぶ》までやって下さらんか」

老紳士はそういったそうである。

これが若い男女だったら、運転手も変に思ったに違いないが、相手が年の違う男と女だったので、深くは怪しまず、老紳士に言われるまゝに、麻布の狸《まみ》穴《あな》まで送っていったというのである。

警部はこれを聴くと雀躍《こおど》りせんばかりに欣《よろこ》んだ。老紳士とは疑いもなく風流騎士にちがいない。さっき脱いだ白髪の鬘をつけて、まんまと老人になりすましたにちがいないのだ。そして気絶した娘とは、取りも直さず千晶のことなのだ。恐らく千晶は麻睡《ますい》剤をかけられて、睡《ねむ》らされてしまったのだろう。

警部はそこで直ちに、その運転手の車にのって麻布狸穴まで駆けつけたが、ところが、こゝでも亦《また》同じようなことがあったというのだ。さっき二人を下ろしたという狸穴の通りを少し行くと、そこに一軒のガレージがある。念のために警部が訊ねてみると、果してそこへ、さっき気を失った令嬢をかゝえて、一人の老紳士がやって来たという。そして、さっきと同じ口実で、品川まで自動車をとばしたということがわかった。

「畜生ッ、さては何度も自動車を乗りかえて、尾行をまくつもりだろうが、こうなりゃ、世界の果《はて》まででも、追っかけて見せるぞ」

警部は非常な意気込みで、品川まで出向いていったが、果してそこでも、同じような二人を乗せたという、自動車の運転手を発見することが出来たのだ。

「で、どこまで二人を送りとゞけたのだ」

「へえ、丸ノ内なんで」

「丸ノ内はどこだ」

「へえ、丸ノ内の警視庁なんで」

警部はそのとたん、思わずガクリと顎《あご》を垂らしてしまった。あゝ、何んという大胆さ、風流騎士は警視庁を籠《かご》抜《ぬ》けの舞台にえらんだのだ。警部はそれをきくと、もうこれ以上追跡をつゞける気力をすっか

り失《な》くしてしまったが、運転手は何かまた思い出したように、

「あゝ、そうそう、旦那、その方に御用がおありなら、俺《あっし》がちゃんと御名前を伺《うかが》っておきましたから、これから行ってご覧なさいまし」

「何？　名前をきいたって？」

「へえ、自動車からおりがけに、向うさまから仰有いましたので。俺は捜査課の等々力警部という者だ。事故でも起して困った時には、俺のところへ訪ねて来いって。へえもういたって気軽な、いゝ方でございましたよ」

「もうよい、もうよい」

警部がすっかりこの追跡を断念して、それから間もなく、警視庁へすごすご引き上げて来たことはいう迄もない。

愛染明王

こうして、風流騎士は千晶を拉し去ったまゝ、まんまと姿をくらましてしまった。

アリ殿下もそれから間もなく、従者モハメットと乳母《めのと》を引きつれ、蒼皇《そうこう》としてこの国から立去られた。殿下についてはいろいろ解《げ》せぬ節《ふし》もあり、少くとも事情を知って風流騎士をかくまったという疑いが濃厚だったが、そこは外国の貴賓《きひん》のこと、等々力警部の斡旋《あっせん》で無事に出発出来るようお計らい申上げたのである。千晶の消息はその後杳《よう》として分らない。ひょっとすると、風流騎士がお清に毒吐《どくづ》いた如《ごと》く、歌川鮎子の敵にと、あわれ、人知れず殺害されたのではあるまいか。

いずれにせよ、その後、風流騎士が鳴りを鎮《しず》めてしまった以上、さすがの名探偵、由利先生と雖《いえど》も、手出しをしかねたのも無理はなかった。こうして一ケ月あまりの時日はべんべんとして過ぎていった。

ところが、十月の半ばごろになって、こゝにはしなくも奇怪な事件が持ちあがって、由利先生は思いがけなくも、再び風流騎士としのぎを削ることになったのである。いやいや、由利先生にとっては、それは全く思いがけない出来事であったが、後から思えば、この怪事件というのは、すべて、風流騎士がある目的のために、ちゃんとお膳立《ぜんだ》てをしておいたのだ。いったい、彼の目的というのは何んであったか、それをお話するまえに、どうしてこの怪事件が、

由利先生の懐中《ふところ》へとびこんで来たか、とそれからお話してかゝらねばならぬ。

ある日、麹町三番町《こうじまちさんばんちょう》にある由利先生の事務所兼邸宅へ、ひとりの老紳士が訪ねて来た。眉も髯《ひげ》も真白《まっしろ》な、一見、田舎《いなか》廻りの日本画家というような風貌を持った老人である。通じられた名刺には、志賀観月《しがかんげつ》とあった。

観月老人は由利先生と初対面の挨拶《あいさつ》をすますと、いきなり次《つ》ぎのように切り出した。

「紹介状も持参いたしませず、甚《はなは》だ失礼でございますが、実は、ほとほと困却《こんきゃく》いたしていることがございまして」

鹿爪《しかつめ》らしい切口上《きりこうじょう》だったが、この老人、喘息《ぜんそく》持ちと見えて、しきりにゼイゼイと咽喉《のど》を鳴らしているのである。

「はあ、どういう御用件でございましょうな」

「実は弟の奴は、こんなことで先生を煩《わずら》わすなんて、恥かしい話だから止《よ》せと、こう申しますのですが、俺《わし》の身になって見ると、やはり心配で、心配で……」

「弟さんと申しますと？」

「観風《かんぷう》と申しましてな、俺《わし》と同じようなしがない貧乏画家でございますがな。はい、ほかに親戚《みより》とてはなく、兄弟ふたりきりで暮しているのでございますが、いや、弟の申しますのも無理はないので、今迄のところ、別に何を盗《と》られたというわけでもありませんので……」

「はあ、すると事件というのは窃盗か何か、そういう種類のもので。……」

「さようで、それがまたまことに奇妙で……」

老人の常として話がなかなか中心に入らぬが、由利先生は別にもどかしくも思わず、

「よろしい、で、そのお話というのを承《うけたまわ》りましょうか」

「はい、実はかようでございます。我々兄弟はあまり世間に知られておりませんが、実は、古い仏像などを多少集めておりますのが自慢でございましてな」

「なるほど」

「ところが、最近、某所から入手いたしましたものに、一体の愛染明王《あいぜんみょうおう》がございますので」

「愛染明王？」

「はい、御存知でもございましょうが、三目怒視《さんもくどし》、六臂《ろっぴ》の明王で、息災《そくさい》、利福を司《つかさど》ると仏教の方では申

しております。俺《わし》が手に入れたのは唐銅《からかね》作りの明王でございますが、これを手に入れてからというもの、何んともはや、怪《け》しからんことが度々ございますので」

観月老人がゼイゼイと咽喉を鳴らしながら話すところによるとこうである。

観月老がその仏像を手に入れてから三日目の朝、弟の観風老が何気なく、仏像をおさめてある蔵の中へはいって見ると、驚いたことには、見知らぬひとりの男が、その愛染明王のまえで、息もたえだえに倒れているのである。見ると、その男は非常に強力な手で咽喉をしめられたらしく、首には紫《むらさき》色の指の痕《あと》が残っていた。風態《ふうてい》から見ると、浮浪人ともいうべき人物で、不穏な兇器など携《たずさ》えているところを見ると、どうやら窃盗の目的で忍びこんで来たらしい。しかし、調べてみたところ、別に家《うち》の中に紛失した物とてはなかった。

兄弟はそこですっかり困惑してしまった。あくまで隠遁《いんとん》的な兄弟は、警察などへ知らせて、平静を搔《か》き擾《みだ》されるのを好まず、幸い、生命に別条ないのを確かめて、こっそり泥棒の体を街道附近へ置いて来たというのだ。

「それが最初の災難で、ところが、それから一週間ほど後のこと、また、同じような出来事がございましてな」

この度は夜中に観月老が眼をさました。と、例の蔵の中で、何やらゴトゴトと怪しい音がするのである。先日のこともあるので、又もや泥棒かと老人が胸を轟《とどろ》かせていると、そのとたん、恐ろしい悲鳴がきこえて来た。

「俺《わし》はもう怖くて、怖くて、夜具を頭からひっかぶったまゝ、お念仏を唱えておりましたが、そこへ弟も声をきゝつけてやって来たので、やっと勇をふるって、二人して手燭を片手に蔵の中へ入ってみると、あなた、やっぱりこの間と同じ場所に、人がひとり倒れておるじゃござわせんか……」

「前のと同じ男ですか」

「いゝえ、それが又別人なんで」

「その男も咽喉をしめられていたんですね」

「はい、前とそっくり同じ指の痕がついておりました」

由利先生は俄かに興を催《もよお》したらしく、

「いったい、その愛染明王というのは、貴重なものなんですか」

「いやいや」

老人はあわてゝ手をふると、

「それが、もう古いというだけで、大した作ではないのでございましてな。尤《もっと》も出来は印度《インド》あたりではないかと思いますが」

「なるほど、それで二度目の泥棒はどうしました」

「いや、それがやっぱり弟の主張で、まえのところへこっそり運んでいって置いて来たのでございますが、――別に生命には別条なく、間もなく息を吹返《ふきかえ》して立去ったのでございましょう、妙な評判もありませんようで」

「それで、私にどうしろと仰有るのですか」

「いや、実は」

と、老人はゴシゴシ長髯《ちょうぜん》をこすると、激しく空咳《からぜき》をしながら、

「甚だ御苦労でございますが、一度俺《わし》の宅までお運びを願って、よく調べて戴《いただ》きたいので。一体、貧乏な我々兄弟のところへ、何用あって一度ならず二度までも、泥棒の奴が推参するのか、また、誰があのように泥棒の咽喉をしめあげるのか、俺はもう、それを考えると気味が悪うて、気が狂いそうになりますのじゃ」

老人は今更の如くピクピクと咽喉仏を顫わすのである。由利先生はじっとその面を注視していたが、やがて決心したように、

「よろしい、それではすぐにお伺いして、よくその仏像を拝見してみましょう」

と、言いきって立ちあがった。

風流騎士現る

さて、志賀観月老人の住居というのは、雑司ケ谷《ぞうしや》の奥の、一見、化物屋敷を思わせるような古屋敷だった。

観月老人が由利先生を案内した時は、弟の観風も外出中らしく、玄関には厳重に戸締りがしてあったが、老人は構わず、裏の勝手口から由利先生を中へ招じ入れた。雨戸をしめきった家の中は、だゝっ広いばかりで、まるで空家のように荒果て、歩く度にピタピタと畳が足の裏に吸いつく気味悪さ。

「どうぞ、こちらへ、何しろ掃除がいきとゞきませ

んので埃《ほこり》まみれでございますが」

　廊下づたいに土蔵の戸前まで来ると、老人はそういいながら、大きな南京錠《ナンキンじょう》を外して扉《ドア》を開き、自ら先に立って中へ入ると、窓の鎧扉《よろいど》をひらいたが、その途端、さすがの由利先生もウームとばかりおったまげてしまった。

　薄暗い、埃まみれのその土蔵の中は、種々様々な仏像でいっぱいなのだ。忍辱柔和《にんにくにゅうわ》な観世音菩薩《かんぜおんぼさつ》がおわしますかと思うと、鬼面《きめん》人を驚かすグロテスクな歓喜天《かんぎてん》の秘仏もある。白象に跨《また》がった普賢《ふげん》菩薩の隣りには、一身三面の阿修羅《あしゅら》大王、全身赤色で左手《ゆんで》に青蛇を握った深沙大将《じんじゃだいしょう》がかっと眼を瞋《いか》らせているその下には、花も恥らう美しい稚児文珠《ちごもんじゅ》、さすがに蒐《しゅう》集家《しゅうか》をもって任じているだけあって、珍奇、異様な仏像が、ところ狭きまでに並んでいるその光景は、何んともいいようのない程、気味悪くもまた妖怪じみたものだった。

「成程《なるほど》、これはよく集められましたね」

「なに、閑《ひま》と根気で集めたのでござりますが、大したものはございません。これが、いまお話いたしました愛染明王で」

　主人の指《ゆびさ》すところを見れば、成程、一隅に鎮座ましますは、光焔《こうえん》中に趺坐《ふざ》した愛染明王、全身赤味をおび、目は三つ、一眼は額《ひたい》の中央に縦にきれており、腕は六本、それぞれ杵《しょ》、鈴《りょう》、弓、箭《や》、蓮華など握っている。大きさは人の高さほどもあろうか。

「で、曲者《くせもの》の倒れておりましたのは」

「はい、このお膝《ひざ》のすぐ下でございます」

「フーム」

　と、由利先生、しばらく左右から仏像をと見こう見していたが、何を思ったのか、突然、あっと呼吸《いき》をのんで眼を光らせた。

「御老人、あなたはこの仏像をよくお調べになったことがありますか」

「はい、かなり入念に調べたつもりでございますが、何か不審な点でも」

「そう、例えば縦に切れているあの第三眼だが、あれをどうお思いになりますか」

「どうといって別に……」

「御覧なさい、あの眼は他の二眼とちがって、妙に美しい輝きをもっているではありませんか。ほら、視角をかえる度に、紅、黄、紫とさまざまな美しい光を放ちます」

「そう言えばそうですな。いや近頃の人間というものは、心なき事をするもので、誰か後からガラスを嵌《は》めこんだと見えますじゃ」

「ガラス？　御老人はガラスとお思いですか」

「え？　ガラスじゃないので？」

「そうですとも、ガラスがあのような微妙な光を放つでしょうか。閃々《せんせん》たる光沢、炎《も》えるような色沢《しきたく》、御老人、泥棒が覘《ねら》っているのは、愛染明王のあの第三眼に違いありませんよ」

老人はふいにガタガタと顫え出した。咽喉がゼイゼイ鳴って、額にはいっぱい汗がうかんで来た。

「すると、すると、あの顆《つぶ》はもしや……」

「ダイヤです。しかもあの大きさ、あの色沢、稀代《きたい》のダイヤモンドです。しかも御覧なさい、あの石が少しばかり緩《ゆる》んでいるのは、二人の泥棒があれに手をかけた証拠ですよ」

あっと叫ぶと同時に観月老人、われを忘れていきなり、仏像の第三眼にとびついたが、その途端、実に変梃《へんてこ》なことが起ったのだ。

老人が夢中になって、額のダイヤを弄《いじ》くっているうちに、空に捧げた明王の第五臂と第六臂が、生あるものゝ如く、スルスルと下へおりて来たではないか。

「危い！」

由利先生の老人を突きとばすのがもう少し遅かったら、老人は必ずや、二人の泥棒と同じ運命におち入っていたに違いない。老人の体が風のように床のうえにけし飛んだとたん、仏像の腕がガッキリと、前にいる者の首をしめるように、胸のまえで組み合されたのだ。

「あゝ！」

老人は思わず長髯をふるわせて叫んだ。

「分りましたか、二人の泥棒の咽喉をしめたのは、取りも直さず愛染明王御自身でした。誰かゞ、このダイヤを守るために、仏像にこういう恐ろしい仕掛けをしておいたのですね」

由利先生の話のあいだに、一旦、胸のまえに組みあわされた仏像の二本の腕は、再びギリギリとうえに戻っていく。

それを見ると観月老人、今更のように恐ろしそうに身顫《みぶる》いをしたが、しかし、これだけの事なら、奇怪事には違いなかったが、由利先生にとってはほんの一小事件にすぎなかったであろう。

　ところが、それから間もなく、観月老人がよろよろと起上った床の上を見て、由利先生はおやとばかりに眉をひそめた。そこには真紅《まっか》な花が一輪落ちているのだ。そうだ、その花はさっき振り下ろされた愛染明王の掌《てのひら》からこぼれ落ちたものなのだ。しかし愛染明王の捧ぐる花ならば、当然、蓮華《れんげ》であるべきに、これはまた、何んと真紅な薔薇《ばら》の花。

「ご老人、あなたが蓮華と摺《す》りかえたのですか」

「どう致しまして、俺《わし》はそのような花、見たこともございません」

　老人は何んとやら腑《ふ》に落ちぬ面持《おもも》ちだ。

「お宅にはこのような花が咲いていますか」

「いゝえ、弟も俺《わし》も、こんなハイカラな花より、萩桔梗《ききょう》の趣味でございまして」

「なるほど」

　いいながら、その花を注視していた由利先生、ふと花弁のあいだに挿《はさ》んである、真紅な紙片に気がついて、何気なく取り出したが、

「あゝ、やっぱり風流騎士の仕業《しわざ》だ！」

そのとたん、大声に叫んだのである。

真紅な紙片の上には、金文字も麗《うる》わしく、

――十月十五日夜十二時、愛染明王のダイヤ頂戴に推参仕《つかまつ》るべく候《そうろう》。

署名はないがこの薔薇の花、これぞ風流騎士が久しぶりでの登場予告なのであった。

罠

　さあ、大変だ。

　何も知らずに手に入れた仏像の眼が、稀代のダイヤであったというさえ、物静かな老人を動顛《どうてん》させるに十分だったのに、更にそのダイヤを風流騎士が覘《ねら》っているとあっては、観月老人が、肝《きも》を潰《つぶ》したのも無理はなかった。

　人間誰しも慾のないものはない。一見、物慾から超越しているように見えるこの老人も、一旦、自分のものとなったダイヤを手離したくなかったのも人情である。

「さあ、大変だ、さあ、大変だ」

　観月老人が由利先生の存在さえうち忘れ、今にも泣き出さんばかりに喚《わめ》き散らしながら、土蔵の中を

ぐるぐる歩き廻っているところへ、折よく帰って来たのは弟の観風老。

観風は兄とは似ても似つかぬ禿頭《はげ》、猫背《ねこぜ》の老人で、黄色い顔はツルリとして、髭もなく、バセドー氏病でも患《わずら》っているのか、唇《くちびる》のひん曲《まが》っているのが、何んとなく異様な感じを与える。眼には度の強い老眼鏡をかけ、こればかりは兄と同じ遺伝をうけているのか、ゼイゼイと絶えず咽喉を鳴らしながら話をする男である。

観風も兄の口から事のいきさつをきくと、すっかり肝を潰したらしく、眼を丸くして、

「十月十五日ですって？　すると兄さん、今夜じゃありませんか」

「そうじゃ、だから俺《わし》も困っているのじゃ。お前も知っての通り、俺は今夜どうしても大阪のほうへ旅立たねばならぬ用件がある。といって、お前ひとり残しておくのも心配だし」

と、観月老人はいまにも泣き出しそう。

「何、そりゃこゝに由利先生もいらっしゃるから、先生に残って頂《いただ》けば……」

「そう願えますかな」

「えゝもう、お望みならね」

由利先生は何故《なぜ》か気のない返事をした。

「しかし、たった二人じゃやっぱり心配じゃ。何も先生を信用せぬわけじゃないが、相手が何しろ名うての強盗じゃからな」

「そうですな。といって、警察へ頼むのも虫が好きませんし」

観風老人、よほど警察嫌いと見えるのだ。しばし思案をしていたが、ふと思い出したように、

「あゝ、いゝ人がある。由利先生、あなたの御存知の人物です。あなたからひとつ、その人にお願いしてみて下さらんか」

「誰ですか、等々力警部ですか」

「いゝえ、雨宮恭助君です」

「ほゝう、恭助君を？」

その途端、由利先生の面上には、さっと緊張のいろが現れた。今迄、気のない相槌《あいづち》をうっていた由利先生は、この一語によって、俄かに日頃の活気を取り返したらしくさえ見えるのだ。

「そうです、私は新聞を読むのが好きでしてな。風流騎士の事件なら細大洩《も》らさず知っておりますが、

恭助という人は、風流騎士に深い怨《うら》みを持っていて、いつかあいつを捕えてやろうと意気込んでいるというじゃありませんか。そういう方に来て戴いたら、こんな心丈夫なことはありません。ねえ、兄さん」

「よろしい。じゃ恭助君を呼びましょう」

由利先生は俄かに活気に満ちた返事をした。

それから間もなく恭助は、由利先生の電話によって、この家《うち》へ飛んで来たが、話をきいて彼がいかに勇躍したか、今更こゝに述べるまでもあるまい。殊《こと》に仏像の秘密を解き明かされた時には、彼は雀躍りして欣《よろこ》んだ。

「で、風流騎士もその秘密を知っているのでしょうか」

「さあ、それはよく分らない」

「もし、あいつが知らないと、こんな屈竟《くっきょう》な罠《わな》はないのだがなあ。ダイヤに手をかける。仏像の腕にしめつけられる。そうなるとしめたものだが」

「そうならなくても、捕えて戴かねば困りますよ」

「大丈夫、あいつには重なる怨みの恭助です。今度こそ、きっと捕えねば肚《はら》の虫がおさまりません」

さて、それから間もなく観月老は、後事を托して出ていったが、後にはこのだだっ広い屋敷に三人きり。変りやすい秋の空は、夜が更《ふ》ける頃より、細かい雨を降らして、老人が自慢の萩桔梗を濡《ぬ》らしはじめた。

何しろ、場所が雑司ケ谷の奥と来ているので、その静かさ、淋《さび》しさはいうばかりもない。もしも風流騎士をとらえるという緊張がなかったら、恭助はとうていこの退屈に耐えられなかったにちがいない。

「さあ、今のうちにめいめいの持ち場を定《き》めておこうじゃありませんか」

観風老人がこんなことをいい出したのは、夜食も終った十時頃。

「雨宮さん、あなたは一番お若いから、土蔵の中で、あの愛染明王のうしろにひそんでいて下さい。それから由利先生、あなたは土蔵の入口の見える離れの書院のかげにかくれて下さい。私は庭の周囲を見張っています」

これではまるで観風老が探偵長みたいだが、恭助にはもとより異存はない。由利先生は何故か、時々、驚異にみちた眼差《まなざ》しで、老人の横顔を偸視《ぬすみみ》るばかり、黙々としてその命令に従っている。

こうして、めいめいの持ち場が定まって、己《おの》れのところへ退ったのはかれこれ十一時、灯を消してしまって屋敷中まっくらな中に、ひとしお濃い暗闇に包まれたこの土蔵の中、その闇の底にあの気味悪い相好《そうごう》をした仏像どもが、声なき息吹《いぶき》をつゞけているのかと思うと、恭助も決してよい心持ちではない。

それにしても奇怪なのは今宵《こよい》の冒険、由利先生が間にいるというものゝ、見ず知らずの他人の家《うち》で、風流騎士を待ちうける仕儀となった今夜のいきさつが、恭助には何んとなく腑《ふ》に落ちなくなって来た。

ひょっとすると、罠は風流騎士にではなくて、却《かえ》って自分のために張られているのではなかろうか、そんなことを考えると、ゾーッと俄かに冷い汗が背筋を伝わった。

と、この時、どこやらでドシンという音、あっという低い叫び、ハッとした恭助が思わず呼吸《いき》をのんだとたん、

「チェッ、兄貴の奴、こんな処《ところ》へ詰まらぬ石を置いとくものだから、もう少しで足を挫《くじ》くところだったわい」

庭のほうでブツブツ呟《つぶや》く観風老人の声、どうやら石に躓《つまず》いて倒れたらしい。柔《やわらか》い土を踏む音がしだいに遠退《とおの》いて、あたりはまたもやもとの静けさ。

と、この時、どこやらでチン、チン、チンと、時計が鳴り出した。

十二時だ。

恭助が思わず息をのんだ時、ふいにギイと軋《きし》るような物音、土蔵のドアが外から、ソロソロ開かれたのである。

邪悪の微笑《ほほえみ》

恭助は俄かにガタガタと膝頭《ひざがしら》が顫え出した。覚悟のうえとはいえ、咽喉がカラカラに乾いて、今にも心臓が破裂しそうだった。

扉の隙間は一寸、二寸としだいに大きくなっていく。やがてその隙間からボーッと黄色い光がさし込んで来た。

（あゝ、いよいよ来た！　それにしても由利先生や観風老人はいったい何をしているのだろう）

思わず叫び出しそうになる唇へ、あわてゝ掌を押しあてたとたん、ぬうっと土蔵の中へ入って来た顔は、何んだ、観風老人ではないか。老人は片手に手

燭をかゝげ、片手にドアをしめると、ゆっくりあたりを見廻したが、その顔には奇妙な微笑がうかんでいた。

恭助は耐《たま》りかねて仏像の蔭《かげ》からとび出した。

「御老人、どうしたんです。何んだって今頃こゝへ入って来たんです」

「あゝ、雨宮さん、御苦労さま、なに、約束の刻限ですからね」

観風老人はすましたもの、平然として扉《ドア》の内側から錠をおろしている。

「あ、御老人、錠をおろしてどうするのです」

「どうもしやせんさ、邪魔が入るといけないからね、ほら、由利先生や観風の奴がね」

「何んだって？」

「おいおい、恭助、俺の顔を見忘れたのかい。約束の十二時に、俺ゃやって来たんだぜ」

あっと叫んで恭助は、思わず二三歩うしろへとびのいた。髪の毛が一時にピーンと逆立って、全身の毛孔《けあな》という毛孔から、どっとばかりに冷い汗が吹き出した。

手燭をかざした観風老人の顔が、そのとたんにガラリと変ったかと思うと、恭助は闇の中に、ハッキリと自分と同じ顔を見たのだ。

あゝ、彼奴《あいつ》だ！　風流騎士だ！

「はゝゝゝは、驚いたかい？　意外なところで会ったね。君がこの家《うち》へやって来たのを見た時にゃ、さすがの僕も奇遇に一驚したぜ。まあ、ゆっくり話をしようや」

風流騎士は手燭を床のうえにおくと、勿体《もったい》なくも普賢菩薩の膝に腰をおろした。

「観風老人は——？　観風老人はどうしたのだ？」

「あの老耄《おいぼれ》かい。あいつは庭の古井戸にブラ下っているよ。どうだい、僕の変装術もまんざらのものではなかろう」

「由利先生！　由利先生！」

恭助は必死となって叫んだ。

「馬鹿だなあ。先生はよくお寝《やす》みだよ。さっきお茶をさし上げたら、それを飲んでぐっすりお寝みだ。少々薬を利かせておいたのでね」

あゝ、何んという事だ。恭助は今や全く孤立無援、この薄気味悪い土蔵の中で、深讐綿々たる仇敵《きゅうてき》とさし向いになったのだ。

「き、貴様は俺をいったいどうする気だ」

「おいおい、それはこちらのいう台詞《せりふ》さ。僕はこの仏像に用があってやって来たのだ。それを君の方で勝手に邪魔に来たのじゃないか」

あゝ、あのダイヤ！　相手がもしあのダイヤに手をかけたら――そうすれば自分はこの劣勢から立直《たちなお》ることが出来るのだが。――

「何を考えているんだね」

「い、いゝや、何も考えてやせん」

「はゝゝゝは、隠しても駄目さ。恭助君、君が唇をそういう風にピンとめくりあげた時には、必ず狡猾《こうかつ》なことを考えている証拠だと、千晶さんがそういったぜ」

さあーッと恭助の面から一時に血の気がひいた。彼はカラカラに乾いた唇を舐《な》めながら、

「貴様は、貴様は千晶さんをどうしたのだ！」

「千晶さんは健在だよ。おやおや、健在ときいて真蒼になったね。君の表情《かおいろ》はまるで千晶さんが死んでいる事を祈っているみたいだぜ」

恭助は俄かに狼狽《ろうばい》して、

「バ、馬鹿な！　そ、そんな事があるものか。一体千晶さんはどこにいるのだ。それを言え」

「うん、教えてもいゝ。だがそれよりはどうだ。僕と一緒に行かないか」

恭助はそれをきくと、再びギクリとした表情《かおいろ》をした。一体これはどうしたというのだ。今宵の恭助はまるで被告みたいで、却《かえ》って風流騎士のほうが、彼の死活を握っているように見えるではないか。恭助はいったい、何をあのようにビクビクしているのだろう。

「はゝゝゝは、俺と一緒にいくのは厭《いや》か。なるほど貴様一人であの人と会って話をつけたいのだな。貴様は俺が千晶さんに、何かよけいな事を喋舌《しゃべ》りはしないかと、それでビクビクしているのだろう」

「馬鹿な、俺は何も怖れることはない」

「そうか、それなら結構」

風流騎士はやおら立上ると、あの愛染明王の方へ歩いていった。

あゝ、今や彼はあのダイヤに手をかけようとしている。手をかければ何もかもおしまいだ。そのまえに、千晶の居所《いどころ》を聞いておかねば。……恭助が思わず手に汗を握ったとたん、風流騎士がジロリとこち

らを振返った。

「どうしたんだ、おい、何故そんな妙な表情《かお》をしているんだ」

「い、いや、何んでもない」

恭助は思わず首筋の汗を拭《ぬぐ》った。

「何んでもない？　何んでもないことがあるものか、ほらほら、また唇がピーンとめくれ上って来たぜ。はゝゝゝは、そうか、千晶さんの居所を聞きたいのだな。あの人の事を知りたかったら、これから真直《まっす》ぐに吾妻橋《あづまばし》の東詰めへ行ってみろ。そこで兎口《みつくち》の婆さんがいるからな。そいつに聞きゃよく分らあ」

「しめた！」

と、恭助は二重の歓喜に思わず声を立てるところを、危《あやう》く制御した。千晶の居所が分ったことゝ、もう一つは、あゝ、今や風流騎士の指先が、あのダイヤにかゝったではないか。

と、そのとたん、ガーッという物音。あっという間もなかった。唐銅の二本の腕が発矢《はっし》と下って来たかと思うと、何んという見事なからくり、まるで釘《くぎ》抜《ぬき》のようにしっかと風流騎士の咽喉をつかんだのである。

「はゝゝゝは、かゝった！　かゝった！　態《ざま》ア見ろ、由利先生が眼覚める迄、暫くおとなしくしていろよ。ところで千晶さんの居所は、吾妻橋の東詰めにいる兎口の婆さんに聞きゃ分るんだな。よし、これからいって話をつけて来らあ」

「あ――待て――貴様――それでは――」

切れ切れに叫ぶその声も、次第に細って、やがてぐったり、愛染明王の腕の中にブラ下った風流騎士の顔を、じっと見守っていた恭助の面には、その時、何んともいいようのない、薄気味悪い微笑がうかんで来た。上唇がピーンとまくれ上って、ニューッと覗いた二本の犬歯、あゝ、この微笑だ！　いつか、雨宮老人が殺される間際に見た、犯人の微笑！

だが、その微笑は一瞬にして掻き消えた。

恭助は土蔵を出ると、離れ座敷に眠っている由利先生を尻眼にかけ、それから暗い雨をついてまっすぐに吾妻橋へ。――

それにしても、恭助は千晶を救いにいくつもりなのだろうか。それとも、あゝ、さっきのあの微笑が示していたように、何かしら邪悪な目的があるのではあるまいか。

一体、恭助は双仮面のうち善か悪か。

怪船風流丸

風流騎士、柚木薔薇は、まんまと愛染明王の罠におちてしまった。そして、彼の口から千晶のありかを知って恭助は、何を思ったのか、唇のはじに奇妙な微笑をうかべて、いま、いっさんにその許《もと》へ駆けつけようとしている。

だが、恭助が立去《たちさ》ったその直後のことだ。観風老人の蔵の中では不思議なことが起ったのである。

愛染明王の鋼鉄の腕に、咽喉をしめられて、ぐったりと気を失っている筈《はず》の風流騎士が、俄かにかっと両眼を見ひらいたのだ。暫く彼は、明王の腕にブラ下ったまゝの姿勢で、じっと、遠ざかりいく恭助の足音に耳をすましていたが、ふいにニヤリと微笑をもらすと、片手を伸ばして明王のお腹のあたりを探りはじめた。と、その指先にふれたのは、乳房ほどの小さい突起、ぐいとばかりにそれを押すと、不思議不思議、がっきりと咽喉をしめていた二本の腕が、音もなく、スルスルと離れていったではないか。

あゝ、すると彼はあらかじめこの仏像の仕掛けを知っていたのだろうか。しかし、知っていたとすれば、どうしてあのように、罠にかゝったのだろう。

それはさておき、風流騎士は暫く苦しげに咽喉を撫でながら、ゴホン、ゴホンと軽い咳《せき》をしていたが、やがてシャンと体を伸ばすと、たった今恭助が出ていった、あの戸口からソッと外へ忍び出したのである。

さっきから見ると、雨もよほどひどくなったらしい。ザアーッと庭樹の葉を鳴らして降りしきる音をきゝながら、暗い渡り廊下を通って、離れ座敷へ来てみると、そこには由利先生が雷のような鼾《いびき》をかいて、前後不覚に眠りこけているのだ。

風流騎士はそっとその側《そば》を通り抜けると、やがて、風のように土砂降りのなかへとび出していったが、——と、その時だ。いまゝで正体もなく眠りこけていた由利先生が、ふいにヌーッと鎌首《かまくび》をもたげたではないか。

先生もしばらく、風流騎士の足音にじっと耳をすましていたが、やがてそろそろと庭へおりると、折からの闇を幸い、これまた、巧みに相手を尾行しはじめたのである。

あゝ、これはいったいどうした事だ。恭助と風流騎士と由利先生、この三人が三人とも、今夜はめいめい腹にいち物《もつ》、何かお芝居をしていると見えるのだ。狐《きつね》と狸《たぬき》の化《ば》かし合い。そうなのだ。しかしこの場合、一番化かされているのは果して誰だったろう。

それはさておき、最初に雑司ケ谷をとび出した恭助が、それから間もなく人眼を避けてやって来たのは吾妻橋、時刻はすでに夜中の一時をすぎて、まっくらな河のうえには、土砂降りの雨が滝のような音を立てゝいた。

恭助は帽子を眉深《まぶ》かにかぶり直し、レーンコートの襟《えり》を立てゝ、橋の前後を見廻したが、雨の夜更けのこの橋のうえ、犬の仔一匹通らない。街灯ばかりがいやに白々と、降りしきる雨のなかに煙っているのである。

(はてな、欺《だま》されたかな?)

そう考えると恭助は、瞬間サーッと土色になったが、その時ふと彼の眼にうつったのは、橋の下にブランブランと揺れている赤いカンテラだ。東の橋詰めに、一艘《そう》のモーター・ボートが人待ち顔にうかんでいるのである。

吾妻橋の東詰め! そうだ、あのボートかも知れない。——恭助は大急ぎで河ぶちから、石段をおりていったが、と、ボートの中からカンテラを掲げてヌーッと立ちあがったのは、あゝ、まぎれもない兎口の醜《みにく》い老婆だった。

「旦那様、たいそうお早うございまして」

あたりの様子を窺《うかが》いながら、低声でボツボツ囁《ささや》くのは、どうやら、風流騎士と間違えているらしい。恭助はこれ幸いと、

「うむ」

と、軽くうなずいて、

「千晶は?」

と、訊ねてみる。この一言が運命の岐《わか》れ路《みち》とおもえば、さすがに心臓がドキドキと鳴って、われ知らず言葉がふるえたが、老婆は別に気にもとめず、

「はいはい、お待ちかねでございますよ」

と、にやにやと淫《みだ》らな微笑をうかべている。

「よし、それじゃこれからすぐに帰ろう。婆さん、案内しな」

「はいはい、出発の用意はちゃんと出来ております

よ。どうぞお乗りなすって」

「よし」

言葉少なに恭助がとび乗ると、

「さあ、若い衆、やっておくれ」

老婆の命令一下、ハンドルを握った若い者が、ぐいと舵《かじ》を廻せば、モーター・ボートはダダダダと、凄《すさ》まじい音を立てて、早《はや》一散に下流のほうへ走り出したのである。

恭助はそれを見ると俄かに不安がこみあげて来た。モーター・ボートなどで、いったいどこへ連れていこうというのだろう。ひょっとすると自分は、とんでもない罠に落ちているのではあるまいかと、急に不安が募《つの》って来たが、まさか老婆に行先をきくわけにもいかない。

えゝい、まゝよ、いけるところまでいってみろと、漸く性根《しょうね》をすえていると、ボートは雨にふくれた隅田川の流れを蹴《け》って、しだいに下の方へくだっていったが、やがて、やって来たのは佃島《つくだじま》のほとり、この辺まで来ると、東京湾のほうから吹きつけて来る風が、ゴーッと凄まじい音を立て、横なぐりに降りつける雨と潮の飛沫《ひまつ》が、真向からかぶさって来る。

「あゝ、ひどい時化《しけ》だ」

思わず呟くと、

「なに、もう少しの辛抱《しんぼう》でございますよ、お帰りになれば、美しい方が待っていらっしゃるのだから、お楽しみなことですわ。ほんに、旦那みたいな、果報者はありゃしない。ほら、参りましたよ」

老婆に、軽く背中を叩かれた刹那《せつな》、モーター・ボートが俄かにスルスルと速力をゆるめて、どんとばかりにぶつかったのは、とある岸壁に横着けになった小汽船。老婆のかざしたカンテラの光に、何気なく船腹の文字を読んだ恭助は、思わずドキリと胸を波打たせた。

雨に濡れた船腹には、まぎれもなく、

風流丸――の三文字が。……

千晶の恋

警視庁が躍起《やっき》となって、風流騎士の行方を探しても、今までついにその消息がわからなかったのも無理はない。彼はこのような汽船で、逃避行をつゞけていたのだ。しかし、それにしても、風流丸とは、何んと人を喰った名前だったろう。

「婆さん、舟の中には千晶のほかに、誰かいるかい？」

恭助は驚きのあまり、思わず声を立てるところを、やっと押えてこう訊ねた。

「あれまあ、旦那、お忘れになっちゃいけませんわ。さきほど、今夜はひまをやるから、みんな外へ遊びに出ろと仰有ったのは、あなた様じゃございませんか」

「おゝ、そうそう、そうだったな。では、船の中には、千晶ひとりだな」

しめたというような表情《かおいろ》だったが、老婆はそれに気もつかず、

「はい、さようでございますとも。ほゝゝゝほ」

「で、お前たちはこれからどうするつもりだ」

「はいはい、わたしたちも旦那のお気さえ変らなかったら、今夜は久しぶりでゆっくりと、陸《おか》で寝たいと思っておりますの。さきほど旦那がおっしゃって下すったように」

「おゝ、そうか、それじゃそうするがよい」

恭助は斜《ななめ》にかゝった鉄梯子《てつばしご》に足をかけたが、ふと思い出したように、

「だが、そのボートは何んとかして、おいて貰《もら》いたいな。お前たちが帰って来るまえに、また上陸することがあるかも知れんからね」

「あれ、ボートならもう一艘、いつものところに繫《つな》いでございますのに」

「おゝ、そうか、よしよし、で、こうっと、千晶の部屋は、あゝ、あれだったな？」

「はい、いつものところでございますよ。旦那どうなすったのでございますよ。そんなにお呆《とぼ》けなすっちゃいやですわ」

「はゝゝゝは、まあいゝ、それじゃお前たち気をつけていけ」

「はい、では御免下さいまし。旦那、どうぞ御ゆっくりと。ほゝゝゝほ」

老婆の淫らな嬌声《きょうせい》とともに、モーター・ボートはくるりと向きをかえて、ダダダダとエンジンの音を響かせながら、闇のなかを立ち去った。そのあとを見送っておいて、恭助は鉄梯子をのぼっていく。

横なぐりに吹きつけて来る風雨は、いよいよ勢いを増して、ゴーッと斜に黒い縞《しま》をつくっている。船腹にぶつかっては、ざあーッと飛びちる波の音も物

凄く、暗い海の遠くのほうで、灯台の灯がくるくると廻転しているのも、なんとなく、無気味な予感をそゝるのだった。

甲板《かんばん》までのぼってみると、赤いシグナル灯が唯ひとつ、雨にぬれそぼれてポッカリとついているばかり、なるほど、みんな上陸したあとらしく人の気配もない。まるで、船全体が暗い廃墟《はいきょ》のようなかんじなのだ。

風雨にもまれながら、恭助はやっと艙口《ハッチ》を見附け出した。狭い階段をおりていくと、ほのぐらい廊下に、ひと筋の灯がこぼれている。

(これだな!)

さすがにそのまえへ立った恭助は、ちょっと緊張に頬の筋肉を固くしたが、やがて、思いきって、トントンと軽くノックする。

と、中から聞えて来たのは、さやさやという軽い衣《きぬ》ずれの音、床を踏む柔かい足音。

「どなた?」

その声を聞いたとたん、恭助は思わずドキリとした。あまりにも静かな、いや、静かというよりは、甘えるような声音《こわね》なのだ。

「僕だよ、入ってもいゝ?」

「あら、ちょっと待って。いま、すぐ開けますわ」

あわたゞしい衣触《きぬず》れの音がしたかと思うと、やがてがちゃりと音がして、ドアがうちがわから開かれた。と、そのとたん、プーンと鼻をつく芳香とともに、パッと恭助の眼底にとびこんで来たのは、あゝ、絶えて久しい千晶の艶姿《あですがた》なのだ。

それにしても、風流騎士のかくれ家において、誰がこのように、美しくも楽しげな千晶の姿を見ようと期待したろう。彼女はいまゝでベッドのうえに横になっていたにちがいない。薄桃色のパジャマのうえに、艶《なま》めかしいナイト・ガウンを羽織《はお》って、悪戯《いたずら》っ児《こ》らしくパチパチと瞬《またた》く瞳、こぼれるような愛嬌《あいきょう》を湛《たた》えた唇、その表情《かおいろ》には、微塵《みじん》も苦悩や悔恨《かいこん》のかげはない。いやいや、以前よりもいっそう美しく、そして世にもまた幸福そうにさえ見えるのだ。

「まあ! どうかなすって? どうしてそんなにあたしの顔ばかり凝視《みつ》めていらっしゃいますの」

と、さっと含羞《はじらい》にかおを紅《あか》らめる可愛《かわい》らしさ。しかも溢れるようなこの媚《こ》びは、むろん、相手を恭助と知ってのことではないのだ。千晶の幸福の対象は、実に、怪盗風流騎士にあったのだ。

恭助は面喰《めんくら》ったように、パチパチと瞬《まばた》きをした。女の秘密を覗かされた時にかんずる、あの何んともいえぬ妬《ねた》ましさに、むらむらと胸をこがしながら、それでも表面《うわべ》だけは何気なく、

「なあに、あなたがあんまり美しいからですよ」

と、思わず舌なめずりをする。

「あら、あんなことを仰有って。まあ、中へお入りになりません？」

千晶はそっと恭助の腕に手をおいたが、

「まあ！　あなた顫えていらっしゃいますのね。あら、この濡れようったら！　いけませんわ。こんな雨の日に、いったいどこへいってらしたの。あたし心配で心配で、碌《ろく》に瞼《まぶた》もあわぬくらいでございましたわ」

「入っても構いませんか」

「えゝ、どうぞ」

恭助は狡《ず》るそうにニヤリと微笑《わら》うと、千晶の肩を抱いたまゝ、部屋の中へ入って来た。

「待ってらっしゃい。いま、温かい飲物をあげますから」

千晶がまめまめしく、アルコール・ランプに火をつけて立ち働く姿を、恭助はしばらく世にも不思議そうな眼をして眺めていたが、ふと、思い出したように、

「あゝ、そうそう、千晶さん、今夜は面白いことがありましたよ」

「あら、面白いことってなあに？」

「実はね、敵をやっつけて来たんです。ほら、御存知でしょう？　僕の双生児の敵です」

「まあ、それじゃ、あの人を――」

千晶は俄かにさっと蒼褪《あおざ》めると、

「でも、まさか――まさか――」

「大丈夫、殺しゃしませんよ。殺しゃしないが、それ以上の恥辱《ちじょく》をあたえてやりましたよ。はゝゝゝは」

恭助は咽喉のおくのほうで、奇妙な笑い声を立てた。

「まあ、いけませんわ。あなたはもう、あの事には絶対に手出しをしないと仰有ったじゃありませんの。もしものことがあったらどうなさいますの。あたしもう、あの人のことなんかどうでもいゝのよ」

「千晶さん、あなたはどうして自分の従兄《いとこ》をそんな

に嫌うのですか。そして、何故、風流騎士に対してそんなに親切にするんです。風流騎士こそ、あなたのお祖父《じい》さんを殺した男ですよ。そして、いまにもあなたを殺すかも知れない男ですよ。あなたはそんな事を考えてみたことがないのですか」

「ほゝゝゝほ、あなた、どうかなすって？　今夜に限って、何故そんなこと仰有るの？　えゝえゝ、あたし何も考えませんのよ。考えることはとうの昔に止《よ》してしまいましたの。あなたは何も話して下さいませんわね。でも、あたしにはちゃんと分りますのよ、お祖父さまを殺したのは風流騎士じゃございませんわ。女の直感がそれを教えてくれますのよ。お祖父さまを殺したのは……」

「誰です？　誰だというのですか？」

恭助は俄かに険しい表情《かおいろ》をして詰め寄った。千晶は訝《いぶか》しそうにその顔を見守りながら、

「えゝ、お祖父さまを殺したのは、あたしの従兄の恭助……あれえっ！」

何を思ったのか、突如千晶は、真蒼になって恭助の腕からとびのいた。

仮面落つ

意外、意外！　千晶は雨宮老人を殺した犯人は従兄の恭助だという。彼女はずっと前から、鋭い女の直感でそれを知っていたのだ。

そして、その言葉も終らぬうちに、彼女は真蒼になって、恭助の腕からとびのいたのである。

「千晶さん、ど、どうしたのです」

「あなた？　あなたですの？」

千晶はおびえたように、歯をガタガタと鳴らせながら、

「だって、だって、いやな表情《かお》なさるんですもの、そ、そんな表情止して、何故そんな冗談をなさいますの、あ、あの人にそっくりだわ！」

「はゝゝゝは！」

恭助は咽喉のおくのほうで、声のない笑いを笑った。と、唇がふいにピーンとまくれ上って、あの恐ろしい二本の犬歯がニューッと顔を出す。千晶はまたもや、わっとばかりにベッドにかじりついた。

「あ、あなたは、あなたは……冗談でしょう。ねえ、冗談なんでしょう」

「はゝゝゝは、何故これが冗談でなければいけないのです」

「な、なんですって？」

千晶は魂消《たまぎ》るように絶叫したとき、どこか近くのほうで、ダンダンダンとモーター・ボートの音が聞えて来たが、それも束《つか》の間《ま》、ざーっと船腹を打つ波の音とともに、アルコール・ランプの焔《ほのお》が激しく揺れる。

「おい、千晶さん、俺が誰だか分らなかったのかい、お祖父さんを殺した時と同じように、この俺が、風流騎士に化けてやって来ると考えなかったのかい？」

「あゝ！」

千晶はよろめくようにベッドから立ち上った。全身これ、恐怖と憎悪の化身なのだ。

「それじゃあなたなのね。あゝ、恭助兄さん、あなたは悪魔です。鬼です。えゝ、あたしはちゃんと前から知っていましたわ。たゞ、たゞ証拠がないばかりに、誰にもそれを話さなかったのが、あゝ、今となっては口惜《くや》しい」

「ふふん、するとこの証拠さえあれば俺を売るつもりだったんだな。そして貴様は、あの風流騎士とやらに首ったけなのだな」

「あたし、あの方がどういう方かちっとも存じません。でも、あの方は親切で俠気《おとこぎ》のある方ですわ。あの方があたしをこゝへかくしたのも、ひょっとすると、あなたに殺されるかも知れないと思ったからですわ。いゝえ、あの方はひと言もそんなこと仰有いませんけれど、あたしにはよく分るんです。あゝ！」

千晶はふいに犇《ひし》と両手で顔を覆うと、

「あの人を、あなたはどうなすったの？」

「ふふふ、あいつの事が気になるかい。あいつはな、捕えられて豚箱《ぶたばこ》にはいるだろうよ。どうせあいつは風流騎士という大それた強盗さ。ついでに人殺しの罪を背負ったとて、世間では別に怪しみもしないぜ。有難《ありがた》いことさ。雨宮万造殺しに、緒方絹代殺し、それから最後に千晶殺しか。はゝゝゝは！」

あゝ、悪魔はついに仮面を脱いだのだ。それにしても何んという奇怪さだろう。今迄いっぱんの人が信じていたように、風流騎士が恭助の仮面をかぶったのではなく、反対に、恭助こそ風流騎士の仮面をかむっていたのだ。

「あゝ、あなたは何んという悪党でしょう。いゝえ、あたしは殺されても構いません。でも、あの人だけは助けて――あの人だけは」

「ふふふ、そんなにあいつが可愛いかい。それを聞いちゃいよいよ助けるわけにはいかないぜ」

叫んだかと思うと、恭助はいきなりパッと千晶めがけて躍りかゝって来る。気味の悪い邪悪の微笑が、ヌッと千晶の顔のうえにのしかゝって来たかと思うと、やにわに匂いの高いハンケチが、しっかと彼女の鼻孔《びこう》をふさいでしまった。

「あれえ！　あ、あ、あ！」

千晶はしばらく、じたばたともがいていたが、やがてボーッと眼のまえがぼやけて来ると、ぐったりと恭助の腕にもたれかゝった。

「ふふふ、これでよし。お前さんがこの船から行方《ゆくえ》知れずになれば、もう誰もあいつの言葉なんか信用するものはありゃしない。どれ、お前さんをちょっと片附けておいて、それからもいちど雑司ケ谷へひっ返そうか。いゝ工合《ぐあい》に、あのへっぽこ探偵もお寝み中と来てやがらあ。はゝゝゝは、有難い倖《しあわ》せさ」

恭助は軽々と千晶の体を抱きあげると、大急ぎで甲板へあがっていったが、そのとたん、彼はぎょっとしたように立ちどまった。

誰か鉄梯子をあがって来る！

千晶の体を抱いたまゝ、彼はさっと暗い物蔭に身をひそませたが、鉄梯子をあがって来たのは、思いがけなくも風流騎士、柚木薔薇ではないか。

この時ばかりは、さすが兇悪無慙《むざん》な恭助も髪の毛が逆立たんばかりの恐怖にうたれた。

（しまった！　やられた！）

そういう感じなのだ。どうして相手が、あの頑丈な愛染明王の腕からのがれることが出来たのか、想像もつかなかったが、考えてみると今宵の風流騎士はあまりにも脆《もろ》かった。

罠だったのだ！　自分をこゝへ誘《おび》きよせ、千晶のまえで、うかうかと何もかも喋舌《しゃべ》らせるようにあいつが仕組んだのだ。――恭助は全身の毛孔から、さっと熱湯が迸《ほとばし》るような恐怖にうたれたが、幸い、相手は気がつかずに、急ぎあしに船室へとおりていく。

その隙に、恭助は千晶の体を抱いたまゝ、ダダダダと鉄梯子をおりていった。幸いそこには、今風流騎士の乗りすてゝいったモーター・ボートが、暗い波のうえに揺れている。ひどい嵐だ。風と雨が矢のように頬をうつ。恭助は千晶の体をボートの底に投げこむと、自分もあとからとびのった。そして方角も定めずに、滅茶滅茶《めちゃめちゃ》に闇の中へと乗り出したのである。

こちらは風流騎士の柚木薔薇、階段の中程まで来ると、ふいに烈《はげ》しいエンジンの音が聴えて来たから、はっとして甲板へとび出して見ると、いましも隅田川の荒波に揉《も》まれながら、木の葉のように疾走していくモーター・ボートの主がちらと、その瞳にうつった。

「しまった！　遅かったか！」

叫ぶとともに鉄梯子をとんでおりたが、肝腎《かんじん》のモーター・ボートがない。愚図々々しているうちに恭助は、千晶をつれて逃げてしまうだろう。あゝ、どうしようどうしようと、風流騎士の柚木薔薇が、地団駄踏んで口惜しがっているところへ、恰もよし、ダダダダと波を切ってこちらへ近附いて来た、一艘の汽艇《ランチ》がある。

汽艇《ランチ》は呼ばれる迄もなく、スルスルと汽船のそばに横着けになると、

「乗りたまえ！」

中から半身乗り出して叫んだのは、思いがけなくも由利先生！　風流騎士は一瞬はっとしたが、今はもう躊躇《ちゅうちょ》しているべき時ではなかった。無言のまゝ、ひらりと跳びのると殆《ほと》んど同時に、汽艇《ランチ》は掃海灯で泡立つ波を掃《は》きながら、前のボートを追っかけてまっしぐらに。——

呪われた双生児

灯台の灯がくるり、くるりと旋回する。

隅田川から海へ出ると同時に、横なぐりの風雨はいよいよ激しくなって、暗い水のうえには、白い波頭が泡のように鎌首をもたげている。その中をモーター・ボートと汽艇《ランチ》とが、木の葉のように揉《も》まれ、揉まれて弧を画いていくのだ。

あたりは墨を流したような暗黒の大海原。むろんこの嵐のことゝて、行交《ゆきか》う船とてもないが、折々どこやらで、ボーボーと霧笛《むてき》を鳴らす音がする。

「先生、先生、救《たす》けて下さい。あのモーター・ボートには千晶さんが乗っているのです。あいつは千晶さんを殺そうとしている。畜生！　この汽艇《ランチ》は何んというのろさだろう」

頭からかぶる波を意にも介さず、柚木薔薇は必死となって、舷《ふなべり》から乗り出していた。由利先生も喰い入るような眼差しで、じっと前方の闇を見据えている。

「柚木君！」

ふいに由利先生が鋭い声でいった。

「君は何故、もっと早く俺《わし》のところへ来てくれなかったのだね。今夜もし、千晶さんの身に、何か間違いでもあったら、みんな君の責任だぜ」

柚木ははっとしたように、由利先生の顔を振りかえった。しかし、先生は依然として、舵輪《だりん》を握りしめたまゝ、前方の闇を凝視しているのだ。

「それじゃ、先生は何もかも御存知だったのですか」

「ふむ、知っていた。いや、千晶さんの態度から感附いたのだ。女の本能は鋭敏なものだ。その本能が、どうやら従兄を疑っているらしいので、俺《わし》も内々あいつに眼をつけていたのだ」

ゴーッと嵐が渦を巻いたので、由利先生の言葉は暫《しば》し途切れたが、すぐまた、舵輪を握ったまゝ、

「柚木君、今夜の愛染明王の事件は、ありゃみんな君の書いた狂言だね」

「あ、先生、先生はそれも御存知ですか」

「ふふふ、それくらいのことが分《わか》らいでどうする。いったい、あの観月老人というのは君の乾児《こぶん》かい」

「いや、あいつは何も知らないのです。たゞ、僕の頼みを引きうけて、あのような出鱈目《でたらめ》の話を先生のところへ持ちこんだのです」

「おやおや、俺《わし》こそいゝ面《つら》の皮だ。二人の泥棒がしまのびこんだの、咽喉をしめられていたのと、うまう引っ張り出されてしまったが、しかし柚木君、君のの観風老はなかなか傑作だったぜ。俺《わし》だって、君が雨宮恭助のことをいい出すまでは気がつかなかった。君があの男に来て貰いたいと言い出したとき、はじめてはっと気がついたのだ」

由利先生はくすくすと笑うと、

「それにしても随分御念のいった狂言だね。どこであんなネタを仕込んで来たんだね」

「先生、僕はどうしても、恭助の奴を千晶さんのところへ誘《おび》き出したかったのです。そしてあいつが千晶さんを殺そうとするところへおどりこんで、あいつの面の皮をひん剝《む》いてやりたかったのです。そうでもしなければ、僕の潔白は証明しようがないので

すからね。御存知のとおり、僕は出るところへ出るというわけにはいかぬ体、それに、あいつと来たら悪魔のように悧巧《りこう》な奴ですからね」

　むろん、これ等《ら》の対話は、こゝに記すように、落《おち》着《つ》いて、順序立って話されたものではなかった。二人の会話はしばしば、嵐の音や、波の響きで掻き消されたり、途切れたりしたのだ。しかも、二人は一方では、片時もモーター・ボートから眼を離すことが出来なかった。しかし、こゝでは、もう少し二人に話をつゞけさせることにしよう。この会話のうちにこそ、世にも恐ろしい双仮面の秘密が解き明かされているのだから。

「柚木君、君と恭助とのあいだには、いったいどういう繋《つなが》りがあるんだね。まさか、君たちの相似は偶然ではあるまいね」

　由利先生は依然として、舵輪を握ったまゝなのだ。しかもその眼は一時たりとも前方のモーター・ボートから離れない。柚木薔薇とても同じこと、彼は全身濡れ鼠《ねずみ》になりながら、舷側《げんそく》から離れようとはしない。

「先生、あいつと僕とは双生児なのです」

「あゝ、やっぱり……」

「そうなのです。僕も雨宮万造の孫なのです。我々の父は、祖父の気に入らぬ女と結婚して家《うち》を出奔《しゅっぽん》しました。そして、恭助と僕の双生児がうまれたのです。頑《かたくな》な祖父はむろん、己が気に入らぬ女と結婚した父などを、かまいつけようとはしない。とうとう父は陋巷《ろうこう》で窮死《きゅうし》しました。そうなると祖父もいくらか悔恨《かいこん》に責められたのか、それともまた、同じ頃次男のほうも、千晶さん一人を残して死んだので、急に男の肉親が欲しくなったのか、われわれ双生児の兄弟をひき取ろうと、母のもとへ申し出たわけです。しかし、母がどうしてそれを肯《き》きますものか、祖父の情《つれ》ない仕打ちを、真底《しんそこ》から怨《うら》んでいた母は、われわれと共に姿をくらまそうとしたのですが、恭助のほうだけが、祖父の手に奪いかえされたわけです。これがわれわれの産まれて間もない時分のことで、爾来《じらい》、恭助と僕とは相見ぬこと十何年、お互いにそういう兄弟があるとも知らずに過して来たのです」

　あゝ、何んという不思議な兄弟、何んという奇妙な血縁の争闘だったろう。双生児とうまれ、人一倍睦《むつ》みあうべきこの二人は、うまれながらに引き離され、互いに仇敵として憎みあわねばならなくなったのだ。

「母は僕が四つの時に死んだので、僕も最近までは、自分の身にそんな恐ろしい秘密があろうとは、夢にも知りませんでした。それを知ったのはつい去年のこと、祖父の雨宮万造が、とうとう僕を探りあてゝ、突如訪ねて来たからです。祖父もしだいに年をとるにつれて、昔の頑固の角が折れるとともに、不当に捨ておかれたこの僕が可愛くて仕方がなかったにちがいありません。恭助や千晶さんには内緒で、しばしば僕のところへ会いに来ましたが、そのうちに、財産の半分は僕にわけてやろうという、いや、そればかりか、代々木のお船御殿とそっくりの家《うち》まで建て、それを僕にくれようというのです」

ざあーっと、波の飛沫《しぶき》が暫《しば》し彼の話を途切らせたが、やがて又言葉をつぐと、

「この祖父の申出《もうしい》でが、もう一年早かったら、僕も喜んでそれに応じたでしょう。しかし、その時にはもう遅かったのです。僕があの奇妙な職業《しょうばい》、闇の取引きをはじめたのが、ちょうどその半年ほどまえのことでしたからね。僕は祖父に迷惑をかけたくなかった。それで祖父の親切を片っ端から拒絶してしまったのです。すると、それが却《かえ》って祖父の気に入ったらしく、しまいには恭助に譲るべき分まで僕にくれようという、その時分、僕にもよく分りませんでしたが、祖父は何か、恭助のうちによくない性質を発見したらしく、非常に憤慨していたことがありましたっけ」

そこまでいって、柚木は淋《さび》しげに笑い声を立てると、

「そういう僕の性質だって、はっきり祖父が認識したら、きっとびっくりしたにちがいありませんがね。我々は結局双生児、同じ血が流れている二つの仮面、双仮面なんです」

「なるほど、それで分った。恭助は遺産の分配から除外されることを懼《おそ》れて、それで雨宮老人を殺害したんだな」

「そうなのです。きっと祖父の態度が急によそよそしくなったことから、しつこく祖父の行状を探りはじめたにちがいありません。そして、はじめて僕という存在を知り、すると、あいつのことだから、持ちまえの陰険さで、僕の秘密をすっかり探りあて、

それで、今度のこの大陰謀の筋を書いたにちがいありません。つまり、あいつは僕が出るところへ出て、身の潔白を証明することの出来ない体だということを、ちゃんと勘定に入れていたんです」

「しかし、雨宮老人が殺された日、君自身、やっぱりあの家《うち》にいたのはどういう理由《わけ》だね」

「贋《に》せ手紙に誘《おび》き出されたのです。バルコニーの側《そば》で待っていろという祖父の手紙にうかうか欺《だま》されたのが運のつきです。だしぬけに警官から誰何《すいか》された時、脛《すね》に傷持つ身の、理由も分らず逃げ出したのが、第一の失敗でした。その間にあいつは、自分で自分を縛りあげ、薬玉《くすだま》の中に潜りこんだばかりか、僕のところから盗んでいった伝書鳩に、証拠のダイヤまで結びつけて放ったのです。あゝ、何んという奸智《かんち》に長《た》けた奴でしょう。あいつのやった仕事はそればかりではありません。東都劇場の暗がりで、緒方絹代を吹矢で殺したのもあいつです。また、双生館の秘密をあらかじめ知っていて、わざと絹代を、お船御殿の同じ部屋へひっぱりこんだのもあいつです。あいつのやり方は万事、一応は自分に疑いがかかるように仕組んでおいて、いざとなると、それをぶっ毀《こわ》すという、一番狡猾《こうかつ》なやり口なんです」

「そうだ。俺《わし》もそれに気がついていたのだ。あゝ、もう少し早く、君がそれを告白してくれたら！」

由利先生が臍《ほぞ》をかむように言ったのも無理はない。今や、千晶の身辺には刻々として危険がのしかゝって来ているのだ。見よ！　彼等の前方には、狂気の悪鬼に拉し去られた千晶のモーター・ボートが、木の葉のように翩翻《へんぽん》として揺られているではないか。

危い！　危い！

この嵐の中を、モーター・ボートのような小舟で、どうして無事に乗り切ることが出来ようぞ。幾《いく》千、幾万とも知れぬ白蛇《はくじゃ》の頭が、次から次へと頭をもたげるように、果《はて》知れずつながった白い波頭の鋸《のこぎり》の歯を、二艇の舟はいまにも沈みそうになりながら、喘《あえ》ぎ喘ぎ進んでいく。

と、その時、ふいに向うのほうから、嵐をついて、凄まじい叫び声が聞えて来た。

「おや、どうしたのだ」

由利先生はぎょっとしたように、前方に眼を据えたが、と見れば、今まで気違いのように疾走していたモーター・ボートが、ぴたりとある一点に静止して、ゆらゆら波間に揺れているではないか。

「しめた。あまりエンジンを無理したので、故障を起したのだ」

由利先生が叫んだ時である。ふいにざんぶと水煙をあげて、海の中へとびこんだものがある。

「あっ、誰かとび込んだぞ」

ダダダダとエンジンを鳴らせて近寄りざま、由利先生はさっと掃海灯を水のうえに流したが、見ると、その光の中に、浮きつ沈みつ、流れているのは、まぎれもなく女の姿である。

「あ、千晶さんだ！　おい、柚木君、早くそれを拾いあげろ」

先生の言葉を待つまでもない。舷側から手をのばした柚木薔薇は、矢庭《やにわ》に千晶の体を、水の中から拾いあげたが、その時だ、突如物凄い音響とともに、ざあーっと青白い火柱が、空中高く吹きあげたが、それと共に、恭助の乗ったモーター・ボートは、木《こ》っ葉微塵《ぱみじん》となって、嵐の中に散乱したのである。

最後の惨劇

全く危《あやう》い一瞬だった。

もし千晶のとびこむのが、もう一瞬おくれていたら、彼女の体も恭助と共に、木っ葉微塵となって空中高く吹きあげられていたことだろう。しかし、後になって彼女の語ったところによると、千晶は自分で海へとびこんだ覚えは少しもないという。して見ると、恭助が彼女を投げ落したとしか思われなかったが、それにしても、彼は何故、千晶を死出《しで》の道連れにしなかったのだろう。

いやいや、恭助自身、果して海底の藻屑《もくず》と消えたのだろうか。その後、随分執拗《しつよう》に、その辺いったいの掃海が行われたが、しかし、ついに彼の死骸《しがい》を発見することは出来なかった。おそらく彼の体は、鱶《ふか》の餌食《えじき》となったか、それとも、外海遠く流されてしまったのだろう。

だが、そんなことはどうでもよかった。

長らく世間を騒がせていた、雨宮老人殺しの犯人が、意外にも孫の恭助であったことが分った時の世人の驚き！　いやいや、それればかりではない、恭助は風流騎士の影まで背負わされてしまったのだ。何んという皮肉なことだろう。風流騎士に三重殺人の罪を転嫁《てんか》しようと計った恭助は、逆に身におぼえのない、風流騎士の罪まで引きうけさせられる破目《はめ》になったのだ。

これには柚木薔薇も当惑して、度々、このからくりの主謀者、由利先生に対して抗議するところがあったが、先生はいつも笑って取りあわなかった。

「風流騎士は雨宮恭助とともに死んでしまったのだ。ね、それでいゝじゃないか。君にゃ千晶さんという美しい佳人が待っている。あの人を失望させるわけにいかないよ」

由利先生は諭《さと》すようにそういったが、しかし、由利先生ともあろう人が、些《いささ》かこれは片手落ちなやりかたゞった。罪はやっぱり罪なのだ。恭助のみを罰して、柚木薔薇を罰せぬというのは、甚だ怪《け》しからぬ仕打ちといわねばならぬ。

しかし、何も知らぬ乳母のお清は、せめて双生児の片方でも、悪人ではなかったという事を、わが事のように喜んだ。千晶はそれと感附いていたけれど、女というものは、大体、愛情のまえには盲目になってしまうものだ。彼女はわざと、この新らしい従兄の過去には眼をつむってしまった。大抵の女のうちにある美しいロマンチシズムが、却っていっそう相手を讃美させたのかも知れない。

こうして、彼等はしだいに親しくなっていった。そして、とうとう二人の結婚式の日取りが発表されたのは、恭助が非業《ひごう》の最期《さいご》を遂げてから、半年ほど後のことである。

そして、今日はその当日。——

「お清や、お清や、あの方、もうお支度はお出来になって？」

「はいはい、さきほど立派な殿御振りになられたのを、この乳母《ばあや》も拝見いたしましたよ。ほんにお嬢様のお美しくなられたこと、誰が見ても似合いの御夫婦でございますわ」

「お清や、そんなことはどうでもいゝの。あの方、いまおひとりでいらして？」

「はい、あの、それがどうかしまして？」

「あたし、何んだか今日は胸騒ぎがしてなりませんの。あたしさっき見たのよ、恐ろしい顔を——」

「恐ろしい顔ですって？」

「えゝ、顔いっぱい、大きな痣《あざ》のある恐ろしい顔よ、その顔が庭からこちらを覗いて通るのを見たのよ」

「まあ、お嬢さまったら、あれは近頃雇い入れた庭師ですよ。顔はあんなに恐ろしくても、根はいたって、物柔かな男ですから何も心配はいりませんのですよ」

「そう」

千晶はそれでも尚《なお》、不安そうに、今日を晴れと美しく化粧の出来た眉に皺《しわ》を刻みながら、

「あたし、何んだか心配で耐まらない。ひょっとすると恭助兄さんが生きていて、今日の式場へ――」

「あれ、まあ、鶴亀々々《つるかめつるかめ》！　そんな阿呆《あほ》らしいことがございますものか」

と、お清は強《し》いて言葉を強めたが、彼女もまた、フーッと暗い顔になった。

しかし、それから後は、千晶のおそれているような事は何事もおこらなかった。間もなく式の時刻になる。いい忘れたが、式は極《ご》く内輪にというので、自宅の一室がそれにあてられ、その席に連《つ》らなる人も極く少数だった。

千晶は生前、祖父雨宮老人が起居していた日本座敷へ入ると、そこの床《とこ》の間《ま》に飾ってある老人の写真に、嫁《とつ》ぐ前の挨拶をして、それから静々《しずしず》と、式場の日本間へ入っていったが、見ると、そこには今宵の花婿《むこ》も、心持ち蒼白《あおじろ》んだ顔をして控えていた。

やがて、三々九度《さんさんくど》の盃《さかずき》なのだ。雄蝶雌蝶《おちょうめちょう》が、銀の盃と提子《ひさげ》をささげて、静々と二人のまえに現れる。

――と、この時だった。

「あ、千晶さん、どうしたのです。その血は？」

と、末座《まつざ》から叫んで、いきなりつかつかと近寄って来たのは由利先生。その声に、はっと一同が振りかえると、あゝ、何んという事だ、汚れに染まらじと洗いあげた白無垢《しろむく》の裲襠《うちかけ》に、点々として血の飛沫がついているではないか。端然《たんぜん》と静坐していた花婿も、それを見ると、はっと土色になった。

「千晶さん、いったいどこでそんなものをつけて来たのです」

「だって、だって先生、あたし覚えがございませんわ」

千晶はガタガタと歯を鳴らしながら、滅入《めい》りそうな眼つきをした。あゝ、やっぱり今日の胸騒ぎは当っていたのだ。何かしら不吉なことが起るにちがいない。

「覚えがなければ、思い出して下さい。あなたは御自分のお部屋を出られてから、どこを通りましたか」

「はい、お祖父さまのお写真に御挨拶に参りましたわ。あ、そうだわ。あの時、甲櫃《よろいびつ》にこの裲襠がさわったのを覚えているけど」

「あ、それだ！」

由利先生はぱっと座敷を蹴って立上ったが、何を思ったのか、いきなり猿臂《えんぴ》を伸ばして、ぐいとばかりに花婿の腕をつかんだ。

「君も一緒に来たまえ」

「あら、先生！」

千晶はいよいよ真蒼になった。花婿の頬に、どうしたものかいっぱい汗が浮かんでいるのが、はっとばかりに彼女の胸を打ったのだ。

由利先生はその言葉に耳もかさず、ぐいぐいと花婿の手を引いて、雨宮老人の部屋へ来たが、あゝ、もう間違いはない。床に飾った甲櫃から、滴々として血の滴が垂れているではないか。

「誰か、その甲櫃の蓋《ふた》を取って見て下さい」

シーンとした声だった。何事が起ったのかと、ゾロゾロと式場からついて来た人々も、一瞬間、気圧されたように顔を見合せていたが、やがてその中から抜け出したお清がわなゝく指で、甲櫃の蓋を取った。

と、そのとたん、わっと叫んで人々は、思わず二三歩うしろへとびのいたのである。無理もない、そこには花婿と寸分ちがわぬ容貌を持った死骸が、蠟のように冷い色をして蹲《うずく》まっていたではないか。

「あゝ、この人は——」

「千晶さん、お気の毒ですが、あなたの御主人になるべき人は、この甲櫃の中の死骸です」

「そして、そしてこの人は？」

「いうまでもなく、東京湾で死んだ筈の恭助ですよ。おい、恭助！」

由利先生はきっと、傍《そば》にいる花婿のほうを振りかえった。

「貴様は、かねて今日の日あることを予期して、千晶さんをわざと助けておいたのだろう。千晶さんに雨宮老人の遺産をそっくり相続させる。その千晶さんはおそらく、柚木薔薇と結婚するだろう。そうなったら、また自分が薔薇の身替りを勤めようというのが、貴様の奸策《かんさく》だったのだ！　俺はそれを看破したから、わざと、千晶さんに薔薇と結婚させるように仕向け、貴様の現れるのを待っていたのだが、あゝ、貴様に先を越されてしまったのが残念だ」

「あゝ！」

千晶はふいによろよろと甲櫃のそばへ倒れかゝると、

「あなた——あなた——」

狂気の如く叫んだが、柚木の唇はすでに冷い死の扉に覆われてしまっている。あゝ、世にこれほど恐ろしい、これほど残酷なことがまたとあろうか。結婚の当日、最愛の良人は殺され、自分は危く、良人の敵《かたき》と結婚しようとしていたのだ。

「ふふふふふ！　ふふふふふ！」

その時、ふいに、恐ろしい笑い声が恭助の唇から洩れて来た。

「双生児はやっぱり一緒に死なねばならなかったのだ。なあ、兄弟、俺もこれからお前のあとを追っかけていくぜ」

いったかと思うと、ひと筋の血がタラタラと恭助の唇から洩れて来たが、やがて彼はがっくりと、甲櫃のそばにのめったのである。

人々はその時、いずれをいずれとも識別《みわけ》かねる、双《ふた》つの仮面から、いっせいにスーッと血の色が退《ひ》い

ていくのを見たという。——

猿と死美人

霧の花火

世のなかに何が恐ろしいといって、犯罪者の心理ほど恐ろしいものはない。

　犯罪者と狂人とはまったく紙一重なのだ。しかも、はじめから狂人とわかっていれば、瘋癲《ふうてん》病院へ隔離するなり、一室へ監禁するなり、それ相当の防禦《ぼうぎょ》策を講ずることも出来るのだが、犯罪者に限って、表面《うわべ》は常人以上に正気らしく見えるのだから始末が悪い。

　しかし、何《な》んといっても、畢竟《ひっきょう》彼等《ら》は狂人なのだ。彼等の異常な、あまりにも異常な行動が、だから、しばしば常識の域を越えていたからといって、敢《あえ》て異とするに足りないのかも知れない。こゝにお話しようとする、この奇怪な、「猿と死美人」事件がその好個の一例なのだ。

　それは東京にとっては、珍らしく霧の深い夜のこと。

　江東《こうとう》方面から流れだして来た濃い乳色の霧が、みるみるうちに隅田《すみだ》川《がわ》の両岸を包んでしまって、さしも繁華をほこる下町方面も、一瞬、死の街と化したような深夜の一時過ぎ――折からの闇と静寂をやぶって、突如、霧の夜空にパッと炸裂《さくれつ》した花火があった。一つ、二つ、三つ、四つ五つ。青白い焔《ほのお》が、夜霧にぬれて、人魂《ひとだま》のように妖《あや》しく明滅しながら、暗い河面《かわも》におちていったかと思うと、あとはまたもとの静寂《しずけさ》。

　場所は今戸《いまど》のあたり。誰かゞ子供のもてあそぶ打《うち》揚《あげ》花火を揚げたらしいのだが、考えて見るとこれは何んだか妙である。時候《とき》はすでに十月も半ばすぎ。おまけにこの霧の夜更《よふけ》だ。誰が考えてもこれを単なる座興とは思えない。

今度の支那《シナ》事変でも、支那軍はさかんに花火を狼火《のろし》がわりに使っているというが、これも何かの合図ではないかしら。

――と、果して。

ちょうど今戸の向岸《むこうぎし》。隅田公園のほとりにもやってあったボートの中から、ふいにむっくりと首をあげた二つの人影がある。

「耕《こう》さん、確かにあれね」

あたりを憚《はばか》るような低声《こごえ》で、そっとそう呼びかけたのは、意外、まだうら若い女の声なのだ。

「ふむ」

それに対して答えたのは、外套《がいとう》の襟《えり》をふかぶかと立てた青年、眉《ま》ぶかにかぶった帽子の下から、くっきりと隆《たか》い鼻が見える。

「五つだったわね。たしかに三つじゃなかったわね」

「そう、五連発でしたね」

「あゝ」

女はふいに青年の腕をぎゅっと摑《つか》むと、

「よかったわ。よかったわ。うまく行ったのだわ。耕さん、さあ愚図々々《ぐずぐず》しないで漕《こ》いで頂戴《ちょうだい》よ、あたし一刻も早く向岸へ渡って、このいやな取引をすませてしまいたいわ」

「えゝ」

「耕さん、あなたどうかなすったの。どうしてそんなに浮かぬ顔をしていらっしゃるの」

「美弥《みや》さん、僕は何んだか不安で耐《た》まらないのですよ。なるほどあゝして、うまく行ったという合図はあったものゝ、父の気性を考えるとなんだかまだ安心が出来ないのです。それに峯子《みねこ》というあの女だって――」

みなまで言わせず、女はいかにも焦《じ》れったそうに、

「だからさ、だからあたしが行こうといっているじゃないの」

「いや、それだから一層僕は心配なのです。これはやっぱり、僕自身で出かけた方がいゝかも知れない」

「いけません、いけません。あなたがいらしちゃ、またぶっ毀《こわ》しになるにきまってるわ。まあ、どちらにしても、こんなところで押問答《おしもんどう》をしてゝもはじまらない。おゝ、寒い、とにかく耕さん、向岸まで漕いで頂戴よ」

冷い夜霧に首をすくめ、身顫《みぶる》いをしたそのひょうしに、かぶっていた頭巾《ずきん》がすらりとうしろに脱げた

ところを見れば、眼もさめるような断髪《だんぱつ》美人、肌理《きめ》の細かい卵色の肌に、表情が少年のようにすがすがしくて、美しい双眸《そうぼう》が宝石のようだ。年齢《とし》はまだ十九か二十《はたち》。牝鹿《めじか》のような華奢《きゃしゃ》なからだを包んだ臙脂《えんじ》色のレーンコートが、びっしょりと霧に濡《ぬ》れて光っている。

「そうですね。それじゃともかく、向岸まで渡って見ましょう」

青年がオールをにぎり直すと、やがてボートはひたひたと河面を滑って、しだいに霧の河心へ進んでいく。

それにしても、このふたりは一体どういう人間なのであろう。花火の合図といい、いやな取引といい、この霧ふかい夜の河辺《かわべり》に、彼等はいったい、何を企《たくら》んでいるのだろう。

それはさておき、ボートは間もなく、漫々たる隅田の河心へとすゝんで来た。あたりはたゞもう真白《まっしろ》な霧にとざされて、行き交う舟のすがたとてもなく、その心細いことは何んともたとえようもない程だ。

と、この時。

ふいに美弥がぎょっとしたように青年の腕をつかんで、

「あら、あれ何?」

と、低声《こごえ》で叫んだ。

「ナ、何んですか?」

「ほら、あの音――」

と、美弥はシーンと霧のなかに耳を傾け、

「ほら、鈴みたいな音がするじゃないの。それから、あ、あの声は何んでしょう」

美弥のその言葉が終らぬうちに、ふいに甲高《かんだか》い動物の叫びごえが、ひとこえ鋭く、霧にとざされたあたりの闇を貫いた。

それは猫《ねこ》とも犬ともつかぬ、一種異様な動物の叫び声だった。そして、その声がふと跡切《とぎ》れたと思うと、最初、美弥の耳を欹《そばだ》たしめたあの鈴の音が、またしてもリーン、リーンと霧の向側から聞えて来る。しかも、その音はゆるやかな流れにのって、しだいにこちらへ近づいて来るのだ。

「耕作《こうさく》さん」

ふいに美弥は息を弾《はず》ませて、

「あれ何んでしょう。あたし気味が悪い」

「馬鹿な、何が怖いものですか。向うから舟が来るのですよ。そして、この霧の中で衝突しないように、あゝして鈴の音をひゞかせているんですよ」

だが、耕作のその言葉も終らぬうちに、ボートはふいに、ドシンと何かにぶつかったのである。

「あ」

はずみを喰らってゆらゆらゆら、危《あやう》く顚覆《てんぷく》しそうになったボートを、辛うじてオールで喰いとめた時だ。

ふいにガチャガチャガチャガチャ、鎖を鳴らすような音がしたかと思うと、

「キーッ！」

裂くような動物の叫び声。はっとして二人が振りかえったとき、何やら大きな箱のような影が、ボートの舳《へさき》をはなれて、ゆらりゆらりと下流の方へ流れていった。

リーン、リーン。霧のなかに、あの一種異様な鈴の音をひゞかせながら。——

その影はすぐ、濃い乳色の渦のなかに溶けこんで見えなくなってしまった。

美弥の冒険

「まあ、いったい、あれ何んでしょう」

我れ知らず、青年の胸にしがみついていた美弥は、それと気がつくと、思わず顔を赤らめて、そっと身を引きながら、声を顫わせてそう訊《たず》ねる。

「さあ、何んでしょうね、妙な舟でしたね」

「舟かしら、まるで箱みたいじゃない、それに、気味の悪いあの叫び声——」

と、いいかけて美弥はふと気がついたように、

「あ、あれ、ひょっとすると猿じゃないかしら」

「猿？」

と、聞き返したひょうしに、青年がオールの手をゆるめたので、ボートはくるくると危《あぶな》く水のうえで弧を画《えが》く。

「猿？——なるほどそういえば猿のようでしたね」

そういった青年の顔は真蒼《まっさお》だった。

猿——と、聞いて、何故《なぜ》青年がこのように驚いたのか、それは間もなく判ることだが、

「美弥さん」

と、青年は又もや思いあまったように、

「今夜はやっぱり、止《よ》したらどうです」

と言い出した。

「あら、どうして？　猿の声を聞いたら急に怖気《おじけ》づいて来たの。いゝじゃないの。何んでもありゃしないのだわ。それに今更止すなんて、折角《せっかく》尽力して下すったお峯さんにだって悪いわ。とにかく急いで漕いで頂戴な」

「そうですか」

青年はすゝまぬ様子でまたもやボートを漕ぎ出した。しかし、この時もし彼等が、ひとめでもいゝから、あの奇妙な箱のようなものゝ正体をつきとめていたら、たといどのような火急な用事があろうとも、これから述べるような冒険をやって見る気にはなれなかったろう。

それはともかく、間もなく広い隅田川を斜《ななめ》につっ切ったボートが、ぴったりとその舳を横づけにしたのは、今戸と橋場の境目あたり、河にむかって建っている、とある洋館の真下なのである。

「あ、御覧なさいよ、向うの窓に灯《あかり》がついているじゃないの。あそこから入っていけばいゝのね」

「それじゃ美弥さん、あなたやっぱり行くんですか」

「えゝ、行くわ。大丈夫よ。お峯さんがいるんだから何も心配なことないでしょう。耕さん、ちょっと手伝って頂戴な」

河のなかに太いコンクリートの柱が立っていて、そのうえに、ひろい露台がはみ出している。その露台の奥に、カアテンのしまった大きな仏蘭西窓《フレンチ・ウインドウ》があって、そこから薔薇《ばら》色の灯が、霧に滲《にじ》んでこぼれているのである。

「じゃ、気をつけていらっしゃい。僕はこゝで待っていますから。成功をいのります」

「ええ、有難《ありがと》う」

青年に手伝って貰《もら》うと、美弥は何んという大胆さ、ボートからするすると露台へのぼり、やがてコツコツと靴音《くつおと》もしのびやかに、仏蘭西窓《フレンチ・ウインドウ》のほうへ歩みよった。

「峯子さん、峯子さん」

ガラス扉《ど》をコツコツと叩きながら、窓の外からそっと声をかける。

「あたしよ、美弥よ、合図があったから、耕作さんの代りに、あたしが自分でやって来たのよ」

わかった、わかった。さっき花火の合図をしたのは、その峯子という女にちがいない。

美弥は低声《こごえ》で二三度訪《おとの》うたが、どうしたのか予期した返事はなかった。灯のついた部屋のなかは森《しん》として、カアテンの向うには人の気配もない。

美弥は思いきって仏蘭西窓《フレンチ・ウインドウ》のドアの把手《とって》に手をかけたが、ドアは案外、なんなく外にひらいた。

(あ、お峯さんがひらいておいて下すったのだわ)

美弥は心のうちに頷《うなず》きながら、一歩、室内へ足を踏みいれたが、そのとたん、横合《よこあい》からぎゅっと彼女の手頸《てくび》をつかんだ者がある。

氷のように冷い手だった。

「あ」

美弥は思わずうしろへ身を引こうとして、そこに立っている人の姿を見たが、その時、彼女は思わずめくらめくような気がした。

美弥の腕をつかんだのは、中年の上品な婦人だった。紫紺《しこん》いろのお召《めし》に、黒い絽刺《ろざ》しの羽織《はおり》がよく似合って、抜けるように白い頬《ほお》は、何かしら異様な感激にふるえている。

婦人は失心したような美弥の体を抱きすくめると、嵐のように熱い息吹きを吐きかけながら、

「ほゝゝゝほ、美弥や、よく来ておくれだったねえ。でも、もう何も心配することはないのだよ。ほら、御覧、悪魔はあの通り亡《ほろ》んでしまったよ。あゝ、これであたしは救われたのだ。美弥や、欣《よろこ》んでおくれ、ほゝゝゝほ、いゝ気味だこと!」

美弥はぎょっとして、婦人の顔を見た。

婦人の上品な、細い面差《おもざ》しは恐怖と歓喜に引きつって、その眼はもの狂おしく輝いている。

美弥はその婦人の肩越しに、そっと明るい室内へ眼をやったが、そのとたん、

「あれ!」

と、叫んで顔をそ向けると、

「お母さま! あなたは、——あなたは。——」

絶叫すると、夢中になって婦人の肩をゆすぶった。

美人の獄

美弥はいったい、その室内に何を発見したのか、それをお話するまえに、筆者は少し時計の針をあとへ廻して、ほかの出来事からこの恐ろしい物語を進めていかなければならない。

その夜、あの不思議な花火の合図に眼をとめたの

は、美弥と耕作のふたりだけではなかった。ちょうどその時、赤いシグナルを掲げて、言問橋《ことといばし》の附近へさしかゝった、一艘《そう》の汽艇《ランチ》の中で、はからずもひとりの青年が、この狼火に眼をとめたのである。

「おや、あれゃ何んだろう。おい、等々力《とどろき》君、あの花火はちょっと妙だぜ」

こういって、かたわらを振りかえったのは、諸君のなかにもすでに御存知の方があるかも知れない。三津木俊助《みつぎしゅんすけ》といって、新日報《しんにっぽう》社の花形記者、刑事々件にかけては警察官はだしという、有名《なうて》の敏腕記者だ。

「何んだい、ありゃたゞの花火じゃないか」

答えたのは等々力警部。俊助といつもいゝ相棒だが、その警部が今夜、水上署と協力して、水上の浮浪人《ルンペン》狩りをするというので、俊助もちょっとした好奇心からおつきあいをしたのが、抑々《そもそも》この事件に首を突込《つっこ》む発端なのだ。

「花火はわかっているさ。しかしおかしいじゃないか。今はもう子供が花火を打揚げて遊ぶような季節じゃないぜ。それにこの真夜中にさ。少し妙だと思わないか」

「まあ、そう言えばそんなものだが、しかし、一々そんな詮議《せんぎ》をしてちゃ際限《きり》がないぜ。そうでなくても、こちとら、やらなければならぬ仕事が山ほどあるんだ」

こういう会話をのせたまゝ、汽艇《ランチ》はタタタ、タタタと物憂《ものう》い機関の音をひゞかせながら、ゆるやかに河をのぼっていく。折々、岸にもやっただるま船に、さっと探照灯《サーチライト》の光を投げたり、誰何《すいか》したりする。しかし、別にこれといって獲物はなさそうだった。

汽艇《ランチ》は間もなく、言問橋の下を通りすぎて、隅田公園のほとりへと差しかゝった。

「何んだい、馬鹿々々しい。罪もない船頭を叩き起したりして、いったい、どれだけの徳があるというんだ。あーあ、こんなことならこの眠いのに、おつきあいなんかするんじゃなかったぜ」

欠伸《あくび》まじりに俊助が、警部をそう非難している時だ、ふと上手《かみて》の霧の中から、リーン、リーンとかすかな鈴の音がきこえて来る。

「おや、あの鈴の音はなんだろう」

俊助のその言葉も終らぬうちに、キーッとあたりの闇をつんざく、異様な叫び声。

「なんだ、なんだ！」

さすが物に動ぜぬ刑事連中も、この異様な叫び声に、どやどやと前甲板へ集まって来る。

「探照灯《サーチライト》を、探照灯《サーチライト》を――」

誰かゞ叫ぶ。と同時に、一道の白光が霧を縫《ぬ》って、さっと前方の闇のなかにひろがった。

「あ、ありゃなんだい」

俊助が驚いたのも無理ではなかった。

今しも、探照灯《サーチライト》の白光を真正面から受けて、ゆらゆらと霧のなかから浮び出して来たのは、一種異様なしろものなのだ。船かと見れば船でもない。箱かと見れば箱でもない。凡《およ》そ一間《けん》四方もありそうな、真四角な木の箱なのだが、その箱の一方の面には、太い鉄格子《ごうし》がはまっているのである。つまり檻《おり》なのだ。

「あ、檻だ、檻だ！」

「檻のうえに何かいるぞ」

なるほど、見ればその檻のうえには、猫ぐらいの小さい動物が、キーッ、キーッと叫びながら、まるで気狂《きちが》いのように跳ね廻っている。そして、その動物が跳び廻る度に、ジャラ、ジャラと鎖の触れあう音がして、それにつれて、リーン、リーンと爽《さわ》やかな鈴の音が霧のなかにひびき渡るのである。

「猿だね」

「そうらしい。おい、船をもっとそばへ近寄せてみろ、気をつけて、ぶっつけるな」

警部の声に、汽艇《ランチ》はタタタタと波を蹴《け》ってこの異様な檻のそばへ近づいていく。近づくにつれて、檻のうえに跳ね廻っている猿の姿がはっきりと見えて来る。猿は歯を剝《む》き出して、いよいよ気狂いじみた叫び声をあげながら、ピョイピョイとそこら中を跳び廻っているのだ。

だが。――

この時、警部や俊助の眼を驚かしたのは、この猿の姿ではなかったのである。真正面から照りつける探照灯《サーチライト》の光に、ひょいと檻のなかを覗《のぞ》きこんだ警部と俊助、

「や、や、人がいる！」

絶叫して、思わず顔を見合せたのだ。

なるほど、水のうえにゆらゆらと浮んでいる檻の中には、生きているのか死んでいるのか、ひとりの人間がぐったりとして蹲《うずく》まっているのが見えるので

ある。しかも、パッと眼につく着物の柄《がら》からして、どうやらそれは、まだうら若い女性《おんな》であるらしい。

檻の中の死美人――?

さあ大変だ。等々力警部と三津木俊助、そこで各々もちまえの職業意識から、ピンと鋭い第六感を緊張させたことであった。

猿の蒐集家

さて、はからずもこの奇妙な檻に遭遇した警部の一行は、取敢《とりあえ》ずここで水上の検屍《けんし》を行ったことだが、それらのことはあまり管々《くだくだ》しくなるから、その要点だけをかいつまんでお話することにしよう。

先《ま》ず最初に問題の美人。

汽艇《ランチ》のうえに引き出して取調べたところ、年齢はおよそ三十二三か、肉附きのいゝ、年増《としま》ざかりの妖《よう》艶《えん》な美人だった。赤い長襦袢《ながじゅばん》に伊達巻《だてまき》姿も艶《なま》かしく、若い水上署員にとっては眼の毒になるようなしろものなのだ。

こゝまではよかった。ところがこゝに意外なのは、この年増美人、実はまだ死にきっているのではなかった。むっちりとした乳房がかすかに鼓動をつゞけているところを見ると、彼女はたゞ気をうしなって昏睡《こんすい》しているだけの話なのだ。よく調べて見ると、左の肩胛骨《けんこうこつ》のあたりにぐさりと一突き、鋭い刺傷をうけて、かなりの出血もあったが、思ったより傷は浅かった。だから彼女が昏睡状態にあるのは、傷のためよりも、驚愕《おどろき》のためと解釈した方があたっていただろう。

さて、つぎは例の猿である。

これは猫くらいの純日本産の小猿で、首には長い鎖がつけてあったが、その鎖の一端が檻の鉄格子にからみつき、しかも、その鎖の一端には大きな鈴がブラ下っているのである。だから、猿が身動きをする度に、リーン、リーンとあの爽やかな鈴の音が、霧のなかに響きわたるのであった。

それにしても不思議なのは、この猿だ。いずれはどこかの飼猿にちがいなかったが、どうしてこの動物が檻のうえに跳び移ったのか、偶然、鎖の端が鉄格子にからみついたのか、それとも犯人がわざとそうしておいたのか、もし、そうだとすれば、いったいどういう目的があってこんなことをしたのだろう、――そこに何んともいえない無気味な謎《なぞ》がありそうな気がするのである。

猿と死美人（事実は死んでいるのではなかったけれど）――何んとも妙な取り合せだ。

俊助が思わずゾクリと体をふるわせたのは、必ずしも、折からの霧の冷さのせいばかりではなかったらしい。

ところが、こうして警部と俊助が、謎の美人を取調べている間、向うのほう《﹅》でひそひそ話をしていた水上署員が、この時ふと側《そば》へ近寄って来たかと思うと、

「警部さん、実はこの檻について少々、心当りがあるのですが」

と、言い出したのだ。

「なに、この檻に心当りがあるって？」

等々力警部の面《おもて》がさっと緊張する。

「そうなんです。確かなことは言えませんがひょっとすると、これは蓑浦《みのうら》さんのところから流れて来たんじゃないかと思うんです」

「蓑浦さん？」

「そうです。こういったばかりでは、事情を御存知ない、警部にはおわかりにならんでしょうが、蓑浦さんというのは今戸の河べりに住んでいる、有名な猿の蒐集家《しゅうしゅうか》なんです。それで、この猿といい、檻といい、ひょっとすると。――」

「よし、わかった！」

みなまで言わせず等々力警部、

「それじゃ、早速、その蓑浦邸というのへ、汽艇《ランチ》をつけろ」

命令一下、檻をつないだ汽艇《ランチ》はタタタと白い波を蹴立てながら、再び霧をついて前進する。やがて、汽艇《ランチ》がしだいに近づいて来たのは、いうまでもなく、さっき美弥と呼ぶ少女が忍び込んだあの河沿いの洋館なのだ。

「おや、あの洋館の窓にはまだ灯がついているね」

「ふむ、どうも臭《くさ》いぞ」

警部と俊助が囁《ささや》きを交わしている時だ。ふいに汽艇《ランチ》の前甲板にいた水上署長が、

「誰だ！　停まれ！」

と、大声に誰何《すいか》する声。

ふと見れば、今しも一艘のボートが、探照灯《サーチライト》の光の中に、泡を喰ったようにとまどいをしているのだ。ボートの中には、帽子を眉深《まぶか》にかぶった青年が、凝

然として立ちつくしている。

汽艇《ランチ》は波を蹴立てゝ、容赦《ようしゃ》なくその方へ近づいていく。やがて彼我《ひが》の距離が二三間《げん》になった。と、この時、さっと白い探照灯《サーチライト》の光を真正面から浴びた青年の顔を見て、俊助が思わずあっと叫んだのである。

「あっ、蓑浦、――君は蓑浦じゃないか」

「何？　三津木君、君はこの男を知っているのかい？」

「知っている。学校時代の同級生だ。蓑浦耕作といって、今売出し《うりだ》の新進作家ですよ。おい、蓑浦、君は今頃、こんなところで何をしているのだ」

と、いいかけて、ハッと気がついたように、

「あ、君か、猿の蒐集家の蓑浦さんというのは？」

新進作家の蓑浦耕作は、それを聞くとはじめてちょっと顔色をうごかしたが、すぐ吐き出すようにいった。

「違う。それは僕の親父のことだ」

「なるほど、するとこゝは君のお父さんのお邸《やしき》だね。よろしい、ちょっと取調べたいことがある。君も一緒に来たまえ」

警部の声に耕作はきっと眉をあげたが、すぐ思い直したように、

「いゝですとも、実は僕もいま、父に会いにいこうと思っていたところなんです」

「この夜更けに？　しかもこんなところから？」警部は怪しむようにいったが、すぐ語調をかえて、「おい、誰でもいゝ、蓑浦君を叮嚀《ていねい》に護送してあげたまえ」

と、いったのは、暗に取逃《とりにが》すなという謎だろう。

「ところで、蓑浦君、こゝから君のお父さんの家《うち》へ入るのには、どういけばいゝのかね」

「河に面して木戸があります。しかし、この深夜じゃ錠がしまっているでしょう。仕方がありませんね、まあ、この露台でもよじ登るんですな」

「ほゝう、すると君はお父さんの家《うち》へ入るのに、いつも泥棒みたいに、この露台を登っていたんですか。まあいゝ、それじゃこの露台を登ろう」

俊助が一番にこの露台をのぼった。それから耕作、警部、刑事連中が次々とそのあとに続く。俊助は素速く、窓の方へいきかけたが、ふと気がついたように、露台のうえにこゞむと、何やら棒のようなものを拾いあげて、

「警部、見たまえ、花火の燃えかすだぜ」

「ほゝう」

「さっきの花火は、この露台から打揚げたんだ。どうやら面白くなって来たじゃないか」

言いながら、何気なく仏蘭西窓《フレンチ・ウインドウ》の扉《ドア》を排した三津木俊助、思わずあっとばかりにその場に立ちすくんでしまったのである。

この奇妙な光景を、俊助はおそらく生涯忘れることが出来ないであろう。

なるほどそれは猿の蒐集家にちがいなかった。明るい部屋いっぱいに飾られた大小無数の、木彫の猿、剝製《はくせい》の猿、猿の絵、猿の面《めん》、猿、猿、猿、——部屋の調度という調度の悉《ことごと》くが、猿によって形造られてあるのだ。だが、これ等《ら》の猿の中にあって、ひと際《きわ》、強く人々の眼を惹《ひ》いたのは、部屋の中央に仁王《におう》立ちになっている、一個等身大の老猿《ろうえん》の姿。——彎曲《わんきょく》した両脚をぐいとふん張り、眼を瞋《いか》らせ、くわっと口をひらいたところは、さながら、今にも跳びかゝって来そうな凄《すさま》じさ。

俊助が思わずあっとうしろへ跳びのくのを、耕作はにやりと微笑《わら》いながら、

「おい、三津木君、何も驚くことはありゃしない。こりゃ剝製だよ」

いいながら、つか〳〵と中へ入っていったが、何を思ったのか、ふいにわっと言ってうしろへ跳びのいた。その声に驚いてうしろへかけ寄った三津木俊助、ふと床のうえを見ると、何んということだ。あの老猿の足下に、白髪《しらが》まじりの老紳士が、朱《あけ》に染まって倒れているのである。

「父だ！」

と、喘《あえ》ぎ喘ぎ叫ぶ耕作の言葉を待つまでもなく、この白髪《はくはつ》の老紳士こそ、耕作の父、猿の蒐集家なる蓑浦氏にちがいなかった。

蓑浦氏は派手なパジャマのうえから、心臓をひとつき、ぐさと抉《えぐ》られて、もはや体は冷えきっていた。くわっと眼をみひらき、虚空《こくう》をつかんだその蓑浦氏の顔が、俊助には何んとやら、猿のように見えたことである。

富士見西行《さいぎょう》

「蓑浦君、君と僕とは学生時代親友だったね。あの頃君は、何事によらず必ず僕に打明け、僕に相談し

てくれたものだ。蓑浦君、君はもう一度、あの頃の気持ちになってくれることは出来ないかね」

　あの恐ろしい事件があってから一週間ほど後《のち》のことだ。隅田川に面した、奇妙な猿類《えんるい》の蒐集室で、今しも差し向いになって、密議を凝らしているのは、いうまでもなく蓑浦耕作と三津木俊助。

　さしも世間を騒がせた事件も、どうやら迷宮入りをしそうな形勢に、警視庁が躍起《やっき》となっている折から、俊助は心中ひそかに期するところあるが如《ごと》く、今宵《こよい》、耕作を訪れて何やらかき口説くように話しかけているのである。

「蓑浦君、聞くところによると君は、警官の取調べに対して、あくまでも知らぬ存ぜぬで押し通しているそうだね。それもよかろう。おそらく君にはそれ相当の理由があるのだろう。しかしね蓑浦君、よく考えてくれたまえ。君があまり頑強に口をつぐんでいるということは、結局、君にとっては利益ではないのだ。君にしても、君が身をもってかばおうとしている婦人にとっても……」

　耕作ははっとしたように眼をあげたが、すぐまたついと眼を外《そ》らしてしまう。

「蓑浦君、僕がきょう来たのは新聞記者としてじゃない。その昔、何事によらず君の相談に与《あずか》った親友の三津木俊助としてやって来たのだ。僕は絶対に秘密を護《まも》る。誰にも喋舌《しゃべ》りゃしない。ねえ、あの婦人はいったい誰なのだ。そして何んのためにあの晩、こゝへ忍びこんで来なければならなかったのだ」

　俊助はそういいながら、きっと耕作の面《おもて》を凝視していたが、やがて、その眼をつと外らすと、床《とこ》のうえに立てかけてある額に眼をやった。それは猿づくしの装飾で埋《うず》められたこの部屋に、唯《ただ》一つ珍らしい、富士《ふじ》見西行《みさいぎょう》を墨絵で画《か》いたものであった。もとは壁《へき》間《かん》に架けてあったものにちがいないが、どういうわけか、墨染《すみぞめ》の衣を着て富士山を振りかえっている西行法師の顔のあたりが、ズタズタに裂けているのが、何んとなく俊助には気がかりなのである。

「蓑浦君」

　俊助はまた、ぐっと体をまえに乗り出すと、

「君は自分さえ口を噤《つぐ》んでいれば、何もわからずにすむと思っているのだろうが、そうはいかない。僕にはあの晩の君の行動を手に取るように話すことが出来る。あの晩君は、ある婦人と共に河上にボート

をうかべて、何事かの起るのを待っていた。そうだ、君は花火の揚がるのを待っていたのだ。僕はその花火の合図をした人物もよく知っている。それは、あの檻のなかにいた美人——そうそう、お峯さんといったね。あの美人の右指に小さな焼痕《やけど》のあったところを見ると、あの女《ひと》が君たちに花火で合図をしたのだ。そこで君と、君の連れの婦人のふたりは、この邸の真下へボートを漕ぎ寄せた。そして婦人だけがこの邸のなかへ忍びこんだのだ。僕はあの時、露台のうえに小さな女の靴痕がついていたのをよく知っているのだよ。さて、邸へ忍びこんだ婦人はなかなか出て来ない。君がだんだん心配になっているところへ我々がやって来た。そこで君も一緒に邸に入ってみたところが、君のお父さんが死んでいて、婦人の姿は見えない。ね、そこまでは間違いないだろう。ところで、こゝで君は大きな感違いをしているのだ。君はあの婦人が君のお父さんを殺したのだと、誤解しているんだ」

「誤解だって？」

耕作は思わず気色《けしき》ばんで、

「君はそれを誤解だというのかい」

「はゝゝゝは、蓑浦君、とうとう口を割ったね。よしよし、その調子で率直に話してくれたまえ。僕は嘘《うそ》をいわん。犯人はちゃんとほかにあるのだ。僕はそいつを知っているんだ」

「それじゃ、何故《なぜ》そいつを捕《とら》えないんだ」

耕作の調子はまるで噛《か》みつきそうだった。

「証拠がないんだよ。ね、蓑浦君、だから僕はこうして証拠を蒐集しているんじゃないか。蓑浦君、君の連れの婦人というのはいったいどういう女《ひと》なんだ」

耕作はしばらく、じっと俊助の眼のなかを覗きこんでいたが、やがてかすかな冷笑をうかべると、

「僕をペテンにかけようというのだね。真平《まっぴら》だ。そういう話ならあの女にでも聞いてくれたまえ」

「あの女——？　あゝ、お峯さんだね。そうそうあの女《ひと》の経過はどうだね」

「いゝのだろう。奥で寝ているよ」

そういう耕作の言葉には、何かしら穢《きたな》いものでも吐きすてるような調子があった。

「むろん、お峯さんにも後から聞くつもりだ。あの女《ひと》の話もどうも曖昧《あいまい》だよ。露台に立っているところを、ふいにうしろからやられて、後のことは一切知

らぬなんて。――よしよし、蓑浦君、婦人のことを話すのがいやなら、ほかのことを訊《たず》ねよう。蓑浦君、君のお父さんはどうして、こうも猿ばかり集めているんだね」

「父は申年《さるどし》だったのだ。たゞそれだけのことだよ」

「なるほど」

俊助はあの物凄い老猿に眼をやりながら、

「それにしても、君はお父さんと長いこと喧嘩《けんか》して別居していたそうだが、いったい、どうしてだね」

「三津木君」

耕作はふいと厳粛《げんしゅく》な顔になると、

「死んだ人のことを悪くいうのはよくないことだが、父はいけない人間だったよ。僕は、父があゝいう最期《さいご》を遂げるのも無理はないと思っている」

「蓑浦君、君のいっているのはお峯さんのことかい」

「あの女のこともある。しかし、父はほかにもっともっと悪いことをしていたのだ」

「いったい、お峯さんというのはこの邸でどういう地位にあるんだね」

「あれは事実上父の妻なんだ」

「すると、君にとっては母だね」

「母？　馬鹿な、あんな獣《けだもの》！」

耕作はさっと怒りの色を面上にうかべたが、すぐ思い直したように、

「しかし、考えて見ればあれも可哀《かあい》そうな女だ。のっぴきならぬ破目から無理強《じ》いに父の妻にされてしまって。――あの女だって父の殺されたことをさぞ喜んでいるだろうぜ」

耕作の父が一種の高利貸しみたいな男で、お峯がのっぴきならぬ借金のかたに、蓑浦氏の自由になっているということを、俊助もつい最近、ほかから聞いて知っていたのだ。

「よし、それであらかた君の家庭の事情はわかった。それではこれが最後の質問だ。蓑浦君、君の連れの婦人は、この邸へ忍びこんで、あの富士見西行の額の中から、いったい何を奪い去ろうとしたのだ」

俊助が立って、きっとあの破けた額を指さした時である。

「その話なら、あたしから申上《もうしあ》げますわ」

扉《ドア》をさっとひらいて入って来たのは、まがうべくもない美弥だった。

「あ、美弥さん！　駄目、こんなところへ出て来ち

ゃ駄目だ！」

「いゝのよ、耕作さん、もう何もかもおしまいよ。母は――母は発狂してしまったんですもの！」

いったかと思うと、美弥はよゝとばかりに泣き伏したのである。

老いたる僧侶

「あゝ、美弥さんと仰有《おっしゃ》るのですね」

俊助はやさしくその体を抱き起してやりながら、

「よく来てくれましたね。さあ、僕に何もかも話してくれませんか。あなたのお母さんがどうなすったというのですか」

美弥は漸《ようや》く涙をおさめて顔をあげると、

「えゝ、何もかもすっかりお話しますわ。三津木さん、あたしあなたの名声はよく存じておりますの。あなたはきっとあたしたちの秘密を守って下さいますわね」

そう前置きをして、美弥が語った秘密というのはこうなのだ。

美弥の父は政府のさる有名なお役人で、もう三年越し、外国に滞在している。その留守宅を、美弥と美弥の母の淑子《よしこ》夫人のふたりが淋《さび》しく守っていたのだが、こゝで淑子夫人は非常な過失を演じたのだ。彼女は長い良人《おっと》の留守中の淋しさから、ふとしたかりそめの火遊びを、蓑浦氏と演じたのである。

それは極《ご》く他愛もない、罪のない種類のものであったが、この事実を種に、蓑浦氏は夫人を脅迫《きょうはく》しはじめたのである。

「母はたいへん軽率な手紙を蓑浦さんに書き送っていたのです。もしそれが父の手にでも入るようなことがあれば……」

しかも、その父は最近帰朝することになっている。この事実を知った美弥は、母に代って何んとかしてこの手紙を取戻そうと苦心しているうちに、耕作と心易《やす》くなった。

耕作はたいへん彼女に同情して、ともども蓑浦氏に頼んでくれたが、もとより、息子《むすこ》の言葉に耳をかすような蓑浦氏ではなかった。途方にくれた耕作は、最後の手段としてお峯を味方に抱きこんだのである。

「よござんす。それじゃ今夜、あの人を眠り薬で眠らせておきますから、耕作さん、あなたやって来て、手紙の所在《ありか》を探して御覧なさいな。うまくいくようだったら、花火をあげますからね。そうしたら河の方から忍んで来て頂戴」

お峯はそういって快《こころよ》くうけあってくれたのだ。

「それで最初は耕作さんが忍んで来ることになっていたのですけれど、もし蓑浦さんがお眼覚めになって又、親子喧嘩でもはじまってはいけないと、あたしが代りに来ましたの。すると――」

と、美弥は思わず呼吸《いき》をのんで、

「意外にも、ひと足さきに母がちゃんと来ているじゃありませんか。しかも蓑浦さんのあのむごたらしい最期。――あたし、てっきり母が殺したのだと思って、急いで、母をつれて逃げたのです」

「それで――? やっぱりお母さんが殺《や》られたのですか」

「いゝえ、違っていました」

美弥は疲れたように首を振りながら、

「母が来た時、蓑浦さんはすでに死んでいたそうです。そこで母は大急ぎでその辺を探し廻ったあげく、とうとう、あの富士見西行の額のなかから手紙を見つけ出したのです」

「あの額のなかに、手紙が隠してあることを、どうしてご存じだったのですか」

「それはこうなのです。ずっと以前蓑浦さんが、あの手紙なら『老いたる僧侶』が持っているから大丈夫だといった事を母は思い出したのです」

「老いたる僧侶、――なるほど、それで西行の額に眼をつけたのですね。そういえばこの部屋には、西行よりほかに僧侶らしいものは一つもありませんね」

「そうなのです。ところが――それは間違っていたのです」

「え? 間違っていたんですって? だって今、手紙を見つけ出したと仰有ったじゃありませんか」

「その手紙は贋物《にせもの》でした。母は歓喜《よろこび》の絶頂から、ふたゞび失望のどん底へ投げこまれたのです。そして、そのためにとうとう気が変になってしまって……」

「なるほど、すると手紙はまだこの部屋のどこかに隠されているんですね。老いたる僧侶――、老いたる僧侶ですね」

呟《つぶや》きながら俊助は、あたりを見廻していたが、何と思ったのか、いきなりつか〳〵と部屋を横切ると、さっと廊下のドアを開いた。

「あ、どうかしましたか」

驚く耕作と美弥を尻眼にかけ、

「いや、何んでもありませんよ」

と、いった俊助の口のあたりには、微《かす》かな冷笑のあとが刻まれていた。その時、廊下の角を曲って逃げゆく後姿《うしろすがた》をちらと見たからである。

僧侶と老猿

深沈《しんちん》たる真夜中のひと時。

今夜もまた、あの犯罪の夜を思わせるようなひどい霧だった。隅田川のうえには、乳色の霧がじっとりと覆いかぶさって、今戸から隅田公園のあたりへかけて、まるで死の街のような静寂《しずけさ》。

この静寂のなかにあって、ひと際、気味悪い沈黙を守りつゞけているのは、蓑浦邸のあの奇怪な猿類の蒐集室なのだ。

霧は露台を越え、仏蘭西窓《フレンチ・ウインドウ》の隙間から這《は》いこんで、ほの暗いこの犯罪の現場《げんじょう》にまで忍びこんで来る。そして、その霧の中にグロテスクな輪廓《りんかく》を浮きたゝせているのは、猿、猿、猿――何んともいえない、怪奇な猿の群像なのだ。

どこやらでチーンとかすかに一時を打つ音。


と、この時、ほの暗い部屋の向うから、ふとかすかな衣摺《きぬず》れの音が聞えて来たかと思うと、カチリと鍵を廻す音。――スーッとドアをひらくと、幻のようにこの部屋へ忍びこんで来た者がある。

その人影は、しばらくあたりの様子をうかゞうように、じっと聞耳を立てゝいたが、やがて足音を忍ばせて、そろりそろりと近附いていったのは、ほの暗い部屋のなかでもひと際眼立つ、あの老猿の側《そば》である。

人影はその老猿のまえに立つと、思わずゾクリと身を顫わせた。それ程、その老猿の姿と来たら恐ろしいのだ。くわっと開いた唇《くちびる》、爛々《らんらん》と燃えるように輝いている二つの眸《ひとみ》。――剝製とわかっていても、何かしら、今にもとびかゝって来そうな気がする。

人影はしばらくためらうように、その老猿の姿を見ていたが、やがてそっと側《そば》へすり寄ると、手探りで、老猿の腹のあたりを撫《な》ではじめた。何かしら、非常に緊張しているらしい証拠には、はっはっと、急《いそ》がしげに吐く息使いによっても知られるのである。

――と、この時、何んともいえないほど妙なことが起った。あの剝製の猿の両腕が、そろそろと闇のなかに動き出したのだ。一寸《すん》、二寸——両腕は静かに人影の咽喉《のど》を目がけて下りて来る。

しかし、探し物に夢中になっているその怪しい影は一向に気がつかない。

遂に、老猿の両腕が、ガッキリと人影の首をつかんだ。

「あ」

かすかな叫び声をあげて、バタバタと手足をもがく、と、この時、またもや真暗《まっくら》な部屋のなかから、奇妙なことが起ったのだ。

「おまえが殺したのだ。おまえが俺《わし》を殺したのだ」

陰々たる呟き。骨の髄を刺すような、細い、遣瀬《やるせ》ない呻《うめ》き声。

「おまえが、この部屋で俺《わし》を突殺《つきころ》した。おまえの今立っている足下に、俺《わし》の恨《うら》みの血がこびりついている。……」

「あれ！」

恐怖に耐えかねたように、人影が身をもがきながら叫ぶのだ。

「許して下さいまし。許して下さいまし。あゝ、あたしが悪うございました」

「おまえが殺したのだ。おまえが殺したのだ」

「はい、あたしが殺しました。あたしが殺しました」

「よし」

力強い叫び声が聞えたかと思うと、老猿の手が人影の首から離れる。人影はぐったりとしたようにその足下に崩折《くずお》れた。

「さあ、もういゝだろう。等々力君、電気をつけてくれたまえ。それから蓑浦君も美弥さんも出て来たまえ。これが君のお父さんを殺した犯人だよ」

電気がカチとついた。と、そこに描き出されたのは世にも異常な光景なのだ。

老猿の皮をすっぽりと身にまとい、肩から首を覗かせているのは、いうまでもなく三津木俊助、そしてその足下に失心したように倒れているのは、意外、お峯なのだ。

「三津木君！」

電気のスイッチを握ったまゝ、等々力警部が仰天《ぎょうてん》したように叫んだ。

「お峯が——この女が犯人だって？」

「お峯さんが？　まあ！　この女《ひと》が！」

耕作と美弥も呆然《ぼうぜん》としてお峯の姿を見下ろしてい

る。

「そうなんですよ。諸君、この女が蓑浦さんを殺したのです。僕は最初からこの女を疑《うたぐ》っていたんです」

　俊助は老猿の皮を身にまとったまゝ、一座の顔を見廻《みま》わすと、

「この女は悧巧《りこう》な女です。おそらく犯罪の天才というのは、こういう女をさしていうのでしょう。この女はね、たゞ蓑浦氏を殺しただけでは自分の身に疑いがかゝって来る。そこで自分も被害者の一人のように見せかけようとして、あのような大胆きわまる振舞《ふるま》いをしたのです。蓑浦氏を殺し、その後で自ら傷つけ、檻の中に入って隅田川を流れていく。何んといううまい趣向でしょう。こうしておけば、まさか誰だって、檻の中の美人が犯人だなんて疑う者はありませんからね。おまけにこの女は、耕作君に罪をかぶせるために、花火で誘《おび》き寄せようとさえしたのです」

　俊助は泣き伏しているお峯の姿を見ながら、

「今こゝで、この女の行ったことを順序立てゝお話しましょう。彼女は以前から、無理矢理に自分の貞操を奪った蓑浦氏に、復讐《ふくしゅう》する機会を狙っていた。ところが、その時節到来したというのは、耕作君からある一つの用件を頼まれたのです。その用件を果すためには、耕作君はどうしても、深夜人知れずこの邸内へ忍びこんで来なければならない。これこそ彼女の待ちかまえていた機会《チャンス》なんです。耕作君はかねてから父と、そしてこの女を憎んでいる。蓑浦氏を殺し、自分を傷つけておけば、必ず疑いは耕作君にかゝるだろう。――そこで彼女は親切ごかしに、花火の合図で耕作君を誘《おび》き寄せた。むろん、その前に蓑浦氏はすでに死んでいたのでしょう。さて、花火を揚げておいて、彼女はすぐ、われとわが身に傷をつけ、あらかじめ水の上に浮べておいた檻の中に入り、そして、あの猿を鎖で、檻のうえに繋《つな》いでおいたのです」

「猿を――？　何故そんなことをしたのでしょう？」

　美弥はふと、この間霧の中で聞いた猿の声を思い出して身顫いした。

「そう、それがこの事件に於《おい》て最も注目すべき点なんですよ。この女の計画では、最初猿を繋ぐことなんか計算に入ってなかったのです。ところが、彼女の計画に重大な齟齬《そご》を来たしたというのは、あの夜

の思いがけない霧の深さなんです。檻の中へ入って隅田川を流れていく彼女は、むろん海まで流されていくつもりはない。なるべく早く人に発見されて、救い出されねばならない。ところがあの霧なんです。三尺《じゃく》先と見えないあの霧では、ほかの舟に発見される望みはおろか、悪くすると、衝突して沈められてしまう怖れさえある。そこで窮余の一策、思いついたのが、あの猿です。猿を鎖で繫ぎとめ、その鎖の先《さ》きに鈴をつけておく。そうすれば猿の動く度に鈴が鳴り、それを頼りにいつか人に発見されるだろう。――つまりあの猿は一種の霧笛の役目を果したわけなんです」

　あゝ何んという巧妙さ。何んという天才的な計画だろう。

「全《まった》く考えて見れば、これは一《いち》か八《ばち》か、生命《いのち》がけの仕事でした。しかしこの女の性格の中には、そういうズバ抜けたやり方で、人を欺《あざむ》くのが面白くて耐まらないというような、先天的犯罪者としての性質が多分にあるんですよ。僕はあの猿の一件から、直《ただ》ちにこの女に目をつけたのですが、何にしても証拠がない。そこで仕方がないから、今みたいに、死人の声色《こわいろ》を使ったりして、一寸《ちょっと》おどして見たのです。犯罪者という奴は、えてして迷信家が多いものですが、それにはこの部屋の奇妙な雰囲気も大いに役立ったというわけですね」

　俊助はそう言うと、はじめてにっこりと微笑《わら》ったのである。

「わかりました。でも、この女《ひと》、どうして今時分、この部屋へ忍びこんで来たんでしょう」

「そうだ。三津木君、この女は老猿の腹をさぐって、何をしていたんだね。君はまた、今夜この女がやって来るということを、どうして知っていたんだね」

「蓑浦君、美弥さん、それはね、この女が君たちより少し悧巧だったからですよ。今日美弥さんが『老いたる僧侶』の話を、僕に打ちあけてくれた時、この女は廊下で立ちぎきしていたんです。そして、直ちに『老いたる僧侶』の謎を解いたんです。蓑浦君、老いたる僧侶を英語でいうと、どうなりますか」

「Old monk《オールド・モンク》？」

「そう、オールド・モンクですね。ところで、オールド・モンクはオールド・モンキー（老猿）に通じていやしないかね」

「あ！」

「はゝゝゝは、やっと謎が解けましたね。ほら、美弥さん、こゝにお母さんの手紙がありますよ。僕があらかじめ、この老猿の腹の中から取出しておいたのです。さあ、これでお母さんを安心させておあげなさい。いや、何もお礼を仰有ることはありませんよ。お礼は僕のほうから言いたいくらいです。おかげで、恐ろしい犯人を等々力警部に引き渡すことが出来たのですからね。一石二鳥《いっせきにちょう》とは全くこのことですな。はゝゝゝは」

俊助の朗《ほが》らかな哄笑《こうしょう》のうちに、美弥と耕作はしっかりと手を取りあっていた。

どこやらでくくくくと忍び泣きの声。それは床に突伏《つっぷ》した敗残のお峯の唇《くちびる》から洩《も》れる声らしい。

どうやら、霧も霽《は》れそうだ。

木乃伊《ミイラ》の花嫁

木乃伊《ミイラ》の口紅

大学教授、鮎沢《あゆさわ》医学博士の令嬢京子《きょうこ》と、博士の愛弟子《まなでし》である鷲尾《わしお》医学士の結婚式は、十月のある黄道吉日《こうどうきちにち》を選んでとり行われることになっていた。

京子は博士の一人娘なのだ。したがってこの縁組は京子が鷲尾医学士のもとへ輿入《こしい》れするのではなくて、鷲尾医学士のほうから、婿《むこ》養子として鮎沢家へ入籍するのである。

時節柄、式は出来るだけ簡単に挙げることになっていた。式場なども博士の主張によって、紀尾井《きおい》町《ちょう》にある博士の邸宅があてられ、極《ご》く内輪《うちわ》の者だけが、その席に連なることになっていた。

このように万事簡単に簡単にと心掛けたのには、前にも言ったとおり、時節柄のせいもあったが、ほんとうをいうと、それはただ表向きだけのこと、裏面にはある複雑な事情が伏在していたのだ。そしてそのことが間もなく、この目出度《めでた》かるべき式典を、世にも恐ろしい破局に導いていったのである。

その夜、花嫁の介添《かいぞえ》に頼まれた玉城《たましろ》夫人が、後になって人に話したところによると、この結婚式には最初から、なんともいえぬほど妙な出来事が附きまとっていたというのだ。

先《ま》ず最初にこんなことがあった。

結婚式は父なる鮎沢博士の意見によって、純日本式に行われることになっていたのだが、その花嫁の着用すべき白無垢《しろむく》の晴衣《はれぎ》が、袖《そで》の部分だけすっかり糸を抜かれて、ボロボロになっていたのである。玉城夫人によってこれが発見されたのは夕方の四時頃のことだった。

式はだいたい、八時に挙げられることになっている。

だからこれを発見した玉城夫人が、誰にも内緒で、そっとその繕《つくろ》いをするのには、大変な苦労をしなければならなかった。ところがその繕いもやっと終って、やれひと安心とばかり、今度は花嫁の頭飾を出して見たところが、これはまたどうしたというのだ、どの櫛《くし》も、どの簪《かんざし》も、全部根元から真二つに折れていたではないか。

「まあ！」

こゝに至ってさすが気丈な玉城夫人もあいた口が塞《ふさ》がらなかった。かえすがえすのこの変事に、夫人は譬《たと》えようもないほどの気味悪さを感じたということである。

「あれまあお気の毒な！　この婚礼には何かしらよほど恐ろしい呪いがかゝっているのだわ。こんな忌《いま》わしい前兆のあった婚礼で、末始終《すえしじゅう》うまく行った例《ためし》なんかありゃしない」

夫人は思わず身を慄《ふる》わせて、そう独語《ひとりごと》を洩《も》らしたというのだが、後になって分ったところによると、こういう変事のあったのは、花嫁のほうばかりではなかった。当夜の花婿たるべき鷲尾医学士には、それよりももっと妙なことがあったのだ。

「先生、先生にちょっと内緒でお話したいことがあるのですが」

と、思い迫った鷲尾医学士の面持《おももち》に、

「どうしたのだね、鷲尾君、ひどく顔色が悪いが、何か変ったことでもあったのかね」

と、日頃の温顔に、いちまつの不安と懸念《けねん》の表情《いろ》をうかべて、この愛弟子の顔を凝視したのは鮎沢博士。小鬢《こびん》に少し霜《しも》をおいて、澄みきった双眸《そうぼう》はいかにも名利《めいり》に恬淡《てんたん》とした学者らしく、美しく冴《さ》えていた。

挙式をあと半時間の後にひかえた、華やかにもあわたゞしい博士邸の、奥まったひと間なのだ。黒紋《くろもん》附《つき》の正服を着て、端然《たんぜん》と向いあったこの師弟のあいだには、しかし、間もなく一生の盛時をむかえる人間とも思えないほど、妙に切迫した空気がわだかまっていた。

「先生、また例の手紙がやって来たのですよ」

折目正しい袴《はかま》の膝《ひざ》を、そっと畳のうえに滑らせるようにしながら、鷲尾医学士は声を落して囁《ささや》いた。

「今日。——しかもたった今家を出がけに」

「ふむ」

博士は思わず髭《ひげ》を噛《か》むような唸《うな》り声をあげた。それから額《ひたい》に八の字を刻みながら庭のほうへ眼をやると、吐き出すようにいった。

「緒方《おがた》からだね」

「そうなんです。それに今日は手紙と一緒に妙なものを送って来たんですよ」

言いながら、黒紋附の懐中《ふところ》から取出《とりだ》した二品《ふたしな》を、しかし博士はすぐには手が出せないといったかおつきで眺めている。出来ることなら読まずにおきたいといった表情《かおいろ》なのだ。

「御覧になりますか」

「よし、読んで見よう」

博士は決然として、啣《くわ》えていた煙草《タバコ》を灰皿に投げすてると、鷲尾医学士が封筒のなかゝら抜きとった一枚の紙片を手にとって、そのうえに眼をおとした。

鷲尾君、
思い叶《かな》っていよいよ今宵《こよい》晴れの祝言《しゅうげん》というわけだね。お目出度うといいたいが、どっこいそうは参らぬ。
鷲尾君、

これが最後の警告だ。悪いことは言わぬ、この結婚は取り罷《や》めにしたまえ。でないと飛んでもないことが起るぞ。京子さんは誰も手を触れてはならぬ神聖な木乃伊《ミイラ》の花嫁だ。これを冒瀆《ぼうとく》する者には、神罰たちどころに至ると知るべし。　あなかしこ

読み終った博士の眉間に、さっと黒い稲妻がひらめいた。しかし、博士は強《し》いてそれをおさえつけるように、

「署名がないね」

「署名はなくても、その筆跡は緒方君にちがいありませんよ」

「ふむ。それで妙なものを送って来たというのは?」

「これなんです」

それまで掌《て》のなかにおさえていたものを、鷲尾医学士が取出して見せた時、さすが冷静な鮎沢博士も、思わず、

「ほゝう」

と、眼をすぼめてしまった。

それは世にも奇妙な紙人形だった。大きさにして二三寸もあったろうか、紙でこさえた花嫁衣裳に角《つの》

かくしをした人形なのだが、その顔は真黒《まっくろ》に墨で塗りつぶしてあった。しかもその色が紙を丸めてこさえた顔の、無数の皺《しわ》と対応して、さながら木乃伊の脣《くちびる》には、ように見えるのだ。しかも、その木乃伊の脣には、まっかに朱で口紅がさしてあった。

それは実に拙《まず》い、滑稽《こっけい》なほど稚拙《ちせつ》な素人細工《しろうとざいく》なのだ。しかし、この場合、その出来が拙ければ拙いほど、一層、変てこな現実感をもって、ひしひしと見る者の身にせまって来る。

「畜生《ちくしょう》！」

博士は思わず拳《こぶし》を握りしめた。

「失敬な奴だ。そうすると緒方の奴、あくまでこの結婚を妨害しようというのだな。あの人非人《にんぴにん》、恩知らずめ！」

さすが温厚な博士も、この性質《たち》の悪いいたずらは、よほど腹にすえかねたらしい、その時さっと激昂《げっこう》の いろが頰《ほお》にのぼるのが見えたのである。

滴る血潮

さてこゝで話を出来るだけ分りよくするために、一体緒方とはいかなる人物か、そのことを簡単に述べておこうと思うのだ。

医学士緒方代助《だいすけ》というのは、鷲尾医学士とともに、博士が眼に入れても痛くないほど可愛《かわい》がっていた秘蔵弟子だった。幼い頃、両親に死別し、孤児になったのを引きとって、中学から大学まで出してやり、学校を出てからも引きつゞき自分の研究室の助手として、なにかと面倒を見てやったのは、ほかならぬ鮎沢博士だった。いわば緒方代助は博士にとって子飼いの弟子なのだ。

良家にそだって、どこかお坊っちゃんらしく鷹揚《おうよう》な鷲尾医学士とちがって、代助のほうは一種天才的ともいうべき鋭さと奔放《ほんぽう》さがあり、どうかすると気《き》狂《ちが》いじみた行動さえあったが、それはそれで博士にとっては又となく頼母《たのも》しく思われ、また鷲尾医学士にとっても畏敬《いけい》の的となっていた。

実際代助は博士にとって最も忠実な助手であると同時に、鷲尾医学士とは心のそこまで許しあった親友だった。少くとも京子がフランスから帰って来るまでは。

ところが間もなく事態は一変してしまった。彼等《ら》のあいだへ、花のように美しい京子が、十年ぶりでフランスから帰って来たのだ。まるで嫉妬《しっと》ぶかい女神が投げつけた不和の林檎《りんご》のように。

そこでどんなことが起ったか、今更くだくだしく述べるまでもあるまい。京子をめぐってふたりの親友のあいだには、激烈な競争がおこった。恋ほど人の心を物狂《ものぐるお》しくするものはない。親友変じて忽《たちま》ち深《しん》讐綿々《しゅうめんめん》たる仇敵《きゅうてき》と化したのだ。

それこそ血みどろの競争なのだ。そういう競争が六ケ月ほど続いているうちに、京子の心はしだいに鷲尾医学士のほうへ傾いていった。つまり代助は敗れたのだ。それと見るや代助は、ある日物狂しい手紙を残したまゝ、忽然《こつぜん》として姿をくらましてしまったのである。今から三ケ月ほどまえのことだった。

一時は気が狂った揚句《あげく》、自殺でもするのではなかろうかと、鮎沢博士も鷲尾医学士もともに心配して百方手をつくして捜索してみたが、代助の行方《ゆくえ》は皆《かい》目《もく》わからなかった。

ところがそういうある日、とつぜん一通の脅迫《きょうはく》状《じょう》めいた手紙が鷲尾医学士のもとへ舞いこんだ。名前は書いてなかったけれど、明《あきら》かに緒方代助からなのだ。

文面は京子さんとの結婚を断念しなければ、必ずよくない事が起るぞというようなことが、いかにも気狂いじみた調子で、執念ぶかく綿々と書きつらねてあるのだ。

「馬鹿な、あいつよっぽどどうかしているな」

鷲尾医学士も始めのうちは一笑に附していたが、脅迫状はそれから後、頻々《ひんぴん》として舞いこんで来る。ある時は歎願《たんがん》するような調子で、またある時は威嚇《いかく》するような調子で、そうかと思うと、気狂いじみた罵詈雑言《ばりぞうごん》をならべて来ることもある。

さすが温厚な鷲尾医学士もあまりの執念深さに、つい腹にすえかねてこれらの手紙を鮎沢博士に見せた。そしてそれがすっかり博士を憤《おこ》らせてしまったのである。

それまで内々不幸な弟子のこゝろを思いやり、鷲尾医学士と京子との結婚に承諾をあたえることを躊《ちゅう》躇《ちょ》していた博士も、これですっかり腹がきまってしまったのだ。緒方代助に対する当てつけの意味もあって、急に結婚の日取りを早めさえしたのである。

こういういきさつがあった折からだけに、いまこの奇妙な手紙と人形を見せられて、博士がさっと憤《いきどお》りに頬をふるわせたのも無理ではなかったのだ。

「あいつ、ぎりぎりの土壇場《どたんば》までわれわれを脅迫するつもりだな。鷲尾君、それで君はいったいどういうつもりだ」

「どうといって」

と、鷲尾医学士は秀才らしい端麗な面《おもて》を、こゝろもち曇らせながら、

「何しろあまり執念ぶかいものですから、私もいくらか不安になって来たのです。いや、自分の身は構いませんが、先生や京子さんの身に、もしものことがあってはと……」

言わせもおかず博士は激した調子で、

「馬鹿な、なんのことがあるものか。なに、こけ脅《おど》しさ、あいつに何が出来るものか。どんなことがあろうとも、君は俺《わし》の婿だ。そのことはよく分っているだろうね」

「は、先生にそう仰有《おっしゃ》って戴《いただ》くと、私もこんな嬉《うれ》しいことはありません」

「よしよし、それじゃ万事俺《わし》にまかせておきたまえ。さあ、そろそろ式がはじまる時分だから、君も支度をしなくちゃ」

と、言いかけたが、ふと気味の悪いあの花嫁木乃伊を見ると、思わず眉をひそめて、

「あ、君、この人形を保管しておきたまえ、後日また、何かの役に立つかも知れないからね」

「は」

鷲尾医学士は博士のこゝろを計りかねたように、しばらくその気味の悪い人形を見つめていたが、やがて仕方なさそうに、薄らさむい微笑をうかべながらそれを受取ると、大事そうに懐中《ふところ》へしまいこんだのである。

あの恐ろしい祝言の式がはじまったのは、それから間もなくのことだった。

あとから思えばそれは実に妙な空気だった。

今宵を晴れと着飾った花嫁の京子は、白無垢の裲襠《うちかけ》も気高く、端麗な花婿と向いあったところは、実に似合いの一対と思われたが、それでいて二人とも妙に落着《おちつ》かぬ、不安な影をどこやらに宿しているのだ。花嫁の父たる博士も、花嫁の附添いの玉城夫人も、どうかするとハッとしたように、怯《おび》えたような眼を見交わす。思いなしか銀燭《ぎんしょく》まばゆく照り映える金屏風《きんびょうぶ》のうえにさえ、何かしら一抹《いちまつ》の暗雲がたゆ

とうているかの如《ごと》く見えるのだ。

と、この時つと、銀の提子《ひさげ》を捧げた雄蝶雌蝶《おちょうめちょう》が、しとやかな摺足《すりあし》で現れた。白木の三方が先ず花嫁のまえに捧げられる。京子は静かにその盃《さかずき》をとりあげた。

と、この時である。

玉城夫人がふいにあっと低い叫び声をあげたのだ。見よ、穢《けが》れに染まじと洗いあげた花嫁の純白の裲襠のうえに、その時、滴々《てきてき》として赤い血潮がしたゝって来たではないか。

「あっ！」

座に連なるほどの人々の眼は、一様に花嫁のうえに注がれる。滴《したた》る血潮はいよ〳〵その勢いを増し、花嫁の裲襠から角隠しから、更にまた、背に負うた金屛風のうえにさえ、やがて真紅《まっか》な滝となって降りそゝいで来たのだ。

「あ、あれ、あの天井に！」

雌蝶の声にはっとしてうえを見れば、こはいかに、花嫁のまうえなる天井の檜板《ひのきいた》に、その時血潮の汚点《しみ》が雲のようにひろがっていくのが見えたのである。

「わっ！」

人々が思わず総立ちになった時、花嫁の白魚《しらうお》の指から、ポロリ、盃が転がった。哀れ京子はそのまゝ「うゝむ」とばかりのけぞってしまったのである。

屋根裏の鬼

「よし、私が見て来ましょう」

一瞬の驚きから覚めた鷲尾医学士が、決然として立上るのを、

「待ちたまえ、君は今夜の花婿だ。よろしい、よろしい、俺《わし》がちょっと見て来る」

制しておいて鮎沢博士、袴《はかま》の裾《すそ》を踏みしだいて、あわたゞしく座敷を出ていったが、暫《しばら》くすると、ゴトゴトと天井裏を踏みならす音、つゞいてあっという低い叫び声が、座敷にいる人々の耳にきこえて来た。

「先生、先生、どうかしましたか」

「あ、鷲尾君、すまないが君、懐中電灯を持って来てくれないか。何しろ、これは……」

さすが冷静な博士もよほど動顛《どうてん》しているらしい。語尾がかすかにふるえていた。

「は、承知しました」

女中から懐中電灯を借りた鷲尾医学士が、次《つ》ぎの間の押入《おしいれ》から天井裏へのぼってゆくと向うのほうに鮎沢博士がうずくまっているのが見えた。天井裏は灰汁《あく》洗《あら》いをしたばかりと見え、わりに綺麗なのだ。天井裏の下の座敷から逆にさして来る光線が、幾《いく》筋もの銀の箭《や》をつくって、そこはまるで夢の王国のような、気味の悪い秘密境だった。

「せ、先生、どうかしましたか」

懐中電灯をかざしながら、這《は》いよっていった鷲尾医学士が、ふるえ声でそう訊《たず》ねると、

「鷲尾君、これを見たまえ」

振りかえった博士の顔は、光線の加減か、頬がいやにでこぼことして、まるで悪鬼のように見えた。その顔から、視線をふとかたわらに落した鷲尾医学士、そのとたん、思わずあっとばかりに呼吸《いき》をのみこんだ。

人が倒れているのだ。いや、おそらく死んでいるのであろう、全身を海老《えび》のように硬直させて、霜降りのズボンをはいた二本の脚が、針金のようにピンと彎曲《わんきょく》していた。

「だ、誰です。ま、まさか緒方君じゃ……」

「分らない。見たまえ、今頸動脈《けいどうみゃく》をかききったばかりらしいが、もうとても助かるまいな。どれ、顔を見るから、懐中電灯をもっとこちらへ寄来《よこ》したまえ」

いいながら、博士が俯向《うつむ》けになっていたその屍体《したい》を、ごろりと横にころがした、その顔へ、さっと懐中電灯の光を浴せかけたとたん、

「や、や、これは！」

さすがの二人も思わず声を立てゝ、二三寸うしろへたじろいだのである。

あゝ、何《な》んということだ。その顔はまるで熟柿《じゅくし》の皮を剝《む》いたように、眼も鼻もとけて流れて、一面にぶよぶよとした赤黒い肉塊、その中に、唇のない歯《は》茎《ぐき》だけが、真白《まっしろ》にニューッと突き出しているその恐ろしさ。

まるで鬼だった。いやいや、血の池地獄にのたうち廻る亡者《もうじゃ》だった。

鷲尾医学士は思わずツーッと、全身に鳥肌の立つような恐ろしさをかんじたのである。

さあ、それから後の騒ぎは、いまさらこゝに申すまでもあるまい。

もはや祝言どころの騒ぎではなかった。報告《しらせ》によ

って直《ただ》ちに警官が来る、刑事が来る、新聞記者が来る。歓楽の宴《うたげ》変じて忽ち世にも恐ろしい修羅場《しゅらば》と化してしまった。警官たちの手によって、屋根裏の屍体がすぐさま下に担《かつ》ぎおろされたことはいうまでもない。屍体検案の結果は、さっき鮎沢博士が洩らした言葉と一致していた。つまりひと思いに頸動脈を掻《か》き切って死んでいるのだ。見ると硬直した右の掌には、生々《なまなま》しい血汐《ちしお》を吸った鋭利な剃刀《かみそり》をしっかりと握っており、したがって自殺であることは疑う余地もない。

　だが、しかし一体この恐ろしい屍体は何者であろう。その点に関する限り、当局は少からず頭を悩ませなければならなんだ。何故《なぜ》というに、前にもいったとおり、そいつの顔はおそらく硫酸《りゅうさん》か何かで焼いたのであろう、相好《そうごう》も分らぬまでにくちゃくちゃに崩れており、おまけに両手の指紋さえ、ひどい火傷《やけど》のためにすっかり皮が剝け、なんとも得体の知れぬ海盤車《ひとで》のようになっているのだ。つまり、この屍体の正体を知るにたる証拠となるようなものは何一つなかったのである。

　だが、それが何んであろう。顔は分らずとも、そして指紋は不明であろうとも、その恐ろしい屍体が何者か、鷲尾医学士だけはちゃんと知っていた。

　緒方代助なのだ。代助のほかに、どうしてこのような恐ろしい自殺を決行する者があるだろう。

　失恋のため、執念の鬼と化した代助は、恋敵《こいがたき》の婚礼の当夜、しかもその祝言の座敷のまうえの天井裏で、世にも恐ろしい自殺を遂げたのだ。彼の血は花嫁の晴衣を真紅にぬらし、婚礼の席を怨《うら》みと憎しみの血で唐紅《からくれない》に塗りつぶしたのだ。

　あゝ、何んという恐ろしい執念、世の中にこれほど物凄《ものすご》い復讐《ふくしゅう》がまたとあるだろうか。

　警察でも鷲尾医学士や、鮎沢博士の説明をきいているうちに、だんだん前後の事情がのみこめて来たらしい。間もなく屍体は緒方代助と決定し、事件は嫉妬による狂気の自殺ということで一段落ついた。

　しかし、果して緒方代助は死んだのであろうか。いやいや、彼の肉体は亡《ほろ》んだとしても、その執念はいまだこの世にさまよっているのではなかろうか。そしてあくまでも鷲尾医学士と京子の結婚を呪おうとするのではなかろうか。

湖畔の怪

事件の日からひと月たった。

そして、こゝは信州の山中にある、とある湖畔《こはん》の別荘なのだ。あの恐ろしい衝動《ショック》からいまだ覚めやらぬ京子は、人眼をさけてこの別荘に心利《き》いた婆《ばあ》やとふたりで、傷ついた魂を養っていた。

言い忘れたが、幼い頃母を失った京子は、まるで母の顔というものを知らなかった。おまけに小学校を卒業するとすぐ、音楽の勉強とやらで、フランスの知人のもとへ送られたので、父博士のあいだにも、何んとやらそぐわぬ愛情がわだかまっていたのだ。

博士はむろん、こよなく京子を愛してくれた。京子のいう事ならどんなことでも聞いてくれた。しかし、愛されゝば愛されるほど、京子は身がひけるような遠慮を感じるのだ。多分それは、あまり長く別々に住んでいたゝめに、いつしか親子としての微妙な感情に融和を欠いてしまったのであろう。こんな事ではいけないと、自分で自分を叱《しか》りながらも、その感情はどうすることも出来ない。

東京に急《いそ》がしい仕事を持っている博士は、それでも一週間に一度ずつぐらい、この不便な湖畔の別荘に京子を見舞いにやって来る。どうかすると、鷲尾医学士も一緒に来ることもあった。二人の結婚は、あの恐ろしい事件のため、一時延期ということになっているのである。

こうして十一月になった。湖を取り囲む山々は美しく紅葉し、湖水をわたって来る風は冷かった。

こういうある日、京子は鷲尾医学士とたゞ二人きりで湖水にボートをうかべていた。鷲尾医学士はその前夜、博士と一緒にこの別荘へやって来たのだが、博士だけ急用を思い出して東京へ引きあげた後、ただひとり居残《いのこ》って京子のお相手をつとめることになったのである。

澄みきった湖水のうえにオールが快《こころよ》く躍って、ボートはスイスイと流れていく。天気がよいので湖水のうえにいてもそう寒くはなかった。しばらくあちこちと漕《こ》ぎまわった後、鷲尾医学士はふと、ある岩陰でボートを止めた。そこは三方を岩で囲まれているうえに、岸に生えた柳が長い枝を水面に垂らしているので、どこからも見られる心配はなく、恋人同志が語りあうのには絶好の場所だった。

「鷲尾さん」

さっきから物思わしげに、くる〳〵と日傘《ひがさ》を廻《まわ》していた京子は、この時ふと、物におびえたような眼をあげて鷲尾医学士の顔を見る。

「あたし、あなたにお話したいことがありますの」

「なんですか。実は僕もぜひあなたに聞いていたゞきたいと思うことがあるのですよ」

「あら、どういうことですの」

「いや、それよりあなたの話のほうから先《さ》きに聞かせて貰《もら》いましょう」

「えゝ」

京子はかるく頷《うなず》いたまゝ、しばらく黙りこくっていたが、やがてつと、思いあまったような眼をあげると、

「鷲尾さん、緒方さんはほんとうに死んでいるのでしょうか」

「なんですって！」

「いゝえ、いつかのあの恐ろしい屍体は、ほんとうに緒方さんだったのでしょうか」

「京子さん！」

鷲尾医学士がびっくりしたような声をあげた。

「あなた、いったいどうしてそんな事を言い出したのです」

「だって、だって、鷲尾さん、あたし恐ろしくて耐《た》まりませんのよ。あの人はまだ生きています。そしてあたしの身のまわりに附《つ》き纏《まと》っているんですわ」

いったかと思うと、京子の長い睫毛《まつげ》のあいだから、ふいにどっと涙が溢《あふ》れて来た。鷲尾医学士は驚いてその肩に手をおくと、

「京子さん、どうしたというのです。何を馬鹿な、あいつが生きているなんてそんな馬鹿なことがあるものですか。それとも、あなたはあいつの姿でも見たのですか」

「いゝえ、そうじゃありませんけれど」

京子が口籠《くちご》もりながら話したところによるとこうだ。この湖畔の別荘へ来て以来、京子は始終、誰かに監視されているような気がしてならないのだ。何者とも分らない、まるで影のような姿、それが始終、彼女の身辺にしつこく附きまとっている。散歩をすればその行く先々で、家におればその庭の周囲《まわり》を、たえず怪しい姿がついて廻るのだ。どうかすると、夜、彼女の寝室のすぐ外に、怪しい跫音《あしおと》をきくことも珍

らしくなかった。

「そして、そいつは一体どんな男です」

「それがよく分りませんの。いつも黒い二重廻《にじゅうまわ》しの襟《えり》を立てて鳥打帽《とりうちぼう》を眉深《まぶか》にかぶっているんですもの。いちど顔を見てやろうと思っているんですけれど、いつでも素速く逃げてしまうんですの」

「はゝゝゝは、それは京子さん、大方《おおかた》不良ですよ、あなたがあまり綺麗なもんだから、附け廻しているんです」

「でも――でも、変なことがありますのよ」

「変というのは？」

「緒方さんは、ほら、緊張するとよく、くすん、くすんと鼻を鳴らして咳払《せき》いをする癖があったでしょう。あたしそれと同じ咳払いを、何度も夜、家の周囲《まわり》で聞いたんですわ。えゝ、あれ緒方さんの声とそっくり同じだったわ」

京子はそういうと、今更のように、ゾーッとばかりに肩をすぼめるのだ。鷲尾医学士も思わずそれに釣り込まれたように、身を顫《ふる》わせた。なるほど、そういわれてみると、あの屍体が緒方代助だったという証拠は、何一つなかったのだから、或《ある》いは京子の言うように、代助が生きていると考えられないこともない。

いやいや、あの執念ぶかい代助のことだ。ひょっとすると、身替りを立てて世間の眼を欺《あざむ》き、自分はひそかにどこかへ隠れていて、もっともっと恐ろしい復讐の機会を待っているのではなかろうか。まさか、そんな事が――と、打消して見ても、なんとも言えない恐ろしい不安と疑惑が、その底から頭をもたげて来る。

「京子さん」

ふいに鷲尾医学士が、きっと京子の顔を見た。

「もしそういう事なら、私はいよいよ自分の思っている事をお話しなければなりません。京子さん、われわれは何故、このように結婚を延ばしていなければならないのでしょう」

「え？」

「あの男の行動が、われわれの結婚を妨《さまた》げるためだとすれば、こうして結婚を延ばしていることは、とりも直さずあの男の思う壺《つぼ》にはまるわけじゃないでしょうか。京子さん」

鷲尾医学士はふいに手を伸ばして京子の体を抱き

すくめると、

「京子さん、僕はもうこれ以上待てない。われわれは当然、あの夜結婚していた筈《はず》なんです。あなたはもう、身も心も僕のものであってよい筈なんです。京子さん」

「あれ、いけません、だって、あなた……」

身をもがく京子の顔のうえに、とつぜん、汗ばんだ鷲尾医学士の顔がのしかゝって来た。情熱に燃える眼が、唇が、いまにも京子の顔を押し潰《つぶ》しそうになった。

と、その時、とつぜん、

「あれ！」

と、魂消《たまぎ》るような叫びをあげて京子が顔を覆《おお》うてしまった。

「ど、どうしたのですか」

「あれを、——あゝ、恐ろしい、あんなものが」

顔を隠しておのゝきながら、京子の指さすところを見れば、あゝ、何んということだ、ボートのすぐ傍《そば》の水面に、枯藻《かれも》に混じって、一個の奇怪な人形が——角かくしをして、紅《あか》い口紅をさした、等身大の花嫁人形が、まるで幽霊藻のようにゆらゆらと浮かんでいる。しかも、その花嫁人形の胸のうえには、ぐさりと一本の短刀がぶちこんであるのだ。

さすがの鷲尾医学士も、そのとたん、ツーッと全身の血が凍るような恐ろしさをかんじた。それがほんとうの土左衛門《どざえもん》でなく、人形であればあるだけ、一層得体の知れぬ無気味さをかんじるのだ。

「京子さん、京子さん」

夢中になって鷲尾医学士が京子の肩をかき抱《いだ》いた時である。ふいに傍の崖《がけ》のうえから、世にも奇妙な笑い声がふって来たのだ。

「ふふふふふ、ふふふふふ」

あたりを憚《はばか》るような、それでいて二人を嘲弄《ちょうろう》するような、敵意と憎しみに充《み》ち満ちたその笑い声。

——京子はふっとその声に顔をあげたが、そのとたん、

「あれ！」

と、叫んで鷲尾医学士の胸にしがみついたのだ。京子が驚き怖《おそ》れたのも無理もない。

その時、崖のうえの小暗い繁《しげ》みのなかゝら、ぬっと体を出して笑っていたその顔の恐ろしさ、おぞましさ。眼も鼻も唇もない。骸骨《がいこつ》のようにまっしろな

顔なのだ。そいつが大きな歯茎をガクガクと嚙《か》みあわせて笑っている、その得体の知れぬ物凄さ！

鷲尾医学士も、その瞬間、髪の毛がシーンと逆立つばかりの恐怖のとりこになってしまったのである。

白髪の紳士

「どうかしましたか。いま婦人の叫び声が聞えたようですが。おや、御気分でもお悪いのじゃありませんか」

声にはっとして振返《ふりか》えると、水のうえに枝垂《しだ》れた柳の向うに、一艘《そう》のボートが止まっている。漕手《こぎて》は不思議そうな顔をして、まじまじとこちらを眺めていた。

この際であったけれど、さすがに鷲尾医学士はパッと頰を紅《あか》らめながら、

「いや、なに、実はこゝに妙なものがうかんでいたものですから、この人がびっくりして」

と、いいながらおそるおそる崖のうえを振り仰《あお》いだが、そこにはもう、怪物の姿は見えなかった。

「なんですか。妙なものって」

「人形なんです。さっきまでたしかにこんな物なかったのですが、ふいに浮かびあがって来たものですから」

「人形？　どれ〳〵」

その人もよほど閑人《ひまじん》か、それとも好奇心の強い人だったにちがいない。そういうとオールを動かして、ボートを淵《ふち》のなかに漕ぎ入れて来る。見るとこれは、ちょっと奇妙な人物だった。顔や体つきを見ると、まだ四十そこそこの年配と見えるのに、頭を見るとまるで七十の老爺《ろうや》のように真白なのだ。

「なるほど、こいつは――」

不思議な人物も、一瞥《ひとめ》その花嫁人形を見ると、思わず顔をしかめて、

「これが急に浮びあがって来たのですか。変ですね。ちょっと待って下さい。もっとよく調べて見ましょう」

その人は暫くこまめにその辺を漕ぎ廻っていたが、急に嬉しそうな笑いをうかべると、

「分りました。この崖の根元のところに、大きな下水が流れこんでいるんですよ。ほら御覧なさい、そこんとこに渦が巻いてるでしょう。この人形はきっと、その下水から流れこんで来たにちがいありませ

ん。しかし、おや、婦人がどうかなさいましたね」

「いや、実はあまりびっくりしたものですから気を失ったらしいのです。京子さん、京子さん」

　呼ばれてふと眼をひらいた京子は、

「あれ、あ、あの化物《ばけもの》は――？　骸骨みたいな顔をしたあの怪物は――？」

　と、呼吸《いき》を弾《はず》ませていいかけたが、ふと傍の人物に気がつくと、はっとしたように口をつぐんでしまった。

「怪物？　骸骨みたいな顔をしたお化《ば》け？」

　白髪の紳士はきっと眼をすぼめて、

「どうかしたのですか。何かそのような怪しい奴が出たのですか」

「いや、何んでもないのです。京子さん、もうそろそろ引き揚げようじゃありませんか」

「ええ」

　鷲尾医学士はそこでオールをとると、ボートをもとの岸のほうへ漕ぎ戻した。そのあとから、例の不思議な白髪の人物も、無言のまゝでついて来る。

　やがて三人はボートからあがった。そして分れ路《みち》までやって来たときである。ふと白髪の紳士は鷲尾医学士を呼びとめて、

「こんなことをいっちゃ失礼ですが、あなた方、何か――ええ、いま恐ろしい災難のなかにいられるのじゃありませんか。いや、間違っていたら許して下さい。私はどういうものか、こう、何か得体の知れぬ事柄にぶっつかると、黙っていられない方でしてな、はゝゝゝゝ」

　笑いながら、洋服のポケットから名刺を出すと、

「向うの鶴遊館《かくゆうかん》という宿に泊まっている者ですが。こういう者です。もしお話になりたいことがありましたら、こゝ暫く逗留《とうりゅう》していますから、いや、何もなければそれでいゝのですよ」

　鷲尾医学士がふと眼を落したその名刺には、たゞ簡単に、由利麟太郎《ゆりりんたろう》と五文字。

「あ！」

　医学士は思わず低い叫びをあげると、

「あなたがそれじゃ、あの有名な」

「いや、有名でもなんでもありませんが、半ば道楽半分に、私立探偵みたいなことをやっている者です。では、いずれまた」

　にこやかな微笑をうかべながら、飄々《ひょうひょう》と立去《たちさ》って

いくこの白髪の紳士のあとを、鷲尾医学士はしばらく呆然《ぼうぜん》として見送っていた。

あゝ、この白髪の紳士こそ、いま東京で売出《うりだ》しの有名な私立探偵だったのだ。そして、鷲尾医学士が偶然こゝで、この有名な由利先生に邂逅《かいこう》したということは、彼の将来に、非常におおきな関係を持って来ることになったのである。

それはさておき、京子を別荘まで送りとゞけた鷲尾医学士は、その日一日中、とつおいつ思案をしていたが、とうとう、その夕方意を決して、鶴遊館に由利先生を訪ねていったのである。

その時由利先生は寛《くつ》ろいだ褞袍《どてら》すがたで、縁側の籐《とう》椅子によりかゝっていたが、鷲尾医学士の顔を見ると、すぐ人懐《なつ》っこい微笑をもってこれを迎え入れた。

「よく来ましたね。きっとあなたがいらっしゃるだろうと思っていましたよ。実は、あれから宿の者に、あなた方のお名前を伺《うかが》って、大いに食指を動かしていたところなんです。で、御用というのはあの緒方代助という男の、自殺に関する事件でしょう」

「そうなんです。あの事件に関しては、新聞でよく御存じのことゝ思いますが、その後、いろいろと妙なことがあったものですから」

鷲尾医学士はそこで日頃思い悩んでいることを、すっかり由利先生に打ち明けた。由利先生は慣れていると見えてなかなか聞き上手なのだ。時々、要領のいゝ質問を放っては、相手に忘れていた事や、いい落したことを思い出させた。そしてすっかり聞き終ってしまうと、

「いや、よく分りました。これはなかなか複雑な事件らしいですね」

由利先生は暫く瞑想《めいそう》するような眼を、じっと湖水のほうへ向けていたが、やがてその眼を鷲尾医学士のほうに戻すと、

「ところであなたはどうお考えになりますか。緒方代助という人物が、まだ生きているとお思いですか」

「それがよく分らないのです。あの屍体を見たときは、てっきり緒方だと思って、よくも調べなかったのですが、今日のような事にぶつかると。……」

「しかし妙ですな。そのように恐ろしい顔をした男が出没するとすれば、誰かの眼にとまらない筈はありません。それが一向、そういう噂《うわさ》もないところを

見ると、そいつはきっと変装しているんですよ。いや、ひょっとすると、仮面をかぶっているのかも知れない。しかし、いずれにせよ、あなた方を狙っている者のあることは確かですね。そいつが緒方であるにしろ、ないにしろ」

言ってから由利先生は急に思い出したように、

「時にあなたは、その緒方という人物から送って来た、木乃伊《ミイラ》の花嫁というのをお持ちですか」

「は、実は偶然トランクの中に入れて持って来ていたものですから、今こゝに持参いたしました」

鷲尾医学士が取り出した、例の不細工な木乃伊人形を手にとると、由利先生はしばらく珍らしそうにいじくり廻していたが、

「これ、しばらくお預りしておいてもいゝでしょうな。一寸《ちょっと》調べて見たいことがありますから」

「えゝ、どうぞ」。

「では、今のところ私にも見当はつきませんが、しかし、これだけのこと申しておきましょう。あなた方は充分自分たちの身辺を警戒していなければいけませんよ。特にあなた御自身は……」

そういいながら由利先生は、眼のなかにいっぱいの危懼《きぐ》をうかべて、鷲尾医学士の顔を見つめるのだった。

洞窟での出来事

まっくらな洞窟《どうくつ》のなかなのだ。

すでに冬眠期にはいった蝙蝠《こうもり》が、どうかすると俄《にわ》かの光に驚いて、ばたばたと三人の頰をかすめてとんだりした。

「あれ、気味の悪い。お父さま、もうそろそろ引返《ひきかえ》しましょうよ」

泣き出しそうな声でそう叫んだのは京子だ。

「ナーニ、大丈夫さ。なに怖いことがあるものか。折角《せっかく》こゝまで来たんだもの、奥まで極めなきゃ探検に来たかいがない。ねえ、鷲尾君」

「えゝ」

しかし、そう答える鷲尾医学士の声も、なんとなく気が進まないらしかった。

まえに述べたような出来事があってから、三日ほどのちのことなのだ。東京からやって来た鮎沢博士が、つれづれのあまり、ふとこの洞窟の探検をいい出したのである。

湖畔から二里。

人里離れた山中《やまなか》にあるこの洞窟は、言い伝えによるとかつてこの湖畔に栄えた先住民族の遺跡とやら、夏期にはよくこの辺へやって来るハイカーたちが、慰《なぐさ》み半分に探検に出かけることもあったが、時候外《はず》れの今時分にはさすがにそういう物好きは一人もいなかった。

洞窟の中はまっくらで、しっとりと湿気を帯びた空気は肌を刺すように冷たいのだ。そのなかを、鮎沢博士を先頭に立て、京子、鷲尾医学士の三人が、黙々として続いてゆく。

博士の携《たずさ》えた懐中電灯が、時々、露出した石板の層や、崩れかけた赤土を無気味に照らし出す。奥の深い洞窟は、しだいに狭く、空気さえなんとなく重苦しくなって来た。

と、この時である。

先頭に立っていた鮎沢博士が、ふいに、

「しまった！」

と叫んだかと思うと、はるか地底のほうから、ガチャンと懐中電灯の壊れる物音。あっという間もない、博士の姿は忽然《こつぜん》と闇のなかに消え去って、あたりは黒白《あやめ》も分《わか》ぬ真の闇。

「あれ、お父様！」

「京子さん、危い」

「だって、だって、お父様が……」

「待っていらっしゃい、動いちゃいけません。今マッチをつけます」

あわたゞしい鷲尾医学士の呼吸《いき》づかいのうちに、シューッとマッチを擦《す》る音、めら〳〵と風に揺れるマッチの焔《ほのお》に、あたりを見廻した二人は、突然、怯えたように呼吸《いき》をうちへ吸いこんだ。

見よ、いま京子の立っているすぐその足下に、真黒な竪孔《たてあな》の口が、それこそ物《もの》の怪《け》の顎《あご》のようにパックリとひらいているのだ。

「あっ！」

叫んだ拍子にマッチの灯が消えた。

「鷲尾さん、どうしましょう、どうしましょう。お父様この中に落ちたのよ、お父様、お父様」

「先生、先生！」

叫んで見たが答えはなかった。冷い風がスーッと噴水のように吹きあげて来て二人の頰を撫《な》でる。京子は黒白《あやめ》も分《わか》ぬ暗黒のなかで、ゾッと身顫《みぶる》いをする

と、狂気のように、

「あなた、何んとかして。お父様を助けて」

「待ってらっしゃい。もう一度マッチを擦って見ましょう」

鷲尾医学士が再びマッチを擦ろうとした時だ。どうしたはずみか、とつぜん足を踏みすべらした鷲尾医学士、もんどり打って底知れぬ、竪孔の闇のなかへ顚落《てんらく》していったから、驚いたのは京子である。

「あれ、あなた！」

孔のふちに獅嚙《しが》みついて、夢中になって連呼する京子の体を、その時ふいにうしろからしっかりと抱きしめた者がある。

「あれ」

叫んで振りほどこうとするが、相手はなかなかの強力《ごうりき》なのだ。京子の体を抱きしめたまゝ、ズルズルと洞窟の奥へ引きずっていこうとする。暗さは暗し、恐ろしさで、京子は歯の根も合わぬぐらい怯えきって、

「だ、誰です。あなたは一体誰です」

叫んだが相手は無言、ハッハッと犬のように荒々しい呼吸《いき》を吐きながら、ねっとりと汗ばんだ手で京子の腕を握りしめ、遮二無二《しゃにむに》、奥へ引摺《ひきず》り込もうとするその恐ろしさ。何かしら、動物的ともいうべき体臭が、圧迫するように彼女の体にのしかゝって来て、汗ばんだ掌がぬらぬらと全身を這いずり廻るその気味の悪いこと。

「あれ、助けて！　誰か来てぇ！」

思わず悲鳴をあげたとたん、どこからともなくさっと一道の白光が暗闇を破ってこの怪物の顔を照らした。

「あ、あれぇ！」

京子はそのまゝ気をうしなってしまったのである。何故といって、その怪物こそは、いつか湖畔の崖のうえで見た、あの眼も鼻も唇もない、骸骨のような化物だったからである。

それからどのくらい経《た》ったか。——京子は夢現《ゆめうつつ》のあいだに、揉《も》みあう二つの肉団を、暗《やみ》のなかで見ていた。それからその中の一つがとつぜん、世にも物凄い叫びをあげて、竪孔の中へ顚落していくのをハッキリと知っていた。

それは生涯彼女が忘れることの出来ないような、恐ろしい悪夢の一瞬だった。いやいや、悪夢より、

もっともっと恐ろしくも忌わしい現実の出来事であることを、京子は間もなく気がついたのである。

　それはさておき、その時、

「京子さん、京子さん」

と、懐かしい、聞き覚えのある声が聞こえて来たので、ふと眼を開くと眼のまえには死んだと思った鷲尾医学士と、いつか湖畔で遇《あ》った白髪の紳士が、いかにも気遣《きづか》わしげな顔をして覗《のぞ》き込んでいるのだ。

「あ、鷲尾さん、あなた生きていらしたのね、あなた助かって下さったのね」

「はい、京子さん、僕は孔の中途に出っ張っている岩につかまって、漸《ようや》く命拾いをしたところを、由利先生に救いあげられたのですよ」

「そして、そして、お父様は？」

「はい、その先生は」

　鷲尾医学士は、由利先生と顔を見合せながら、何かしら苦いものでも嚥《の》み下《くだ》すように、

「お気の毒に、さっき足を踏み外して、そのまゝ死んでしまわれました」

　言ったかと思うと、暗然として顔をそ向けてしまったのである。

恐ろしき真相

「由利先生、私にはどうしても分りません。何故鮎沢先生は私を殺そうとしたのでしょう。何故あのような恐ろしい仮面をかぶって、私や京子さんを脅《おびや》かしたのでしょう」

　信州の山中で不慮の死を遂げた博士の葬式が、東京の本宅で盛大に行われてから一週間ほど後のことである。数々の疑問に思い悩んだ鷲尾医学士が、ある日蒼白《そうはく》の面《おもて》をして由利先生のもとを訪れた。

「あの竪孔の底で、奇妙な仮面の下にかくれていた博士の顔を見た時の、私の驚きはまあどんなだったでしょう。先生、博士はなんだってあんな恐ろしい真似《まね》をしたのでしょう」

　由利先生はそれに答えなかった。答える代りに、黙っていつかの木乃伊《ミイラ》人形を取り出した。

「鷲尾君、君はこの人形を覚えているでしょうね」

「あ」鷲尾医学士は思わず呼吸《いき》をのんで「それはいつか緒方から送って来た……」

「そうです。その人形です。しかし君はこの中《うち》に、どんな恐ろしい秘密の曝露《ばくろ》があったか知らないでし

ょう。鷲尾君、緒方代助はこの中に、君に対する真実の忠告状を隠しておいたものですよ」

言いながら由利先生は、その人形を毀《こわ》すと中から皺《しわ》苦《く》茶《ちゃ》になった一枚の紙片を取出した。

「どうです。読んで見ますか」

「先生」

鷲尾医学士は怯えたような眼つきをして、

「私にはとてもその勇気はありません。先生、あなたの口から話して下さいませんか」

「よろしい、お話しましょう」

由利先生は考えぶかい眼つきをして、

「先ず第一に、京子さんは博士の真実《ほんとう》の娘ではなかったのです」

「な、何んですって！」

「まあまあ、黙ってしまいまでお聞きなさい。博士は若い頃死ぬほど恋した一人の婦人があった。しかし不幸にしてこの恋は遂げられず、婦人は他の男子《おとこ》と結婚したのだが、京子さんはその昔の恋人の遺児なのです。その婦人は京子さんを産むと間もなく亡くなった。いや婦人ばかりでなく、その良人《おっと》なる人も殆《ほと》んど同時に死んでしまったのです。そこで博士の一片の義侠心《ぎきょうしん》から、京子さんを引き取って、自分の娘にして育てあげたのですが、これがすべての災《わざわ》いのもとだった。分りますか。京子さんは昔の恋人の娘、そして年頃になってフランスから帰って来た京子さんは、当然、その母なる人に似ていたでしょう。いや、おそらくあまり似すぎていたのが、博士の心を狂わせてしまったのです」

「あゝ！」

「博士は誰にも京子さんを渡したくなかった。遂げられなかった昔の恋の面影《おもかげ》を、京子さんのうえに発見した博士は、その瞬間、日頃の理性を失ってしまわれた。それに気がついたのが緒方代助なのです。緒方君は博士の秘密を発見した。そこで自分も身を引き、君にも京子さんを思い切らせようと思ったのだが、あからさまには、その理由をいうことが出来ない。そこであのような脅迫状の形で、君たちの結婚を妨害しようと思ったのだが、一方、その切々たる衷情《ちゅうじょう》を、いつか君が発見することもあろうかと思って、この木乃伊人形の中に封じた手紙の中に書いておいたのです。鷲尾君、緒方君は君の仇敵どころか、実に、君にとっては無二の親友だったのですよ」

「しかし、それならば何故緒方は、あのように当てつけがましい自殺をしたのでしょう」

「鷲尾君！」

急に由利先生はきっと眼をすぼめると、

「君はあれを自殺だと思っているんですか」

「なんですって！」

「あれはね、博士の細工なのですよ。今になって見れば、どうして緒方君を殺したのか、詳しい手段は分らないが、恐らく時計仕掛《じかけ》か何かで、時間が来れば自然に短刀が頸動脈を切るようにしておいたのでしょう。あの時、博士が一番に屋根裏へあがっていったのは、そういう仕掛や、おそらく縛《いまし》めの綱や猿《さる》轡《ぐつわ》を隠すためだったにちがいありませんよ。つまりこうして博士は、秘密を嗅《か》ぎ知った緒方君を殺すと同時に君たちの結婚式を流産にしようという、一石《いっせき》二鳥《にちょう》の計画だったのです」

あゝ、何んという恐ろしい秘密、なんという忌まわしい犯罪だろう。鷲尾医学士は思わず歯を喰いしばって苦しげな呻《うめ》き声をあげた。

「緒方代助はこの手紙にこう書いています。読んで見ましょうか。――鷲尾君、僕はとうとう先生に居《い》所《どころ》を嗅ぎつけられた。先生はひそかに僕を自宅へ連れていこうとする。恐らく僕はそこで先生に殺されるのだろう。先生は恐ろしい人だ。幼い時から先生に育てられた僕は、先生の性質をよく知っている。恐らくこれが君に書くことの出来る最後の手紙だろう。気をつけたまえ、鷲尾君、君が僕の脅迫状をまに受けて、京子さんとの結婚さえ思いとゞまってくれたら！――これで見ると、緒方君は、君に最後の脅迫状を送った直後に博士に捕えられたと見えるね」

「しかし先生、博士は何故、緒方君の顔をあのように滅茶《めちゃ》滅茶《めちゃ》にしておいたのでしょう」

「それが、博士の最も奸悪《かんあく》なところなんだよ。博士はひょっとすると、緒方君がまだ生きているかも知れないという、一点の疑惑を後日に残しておきたかったのだ。その疑惑をどういうふうに利用しようとしたか、あの洞窟の出来事がよく説明しているじゃないか。あの時、博士は竪孔へ落ちはしなかったのだ。落ちたふりをして、後から君を突落《つきおと》し、京子さんを拉致《らち》しようとしたのだ。幸いそこへ僕が駆けつけたゝめに今度こそ、本当に落ちて死んでしまったのだが。……」

由利先生はそういって、世にも陰惨な出来事を思いうかべたように思わず身をふるわしたのである。

京子は未《いま》だにこの真相を知っていない。

あの洞窟で出会った怪物のことを、彼女は一場の悪夢と信じるように、鷲尾医学士からいつの間にやら教育されてしまった。たとえ、そこにかすかな疑念をかんじたとしても、彼女のように、若く、美しい女にとっては、それはしだいに過去の出来事として忘れらるべきであったろう。要するに、その後の彼女は鷲尾医学士と共にたいへん幸福だったのである。

白蠟《びゃくろう》少年

悪夢

ゾーッと身顫《みぶる》いが出るほどの美少年なのだ。

両手を胸に組み合せ、眼を瞠《みひら》いたまゝ大きな白木の棺《かん》の中に寝ているその少年の美しさには、どこか世の常ならぬ気配があった。

年齢は十六七、肌の滑《なめら》かさはまるで蠟石《ろうせき》のようだ。白い額《ひたい》には栗色の髪の毛がふさふさと波打ち、すんなりとしたギリシャ型の鼻、抉《えぐ》られたような双《そう》の靨《えくぼ》、いま薄化粧《うすげしょう》を終ったばかりの唇《くちびる》は、さながら匂いこぼれるばかり、見れば見る程、歯ぎしりが出るような美少年だが、それでいて、どうかすると氷のような冷気が、フーッと骨の髄まで浸《し》みとおりそうになるのは、それも道理、この少年は生きているのではなかった。

第一その眼を見るがいゝ。頰《ほお》は、唇は、いろ鮮《あざや》かに化粧されているけれど、争われないのは双《ふた》つの瞳《ひとみ》、それればかりは死魚の眼のようにドロンと濁《にご》っている。

あゝ、それにしても何《な》んという気味悪さ。白い屍衣《しい》に包まれた少年がいま静かに身を横《よこ》たえているのは、大きな白木の寝棺ではないか。この少年は死んだのだ。そして今日はお葬《とむら》いが行われたのだ。それだのに、誰が棺をこじあけたり、死人の顔に薄化粧したりしたのだろう。

時刻は俗にいう丑満時《うしみつどき》、薄暗い部屋の中には、深沈《しんちん》たる妖気《ようき》が漂うている。

――と、その時ふいに棺のそばから烈《はげ》しい歔欷《すすりなき》の声が聞えたかと思うと、赤茶けた畳の上から、むっくりと顔をあげたのは、真紅《まっか》に眼を泣きはらした二十五六の、縮《ちぢ》れっ毛の醜《みにく》い女。女は棺のふちに手をかけて、しげしげと美少年の靨に眼をやったが、と、またしても泉のように涙が溢《あふ》れて来る。

分った、分った。この美少年の屍体《したい》を盗み出し、棺をこじあけ、その顔に薄化粧をしたのはみんなこの醜女《しこめ》の仕業《しわざ》らしい。

女は溢れ落つる涙を拭《ぬぐ》うと、思い出したように懐中から手紙を出して見る。それはもう何度も何度も読み返されたものと覚しく、涙に滲《にじ》んで皺苦茶《しわくちゃ》になっている。女は丹念にその皺をのばすと貪《むさぼ》るように読み出した。

——先生、僕は殺されます。

と、その手紙はそういう恐ろしい文句をもって始まっているのである。

——先生、僕は殺されます。僕を殺した人達は、きっと僕の死を自然死のように見せかけるでしょうが、どうぞ先生だけは誤魔化《ごまか》されないで下さい。僕は殺されるのです。義兄《あに》か義姉《あね》の手によって殺されるのです。

——思えば僕は何んという不仕合《ふしあわせ》な人間でしょう。先生の御存じの通り、僕は妾腹《しょうふく》にうまれた人間です。そして十二歳の時に母を失った僕は、産まれてはじめて、父、鵜藤俊作《うどうしゅんさく》の家《うち》に引きとられたのです。

——それから後の僕の惨《みじ》めさ！　さすがに父はこの僕を、眼の中へ入れても痛くないほど可哀《かわい》がってくれましたが、それが却《かえ》っていけなかったのです。その家には先生も御存じの通り、僕とは腹違いの義兄と義姉とがありました。

——この二人が僕をどのように虐待《ぎゃくたい》したか、今思い出してもゾッとする。しかし、父が生きている間はまだよかったのです。半年ほどまえにその父が急死してからというものは、僕の生涯は地獄でした。いつか僕は先生に、体中に出来た紫《むらさき》色の痣《あざ》を発見された事がありましたね。あの時僕はハッキリとお答えする事が出来ませんでしたが、今こそ申上《もうしあ》げます。あの痣こそ義兄や義姉に苛《いじ》め抜かれた記念なのです。

——先生、緒方《おがた》もと子《こ》先生、僕はいま詳しいお話をしている暇のないのを残念に思います。しかしどうか僕の言葉を信じて下さい。そして出来ることなら僕の敵《かたき》を討って下さい。先生こそ僕の生涯において、唯《ただ》一人僕を愛して下すった方ですもの。——

女はそこまで読むとわっと声をあげて泣き出した。肩をふるわせ、胸をかきむしり、涙が涸《か》れるほど泣いた。

「鮎三《あゆぞう》さん、鮎三さん、分ったわ、きっとあなたの敵を討ってあげてよ。でも、あたし怨《うら》みだわ。こんな事があるなら、何故《なぜ》先生に打ち明けて下さらなかったの。こうと知ったらどんな事があろうとも、あなたを殺しはしなかったのに。あゝそれが怨みだ、残念だわ」

女は狂気のように搔《か》き口説《くど》き、白い屍衣の胸をひろげると、斑々たる紫色の痣に唇をおしつけ、囈語《うわごと》のように復讐《ふくしゅう》を誓うのだった。

雨戸の外ではゴーッと物凄《ものすご》い風の音。……

芳香を放つ屍体

「三津木《みつぎ》君、お休みのところを起してすまないが事件だ。ひとつ働いて貰《もら》えないかね」

明方《あけがた》ごろの快《こころよ》い夢を、編輯《へんしゅう》長からの電話で叩き起されたのは、お馴染《なじ》みの新日報社《しんにっぽう》の花形記者三津木俊助《しゅんすけ》。

この物語の冒頭に掲げたあの悪夢のような事件があってから、丁度一週間後《のち》のこと。

俊助は電話の趣《おもむ》きを聴きとると、帽子を叩きつけるようにして下宿から飛出《とびだ》していた。

行先《ゆきさき》は深川の木場《きば》、事件は殺人事件という。

明方の寒さが氷のように身にしみるが、そんなことを気にかけてはいられない。編輯長の語気から、何かしら異常な匂いを嗅《か》ぎつけた俊助は猟犬のようにはりきっている。

深川は土地が低くて昔は洪水が名物だった。

縦横《じゅうおう》に開鑿《かいさく》された掘割からは、湯気のように白い靄《もや》が立ちのぼって、凍《い》てついた大気は一枚の板のようにピーンと反りかえっている。

その掘割の縁《ふち》にわらわらと群がっている警官たちの姿を見附けた俊助が、思わず足を早めていくと、

「やあ、三津木君、相変らず耳が早いな。ほかの社の連中はまだ誰も来てやしないぜ」

と、白い歯を出して振返《ふりかえ》ったのは、俊助とは莫《ばく》逆《ぎゃく》の友、警視庁の等々力《とどろき》警部。

「お早う。殺人事件だってね。どれどれ、僕にも検分させてくれたまえ」

新聞記者の無遠慮さ。警官たちの間に割りこんで、一瞥《ひとめ》、掘割の中を覗込《のぞきこ》んだ俊助。

「わっ、何んだ、こりゃ心中じゃないか」

なるほど、俊助が心中と早合点《はやがてん》したのも無理はない。どろんと澱《よど》んだ水の上に、ぶかぶかと浮んでい

るのは、紅紐《べにひも》で腰を繋《つな》いだ男女二つの屍体ではないか。

「ふふふふふ、飛んだ心中だ。三津木君、寝呆《ねぼ》け眼《まなこ》をこすってよく見給《たま》え」

意味ありげな警部の言葉に、よしとばかりに水に浮かんだ材木のうえに飛降《とびお》りた俊助が、仔細《しさい》に改めて見るとなるほど妙だ。

女のほうは年頃二十六七、縮れっ毛の醜婦で、これでは如何《いか》に新聞記者が曲筆するとも、慾にも美人とはいい難《がた》い。それに反して男のほうは、年齢《とし》は十六か十七か、見るも眩《まばゆ》いほどの美少年、草色の洋服を着て、濡《ぬ》れた額にべっとりと長い髪の毛が吸いついているところは、気味悪いほどの美しさなのだ。

しかし俊助が今妙に思ったのはそれではない。彼が材木の上に飛降りたひょうしに、プーンと鼻をついたのは、何んともいえない芳香だ。ヘリオトロープ、そうだ。ヘリオトロープの香水の匂いだ。奇怪にもこの二つの屍体は、まるで香水風呂にでもつかったように、しとどに芳香に濡れているのだ。

「ところで死因はなんですか。毒薬ですか。それとも外傷がありますか」

「それが妙なんです。女の方には全然見当らぬが、男の方には胸に鋭い突傷《つききず》があります。それがまた実に怪《け》しからん話で」

顔をしかめて答えたのは、同じく材木のうえに身をこゞめていた警察医。

「どうしてゞす。男の方に突傷のあるのが、何故怪しからんのですか」

「だって君、この男——というよりむしろこの少年だが、こいつは既に死後一週間は経過しているのですよ」

「何んですって?」

「そうなんです。こいつは死んでから一週間にもなるのに、この胸の突傷はそんなに古いものじゃないのです。恐らく昨夜《ゆうべ》の十二時前後にうけた傷でしょう。つまり、誰がやったのか知らんが、死後一週間も経《た》った死体の心臓を、御叮嚀《ごていねい》にも抉《えぐ》っているんです」

「ふうむ」

医者の言葉に思わず太い溜息《ためいき》をついた俊助が、改めて見直せば、なるほど少年の肌はすでに腐敗のために黝《くろず》んで、何んともいえない異臭を放っているのだ。

「ところで女の方は？」

「こいつはまだ死後八時間くらいしか経過しておらんでしょう。どうやら服毒しているらしいが、恐らくこっちの少年が胸を抉られたのと前後して、毒薬を嚥下《えんか》したのじゃないかと思います」

あゝ、何んという奇怪さ。死後一週間たった少年と、昨夜服毒した女と、時を隔てて死んだこの二つの屍体の間には、いったいどのような関聯《かんれん》があるのだろう。

無論、慧眼《けいがん》な読者諸君は、すでにこの二つの屍体が何者であるか、よく御存知のことであろう。そうだ、この男女こそ、あの無気味な白蠟《びゃくろう》少年鮎三と、その鮎三の屍体を盗み出した緒方もと子なる醜女に違いないのだ。

それにしても、鮎三の屍体にむかって、あんなに熱烈に復讐を誓った緒方もと子が、死体となって発見されるというのは、何んという意外なことだろう。ひょっとすると、彼女も亦《また》、鮎三を殺したと同じ手によって殺されたのではないだろうか。

「どうだ三津木君、妙な事件だろう」

「ふむ」

と、再び掘割から這《は》い上った三津木俊助、

「時に等々力君、事件はまさかこの地点で起ったんじゃないだろうね」

「それだよ、この掘割は上《かみ》は小名木川《おなぎがわ》、下《しも》は東京湾まで続いているそうだから、屍体も上流から流れて来たものに違いないぜ」

「いや、ちょっと待ってくれたまえ」

何思ったのかポケットから手帳を取出《とりだ》した俊助は、巻頭の暦《こよみ》をしばらく調べていたが、

「分った、等々力君、僕は遺憾《いかん》ながら君の意見に反対せざるを得んね。屍体は上流から流れて来たのじゃない。却って下流から押上げられて来たんだ」

「なんだって？」

「暦で見ると、昨夜《ゆうべ》の東京湾の満潮は十一時四十分からはじまっている。満潮時には、河口に於《おい》ては水が逆流するのだ。どうだ、ひとつ小舟を操って下流の方を探して見ないか。何かにつき当るかも知れないぜ」

「よし、行こう」

自信ありげな俊助の言葉に、警部は即座に賛成したが、これこそ実に、あの奇怪な香水屍体事件の発

端なのであった。

深夜の幽霊

鮎三ともと子の屍体は、何故あのように芳香を放っていたのか。そしてまた、もと子の死因は自殺か他殺か、――それ等《ら》の疑問はしばらく措《お》き、こゝは東京湾の一角を、一望のもとに見晴らす越中島のとある横河。

その横河に沿って一軒の白堊《はくあ》の洋館がある。表へ廻って見ると、鵜藤寓《ぐう》なる一枚の表札。主の鵜藤俊作というのは、退職官吏だったが、半年ほどまえに亡くなって、後には邦彦《くにひこ》、美枝子《みえこ》、鮎三という三人の兄妹が取りのこされたが、その鮎三も一週間ほど前に急死して、昨夜がちょうど初七日《しょなのか》だった。

僅《わず》か半年ほどの間に、二つの葬式を出した鵜藤家の内情については、とかく近所の取沙汰《とりざた》がうるさかったが、今しもその鵜藤家の裏側、河に面したヴェランダの下を通りかゝった一葉の小舟がある。乗っているのは、いう迄《まで》もなく三津木俊助と等々力警部。

「おや」

ヴェランダの下まで来た時、俊助が思わず低声《こごえ》で叫んだ。

「どうかしたのかい」

「香水の匂いだ。ほらヘリオトロープの匂い」

呟《つぶや》いたひょうしに、何やら赤いものがちらと眼に映ったので、おやとばかりに見上げたとたん、二階の窓からついと女の顔が奥へ消えた。赤いものはどうやら女の持ったハンケチだったらしい。振返って見ると、向うの埋立地の側《そば》に、べにがら色に塗った船が、静かに煙を吐いていた。

「何？　香水の匂い？」

警部は鼻を蠢《うごめ》かしたが、なるほど水の上へはみ出したヴェランダの奥から、馥郁《ふくいく》と洩《も》れて来るのは、まぎれもない屍体に振りかけてあったのと同じ香水の匂い。

「よし、踏込《ふみこ》んで見よう」

警部は決心が早い。ひらりと舟からヴェランダへ飛び移る。その後から俊助も続いた。

ヴェランダの奥には大きなガラス扉《ど》があって、それが半開きになっている。警部が扉《ドア》を押すと、そのとたんプーンと二人の鼻を打ったのは、噎《む》せかえるような香水の匂いだ。

どうやらそこは居間《いま》兼化粧室ともいうべき部屋らしいが、部屋の隅《すみ》にある大きな安楽椅子の脚下には、香水瓶《びん》でもひっくり返したのか、べっとりと匂いの高い汚点《しみ》がついている。

　二人が思わず顔見合せた時だ。

　廊下につゞいた樫《かし》のドアを、静かに開いて顔を出したのは、パッと眼もさめるばかりに美しい令嬢の、物に怯《おび》えたような瞳だった。確かにさっき二階から顔を出していた女だ。

「あなた方はいったいどなたですの」

　見ると女はまだ薄桃色の寝間着《パジャマ》を着たまゝで、その顔は夜通し寝もやらず、輾々《てんてん》としていたらしくげっそりと面窶《おもやつ》れがしている。

「お嬢さん、われわれは警察の者ですがね。昨夜こゝで何か変った事のあったのを、お嬢さんは御存知ありませんか」

　令嬢はそれを聞くととたんに真蒼《まっさお》になった。

「まあ！　それじゃもしや鮎ちゃんが……」

「鮎ちゃん？　鮎ちゃんて誰のことですか」

「弟ですの、一週間ほど前に死んで昨夜が初七日でした。でも、それが……」

　と、令嬢は烈《はげ》しく唇をふるわせながら、

「あたし、昨夜《ゆうべ》その鮎ちゃんを見たんです。幽霊？　いえいえ、幽霊なんかじゃありませんわ。鮎ちゃんはふだんの通り、あの子の大好きな草色の洋服を着て、その安楽椅子に坐《すわ》っていました。おまけに、生前いつもしていたように、体中から香水の匂いをさせて……あたしあまりの恐ろしさに、そのまゝ二階のお部屋へとび込んで、今までまんじりともしなかったのですわ」

　いう迄もなくこの令嬢とは、あの奇怪な白蠟少年鮎三の義姉《あね》、鮎三からあんなに恨まれていた義姉の美枝子なのだ。

「妙な話ですね。お嬢さん、それにしてもこのお邸《やしき》にはほかに誰もいないのですか」

「いゝえ、兄の邦彦と婆やがいます。でも兄はいつものように酔払っているし、婆《ばあ》やは耳が遠いので、二人ともちっとも頼りにならないんですもの。それに緒方さんも丁度お帰りになった後ですし。……」

「緒方というのは？」

「緒方もと子さんというのは、鮎ちゃんの家庭教師として、ひと月ほど前までこゝにいた方なんですの」

「お嬢さん、その緒方もと子というのは、もしや縮れっ毛の女ではありませんか」

「よく御存知ですこと。緒方さんがどうかなすったのでしょうか」

警部がそれに答えようとした時だ。

「美枝子、美枝子。婆やの話じゃ、昨夜《ゆうべ》蕗屋《ふきや》君がやって来たというじゃないか」

と、廊下にあたって男の声。

美枝子はそれを聞いたとたん、紙のように真白《まっしろ》になったが、その時ドアを排して顔を出したのは、髪の毛の長い、顔色の悪い青年、これぞ鮎三の義兄、美枝子と共に鮎三の敵《かたき》と目される腹違いの義兄の邦彦だった。

二人の家庭教師

「あゝ、あなたが邦彦さんですね」

「そうです。然《しか》し……、美枝子、この人達は？」

「いや、我々は警察の者ですがね、少しお訊《たず》ねしたい事があって参ったのです」

「警察の方？　警察の方がまた何んの御用で」

宿酔《ふつかよい》のまだ覚めやらぬ濁った瞳に、邦彦は明《あ》からさまな驚きの色をうかべた。その様子から見ると、彼はまだ何事も知らぬらしい。

警部と俊助は思わず顔を見合せたが、やがて警部が手短かに、さっきの屍体発見の顚末《てんまつ》を語って聞かせる。邦彦はそれを聞くと、初めのうち驚くというより寧《むし》ろ啞然《あぜん》とした面持《おもも》ちで、

「御冗談でしょう、そんな馬鹿な話ってありませんよ。鮎三の体は一週間まえに火葬に附して、現に昨夜《ゆうべ》が初七日なので、我々兄妹のほかに、家庭教師だった緒方さんにも来て頂《いただ》いて、心ばかりの回向《えこう》をすましたところです。その鮎三が、緒方さんと……そ、そんな馬鹿なことが」

と、言葉強く否定していたが、だんだんと警部や俊助の話、さては美枝子が昨夜見たという幽霊の話を聞いているうちに、しだいに不安が増して来たものか、やがて次《つ》ぎのように家庭の内情を語り出したのである。

美枝子邦彦と鮎三とは腹違いの兄妹である事はまえにもいった。そしてその鮎三がこの家に引取られて来たのは彼が十二の歳、つまり今から五年ほど前である事は、鮎三の遺書によっても既に明《あきら》かである。

その時分、鵜藤氏は半身不随で寝ていたので、その看護婦として雇われたのが緒方もと子だった。

「ところがその父が半年ほどまえに亡くなったので、緒方さんには出て戴《いただ》く筈《はず》でしたが、丁度、その時分までいた鮎三の家庭教師がいなくなったので、代りに緒方さんに止《とど》まって貰うことにしたのです。しかしこれについては間もなく僕は後悔しはじめました。というのは、緒方さんはあまり鮎三を可愛《かわい》がりすぎるので、これでは却って鮎三の為にならぬと、ひと月ほど前に出て貰ったのです」

なるほど孤独な美少年と婚期を逸《いっ》した醜い家庭教師の間に、恋愛とまでいかぬ迄も、ある種の危険な感情が発生して、それが兄を警戒させたという事は頷《うなず》けないことはない。しかし、その家庭教師がいなくなってから間もなく、突然鮎三が急死したというのはどういうわけだろう。死因は持病の癲癇《てんかん》の発作からだと邦彦は主張するが、そこに何かしら秘密の綾《あや》があるのではなかろうか。

「なるほどよく分りました。ところであなたはさっき蕗屋君が昨夜来たらしいというようなことを仰有《おっしゃ》ったが、蕗屋君とはどういう人物ですか」

「蕗屋君というのは、鮎三がこの家へ引き取られて来た時からついていた家庭教師なんです。つまり緒方さんのまえの家庭教師ですが、父が亡くなる少しまえ、父と大衝突してこの家をとび出してしまったのです。衝突の原因ですか。それはちょっと申上げかねますが」

「成程《なるほど》、その蕗屋君が昨夜《ゆうべ》こゝへ来たというのですね」

「いゝえ、兄さん、それは何かの間違いですわ。蕗屋さんが昨夜こゝへ来たなんて、そ、そんなこと、婆やのいう事なんか当てになるもんですか」

美枝子は何故か、躍起《やっき》になって蕗屋青年のこゝへ来たという事実を否定しようとする。

俊助はじっとその横顔を注視していたが、さりげなく邦彦の方に向って、

「ところで緒方さんと蕗屋君の住所を知りたいのですが、お分りになりますか」

「蕗屋君の方は分りかねます。何しろこゝを飛出したきり音信不通になっているのですから。しかし緒方さんの方はよく知っています。R町の三番地、こゝからあまり遠くないところです」

「有難《ありがと》う。それじゃいずれ又後程。——」

俊助は何思ったのか、まだ何か聴きたそうに渋っている等々力警部をうながして、一旦鵜藤家を辞したが、それから間もなく、緒方もと子の陋屋《ろうおく》を訪れた彼等が、いったいどのような恐ろしい発見をしたか、それは賢明な読者諸君にはすでに想像される事だろう。

防水服の男

しかし俊助と等々力警部の二人はすぐその足で緒方もと子の隠れ家を訪れたわけではなかった。彼等は一旦、屍体発見の現場から所轄警察の扇橋署《おうぎばし》へ立寄り、屍体の解剖やら鵜藤家の監視やら、その他細々《こまごま》とした手続きに意外に手間どったので、二人がR町の三番地を訪れた時は、すでに夜の八時頃。

煎餅屋《せんべいや》と雑貨店との間の狭い路地、その路地の一番奥に当たる陋屋がもと子の住居《すまい》で、こゝも同じく裏には黒い掘割の水が澱《よど》んでいる。

もとより独身のもと子のこと、留守番とてあろう筈はなかったが、二人は構わず戸を押破《おしやぶ》って中へ踏込む。狭い三和土《たたき》に三畳と四畳半の二間きり、その四畳半の電灯をつけた刹那《せつな》、さすがの警部と俊助も、思わずあっとばかりにうしろへとびのいた。

煤《すす》けた畳のうえにおいてあるのは、木の香も新らしい白木の寝棺。いやいや、寝棺ばかりではない、屍衣もある。花束もある。そして床の間には鮎三の写真と線香立て。あゝ、この陰惨な部屋こそは、すぐる夜もと子が、鮎三の屍体に取り縋《すが》り取り縋り、囈言のように復讐を誓った部屋なのだ。

二人はあまりの事に思わず、呆然《ぼうぜん》と顔見合せたが、やがて独楽鼠《こまねずみ》のように動き出した警部が、間もなく発見したのは、あの恐ろしい鮎三の遺書なのだ。

「分ったぞ、分ったぞ」

警部はそれを見ると、雀躍《こおど》りせんばかりに喜んで、

「これで見ると、鮎三の屍体を盗んだのはもと子の仕業だ。邦彦や美枝子に復讐するために、鮎三の屍体をひそかに隠しておき、そいつを昨夜《ゆうべ》、鵜藤家へ運んでいったのだ。恐らくこの掘割から運んでいったのだろう。そうして、邦彦や美枝子を脅迫《きょうはく》して徐々に復讐を遂げるつもりだったのに違いない」

「それにしても、女の手でどうして屍体を盗むなんて恐ろしい真似《まね》が出来たのだろう。それにお骨上げ

というものがある以上、屍体が空《から》っぽだとすぐ分る筈じゃないか」

「いや、女だからこそ、こんな大胆な真似が出来たんだよ。それに緒方もと子は以前看護婦だったというじゃないか。どこかの病院から巧みに屍体を手に入れて、葬式の途中、二つの屍体をすりかえたのに違いない」

あゝ何んという恐ろしさ、それは想像も及ばぬほど物凄い遣口《やりくち》だった。しかし物狂《ものぐるわ》しい女の情熱という奴は、しばしば男も及ばぬ大胆な仕事をさせるものである。

さてこう分って見れば、昨夜美枝子が安楽椅子に坐っている鮎三を見たというのも、みなもと子の仕業である事は頷ける。生前と同じように草色の洋服を着せ、彼が好んでしていたという香水を体中に振りまいて、――だが、その後で一体どんな事が起ったのだろう。誰がいったいもと子を殺したのだろう。

「分っているじゃないか。邦彦と美枝子の兄妹――いや、ひょっとすると二人のうちの一人かも知れん。もと子はつまり古い言葉でいえば返り討ちにあったんだ」

「しかし、どうも変ですね。僕には――」

と、俊助が何かいいかけた時である。突如、警部がしっと彼を制すると、

「誰か来た！」

なるほど耳を澄ますと、ひたひたと路地を踏んで、この家《や》の方へ近附いて来る足音がする。足音は家《うち》のまえでとまった。

はっと顔見合せた俊助と警部の二人、咄嗟《とっさ》に隠れ場を探したが、もとより狭い家のこと、うまい隠れ場所も見当らない。警部はやむなく、いきなり、例の白木の寝棺の中へとび込むと、その中に仰向《あおむ》けに寝る。俊助は手早くその上に蓋《ふた》をしておいて、自分は暗い縁側へ忍び出る。

「御免《ごめん》なさい。緒方さん、お留守ですか」

あたりを憚《はばか》る男の声。二三度低声《こごえ》に呼んでいたが、やがてソロソロと戸を開いて入って来る様子、俊助が縁側の障子のすきから、そっと覗《のぞ》いてみると、防水外套《がいとう》の襟《えり》を深々と立て、同じく防水帽を眉深《まぶ》かにかぶった一人の男が、泥棒のようにおずおずと四畳半の電気の下に顔を出した。

帽子を眉深かにかぶっているので、眉目《みめ》かたちは

よく分らないが、色の浅黒い、がっしりとした体格。男も白木の寝棺を見ると、ぎょっとしたように立ちすくんだが、ふいにつかつかと床のまえに立ちよると、いきなり取上げたのは鮎三の写真である。何をするかと見ていると、

「悪魔め、この美しい悪党め！」

憎悪に燃ゆる声なのだ。男は吐き出すように呟くといきなり写真をズタズタに引き裂いた。それから思い出したように、ごそごそと一閑張《いっかんは》りの机の抽斗《ひきだし》を掻き廻す。もう飛出してもいゝ頃だ。俊助がそう考えた時である。警部がたいへんな失敗を演じたのである。

「ハークショイ」

寝棺の中で嚔《くさみ》をしたから耐《た》まらない。男はさっと身をひるがえすと、飛鳥《ひちょう》の早さ、たゝゝゝたと表の方へ飛出していく。

「待て！」

俊助が後を追って出た時、丁度幸い路地の入口からこちらの方へやって来る一人の男。

「おい、そいつを捕《つか》まえてくれ、泥棒だ！」

その声を聞くと、防水服の男は、南無三宝《なむさんぼう》とばかりに踵《きびす》を返すと、路地を逆に奥の方へ。

そのどんづまりには、隅田川へ通ずる広い掘割がドロンと黒く濁っている。俊助と警部、それから俊助の声に駆けつけて来た男の三人に、後より追いつめられた防水服の男は、いきなりざんぶと、暗い水の中にとび込んだ。

べにがら船の追跡

等々力警部の悄気《しょげ》かたは、はたの見る眼も気の毒なほどだった。

あれから半時間あまり、掘割の上に舟を出して探して見たが、水に潜った男の姿は、もはやどこにも見当らないのだ。何しろ真暗《まっくら》な夜のこと、おまけに冷い氷雨《ひさめ》さえポツポツと落ちて来て、それ以上捜索をつゞける事は困難な状態になって来た。

すっかり悄気切っている警部を慰《なぐさ》めるように、俊助は肩を叩きながら、

「ナーニ、今取逃《とりに》がしてもまた捕える時がありますよ」

「だって君、あいつの身許《みもと》さえ分らないのに、どうして手配をするのだ」

「それが、分る方法があるんだよ、実は」

と、にやにやと笑いながら俊助が取出したのは、二つ折りの紙入《かみいれ》だ。

「さっき、逃げるはずみにあいつが落していったのを拾っておいたんだ。ひとつこいつを調べて見ようじゃないか」

紙入の中には十円あまりの金のほかに、名刺が五六枚、その名刺に刷った文字を見た時、俊助と警部は思わずぎょっとして顔見合せた。

蕗屋弘介《こうすけ》！

五六枚の名刺の悉《ことごと》くに同じ名前が印刷してあるところを見れば、明かにこの紙入の持主の名前にちがいない。そして、蕗屋とは、鵜藤家でかつて家庭教師をしていた男ではないか。

「あいつだ。あいつが家庭教師の蕗屋なんだ」

だが、その蕗屋が何んのために、泥棒のように緒方もと子の家《うち》へ忍んで来たのだろう。もしやあの男が犯人では。……

「分った！」

突如、俊助がとび上るように叫んだ。

「あゝ、俺は何んて馬鹿だったろう。分った、分った！」

「どうしたんだ、三津木君、何が分ったのだい、一体」

「蕗屋弘介の居所《いどころ》が分ったんだ。あんな事に気がつかぬなんて、俺はよっぽどどうかしている」

「なに、蕗屋の居所が分ったって。そして一体それはどこなんだ」

「どこでもよろしい。警部、これからすぐに汽艇《ランチ》の用意をしてくれたまえ。蕗屋弘介のいるところへ御案内しよう」

「汽艇だって？　じゃ、蕗屋は水の上にいるのかい」

「そうです。愚図々々《ぐずぐず》していると逃がしてしまうかも知れん。大急ぎ、大急ぎ」

俊助にせき立てられた等々力警部は、早速自働電話へとびこんで、水上署から汽艇《ランチ》を廻させるように手配する。そのついでに警部は、鑑識課へ電話をかけて、今日の解剖の結果を聞きとった。

汽艇は間もなく、折からの冷雨をついてやって来た。その中に飛び込んだ俊助と等々力警部の二人。

「越中島の先の埋立地《うめたてち》だ」

俊助の声に、汽艇は直《ただ》ちにたゝゝゝたと黒い水を切って出発する。

「三津木君、いったいどうしたというのだ。どうして蕗屋のいどころが分ったのだ」

「何んでもないさ。あいつの服装を見た時、すでにそれに気附いていなけりゃならなかったんだ。君も見ただろう。あいつは防水服に防水帽をかぶっていた。ありゃ海の上で働く人間の服装なんだ」

「ふむ、それぐらいのことは俺にも分るが」

「それで僕はふと、こういう事を思い出したんだ。今朝我々が鵜藤家のヴェランダの下に舟を漕《こ》ぎ寄せた時、二階の窓から美枝子が顔を出していたが、その時、あの女は赤いハンケチを振っていた。僕にはその意味がハッキリ分らなかったが、どうも何かの合図だったらしく思われる。ところであの窓の向うは、広々とした河口から東京湾まで続いているのだから、当然、その合図は水の上に向ってなされたものと思わなければならぬ。そこで僕はふと、さっき思い出したんだが、あの時、鵜藤家と一町ほど離れた埋立地の側《そば》に、べにがら色に塗った船が一艘《そう》停泊していたんだ。つまり、美枝子はあの船にいる蕗屋に向って、我々の来たことを知らせていたんだよ」

「畜生《ちくしょう》ッ！　すると昨夜《ゆうべ》、蕗屋が鵜藤の家へやって来たというのは事実なんだな」

「そうとも。あの二つの屍体を流したのは蕗屋の仕業にちがいないぜ。そして美枝子もそれを知っていてかばっているんだ」

汽艇《ランチ》は今や、黒い水を蹴《け》って、越中島の対岸にある埋立地のそばまで近附いて来たが、これはいったい、どうしたというのだ。今朝そこに碇泊していたべにがら船の姿はどこへやら、唯《ただ》一艘のだるま船がぶかぶかと浮んでいるばかり。

「しまった。逃がしたかな」

俊助はぎょっとしながら、だるま船の親爺《おやじ》を呼出して、聞いてみると、べにがら船はたった今、東京湾の方へ向ってあわたゞしく出ていったという。しかもそのまえに若い女が乗込んだ事まで分った。若い女とはどうやら人相年頃、美枝子の事らしい。

「よし！」

きっと眉をそびやかした等々力警部、

「どうせあんな小蒸気じゃ、沖へ出るわけにはいくまい。海岸線を探していけばいゝんだ。目印はべにがら色の船体、追跡だ、追跡だ」

汽艇は俄《にわ》かにエンジンを脹《ふく》らませて、物凄く波を蹴って進み出した。間もなく埋立地を廻って外へ出る。冷い氷雨はますます激しくなって、埋立地の外へ出ると同時に、どっと横なぐりに叩きつける黒いうねり、どうやらひと荒れ来そうな模様だ。

暗澹《あんたん》たる冷雨の東京湾、その黒いうねりを蹴って、汽艇《ランチ》はまるで傷ついた牡牛《おうし》のような唸声《うなりごえ》をあげている。第五号埋立地もすぎた。第四号埋立地もすぎた。隅田河口を横ぎって、浜離宮から芝浦のあたりまで差しかゝったが、まだ目当てのべにがら船は見当らぬ。

幾度《いくど》か行交《ゆきか》う船に聞いてみたが、いずれもそんな船は知らぬという。だが、第五番目に聞いた船からやっと、それらしい消息をきくことが出来た。

「その船なら旦那《だんな》、たしかさっき、隅田川を上へのぼっていきましたぜ」

しまった！　外へ逃げると見せて、却って市中へ遡航《さっこう》していったのだ。汽艇は忽《たちま》ち向きをかえて、まっしぐらに夜の隅田川へおどり込んでいく。

永代橋《えいたいばし》から清洲橋《きよすばし》、新大橋《しんおおはし》から両国へと、強烈な探照灯で河上を掃《は》きながら、眼を皿のようにして河をのぼっていった俊助と警部の二人、突如、

「いた！」

と、叫ぶと、忽ち鋭い停船命令、目差すべにがら船がためらうように停船するのも待たで、二人はいきなり向うの蒸気にとび移ると、さっと船室《ケビン》のドアを押しひらいたが、狭いその船室の中では、美枝子が真蒼《まっさお》な顔をして、傷ついた蕗屋弘介の介抱《かいほう》をしているところだった。

恐ろしき少年

「恐れ入りました。逃げようとしたのは間違いでした。もっと早く自首すればよかったのです。如何《いか》にも緒方さんと鮎三君の屍体を河に流したのはかく申す蕗屋弘介にちがいございません」

寝台《ベッド》のうえに身を横たえた蕗屋弘介は、かすかに身を起すと、神妙に首うなだれる。彼はさっき、水へとび込んだ時怪我《けが》をしたと見えて、肩のあたりに、生々《なまなま》しい血が滲んでいる。

美枝子は耐えかねたように、肩で大きくすゝり泣くばかり。

「昨夜《ゆうべ》私はこの舟からボートを操って、鵜藤さんの宅まで訪ねていったのです。何故私がそんな妙な方

法で訪問したかというと、ある事情から私は鵜藤家への出入りを禁止されているのです。私にとっては全《まった》く濡衣《ぬれぎぬ》なんですが、邦彦君はいまだに釈然としてくれません。そこで私は美枝子さんに会って、自分の苦衷《くちゅう》を聞いて貰いたかったのです。昨日私は、予《あらかじ》め美枝子さんに手紙を出しておいて、さて夜の十二時頃、川の方からヴェランダへ這いのぼりましたが、その時美枝子さんは真暗な部屋の中で私を待っていてくれました。そこで私たちはつもる話をしました。いったい、どのくらい話していたでしょうか、多分三十分あまりも夢中になって話しこんでいたでしょう。断っておきますが、そういう話は全く暗闇の中で続けていたのです。もし、邦彦君に発見されちゃ大変だ、――とそういう肚《はら》があったからです。ところが二人が夢中になって話している間に、少しずつ、月の光が、ヴェランダのガラス扉《ど》を通して、その部屋の中へ差しこんで来ます。そして、その光が、パッと部屋の隅にある安楽椅子のうえに落ちた時、――あゝ、あの時の我々の驚きをいったい何んといって形容したらいゝでしょう。今まで誰もいないと思った部屋の中に人が――しかも、一週間ほどまえに死んだ鮎三君が坐っているじゃありませんか。私も美枝子さんも真蒼になりました。一瞬間、気が狂ったような恐怖に打たれました。私は夢中になって、ポケットから海軍ナイフを取り出すと、ぐさっとばかりに鮎三君の心臓を突きさしたのです。

だが、その後で私たちはすぐに、そこに坐っている鮎三君は、既に腐敗しかけた屍体にすぎぬ事に気がつきました。それにしても、火葬に附した筈の鮎三君の屍体がどうしてそこにあるのか、また、誰がそこへ持って来たのか分りません。と、その時です。美枝子さんがまたもや、あれえッという叫び声をあげたので、見ると、安楽椅子と壁の間の狭い床のうえに、意外にも緒方もと子さんが倒れているじゃありませんか。触って見ると、すでに体は冷くなって、心臓の鼓動も停《とま》っていました。

さあ、私たちはいったいどうしたらいゝのでしょう。美枝子さんは返す返すの椿事《ちんじ》に、気も顚倒《てんとう》せんばかり、人を呼ぶべきか、人を呼べば勢い、自分のこゝにいる理由を説明しなければなりません。悪くするとつまらぬ疑いを受ける破目《はめ》になるかも知れない。といってこのまゝ捨てゝおいたら、美枝子さんや邦彦君にどんな迷惑がかゝるかも知れぬ。第一、鮎三君の屍体が墓場から抜け出したなんて、外聞にかゝわる話です。そこで、到頭《とうとう》、二人の屍体をあゝして水へ流してしまったわけです。私のつもりでは、恐らく海の方へ流れていって鱶《ふか》の餌食《えじき》にでもなり、永久にこの秘密は保たれるだろうと思っていたのですが……」

蕗屋弘介はそこまで話すと、ぐったりと首うなだれる。その側《そば》では美枝子がいよいよ激しく泣き入っていた。

「なるほど、そこまで話は分ったが、ところで君は今夜、何んのために緒方もと子の家《うち》へ忍び込んだのだね」

「さあ、それです」

蕗屋弘介は熱っぽい眼をあげると、

「昨夜《ゆうべ》、私はこの船へ帰って来てから、夜通し、あの不思議な出来事を考えて見ました。一体、どうして鮎三君の屍体があそこにあったのか、又、火葬に附された筈の鮎三君の屍体を誰が今迄隠しておいたのか、――そういう事を考え通しているうちに、ふいに緒方もと子だ！　と思いついたのです。あの女ならそのくらいのことはやりかねない。あいつは気《き》狂《ちが》いじみた情熱で鮎三君を愛していた。そしてあいつはもと看護婦だった、――と、そこまでは分ったが、さて、鮎三君の屍体を隠しておいて、あの女は一体何を企《たくら》んでいたのだろう。もしや美枝子さんや、邦彦君に対して何か悪い企みをしていたのではなかろうか。そう考えたので、何か証拠はないかと、さっきR町へ忍んでいったのです」

「なるほど、すると君は緒方もと子の死因については全く知らぬというのだね」

「知りません。鮎三君の死体を傷つけたのは私ですが、緒方さんの方は全く知りません」

「美枝子さんは？」

「存知ません！　私も今蕗屋さんの申上げたことのほか何も知らないのです。緒方さんはひょっとすると、心臓麻痺《まひ》でも起されたのじゃないでしょうか」

「ところが大違い、さっき鑑識課へ電話をかけて聞いたんだが、緒方もと子はある強い毒薬を嚥下しているんだ。そればかりではありませんぞ」

警部はふいに声を荒らげると、

「一週間まえに癲癇の発作で死んだといわれる鮎三

少年も、実は同じ薬で死んでいるのですぞ」

美枝子はそれを聞くと、再びよゝとばかりに泣き伏した。あゝ、彼女はやっぱり鮎三を殺したのであろうか。

「いや、ちょっと待って下さい」

その時二人の間に割り込んだのは三津木俊助。

「蕗屋君、僕はもう一つ君に聞くことがある。君はさっき緒方もと子の家《うち》で、鮎三君の写真を見ると、『悪魔！　この美しい悪党め！』と叫んで、写真をズタズタに引き裂きましたね。あれは一体どういうわけですか」

蕗屋弘介の頰には、その時さっと紅の色がのぼった。眼をいからせ、拳《こぶし》を顫《ふる》わせながら、

「あいつは悪魔です。恐ろしい悪党です」

と、穢《きたな》い物でも吐き出すように、

「美枝子さんの前だが、あんなに恐ろしい生物《いきもの》は世界に二つとないでしょう。皆さんは鮎三の体に、紫色の痣がいっぱいついているのを御覧になったでしょう。あれは皆、自分で傷つけるのですよ。何んというか一種の変質者ですね。そうしておいては、誰が苛めた、彼が打ったと鵜藤氏に訴えるのです。そのために我々はどんなに迷惑を蒙《こうむ》ったか分りません。あいつにとっては他人の幸福は悉《ことごと》く己《おの》れの不幸なんです。嘗《か》つて邦彦君に良縁があったのに、それが破れたのも鮎三の中傷からなんです。そして、僕を鵜藤家から放逐《ほうちく》したのも、みんなあいつの仕業なんです」

「その事についてもう少し、詳しくお話し願えませんか」

「よろしい、お話しましょう。鵜藤氏が亡くなる少しまえのことです。主人の金庫の中からかなりの大金が紛失して、その疑いが私にかゝったのです。それは実に巧みに企まれた仕事で、どうしても私に疑いがかゝらざるを得ないような仕組みになっていたんです。何しろ日頃私を信じていた邦彦君やこゝにいる美枝子さんまで、私を疑ったくらいですから。しかし、私にはちゃんと犯人が分っているのです。鮎三です。私と美枝子さんがしだいに親密になるのが、あいつには気に入らなかったんです」

「なるほどよく分りました。ところでもう一つお訊ねする。鮎三君の屍体には香水がいっぱい振りかけてありましたが、あれはいったい、誰がやったのでしょう」

「むろん、緒方もと子でしょう。鮎三は日頃から香水が大好きで、いつも、体中にプンプン匂いをさせていましたから、劇的効果を強めるために、芝居気の強い緒方もと子がやったのにちがいありません。現に緒方もと子は香水噴きを握ったまゝ死んでいましたから」

「なんだって？　香水噴きだって？」

「そうです。僕はそいつを化粧箪笥《だんす》の奥の方へしまっておきましたが」

「香水噴き、香水噴き――」

俊助は急にハッとしたように、

「その香水噴きの中にはまだ香水が残っていましたか」

「えゝ、ほんのちょっぴり、何しろ大方《おおかた》は床の上にこぼれていたものですから」

「美枝子さん！」

俊助がふいにきっと振返った。

「あなた方はこの一週間ほどのあいだに、香水をお使いになりましたか」

「いゝえ、葬式や何かでとりこんでいたものですから。――でも、さっき私が出掛けに、兄はしきりに香水噴きを探していましたから、今夜寝るまえにかけるつもりでしょう。そうするのが兄の習慣なんです」

「大変だ」

俊助がいきなり立上ると、

「大急ぎで引返してくれたまえ。愚図々々しているともう一つ屍体が出来るかも知れんぞ」

と、血相かえて怒鳴ったのである。

香水噴きの秘密

だが、彼等が急ぎに急いで引返して来たのにも拘《かかわ》らず、時すでに遅かったのだ。いやいや遅かったことは遅かったが、また辛うじて間に合ったともいえるのである。

何故なら俊助、警部、美枝子、蕗屋青年の四人を乗せた船が、鵜藤家の方へ近づいていった時、突如、ヴェランダから躍り出した婆やが、気狂いのように手をふりながら、

「大変です。誰か来て下さい。若様が、若様が――」

「しまった。遅かったか！」

四人の者が夢中で船から家の中へとび込むと、床

の上には邦彦がぐったりと倒れている。そしてその手には香水噴きが。――

「お兄さま、お兄さま」

「側《そば》へ寄っちゃいけません」

俊助はいきなり邦彦の手から香水噴きをもぎとると、大事そうに傍《そば》におき、

「等々力君、医者だ、医者だ。大至急で解毒剤をかけねばならん」

それから後の鵜藤家の騒ぎは、今更こゝに述べるまでもあるまい。一時は危《あやぶ》まれた邦彦の容態も、手当てが早かったので、どうやら取りとめるだろうという医者の保証に、一同がほっとしたのは、それから一時間も経ってからのことだった。

「三津木君、こりゃ一体どうしたというのだ。あの香水噴きがどうかしたのかね」

「そうさ。等々力君、そいつをすぐ鑑識課へ廻してくれたまえ。恐らくその香水の中には、緒方もと子や鮎三少年を殺したと同じ毒薬が混っている筈だから」

「なんだ。すると問題は香水か。しかし、誰が香水の中に。――」

「いや、それを話すまえに美枝子さんに聞きたい事がある。美枝子さん、鮎三君は自殺したのでしょう」

ズバリといわれて、美枝子ははっと顔色をかえたが、急に涙をうかべると、

「そうなのです。あの子はあたし達への面当《つらあて》に自殺したのです」

美枝子はゾッと肩をふるわせると、

「父の死後、あの子はいよいよあたし達の手に負えなくなって参りました。でも、可哀そうなあの子の過去のことを考えて、出来るだけ辛抱《しんぼう》していたのですが、今から十日ほどまえに、どうしても辛抱の出来ない事が起りました。緒方さんを追出《おいだ》したのが不満で、あの子があたし達を毒殺しようとしたのです。幸い早く気がついたので、危《あやう》く生命《いのち》をとりとめましたが、この時ばかりは兄も怒ってきびしくあの子を折檻《せっかん》しました。それにはもう一つ理由があるので、考えても恐ろしい事ですが、今度のことから、計らずもふと、父の死について恐ろしい疑惑が感じられたのです。父の死因は卒中《そっちゅう》という事になっていますが、どうもその前後に妙な節《ふし》がある。もしや、今度と同じように鮎三が――と、そう考えると恐ろしく

て耐まりません。それで散々あの子を責めて問いつめたのですが、すると、その翌日、あの子は面当てのように自殺してしまいました。あたしたちはすっかり途方に暮れてしまって――、これを公《おおや》けにすれば、家の恥を明るみに出すようなもの、ところが、丁度幸い、あの子にはふだんから癲癇の発作があって、医者《せんせい》もそれをよく御存知だったものですから、詳しくお調べにならないで、死亡診断書を書いて下すったのです」

「なるほどよく分りました。これで何もかも辻褄《つじつま》があいます。時に美枝子さん、あなたは香水をふりかける時、ひょっとすると唇から咽喉《のど》の奥まで噴きかける習慣がありやしませんか」

「えゝ、あの、そうすると……」

「蕗屋君が喜ぶというわけですか、いや、これは失礼。そしてその習慣がいつか邦彦君にもうつっていたんですね。つまりそこが鮎三君のつけ目で、死んでからあなた方に復讐しようという魂胆《こんたん》で、香水噴きの中に毒薬を仕込んでおいたのです」

「ふうむ、すると犯人はあの鮎三かい」

警部は呆然として、

「だが、緒方もと子はどうしてまた。――」

「分っているじゃないか。あの女はそんな少年のからくりを知ろう筈がない。昨日ひそかに鮎三の屍体をこゝへ運びこんでから、効果をいっそう強めるために、その体へ香水を振りかけた。その後で、ふと女らしい好奇心から、見よう見真似で覚えた通り、自分もふと咽喉の奥へ香水を噴きかけて見たくなったのが運の尽きさ。つまりあの女は、自分の最も愛する少年の手にかゝって殺されたも同然なんだよ。蓋《けだ》し自業自得《じごうじとく》というべきだろう。さあ、そう分って見れば等々力君、もう君には何んの用事もないようだね。まさか君が如何に有名な鬼警部でも、地獄まで犯人を追っかけて行くわけには参らんからね。はゝゝゝゝは」

俊助は警部の手をとって、さっさと部屋を出ていったが、入口のところでふとうしろを振返ると、

「美枝子さん。蕗屋君は潔白なんです。いや、潔白なばかりじゃない。自分が放逐された後も、あなた方の身を案ずるあまり、海上から常にこの家を護《まも》っていたのです。邦彦君とともにあなたの看護をうける価値は十分にありますよ。さようなら」

悪魔の家

霧の中の顔

省線電車《しょうせんでんしゃ》の西荻窪《にしおぎくぼ》で深夜の電車をおりた、新日報《しんにっぽう》社の花形記者三津木《みつぎ》俊助《しゅんすけ》は、駅を出ると、

「おゝ、ひどい霧だ」

と、首をすくめて思わず外套《がいとう》の襟《えり》を立てた。

暦《こよみ》のうえではまだ大寒《だいかん》のさなかだというのに、雪でも降ることか、生暖い狭霧《さぎり》が立てこめて、季節の変調が、何《な》んとなく不吉な予感を呼ぶような晩だった。

時刻はかれこれ真夜中の一時頃、天気が天気でもあるし、時刻も時刻なので、駅の近くの商家など、どこもピッタリと大戸をおろして、犬の仔いっぴき姿を見せない。寝しずまった深夜の街は、海の底をでも思わせるように、しいんと息をひそめて、霧の中にぼんやりと浮きあがっている街灯の光が、さながら海底に生《は》ゆる奇樹怪草の実のように、乳色の闇のなかを点綴《てんせつ》しているのである。

右へ行くと中島飛行機製作所、左へ行くと善福寺《ぜんぷくじ》、その岐《わか》れ路《みち》まで来たとき、俊助はふと足を止めて、はてなとばかりに首をかしげた。コツコツコツ、コツコツコツ、さっきから聞えていた足音が、彼が立《た》ち止《ど》まると同時にピタリと闇のなかに吸いとられてしまったからだ。振返《ふりかえ》って見たが、生憎《あいにく》の霧で、三間《げん》先とは見透《みとお》せないのである。俊助は仕方なしに、善福寺のほうへ向って再び歩き出したが、すると又もやコツコツコツ、コツコツコツ、あの小刻みの足音が、しつこく彼の背後《うしろ》からついて来るのだ。

もう間違いはない。たしかに誰かゞ自分を尾行して来る!

すでに家並みの密集地帯は出外れたので、あたりはいよいよ淋《さび》しくなるばかり、どこやらに武蔵野《むさしの》の

面影《おもかげ》をとゞめた杉並木に、乳灰色の霧が音を立てんばかりに渦巻いて、家並みもちらりほらりと、しだいに疎《まば》らになって来る。いかに冒険に慣らされた俊助とはいえ、こういう真夜中、ましてや姿の見えない尾行者にあとをつけられるということは、あまり気味のいゝことではない。それに日頃から、探偵に類似した仕事をしている俊助としては、いつどこで、どんな人間の怨《うら》みを買っていないとも限らないのだから、どんな場合でも、身を護《まも》る用心を怠《おこた》ってはならないのだ。

俊助はにわかにきっと唇《くちびる》を噛《か》みしめると、くるりと踵《きびす》を返して、つか〳〵と後へとって返した。と、ふいを打たれて逃げおくれた相手は、とまどいをしたように路傍《みちばた》に立ちすくむと、

「あれ！」

と、怯《おび》えたように叫んだが、意外にもそれは女の声なのである。

これには俊助も驚いたが、つかつかと側《そば》へ寄ると、

「いや、これは失礼いたしました。驚かせてすみません。それにしてもあなたはどちらの方へお帰りになりますか」

女は小鳩《こばと》のようにおどおどとしていたが、それでも俊助の優しい声をきくと、

「いゝえ、いゝえ、あたしこそ……」

と、まだ胸の動悸《どうき》がおさまらぬ様子で、

「黙ってあとをつけたりして、申訳《もうしわけ》ございません。でも、あたし何んだか気味が悪かったものですから、あなたをお頼りにして……」

「はゝゝは、そうですか、それならそうと早く仰《おっ》有《しゃ》って下さればよかったのですのに。どちらの方へお帰りですか」

「あの、善福寺のちょっと向うですの。あそこのお池の側を通るのが、あたし怖くて怖くて。……」

「あゝ、そうですか。いや、あの池のへんは男でもあまり気味のよくないところです。ちょうど幸い、僕もそちらへ参るものですから、御一緒に参りましょう」

「はあ、あの、そう願えますれば……」

女は縋《すが》りつくような眼で俊助の顔を仰《あお》いだが、すぐその眼を伏せると、つゝましやかに一歩おくれて俊助のあとからついて来た。

まだやっと二十《はたち》か二十一ぐらいの、大して美人と

いうのではなかったけれど、ぎゅっと抱きしめればそのまゝ解けてしまいそうな、いかにも病身々々としたのが、可憐《かれん》でもあり、男の保護欲をもそゝる、と、そういった風な女なのである。

みちみち俊助は二言三言、ことばをかけて見たが、相手はたゞ言葉少なに、「はあ」とか「いえ」とか答えるばかり、時々、俊助が気を引き立てるように放つ冗談にも、「ほゝゝゝほ」と軽く笑うのみで、その笑い声も何かしら、気が滅入《めい》るように陰気だった。

やがて二人は善福寺池のほとりまで来た。霧はいよいよ濃くなって、その霧の向うに、どろりと濁《にご》った池の水が、忌《いま》わしい排泄《はいせつ》物のように不気味に光っている。枯蘆《かれあし》の影も暗く、道は泥濘《ぬかる》んで、どうかすると女の足駄《あしだ》も吸いとられそうになる。

女は思い出したようにコートのまえを掻《か》きあわせると、俯向《うつむ》き加減にそこを通り抜けようとしたが、思わず石に躓《つまず》いて、二三歩泥濘みの道によろめいた。

「あ、危い！」

俊助が手を出したとたんである。どうしたのか、女はとつぜん、

「あれ！」

と、叫ぶと、まるで頑是《がんぜ》ない子供のように、夢中になって俊助の胸に顔をこすりつけたから、驚いたのは俊助である。

「ド、どうしたのです」

「あそこに人が――人が――」

と、女は呼吸《いき》を弾《はず》ませて、

「悪魔が――悪魔が――」

「悪魔――？」

この年頃の娘が、さりとは突拍子《とっぴょうし》もないことをいうものだと、俊助はひょいと向うを見たが、そのとたん、さすがの彼もゾーッと全身に鳥肌が立つような気がした。

霧にぼやけた杉木立の向うに、ボーッと燐《りん》のように浮きあがった首。絵に画《か》いたお閻魔《えんま》様か、そうだ、朝鮮の道祖神《どうそじん》にあるなんとか将軍、そういうグロテスクな顔が、折からどっと吹下ろして来た風に、ザーッと音を立てゝ渦巻く霧のなかに、ゆらゆらと蠢《うごめ》いたかと思うと、突如、

「くゝゝゝ、くゝゝゝ！」

と、何んとも言えぬほど気味悪い声を出して笑っ

たのである。

「あれ」

と、女は夢中になって俊助に縋りつくと、

「あなた、あなた、行かないで――行かないで下さいまし」

「大丈夫、そこを離しなさい。誰かゞ悪戯《いたずら》をしているんですよ」

縋りつく女の手を振りもぎって、俊助が駆け出したとたん、奇怪な顔はかき消す如《ごと》く消え失せて、弾みを喰《くら》った俊助が、どんとばかりにぶつかったのは善福寺の土塀なのだ。

「あっ」

俊助は思わず顔をしかめたが、すぐ気を取直し、マッチを擦《す》ってみたが、あたりにはたゞ濃い霧が渦巻いているばかり、人影らしいものは更にない。俊助は惘然《ぼうぜん》として土塀を見、土塀の向うに亭々《ていてい》と聳《そび》えている善福寺の大杉を振り仰ぎ、それから身を伏せて地上を見た。しかし、奇怪《きっかい》なことには、しっとりと湿《しめ》りを帯びた土のうえには、足跡らしいものはどこにも見えないのだ。

俊助はしばらく、這《は》うようにしてその辺を調べて歩いたが、しまいにはさすがの彼も、あまりの事の奇怪さに、思わずゾクリと首を縮《ちぢ》めた。と、そこへおど〳〵と近附いて来た女が、ガタガタと歯を鳴らせながら、

「あなた、早く向うへ参りましょう。あたし怖い。――あたし怖いわ」

と、喘《あえ》ぐようにいう。女の身として、これはまことに無理のない話だった。俊助はもっとあたりを調べて見たかったが、これ以上彼女を怖がらせるのもよくないと思ったのか、

「えゝ、参りましょう。なあに、いずれ誰かゞ悪戯をしたのですよ」

と、強《し》いて元気らしく言ったが、ふと思い出したように、

「あなたはいま、あの顔を見るとすぐ悪魔と仰有いましたね。どうして悪魔を連想したんです。あまり怖い顔だったからですか」

女はそれを聞くと、ぎょっとしたように、

「えゝ、あの……」

と言ったきり、何故《なにゆえ》か後は濁して、寒そうに肩をすぼめた。

女の家はそこからあまり遠くなかった。畑の中にぽつんと一軒立っている、見るからに陰気な和洋折《せっ》衷《ちゅう》の家。

「有難《ありがと》うございました。こゝですの」

と、小走りに女は石門の中へ入ると、

「桑三《くわぞう》さん、桑三さん」

と、低声《こごえ》で呼んだ。すると奥の方でパッと灯《あかり》がついて、やがてコトコトとゆるやかな足音が聞こえて来たかと思うと、ギイと玄関の扉《ドア》をひらいたのは、二十前後の、蠟《ろう》のように色の白い、どこかそぐわない恰好《かっこう》をした青年だった。

「弓《ゆみ》さん、どうしたんです。蒼《あお》い顔をして」

「いゝえ、何んでもありませんの。あまり淋しかったものだから、こちらに送って戴《いただ》きましたの、お義《に》兄《い》さんお帰りになって？」

「いゝや、まだ」

女はほっとしたように、

「あ、そう、鮎《あゆ》ちゃんは寝ていて？」

「えゝ、よく寝ているようですよ」

こういう応答のあいだ、俊助は女のうしろに立っていたが、何んとやらその青年の体つきの尋常《じんじょう》でないと思ったのも道理、彼は傴僂《せむし》なのだ。

傴僂はいたわるように女に向って、

「ともかく中へ入りなさい。寒かったでしょう」

「えゝ」

と、女は俊助の方を振りかえると、

「あなた、有難うございました。上って戴くといゝのですけれど」

「なに、御心配には及びません、ではお休み」

俊助がくるりと踵《きびす》を返した時だ。突然、奥の方から火のつくような幼児《おさなご》の泣声。

「あゝ、アクマが来た、アクマが来た。叔母《おば》ちゃま、叔母ちゃま、怖いよう！」

女はそれを聞くと、瞬間、紙のように蒼白《まっさお》になったが、すぐ青年の体を押しのけるようにして、まっしぐらに家の中へ駆けこんだ。

義足の男

その明方《あけがた》ごろより急に気温が下ったかと思うと、霧はそのまま雪となって、夕方頃には早《はや》東京中は真《まっ》白《しろ》な覆物《おおいもの》で包まれてしまった。

俊助は急《いそ》がしい新聞社の編輯《へんしゅう》室で、ぼんやり昨夜の奇怪な出来事を思い出している。霧の中の顔、奇怪な女の素振り、曰《いわ》くありげな傴僂青年、それから最後にあの幼児の泣声。――そんな事をとつおいつ考えていると、受附から電話がかゝって来て、

「三津木さん、磯貝弓枝《いそがいゆみえ》という方が御面会」

「磯貝弓枝？」

俊助は聴き覚えのない女の名に、はてなと首をかしげたが、はっと何か思い当ったように、早口で、

「あ、そう、三番の応接へ通しておいてくれたまえ」

と言った。

磯貝弓枝とはたしかに昨夜の女にちがいない。あの傴僂の青年が彼女をとらえて、弓さんと呼んだのを俊助ははっきり憶《おぼ》えていたが、それにしても、何んの用があって、その女が訪ねて来たのだろうと思うと、俊助は早くも好奇心で胸がワクワクするのだ。

応接室へ出て見ると、そこに待っているのは、果して昨夜の女だった。そこで如何《いか》にも女らしいくどくどとした挨拶《あいさつ》があったが、それがすむと急に彼女は膝《ひざ》を乗り出して、

「先生、あたし先生にお願いがあって参りましたの。今朝になってあたし、桑三さんから先生のお名前を伺ったものですから」

「桑三君というのは昨夜のあの青年ですか」

「えゝ、そう、あの人先《せん》から先生のお顔をよく知っていたんですって。先生」

と、こゝで女は急に身顫《みぶる》いをすると、

「あたし恐ろしくて耐《た》まりません。あたしの家には悪魔が乗り移っているのですわ。何かしら、よくない事が起りつゝあるのですわ。先生、お願いでございます。あたし達を救って下さいまし」

女は思いあまったように、一気にそこまで喋舌《しゃべ》ったが、急に気がついたように、

「ほゝゝゝほ、あたしとした事が唐突《だしぬけ》にこんなこと言って、先生だってお困りですわね。先生、あたし達一家のことから聞いて下さいまし」

そう前置きして彼女が話しだしたのは、大体次《つ》ぎのような事情なのだ。

彼女が今身を寄せている家は義兄の家であって、義兄の蒲田喜久蔵《かまたきくぞう》という人は、亡くなった彼女の姉の御亭主に当る人なのである。蒲田氏はもと朝鮮の総督府に勤めていた人だが、昨年官を辞してこの東京へ帰って来たが、それから間もなく姉が亡くなっ

たので、その手伝いに来ているうちに、何んとなく弓枝はずるずるとその家に寄食することになってしまったのだ。

「そういつ迄《まで》も御厄介《ごやっかい》になっているの、よくないと思うのですけれど、鮎ちゃんがあたしを離さないものですから、……」

と、弓枝は何故《なぜ》か、頰《ほお》を紅《あか》らめながら弁解がましくいうのだった。

家族はその蒲田氏と、今年五つになる鮎子という一人娘と、それから蒲田氏の弟の桑三と、弓枝の四人ぐらし。ところが、近頃になってこの一家に、急に妙な空気が襲って来たのである。

ひと月ほど前のこと、朝鮮から義兄に当てゝ一通の手紙がやって来たが、それ以来、蒲田氏は眼に見えて用心ぶかくなり、また疑い深くもなった。以前から短気で荒々しい振舞《ふるま》いの多かった人が、この頃ではそういう気性がいよいよ激しくなり、それだけでも弓枝が何んとなく居辛《いづら》く思っているところへ、今度は急に五つになる鮎子が、妙なことを言い出したのである。

鮎子は発育のおそい脾弱《ひよわ》い子で、五歳になるとはいえ世間の三つぐらいの子の体つきと智慧《ちえ》しかなかったが、その鮎子が一週間ほどまえから、

「アクマが来た！　アクマが来た！」

廻らぬ舌でそう叫ぶと、まるで眼に見えぬ魔物にでも襲われたように、手足を顫《ふる》わして泣き出すのだ。

「あたし初めのうち、大して気にも止めなかったのですけれど、あまりそれが続くので、だんだん気味悪くなって来ているところへ、昨夜あんなことがあったものでございますから。……今迄、あたし達の眼にこそ見えなかったけれど、幼い鮎ちゃんの眼にはいつも、あゝいう恐ろしい姿が映っていたんじゃないかしらと思うと、急に怖くなって。……」

と、弓枝は急に身顫いをすると、眼に涙さえうかべながら、

「先生、こんなとりとめもない話を持込んでさぞ、愚かな女だとお思いになるでしょう。でも、これはあの家に住んで見なければ分らない気持ちなんですわ。あの家には悪魔が住んでいるんです。いゝえ、何かしら、いまによくない事が起るに違いありませんわ」

なるほど、彼女自身もいうとおり、弓枝の話はあ

まり突飛《とっぴ》で取り止めがなかった。しかし話が奇怪であればあるほど、俊助は不思議な魅力に惹《ひ》きこまれていくのだ。それに昨夜霧の中で見た顔、あれだけは、弓枝の妄想《もうそう》でもなければ、幼児の夢でもない。現に俊助自身が、ハッキリとあの恐ろしい顔を目撃したのだ。

俊助は俄《にわ》かに膝を乗りだすと、

「それで、あなたはこの僕にどうしろと仰有るのですか」

「あたし、先生に一度家へ来て戴いて、よく調べて戴きたいんですの。いゝえ、義兄《あに》にはこのこと、全《まった》く内緒なんですけれど、あたしなんとかうまく義兄のまえを取り繕《つくろ》いますから、ひと晩お泊りになって家の内外をよく調査して戴きたいと思いますの。いまのうちに何んとかしなければ、何かしら、よくない事が起りそうで、あたし、怖くて怖くて……」

「なるほど、義兄《にい》さんのまえはそれでうまく誤魔化《ごまか》せるとしても、桑三君が僕を知っていちゃ……」

「いゝえ、あの人は大丈夫ですわ。桑三さんは、体こそあんなですけど、とても気性《きだて》の優しい人ですし、それに、あたしのいう事なら何んでも聞いてくれますし」

と、こゝまで言うと、弓枝が、またポーッと顔を紅らめながら、

「あたし、今日こゝへ来ることもあの人に話してきましたし、義兄さんに内緒でいてくれるように頼んでもおきましたの」

「そうですか、よござんす。それじゃ善は急げといいますから、早速これからでもどうでしょう」

「まあ」

弓枝は急にパッと顔を明るくすると、

「それじゃ、お願い出来ますのね。あたし救われましたわ。こんな、こんな嬉《う》れしいことございませんわ」

弓枝は思わず涙ぐみそうになったが、しかし、後から思えば、彼女の努力はすでに、遅過ぎたのだ。

弓枝がこうして、新聞社で俊助と話をしている頃、それは夕方の六時頃のことであったが、西荻窪の彼女の家の附近を、ひとりの見知らぬ男が歩いていた。垢《あか》じんだ洋服、形の崩れたお釜帽《かまぼう》、無精髭《ぶしょうひげ》をもじゃもじゃと生やした、見るからに人相のよくない男だったが、おまけにこの男は片脚がなくて、そこに

棒のような義足を篏《は》めているのだ。男はヒョコヒョコと松葉杖《まつばづえ》をつきながら、降りしきる雪の中を歩いていたが、折から通りかゝった百姓をとらえると、

「ちょっとお訊《たず》ねします。この辺に蒲田喜久蔵という家はありませんか」

と、太い、濁った声で訊ねるのだ。

「あゝ、蒲田さんかね、蒲田さんなら向うに見えている家がそうですよ」

「あ、そう、いや有難う」

見知らぬ男は再び雪の中を、ヒョイヒョイと飛ぶように歩き出したが、後になってその百姓が人に語ったところによると、その時、彼の眼の中には、何んともいえぬ程恐ろしい光があったということだ。

宙に浮く首

俊助と弓枝の二人が西荻窪の停車場《プラットホーム》へおり立ったのは、それから半時間ほど後のことだった。

むろん、日はすでにとっぷりと暮れていたし、雪はいよいよ烈《はげ》しくなって、そうでなくても難渋《なんじゅう》な善福寺のあたりは、ますます歩行に困難だった。二人は言い合せたように、昨夜ここで見た、あの恐ろしい顔のことを思い出しながら、無言のまゝ、足早にそこを通りすぎたが、すると間もなく、葉の落ちた櫟林《くぬぎばやし》の間から、弓枝が悪魔の家と呼んだ、あの蒲田氏の邸宅が、突屹《とっきつ》として雪の夜空に聳《そび》えているのが見えて来た。

なるほど、気のせいか真暗《まっくら》な空を背景にして、雪の中にそゝり立っているその家には、何かしら不吉な予感と、忌わしい暗示とがほの見えている。

「まあ、どうしたのでしょう。二階の客間に電気がついていますわ。誰かお客様でもあるのかしら」

なるほど、黒の一色に塗りつぶされたその建物の中で、洋風になっている二階の窓だけが、明々《あかあか》と光を外に投げている。二人はその光を眼指《めざ》して次第に、家のほうへ近寄っていったが、その時だ。ふいに弓枝があっと叫んで雪の中に棒立ちになってしまったのだ。

「あなた！　先生！　あれです、あゝ、あの恐ろしい顔が……」

その声に、彼女の指さす方向を眺めた俊助も、その瞬間、シーンと血の凍るような思いがした事だ。

あゝ、何んということだ。雪に覆われた真暗な屋根

のうえに、あの恐ろしい顔が――昨夜見た、悪魔の首が、ユラユラと鬼火《おにび》のように揺《ゆら》めいているではないか。

「あっ！」

俊助は思わずそこに棒立ちになってしまったが、その途端、悪魔の首はフーッと掻《か》き消すように消えてしまって、あとにはたゞ降りしきる雪がさんさんと。――

俊助といえども、昨夜も同じ顔を見たのでなかったら、恐らく一瞬の幻として、笑殺してしまったことだろう。しかし、昨日につゞいて又今夜、同じ顔を、同じ恐ろしい首を目撃したのだから、最早《もはや》、幻影だなどと笑ってすますわけにはいかぬ。

言い合せたように二人が一散に家の方へ駆け出したときである。又もや、火のつくような幼児の泣声が、けたゝましく家の中から聞えて来た。

「アクマが来た！　アクマが来た！　叔母ちゃま、叔母ちゃま、怖いよう、怖いよう！」

するとその声が聞えたのであろう。灯のついたあの二階の窓が、ガラリとうちから開かれると、ひょいと一人の男が顔を出したのである。

「あ、義兄《あに》ですわ」

蒲田氏は、眼にいっぱいの恐怖をうかべて、窓から外を覗《のぞ》いていたが、ふと弓枝たちの姿を見ると、何かしら絶望したような呻《うめ》き声を洩《も》らし、救いを求めるように手をふったが、そのとたん、ぐいとうしろから強い力で引き戻されるように、その姿は窓のなかへ消えてしまった。と、何者かの手によって、バターンと窓がしめられる。

「アクマが来た、アクマが来た！　叔母ちゃま、怖い、怖い！」

鮎子の声がまた聞える。

「先生！」

蒲田氏の奇怪な素振《そぶ》りに、一瞬、気を呑《の》まれたように雪の中に立ちすくんでいた弓枝は、その声を聞くと、ハッと気がついたように、玄関の方へ駆け出していった。

「ちょっと待って丶頂戴《ちょうだい》、あたし義兄の様子を見て参ります」

そういうと、彼女は下駄《げた》を脱ぎすてるのももどかしく、夢中になって玄関のなかへ躍りこんでいったが、それから、二分とたち、三分と過ぎたが、弓枝の姿は見えないのだ。

玄関に佇《たたず》んだ俊助は、全身を耳にして家の中の様子を窺《うかが》っているが、聞えるのは、たゞサラサラと降りしきる雪の音と、鮎子の泣き叫ぶ声ばかり。

五分経《た》った。

それでもまだ弓枝は出て来ない。鮎子も漸《ようや》く泣きやんで、家の中はゾーッとするほどの静けさだ。

とうとう耐《た》まりかねた俊助は、玄関から首を入れると、

「弓枝さん、弓枝さん」

呼んでみたが返事もない。傴僂の桑三も留守らしい。俊助はとうとう靴《くつ》を脱いで玄関へあがった。玄関の正面に階段があって、その階段のうえからほのかな光がこぼれているのを頼りに、俊助は二階へあがっていった。ドアが開け放しになっていたので、例の部屋はすぐ分る。俊助は無言のまゝそのドアのところに立ったが、そのとたん彼は、ぎょっとしてそこに立ちすくんでしまったのだ。

部屋の片隅《かたすみ》に弓枝が真蒼《まっさお》なかおをして立ちすくみ、その眼は釘《くぎ》づけにされたように床のうえを見ている。俊助もその視線を追って、その方へ眼をやったが、とたんにクワーッと血が頬へのぼって来たのだ。

床のうえには蒲田氏が朱に染《あけ》まって倒れていた。胸にぐさっと、一本の短刀を突立《つきた》てたまゝ。……

俊助はそっと弓枝のそばへ寄り、軽くその肩に手をかけたが、そのとたん、弓枝は激しく身顫いをすると、

「悪魔！　悪魔！」

そう叫んで、フーッと気をうしなって倒れてしまったのである。

傴僂の桑三が、外から帰って来て、ノソノソと這《は》うように階段をあがって来たのは、ちょうどその時だった。

仮面の屍体

「なあに、事件は簡単明瞭さ。つまり、要するに我々は片田《かただ》専吉《せんきち》という、その男を探し出せばいゝんだよ」

無造作にそう言い放ったのは、警視庁にその人ありと知られた、腕利《うでき》きの等々力《とどろき》警部。

「そう、その男が事件の晩、蒲田氏を訪ねたことだけは確からしいね」

何かしら思いに耽《ふけ》りながら、そう相槌《あいづち》を打ったのは三津木俊助である。

事件の日から数えて今日で五日目、空は磨いたように晴れ渡って、広い武蔵野には、ところどころ斑《むら》消《ぎ》えの雪が残っていた。今しも等々力警部と三津木俊助は、連れ立ってあの悪魔の家へ赴《おもむ》く途中だった。

事件の後、蒲田氏の邸内は隈《くま》なく捜索されたが、その中から発見されたのは、片田専吉という男が京《けい》城《じょう》から出した一通の手紙、そのうちに参上するから、まとまった金を用意しておけという、つまり一種の脅迫状《きょうはく》なのだ。

警視庁からはたゞちに、京城へ宛《あ》てゝ照会電報が発せられたが、その返電がやっと今日とゞいたのだ。そしてその返電によると、片田専吉というのはもと京城で薬局を開いていた薬剤師なのだが、よからぬ行為があったゝめに薬剤師の免状を取りあげられてしまったという、曰《いわ》くつきの男。しかもこの男は片脚がなくて木の義足を嵌めているという。

こゝまで分ればもう問題はなかった。事件の当夜、そういう風態《ふうてい》の男が、蒲田氏の家を聞いたということは、すでに警視庁にも分っていたし、桑三の話によっても、あの日の夕方そういう男が兄を訪ねて来たという。

その時、蒲田氏は相手の顔を見ると非常に驚いた面持《おもも》ちで、弟の桑三に暫《しばら》く外出しているようにと命じたのだそうな。

「つまり何んだな、蒲田氏は京城にいる間に、何かよからぬ事をやっているのを、そいつに尻尾《しっぽ》をつかまれていたんだ。それであの晩、訪ねて来た片田と、金のことから喧嘩《けんか》が昂《こう》じて、とうとうああいうことになってしまったんだよ。問題は蒲田氏のその秘密という奴だが、なあに、こりゃ片田の奴をつかまえりゃすぐ分ることだ」

楽天家の等々力警部は、いかにも無造作にいうのだが、しかし、俊助には何んとなく腑《ふ》に落ちぬ点が沢山あるのだ。成程《なるほど》、犯人は片田専吉かも知れない。しかし、そうすればあの恐ろしい形相《ぎょうそう》をした顔は何者だろう。片田専吉は事件の夕方、百姓に蒲田氏の家を聞いたというから、その時まであの辺に近寄ったことがないのは確かだ。それだのに、俊助は事件の前日、すでに蒲田氏の邸宅の附近で、あの恐ろしい悪魔の形相におびやかされているのである。それから、あの鮎子だ。

鮎子が始終脅《おびや》かされるアクマというのは片田専吉である筈《はず》がない。して見ると、たとい片田専吉が犯人としても、あの家を覆うていた悪魔は別にある筈なのだ。そいつは一体何者で、そして何んの目的で、罪もない幼児を脅やかすのだろう。

「とにかく、片田という男も男だが、蒲田という男も一筋縄《ひとすじなわ》じゃいかん男らしいぜ。死んだ細君というのも、とてもあの男に虐待《ぎゃくたい》されていて、病みついたのもその虐待が原因だということだ。何んでもその細君は相当まとまった財産があったのだそうだが、そいつを目当てに、蒲田の奴、わざと細君を虐待して、死を早めたんだろうって噂《うわさ》だよ。それからね、これは世間の噂だから、当てにはならんが、あの弓枝という女だね、彼女《あれ》は亡くなった細君の妹だそうだが、こいつもどうやら蒲田に自由にされているらしいという話だぜ」

「フーム」

俊助は思わず、はかなげに思い悩んだ弓枝の風情《ふぜい》を思いうかべ、すると、何んともいえないほど、哀れさ、痛ましさに胸がいたむのだった。


「それにしても、片田の奴、いったいどこへ姿をくらましやがったのかな。あんな姿で、うまうまと今まで逃げおおせているというのが不思議だて」

等々力警部はそういって舌打ちをしたが、その時、何を思ったのか、ふいに俊助がおやといって路傍《ろぼう》に立ちどまった。

「あれはいったい、どうしたんだろう」

「なんだ、なんだ」

「ほら、あの夥《おびただ》しい烏《からす》の群を見たまえ」

そこは善福寺の池からほど遠からぬ藪《やぶ》の小陰で、その藪のほとりに一つの古井戸があるのだが、その井戸のうえを、烏が、まるで胡麻《ごま》でも撒《ま》いたように夥しく群がって、不吉な、忌わしい啼声《なきごえ》をあげているのである。

「なんだ、烏じゃないか。しかし、烏という奴はいつ見てもあんまり気持ちのいゝものじゃないな。殊《こと》にあゝ沢山集まっていると、いっそういやな気がする」

「ちょっと待ちたまえ」

何を思ったのか俊助は消え残った雪を蹴立《けた》てゝ、古井戸の側へちか寄っていったが、見るとその井戸には跳ね釣瓶《つるべ》がブラ下っているのだが、その釣瓶の竿《さお》が、いまにも折れそうに撓《しな》って、井戸の中に首をつっ込んでいるのである。

俊助はその棕櫚縄《しゅろなわ》に手をかけて、そっと井戸の中を覗きこんだが、そのとたん、あっと叫んでうしろにとびのいた。

「どうした、どうした」

「人だ！　人がブラ下っている」

その声に俊助のうしろから井戸の中を覗きこんだ等々力警部、なるほど見れば、まっくらな井戸の途中に、釣瓶の棕櫚縄で首を巻かれた一人の男が、まるで死刑囚のようにブラブラとブラ下っているのだ。

「あ」

と、警部も思わず呼吸《いき》をのんで、

「三津木君、手伝ってくれたまえ。とにかく上へ引きあげて見よう」

二人は力を合せて、その棕櫚縄を引きあげたが、次第に屍体《したい》がせりあがって来るにしたがって、そいつが片田専吉であることはひと目で分った。片足がなくて、そこに棒のような木の義足がついているのである。

「片田専吉だな。畜生《ちくしょう》、探しても分らない筈だ。こいつめ、こんなところで首を吊《つ》っていやがったのだ」

そういいながら、屍体の顔を覗きこんだ等々力警部、そのとたん、

「わっ、こいつはどうしたんだ」

驚いてうしろにとびのいたが、無理もない。片田の屍体は仮面をかぶっているのだ。しかもその仮面は、俊助が二度までも脅かされた、あの悪魔の形相とそっくり同じで、しかも陰々《いんいん》として怪しげな燐光《りんこう》を放っているその気味悪さ。

「三津木君、三津木君、こいつはいったい、どうしたというんだ」

俊助は屍体のそばに跪《ひざ》まずいて、その仮面を取り外して、とう見、こう見していたが、

「分りました、警部、これは朝鮮でお祭などに、悪魔除《まよ》けの踊りに使う仮面ですよ。光っているのは表面に燐を塗ってあるからです。しかし、妙だなあ。

——」

俊助は何を思ったのか、じっとその仮面を見詰めていたが、ふと彼の眼は屍体に巻きついている棕櫚縄を見た。その棕櫚縄の先端《さき》には、毀《こわ》れた釣瓶がブ

ラ下っていたが、その釣瓶の底に、万年筆ほどの黒い棒が沈んでいる。俊助は何気なくその棒を手にとったが、そのとたん、

「あ、これだ！」

と、思わず顔色をかえたのである。

壁に映《う》つる影

「等々力君、それから弓枝さんも桑三君も見ていたまえ。今、面白いものを見せるよ」

その晩のことである。

悪魔の家へ集《あつま》ったのは三津木俊助をはじめとして、等々力警部に弓枝と桑三、それから弓枝の膝には、頑是ない鮎子も抱かれているのだ。鮎子は風邪《かぜ》から肺炎を起して、ヒーヒーと苦しそうな息遣いをしながら、それでも片時も弓枝から離れようとしないのである。俊助はそう言いながら、一同の顔を見較《みくら》べながら、ちょっと意味ありげな微笑をうかべた。

「面白いものって、何だい」。

「なんでもいゝから、ちょっと灯《あかり》を消してくれたまえ」

「灯を消す？」

「そうだ、暗くしておかないと見せられないものだ、桑三君、ちょっと電気のスイッチをひねってくれたまえ」

桑三は何んとなく不安らしい面持ちで、しかしそれでも従順《すなお》に電気を消したが、そのとたん、一同はあっとばかりに呼吸《いき》を呑込《のみこ》んだ。真暗になった壁のうえに、朦朧《もうろう》として浮きあがったのは、弓枝や俊助が度々、脅かされた悪魔の顔――片田専吉がかぶっていたあの仮面の幻なのだ。弓枝の膝に抱かれた鮎子は、それを見るとふいに、

「アクマが来た、アクマが来た」

と火のついたように泣き出したのである。だが、その時だ、暗闇のなかで、とつぜんどたんばたんと物凄《ものすご》い格闘の音が聞えたかと思うと、

「等々力君、等々力君、灯を――灯を――」

その声に警部が再び電気をつけると、これはまあどうしたというのだ、傴僂《せむし》の桑三が、真蒼な顔をして俊助の膝の下に組み敷かれているではないか。

「あ、桑三さん。先生、先生、これはいったいどうしたというんでございますの」

弓枝はおろおろとしながらも、しっかりと鮎子の

体を抱えている。

「なあに、桑三君がね、ふいにこの懐中電灯を叩き落そうとしたんですよ。はゝゝは。弓枝さん、我々をあんなに驚かした悪魔の正体というのはこの懐中電灯の中にしかけた幻灯ですよ。ほらね」

　俊助がそう言いながら、さっき古井戸の釣瓶の中から見つけ出した、あの万年筆ほどの懐中電灯を、くらやみに向けると、そこに再び朦朧としてあの悪魔の顔が浮きあがって来たのだ。

「まあ！」

　弓枝は怯えたように眼を見張りながら、

「それじゃ、桑三さん、あれは――あれはあなたの悪戯だったんですの」

　桑三は静かに畳のうえに起き直ると、しばらく無言のまゝ、じっと唇を噛んでいたが、やがて、蠟のような面《おもて》をあげると、

「そうです。こうなったら何も彼《か》も言ってしまいましょう。弓さん、先生も警部さんも聞いて下さい。僕が何故《なぜ》、こんな恐ろしいことを考えついたか、何もかもお話しましょう」

　桑三は血走った眼に、うっすらと涙をうかべ、一同の顔を見廻《みま》していたが、やがてぽつぽつとこんなふうに話しはじめたのである。

「僕は昔から兄を憎んでいました。兄は人間の皮を着た獣、血も泪《なみだ》もない恐ろしい悪魔なのです。僕は兄が亡くなった嫂《ねえ》さんを、どんなふうに虐待したかをよく知っています。しかし、たゞそれだけでは僕と雖《いえど》も兄を殺す気にはなれなかったでしょう。僕がいよいよ、兄を殺さねばならんと思いはじめたのは、実に、弓さんがこの家へ来てからの事なんです」

　桑三はそこまで話すと、ふいに両手で顔を覆うて歔欷《すすりなき》をはじめた。何故、弓枝がこの家へ来てから、彼の兄に対する憎悪が急に昂《たか》まったのか、桑三はあまり詳しく話さなかったが、しかし、それは聞く迄もないことだ。弓枝を見る眼、弓枝に対する口の利きかた、それがすべてを語っている。桑三は不具者特有の、熱烈な、しかし遣瀬《やるせ》ない想いを弓枝に寄せていたのだ。しかも、その弓枝は、兄の毒牙《どくが》にかゝって穢《けが》されてしまった。――彼が燃ゆるような復《ふく》讐《しゅう》の念《おもい》にかられたのも無理はない。

「僕はどうして兄を殺《や》っつけようか。どうして自分は罰せられずに、兄だけを殺そうか、そのことにつ

いて実に長い間考えていました。ところが、今から二週間ほどまえに、ふいと素晴らしい方法を思いつきました。そして、それを教えてくれたのは実に、そこにいる鮎子なんです。ある日のこと、僕は自分の部屋で、朝鮮のお祭に使う悪魔除けの面を眺めていましたが、そこへこの鮎子が入って来て、ひと目その仮面を見ると、

『叔父《おじ》ちゃん、怖い、叔父ちゃん、怖い』

と泣き出したのです。その時、僕はよせばよいのにその仮面をかぶって、

『ほら、悪魔だよ、鮎ちゃん、悪魔だよ』

と、脅《おど》かしました。すると鮎子は、

『アクマが来た、アクマが来た』

と火のついたように泣きながら逃げ出しました。が、その晩からなんです。鮎子がときどき魘《うな》されるようになったのは。初めのうち僕はつまらない事をしたと後悔しましたが、アクマが来た、アクマが来たという鮎子の泣声を聞いているうちに、ふと恐ろしい考えがきざして来ました。

よし、自分がひとつ悪魔に化《ば》けて、兄を殺してやろう、そして殺人の罪をありもしない悪魔に転嫁《てんか》すればいゝのだ。そう考えた僕は、その手はじめとして、悪魔の存在を鮎子以外の人間にも信じこませねばならない。そしてこの家が何となく、目に見えぬ悪魔によって呪われているように見せかけねばならない。そこで僕は、自分でこの面をかぶって、最初に弓さんを脅かしておこうと考えました。そう思って、僕はいやがうえにも恐ろしくするために、あの仮面に燐を塗ったのですが、さてよく考えてみると自分はこのとおり不具者です。たとい面をかぶっても体の恰好からすぐ見破られるにちがいない。そう気がつくと、ハタと当惑しましたが、そのうちに、ふと思いついたのが、あの幻灯のことです。僕はうまれつき非常に器用なものですから、あの仮面をフイルムにとって、それを懐中電灯に篏めこみました。それからあとは皆さんも知ってのとおり、弓さんの帰りを待ちうけて、最初は善福寺の塀に、二度目には屋根の煙突に、いつも樹の上にかくれていてあの幻灯を写して見せたのです。そして、そして、そして……」

と桑三が何故か口籠《くちごも》るのを見て、警部がもどかしそうに、

「そして？」

と、きびしい声でうながした。

「そして、そうです、そして僕は兄を殺しました。いゝえ兄ばかりではありません、片田という男まで殺してしまったのです」

「嘘《うそ》です。嘘です！」

その時、とつぜん、傍《かたわら》から烈《はげ》しい声がきこえてきたので、ハッとして振返ると、弓枝が真蒼な顔をして、わなわなと体を顫わせている。彼女は泳ぐような手つきで、桑三のそばへにじり寄ると、

「皆さん、この人のいう事を信じちゃいけません、なるほど、義兄さんを殺そうとして、あのような企《たくら》みをしたのは、この人だったか知れません。しかし、しかし、実際に手を下したのはこのあたしでございます。はい、この弓枝に違いございません」

必死となって叫ぶ弓枝。桑三は真蒼になって、

「弓さん、馬、馬鹿な！　何をいう。警部さん、この女《ひと》は気が狂っているのです。兄を殺したのは僕です。この桑三です」

「桑三さん、有難う。あなたのお志《こころざし》、あたし死んでも忘れないわ。でも、でも、もう駄目、——あたし、あたし、もう覚悟しているのよ」

と、いったかと思うと、絹糸のような血がタラタラとその唇《くち》のはしから流れて来たのである。

「あ」

三人はいっせいに、側へ駆けよると、

「弓さん、君は——君は——」

「桑三さん！」

弓枝は切《せつ》なげに喘ぎながら、桑三の手をしっかりと握りしめると、

「あたしの手を——あたしの手を握っていて。先生、三津木先生、あたし、決して先生を欺《あざむ》くつもりはなかったのですわ。あの晩まで、自分で義兄《あに》を殺すつもりなど、少しもなかったのでございますの。でも——でも、先生を玄関に待たせて、二階へあがっていった時、あたし、あたし、恐ろしいことを聞きました」

弓枝はそこでカッと血を吐くと、

「義兄は——義兄は、お姉さまに少しずつ毒を呑ませて、誰にも分らぬように殺してしまったのです。片田という男が、そのことで義兄を脅迫しているのを、あたし、ドアの外で聞いたのです。あの男が——あの男が、その薬を調合したというのだから間

違いはありませんわ。しかも、しかも、あたしはその悪魔に、――その悪魔に――」

と弓枝は、今更のように口惜《くや》しげに身顫いをすると、激しく歔欷《すすりな》きながら、

「あたしの口惜しさ、腹立たしさ、先生、察して下さいまし。桑三さん、察して頂戴。あたしもう夢中でした。夢中で部屋のなかへ躍りこむと片田という男の持っていた短刀を奪いとって、ぐさっとひと突き――ぐさっと一突き――」

弓枝はそこまでいうと、再び夥しい血を吐いたが、漸くまた顔をあげると、

「先生、警部さん、義兄を――いゝえ、義兄ばかりじゃありませんわ。片田という男を殺したのも、みんな、みんなあたし、――あたしです。桑三さん――桑三さん、――鮎ちゃんを、――鮎ちゃんを頼んでよ」

いったかと思うと、哀れな弓枝はガックリと首をうなだれてしまったのである。

×　　×

「桑三君、桑三君」

可哀そうな弓枝の葬《とむら》いもすんで、その初七日《しょなのか》の晩のことだ。不思議な縁からこのしめやかな席につらなった俊助は、やがて桑三と二人きりになると、ふと改まってそう声をかけた。

「桑三君、鮎ちゃんの具合はどうかね」

「はあ、もういけないのじゃないかと思っています。何しろすっかり肺炎をこじらせてしまったものですから」

「そうかね、時に桑三君、君にちょっと訊《き》きたいことがある」

「なんですか、先生」

桑三は瞬間、怯えたような眼をしたが、すぐその顔は蠟のような平静《にい》にかえった。

「桑三君、君の義兄さんを殺したのは、なるほど弓枝さんだったかも知れんが、あの片田という男を殺したのは、桑三君、君だね」

ズバリと言われて、桑三はちょっと顔色を動かしたが、すぐ、静かに微笑すると、

「そうです。先生、僕はいつかその話を先生には打明けて自決するつもりでした」

桑三は表情のない声で、

「僕はあの晩、裏口から気狂《きちが》いのように逃げていく

片田をとらえて、はじめて弓さんが兄を殺したことを知ったのです。あいつは悪党にも似ず案外臆病者と見えて、その話をするとブルブルと顫えながら、

『あゝ恐ろしい、人殺しだ、人殺しだ、水を——水をくれ』

と僕にいうのです。僕は、

『雪でも食《くい》やがれ』

と言ってやりましたが、急に気がついて、あいつを井戸の側へつれていくと、あいつが水を汲《く》んでいるところを、うしろから棕櫚縄で絞め殺してしまいました。それから急に思いついて、持っていた仮面をあいつに着せ、懐中電灯と一緒に井戸の中へ投げこんでしまったのです。先生、僕は決して自分の罪をのがれようと思っているのではありません。たゞ弓さんの死の間際に頼まれた、鮎ちゃんを頼みますという言葉が気になって、今迄、生きて来たのです。しかし、先生、鮎ちゃんももう長いことはないでしょう。昨日、お医者様があの児を診察して、あと、二三日しか持つまいというのです。そして、そして、鮎ちゃんが呼吸《いき》をひきとったら、その時こそ、僕も弓さんの後を追って、あの世とやらへ行く時です」


桑三はそういって、背中を丸くすると世にも物凄い微笑をうかべたが、果して彼の言葉は間違いはなかったのである。

それから三日ほど後、呼吸《いき》をひき取った鮎子の側《そば》に、服毒して死んでいた桑三の顔つきは世にも幸福そうだったという事である。

悪魔の家には、やっぱり悪魔がついていたのである。

悪魔の設計図

田舎芝居

世間には生まれてから死ぬまで、仕事らしい仕事は何一つせずに一生を終る人間がある反面に、時計の振子のように働きどおしに働いても、まだ時間が足りないとこぼしているような貧乏性の人物もあるものだが、お馴染《なじ》みの新日報社《しんにっぽう》の三津木俊助《みつぎしゅんすけ》という人物、彼はさしずめ後者の部類に属しているらしい。

相いついで起る犯罪事件、その血みどろの刺戟《しげき》に、さすが頑健を誇る俊助も多少神経を磨滅《まめつ》した感じで、ある時信州の湖畔《こはん》へ静養に出かけたまではよかったが、後から考えるとこの旅行すら休養の足しにはならなかったのだ。いやいや、それまで彼が直面したどの事件よりも、ずっとずっと恐ろしい大事件がそこに待ちうけていたのだから、彼もよほど貧乏性にうまれついているらしい。

それはさておき、俊助が東京を立ったのは残暑のきびしい盛りだったが、さすが山国の湖畔の町へ来て見れば、朝晩はもうすっかり秋色に包まれて、こよなく俊助を喜ばせたが、それも束《つか》の間《ま》、湖水に面した旅籠《はたご》に旅装を解いた彼は、三日も経《た》つともう猫《ねこ》のように退屈をもてあましはじめたのだ。

「ねえ、君、美代《みよ》ちゃんとかいったね。何かこう面白いことはないかね。俺はもう退屈で退屈で死にそうだよ」

お給仕に出たお美代という女中をつかまえて、俊助がまるで子供のように駄々《だだ》をこね出したのは、着いてからたしか三日目のこと。

「ほゝゝゝほ。旦那《だんな》はよほどせわしない方と見えますわね。あたしなんざ、たまにはゆっくりと息抜きがして見たいと思ってますのに」

「ふむ、息抜きもいゝがね、どうも俺には性《しょう》にあわんらしい。湖水で魚をあさるより、やっぱり都会で泥棒や人殺しを追っかけてる方が板についてるんだね。浅間《あさま》しい次第さ」

「おや、旦那はするとあれなんですか、ほら」

お美代はびっくりしたように、腰にサーベルをつる真似《まね》をしてみせる。

「いや、その方じゃないが新聞記者だから、どのみち人にゃあまり好かれない職業さ」

「あら、新聞社の方なの。そう、それでやっぱり泥棒を追っかけたり人殺しをつかまえたりなさいますの、不思議ねえ」

「何が不思議さ、柄《がら》にもないというのかい」

「いえ、そうじゃありませんけど、ほら、隣室《おとなり》のお客様ね」

「うんうん、あの山羊髯《やぎひげ》を生やした、田舎《いなか》の八卦見《はっけみ》みたいな御老人かい」

「まあ、お口の悪い、いえね、あの方は弁護士さんなんですってさ。御存知ありません？　やはり東京の方よ、名前は黒川さんていうの」

「知らないね。東京には弁護士は多いからね。やはり静養かい」

「さあ何《な》んですかね。毎晩芝居を見にいらっしゃるほか、何もなさっているようではありませんけどね」

「芝居？　あゝそう〳〵、青柳珊瑚《あおやぎさんご》大一座とかいう幟《のぼり》が立っていたが、あれだね」

「ええそうよ、珊瑚さんというのは女役者で、とても美人だって評判よ。きっとそれが御贔屓《ごひいき》なのね、殿方はいくつになってもお若いわ」

お美代はそういうとくすくすと笑い出したが、俊助は一寸《ちょっと》妙な感じに打たれたのである。

黒川弁護士とは隣室《となり》同志だから、廊下で会えば挨《あい》拶《さつ》ぐらいはする。いつも長い山羊髯を綺麗に揃《そろ》えて、度の強そうな眼鏡をかけた老人だ。年は六十の坂を越しているのだろう。いつかその老人が外出するところを見たら、羊羹《ようかん》色の紋附《もんつき》に七つ下《さが》りの仙台平《せんだいひら》をはいて、天気のよいのに洋傘《こうもり》を持っていた。どう考えても旅廻りの女役者にうつゝを抜かす柄とは思えないのである。

「あら、何を考えていらっしゃるの。ねえ、旦那もひとつお芝居でも御覧になったら如何《どう》？　何ならお供させて戴《いただ》きますわ」

「うん、旅芝居も時にとっては一興だが」

「ねえ、お供させて頂戴《ちょうだい》よ。二枚目にとても綺麗な役者がいるんですって。あれ何んてたっけ、そうそう、都築静馬《つづきしずま》っていうんだわ」

「こん畜生《ちくしょう》、さては俺をカモにして、そいつの顔を見たいんだな」

「あら、そんなわけじゃありませんけどさ」

「よしよし、一つカモになってやろうか」

「あら、本当、嬉《うれ》しいわ」

というような事から、計らずも俊助はこの旅の空で、心にもない田舎芝居を見物することになったのだが、後から思えばこれこそ彼が、あの前代未聞《ぜんだいみもん》ともいうべき奇怪な犯罪に、抑々《そもそも》一歩踏入《ふみい》れる発端《ほったん》とはなったのである。

第三幕目

小屋も小屋だったが役者も役者だった。

背景や衣裳のみじめさに相応して、役者の芸もまずかった。いや拙《まず》いというより、中には殆《ほと》んど素人《しろうと》に近いようなのもいた。大体が歌舞伎と剣劇をちゃんぽんにしたようなものだが、それでも、煤《すす》けた平《ひら》土間《どま》を九分《ぶ》通り埋《うず》めた観客が、結構楽しそうにしているのが不思議なくらいだった。

出し物は一番目が新作で『怪談鴛鴦草紙《おしどりぞうし》』という題がついている。粗悪な漉直《すきなお》しの番附に刷った筋書を読むと、美しい御愛妾《ごあいしょう》がいて、忠義で美貌《びぼう》の若侍がいて、その若侍が御愛妾が生きていてはお家の為にならぬとばかり、ある夜その寝所に忍び込み、たんだ一討ち、御愛妾を殺害《せつがい》して逐電《ちくてん》するのだが、後にこれが御愛妾の妹と、それと知らずに契《ちぎり》を結ぶ、つまり一種の因果劇で、どうやら御愛妾の幽霊なども出るらしい。

いう迄《まで》もなく、この御愛妾と妹の二役が座頭《ざがしら》の珊瑚で、忠義な若侍というのがお美代ちゃん贔屓の都築静馬だった。

「旦那、ほら、あれが都築よ、綺麗だわねえ」

お美代は呼吸《いき》が詰まりそうな声で囁《ささや》いたが、その都築というのは、一座の中でも一番拙劣なので、俊助にはとんと興味を惹《ひ》かなんだ。それより寧《むし》ろ観客席を見ている方がよほど楽しかった俊助は、お美代の注意も上《うわ》の空《そら》で聞流《ききなが》してしまったが、後から思えばこれが俊助にとっては大失敗だったのだ。間もなくあのような大事件が起ると知っていたら、何を措《お》いてもその役者に注目したであろうのに。——

その大事件というのは三幕目に起ったのである。筋書によると、都築静馬の若侍が御愛妾を討ち果して立退《たちの》く場面なのだ。

今これを脚本のト書流《がき》にいうと、舞台中央上手《かみて》寄りに常脚《つねあし》二重の舞台、数寄屋《すきや》好み、渡り廊下で上手の御殿につゞいている心《しん》。よき所に秋草、遣水《やりみず》、石《いし》灯籠《どうろう》、折々明滅する蛍《ほたる》などよろしく、すべて御愛妾〇〇の方の部屋の態《てい》。——ということになるのだろう。

その二重の縁側に腰をおろして、絹張りの団扇《うちわ》を使っているのが愛妾に扮した座頭の珊瑚なのである。なるほど評判だけあって素晴らしい美人だ。それに年も思ったより若く、どう多く踏んでも二十五は出ていないだろうと思われる。

お部屋様はしばらく腰元どもを相手に、家中《かちゅう》の若侍の品定めなどをしていたが、やがて何が何して何じゃわいのうというような台詞《せりふ》があって、とゞ二重の中《うち》に入ると、ぴたりとうしろ手に障子をしめる。

多分これから臥床《ふしど》に入る心なのだろう、するすると帯を解く姿が、いかにも挑撥《ちょうはつ》的なポーズとなって白い障子に映ると、その度に見物席から野卑《やひ》な半畳《はんじょう》がとんで満場を湧《わ》かした。やがてそれも終ると屏風《びょうぶ》を引き廻して影は見えなくなる。腰元どもも下手《しもて》へ消えた。

と、急に舞台前面から客席の電灯がパッと一時に消えてしまうと、あとには唯《ただ》、御愛妾の部屋の障子だけが、銀幕のようにくっきりと明るく取りのこされる。

やがてお誂《あつら》えの虫の声、忍び三重《さんじゅう》、鉦《かね》の音。いよいよ若侍の出なのだ。劇場の中はシーンと静まり返って、見物の瞳《ひとみ》という瞳は吸いつけられるように舞台に注がれている。

やがて、上手の渡り廊下から黒装束覆面の侍が忍びの心でそろそろと現れる。

「都築ッ!」

観客席から黄色い言葉がかゝった。お美代はむろん固唾《かたず》をのんで瞶《みつ》めているのである。

ドドドドドと風太鼓の音、鉦の響き、陰気な百万遍。——合方《あいかた》よろしくあって静馬扮するところの若侍は、とゞ障子の中に忍びこむと、スラリと脇差《わきざし》を抜き放つのが、くっきりと明るい障子に影となって映った。

「えゝい！」

ツケの音《ね》と共にさっと脇差がおろされる。

「あれえ！　あ、あゝあゝあゝ」

魂消《たまぎ》るような声が、シーンとした劇場の中に響きわたった。とその時である。黒い影はハッとしたように身を跼《かが》めたが、すぐ起直《おきなお》ると、そのまゝ暗い舞台を横切って、風のように上手のほうへ消えてしまったのだ。

「まあ変ね、あれでも芝居かしら」

もっと纏綿《てんめん》たる情緒を期待していたお美代は、さすがに呆気《あっけ》にとられたようだった。

「はゝゝゝは、うまいじゃないか。今の狼狽《ろうばい》したところなんざ真に迫っていたぜ」

「だって、何ぼ何でも芝居ですもの、もっと科《しぐさ》がなけりゃね」

お美代はいくらか不平らしい。

舞台暫《しばら》く空虚。——やがて下手からひとりの若党が現れた。この若党はかねてからお部屋と密通しているゝ御家老からの密書を持って来たのである。

「旦那、あの若党になっているのが珊瑚の御亭主なんですってさ。田代眼八《たしろがんぱち》という役者よ。まるで敵役《かたきやく》見たいな名前ね」

眼八の若党は腰元を呼び出して暫く押問答《おしもんどう》をしていたが、結局お部屋様を起そうということになって障子を開いた。障子を開くと屏風の陰から、夜具にくるまった女の頭が、かすかに観客席からも見えるのである。

「お部屋様、もし、お部屋様」

眼八の若党は二重に上ると軽く夜具をゆすぶっていたが、そのうちに、ワッと叫んでうしろにのけぞったのだ。

「ヒ、ヒ、人殺しだ！　ヒ、ヒ、人殺しだー」

むろん、芝居の筋書通りだから、誰も驚かない。唯今《ただ》までの台詞の調子と、一寸《ちょっと》変っているのを妙に思ったくらいのものである。すると眼八はしばらく、あっけらかんとした様子をしていたが、やがてまたハッと気を取直すと、おずおずと御愛妾の側《そば》へ這《は》いよって、恐る恐る夜具をまくりあげた。

「ウワッ！　人殺し、人殺しだッ」

その真に迫った仰天《ぎょうてん》振りに、観客席からいっせいに拍手が湧き起る。眼八はそれを聞くと、ぎょっと

したように頭をもたげたが、急にすっくと立上ると、

「人殺しイ、人殺しだア、誰か来てくれ」

叫びながら舞台の上で地団駄《じだんだ》を踏むのである。見物客はそれを見るといよいよ割れ返るような拍手喝采《かっさい》。

「田代！」

「大統領！」

眼八はそれを聞くとふいにベソを掻《か》くような表情《かおいろ》をした。その表情がうまいとて又もや盛り上るような拍手喝采、喝采が大きくなればなるほど、眼八はいよいよベソを掻くように顔を歪《ゆが》める。するとまた拍手、褒《ほ》め言葉。

「おや、こいつは少し変だぞ」

俊助が思わずハッとして体を前に乗り出した時である。ふいに舞台のうえでは世にも変てこな事が起ったのである。

そのお家騒動の舞台面へ、山羊髯に山高帽《やまたかぼう》、七つ下りの羽織袴《はおりはかま》という滑稽《こっけい》ないでたちの老人が、洋傘《こうもり》を片手にちょこちょこと現れたのだから耐《た》まらない。観客席はワーッと一時に湧いてしまった。

「爺《じじ》イ、引っ込め！」

「手前の出る幕じゃないぞ」

「あら、黒川さんだわ」

黒川老弁護士は観客席の怒号叱声《どごうしっせい》にも委細構わず、ちょこちょこ走りで二重へとび上ると、一寸夜具のなかを覗《のぞ》いてみたが、すぐくるりと振返ると、鷲掴《わしづか》みにした洋傘《こうもり》を滅茶苦茶《めちゃくちゃ》に振り廻しながら、

「幕だ！　幕だ！」

と、山羊髯をふるわせて、気狂《きちが》いのように怒鳴ったのである。その姿はこの上もなく滑稽ではあったが、しかしどっか、満場を圧するような気魄《きはく》があったので、観客はフーッと気をのまれて黙りこんでしまったが、その時早く、さっと枡《ます》の外へとび出した三津木俊助、ツツッ！　と花道を舞台のほうへ走っていた。

黄水仙の紋章

何が何やらさっぱり理由《わけ》が分らない。

観客の怒号喧騒《けんそう》の中《うち》に、するすると幕がしまってしまったが、やがて現れた頭取《とうど》りの、役者に故障があったから、今日はこれで打ち切り、入場料は木戸口で払い戻しますという取乱《とりみだ》した挨拶をきいて、は

じめて唯事《ただごと》でないことがピーンと観客の胸にひゞいて来た。

「人殺しがあったのだ」

「座頭の青柳珊瑚が殺されたのだ。さっきのあれは芝居ではなかったのだ」

観客席は忽《たちま》ち上を下への大騒ぎだ。喧《わめ》く者、罵《ののし》る者、泣叫《なきさけ》ぶ者、中には面白がってねばっている物好きな連中もあったが、大半はわっとばかりに雪崩《なだれ》を打って木戸から外へとび出した。

お美代もその群集に揉《も》まれ揉まれて、一旦外へ押し出されたが、まさか俊助を捨てゝおいて帰るわけにもいかない。それに好奇心もあったのだ。横へ廻って楽屋口まで来てみると、はやそこにはいっぱいの人だかり、

「どうも変だと思ったんでさあ、あのきゃっという悲鳴だが、あいつ芝居ごとだとは思えませんでしたからね。いやだ、いやだ、当分あの声が耳について寝られませんぜ」

「なんでもね、都築静馬という役者は座頭の珊瑚と出来てたんだと言いますぜ。それで亭主の眼八とのあいだに、いざこざの絶え間がなかったてえ話でさ」

お美代はぼんやりと向うにある小料理屋の軒下を見ていたが、ふいにハッと胸をとゞろかせた。モジリ外套《がいとう》の襟《えり》を立てゝ、人眼を忍ぶようにほの暗い軒灯《けんとう》の下に立っている男。

——目深《まぶ》かにかぶった帽子の下から見える、くっきりと白い横顔は、まぎれもない、今噂《うわさ》にのぼっている当の都築静馬ではないか。

お美代は急に舌がひき釣って、脚がガクガクと顫《ふる》え出した。と、向うでもそれと気がついたのか、急にくるりと身をひるがえすと、スタスタと大股《おおまた》に歩き出したが、次第にその歩調が速くなって来たかと思うと、やがて温泉町の湯の闇をついて、燕《つばめ》のようにまっしぐらに。——

話かわってこちらは幕の中《うち》である。

黒川老弁護士の態度から、いち速く変事を嗅《か》ぎつけた三津木俊助、さすがは新聞記者の臆面なさ、右往左往する座方や道具方を押しわけて、つかつかと二重へとび上ると、いきなり夜具をぐいとまくり上げた。見ると、女は無残にも咽喉《のど》から乳房まで斬《き》り下げられて、あたり一面唐紅《からくれない》だ。俊助はそっと女の顔を覗き込んだが、そのとたんハッとしたように、

「や、これは違う！」

「おや、これは三津木先生でごわすな」

いやに慣れ慣れしい声に振返って見ると、例の黒川弁護士がきょとんとした顔で立っている。

「御名声はかねがね承《うけたまわ》っておりますじゃ。ちょうどよいところへ見えられた。しかし、先生、違うとは何が違うのでごわすな」

「人間が違うのです。これは座頭の珊瑚じゃない。珊瑚はいったいどうしたのです」

あゝ、意外、今のいまゝで殺害されたのは珊瑚だとばかり思っていたのに、そこに倒れている女は、似ても似つかぬ醜《みにく》い女。珊瑚を月とするならば、すっぽんぐらい差のある女なのだ。黒川弁護士も驚いた様子で、

「お、成程《なるほど》、これは珊瑚じゃないな。これこれ眼八君、眼八君」

「へえ」

珊瑚の亭主だという眼八も、漸《ようや》くさっきの驚きから覚めかけていた。

「この女はいったい何者じゃな。いつの間に珊瑚と入替《いれかわ》ったのじゃな」

「へえへえ、それは弟子の花代《はなよ》という女で、つまり吹替でございます。珊瑚はこの次《つ》ぎの幕で、ほかの役をやらねばなりませんので、いつも屏風の中《うち》へ入りますと、この弟子の花代と替りますんで、へい」

「それで、珊瑚君はどうしたんです。いや、珊瑚君より、さっき若侍に扮した都築静馬という役者はどこにいますか」

「珊瑚はこゝにおりますわ」

妙にシーンとした声だった。その声にハッとして振りかえると、珊瑚が左右から弟子たちに支えられるようにして立っていた。その顔は真白《まっしろ》だった。厚化粧のせいもあるだろうけれど、眼が黄色く濁《にご》って、唇の不自然なほど赤いのが、まるで錦絵でも見るような、毒々しい凄艶《せいえん》さなのだ。額《ひたい》に羽二重《はぶたえ》をおいて、抜衣紋《ぬきえもん》をした首の真白なのも妙に無気味だ。

「都築さんは逃げました。こゝに手紙があります」

「なに、逃げた」

ひったくるようにして俊助がその手紙を読んで見ると、長らく世話になったけれど、仔細《しさい》あって身をかくすから、何卒《なにとぞ》悪しからずというような事が、あわたゞしい走り書きで書いてある。

「こいつは大変だ。ともかくこの由を警察へ報告して、至急あいつを捕《つかま》えなければならん」

「すると何んですか。三津木先生は都築という男が下手人《げしゅにん》だとつまりそういうお見込みでごわすかの」

「今のところ、そうとしか思えませんね、詳しいことは彼奴《きゃつ》を捕えてみなけりゃ分りませんが」

「なに、あいつを調べるまでもありませんや。下手人は静馬の奴にきまってまさ。あいつはこの花代と。……」

「眼八さん」

ふいに珊瑚がはげしい声で遮《さえぎ》った。

「お前さん何をおいいだえ。お前さんこそ、――お前さんこそこのあたしと間違えて、花ちゃんを、花ちゃんを。――」

「バ、馬鹿な！　珊瑚、お前何をいうのだ」

「いゝえ、そうに違いありません。皆さん、花ちゃんを殺したのはこの眼八です。眼八をつかまえて下さい」

俊助はそういういさかいを聞きながら、もう一度死体の側《そば》にひざまずいてみたが、その時、ふと奇妙なものが彼の眼についた。

真紅《まっか》な泡《あぶく》をブクブクと吹出《ふきだ》している花代の胸の上に、何やら黄色い花が一輪、おやと瞳《ひとみ》を定めてよく見ると、それは紙でこさえた八重《やえ》水仙、それがまるで紋章でゞもあるかのように、ぴったりと白い乳房の上に吸いついているのだ。

俊助はどきりとして、思わずその造花を取り上げたが、恰《あたか》もよし、そこへ変事を聞きつけた警官が、おっとり刀でどやどやと駆けつけて来た。

俊助がこゝでもう一度、都築静馬の逮捕の急務なることを力説したのは言うまでもない。そしてもしその時、彼の言が容《い》れられて、直《ただ》ちに手配していたら、案外早く静馬の逮捕を見たであろうし、そうすればまた、これから述べるようなあの数々の恐ろしい出来事も、未然に防ぐ事が出来たにちがいないのだ。

ところがそこに突発した意外な事故のために、そういう警官の手配にすっかり齟齬《そご》を来《きた》してしまったのである。

というのは、警官が珊瑚や眼八を取り調べている時だ。ふいに舞台裏から、

「火事だ！　火事だ！」

という叫び声。つゞいて真黄《まっき》な煙が濛々《もうもう》として舞台一面を包んでしまったのである。

火は小道具部屋から発したのだ。そして意外な殺人事件に気をとられていた人々が、漸くそれと気がついた時にはすでに遅かった。火は手のつけられない程燃えひろがっており、人々は殺人犯人の捜査どころの騒ぎではなかった。お姫さまも、腰元も、若党も、花魁《おいらん》も、さては警官も、弁護士も、裾《すそ》を乱してわれがちにと逃げまどう。百鬼夜行《ひゃっきやぎょう》とは全《まった》くこの事。

劇場一棟だけ焼いて、この火事が鎮火したのはやっと夜中の一時頃。つまりその間だけ捜査手配がおくれたのである。そしてそれだけの時間があれば、都築静馬が身をかくすのに十分だった。果せる哉《かな》、彼の行方《ゆくえ》はいまだに杳《よう》として分らない。——

さて読者諸君よ。

以上に述べたことは、この物語のほんの発端に過ぎない。やがて舞台は東京へ移る。そしてそこで起こった数々の事件の真相には、いかに詮索《せんさく》好きの諸君をも、十分に驚かせるに足る程の、何んともいえぬ異常さ、奇怪さがあったのだ。

黒川弁護士出現

却説《さて》、その日から早くも一ケ月あまり経って、今日は九月の二十七日。俊助は例によって急《いそ》がしく毎日毎日東京中を駆けずり廻っている。しかしその間にも忘れる事の出来ないのは、信州で経験したあの異常な事件、不幸彼は事件のあった翌日、本社からの急電によって、後に心を残しながらも急ぎ帰京したが、その後のなりゆきは、地方局の通信その他によって詳《つまび》かに知る事が出来る。

案《あん》の定《じょう》、警察ではまだ静馬を捕えることが出来ないらしい。聞くところによると、都築静馬という役者は、あの事件があった二ケ月程前、つまり六月の終り頃、名古屋で一座に加入したもので、それも誰の紹介もなく、いきなり使ってくれと楽屋へ駆け込んで来たのだから、一座の者は誰一人、彼の素姓《すじょう》を知っている者はないのだ。丁度その時、珊瑚一座では二枚目に逃げられたところで、大弱りに弱っていた際とて、渡りに舟とばかり、深く詮索もしないで、この美貌の青年を一座に加えたというわけ。

「ありゃどうも、今まで役者なんかしたことのない、全くの素人に違いありません」

　と、眼八は言ったという。

　それはさておき、眼八珊瑚の夫婦も、かなり厳重な取調べをうけたらしいが、間もなく証拠不十分のかどで放免された。しかもこの放免には、あの黒川老弁護士が大分《だいぶ》働いたらしいのである。

　それにしても、あの滑稽な老弁護士は、いったいこの事件でどのような役目を勤めているのだろう。いったい珊瑚一座といかなる関係があるのだろう。

　どう考えても事件は単なる旅役者の痴情沙汰《ざた》とは思えない。何かある。何かしら異常な匂いが事件の背後に、黒雲のようにかゝってる。しかも事件はまだ終ってはいないのだ。――

　俊助が今日も今日とて、編集室で漠然《ばくぜん》とそんなことを考えていると、突然りりりりと卓上電話が鳴り出した。

「三津木君かね」

　受話器を取り上げると、懐かしい由利《ゆり》先生の声。

「君、用がなかったらすぐ来ないか。今客人があるんだが、満更《まんざら》、君に縁のない事もない御仁《ごじん》だ。かなり面白い話があるからすぐ来給《たま》え」

「は、じゃすぐお伺《うかが》い致します」

　俊助は電話をおくと、帽子を頭へ叩きつけるようにして表へとび出していた。

　さて、三津木俊助の冒険談をはじめてお読み下さる読者のために、些《いささ》か言を費《ついや》さねばならぬが、由利先生というのは、俊助の冒険談にはなくてはならぬ名探偵、もとは警視庁の捜査課長をしていたが、今では隠退して、時たま、自分の気に入った事件があると、俊助を援《たす》けて自らも出馬するという奇人、齢《とし》はまだ五十に間があるのに頭髪は針金を植えたように真白な、まことに風変りな人物である。

　今この由利先生の電話によって、麹町三番町《こうじまちさんばんちょう》にある先生の寓居《ぐうきょ》を訪れた三津木俊助、ひと足先生の書斎へ踏みこんだ刹那《せつな》、思わずあっとばかりに低い驚きの声をあげた。

　由利先生と対座している客人というのは、意外とも意外、たった今俊助が脳裡《のうり》に思いうかべていたあの黒川老弁護士ではないか。

「やあ、これは」

　あまりの奇遇に驚けば、

「これはこれは三津木先生、わざわざの御足労《ごそくろう》恐れ入りましてごわす。また、いつぞやは御苦労でごわしたな」

黒川老弁護士は相変らず、長い山羊髯をしごきながら、老眼鏡の奥で眼をしばたゝくのだ。

「いや、あなたこそ。僕は残念ながら途中で引退《ひきあ》げるの止《や》むなきに至りましたが、あなたは大分向うの方でお働きのようで」

「いやなに、大したことはごわせん」

「それであの一座はどうしましたか」

「何んでも解散ということでごわす。珊瑚と眼八は近く東京へ出て来るそうで、いや、もう出て来ているかも知れませんて」

「三津木君、挨拶はそのくらいにしておきたまえ」

その時、由利先生が遮《さえぎ》って、

「黒川さんは今日、非常に面白い話を持って来られたのだ。聞いてみると、君も些か関係があるので来て貰《もら》ったのだが、黒川さん、御苦労でも、もう一度今の話を繰り返して下さらんか」

「いや、ようごわすとも。それじゃ三津木先生にも聞いて戴いて、も一度最初《はな》からお話することに致しましょうかな」

咳一咳《がいいちがい》、そこでこの黒紋附の老弁護士が、果していかなる奇怪なこの物語をなしたか。——

奇怪な遺言状

「さっき由利先生にも申上《もうしあ》げた通り、その男の姓名を打明けることだけは暫く御容赦願《ごようしゃ》いたいので、仮りにAということにしておきましょう。さよう、年《と》齢《し》は俺《わし》より五つ六つ若いと思いましたがな。何、俺の年齢ですかい。俺はこれで六十七になりますて。

さて、このAという老富豪、——さよう、資産は百万円ぐらいもありますかな。この老富豪がまたはや、非常に変り者でごわしての、いまだに独身でごわす、というのにはわけがある。何んでもその男の打明けるのに、若い頃、非常に熱烈な——つまり恋愛をしたのでごわすが、その恋愛した婦人から際どいところで裏切られた。爾来《じらい》、生涯妻は持つまいと決心して、今に至ったというのでごわす。

しかし、Aとても男、ましてやその頃は血気盛んでごわしたから、生涯妻を娶《めと》らぬと決心したものゝ、生理的な要求という奴は、どうもならん。そこで若い頃、とっかえひっかえ、種《いろ》んな女と同棲《どうせい》したもんでごわすが、その遺口《やりくち》がいかにもAらしい。

何せ、最初の失恋以来、女というものは気の許せないものと思いこんでいる男のことでごわすから、いついかなる場合でも、自分の本性を打ちあけない。身分も姓名もかくして、偽名でしばらく同棲をつゞけるのでごわすな。そして飽きが来るといくらかの手切金をつかませて別れてしまう。そうしては又、別の女を探して来て、同じような方法で同棲する。いやまことに不埒《ふらち》な話で。

何んでもAが告白するところによると、そうして弄《もてあそ》んだ女の数が、十人以上もごわすそうで、しかもその中《うち》の三人は、子供まで出来たという話で。

ところが、そうしているうちに、Aもだんだん年をとって来る、年をとると気も折れて来る、だんだん今までの所行《しわざ》が悔《くや》まれて来る。第一、あんなに怨《うら》んでいた、自分を最初に裏切った婦人に対しても、一種憐憫《れんびん》の情が湧いて来る。何んでもその婦人がAを裏切ったには深い事情がごわしたそうで。――それで、いろ〳〵手を尽してその婦人の消息を調べてみると、その後、散々苦労して、ずっと先に死亡したことが分りましたが、その後に一人男の子が残されている。

Aはこの男の子を引きとって、自分の後継者《あとつぎ》という事にきめたのだそうで。その男の子の名前かの、これは打明けても差支《さしつか》えないが、日比野柳三郎《ひびのりゅうざぶろう》といって、今年二十七になります。

Aは何せ、自分が昔愛した女の遺児《わすれがたみ》と思うものだから、この男を寵愛《ちょうあい》しましてな、遺言状を作って、遺産をすっかりこの柳三郎に譲ることに極《き》めましたのじゃ。ところが、その後が面白くない。柳三郎という青年は、長い間孤児《みなしご》として放浪していたものだから、どうもその性質に不良性がある。いかに愛人の子供でも、こいつに遺産は譲れないと、Aもしだいに後悔して来たのでごわす。さあ、そうなると、思い出されるのは、昔自分の女たちにうませた三人の子供じゃ。三人とも母はちがっていますが、これがみんな女で、何んとかして、その女の子たちを探し出して、遺産を分けてやりたい。そしてもし、三人とも死んでいるような場合には、その時こそ、はじめて柳三郎に遺産を譲ろうと、まあ、そういう風に遺言状を書きかえたのでごわす。

それが、今年の五月頃のことで、ところが、それが分ると柳三郎の奴も黙ってはいない。ある日Aと激しい口喧嘩《げんか》をした揚句《あげく》とび出してしまったのじゃが、それきり未《いま》だに行方が分らない。

一方、Aは躍起《やっき》となって、自分の子供を捜索しはじめたが、何せ、二十年もまえに母とともに捨てた子供たち、それも別々の女に出来た子供のこと故《ゆえ》、なかなか居所《いどころ》は分らなんだが、やっと、その一人だけが判明した。それがつまりあの青柳珊瑚でごわす」

「ほゝう」

こゝに至って俊助は思わず感嘆の声を放った。彼の想像は的中した。信州の片田舎に起ったあの事件の裏には、世にも奇怪な、そして複雑《こみい》った秘密が伏在していたのだ。

「こゝまでお話すればお分りでごわしょう、俺《わし》がわざわざ出向いたのも、Aから頼まれて、珊瑚の身の上噺《ばなし》を詳しく聞こうと思ったのでごわすが、ところがあゝいう意外な事件が突発したので」

「分った、分った、それじゃ花代という女が殺されたのはやっぱり、珊瑚と間違えられたのだ。そしてあの静馬というのがもしや、日比野柳三郎では。……」

「あゝ、三津木先生もやっぱり、そうお考えでごわすかの」

黒川弁護士は憮然《ぶぜん》として、

「俺《わし》はついうっかりして、あの役者の顔をよく見ておかなんだのだが、後から考えると、どうもそうのように思われる。尤《もっと》も、俺は柳三郎という男にあまり会ったことがないので、はっきりは分らんが、静馬があの一座へ現れた時日と、柳三郎が姿を隠した時日などを考えると、どうも同一人物でないかと思われる節がある。で、もしそうだとすると、これは実に容易ならん話で、いや、まことに恐ろしい話でごわすて」

黒川弁護士はそこでゾーッとしたように眼をつむると、

「Aも同じ意見でごわしてな、これは愚図々々《ぐずぐず》してはいられない。他の娘たちも早く探し出さねば、どのような事が起るかも知れん。と、そういうわけで恥をしのんで御助力を仰《あお》ぎに参上したようなわけでして」

「なるほど、いやよく分りました」

話している老弁護士の顔をじっと注視していた由

利先生は、その時、やおら身を起すと、

「お話を承ってみますと実に奇怪な事件で、俺《わし》も何んとかして、お手助けをして差上《さしあ》げたいと思うが、それで、ほかの二人の娘さんの名前は？」

「はい、二人とも私生児故、母方の姓を名乗っておる筈《はず》でごわすが一人は萩原倭文子《はぎわらしずこ》、もう一人は桑野《くわの》千絵《ちえ》という名前でごわす。倭文子は今年二十三、千絵は二十一になる筈じゃそうで。こゝに二人の母に関する書類を持って参りましたが」

「お預かりしておきましょう」

由利先生は部厚な書類の閉じものをバラバラと指で繰ってみる。

「それから、もう一つ、その娘たちには大きな目印がごわすのだそうで、というのは、Aという男は、子供がうまれた時、いつもその左の腕に水仙の刺青《いれずみ》を、後々の証拠にしておいたのだそうで」

「えゝ、水仙ですって？」

俊助はハッと顔色をかえた。

「さようでごわす。珊瑚にはたしかにこれがごわすからこの方は間違いないようで、ほかの娘たちもそれを証拠に、一刻も早く探して戴きたいもので」

「分りました。出来るだけ御期待に添うように致しますが、もう一つお訊《たず》ねがあります。他でもないが、もし三人の娘のうち、一人でも死んでいたら遺産はどうなるのですか」

「はい、その場合にはほかの二人が、死んだ娘の分を分けることになりますので、もし、二人死んでいた場合には、一人が全部貰う。つまり一人でも娘が生きていた場合は、柳三郎の手には一文も入らないことになるので」

「ふうむ」

由利先生は何を思ったのか、思わず太い溜息《ためいき》を洩《も》らしたのである。

二つの仮面

「三津木君、君はいったいこの話をどう思う」

黒川老弁護士が立去った後である。由利先生は暫く虚脱したようにじっと瞑目《めいもく》していたが、やがてくわっと眼を開くと、俊助の方を振りかえった。

「どう思うって？」

「いや、実に言語道断《ごんごどうだん》な遺言状じゃないか。これではまるで犯罪を教唆《きょうさ》するようなものだ。いや、柳三郎ばかりじゃない。珊瑚だってそうだ。君、珊瑚がこの内容を知って見給え。人情として自分の分前《わけまえ》が多からんがためには、当然ほかの娘たちの死を願うようになるじゃないか。しかも、姉妹《きょうだい》とはいえ、彼等《ら》は今迄ついぞその存在すら知らなかった。全くあかの他人も同様だ。ほかの娘にしても同じことがいえる。いや、恐ろしい、実に恐ろしい遺言状だ」

由利先生はそういって思わず身顫《みぶる》いをしたが、また急に思い出したように、

「時に三津木君、君はあの黒川という老弁護士をどう思うね」

「え？　黒川弁護士ですか」

「そうさ、君、あいつは食わせ物だぜ。どうもあの山羊髯は附け髯らしい」

「え、何んですって？」

「あいつ変装して、まんまと俺《わし》の眼をくらませたつもりらしいが、そうはいかん。どうも油断のならん奴だ。なに、今に面皮《めんぴ》をはいでやる。あいつばかりじゃない。Aという老富豪とやらも――」

と、いいかけたが、何に気附いたのか、突然由利先生はぎょっとしたように眼をすぼめると、次ぎの瞬間、爆発するように腹をゆすって笑い出した。

「先生、ど、どうかしたのですか」

「いや、こいつは耐《たま》らん。とんだお茶番だ。畜生、まんまと一杯喰わせやがった。三津木君。――」

と何か言いかけたが、又思い直したように、

「いや、いずれ後に話そう。それより大至急で倭文子、千絵の二人を探さねばならん。どちらにしても二人の身に危険が迫っていることだけは確かだからね」

「しかし、先生、探すといったところで、まさか水仙の刺青だけじゃ。――」

「三津木君、当てもない捜索をこの俺《わし》が引きうけると思うかね。いや記憶力というものは大事なものじゃて。三津木君、そこにある六月の新聞の綴込《とじこ》みを取ってくれたまえ」

俊助は呆気にとられた顔で、古い新聞の綴込みを取ってやると、由利先生はバラバラとそれを繰っていたが、やがて、

「あった、あった」

と、叫びながら、俊助の方へ差出したのは六月二日附けの三行広告の頁《ページ》、由利先生の指さす所を見れ

ば、何んとそこには、

青柳珊瑚――当年　二十五歳
萩原倭文子――同　二十三歳
桑野千絵――同　二十一歳
右三名ノ住所オ報《シ》ラセノ方ニハ薄謝ヲ呈ス、
姓名在社

「あっ！」

「どうだい、だから記憶力という奴は馬鹿にならん。今話を聞いているうちに、俺《わし》はすぐこの広告を思い出したのだ。三津木君、この新聞は君のいる新日報社だぜ」

「よろしい、聞いてみましょう」

俊助は直ちに電話を取上げると、広告係を呼出して、この奇怪な広告主の名を聞いていたが、やがてガチャンと受話器をかけると、

「分りました。広告主の名は都築静馬、住所は牛込《うしごめ》B町三番地、すぐ行きましょう」

俊助と由利先生は風のようにとび出していったのである。


さて、俊助と由利先生が、都築静馬のかくれ家で、如何《いか》なる奇怪事を発見したか。それを説く前に物語は少し後へ戻る。

こちらは由利先生の寓居を出た黒川老弁護士、待たせておいた自動車に乗ると、

「駒形橋の際《きわ》まで」

と、簡単に命じた。

ところが、自動車が駒形まで来た時である。

「よし、こゝでよろしい」

運転手に命じてストップさせると、自らドアをひらいて中から出て来たのは、意外にも黒川弁護士とは似ても似つかぬ老紳士なのである。あの長い山羊髯もない。度の強そうな眼鏡も影を消して、古風な山高帽も、新らしいソフトに代っている。あの時代物の黒紋附き、これはどうなったか、合いのインヴァネスを着ているのでは分らない。

「や、あなたは？」

運転手がびっくりするのを、

「はゝゝは、なに、友人をちょっとからかってやったのさ、驚いたかい」

老紳士は金を払うと、スタスタと歩き出す。杖《つえ》代

りに突いているあの古びた洋傘《こうもり》だけが、辛うじて黒川弁護士の面影《おもかげ》を伝えているのである。

老紳士は駒形橋を渡ると、そこを左へ折れた。少し行くと大きなお宮がある。そのお宮の境内《けいだい》まで来た時である。老紳士は何を思ったのか、いきなりインヴァネスの袖《そで》をひるがえして、さっと傍《そば》の御手洗《みたらし》のかげに身をひそめた。——と、間髪をいれず、同じこの境内へ急ぎ足で入って来た男がある。

黒いモジリを着て、鳥打帽《とりうちぼう》を目深かにかぶり、黒眼鏡をかけた男だ。男は急ぎ足で御手洗の前まで来たが、そこでふと足をとめると、

「はてな、どこへ行きやがったのかしら。いやに足の早い爺《じじい》だ」

呟《つぶや》きながら、きょろきょろと人気《ひとけ》のない、黄昏時《たそがれどき》の境内を見廻わしているその時、御手洗の蔭《かげ》から蛇《へび》が鎌首《かまくび》をもたげるように、そろそろと顔を出したのは怪しの老紳士、洋傘《こうもり》を逆手に持って、いやというほど叩き下ろしたから耐まらない。

「あっ！」

と、叫んで倒れる黒眼鏡の男の、その眼鏡を外して見て、

「ナーンだ、こりゃ眼八か」

と、いくらか失望したように呟いた。

「俺《わし》ゃまた、三津木俊助かと思ったのに」

あゝ、さるにても、黒川弁護士と名乗るこの怪老人は、いったい、何者なのだろうか。

悪魔の設計図

「B町三番地？　へえへえ、三番地ならこの露地の奥の突当りでございます。しかし、旦那様、三番地にゃいま誰も住んではおりませんようで。表札があがっている事はあがっておりますがね」

「いや、いゝんだ。誰もいない方が好都合だ」

角の煙草《タバコ》屋の親爺《おやじ》に教えられた由利先生と三津木俊助、すでに黄昏かけた薄暗い露地を入ると、その突当りにあるのは、割に小ザッパリとしたしもうた屋だ。格子《こうし》のわきにある表札を見ると、粗末《そまつ》な木片《いた》に都築静馬。

「こゝですね」

「よし、入って見よう。どうせ誰も邪魔をする奴はありゃせん。どこか開《あ》いていないかね」

俊助が試みに格子に手をかけると、意外にも難な

くスルスルと開いた。

「おや、開いてますぜ」

俊助が勢いこんで中へ踏み込もうとするのを、

「まあ、一寸待ちたまえ」

片手で制した由利先生は、かねて用意して来た懐中電灯を取り出すと、先《ま》ず念入りに三和土《たたき》の上を調べてみる。

「見たまえ、近頃誰かやって来た者があるぜ。下駄の跡がついている。それも女だ」

成程、埃《ほこり》の溜《たま》った三和土の上には、うっすらと駒下駄の跡がついている。

「よし、踏込んでみよう」

二人は玄関の障子を開いて上へ上りこんだが、上ってみて驚いた。家の中はまるで空家も同然、道具といっては何一つない。

「なるほど、これじゃ玄関を開けっ放しにしておいて平気なのも当り前ですね」

「ふう、こゝは新聞社からの通知をうけるためにだけ、仮りに設けておいた隠れ家にちがいない。おや」

由利先生が思わず声をあげたのも無理はない。その時、ふいに二人の鼻先で、ボヤッと電気がついたのだ。

「電気が来ている。して見ると電灯料だけは払っているにちがいないね。ともかく、もう少しその辺を探してみよう。何か手懸《てがか》りになるような物があるかも知れないぜ」

二人は早速手分けして家の中を探しはじめた。探すといってもあまり広からぬ住居《すまい》だ。四畳半が二つに六畳が一間、たゞ庭だけがかなり広くて、その庭の一隅に、天を摩《ま》すような欅《けやき》の大木が亭々とまだ暮れやらぬ空にそゝり立っていた。

俊助は何気なく縁側に立って、その欅の幹を眺めていたが、ふいに、

「セ、先生！」

と、何んともいえぬ異様な声で呼ぶのだ。

「ど、どうしたのだ。三津木君」

「先生、僕の眼はどうかしたのでしょうか。いやいや、僕は気が狂ったのでしょうか」

「な、何んだ、いったい何を見つけたのだ」

「あの欅の幹です。ほら、幹の途中から生えて、ふわふわ風にそよいでいるのは、あれは女の髪の毛じゃありませんか」

「あ」

由利先生はいきなり、庭へとび下りると、欅の側《そば》へ駆け寄ったが、さすがに由利先生ほどの剛のものも、今、自分の眼前に突きつけられた世にも恐ろしい光景を見た時、思わず白髪が逆立たんばかりの恐ろしさに打たれたのである。

その欅の大木というのは、恐らく洞《うつろ》になっていたのにちがいない。それがいま、真新らしいセメントでぎっちりと充塡《じゅうてん》されているのだが、そのセメントのちょうど人の高さぐらいのところから、ひと握りの長い髪の毛が生え出して、バサリバサリと冷い秋風に揺れているその恐ろしさ。

「三津木君、君、大急ぎで角の煙草屋へいって、何か獲物《えもの》を借りて来たまえ。それから、警官を呼ぶように、大至急、大至急！」

「承知しました」

俊助は転げるように飛び出していったが、やがて両手にかゝえて来たのは鶴嘴《つるはし》とシャベル。

「警官はすぐ来るでしょう。親爺に頼んで来ました。とにかくこのセメントを叩き毀《こわ》さなきゃ」

「よし！」

そこで世にも恐ろしい発掘作業がはじまったのである。

がらがら！　がらがら！

鶴嘴を打ちおろす度に、セメントが崩れて、やがてその隙間から、真白な女の脛《ふくらはぎ》が見えはじめた。今はもう疑うべくもない。あの髪の毛は単独に木から生えたのではない。その根元には恐ろしい物が――人間の屍体《したい》がつゞいているのだ。

やがて警官が来る。野次馬《やじうま》が来る。その人たちの助力によって、漸く欅の洞から死体が掘り出されたのはそれから凡《およ》そ一時間ばかり後のこと。

「三津木君、左の腕を調べて見たまえ。水仙の刺青があるかね」

「あります」

女は二十二、三の可愛《かわい》い当世風の美人だった。咽喉をしめられたらしい。白い頸《くび》に紫《むらさき》色の指の跡がのこっている。

「可哀《かわい》そうに、倭文子か千絵のどちらかにちがいないが、しかし一体どちらだろう」

由利先生が呟いている時だ。俊助がふと、堆高《うずたか》く積みあげられたセメントの中から、一冊の手帳を拾いあげたのである。

「先生、こんなとこに手帳がありましたぜ。どうやら洞の中から出て来たらしい」

埃を払ってバラバラと頁を繰っていた三津木俊助。

「あ、先生、こんな事が書いてあります」

「どれどれ」

由利先生はその手帳を六畳から洩れる電気の光にすかして見たが、

「あ！」

思わずさっと顔色をかえたのである。

青柳珊瑚（旅役者）――失敗

萩原倭文子（事務員）――スミ

桑野千絵（浅草凌雲亭《りょううんてい》出勤）――九月二十七日

恐ろしい悪魔の設計図、世にも奇怪な殺人予定表！

「三津木君、今日は九月二十七日だね」

「そうです」

「行こう！」

ふいに由利先生が俊助の手を曳《ひ》いて走り出した。

「こゝは警官にまかせておけばいゝ。千絵を――千絵を救わねばならん！」

手短かに警官にことのいきさつを話しておいて、二人が脱兎《だっと》の如《ごと》く走り出した時、俄《にわ》かにサーッと瓦《かわら》を叩いて暗い雨が落ちて来た。

間一髪！

こゝは吾妻橋際《あづまばしぎわ》、ポンポン蒸気の乗り場である。時刻は夜の八時頃。

暗い河の上には、ポンポン蒸気の灯《あかり》がわびしく揺れて、しだいに殖《ふ》えて来る乗客を待っているのである。

雨はこゝにも降りしきって、河の上に渦のような波紋を作っている。

「いや、とうとう本降りになりましたな。この調子ではなかなか歇《や》みそうもない」

「困りましたな。私ゃ言問《こととい》でおりてから、大分歩かなければならんのだが」

商人らしいのが、隅《すみ》の方でしきりに雨を気にしている。その向うでは一人の青年が、窓に顔を伏せるようにして居眠りをしている。

折からそこへ、まだうら若い娘が十二三の女の子に手を曳かれて、ごとごとと桟橋《さんばし》を下りて来た。

「姐《ねえ》さん、危くってよ。ほら、それが渡板《わたし》、分って？」

「えゝ、分ったわ。有難う、蔦代《つたよ》ちゃん」

見れば娘は眼が見えぬらしい。可哀そうに、眼さえ見えれば十人並み以上の美人だのに。――結綿《ゆいわた》に結った髪の恰好《かっこう》が、ふっくらとした中高《なかだか》の面差《おもざ》しによく似合って、真紅な半襟《はんえり》が燃えるように白い頤《あご》を彩っている。

「姐さん、さあこちらへいらっしゃい。いゝ具合に空いていたわ」

「あらそう、結構ね」

娘は少女に手をひかれて、さっきから居眠りをしている青年のかたわらに腰を下ろすと、ほっとしたように、

「ほんとうに憎らしい雨ね、蔦代ちゃん、あんた濡《ぬ》れたでしょう」

と、見えぬ眼の手探りで少女の肩を撫でて見る。

「あら、あたしは濡れても平気よ、だけど姐さんは困るわね。あらあら、折角《せっかく》の花簪《はなかんざし》がぐしょ濡れになっているわ」

「あらそう」

娘は首をかしげて、頭に挿《さ》した大きな花簪を抜きとると、ホーッと口で息をかける。

さっきから向うの席で、このいじらしい二人の姿を見ていた商人風の一人が、その時はじめて口を開いた。

「お前さん方、これからどちらへ行きなさる」

「あら、あたし？」

答えたのは少女のほうだ。あどけない眼をパチパチさせながら、

「これから千住《せんじゅ》へ行きますの。そして千住がすめば又本所の方へ廻らなければならないの。いやンなっちゃうわ。これだから掛持ちは困るわ」

「まあ、蔦代ちゃん、お前さん、そんな勿体《もったい》ない事をいうもんじゃないわ」

盲目の娘が優しくたしなめるのを見て、

「あゝ、お前さん方は、いま凌雲亭へ出ていなさる、あの盲目《めくら》の手品使いじゃな。そうそう、お千絵さんとかいったっけ」

「あら、旦那、御存知、どうぞ御贔屓に」

蔦代が小まちゃくれた挨拶をしたので、蒸気の中は一時にどっと笑い崩れる。そういううちにも客は

刻々と殖えて、やがて立錐《りっすい》の余地もないまでになった。

やがて、ガランガランと鈴を振る音がする。出発の合図だ。と、そこへ、周章《あわただ》しく駆けつけて来た二人の紳士。

「おっとゝゝ、一寸、我々も乗せてくれ給え」

二人連れが乗りこむが早いか、ポンポン蒸気は名前通りのポンポンという音を立てゝ出発する。一度、河心で方向転換すると、それから降りしきる雨をついて、まっすぐに言問橋《ことといばし》へ。ポンポンポンポン。

「や、これはえらい人だ」

「先生、仕方がないからこゝに立っていましょう。危いが仕方がありません」

言うまでもなく、最後に乗りこんだ二人連れとは由利先生と、三津木俊助、今浅草の凌雲亭を訪れて、千絵の行先《ゆくさき》を聞いて来たのだが、あゝ、それにしても彼等は同じ船の中に、探《たず》ぬる千絵が乗っていると知るや知らずや。憎らしいのは折からの満員の客である。

客を満載したポンポン蒸気は、ガクンガクンと牡牛のように船体を揺《ゆす》ぶりながら、黒い水を蹴《け》って進んでゆく。雨はいよいよ激しくなった。

「おゝ、こりゃひどい、三津木君もう少し中へ入りたまえ。これじゃやり切れん」

由利先生が船室へ割り込もうとした時である。俄かに船のもう一方の側が騒がしくなって来た。

「あ、何をするのよ、姐さん、姐さん、あ、誰か来てえ」

その拍子に蒸気がガクンと大きく揺れた。いつの間に近附いて来たのか、一艘《そう》のモーター・ボートが軽く蒸気に接触したのだ。

「あれえ！　誰か姐さんを、——姐さん、姐さん、お千絵姐さん」

その声にハッとした由利先生と三津木俊助が、甲板の外へ駆け出して見ると、今しも青眼鏡をかけた青年が、ひとりの娘を小脇にかかえてさっとモーター・ボートに飛びのるところだ。

降りしきる雨の中に、ちらとその横顔を見た三津木俊助、思わず真青《まっさお》になった。

「あ、都築静馬だ！」

そのとたん、モーター・ボートはたゝゝゝとけたゝましい音を立ててポンポン蒸気から離れていく。

その距離はしだいに大きくなっていった。

降りしきる雨の隅田川、遠ざかりゆくモーター・ボートの中には都築静馬が、千絵をかゝえてそれこそ幽霊のように体をそよがせながら突立《つった》っている。

「姐さん、――お千絵姐さん。――」

青髯と三人の女

眼前に怪ボートを見ながらどうする事も出来ぬ口惜《くや》しさ、おまけに生憎《あいにく》のこの霧しぶき、怪青年都築静馬と盲目の千絵を乗せたボートは、あれよあれよと立《た》ち騒ぐポンポン蒸気を尻眼にかけ、瞬《また》くうちに姿を消してしまった。

「姐さん、姐さん！　あゝ、とうとう姐さんを連れていってしまったわ」

舟縁に泣き伏した蔦代の側《そば》へ、人ごみをわけて近寄って来たのは由利先生と俊助だ。

「姐や、あの人はおまえの連れかえ」

「えゝ、小父《おじ》さん、あたしの姐さんよ。姐さんを奪《と》られてしまって、あたし、あたし。――」

蔦代はしくしく泣きじゃくっている。

「君の名は何んていうの？」

「あたし、蔦代といゝます」

「そうかよしよし。泣かんでもいゝ。小父さんが姐さんを取戻してやるからね。三津木君、蒸気を岸へ着けさせたまえ。ほら蔦代ちゃん、お前も一緒に姐さんを探しにいくんだよ」

「あら、そいじゃ小父さんは警察の方なの？」

「あゝ、そうだ、そうだ」

ポンポン蒸気はすぐ岸へついた。不審《いぶ》かしそうな乗客の眼に送られた三人は、岸へあがるとすぐ別のモーター・ボートを探し出した。これに乗った三人は、そこで再び霧しぶく隅田川をまっしぐらに下流へと向うのだ。

「蔦代ちゃん。お前お千絵さんの妹かね」

「えゝ、でもほんとの妹じゃないの。姐さんもあたいも今のおっ母《か》さんに貰われて来たのよ。おっ母さんはいつもお酒ばかり飲んで、あたい達を苛《いじ》めるの。ねえ、小父さん、ほんとに姐さんを取戻して下さる？」

「おゝ、取り戻してやるとも」

自信ありげに言ったもののゝ思えば心許《こころもと》ない話、あの大欅に女の死骸《しがい》を塗籠《ぬりこ》めた手際から見ても、犯人は鬼畜《きちく》の如き人間なのだ。その鬼畜の手に捕われて、果して千絵は無事であり得るだろうか。

「先生、これはどうも駄目らしいですね」

　行き交う船毎《ごと》に怪ボートの消息を訊《たず》ねていた俊助は、やがて絶望したように呟いた。何せ雨の夜更《よふ》けの隅田川、行き交う船も至極《しごく》まれに、おまけに他の船に注意を払うひまなどなかったのも無理ではない。

　こうして一時間あまり暗い河上《かわうえ》をさまよい歩いたが、ついに怪ボートの消息は分らない。途中水上署のランチに出会ったが、これまた何んの消息も齎《もた》らさぬ。魚は遂に網から逃れたのだ。静馬はいったい千絵を何処《どこ》へ拉《らっ》し去ったのであろうか。

「泣かなくてもいゝよ。何か分ったら報らせてあげるから、今夜はこれでお帰り。お前のほうでも姐さんから音信《たより》があったら、すぐ小父さんのところへ報らせに来るんだよ」

「えゝ、小父さん、お願いします」

　蔦代は健気《けなげ》に頷《うなず》いたが、それにしてもこの少女が、その後あんな目ざましい働きをしようとは。――しかしそれは後のお話。

　こうして由利先生は事件の第一歩においてまんまと縮尻《しくじ》ったが、さてそれから二日目の午下《ひるさが》り、麹町三番町にある由利先生の宅へやって来たのは余人ならぬ俊助だ。

「先生、分りましたよ。大欅の中に塗籠められていたのは、やっぱり萩原倭文子でした」

　俊助の話によるとこうなのだ。

「倭文子は丸ノ内に勤めている女事務員で、住居《すまい》は渋谷《しぶや》の某アパートでしたが、一週間ほどまえから行方が分らないので、大騒ぎをしていた所でした。性質は内気な方で親戚も友人もなく、淋《さび》しい生活《くらし》でしたが、近頃になって少し妙なところがあったという話です」

「妙というと？」

「つまり恋人が出来たらしいんですね。時々勤め先へ若い男が訪ねて来たそうですが、すると傍《はた》の見る眼もいじらしいほど、嬉しそうにソワソワとしていたという話です。ところでその男ですが、こいつが間違いもなく、例の都築静馬らしいんですよ」

　俊助はポケットから一通の手紙を取出すと、

「これは倭文子の部屋にあったものですが、御覧なさい、静馬からですよ」

由利先生は急いでその手紙を読み下す。

——愛《いと》しい倭文子様。昨日は何んという楽しい日であったでしょう。あの郊外の平凡な風景も、あなた故《ゆえ》に僕は生涯忘れる事が出来ないでしょう。お別れしてからの淋しさ遣瀬《やるせ》なさ、あゝ、恋とはかくも人を物思わしくする物か。御免《ごめん》下さい、お眼にかゝってまだ日浅い僕が、こんな事を言ってさぞあなたは御迷惑でしょう。しかし僕はもう打明けずにいられない。僕は一日もあなたなしには暮していけなくなりました。お願いです。もしこの無礼な手紙をお許し下さるなら、明夜八時、牛込B町三番地へ僕を訪ねて下さいませんか。僕の胸はもうあなたの想いで張り裂けそうです。どうぞどうぞ、僕を絶望の淵《ふち》に叩き込まないように。

都築静馬拝

「如何《どう》です、先生、実に巧《うま》いものじゃありませんか。この手紙に誘《おび》き寄せられたのが倭文子の運の尽きなんですね、それにしても静馬という奴は、女に対して不思議な魔力を持っていると見える。女役者の珊瑚といいこの倭文子といい——この調子だと千絵の生命《いのち》も危いものです。女を弄んで終《つ》いに殺す、あいつは恐ろしい吸血鬼です。西洋の伝説に出て来る青髯《ブルー・ベアード》なんですね」

「ふむ、そうかも知れない」

由利先生は何か凝然《じっ》と考え込んでいたが、その時ジリジリと鳴り出したのは卓上電話。

「えゝ、こちらは由利、あゝ、黒川さん？」

由利先生はちらと俊助に眼配《めくば》せすると、

「えゝ、そう、B町の死体は倭文子でした。そして千絵は静馬に誘拐《ゆうかい》されました。それについて是非《ぜひ》お眼にかゝりたいのですが、えゝ、何んですって？　珊瑚が東京へ出て来る？　今夜、新宿へ九時着の列車で——承知しました。迎えに行って見ましょう。あなたは用事があって行かれない？　なるほど、珊瑚がいたら麻布《あざぶ》狸穴《まみあな》の芥田《あくた》貞次郎《ていじろう》氏宅へつれていくんですね。麻布狸穴芥田貞次郎氏ですね。承知しました。では、いずれその時。——」

受話器をかけると、由利先生はきっと俊助と眼を見交した。芥田貞次郎——その人こそ、あの奇怪なA富豪とやらではあるまいか。

簪《かんざし》通信

　さてもその夜、由利先生と俊助は、果して無事に珊瑚を迎える事ができたであろうか。それをお話する前に、筆者は是非とも千絵のその後の消息を語っておかねばならぬ。

　こゝは江戸川を隔てゝ東京と向いあっている行徳《ぎょうとく》のかたほとり、こんもり繁った森蔭《もりかげ》に一軒の水車小屋が立っている。ガタンゴトンと水車は廻れど、絶えて訪れる人もないこの水車小屋の中で、今しもぴったり寄り添っているのは、あゝ何んという事、あの怪青年の都築静馬と盲目の千絵ではないか。

「静《し》イさん、あなたどうして溜息ばかりお吐《つ》きになるの。何か心配事があるのなら、この千絵にも分けて頂戴な」

　甘えるような千絵の言葉。

「何さ、何んでもないんだよ」

「そうかしら。だって可笑《おか》しいわ。何も訊《き》くなと仰《おっ》有《しゃ》るけど、あたし訊かずにいられない。ねえ、静イさん、あたしどうしてこんな所に隠れてなきゃいけないの。何故《なぜ》蔦代ちゃんに居所を知らしちゃいけないの。あたし不思議で耐まらない。引攫《ひっさら》うようにあたしをこゝへ連れて来て――あの時、あなたと分るまで、あたしどんなに驚いたでしょう。蔦代ちゃんだって、きっと心配しているだろうと思うのよ」

「千絵さん」

　静馬は蒼《あお》い顔をして千絵の肩に手をおくと、

「お前、誓っておくれ、僕に無断でこゝを出ていったり、誰にも居所を知らせたりしないという事を、僕を愛してくれるなら、ハッキリここで誓っておくれ」

「それは静イさん、あたしあなたを愛しているわ。死ぬほど恋しているわ。人間て妙なものね。お眼にかゝってまだ一月《ひと》にもならないのに、こんな気持になるなんて、えゝ、静イさん、あたし誓うわ。あなたの仰有るとおりするわ。だから静イさん、だから。――」

　その時、誰か入って来たので、二人はハッと側《そば》を離れた。

「おやおや、お楽しみの所をすまないね」

「あゝ、粕谷《かすや》君か、何か用？」

　粕谷というのはこの間、怪ボートを運転していた男だ。

「うん、一寸」

静馬は立って粕谷と何かひそひそ話をしていたが、ふいにさっと顔色が蒼褪《あおざ》めた。

「それじゃ珊瑚が？　今夜九時に？」

二人はなおも、低い声で密談をしていたが、やがて静馬は千絵の側へかえって来ると、

「千絵さん、僕は一寸出かけて来る。お前淋しくても我慢していておくれ。さっきも言ったように、決して外へ出ちゃいけないよ」

言い捨てると返事も待たず、そゝくさと出ていったあとには、千絵が悄然《しょうぜん》と唯一人。

彼女は思わず深い溜息を洩らすのだ。静馬がはじめて千絵の前に現れたのはつい一月ほど前のこと、そして彼女は忽ち身分も定かならぬこの男の不思議な魔力に魅せられたのだ。彼女は何故、自分がこんな所にかくれていなければならないのか知らない。何故蔦代に居所を知らせては悪いのかも分らぬ。

彼女は盲目的に男の命令に従っているのだが、今、千絵はふいと襲われたような寒さを感じた。嬉しい語らいの間にも、決して打解《うちと》けない男の体温の、一種異様な冷たさを思い出したのである。

「そうだわ。静イさんはあゝ仰有るけど、あたし蔦代ちゃんに知らさずにいられない。きっと心配してるに違いないんですもの」

千絵は懐中《ふところ》から白粉紙《おしろいがみ》と鉛筆を取り出した。

彼女は生来の盲目ではない。十二の年に熱病を患《わずら》ったのがもとで、視力を失った彼女は片仮名ぐらいは書けるのだ。千絵は覚束《おぼつか》ない手探りで、一字々々離して書いていった。

ツタ代サン、私ハブジデス。ワタシハイマ、ギヨートクノ水シャバニイマス。

それを祝儀袋《しゅうぎぶくろ》の中に入れると上にこう書いた。

コレヲヒロッタ人ハ、アサクサ、リョーウンテイ、ツタ代サンニワタシテ下サイ。

書き終った千絵はにっこり微笑《わら》って、

（そうだ、あれがいゝわ）

手探りに探し出したのはこの間粕谷が飲んだビールの空瓶《あきびん》、その中へ手紙をつめると、ふと思いついて花簪《はなかんざし》を栓にさしこんだ。

（蔦代ちゃんの手に入っても入らなくても、こうすればあたし気がすむのだわ）

窓を開くと下はすぐ川である。千絵が手を振ると、ドボーンと瓶は河へ落ちていった。

千絵はその音を聞くと、やっと安心したように微笑したが、この手紙は彼女の予期しないほどの速さで、全く奇蹟《きせき》的な速さで、蔦代の手もとに届けられることになったのだ。

というのは、この水車から一里《り》ほど下流で釣をしていた男が夕方頃、ふと花簪のついたビール瓶の流れて来るのに眼をとめたのだ。彼は瓶の中からあの手紙を発見すると、非常な好奇心に捉われた。幸いその男は下谷《したや》へ帰る道順だったので、途中浅草へ寄ったが、いゝ工合にそこへ蔦代も来合せていた。

蔦代は手紙を読むとすぐ、麹町の由利先生の宅へ駆けつけた——と、こゝまでとんとん拍子だったが、生憎《あいにく》その時由利先生は、新宿駅へ珊瑚を迎えにいった留守中だったのだ。

落胆《がっかり》した蔦代が手紙をおいて表へ出ると、

「おい、姐や、一寸待ちな」

柳の下からズイと側《そば》へよって来た男がある。黒いモジリに青眼鏡、役者のような男だった。

「姐やは何か由利先生に用事があったのかい。俺ゃこれから先生の出先へ行くんだが、何んなら伝言《ことづ》かってやろうか」

「あら、そう」

賢いようでもまだ子供だ。つい引込まれて、

「そいじゃね、こう言って頂戴。お千絵姐さんは行徳の水車場にいるんですって。どこの水車場か分らないけどそう言って来たのよ」

「あゝ、行徳の水車場だね。よし」

男はそのまゝ飛ぶように闇のなかを走り去った。この男こそ誰あろう、先日黒川弁護士に、強《したた》か頭を殴《なぐ》られて、気を失った珊瑚の亭主、あの田代眼八なのだ。

蔦代はそんな事は知らなかった、が何んとなく不思議な男の素振《そぶ》りに、急に不安がきざして来たのか、さっと顔蒼ざめると、どこへいくのかこれまた一目散に。——

静馬の先手

電気時計が九時をさして、今しも新宿駅へゴーッと入って来た上り列車。そのごった返す混雑の中へ降り立ったのは、二十五六の鬘下地《かずらしたじ》に結った女、地

味なコートを着ているが、どこか艶《えん》な姿を見つけて、つかつかと側へ寄って来たのは、いう迄もなく由利先生に俊助。

「あゝ、珊瑚さん」

俊助に声をかけられて、

「おや、どなた様でしたでしょうか」

珊瑚は不審《いぶ》かしげに首をかしげる。

「お忘れですか、いつか信州でお眼にかゝった、新聞記者の三津木俊助ですよ」

「おやまあ、すっかりお見外《みそ》れしちまって」

「なに、一山《ひとやま》いくらの口ですからね、こちらは由利先生、――実は黒川弁護士の代理でお迎えに上ったのですよ」

「あら、そうでしたの、それは失礼しました」

珊瑚を中に、三人が改札口を出ると、そこへつかつかと自動車の運転助手が近附いて来た。

「由利先生でいらっしゃいますか。黒川さんの御命令でお迎えに参りました」

「あゝ、そう」

三人は導かれるまゝに、表に待っていた自動車に乗り込んだが、この時、先生が運転手の様子にもう少し注意を払うのが足りなかったといって、あながち先生を責めるわけにはいかないだろう。由利先生が今夜新宿駅へ迎えに来ることを知っている者は、黒川弁護士よりほかにない筈だったし、そして、その黒川弁護士が、自動車の迎えを寄来《よこ》すという事はいかにもありそうなことだった。

だから先生も俊助も何んの疑念も抱かなんだが、これが抑々《そもそも》失敗のもと。自動車が今しも真暗《まっくら》な青山墓地へさしかゝると、急に妙な音を立てゝピタリと停ったので、

「おや、パンクかな」

俊助が首を伸ばした時だ。

「凝《じ》っとしてろ、声を立てるとぶっ放すぞ！」

くるりと助手が振返った。見るとピストルの銃口《つつぐち》がこちらを向いている。三人は思わずあっと息を呑《の》んだ。

「女を残して男たちだけ降りるんだ」

「畜生！」

俊助は歯ぎしりをしたが、何しろ相手は飛《とび》道具を持っている。そのうち誰か来てくれゝばよいがと、前後を見廻したが、何しろ夜更けのこの青山墓地、

犬の子一匹通らない。

「おい、何を愚図々々している。早く降りないとぶっ放すぞ」

「仕方がない、三津木君、仰《おお》せにしたがって大人しく降りようぜ」

「あら、先生！　先生」

珊瑚は唇の色まで真蒼になった。由利先生と俊助が降りたあとから、彼女も周章《あわ》て降りようとしたが、その時、バックミラーに映っている運転手の顔がふと彼女の眼についた。

「あら、静馬さん！」

叫んでどしんと尻餅ついた拍子に、自動車は闇を縫《ぬ》うて早《はや》まっしぐらに。——

「畜生！　また彼奴《あいつ》だ！　都築静馬だ！」

俊助は自動車のあと見送って、地団駄《じだんだ》踏んで口惜しがったが後の祭、それにしても一度ならず二度までも静馬に出し抜かれた間の悪さ。由利先生は俊助と顔見合せると思わず苦笑を洩らした。

「先生、どうしましょう」

「どうしようって仕方がないさ。とにかく狸穴へ出かけてよく理由《わけ》を話さなきゃ——」

「黒川弁護士、憤《おこ》るでしょうね」

「憤ったって仕方があるもんか」

由利先生と俊助は、途中で自動車を拾うと麻布狸穴の芥田貞次郎氏の宅へ走らせる。芥田氏の邸《やしき》はすぐ分った。閑静《かんせい》な袋路地《ふくろろじ》の突当り、こんもりとした立木に囲まれた和洋折衷《せっちゅう》の住宅は、夜目にもかなり豪奢《ごうしゃ》なもので、黒川弁護士の話したA富豪とは、確かにこの家の主人《あるじ》にちがいないと思われる。

呼鈴《ベル》を押して刺《し》を通ずると、

「どうぞこちらへ、お待ちかねでございます」

無愛想な老僕に案内されて、入っていったのは洋風の書斎、見ると主人とおぼしき老紳士が、いかにも不安げに待っている。

「芥田さんですか。由利です」

「おゝ、由利先生、今夜は御苦労でした」

立上った芥田氏の顔を、真正面からきっと眺めていた由利先生、何を思ったのか、急に腹をかゝえて笑い出すと、

「こりゃ愉快だ。やっぱりあなたでしたね。黒川弁護士！」

「ナ、何んですって？」

「何も驚くことはないさ、三津木君、この芥田氏の顎に山羊髯をつけて、度の強い老眼鏡をかけたところを想像して見たまえ。忽ち黒川弁護士の顔が出来上るぜ。黒川弁護士即《すなわ》ち芥田貞次郎氏さ。そしていう迄もなく遺言状の主A富豪とはこの方なのさ」

ポンと肩を叩かれて、芥田老人はよろよろと椅子に腰を落す。俊助は今更のように、激しい好奇心を抱きながら、そっとこの老人の横顔を偸視《ぬすみみ》たが、成程々々、髯こそなけれ、眼鏡こそ掛けていなかったが、まさしくこの人は黒川弁護士に違いない。

芥田老人は暫く噛《か》みつきそうな表情《かおいろ》で、二人の顔を見較《みくら》べていたが、やがてほっと手の甲で額を拭《ぬぐ》うと、

「いや、御眼力恐入《おそれい》りました。たしかに俺《わし》が黒川弁護士に違いありませんじゃ。これにはいろいろ理由《わけ》のあることとで。――」

「御老人、その理由というのを承ろうじゃありませんか。こうなったらお互いに腹蔵《ふくぞう》なく、何もかもさらけ出してしまうのが、事件を解決する一番の近道ですぞ」

「さよう、俺《わし》もそう思うていたのじゃが、しかし由利先生、あなたにしたところで、この間俺の話したような不面目な過去の所業を、臆面もなく他人《ひと》に話せると思いますか。いやいや、あまり人道に外れた話ゆえ、つい俺は自分の本性を打ち明けかねたのじゃ。それともう一つ、黒川弁護士の仮面をかぶっていた理由《わけ》がある」

すべてを打明けて結局気が落着《おちつ》いたのか、そこで芥田老人は一服すると、

「というのはほかでもない。三人の娘に財産を分けようと思うたものゝ、その娘たちがどんな人間になっていることやら、それが俺の気がかりの種じゃった。親子の名乗りをする前に、是非とも娘たちの生活《くらし》や性質を調査して見たかった、といって、これは滅多《めった》な人間に頼める筋合《すじあい》のものではない、そこであゝいう変装を思いついたのじゃが、しかし、もうそんな悠長なことはしておれん。由利先生、珊瑚はつれて来て下すったろうな」

「ところが大失敗、またやられましたよ」

「なに、やられた？」

「そうです、静馬に先手を打たれたのです」

「おゝ、静馬！」

芥田老人は恐怖に耐えぬものゝ如く、唇をわななと顫わせていたが、急に瞳をきっとすえると、

「由利先生、あんた俺《わし》の話を信じて下さるだろうな」

「えゝ信じますとも」

「有難《ありがた》い、こゝに俺の遺言状がある。彼奴《あいつ》はこれを覘《ねら》っているのじゃ。彼奴は――彼奴はたしかに日比野柳三郎なのじゃ、彼奴は俺の三人の娘を殺して、その揚句、この俺を殺すつもりにちがいない、由利先生、この遺言状を預かっておいて下され、そして、そして一人でもよい、俺の娘を助けてやって下され、お願いじゃ、これが俺のお願いですじゃ」

老人はそこまで語ると、恐怖に耐え得ぬものゝ如く、ぐったりと椅子の中に崩《くずお》折れた。

地獄絵巻

一度外から帰って来た静馬は、再び出ていったきりまだ帰らない。夜はシーンと更《ふ》け渡って、どこやらで梟《ふくろう》の声が物凄《ものすご》い。

深夜の寒さが身に浸《し》みて、千絵は幾度《いくど》か薄い夜具の中で寝返りを打つ。静馬さんはどこへ行ったのだろう。何故早く帰って来てくれないのだろう。

ガタンゴトンと物憂《ものう》い水車の音、さらさらと枕の下を流れる水の音。川上は雨になったのか、今夜は水音もひとしお高い。

千絵はふと枕から頭をもたげた。どこか身近《みぢか》なところで、かすかな呻《うめ》き声が聞える。千絵はハッとして寝床の上に起き直ると、見えぬ眼を見張った。

「誰？　そこにいるのは？」

呼んでみたが返事はない。返事はないが確かに誰か身近かにいることを、盲人特有の鋭い神経がハッキリと嗅《か》ぎつけた。

「誰なの？　どなたかそこにいらっして？」

その途端、呻き声とともにドタリと壁を打つような音が聞えた。千絵はハッとして長い袂《たもと》で胸を抱いたが、その時、ふと思い出されたのは昨夜《ゆうべ》のこと。静馬の帰りを待ちわびて、千絵がうとうとしているところへ、外から静馬と粕谷が帰って来たが、今から考えると、どうもあの時、二人だけではなかったように思われる。何かしらその足音からして、二人は重い荷物を抱えていたような気がする。もしや、あの荷物が人間ではなかったかしら。

千絵はドキンとして、胸を抱くと、もう一度見え

ぬ眼を見張って、

「どこにいらっしゃるの？　あなた、どこ？」

その問いに応ずるかのように、ゴトゴトと板を叩くような音。千絵はその音を頼りに、粗《あら》い畳のうえを這《は》っていった。

――と、その手に触ったのは大きな箱、小首をかしげて撫《な》でて見ると、どうやらそれは長持《ながもち》らしい。耳を傾けるとその長持ちの中から聞えるのは確かに人の呻き声。

千絵は驚いて手を引込めたが、また思い直して鐶《かけがね》を探りあてるとピンとそれを外した。蓋《ふた》をとって手を入れると、何やらぐにゃりと暖いものが。


――


「あれ」

千絵は思わず身を顫わせたが、怖いもの見たさとはこの事だろう、手探りに探ってみると中にいるのは女らしい。しかもがんじがらめに縛られて、猿《さる》轡《ぐつわ》まで欲《は》められている様子。

「まあ！」

千絵は思わず呼吸《いき》をのむと、

「あなたはどなた。どうしてこんな場所《ところ》にいらっしゃるの？」

訊ねてから気がついた。猿轡を欲められているんだもの、返事のないのも無理はない。

「待ってらっしゃいな。いま解いてあげますわ」

この事がやがて自分のうえに、どんな恐ろしい結果を齎《もたら》すか、もとより千絵は知る由もない。彼女は急いで猿轡と縛めを解《いまし》いた。

「有難うよ」

低い呟きとともに、長持からよろよろと出て来たのは、いう迄もなく、昨夜由利先生の許《もと》から拉《らっ》し去られた珊瑚なのだ。

珊瑚はぐったり畳の上に横坐《ずわ》りになると、髪の毛をかきあげながらほっと吐息をついて、

「ほんとに馬鹿にしてるわ。逃げやしないから大丈夫っていうのに、静イさんたら肯《き》かないんですもの。おゝ、苦しかった」

「静イさん？」

千絵はふと小首をかしげると、

「あなた、静イさんを知ってらっしゃるの？」

「えゝ知ってるわ。あたしの情人《いろ》ですもの」

洒々《しゃあしゃあ》と言い放った珊瑚は、乱れたまえを繕《つく》ろいな

がら、仄暗《ほのぐら》い洋灯《ランプ》の灯でふと千絵の顔を見ると、

「おや、お前さん、眼が見えないのね」

「えゝ、でも、そんな事どうでもいゝわ」

千絵は俄かに膝《ひざ》を進めると、

「静イさんがあなたの情人ですって？　ほゝゝゝ、あたしを揶揄《からか》っていらっしゃるのね」

「おや、どうして？　静イさんがあたしの情人だと、何か不都合な事でもあるのかい」

「だって可笑しいわ。静イさんにはちゃんと、あたしという者があるんですもの」

「おや、馬鹿らしい、眼も見えないくせに生意気をお言いだよ」

珊瑚は吐き出すように言ったが、しかし相手の顔を見ているうちに、俄かに不安がきざして来る。成程、盲目でこそあれ、仲々可愛い娘だ。ふっさりと長い睫毛《まつげ》、ふくよかな頰、雪のような肌――珊瑚はふいに、ムラムラと嫉妬《しっと》の情がこみあげて来る。

「お前さん、ずっと長くこゝにいるの」

「えゝ、いるわ」

「静イさんも一緒に？」

「ええ、一緒よ」

「馬鹿らしいわね。いゝ娘がなんだってこんなところに燻《くすぶ》っているんだね」

「だって仕方がないわ。静イさんが無理に引っ張って来たんですもの。どこへも行っちゃいけないんですって」

珊瑚はふと肚胸《とむね》を突かれた面持《おももち》で、

「一体、お前さんの名は何んというの？」

「千絵というの、あなたは？」

「千絵？」

珊瑚は思わず叫んだが、俄かに千絵の側《そば》へ摺《す》り寄ると、

「お前さん、ちょっと腕をお見せな」

千絵の腕をとると、いきなりぐいと袖をまくりあげたが、そのとたん、珊瑚の顔は真蒼になった。

「あゝ、これだわ。この刺青《いれずみ》だわ！」

「あら！」

千絵は急いで腕をかくすと、

「まあ、何をなさるのよ」

「お前さん、自分の腕に水仙の刺青があるのを知っていて？」

「知ってますとも。子供の時からあるんだわ」

「だけどその刺青がどんな恐ろしい意味を持ってるか知っている？」

「え？」

「知っちゃいないでしょう。あたしもつい近頃まで知らなかったの。この間黒川という弁護士に聞いてはじめて分ったのよ。ねえ、千絵さん、静イさんがお前を可愛がるのも、この刺青があるばかりにさ。ほんとはお前さんなんかに洟《はな》もひっかけるもんか。千絵さん、あの人は恐ろしい人殺しだよ」

「え？　何んですって？」

千絵はさっと気色《けしき》ばむ。珊瑚はそれを見るとフフンと鼻を鳴らしながら、

「そうさ、わけを話せば長いけど、何んでもね、水仙の刺青のある女が天下に三人いるんだってさ。そしてその三人を殺してしまえばあの人には大身代《おおしんだい》が転げ込むというのさ。だから千絵さん、今にお前はあの人に殺されるよ」

「まあ、何んですって？　一体それは何んの話なの。もっと詳しく話して頂戴」

「えゝ、話してあげるからこちらへお寄りな」

片手で千絵を引寄せた珊瑚は、片手を懐中《ふところ》に入れると、何やらズラリと引抜いた。

「実をいうと、あたしにもその刺青があるんだよ、しかしあたしゃあの人に殺されやしない。あの人と夫婦になって、財産をみんなやっちまう。しかし、それには千絵さん、お前がいると邪魔なのよ」

「あれ！」

千絵がさっと飛びのいた。眼こそ見えぬが盲人には常人に見られぬ鋭い本能がある。その本能がプーンと焼刃《やいば》の臭いを嗅いだのだ。

「あなた、何をなさるのよ。手に持っているのは何？」

「何んだって構うもんか、畜生！」

匕首《あいくち》逆手に、さっと突いて来るところを、危《あやう》く体をひらいた千絵は、

「あれえ！」

枕だの土瓶《どびん》だの茶碗《ちゃわん》だの手当り次第に投げつける。盲人の勘のよさ、投げつけた茶碗の一つが、珊瑚の眉間に当ったから、

「あっ！」

と、珊瑚がたじろぐ隙に、千絵は小屋から外へ転び出ていた。外は凄いような月夜。

「誰か来てえ、静イさん、静イさん」

「喧《やかま》ましいよ！」

珊瑚は嫉妬に狂い立った。この女がこゝで静馬と起伏《おきふ》しを共にしていたかと思うと、無性に腹が立って来る。

「待たないか。盲目のくせに図々《ずうずう》しい！」

千絵は木の根に躓《つまず》いてバッタリ倒れた。起き上がろうとするところを、いきなりムンズとうしろから髷《まげ》をつかまれる。

「さあ、摑《つか》まえたよ。どうするか見ておいで」

（あゝ、あゝ、もうおしまいだ、あたしはここでこの女《ひと》に殺されるのだ、静イさん、静イさん。――）

千絵はふーッと気が遠くなったが、その時である。何やら黒いものが木蔭から飛び出したかと思うと、いきなり珊瑚の腕をムンズと押えた。

「あれ、誰だよ、あ、あーあ！」

凄《すさ》まじい声が森中にひゞき渡って鳥の塒《ねぐら》を驚かしたが、それも一瞬、やがてシーンと静まりかえったかと思うと、柔《やわら》かな草を踏む音。静馬が帰って来たのかしら。いや違うらしい。――千絵はうつゝのうちにその足音を聞いている。足音は一旦千絵の側《そば》を離れたが、また引返して来た。

「気を失っている」

太い、聞きなれない声だった。やがて男の荒々しい息が千絵の頰にかゝったが、そのとたん、千絵は今度こそ、本当に気を失ってしまったのである。

男は千絵の体を抱くと、サクサクと柔い草を踏んで、暗い森の中をいずくともなく姿を消したが、その時である。ふいに土堤《どて》の下からむっくりと頭をもたげた者があった。

蔦代なのだ。

蔦代は土堤から這いあがると、そろそろと水車の側へ近寄って来たが、何を見つけたのか、ふいに彼女は石のように身を固くした。しばらく彼女は、呼《い》吸《き》をつめて、凝《じ》っとこの恐ろしいものを見つめていたが、やがてくるりと身をひるがえすと、一散に今の男のあとをつけていくのである。

人間水車

由利先生と三津木俊助の二人が、この水車小屋の附近へ姿を現わしたのは、それから三時間も後のこと、東の空がそろそろ白《しら》みかける時分だった。

芥田老人の宅から、一旦自宅へ帰った由利先生は、そこではじめて蔦代の手紙を見たのだ。そこで先生は、一度別れた三津木俊助を呼び出すと、この水車小屋捜査にと出かけたが、何しろ夜中のことではあり、行徳の水車小屋としか分らないので、探し出すのに意外に骨が折れたのだ。

「先生、向うに見える、あれがそうじゃありませんか」

「ふむ、ともかく行って見よう」

川縁づたいに小屋の側《そば》までやって来た由利先生と三津木俊助、ゆるやかに廻っている水車を見ると、二人とも思わずあっと叫んで、その場に棒立ちになってしまった。

あゝ、何んということだ！

まだ明けきれぬかわたれ時の薄明りに、ガタン、ゴトンと廻っている水車のうえに、女が一人、まるで磔刑《はりつけ》のように縛りつけられているではないか。無心の水車が廻るにつれて、女の体はあるいは横になり、あるいは逆立ちになり、逆立ちになった時には、さっと髪の毛が地を払うその恐ろしさ。いつぞやB町の大欅からはみ出していた女の髪の毛を見た時に、勝るとも劣らぬその無気味さ。

「珊瑚だね」

さすが物慣れた由利先生も、横腹が固くなるような恐怖をおぼえた。

「セ、先生！　千絵は？」

「小屋の中を調べて見たまえ」

二人は早速小屋の中へ踏み込んだが、いう迄もなくそこは藻抜《もぬ》けの殻《から》、油のつきた洋灯《ランプ》の心《しん》が、ジジーと瞬《また》きしているのも佗《わ》びしく、あたりはすっかり取乱している。俊助はその中から千絵の持物《もちもの》らしい化粧箱を探出《さがしだ》した。

「先生、千絵も殺されたのでしょうか」

「ふむ、何んともいえない、恐ろしい、実に恐ろしい奴だ」

由利先生が吐き出すように呟いた時である。サクサクと土を踏んで近附いて来る足音。

「誰か来た！」

二人がさっと物蔭にかくれたとたん、足音は小屋のまえで立止《たちど》まったが、あっという恐怖の叫び、それにつゞいて、

「千絵さん、千絵さん！」

声を顫わせながら、小屋の中へおどり込んで来たのは、贋《まが》うかたなき都築静馬だ。静馬は眼前に突立《つった》っている二人の顔を見ると、さすがにさっと顔色を失ったが、しかしもう逃げようとはしなかった。却っていきなり由利先生の腕をつかむと、

「由利先生ですね、誰が――誰が珊瑚を殺したのです。千絵は――千絵はどこにいます」

「都築君、いや日比野君だったな。

それはこちらこそ聞きたいところだ。千絵をどこへやったのだね」

「知りません、知りません。あゝ、千絵を助けて下さい。千絵は殺されます。先生、いゝえ、僕はよく先生を知っています。千絵を助けて下さい。お願いです。お願いです」

狂気のように叫ぶ静馬の眼からは、滂沱《ぼうだ》として涙が流れおちる。

「こいつ、今更狂言にしたって欺《だま》されやしないぞ」

「三津木君、まあ待ちたまえ。この男に話させて見よう」

由利先生は優しく静馬の肩に手をおくと、相手を土間に坐らせながら、

「日比野柳三郎というのが、君の本名だったね。さあ、日比野君、話してくれたまえ。君はなんだって千絵や珊瑚を誘拐するんだ。君が人殺しの犯人でないなら、これには何か理由《わけ》がある筈だね」

静馬――いや、今こそ日比野柳三郎は、粗い畳に手をつくと、ポタリと涙を落した。

「先生、よく聞いて下さいました。私は今恐ろしい立場にいるんです。私のした事はみんな可哀そうな倭文子や珊瑚や、それから千絵を助けたいばかりでした。しかし、それも水泡に帰してしまいました。倭文子も珊瑚も殺されてしまって。――先生、お願いです。せめて千絵だけは助けて下さい」

柳三郎は激しく息を吸うと、

「今から思えば、私はもっと早く警察の力を借りた方がよかったのです。しかし私にもハッキリ分らないことが多かったし、それに、いつの間にやら、自分が有力な容疑者になっている事に気附いたものですから、その勇気がなかったのです。先生、私を信じて下さい。そして千絵を――千絵を助けて下さい」

「日比野君、まあ、落着きたまえ、それで、君は犯人を知っているのかい？」

そのとたん、柳三郎はぎょっとばかりに顔をあげ

ると、じっと虚空《こくう》に瞳を据えていたが、やがて吐き出すように、

「いゝえ、知りません」

「知らない筈はあるまい。君は犯人を知っていたからこそ、その計画を妨《さまた》げようと、いろいろ苦心していたのじゃないかね」

　柳三郎はさーっと顔色を失ったが、それに対してはいくら訊ねても答えようとしない。

「先生、こいつはいゝ加減なことをいっているんですぜ。やっぱり犯人はこの男でさ」

「まあ、待ちたまえ。日比野君、君はこの手紙に覚えがあるかね」

　取り出したのは、過ぐる日三津木俊助が、萩原倭文子のアパートから探し出した、静馬の恋文だった。柳三郎はそれに眼を走らすと、

「いゝえ、知りません。成程倭文子は知っていますが、こんな手紙をやった憶《おぼ》えはありません。それに私は長いことB町の家へ近寄ったことはないのです」

「ほんとうだろうね」

「ほんとうです。あゝ、何もかも私に疑いがかゝるように出来ているんです。誰も私を信じてくれない。恐ろしいことだ、恐ろしいことだ！」

　柳三郎はしばらく、髪の毛を掻きむしっていたが、突然きっと狂気じみた瞳をあげると、

「先生、私と一緒に来て下さい。私にはほんとうによく分らないのです。しかし、私と一緒に来て下されば。——」

「いったい、どこへ行けばいゝのだね」

「養父《ちち》の家です。芥田貞次郎氏の宅です」

「よし」

　由利先生はそれ以上説明を求めようとはしなかった。三人は直ちに、途中で雇った自動車を走らせて、麻布の狸穴まで駆けつけたが、芥田家の表まで来たとき、さすがの由利先生も三津木俊助も、さては日比野柳三郎も口あんぐりと暫くは物をいう事も出来なんだ。

蔦代の冒険

　実際それは信じられない事だった。しかしその信じられない事が現実に起ったのだ。

　昨夜まで四隣を圧していた芥田家の豪奢《ごうしゃ》な建物は、今や跡方もなく、あたりは一面の焼野原、まだぷす

ぷすと燻《いぶ》っている煙の間を、右往左往《うおうさおう》している人影を見たとき、三人は狐《きつね》につまゝれたような顔をした。

「一体、何事が起ったのです」

野次馬の一人を捕えて俊助が訊ねた。

「昨夜《ゆうべ》火事があって主人が焼け死んだのです」

「芥田氏が焼死んだのですって？　それは本当ですか」

日比野柳三郎は唇まで真蒼になった。

「本当ですとも。今向うで死体が発掘されたところです。行ってごらんなさい」

三人は大急ぎでその方へ駆けよったが、見るとまだぷすぷすと燻っている煙の間に横《よこた》わっているのは、見るも無惨な焼死体、それこそ筆舌に尽しがたいばかりの恐ろしい、無気味な、真黒焦《まっくろこ》げの死体だった。

「一体、これはどうしたというのだ！」

俊助の声にふと振返ったのは、見覚えのある昨夜《ゆうべ》の老僕だった。

「あ、あなたは昨夜《ゆうべ》のお客様、それに若旦那も！　あなたはまあ、あなたはまあ」

老僕は柳三郎に取りすがると、ひとしきり涙に噎《むせ》んだが、やがて気を取り直して語り出したところによるとこうなのだ。

前夜二時頃、老僕はふと唯ならぬ叫声《さけびごえ》に眼をさました。叫声は彼の寝ている日本建《にほんだて》の真向いに建っている洋館の二階から聞えるのだ。

老僕はそこで周章て雨戸をくったが、見ると洋館の二階の窓から、必死となって救いを求めているのは主人の芥田老人、老人は逃げようと試みているらしいが、生憎、窓という窓には悉《ことごと》く厳重な鉄棒がはまっている。

老僕は一体何事がおこったのかと呆気にとられていると、ふいに老人の姿が中へ消えた。と、つゞいて魂消《たまぎ》るような悲鳴。――

あっと老僕は夢からさめたように、窓下へ走りよったが、その時、めらめらと紅《あか》い焔《ほのお》の舌が窓という窓から一時に吹出して来たのだ。

「というわけで、私がほかの者を叩き起した時分には、火はすっかり家中《うちじゅう》に廻って、――」

と、老僕は今更のように涙をのむ。

こういう話の間、柳三郎は焼けつくような視線で黒焦げ死体を眺めていたが、ふいに両手で顔を覆うと、

「千絵！　千絵も焼死んだ！」

腸《はらわた》をしぼるような声で叫ぶのだ。

「皆さん、もう一つ死体がある筈ですが、まだ見つかりませんか。若い女の死体です」

それを聞くと、今まで焼跡を掘っていた男が、ふとこちらの方へ近寄って来た。

「あなたの仰有るのは、もしや眼の不自由な婦人じゃありませんか」

「あ、そ、そうです」

「それなら御安心なさい、その婦人は私の家《うち》にいます。大変つかれているようですが、別に怪我《けが》はないようですよ」

「な、何んですって。千絵が生きているんですって。そしてあなたのお住居は？」

「御案内しましょう」

その人の家は芥田家より小半丁《こはんちょう》ほど離れたところだった。そこも昨夜の火事で、ごった返すような騒ぎだったが、その取乱した奥の間に真蒼な顔をして寝ているのは確かに千絵だ。

「千絵！」

「あ」

千絵はがばと寝床から跳起《はねおき》ると、

「静イさん、静イさん」

見えぬ眼の手探りで、犇《ひし》とばかりに柳三郎に抱きつくと、あとはもう溢《あふ》るゝ涙。

「よかったね、千絵。僕はもう二度とお前には会えないとばかり思っていたのに。それにしても眼が見えないのによく逃げられたねえ」

「いゝえ、静イさん、蔦代ちゃんが助けてくれたのよ。もう少しで焼き殺されるところを、蔦代ちゃんがとび込んで来て。――」

「蔦代ちゃん？」

「えゝ、あたしの妹なの。あ、そうそう、蔦代ちゃんから由利先生にってことづかってるものがあるんだけど」

由利先生はそれを聞くと思わず前へ出て、

「私が由利だが、どれどれ」

「あら！」

千絵が頰を紅らめながら取出したのは一枚の紙片。先生は取る手遅しと開いて見る。

――先生サマ。オ千絵ネエサンヲタノミマス。私ハコレカラ悪者ヲ追ッテ行キマス。イズレ先生サマノ所へ報《シ》ラセマス。――

「これは大変だ。三津木君。至急警視庁へ電話をかけて、非常線を張るようにいってくれたまえ。俺《わし》はすぐに家へ帰って見る。何か報らせて来てるかも知れん。日比野君も千絵さんも俺のところへ来ていたまえ」

そこで一同はすぐ麹町三番町の由利先生の宅へ引きあげたが、頼みに思う蔦代からの通知はまだ来ていなかった。

警視庁ではすぐ非常線を張ったが、一時間たっても二時間たっても蔦代の消息は分らない。一同は次第に不安になって来る。もしや蔦代は途中で殺されたのではあるまいか。それにしても悪者というのは一体何者だろう。千絵も話をきくと声をあげて泣き出した。

「蔦代ちゃんは殺されたんだわ。蔦代ちゃん！」

だが、正午頃《ひる》になってはじめて蔦代の消息らしいものが入って来た。横浜で彼女らしい姿が見られたというのだ。横浜――？　悪者は横浜へ逃げたのだろうか。

ところが、それから更に二時間ほどたって、一通の電報がやって来た。

ワルモノハフネニノッタ　ワタシモノル　フネハ　スルガマル」ツタヨ

あっという叫びが由利先生、俊助、柳三郎の唇からいっせいに洩れた。

「三津木君、船会社へ電話をかけて駿河丸《するがまる》の大阪入港の時間を聞いて呉《く》れたまえ」

俊助はすぐ電話へとびついたが、それによると、上海《シャンハイ》航路の駿河丸が、大阪天保山《てんぽうざん》桟橋へつくのは明朝十時頃の予定だという。

「よし、しめた！　汽車で先廻りをするんだ。汽車が間に合わねば飛行機！　飛行機！」

扉《ドア》を洩れる煙

白い波を蹴って大阪港へ入って来た駿河丸は、今しも天保山桟橋へピタリと横着けになった。と、それを待ちかねたように、タタタとタラップを駆けのぼっていった四人連れ、いう迄もなくそれは由利先生と三津木俊助、そして日比野柳三郎と盲目の千絵なのだ。

途中無電を打っておいたので、船長がむつかしい顔をして一同を迎えた。

「一体何事が起ったのです。無電に従って誰も上陸させないことにしてありますが」

「殺人犯人が乗り込んでいるんです」

「殺人犯人？」

「そうです。実に恐ろしい奴です。二重、三重、いや四重の殺人犯人です」

「先生、先生」

千絵が横からもどかしそうに、

「それより蔦代ちゃんはどこにいるんですの。蔦代ちゃん、蔦代ちゃん！」

「はあい」とつぜん後甲板のほうから蔦代の声が聞えて来た。

「あたし、こゝにいてよ」

その声に一同がハッと振返って見ると、今しも甲《かん》板《ばん》に吊されたボートから、外へとび出そうと一心にもがいているのは、まぎれもなく蔦代ではないか。

「あっ！」

一同は思わず側《そば》へかけよると、

「おゝ、お前無事だったか。一体何んてことをするのだ。小父さんは心配で心配で、昨夜《ゆうべ》は夜中寝やせん」

「ほゝゝゝほ、大丈夫よ、小父さん、面白かったわ。お千絵姐さん、こちらよ」

「まあ、蔦代ちゃん」

千絵は蔦代の体をひしと抱きしめると、もう〳〵二度と離すことじゃないという風に、頰《ほお》摺《ず》りをする。

「さあ、蔦代ちゃん、それでは話しておくれ。一体、お前は昨夜《ゆうべ》どんな冒険をやったのだね」

「えゝ、お話しするわ」

蔦代は可愛い眼をくるくるさせながら、

「あたしね、行徳の水車場からずっと悪者とお千絵姐さんのあとをつけていったのよ。すると、悪者は姐さんを抱いたまゝ、狸穴のお屋敷へ入ったの。あたしどうしようかと思ってお屋敷のまわりを歩いているうちに、急にあの火事騒ぎでしょう。あたし急いで中へとびこむと、洋館の中にお千絵姐さんが倒れてるでしょう。あたしすぐそれを助け出して、さて外へ出てみると、さっきお千絵姐さんを連れ込んだ悪者が、火事の中から一散に外へ逃げていくんでしょ。で、あたしずっとそのあとをつけて来たのよ」

あゝ、何んという大胆さ、何んという奇智、しかも蔦代は二晩にわたる冒険にもめげず、まるで小悪魔のように元気だった。

「で、悪者はどこにいるの？」

「こちらよ、御案内するわ」

蔦代が先に立って案内したのは、上甲板にある一等船室のまえ。

「こゝよ！」

「しっ！」

蔦代の口をおさえた俊助は、由利先生に眼配《めくば》せすると、つかつかと扉《ドア》のまえへより、

「お眼覚めですか。もしもし」

「危い！」

ふいにうしろから由利先生がその体をつきとばした。と、間一髪を入れず、ズドンという音、弾丸《たま》はドアを貫いて、ヒューッと俊助の胸をかすめてうしろへとんだ。実に際《きわ》どい一瞬間だった。もし由利先生が最初のあのかすかな抽金《ひきがね》の音を聞かなかったら、おそらく俊助は心臓の真中《まんなか》を貫かれていたゞろう。ピストルの初発はたいてい空弾になっている。それが俊助を救ったのだ。

由利先生はドアの外から、用心しながら声をかける。

「じたばたしても駄目ですよ。あなたも悪党なら悪党らしく、潔《いさぎよ》く往生《おうじょう》したらどうです、芥田老人！」

「あっ！」

という声が扉《ドア》の内外から聞えた。

「芥田老人だって？　先生？」

「そうさ、三津木君、このドアの中にいるのは芥田老人だよ」

「だって、だって、あの焼死体は？」

「それは俺《わし》にも分らない。芥田老人に聞かねば見当がつかないね。しかしあの火事場の出来事はみんな老人の狂言なんだよ。いかにも自分が焼け死んだように見せる狂言なんだ。ねえ、そうでしょう、御老人？」

よほど暫くたってから低い声が聞えて来た。

「そうだ。みんな君のいう通りだ」

「あゝ、あなたもどうやら観念したらしいですね。で、あの焼死体は一体誰です」

「田代眼八！」

「あ！」

「そうなのだ。珊瑚の亭主の眼八なのだ。俺《わし》はしば

らくあいつを手先に使っていたが、邪魔になるから、殺して俺の身代《みがわり》にしたのさ」

　シーンとした沈黙。やがてまたドアの向こうから皺嗄《しわが》れた声が聞えて来た。

「まだドアを開いちゃいけない。ドアを開くとぶっ放すぞ。由利君、そこに柳三郎はいないか」

「いますよ。千絵さんもいます」

「え？　千絵がいる？」

「そうです。千絵さんは少女のために、危く生命《いのち》を救われたのですよ」

　ふいにドアの中からかすかな歔欷《すすりなき》の声がきこえて来た。

「柳三郎」

「はい」

「千絵を頼んだよ」

「はい」

「由利君、聞いてくれ。俺《わし》は執念深い男だった。一度うけた怨《うら》みは終生忘れることの出来ぬ男だ。そしていつかは復讐《ふくしゅう》しなければ腹が癒《い》えぬのだ。俺は柳三郎の母に裏切られた。その怨みを子供の柳三郎で遂げようと、あゝいう狂言を書いたのだ。何もかも、柳三郎をおとし入れるための計画だったのだ」

「お父さん」

　柳三郎はじっとドアに眼を注ぎながら喘《あえ》ぐように叫んだ。

「何んだ。柳三郎！」

「私はそれを知っていました。あなたが二度目の遺言状を私に読んでお聞かせになった時、私はその計画をうすうす感附いたのです。何故なら、何故なら——亡くなった母から、よくあなたの御性質を聞いていましたから。だから、私は何んとかしてあなたの三人の娘さんをお助けしようと、順々に近附いていったのですが、しかし、まさかあんな酷《むご》いことをなさろうとは思いもよりませんでした。かりにも、仮りにもあなたの娘たちではありませんか」

「そうだ、柳三郎、しかしなあ、俺《わし》は人間ではないのだ。お前の母に裏切られた日から、俺は悪魔になったのだ。それに幼い時に捨てゝしまった娘たちに、何んの愛情をかんじよう、俺は狂っていたのだ。いや、今でも狂っている。子供を殺した親の悲痛を、昨夜《ゆうべ》はじめて味わって狂っている。愛してはおらぬと勝手にきめていたがそれは嘘《うそ》だった。千絵、千絵」

「はい」

千絵は見えぬ眼を見張りながら扉《ドア》のまえへ寄る。

「俺《わし》はお前のお父さんだ。しかし、お前の眼が見えないということは何んという幸福なことだろう。お前は鬼のようなこの父の顔を見ずともすむのだ。お前のことはよく柳三郎に頼んでおく。由利君、由利君」

「何んですか。御老人」

「最後に一つきゝたいことがある」

「どういう事です」

「君はどうして俺《わし》が犯人だと知っていたのだ」

「それはね、御老人、あなたが珊瑚と間違えて弟子の花代を殺したからですよ」

「あ」

「あの時、柳三郎君はおそらく、あなたの顔を見たので芝居から逃げ出したのでしょう。そのあとであなたが柳三郎君の代役をやられた。むろん、珊瑚を殺して柳三郎君に罪をきせるためでしょう。ところがあなたの殺したのは珊瑚ではなくて弟子の花代だった。ところで、一座の者なら決してそんな失敗を演ずる筈はなかったのです。何故なら、あそこで珊瑚が弟子を吹替えに使うことは、一座の者ならみんな知っている筈ですからね。だから犯人は一座以外の者——黒川弁護士、即ちあなたに違いないと眼をつけたんですよ」

「有難う。それだけ聞けば心残りはない」

ドアの奥からかすかに咽喉で笑う声が聞えた。と、次ぎの瞬間、ズドンというピストルの音。一同があっとドアのまえに集まった時、低い瀕死《ひんし》のうめき声と共に、眼にしみるような煙が、ドアの隙からむらむらと洩れて来たのだった。

そしてそれこそ悪魔の終焉《しゅうえん》を告げる狼火《のろし》の煙だった。

銀色の舞踏靴

新シンデレラ姫

驚いた。全《まった》く驚いた話なのである。

劇場の二階から靴《くつ》が、それも子供のゴム靴かなにかならまだしも、艶《なま》めかしい女の舞踏《ぶとう》靴が降って来たのだから、さすがの三津木俊助《みつぎしゅんすけ》も驚いた。

だいたい、その時俊助のしめていた席というのがよろしくない。前から三十番目といえば、ちょうど二階の出っ張りの真下にあたっている。東都《とうと》映画劇場におけるある夜の出来事で、折から銀幕には妖艶《ようえん》なグレタ・ガルボの横顔が大写しにされ、鼻にかゝったガルボの低声《こごえ》が、甘酸《あまず》っぱく観客の胸をくすぐっていた。溜息《ためいき》の出るような場面なのである。

ところが、そういう静けさをやぶって、ふいに、

「あら！」

と、いう軽い女の叫声《さけびごえ》が聴《きこ》えたかと思うと、黒い影がツーと銀幕を縦にはしって何やらコツンと俊助の膝《ひざ》に落ちて来たものがある。靴なのである。しかも冒頭《はじめ》にもいったとおり、銀色の、艶めかしい、穿《は》き主《ぬし》の美しさもさこそとおもわれるような片方の舞踏靴。これには俊助もおどろいたが、腹が立つまえに先《ま》ずおかしくなった。

二階から靴を落すなんて、なんてそゝっかしいお嬢さんだろう、まさか片方の靴だけでは帰れもしまい。といって他のものならともかく、足にはく物を他人《ひと》の頭上から落しておいて、のめ〳〵取返しに来られもしまい。

俊助はお嬢さんが真紅《まっか》になって、どぎまぎしている図が、眼に見えるような気がして、そうすると急に相手が気の毒になった。

とにかく持っていって返してやろう、そう考えた俊助は、外套《がいとう》のポケットに靴を捻《ね》じ込むと、急いで

椅子から立ち上った。ところが、彼が階段の下まで来たときである。二階から急歩調《いそぎあし》で降りて来る女の姿が眼にうつった。

豪奢《ごうしゃ》な毛皮の外套を着て、目の細かいネットで面《おもて》をつゝんだ若い女だ、尤《もっと》も若いといったのはその体つきから想像したまでで、何しろ目のつんだネットをかぶっているのだから、顔のところはよく分らない。しかし俊助の姿を見てはっと立ちどまったようすが尋常《じんじょう》とは思えず、ひょっとしたら、いま靴を落したのはこの女ではないかしら。

そう思ったものだから俊助は摺《す》れ違いざま、

「もし〳〵」と、声をかけた。

「失礼ですが、この靴を落したのは、もしやあなたではありませんか」

ところが、驚いたことには女はその言葉を聴こうともせず、ふいにさっと身をひるがえすと、あっという間もなく、タタタタとひと息に階段を駆けおり、車寄せから自動車に乗ってしまった。

全くそれは飛鳥《ひちょう》のような早業《はやわざ》で、さすがの俊助も毒気を抜かれた態《かたち》だったが、しかしその瞬間、彼はハッキリ見てとったのである。自動車に飛び乗ったお嬢さん、片っ方しか靴を履《は》いていなかったではないか。

さあ、こうなると唯《ただ》ではすまないのが俊助の性分《しょうぶん》なのだ。言い忘れたが三津木俊助というのは、新聞界きっての腕利《うでき》き記者といわれ、わけても犯罪事件に関しては特殊の嗅覚《きゅうかく》を持つという評判、その俊助の第六感にピンと来たからたまらない、お嬢さんの後を追って急いで車寄せへととび出すと、幸い眼についたのは一台の空車《あきぐるま》。

「君、君、あの自動車をつけてくれたまえ」

と、いきなりそれに跳《と》び乗ったが、しかしこの時俊助がもう少し落着《おちつ》いてあたりに気をつけていたら、もっと別な、妙な事柄に気がついていたことだろう。

俊助が飛び出していったすぐその直後のことである。

二階からゴト〳〵と異様な人物がひとり下りて来た。その人物というのは、黒いインバを着た、恐ろしく猫背《ねこぜ》の老人で、黒眼鏡をかけ、帽子の縁《ふち》を鼻のうえまで下ろしているのが、なんとも気味悪い感じなのだ。おまけにこの老人、片脚悪いと見え、太い ステッキをゴト〳〵引摺《ひきず》りながら、ヒョイ〳〵跛《びっこ》をひいているのが、とんと蝙蝠《こうもり》のお化《ばけ》のように薄気味悪い感じだった。

　老人は玄関に立って二台の自動車を見送っていたが、やがて黄色い歯を出してニヤリと笑うと、

「ふふふふ、うまくいったわい」

　と、低声《こごえ》で呟《つぶや》きながら、こそ〳〵と立去《たちさ》ったが、後になってあの恐ろしい事件が発見された際、受附《うけつけ》の少女がすぐこの老人のことを思い出したほど、それは印象的なものだった。

　だが、それは暫《しば》く後の話、こちらは三津木俊助だ。日比谷《ひびや》から桜田門《さくらだもん》、三宅坂《みやけざか》から清水谷《しみずだに》公園へと、執念ぶかくお嬢さんの自動車をつけていた三津木俊助は、ついに、上三番町《かみさんばんちょう》のとある宏壮《こうそう》なお屋敷の門前に、まえの自動車がとまるのを見とゞけた。

「ストップ、こゝで降ろしてくれたまえ」

　俊助も大急ぎで自動車をとめると路傍《ろぼう》にとびおりる。

　と、見れば前の自動車は、お嬢さんひとりを路傍にのこして、今しも向うの角へ消えていくところだ。俊助は急歩調《いそぎあし》で女のそばへ駈け寄った。

「もし〳〵」

　声をかけると、

「あら！」

　女は、びっくりしたように振返《ふりかえ》ったが、しかしその大袈裟《おおげさ》な身振りには、どことやらそぐわぬ調子があった。ちゃんと俊助の尾行を知っていながら、わざと驚いて見せたのではないかしら、そういう感じなのだ。

「何か御用でございますの」

「靴を持って参りましたよ、お嬢さん、この靴、お嬢さんのでしょう」

「靴ですって？」

　女は当惑したように俊助の手にした靴を見る。なんともいえぬほど魅力のある声だ。黒いネットの底から、美しい瞳《ひとみ》が星のように輝いて、顎《あご》から唇《くちびる》へかけての線が、たまらなく蠱惑《こわく》的なのである。俊助は思わずブルブルと胴顫《どうぶる》いをした。

「まあ、何《な》んのことでしょう。折角《せっかく》ですけど、何かの間違いじゃありません？」

「そんな筈《はず》ありませんよ。たしかにあなたの靴だと思うんですがね。ほら、東都劇場の二階から落したでしょう。で、僕がこうして持参したというわけで

す」

「あら、東都劇場ですって？　じゃ、やっぱり間違いですわね。だってあたし、今夜そんなところへは参りませんもの」

「何んですって？」

あまり大胆な女の嘘《うそ》に、俊助はあきれて物が言えなかった。こんな美しい顔をして、よくもまあ、のめのめとこんな嘘がつけるものだと思った。しかし、お嬢さんは平然として美しい片靨《かたえくぼ》をうかべながら、

「えゝ、間違いにきまっていますわ。靴を落したなんて、ほゝゝゝほ、随分滑稽《こっけい》な話ね、でもあたしじゃありませんわ。ほら、御覧の通り、あたしちゃんと靴を履いていますもの」

俊助はやられたと思った。完全な敗北だった。多分自動車のなかで履きかえたのだろう。女はピカピカ光る靴を、ちゃんと履いているのである。むろん両方とも。

「それじゃ、あなたは全く、この靴に覚えがないと仰有《おっしゃ》るんですね」

俊助は憤《む》っとして、思わず言葉を強めた。

「えゝ、ございませんわ」

「それじゃ、僕がどうこの靴を処分しても、あなたに言い分はありませんね」

「まあ、難かしいんですこと。えゝえゝ、どうぞ御随意になすって」

「そうですか。いや、失礼いたしました。さようなら！」

俊助は外套のポケットにグイと靴を捻じ込むと、くるりと踵《くびす》を返したが、考えてみると業《ごう》が煮えてたまらない。まんまと女に翻弄《ほんろう》された感じなのだ。

俊助はハッキリあの女が片脚はだしで逃げ出すところを見たのである。それだのに、自動車から降りたところを見ると、ちゃんと別の靴を履いている。してみると、あの女はあらかじめ、余分の靴を一足《そく》用意していたと思わねばならぬが、どこの世界に、靴の履きかえなど持って歩く女があるだろう。何んと考えても変な話だった。

「ちぇッ、馬鹿にしてやがら」

俊助はブツブツ呟《つぶや》きながら、暗い夜道を二三丁《ちょう》やって来たが、急に思い返してまたさっきのお屋敷の門前まで引返して来た。むろん女の姿はすでにその辺には見えない。俊助はせめて名前だけでもと思っ

て表札を覗《のぞ》きこんだが、これは何んとしたこと、そこには表札を剝《は》ぎとった跡が薄白く残っているばかり、門の中を覗いてみても灯影《ほかげ》一つ見えない。つまり、このお屋敷は空家だったのである。

こゝに至って俊助は、完全に背負《しよ》い投げを喰わされたことを自覚しずにはいられなかった。

「ふゝゝ、でかしたぞシンデレラ姫、しかしこいつ靴を忘れたシンデレラ姫にしても、少々御念がいっているわい」

敗北は敗北でも、相手が美人だと思えば満更《まんざら》いやな気持ちでもなかった。俊助は腹立たしいような、滑稽《こっけい》なような、やり場のない心持ちで、牛込《うしごめ》にある自分の下宿まで帰って来たが、するとそこに驚くべき報告が彼を待ちかまえていたのである。

「あらまあ、三津木さん、いったいどこへ行ってらしたのよう」

お君《きみ》ちゃんという丸ぽちゃの可愛《かわい》い女中が彼の顔を見るといきなりいうことには、

「社から度々お電話よ。あたしが代りに聴いといたけど、事件だから、帰って来たらすぐ出張するようにってことづけでしたわ。場所は丸《まる》の内《うち》の東都映画劇場――あら、どうかなすって？　東都映画劇場で人殺しがあったのよ。殺されたのはダンサーか何かで、そう〳〵、銀色の舞踏靴を履いたまゝ、二階の正面席で殺されていたという話よ」

東都映画劇場――銀色の舞踏靴――聞くなり俊助はカーッと血が頭に逆上《のぼ》るのを感じた。

銀座の靴盗人《ぬすびと》

さて、事件というのはこうなのだ。

その晩、東都映画劇場では、観客が帰ったあとに唯《ただ》ひとり若い女が、二階の正面席に残っているのに気がついた。あまり立派ではないが、派手な洋装の女で、何んとなく変な恰好《かっこう》だったが、居眠りでもしているのだろうと思って、掃除女が肩をゆすると、ふいにがっくりと前にのめってしまった。驚いて触って見ると、女の体は氷のように冷えきっている。

さあ、大変。自殺か他殺か、いずれにしてもこのまゝではすまされない、報《し》らせによって所轄警察や警視庁からは、係官や医者が駈けつけて来る。新聞記者や写真班が追っかけて来る。劇場は忽《たちま》ち上を下への大騒ぎ。

さて、医者の鑑定によると、女の死因はある毒物の中毒らしく、後に分ったところによると、その毒物というのは、チョコレートの中に仕込んであったらしい。つまり女は映画を見ながら、チョコレートを頬張《ほおば》っているうちに、毒が廻《まわ》って死んでしまったらしく、現に食い残したチョコレートの中から、恐ろしい毒薬が検出されたという話だ。

さて女の身許《みもと》だがこれはすぐ分った。ハンドバッグの中の名刺から、この洋装美人が、白菊《しらぎく》ダンスホールに働く白川珠子《しらかわたまこ》というダンサーであることが判《わか》り、そこで早速この由がホールに通告される。更にホールから彼女のアパートへ急報され、そこで彼女の良人《おっと》と称する男があたふたと駈けつけて来た。

「あゝ、君がこの女《ひと》の御主人なんだね」

「え、えゝ、そうです。名越恭助《なごしきょうすけ》と申します」

恭助は年頃三十四五、オド〳〵と落着かぬ眼つきをした男だ。風采なども白川珠子が素晴らしい美人なのにひきくらべ甚《はなは》だ貧弱である。長い間圧制に苦しんだ奴隷《どれい》といった感じの、卑屈な、感じのよくない男だ。

「で、何かね、奥さんには何か自殺をするような原因でもあったかね」

「とんでもない、至って朗《ほがら》かな性分で、自殺なんて滅相《めっそう》な。しかし、それかといって殺される程、深い怨《うら》みをうけているとも思われませんが」

「成程《なるほど》、で、君の職業は？」

「へえ、それが——実は長い間失職しておりますんで。先には雑誌社に勤めておりましたが、そこがボシャッてしまったんで」

「すると君は細君に養って貰《もら》っていたんだね。それで夫婦仲がうまくいってたかね」

「へゝへ、それは時には気拙《きまず》いこともありましたが、なに、いつもすぐ治まりますんで」

というようなわけで、大した発見もなかったが、三津木俊助の駈けつけて来たのは、ちょうどそういう訊問《じんもん》の最中だった。

「やあ、来たな。三津木君、君にしちゃ少し嗅《か》ぎつけようが遅かあないかな」

俊助の顔を見るなり、そう浴せかけたのは警視庁の等々力《とどろき》警部、日頃からひと方ならぬ親交を結んでいる二人なのだ。

「なあに、満更そうでもないぜ、フヽヽ」

俊助は自信ありげに笑いながら、

「時に警部、被害者が銀色の舞踏靴を履いているというのはほんとかい」

「あゝ、履いてるよ。ダンサー風情《ふぜい》にしちゃ分《ぶん》にすぎた立派な代物《しろもの》だ」

「両方とも履いているかい、その舞踏靴をさ」

「両方とも？　おい、変なことを訊《き》くぜ。まさか片方だけ靴を履いてる奴もあるまい。だが、こいつ変なことを訊きやがる。いきなり靴の事なんか切り出しやがって、おい、貴様何か心当りがあるなら、ハッキリ言えよ」

「フヽヽ、なに、今のところ皆目《かいもく》見当はつかんが、とにかくその靴を、いや、その女の死体というのを拝ませて貰いたいな」

「見るなら勝手に見ろ、死体は発見された場所にある。二階の正面、最前列だ」

その場所へ来て見て俊助は驚いた。そこは先程俊助の坐っていた席の真上に当っていて、そこから物を落せば、俊助の膝に落ちる見当なのだ。しかしあの靴を落したのはこの女ではない。何故《なぜ》って女の死体は警部もいった通り、両方とも靴を履いているのである。

ところがこゝに変梃《へんてこ》な事というのは、その女の履いている無踏靴というのが、色から恰好から、いま俊助のポケットにある奴と、そっくりそのまゝではないか。さすがの俊助もこれには思わずウームと唸《うな》ったが、その肩をポンと叩いたのは等々力警部。

「どうだい、靴に何か仕掛けでもあったかい」

「いや、なに、別に。……」

「フフフ、こいつ、いやに白《しら》ばくれやがる。だがまあいゝ、時にひとついゝ事を聴かせてやろうか。これは受附の娘の話だがね」

と、警部がそこで耳打ちしたのは、前にも述べた、あの薄気味悪い猫背男に関する、受附の女の見聞談だった。

「果してこの爺《じい》さんが、事件に関係があるかどうか不明だが、とにかく手配りだけはしておくつもりだ」

「なるほどね」

俊助も一応は首をかしげたが、後から思えばこの時彼は、もう少し警部の話に深い関心を払っておくべきだった。そうすれば間もなくあんな失態を見ずにすんだかも知れないのだ。

と、いうのはその翌朝のこと。

俊助は何をおいても、昨夜《ゆうべ》の女の身許を調べておきたかったが、それには手に入れたあの片方の靴から手繰《たぐ》っていくよりほかに方法はない。幸い靴には銀座《ぎんざ》の白玉堂《はくぎょくどう》というマークが入っているので、そこへいけば、或《ある》いは女の身許が分るかも知れないと思った。

そこで彼は翌朝早速、銀座へ出かけたが、ところが彼が今しも資生堂《しせいどう》の角を曲ろうとした時である。角を曲って現れた一人の男が、ふいにドシンと俊助にぶつかった。

あっという間もない。俊助の手にした包みがコロコロ舗道に転がって、中からあの銀色の舞踏靴がとび出した。それを見ると相手は、

「あっ！」

と、異様な叫びをあげて、すぐ側《そば》の横町へ姿を消したが、その途端、俊助ははじめて気がついたのである。黒いインバを着た、跛で猫背の男なのだ。しまった、あいつだ！　そこで俊助が急いで靴を拾って後を追おうとしたところへ、バラ〱と現れたのは四五名の店員ふうの男、俊助の手にした靴を見るなり、

「やあ、こいつだ、こいつだ！」

と、眼の色かえて俊助を取り囲んだのだ。

さて、こゝで俊助がとんでもない疑いをうけた顚《てん》末《まつ》というのを簡単に記すと。――

その朝、白玉堂の店員が表を開いて、お店の掃除をしていると、ふいにガチャンとガラスの割れる音がした。見ると誰やら飾窓《ウィンド》を破って、飾ってある一足《そく》の舞踏靴をひっ攫《さら》って逃げようとするところなのだ。

「泥棒！　泥棒、靴泥棒だ！」

というわけで、近所の店員諸君をも交えて、バラバラと靴盗人《ぬすびと》の後をおっかけたが、それが計らずも、曲り角で俊助にぶつかったというわけ。見ると俊助がいま盗まれたのと同じ靴を持っているので、さてこそ彼にあらぬ疑いがかゝったのだが、幸い、

「違う、違う、靴盗人はこの人じゃない。黒いインバを着た、跛で猫背の男だ！」

と、叫ぶ者があって、そこでそれとばかりにその辺を探してみたが、むろん、その頃にはすでに、変梃な靴盗人の姿は見えなかった。

しかし、この出来事は俊助にとっては頗《すこぶ》る意外だった。そこに何かしら、容易ならぬ秘密のからくりがありそうに思えてならぬ。

そこで早速、白玉堂の番頭さんにむかって、問題の靴について訊《ただ》してみたが、その結果、つぎのような変梃な事実が判明した。

問題の靴はもと四足《そく》店にあったのだが、去年の暮に一人の客が来て、その中《うち》の三足を買いとり、それぞれ別々の婦人のところへ、クリスマスプレゼントとして届けさせたという。

「で、その届け先は分りますか」

「へえ、それはもう雑作《ぞうさ》ありません」

番頭はパラ〳〵台帳を繰りながら、

「こゝに控えがあります。えゝと、三番町《さんばんちょう》の鮎沢由《あゆざわゆ》美《み》さん、本郷曙《ほんごうあけぼの》アパートの白川珠子さん、いま一人は小石川《こいしかわ》の河瀬《かわせ》文代《ふみよ》さん」

俊助は三人の女の住所を書きとめながら、

「で、それを買った男というのを記憶していませんか。風采など」

「そうですね、えゝ、こうっと。――」

番頭は小首をかしげて考えていたが、ふいにあっと叫んでとび上った。

「あ、あいつだ。黒いインバを着た――猫背で、跛の――ソ、そうです、いま靴を盗んでいった、あ、あの男です」

俊助はすっかり度胆《どぎも》を抜かれたことだ。

美人投票の三美人

何んてまあ変梃な事件だろう、と俊助は考える。昨夜以来、誰かに愚弄《ぐろう》しつゞけられているような気がして、業腹《ごうはら》でたまらない。

何んのために三人の女に靴を贈るのか、何んのために一足残った靴を盗むのか、いったい、別々に住んでいる三人の女に、どういう関係があるのか、まるで五里霧中《ごりむちゅう》だ。

「えゝい、忌々《いまいま》しい、何が何んだかさっぱりわけが分らないぞ」

ひとつ熱いコーヒでも飲んで、ゆっくりこの問題を考えてみようと、そこで富士屋《ふじや》の二階へあがっていくと、

「あら！」

と、叫んでこちらを振返った女がある。

「やあ、桑野《くわの》君、お早う」

「お早う、随分早いのね。何か事件でもあって？　ちょうどいいわ。こちらへいらっしゃらない？　あたし一寸《ちょっと》話があるの」

言いながら席をあけたのは、桑野夏子《なつこ》といって、ある婦人雑誌社に勤めている女記者だ。

「何んだい？　朝っぱらから話というのは？」

「一寸妙なことなのよ。あなたの領分の仕事よ。ねえ、昨夜《ゆうべ》、東都映画劇場で、白川珠子という女《ひと》が殺されたの知ってるでしょう」

知ってるどころの話じゃない。その事件のために、今朝もわざ〳〵眠いところを、銀座までやって来た俊助なのだ。

「うん、知ってるよ、だがそれがどうかしたの、君、あの女を知ってるのかい？」

「えゝ、いくらか。だけどそのまえに一寸、これを見てよ」

パチッとハンドバッグを開いて、夏子が取り出したのは一枚の新聞の切抜《きりぬ》きだった。

俊助は何気なくそれを読んであっと驚いた。


自動車衝突、乗客惨死――昨夜十二時過ぎ小石川大曲《おおまがり》附近で二台の自動車激突、一台の運転手は負傷乗客は即死した。乗客というは妙齢の美人でダンスの帰りと覚《おぼ》しく銀色の舞踏靴を履いていたが、間もなく判明したところによると、某百貨店に勤むる河瀬文代とて、評判の美人。唯茲《ここ》に奇怪なのはもう一台の自動車で、この惨劇を尻眼に、逃走してしまったが目下行方《ゆくえ》厳探中。


よくある事故だから記事も小さく、俊助も気が附かなかったが、いま、河瀬文代という名前を発見して、思わずあっと胆《きも》を潰《つぶ》した。

この女も、また奇怪な男に靴を贈られた三人の一人ではないか。しかも彼女も同じように、贈られた舞踏靴を履いたまゝ死んでいる。

「いったい、これは何時《いつ》の新聞だね」

「つい、一週間ほど前の新聞よ」

「何んだってまた、君はこんな記事を切抜いているの。この女《ひと》を知っているのかい？」

「えゝ、知ってるのよ。この女《ひと》も白川珠子さんも美人投票の三美人の一人なのよ」

「な、何？　美人投票だって？」

俊助は眼をパチクリさせた。

「えゝ、そうよ、いつか話しやしなかったかしら。去年一年かかって、うちの雑誌で美人投票をしたでしょう、その結果、今年の新年号で三人の美人を撰び出したんだけど、お二人ともその三美人の一人なのよ」

「ほゝう、そしてもう一人というのは――」

と、俊助はさっき白玉堂で控えて来た手帳を急《いそ》がしく繰りながら、

「三番町の鮎沢由美という人じゃないかね」

「えゝ、そうよ、よく御存知ね」

こゝに至って俊助は、ウームと眼を白黒させて唸《うな》らざるを得なかった。

婦人雑誌の新年号は十二月十七八日に発売される。そしてあの妙な男が、白玉堂に現れて、三足の靴を三人の婦人に届けさせたのは、十二月二十日過ぎの事だ。してみると、あの男は雑誌を見て、美人投票の三美人を贈物の相手に選んだのにちがいない。

世の中には往々、そういう酔興《すいきょう》な人間もあるものだが、しかし三美人のうちの二人までが、贈物の舞踏靴を履いたまゝ変死を遂げたとあっては、こいつは酔興とは思えない。何かしら、妖《あや》しい、淫《いや》らしい、吸血鬼にも似た悪霊《あくりょう》の息吹《いぶき》が感じられはしないか、俊助は、思わずブル〳〵と身顫《みぶる》いをしずにはいられなかった。

「ねえ、変でしょう、美人投票の三美人のうち、二人までこんなことになるなんて、何んだか妙よ、もしもの事があると、うちの雑誌の名誉にもかゝわると思って、さっきから気を揉《も》んでいたところなの」

夏子はむろん、舞踏靴の一件は知らなかったけれど、持ちまえの怜悧《れいり》さから、早くも事件の異常さに気がついているのだった。

「成程、有難《ありがと》う。よく話してくれたね。時に君は、三美人のうちのもう一人、鮎沢由美という女《ひと》に会ったことがあるかね」

俊助は昨夜の女の美しさを、今更のように頭に思いうかべていた。他の二人が死んだ以上、あの女こそ、鮎沢由美にちがいない。

「えゝ、ありますとも。だってあの人がいよ〳〵当

選ときまった時、記事を取るために訪問したのはあたしですもの、でも、あの時はほんとうに散々な目にあったわ」

「散々な目って？」

「由美さんのお父さんというのが、それは変な人なのよ、御存知ありません？　鮎沢慎吾《しんご》って、神経科かなにかのお医者さんで、医学博士なの。だけどあの人自身、少々神経が怪しいんじゃないかと思うわ。お嬢さんが美人投票に応募するなんて怪《け》しからんというわけで、まるで気違いよ。記事をとるのに、それはそれは骨が折れたわ」

「いったい、どんな人だね、風采は？」

「そうね、六十ぐらいのよぼ〳〵した感じで、とても気難しそうな顔をしているわ。そう〳〵、たしか跛だったと覚えているけど」

「跛？　なに、跛だって？」

「あら、びっくりした。ずいぶん大きな声ね。えゝ、そうよ、たしか左脚が悪かったように覚えてるわ。それにいくらか猫背で、ねえ、学者ってみんなあんなものかしら、どうかと思うわね」

俊助はしかし、その話を終りまで聞いてはいなかった。

彼はいきなり電話室へとび込むと、バラ〳〵と電話帳を繰っている。どうしても由美のことが気になるのである。三美人のうちの二人までが殺されたとすれば、残るのは由美ひとりだ。今度はいよ〳〵由美の番ではなかろうか。

そう考えると一刻も猶予《ゆうよ》してはおられない。電話帳を繰る手ももどかしそうに、バラ〳〵と繰ってやっと鮎沢家の番号を探し出すと、すぐ電話をかけてみたが、その結果はこうである。

「君は誰だね、由美に何か用事があるのか」

出て来たのは博士と覚しく、癪《しゃく》に触《さ》わるほど横柄《おうへい》な調子だ。

「はあ、お嬢さんと懇意なものですが、一寸お話したいことがあるのです。いらしたら、電話口までお呼び願えませんか」

「由美なら、おらんよ。昨夜《ゆうべ》から帰らん」

「え、何んですって？　昨夜からお帰りにならないんですって？」

俊助はジーンと体中がしびれるような気がした。

「そうだ。帰らん。あんな不埒《ふらち》な娘には、俺はもう用事はない。誰だか知らんが、君がもし由美に会ったらいっといてくれたまえ。帰って来ても家《うち》へは入れぬとな」

電話はそこでガチャンと断《き》れてしまった。

猫背の老博士

「と、そういうわけで先生、僕は心配でたまらないんです。どうしても、もう一つ殺人事件が起りそうな気がしてならないんです」

と、こゝは麹町三番町《こうじまちさんばんちょう》、有名な私立探偵由利《ゆり》先生の邸《やしき》、二階の応接間だ。俊助はかねてより由利先生に私淑《ししゅく》すること厚く、彼の名声の半分は、先生の助力に負うとまで言われている。さてこそ、昨夜来の妙な事件に、すっかり混乱した俊助は、早速こゝへ駈けつけて来たというわけである。

「なるほど、仲々妙な事件だね」

由利先生は葉巻の煙を吹かせながら、

「しかし、三津木君、俺《わし》にはまさか鮎沢博士が犯人とは思えんね。博士の邸はすぐ近所だからよく知っているが、学者ってみんなあんなものだよ」

「でも、先刻《さっき》の電話はよほど変でしたよ」

「なあに、大方《おおかた》娘が男でもこさえて逃げたと思いこんでいるものだから、奴《やっこ》さんカン〱に憤《おこ》っているのさ。そのとばっちりが君に来たんだよ。何しろ評判の頑固《がんこ》親爺《おやじ》だからな。おや、噂《うわさ》をすれば影とやら、向うから博士がやって来たぜ」

成程、窓から覗いてみると、猫背で跛の妙な男が、土堤《どて》沿いにヒョコ〱やって来る。七つ下りのフロックに古風な山高《やまたか》という、とんと田舎《いなか》の村長さんといった恰好だ。

「おや、奴さん家へ来るつもりかな。表札を横眼で睨《にら》んでいるぜ」

老博士は二三度家のまえを行来《いきき》していたが、やがて決心したようにベルを鳴らした。やがて書生が厳《いかめ》しい名刺を持ってやって来る。

「フヽヽヽ、矢《や》っ張《ば》り来たぜ。いゝから君もいたまえ、電話の声なんか覚えているもんか」

間もなく、鮎沢博士の古色蒼然《そうぜん》たる姿が、二階の応接室へ現われた。

「君かね、由利麟太《りんた》郎《ろう》というのは?」

まるで、教室で学生を詰問《きつもん》するような調子だ。由利先生は笑いを嚙《か》み殺しながら、

「は、先生、さようでございます」

「君は仲々腕のいゝ探偵だというが事実かな」

「さあて、一度先生に試験して戴《いただ》きたいもので」

「フヽヽ、うまいことをいうな。時にこゝにいる若いのは何者だね」

「は、この男ですか。これは私の助手でして」

「あゝ、そうか、ワトソンというところかね。ところで、実は君にひとつ依頼したい事があるのだが、やって貰えるかね」

「それは〳〵光栄の至りで。で、どのような事件でございますか」

「実は、娘の行方を探して貰いたいんだ」

由利先生はチラと俊助のほうを見た。

「はゝあ、御令嬢の？　すると御令嬢が家出でもされましたか」

「それがよく分らん。いや、実に怪しからん事で」

と、老博士は吐き出すように、

「昨夜から帰って来おらんのじゃが、これというのも『婦人の光』とやらいう雑誌のためじゃと思うと、俺《わし》は腹が立って耐《た》まらん」

「はゝあ、雑誌がどうかしましたか」


由利先生が白《しら》ばくれて訊《たず》ねると、博士は憤然として、

「そうじゃ、雑誌たるもの、そりゃ売るためには宣伝も必要だろうが、良家の娘を道具に使うとは実に言語道断《ごんごどうだん》じゃ。美人投票とやら何とか、若い娘の虚栄心をそゝるばかりか、うちの娘が一等に当選するなど、実に、実に――」

「名誉なことでございますな」

俊助がうっかり口を出したから耐《たま》らない。

「何？　名誉じゃと？　何が名誉じゃ、さては君はあの雑誌社の廻《まわ》し者か」

老博士はピンと山羊髯を逆立てゝ今にも噛みつかんばかりの勢いだ。

「いえ、なに、その、我々凡人には名誉と思えますが、先生の如《ごと》き御高名な方には、さぞ御迷惑でございましょうな」

「迷惑？　そうじゃ、迷惑極まる。あれ以来というもの、頻々《ひんぴん》として淫《みだら》がましい手紙は舞い込む。怪しげな電話はかゝる。おまけに去年の暮には、変な靴を送って来た者さえある。俺《わし》は腹が立って耐まらんから、こんなもの捨てゝしまえ。もしこんな靴を履

いたら二度と家《うち》へは入れんと宣告しといたのじゃが、娘の奴、とうとう昨夜《ゆうべ》その靴を履いたまゝ外出して、今に帰りおらん。実に怪しからん」

博士はポケットの中から、一通の封筒を鷲摑《わしづか》みにすると、ポンと投げ出して、

「それをひとつ読んでくれたまえ。実は今朝ほどあれの部屋を調べてみたところが、こんな手紙が出て来おった。それを見ると、俺《わし》も急に心配になっての」

さっきまでの権幕《けんまく》はどこへやら、博士の面《おもて》には俄《にわ》かに憂色《ゆうしょく》が濃くなり、態度までしおく\として来た。

「なるほど、では拝見いたしましょう」

由利先生が開いてみると、それは次のような文面なのだ。

お懐《なつか》しき鮎沢由美さま。突然お手紙を差上《さしあ》げます不躾何卒《ぶしつけなにとぞ》お許し下さいませ。私事、あなた様と共に『婦人の光』誌上にて三美人の一人に選ばれるの光栄を有しましたもの、さて、あなた様にはその際我々と共に選ばれた河瀬文代さまの御不幸につき御存知でいらっしゃいますか。もしまだでございましたら同封いたしました新聞の切抜き御覧下さいまし。これによれば文代さまは御最期《さいご》の際、銀色の舞踏靴をおめしの様子、これにつき私事何んとやら不安でたまらぬと申すは、旧臘《きゅうろう》私のもとへいず方よりともなく、同様の靴を送って来た者これあり、おそらくあなた様ほうへも参っていることゝ存知られます。この靴が何んとやら文代さま御不幸とつながりを持っているよう考えられ、その他いろく\不審の点もございますれば、是非《ぜひ》ともあなた様にお目にかゝってお話し申上《もうしあ》げたく存じます。同封致しましたのは、今夜の東都映画劇場の切符にて、向うにて人知れずお眼にかゝりたく、失礼ながらお送り申上げました。何卒々々お出《い》で下さいますよう、尚《なお》、お写真は拝見いたしておりますが、直接お目にかゝったことのない二人故《ゆえ》、目印のためお互いにあの舞踏靴を履いて参りましては如何《いかが》でございましょうか。心せきますまゝ取急ぎ、悪筆お許し下さいませ、

白　川　珠　子

かしこ。

由利先生も俊助も、その手紙を読むなり、思わずフームと唸《うな》ってしまったのである。

成程、この手紙を見ると、昨夜銀色の舞踏靴を履いた二人の女が、東都映画劇場の殆《ほと》んど同じ席に現

れた理由がよく分る。由美も気になるまゝに出かけていったが、肝腎《かんじん》の珠子が死んでいるのを見て、急に恐ろしくなり、逃げ出したのだろう。そして逃げる際、人目につき易《やす》い、しかも何となく不吉な感じのする靴を脱いで、予《あらかじ》め用意していった他の靴に履きかえようとしたのだが、慌《あわ》てゝいたのでつい片方を二階から落したのだろう。

「三津木君、君はどう思う。僕はこいつ少々臭《くさ》いと思うんだ。この手紙だがね」老博士が帰ったあとである。由利先生はふと手紙の面《おもて》から顔をあげて俊助の方を振返った。

「臭いというと？」

「つまりね。こいつ珠子の手になったものじゃないぜ。三美人の一人に選ばれるの光栄を有し云々《うんぬん》の文句なんざ、ダンサーなどの使う文句じゃない、相当文章ずれのした人間の書いたものだと思うんだ。つまり、これは珠子の名を騙《かた》って、誰か他の奴が書いたんだぜ」

「しかし、そうすると珠子はどうして東都映画劇場へやって来たのでしょう」

「わけないさ。珠子のほうへも、由美の名前で同様の手紙を送ったのさ」

「あ、なるほど」と、俊助は思わず膝《ひざ》を打つ。

「ね、分ったかい、こいつなかく悧巧《りこう》な奴だよ。しかもどこか気違いじみている。こいつ三人の女をそれぐ銀色の舞踏靴を履いたまゝ、殺さなければおかないのだ。ところが由美は昨夜《ゆうべ》、片方だけ靴を落した。そこで今朝の白玉堂の盗難となったわけだ。つまり、由美にもやっぱり、銀色の舞踏靴を履かせるつもりだろう。とにかく三津木君、愚図々々《ぐずぐず》しちゃいられん。これから早速いって見よう」

「行くってどこへですか」

「昨夜、君が由美を見失ったという空家さ。人間ひとり誘拐《ゆうかい》するって仲々容易な業じゃないぜ。ましてや心中《しんちゅう》すでに恐怖を抱《いだ》いている女を、人眼につかずに遠くまで連れ去るなんて出来るもんじゃない、俺《わし》はどうも由美の姿が消えたという空家が怪しいと思うんだが、しかしまだ生きているかどうかな」

それを聴くと俊助は思わずゾーッと身顫《みぶる》いをした事だった。

空家の惨劇

しかしその由美はまだ死んではいなかった。真暗《まっくら》な、埃《ほこり》っぽい、ゴタ〳〵とした押入《おしいれ》の中なのである。由美は手脚を縛られ、猿轡《さるぐつわ》を篏《は》められて、昨夜《ゆうべ》以来そういう窮屈な押入の中に閉じこめられているのだ。

どうしてこんな事になったのか、彼女にもよく分らない。尾《つ》けて来た男をまいて、さて逃げ出そうとしたはずみに、いきなり誰やら背後《うしろ》から抱きついた。ズル〳〵と空家の中に引きずり込まれた。それだけが由美の記憶のすべてなのだ。

今や彼女は恐怖と疲労のために死にそうだった。昨夜見た珠子の恐ろしい死顔《しにがお》がまざ〳〵と記憶の底より甦《よみがえ》って来る。あの、ゾッとするような冷い感触。あゝ、今にあたしもあんなになるのだわ。

由美が思わずブル〳〵と体をふるわせた時である。ゴト〳〵と空家の床を踏む、ひそやかな足音が聞えて来た。

（あ、来た、とうとう殺しに来たんだわ）

スーッと押入の唐紙《からかみ》が開いたので、恐る〳〵眼を開いてみると、鉛色の光の中に、猫背をした黒いインバの男が、黒眼鏡の奥から淫《いや》らしい眼を光らせてこちらを見ている。

「フヽヽ、お嬢さん、窮屈だったろうな」押し殺したような含み声なのだ。どこかわざと声をかえているような感じもする。

「さあ、すぐ楽にしてあげるよ。ほら御覧、お前の死装束《しにしょうぞく》を持って来たからね」男が、もぞ〳〵とインバの中から取り出したのは、あゝ、恐ろしい、銀色の舞踏靴！

「文代も珠子もこの靴を履いていったんだからね、お前だけ除《の》け物になっちゃ気の毒だと思って、やっとの思いで、俺はこれを手に入れて来たんだよ。俺ゃ、これで何事でもキチンとしたことが好きな性分でね。さあ、履かせてあげよう」

（あゝ、助けてえ、いや、いや、そんな靴履くのはいや！）

由美は必死となって抵抗するが、しかし、何しろ体は雁字《がんじ》絡《がら》めにしばられているのだから、いかにバタバタやっても助からない。気味悪い猫背男は、由美の両脚を抑えて無理矢理に靴を履かせてしまうと、

「フヽヽ、とうとう出来た。これでもう申し分なく死装束が出来たという訳さ。フヽヽ！」男は再び気味悪い含み笑いを浮べると、いきなりズラリとインバの下から短刀を抜き放った。

「フヽヽ！　怖いかえ、恐ろしいかえ」

男の顔がしだいに由美のうえに近附いて来る。ギラギラとする白刃《しらは》が、だんだん〳〵、由美の咽喉仏《のどぼとけ》に振りおろされる。ハッハッという動物的な息使い、ギリギリと歯ぎしりをするような無気味な物音。

（あゝ、もう助からぬ。あゝ、あゝ、恐ろしい！）

ふいに、さっと短刀が宙にひらめいた。が、その時である。由美はとつぜん、世界がくる〳〵と宙に躍るような錯乱に打たれたのだ。男の顔が――今まで自分のうえにのしかゝっていた男の顔が、急にぐいとうしろへさがると、がら〳〵という物音、恐ろしい叫び、入乱れた足音。その中に由美は、

「あ、貴様は名越恭助！」

と、そういう聴きなれない名前を聴いたように思ったが、そのまゝ、彼女はフーッと気が遠くなってしまったのであった。

由美は救われた。美人投票の三美人のうち由美だけは危い瀬戸際に、由利先生や三津木俊助によって救われたのだった。

そして犯人は？

いうまでもなく、珠子の良人《おっと》の恭助だった。

「彼奴《あいつ》は一種の気違いでしたよ」

と、その後、しだいに心易くなった俊助は事件が落着《らくちゃく》した後、由美にむかってそう説ききかせていた。

「あいつはね、珠子のヒステリーに飽々《あきあき》していたんです。それに他に情婦が出来たりしたもんですからね。そうすると、日頃猫《ねこ》みたいに珠子の言いなりになっていた男だが、急に恐ろしい考えを起しはじめた。珠子を殺そう、しかし、珠子ひとりだけ殺したんじゃ、すぐ自分に疑いがかゝって来る。そこで美人投票の三美人をみんな殺してしまおうと、こんな大それた考えを起しはじめたんです。つまり西洋の青髯《あおひげ》みたいな男がいて、そいつが次々に美人を殺していった、と、そういうふうに見せかけたかったんですね。つまり、あの舞踏靴なんかも、青髯のマークにしたかったんだそうです。そうして事件を出来るだけ神秘的に見せようとしたわけですね」

「まあ」

今はもうすっかり恢復《かいふく》した由美は、それを聞くと思わず身顫いをしながら、溜息《ためいき》をつくようにいった。

「すると、あたしや文代さんは、とんだとばっちりを受けたことになりますわね。でも、これはいゝ教訓になりますわ。美人投票に応募しようなどという、浅墓《あさはか》な、大それた娘にとってはね」

そういいながら、彼女は今更のように、あの恐ろしい猫背男の姿を思いうかべていた。

恭助はいざという場合、博士に罪を転嫁《てんか》するつもりで、わざとあんな恰好をしていたのであった。

黒衣の人

一

現代にはもはや、浪漫的《ロマンチック》な冒険談はなくなったと説く現実主義者に、由紀子《ゆきこ》が受取ったあの不思議な手紙を見せてやりたい。それは、次《つ》ぎの如《ごと》く凡《およ》そ神秘極まるものだった。

由紀子さん。

あなたは僕を憶《おぼ》えていますか。去年の夏蓼科《たてしな》高原で会った黒眼鏡の男を。……当時あなたは「黒衣の人」と僕を呼んでいましたね。あなたは僕の名前も知らず身分も知らず、それでいて行きずりのこの僕に、不思議な信頼を寄せてくれましたね。僕がまるで魔術師でゝもあるかのような信仰をさえ抱《いだ》いてくれましたね。そういう僕に打明けてくれた、驚くべきあなたの身の上話、――あなたはあの夜のことを今でも憶えていられるかしら。

それは八月も半ばを過ぎて、高原にはすでに肌寒い秋風が流れ、都会の避暑客もボツボツ引きあげはじめようとした頃おい。当時あなたは川端《かわばた》老夫人の附添いとして、その高原へ来ておられたが、ある晩、夫人が寝《しん》についた後、人気《ひとけ》なき白樺《しらかば》の下ではじめて僕に悲しい過去の打明け話をしてくれました。いま、その時の話をもう一度こゝに繰返しましょうか。

「黒衣の小父《おじ》さま、あなたは三年まえに殺された、桑野《くわの》珠実《たまみ》という女優を御存知？　あたしの不幸はその事件からはじまったのよ」

開口一番、あなたは先《ま》ず僕を驚かせた。桑野珠実殺し。当時あれほど騒がれた事件だもの、それを知らずにどうしましょう。

桑野珠実というのは映画界きっての妖婦《ようふ》役者で

あると共に、実生活に於《おい》ても有名な淫婦《いんぷ》だった。その女のために幾多《いくた》前途有為の青年が、不幸に落込んだ話はあまりにも有名だった。ところが、昭和×年七月十六日の朝のこと、その珠実が荻窪《おぎくぼ》の自宅の庭で、何者かに撲殺《ぼくさつ》されているのが弟子の幾代《いくよ》という女によって発見されたのだ。

それはいかにも彼女らしき最期《さいご》というべく、無惨にも脳天を打ち割られた珠実は、派手な浴衣《ゆかた》を朱《あけ》に染め、ミモザの花の下で死んでいたということ、そして、側《そば》には銀の握りのついた太いステッキが血に染まって落ちていた。当然の結果、ステッキの持ち主が捜索されたが、間もなく検挙されたのが緒方静馬《おがたしずま》という青年で、彼こそステッキの持ち主であり、珠実に騙《だま》された男の一人であり、更に悪いことには、その夜彼が珠実と口論したことが、弟子の幾代によって証言された。ところが、幸か不幸か、この青年は未決にいる間に病を得て急死したので、果して彼が有罪なりや否《いな》やは、いまだに疑問として残っている。……つまり以上が珠実事件の輪廓《りんかく》ですが、由紀子さん、この不幸な緒方青年こそ、実にあなたの兄上だったのですね。

あなたはこういう打明け話の後、それでも毅然《きぜん》として仰有《おっしゃ》った。

「あたし兄の無罪を信じます。真犯人は別にあります。あたし、いつか誰か素晴らしく賢い人が現れて、兄の汚名を雪《そそ》いでくれると、固く信じておりますの」

そういうあなたの調子には、勇敢な騎士の出現を待望しているお伽噺《とぎばなし》の女王様の面影《おもかげ》がありましたっけ。

さて、由紀子さん、あれから早くも一年たちましたが、今こそ僕はあなたの騎士になれます。今や僕は、桑野事件の秘密のヴェールをかゝげる事が出来ます。だが、まあ暫《しば》く待って下さい。それには一つの条件がある。

由紀子さん、あなたは勇気もあり思慮もある女性だから、僕が次ぎのような変梃《へんてこ》な注文を出したからといって恐れたり、尻込みしたりすることはないでしょうね。

さて、今日は七月十五日です。今夜あなたは川端老夫人から一晩ひまを貰《もら》いなさい。そして撫子《なでしこ》模様の浴衣を着て、白い碁石《ごいし》を五つ、黒い碁石を三つ持って、かっきり九時に、新宿駅の西側ガード下まで来て下さい。するとそこに老婆《ろうば》が一人いますから、それに碁石を渡すのです。老婆はあなたに一つの提灯《ちょうちん》と、一茎の釣鐘草《つりがねそう》の花をくれるでしょう。さてあなたは、その提灯と釣鐘草を持って、荻窪の桑野珠実の家《うち》まで出かけるのです。その家は事件以来住む人もなく、化物《ばけもの》屋敷みたいに荒れ果てゝいるが、そんな事に恐れてはなりません。裏木戸から入っていくと十五六歩にしてミモザの樹がありますから、暫くその樹影《こかげ》に隠れていて下さい。

するとかっきり十時に、同じく裏木戸から一人の人物が入って来ます。その時あなたは提灯をかざしてその人を迎えるのです。そして「あなた、この釣鐘草を御存知？」と訊《き》き、更に、「桑野珠実を殺したのは誰ですか」と訊《たず》ねるのです。それ以外のことは決して言ってはなりません。よござんすか。珠実殺しの真犯人を知ることの出来るのも出来ないのも、すべてその時のあなたの態度一つですよ。

さあ、大胆に！　勇敢に！

躊躇《ちゅうちょ》や逡巡《しゅんじゅん》はあなたの為ならず、勇気を出して秘密の帳《とばり》を開きなさい。

「黒衣の人」より

二

「まあ、何《な》んて妙な手紙でしょう」

読み終った由紀子は呆然《ぼうぜん》たる眼付きをした。

「まあ、何んて変梃な手紙でしょう。でも、でも、あたし行かなきゃならないわ」

由紀子は些《いささ》か普通と異《ちが》ったところのある処女《むすめ》だったので、この謎《なぞ》めいた手紙が気に入らなくもなかったのである。

撫子の浴衣、黒白合せて八個の碁石、ガード下の老婆、提灯と釣鐘草――まあ、何んて奇抜な手紙でしょう。何から何まで、お伽噺を読んでいるような感じだわ。――そして由紀子はこの謎の興味に強く心を惹《ひ》かれたのだ。

それに彼女には、この手紙が全然意外でもなかった。去年の夏以来、彼女はどんなに熱心に、黒衣の人のことを日記に書き続けたことだろう。避暑地で会ったという以外、名前も素性《すじょう》も知らぬ黒衣の紳士。

――それは上品な中年の紳士だったが、空想癖の強い彼女は、なんとやらこの人が兄の冤罪《えんざい》を雪《そそ》いでくれそうな気がしてならなかったのだ。

由紀子は可哀《かわい》そうな娘で、兄を失ってからは、ほかに親戚とてはひとりもなかった。

彼女がいま身を寄せている川端老夫人というのは、富裕な官吏の未亡人で、数年以前良夫《おっと》と死別してからは、慎策《しんさく》という一人息子と暮していたが、四年ほどまえ慎策が洋行したので、留守中の淋《さび》しさに、搗《か》てゝ加えて健康が勝《すぐ》れぬところから、誰かよい娘があったらと物色中、お鑑識《めがね》に叶《かな》ったのが由紀子だった。老夫人も彼女の兄のことを知っていて、するといっそう不憫《ふびん》がかゝり、附添いとはいえ、わが子のように可愛《かわい》がる。孤児の由紀子も老夫人を他人とは思わない。真実の母に対する如くまめまめしく仕えていたが、そういう彼女の気持ちにいっそう拍車をかけたのが慎策の帰朝なのだ。今年の春洋行から帰った慎策は、いつしか由紀子に心を惹かれていた。

由紀子とてこれが嬉《うれ》しからぬ道理はないが、彼女には兄の獄死という悲しい過去がある。

あゝ、兄さえ潔白だったら。――

「えゝ、あたし行ってみるわ。どんなことがあっても、お兄さまの冤罪の晴れることなら」

そこで彼女は老夫人の寝室へ入っていった。

「小母《おば》さま」

彼女はいつも老夫人をそう呼んでいる。

「あの、大変勝手ですけど今夜十二時までおいとまを戴《いただ》けないでしょうか」

「あゝ、いゝですとも。どこへお出掛け？」

白い枕に頭をおいた老夫人は、細い金縁眼鏡の奥から、やさしく由紀子の顔を見る。窶《やつ》れてはいるが肌の綺麗な、上品な人。

「はい、田舎《いなか》からお友達が上京するというので」

嘘《うそ》をいうのは心苦しかったが、真実を打明けて心配させることもないと思った。

「あゝ、そう、でも若い者のことだからなるべく早くお帰りなさいね。慎策も今夜は会があるとやらで、遅くなるそうですから」

「はい」

夜となると由紀子は行李《こうり》の中から、撫子の浴衣を出して着た。それから座敷から白の碁石を五つ、黒石を三つ選《え》りわけて新宿へ出かけた。

それにしても、黒衣の人はどうして撫子の浴衣のことなんか知っているのだろう。老夫人のお見立てで作って戴いて、今迄《まで》、一度も手を通したことがないのに。——

新宿のガード下まで来てみると、果して暗がりの中に老婆がひとり、ぼろのように蹲《うずく》まっていた。むろん暗がりのことゝて顔は見えない。

由紀子はハッと胸を轟《とどろ》かせたが、勇を揮《ふ》るって老婆のまえに立ちどまった。

「はい、白石が五つに黒石が三つですよ」

老婆はうつむいたまゝ、細い指で碁石を数えていたが、

「はい、よろしゅうございます」

と、もぞもぞと取り出したのはまぎれもなく一茎の釣鐘草と小さい提灯。

由紀子はそれを受取ると、逃げるようにその場を立ち去った。

今はもう間違いはない。あの謎のような手紙は、決して悪戯《いたずら》でもなく、出鱈目《でたらめ》でもなかったのだ。由紀子はいまさらのように膝頭《ひざがしら》ががくがくと顫《ふる》え、舌がひきつるような気がした。そして、酔ったようなあしどりで、あの荻窪の化け物屋敷へ辿《たど》りついたのは、約束の十時に垂《なんな》んとしていた。

裏木戸をひらくと中はまっくら。伸びるにまかせた雑草が、乳ぐらいの高さに蔓《はびこ》って、ざわざわと生ぬるい風に揺《ゆら》めいている。西の空が時々さっと蒼白《あおじろ》く光っていた。稲妻だ。

由紀子は恐ろしさに歯の根がガクガクと鳴ったが、今更引返す気にはなれぬ。勇を鼓《こ》して雑草の波を掻《か》きわけていった。

歩むこと十五六歩、果してそこに一本のミモザの樹が、紫《むらさき》色の花をつけていた。花はすでに散りかけていた。幸いその樹の周囲は、いっそう雑草が繁《しげ》く、身を隠すには好都合だ。それにしても、あの女が殺されたのは、この樹の下だった。おそらくこゝいらに蔓っている雑草は、みんなあの女の血を吸って生長したのであろう。——つい、余計なことを考えた由紀子は、心臓がドキドキと鳴って、脇の下から冷い汗がタラタラと流れた。

五分——、十分。——

闇のなかの無気味な時刻の推移なのだ。時々、蒼白い稲妻が、ざあーっとこの荒れ果てた庭の面を掃《は》

いていった。

――と、この時ギイと裏木戸の軋《きし》る音。ざわざわと雑草の触れあう音。誰かやって来たのだ。しかも忍び足で。真暗《まっくら》だから姿かたちも分らない。男か女か、それも分らない。しかし足音はしだいにこちらへ近附いて来る。

由紀子は恐怖と昂奮《こうふん》に、心臓が石のように固くなった。と、この時である。ふいにあっという低い叫びとともに、雑草が激しく揺れた。何かに躓《つまず》いたらしい。それにしても今の声は確かに男だった。

男は――正体不明の男は――雑草の中へ転ぶところを、やっと立直ると、あわてゝその辺を掻き廻して何か探していたが、やがて、

「あっ、こ、これは……」

何を見附けたのか、何に驚いたのかたゞならぬ息使いだ。由紀子はとほうにくれた。こんな事は手紙に書いてなかった。どうすればいゝのだろう。だが、男の方ではむろんそんな事は知らない。マッチを擦《す》って一心に地上を見ていた。

由紀子はとうとう決心した。素速く提灯に灯《あかり》をともすと、ミモザの樹の下へよろめきながら這《は》い出した。

「……！」

男はまるで体中に電流を通されたように、雑草の中からとび上った。由紀子はふるえる声をおさえながら、

「あなた、この釣鐘草を御存知？」

と、萎《しお》れかゝった花をまえへ突出《つきだ》した。

「桑野珠実を殺したのは誰ですか」

男は凝血したようにそこに立ちつくしていたが、やがてよろよろ二三歩まえへのめり出した。

「あゝ、撫子の浴衣――釣鐘草――間違いはない、おまえは――おまえは――」

その時、さっと蒼白《あおじろ》い稲妻がふたりの間を掃いて、通りすぎた。その一瞬間の明るみに由紀子はハッキリ見たのだ。相手の顔を。亡者のように紫色にひきつった表情《かお》を。夢遊病者のようにあらぬ方を凝視《みつ》めている眼を。死にかゝった金魚のように、パクパクと顫えている唇《くちびる》を。あゝ、何んという恐ろしいことだろう。それはまぎれもなく慎策ではないか！

「あゝ、あ、あなたは……」

叫ぶと共に由紀子は、棒のようにどさりと雑草の

なかへ倒れてしまった。

三

「先生、先生はこの家《うち》を御存知ですか」

「この家？　何んだね、三津木《みつぎ》君、この家がどうかしたのかね。空家のようだが」

「御存知ありませんか。これが桑野珠実の家ですよ。ほら、四年まえに殺された。……」

「おお、これが」

「そうそう、そういえば今日は七月十五日。珠実の四周忌に当りますね」

「三津木君、あの事件なら俺《わし》もよく憶えているが、確か犯人と目《もく》された男は、未決にいるあいだに死んだのだったね」

「そうですよ。緒方静馬といいましたが、あの男の有罪説には、かなり疑わしい点がありましたよ。おや、あの声は何んだ！」

珠実邸の裏通りなのである。

折から聞えて来た女の悲鳴に、ふと足をとめたのは、はからずも其《そ》の場を通りかゝった有名な私立探偵由利《ゆり》先生と、もう一人は某新聞社の花形記者三津木俊助《しゅんすけ》。俊助は深く由利先生に私淑《ししゅく》して、いつも先生の探偵事件に助手の役目を勤めているのである。

「確かに女の悲鳴でしたね」

「そうだ、しかもこの家の中からだぜ」

今しも噂《うわさ》をしていた家の中から、たゞならぬ悲鳴が聞えて来たのだから、二人がぎょっとして路傍《みちばた》に佇《たたず》んだのも無理はない。

ふと見ると裏木戸があいている。由利先生は何気なく、つかつかとその方へ歩み寄ったが、この時だ、ふいに中から躍り出した壮漢が、出会頭《であいがしら》にパッと由利先生を突きのけると、そのまゝ闇の中をまっしぐらに逃げ去った。あっという間もない。あまり咄嗟《とっさ》の出来事で、さすがの先生も俊助も手を出すひまさえなかったのである。いうまでもなくそれは慎策だった。

「何んだ、あいつは？」

俊助は呆然《ぼうぜん》とその後を見送っている。

「まだ若い男だったね。大して風態《ふうてい》の悪いほうでもなかったようだ」

「中へ入ってみましょうか」

「ふむ、とにかく女の悲鳴が気にかゝるな」

裏木戸から中を覗《のぞ》くと、雑草のなかに提灯の灯が、ゆらゆらと鬼火《おにび》のように瞬《また》いている。

二人はそれを目当てに進んでいったが、先ず俊助が由紀子の体を見附けて驚いた。

「あ、先生、こゝに女が倒れていますぜ」

「何？　そこにもいるのか。三津木君、実はこゝにも一人女が倒れているんだが」

雑草のなかに跼《かが》みこんでいた由利先生が、驚いたように顔をあげた。

「何んですって？　すると二人ですか」

「そうらしい。そちらの方はどうだ。死んでいるのか」

俊助は由紀子の胸に手を当てゝみて、

「いや、こちらの方は生きています。気を失っただけらしい。そちらはどうです」

「よく分らないが、どうやら冷くなっているらしい。三津木君、その提灯を見せたまえ」

地上に転がって、ゆらゆらと炎《も》えている提灯を取りあげて、俊助は由利先生のほうへ近附いた。見るとなるほど、踏みしだかれた雑草の中に、まだうら若い女がくわっと眼を見開いたまゝ倒れている。さっき慎策が驚いたのも、この女の死体だったらしい。あゝ、

「あ、見給《たま》え、心臓を一《ひと》突きやられている。あゝ、ひどい血だ、明《あきら》かに他殺だね」

なるほど女の胸から流れ出した血が、ぐっしょりと草の根を濡《ぬ》らしている気味悪さ。俊助はゾクリと身顫《みぶる》いしながら、提灯の灯で女の顔を見直したが、

「あ、先生、僕はこの女を知っていますよ」

と、頓狂《とんきょう》な声をあげた。

「何？　知っている。してして誰だね」

「珠実の弟子の幾代という女です。珠実殺しの時分、僕は何度もこの女に会いましたから、決して間違いじゃありません」

「ほゝう！」

由利先生は思わず眼をすぼめた。

「珠実の命日に珠実の弟子が殺される、――か。三津木君、こいつは四年まえの事件から糸をひいているんだぜ」

「あゝ、何んてこった。同じ日に同じ庭で。……おや、先生、そこに何やら白いものが光っていますが、それは何んですか」

「どれどれ」

あゝ、もしこの時由紀子が、由利先生が雑草の中から拾いあげたものを見たら、どんなに驚いたことだろう。まぎれもなくそれは、白い碁石ではないか。

「碁石だね、あ、あそこにもある」

「先生、そこにもありますぜ」

二人は提灯の明りで、暫くその辺を探し廻ったが、やがて拾い集めたのは、何んと、白石五個、黒石三個の都合八個の碁石なのだ。

「まだよごれていないところを見ると、つい今しがた落していったものに違いない。後でよく調べるとしてそちらの女はどうだ」

夜露が咽喉《のど》に入ったのか、由紀子はその時漸《ようや》く気がつきかけていた。

「もしもし、気がつきましたか」

俊助に抱き起されて、

「あ、あなた、あなた——あら！」

「御心配には及びません。我々は怪しい者じゃないのです。時にお嬢さん、さっき逃げていった男を御存知ですか」

「はい、あの、いゝえ」

由紀子はまだ夢の中をさまよう心地だったが、事件があまり奇怪なので、滅多《めった》なことは言うまいと、早くも心を極《き》めていた。由利先生はそういう様子に眼をとめながら、

「お嬢さん、あなたはあそこに死んでいる女を御存知ですか」

「え？　し、死んでいる……？　だ、誰が死んでいるんでございますの？」

「おや、知らないんですか。あそこに女が殺されているんですよ」

「しかもその女というのは、かつてここで殺された桑野珠実の弟子で、幾代という女です」

あゝ、何んという恐ろしいことを聞くものだろう！　幾代——その女こそ兄に対して、種々《いろいろ》と不利な証言をした女ではないか。

「まあ！　そ、それじゃあの女《ひと》が……」

「お嬢さん。その女を御存知ですか」

「知っています、知っています。その女《ひと》こそ兄にとっては敵《かたき》ですわ」

「え？　兄の敵？」

穏《おだや》かならぬ由紀子の言葉に、二人ははっと顔を見《み》合《あわ》せた。

「なるほど、これにはよほど深い事情がありそうだ。で、お嬢さん、あなたのお兄さんというのは？」

「はい、あの――緒方静馬といって。――」

「な、何んですって？」

青天の霹靂《へきれき》とは全《まった》くこのような時に使う言葉だろう。由利先生と三津木俊助、由紀子の言葉を終りまで聞かぬに、はや棒をのんだように、その場に突立《つった》ってしまった。

四

荻窪における奇怪な殺人は、恐ろしい反響を捲起《まきおこ》した。七月十五日は桑野珠実の殺された命日だ。その同じ日に、場所も同じミモザの樹の下で、珠実の弟子が殺されたのだ。これほど神秘的な事件がまたとあろうか。

こうなると再び四年まえに遡《さかのぼ》って、桑野事件が蒸し返される。考えてみるとあの事件は容疑者の死によって一段落ついたようなものゝ、実際は、静馬は一言も犯行を肯定《こうてい》しなかったのだから、全く未解決も同様だった。

ひょっとすると、静馬という青年は濡衣《ぬれぎぬ》のまゝ悶死《もんし》したのではあるまいか。――さあ、これだけでも、世間の好奇心を煽《あお》るに十分だったのに、この度の事件には何んともいえぬ浪漫的《ロマンチック》な色彩がある。というのはほかでもない。黒衣の人と称する正体不明の紳士の手紙なのだ。

警官の訊問《じんもん》に対して、由紀子がついあの手紙のことを洩《も》らしたものだから耐《た》まらない。忽《たちま》ちそれが新聞に載って大評判になった。

黒衣の人とは何者だろう。あの謎のような手紙は何を意味するのだろう。彼は予《あらかじ》め今度の事件を知っていたのだろうか。ひょっとすると、彼こそは珠実殺しの犯人で、そして幾代をも殺害したのではあるまいか。――等々と、さまざまな臆説《おくせつ》が伝えられた。

それにしても、黒衣の人はどうして姿を現さないのだろう。このような騒ぎが起っていることを知らぬはずはよもあるまいに、何故《なぜ》、姿を現わしてすべての秘密を説明《ときあ》かしてくれないのだろう。ひょっとすると、新聞でも伝えている通りあの人が……と、さすが夢想家の由紀子も、近頃ではしだいに黒衣の人に対する信仰を失っていったが、と、それにとって代って、彼女のまえに現れたのはほかならぬ由利先生。

先生は毎日のように、由紀子を訪れて優しく慰《なぐさ》めたり励ましたりしながら、巧みにいろんな事を彼女に話させた。そしてその揚句《あげく》、考え深そうにいうのだ。

「とにかくね、お嬢さん、黒衣の人というのはよほど深い企《たくら》みを持っていたにちがいありませんよ。というのは、俺《わし》が調べたところによると、撫子の浴衣といい、釣鐘草といい悉《ことごと》く死んだ珠実と非常に縁が深いものなんです。珠実は殺された晩に、撫子の浴衣を着ていたそうですし、釣鐘草はあの女が最も愛していた花なんです。そしてよく、提灯をかざして、あのミモザの花の下で、男を待っていたという話ですからね」

「まあ！　そうすると……」

と、由紀子はふと、あの晩慎策が口走った言葉を思い出しながら、

「あたしはあの女《ひと》の幽霊の役目を勤めたわけなんでしょうか」

「どうもそうとしか思えませんね。丁度あなたの年頃も、珠実が殺された年頃と同じくらいだし。……つまり、黒衣の人はあなたを珠実の幽霊に仕立てゝ、一芝居打つつもりだったのじゃないかと思います。つまり、ところがそこへ、何かしら故障が起った。ところで、お嬢さん」

由利先生はそこできっと由紀子の表情《かおいろ》を見ながら、

「あなたはほんとうに、あの晩、珠実の家《うち》から逃げていった男を御存知ないのですか」

「は、はい、存知ません。全く知らぬ人です」

由紀子はおずおず眼を伏せながら答えるのである。

さて、この間、慎策や川端老夫人はどうしていたかというに、慎策はあれ以来、同じ家に住みながら、極力由紀子を避けようとする。それを感ずると、由紀子は胸がつぶれるほどの悲しみと同時に、恐ろしい疑いを感ずる。

慎策さんはどうしてあの晩、あそこへやって来たのだろう。そして、あの時、口走ったあの言葉――あゝ、あの人は桑野珠実を知っていたのだろうか。

由紀子の小さい胸は千々《ちぢ》に砕けるのだった。

しかも老夫人は老夫人で、俄《にわ》かに病いが改まって、近頃では頭もあがらぬ大病なのだ。由紀子は西を向いても、東を向いても、取りつく島もない心地。

と、あの事件から十日目のことである。由紀子のもとへ又もや奇怪な手紙が舞い込んだ。

――由紀子さん。この間は大変失礼しました。あのような恐ろしい事件が起ったので、折角《せっかく》の僕の計画もすっかり齟齬《そご》しました。由紀子さん、あなたはもう一度冒険をやる勇気がありますか。もしあるなら、この手紙を見しだい、銀座西二丁目のKビル三階、十五号室へ来て下さい。そうすれば直接お目にかゝって、僕はすべての秘密を打明けてあげます。由紀子さん、勇気を出して、ためらわずに！　そして、誰にもこの事を打明けてはなりません。

黒衣の人

あゝ、又しても黒衣の人からの手紙なのだ！

「えゝ、いきますわ。あたしどうしてもいかなければならないわ」

一旦失われかけた黒衣の人に対する信仰が、再び頭をもたげて来たのである。

彼女は夢遊病者のように呟《つぶや》くと、そのまゝフラフラと家《うち》を出てしまった。

しかし、もしこの時由紀子が、仔細《しさい》にこの手紙を調べていたら、いろいろ妙な事柄に気がついたであろう。第一、この手紙はまえのに較《くら》べるとまるで筆蹟《ひっせき》が違っていた。それに文章の調子だって、以前の神秘的なのに反して、ひどく現実的でそっ気《け》ない。

だが、頭の混乱している由紀子はてんで、そんなことには気がつかなかった。黒衣の人という署名だけで、彼女は恰《あたか》も魔術にかゝったように、誰にも知らさずフラフラと家を出たのだ。

Kビルというのはすぐ分った。三階の十五号室。――それは空室と見えて、表にはなんの標識もあがっていなかった。いやいや、空室はこの部屋のみならず、三階全体ががらんとして、まるで都会の幽霊屋敷だ。事務所というより倉庫のような感じなのだ。

しかし、奇怪なことには慣れっこになっている由紀子のこと、なんの躊躇《ちゅうちょ》もなくドアをひらくと、大きな安楽椅子に、誰やら向うむきに腰を下ろしている。

「由紀子さんですか」

その人は向うを向いたまゝ訊ねた。

「は、はい。……」

由紀子は昂奮《こうふん》のために歯がガタガタ鳴った。

「うしろの扉《ドア》をぴったりしめて下さい。あなたはこゝへ来ることを、誰にもいいはしなかったでしょうね」

「は、はい。……」

由紀子は気をつけてピッタリ扉《ドア》をしめた。

と、そのとたん、安楽椅子からすっくと立って、こちらを振りかえった男、その男の顔を見て由紀子はハッとした。違っているのだ。去年蓼科高原で会った黒衣の人とは、似ても似つかぬまだ年若い男、薄気味の悪い、人相のよくない男なのだ。

「ま、まあ、あなたは誰です」

「黒衣の人さ」

「違います。違います。黒衣の人はあなたのような若い人ではありません」

「そんな事はどうでもいゝじゃないか、お嬢さん、俺はちょっとお前さんに話したいことがあるので、黒衣の人の名を借りたのだよ」

あゝ、欺《だま》されたのだ。罠《わな》に落ちたのだ！

「一体、あなたは誰です。あたしに何んの用事がありなんです」

由紀子は弱身を見せまいとして必死だった。

「俺かい、俺はな、幾代の情夫という奴さ。名前は須山謙吉《すやまけんきち》というがね」

「で、どういう御用なんですか」

「まあ、ゆっくり話そうじゃないか。お嬢さん、お前、幾代が何故あの晩、あんなところへ出向いたか知っているかい。あの女はな、珠実殺しの犯人に会うためだったのだぜ」

「な、何んですって！」

「驚いたかい、幾代は真犯人を知っていたんだ。そして長い間そいつを種に金を脅請《ゆす》り取っていたんだ。はゝゝゝは、羨《うらや》ましい話だ。俺もそれにあやかりてえと、幾代にいろいろ訊ねたが、大事な金蔓《かねづる》のことだから、まあ、仲々喋舌《しゃべ》りやがらねえ。で、あの晩こっそり幾代を蹤《つ》けていって犯人の顔を見てやろうと思ったが、運悪く幾代の奴に見附けられ……」

「あ、分った、それで幾代さんを殺したのね」

「ふふふ、ま、そんな事さ。俺はそれから急に恐ろしくなった。恐ろしくなって一旦あの屋敷を逃げ出したが、こゝで逃げちゃ折角の苦心も水の泡だ。どうしても犯人の顔を見なけりゃと、引返したとたん出会ったのは若い男、真蒼《まっさお》になってあの屋敷から逃げ出していくところさ。俺はこっそりその後を蹤けていった。そしてそいつがどこの何んという奴かちゃんと調べてしまったのさ」

由紀子はジーンと総身がしびれるような気がした。あゝ、この男は慎策を見たのだ。そして慎策の身分素性も知ってしまったのだ。

「で――？　どうだと仰有るの？」

「おいおい、白《しら》ばくれるのは止《よ》せよ。あの男はお前の恋人だろう。しかしありゃ、お前にとっては兄の敵《かたき》だぜ。だが、俺はそんな野暮《やぼ》なことはいわねえつもりだ。恋のためにゃ怨《うら》みも忘れる。な、そこだ。俺は金が欲しいんだ。実は慎策――たしか慎策とかいったな、あいつに度々手紙を出したが、畜生《ちくしょう》返事も寄越《よこ》さねえ。で、お前に取次いで貰いたいんだ。耳を揃《そろ》えて、五千両、廉《やす》い口止め料だ。なあそれを慎策に出させて貰いてえんだ」

あゝ、どうしよう、どうしよう、それでは珠実を殺し、兄を獄死させたのは慎策だったのか。兄の敵――しかし、その人は今じゃ自分にとってはかけがえのないいとしい恋人。

「おい、返事のないのは不承知か、それとも俺の言葉を疑っているのかい。俺ゃ何もかも知っているんだ。慎策が急に洋行したのは、珠実が殺されてから一ケ月ほど後だった。あいつは珠実に関係があったに違いねえんだ。どうだ、これでも取次ぐのはいやか」

「よしよし、その取次ぎなら俺《わし》がしてやるよ」

あっと叫んで須山と由紀子がうしろを振返った。と、そこに立っているのは由利先生と三津木俊助。あゝ、もう何もかもおしまいだ、由利先生にすっかり聴かれてしまったのだ。所詮《しょせん》、あの方は助からぬ。――由紀子はみるみる蠟《ろう》のように真蒼になってしまった。

五

「三津木君」

「はい」

「この畜生を、警視庁へつれていってくれたまえ。自分から幾代殺しの犯行を自白しているのだから大助かりだ。由紀子さん」

「は、はい……」

「さあ、帰りましょう。我々は慎策君の依頼で、あなたを迎えに来たのですよ」

「し、慎策さんの……？」

「そうです。あなたはさっきの手紙を机のうえに置いたまゝ出て来たでしょう。慎策君がそれを見附けて大騒ぎをしているところへ、我々が行き合せたのです。慎策君はあなたの身を気使って、自分で来たがったのだが、ちょうど老夫人の容態が急変したので、我々が代りに来たのです。さあ、帰りましょう」

「まあ、小母さまが……」

「おいおい」

その時、やっと勢いを取り戻した須山謙吉が、せゝら笑うように毒吐《どくづ》いた。

「俺を警視庁へ連れていくのはいゝが、そうなると可哀そうだが、慎策の奴もそのまゝじゃおかねえぜ。ふふふ、藪《やぶ》をつゝいて蛇《へび》を出すたあこの事だ。分ってるだろうな」

「黙れ、三津木君、早くそいつを連れていきたまえ。さあ、由紀子さん、帰りましょう」

由紀子は表に待たせてあった自動車に乗ったが、その胸は千々に砕けるばかり、兄の怨みと己《おの》れの恋の板挟みになって、かよわい彼女は地獄の猛火に焚《や》かれる想いだった。それにしても、由利先生はさっきの話を聴いたのだろうか。聴いたとしたら、何故、何もいわないのだろう。

「せ、先生」

「何んです？」

「先生はさっきの話をお聴きになりまして？　今の男がいった言葉を。――」

「聴きましたよ、だがね、由紀子さん、あなたはその事で何も心配することはないのです。あなたはまだ何も御存知ない」

由利先生は慰《なぐさ》めるようにいった。

二人が川端家へ帰っていくと、中から慎策が転げるようにして迎えに出た。

「あ、由紀さん、無事だったか、早く、早く、母があなたに話したいことがあるといって待っているのです」

「慎策君、御容態は？」

「いけないそうです。あと半時間も持つまいという医者の言葉です」

由紀子はそれを聴くと棒を飲んだように立ちすくんだが、次ぎの瞬間、大急ぎで老夫人の病室へかけこんだ。

「小母さま。あたしよ、由紀子です。いま帰って参りました」

「由紀さん？」

老夫人は枕からかすかに頭をずらすと、細い手で由紀子の手を握った。誰の眼にも、この老夫人がすでに、死の一歩手まえまで来ていることが分った。

「由紀さん、わたしはあなたに謝《あや》まらねばならぬことがあります。わたしは悪いことをしました。あなたのお兄さまを獄死させたのは、みんなわたしのせいですよ」

「な、何んですって？」

由紀子はふいに、顔を逆さに撫《な》でられたような驚きに打たれた。老夫人の細い手を握った指がはげしく顫えた。何かいおうとしたが、舌が硬《こわ》ばって口が利《き》けなかった。

「由紀さん、桑野珠実を殺したのはわたしですよ。いゝえ、殺したと思っていたのです」

由紀子はふいに総身の毛がゾーッと逆立った。この人が――？　この母にもまして優しい老夫人が――？

「いゝえ、嘘です、嘘です。そんな事、そんな事。あたし信じません。信じませんわ」

「由紀さん、有難《ありがと》う、あなたがそう言ってくれるのは嬉しいのですが、でも本当なのです。そして、それが母のとるべき唯《ただ》一つの途《みち》だったのです。あの女は慎策を誘惑しようとしました。わたしはあの女に、どんなに歎願《たんがん》したでしょう。でもあの女は笑ってとりあってくれません。わたしは絶望のあまり、ありあうステッキであの女を殴《なぐ》ったのです。あの女は倒れました」

老夫人は咽喉がごろごろと鳴った。しかし彼女は必死となって、

「わたしはあの女を殺したと思いました。でも、わたしはすこしも後悔しませんでしたよ、あなたのお兄さまのことさえなければ……」

痰《たん》が再び咽喉へからまって来る。老夫人は切《せつ》なげに息をつきながら、

「あなたのお兄さまが捕えられたと聴いた時、わたし、どんなに苦しんだでしょう。幾度かわたし自首

を決心しましたが、とうとう、その勇気が出ないうちに、お兄さまは亡くなられたのです。わたしは悪いことをしました」

「小母さま、いや、いや、そんな事を仰有っちゃいや。あなたはわたしのお母さまです。何も仰有らないで」

由紀子は老夫人にしがみついてむせび泣いた。老夫人は軽くそれを制しながら、

「有難う、でも、言わせておくれ、お話すればわたしの心が軽くなるのです。わたしはどんなに苦しんだでしょう。あなたを引取って面倒を見たのも、みんな罪亡《ほろ》ぼしのつもりだったのです。そんな事で消えるほど軽い罪ではなかったけれど」

「いゝえ、小母さま、あなたがあの女を殺したとしても決して罪ではありませんわ。あんな、あんな悪い女ですもの。——」

「由紀さん、わたしの言っているのはその事ではありません。お兄さまのことです。わたしはあの女のことでは少しも後悔してはおりません。本当に、わたしが殺したとしても。でも、実際はわたしが殺したのではなかったのです」

「え？」

「わたし、幾代という女から聴きました。この間の晩、あの女は死ぬ間際に告白したのです。珠実はわたしに殴られて一旦気絶したけれど、あとで息を吹返したのです。それを、幾代がまた殴り殺したのです。長いあいだ、わたしはそうじゃないかと思っていたんですけれど。……」

だが、老夫人はもうそれ以上続ける気力がなくなっていた。それはあまりにも奇怪な話なのだ。疲労と、困憊《こんぱい》が死の翼となってすでに彼女を包んでいる。老夫人はあせって、幾度か舌を動かしたが、それは声のない言葉として唇を洩《も》れるばかり、見るに見かねて、由利先生がまえへ進み出た。

「奥さん、あとは私が話しましょう。違っていたら手を振って下さい。あなたは長いあいだ幾代に脅迫《きょうはく》されていた。そのあいだに、あなたはしだいに幾代に疑いを抱きはじめた。そこであの女の迷信深いのを幸い、この間の晩、お芝居をして、あの女に告白させようとしたのですね」

老夫人はかすかに頷《うなず》く。

「あなたは由紀子さんの日記を見られた。そして由

紀子さんが黒衣の人に対して深い信仰を持っているのを知って、自ら黒衣の人になって、あんな手紙を由紀子さんのところへ送ったのですね」

由紀子は驚いた。それじゃ黒衣の人というのはこの川端老夫人だったのか。

「そうですよ、由紀子さん、あなたが蓼科で会った紳士というのは、魔術師でもなんでもない。たゞ普通の、物好きな紳士で、あなたの身の上話を面白がって聴いたゞけのことなんでしょう。それをあなたが勝手に神秘に空想していられた。そこで老夫人は、出来るだけ事件を神秘にして、そうすればきっとあなたが命令どおりするだろうと、碁石のことなんか、考えついたんです。むろん、あの老婆というのも老夫人だったのですよ。つまり、あなたが神秘感にとらわれていればいるほど、お芝居の効果はあがる。幾代は恐怖におののくだろう。そしてすべてを告白するだろうと、こう思われたのです。で、老夫人は新宿で提灯と釣鐘草を渡すと、すぐその足であなたより先に荻窪へ行かれたが、その時には幾代がすでに死にかけていたのです。分りましたか」

「そうです」

慎策は深い悲しみに打たれながらも言った。

「私はあの夜、母の挙動《そぶり》がおかしいので、荻窪の屋敷へいったのです。母が由紀さんの面倒を見ていると知った時から、私はなんとなく母の秘密に気がついていました。しかし、ミモザの樹の下に立っている由紀さんを見た時だけは驚きました。私もてっきり珠実の幽霊だと思い、幽霊が幾代を殺したのだと、愚かにも考えてしまったのです」

「由紀さん」

その時、老夫人が再び縺《もつ》れる舌で、

「わたしを許しておくれ、慎策」

「はい」

「わたしの罪の償《つぐな》いをお前代ってしてくれるだろうね。由紀さん」

「はい」

「慎策は純潔です。珠実に誘惑されはしなかった。わたしがそれを救ったのです。信じてくれますわね」

「はい。信じますわ」

由紀子は老夫人の手を握りしめたまゝ、よよとばかりに泣き伏した。

「有難う。これでわたしも安心して死ねます」

その言葉とともに、川端老夫人は深い深い溜息《ためいき》を吐いた。その溜息こそ、哀れな母が長い間胸に溜めていた憂悶《ゆうもん》を一時にこの世に向って吐いたものだった。

それから老夫人はがっくりと眼を閉じたのであった。

仮面劇場

発端

瀬戸内海国立公園観光船のこと――ガラスの舟
――三重苦少年――立聴く影

一

○――商船株式会社のきもいりで仕立てられた、瀬戸内海国立公園観光船、N――丸が、初夏の海上ハイキングにと大阪天保山桟橋《てんぽうざんさんばし》を解纜《かいらん》したのは、昭和八年、瀬戸内海の島々に、鮮緑したゝるばかりの、六月十一日のことでありました。

日程をお話いたしますと、六月十一日、土曜日の午後八時、天保山桟橋を出帆したN――丸は、その翌日の朝はやく、本島の笠島浦というところに着きます。

こゝにひと先《ま》ず上陸した一同は、そのかみの海賊城址を見物したり、遠見山の展望台から、海の銀座ともいわれる東部瀬戸内海の風景を観賞したり、そしてそれからふたゝび船によって、塩飽《しあく》諸島のあいだを漫歩しながら、鬼ケ島にわたり、鬼の岩屋といわれる幽邃《ゆうすい》な洞窟を探検して、その夕刻、天保山へかえって来ようという、初夏の週末をすごすには、まことにかっこうの計画でありました。

こういう旅ですから、乗客というのもたいていは京阪神の相当の家庭の人たちばかり、ことに家族づれが多かったので、わかい綺麗なお嬢さんもおれば、カメラのピントをあわせるに急《いそ》がしいお洒落《しゃれ》な青年もいる。

いたずらざかりの坊ちゃん嬢ちゃんがいるかと思うと、なかにはまた、片時も数珠《じゅず》を手からはなさないような、品のいゝ切髪《きりがみ》の御老婆もいるというわけで、まことに賑《にぎ》やかな遊覧船でありましたが、さいわい天候にもめぐまれて、この海上ハイキングは大成功でありました。

さて、一同が思うぞんぶん海の精気を満喫し、奇《き》巌《がん》な島にカメラのフイルムもつきはてゝ、ふたゝび船が鬼ケ島から、天保山さしてかえりの航路についたのは、日曜日の午後二時ごろのこと、夕食は船中でしたゝめまして、神戸の中突堤《なかとってい》へつくのが夜の八時ごろになります。こうして、この楽しい週末の海上ピクニックはおわるのでありました。

ところが、このN――丸が、いましも淡路島《あわじしま》と小《しょう》豆島《どしま》のあいだを縫《ぬ》うて、一路、神戸へむけて進んでいるときのことでした。

「あら！」

と、双眼鏡を眼にあてたまゝ、つと、甲板《かんぱん》のたゝみ椅子から立ちあがると、

「まあ。……あれ、なにかしら」

と、不思議そうに首をかしげて呟《つぶや》いたのは、さよう、二十八九の美しい洋装の婦人。女としてはもう熟《う》れきった年頃ですが、それでいて、どこかにまだあどけなさの残っているように見えるのは、笑うと両頰《ほお》にくっきりとうかぶえくぼのせいでしょうか。太りじしの豊かな体格ではありますが、手脚がのびのびとしているので、洋装がまことによく似合う。眼ざむるばかりのグリーンのドレスのうえに、ピンクいろのケープを無雑作《むぞうさ》にひっかけているのもうつりがよく、短いスカートの下からのぞいている脚も、牝鹿《めじか》のように弾力をもっています。

まえにもいったように、多くは家族づれか、さもなくば嬉《うれ》しい楽しい恋人同志のなかにまじって、この婦人ばかりは終始さびしい一人旅の、しかも上方ふうとはまたかわった、素晴らしい美貌が、昨夜からひとびとの注目をひいているのでありましたが、船客名簿によると、なまえは大道寺《だいどうじ》綾子《あやこ》といって、どうやら、鎌倉に本宅を持っているらしいのです。

さて、デッキ・チェヤーから立上《たちあが》った綾子は、双眼鏡を眼にあてたまゝ、吸いよせられるように手摺りのそばに近寄ると、からだをまえに乗り出して、なおもいっしんに、はるかかなたの水平線上を眺めていましたが、

「変だわねえ。いったい、あれ、なにかしらねえ」

われにもなくまたそう呟きましたが、するとその

声にふとこちらをふりかえったのは、すぐ隣のデッキ・チェアーによりかゝって、よねんなく読書していた白髪の紳士。しかし皆さん、誤解してはいけません。

なるほどこの人の頭髪は、白銀のような美しい光沢をもった白髪なのですが、よくよく見るとこの人が、決して白髪の示すほども年をとっていないことがわかりましょう。色の浅黒い、眼つきの鋭い、それでいて微笑をふくむと、なんともいえない温かい優しさの溢《あふ》れるのがこの人なのです。年は四十をそれほど多くは出ていますまい。

この人も同伴者のない、孤独なひとり旅でしたが、さきほど、鬼の岩屋のまえで、一同そろって記念撮影をするときに交換した名刺によると、由利麟太郎《ゆりりんたろう》とのみ、どこの人やら、何をする人やら、いっこう見当もつきかねましたが、言葉つきからして、どうやら東京者らしいのを、綾子は心ひそかに、たのもしく思っていたところなのであります。

白髪の紳士は読みかけの本を椅子のうえにおくと、

「どうかしましたか、大道寺さん」

と、綾子のそばへよって来る。

「あゝ、先生」

綾子はいつかこの人を、先生と呼んでいましたが、なるほどそういう呼びかたこそ、この人にいちばんふさわしいように思われます。

「あの、……向うの波間にういている、……ほら、あれは何《な》んでございましょうねえ。船のようでもあり船のようでもなし、船とするとずいぶん妙な船ですわねえ」

綾子は双眼鏡から眼をはなすと、ボーッと上気したような眼を、由利先生に向けました。軽い緊張のせいか、瞳《ひとみ》がきらきら輝いて、人を魅するような美しさです。

由利先生もその美しさに打たれたように、しばしばと眼をまたゝきましたが、すぐと、

「どれ、どれ」

と、自分も綾子と並んで、胸にぶらさげていた双眼鏡を眼にあてましたが、

「なあるほど、妙な船ですな」

「変でございましょう」

「箱のようでもあるし、筏《いかだ》のようにも見えますね。艫《ろ》も櫂《かい》もついていないところをみると、どこからか

漂流して来たのかしら」

「そうでしょうか。そうかも知れませんわね。でも、なんだかキラキラ光ったものが見えますわね。あれ、何んでしょうねえ」

「変ですねえ。私もそれに気がついていたのだが。……」

「あれ、ガラスじゃありません？　あら、ほんとにあれ、ガラス箱のようじゃございません？」

「お！　なるほど、大きなガラス箱がつんである。こいつは妙だ。いったい、何をする船かしらん？」

「このへんによくある漁船のようではありませんわね。第一、漁船にあんな大きなガラス箱をつむはずはございませんわね。あら！」

ふいに綾子が頓狂《とんきょう》な声をあげて、双眼鏡を落しそうになったので、由利先生は思わずそのほうへ振りかえりました。

「ど、どうかしましたか」

「あれ……人じゃございません？　あゝ、人だわ、人だわ、誰か人が乗っていますわ。ほら、あの大きなガラス箱のなかに……誰か人が横になって……」

「な、な、なに、人だって？」

由利先生もぎょっとしたように、急いで双眼鏡のピントを調節しましたが、

「ふうむ！」

思わず深い唸《うな》り声をあげました。

二人が驚いて、しばらく茫然《ぼうぜん》と心を奪われていたのも無理ではありません。

その時、波間はるかに浮きつ沈みつ、二人のまえに展《ひろ》がって来たのは、何んともいいようのない異様な光景でありました。

いましもかあっと西陽《にしび》をうけて、あかね色に炎《も》えあがっている波のあいだを、艫も櫂もつけぬ一葉の小舟が、ひとひらの木の葉のように、浮きつ沈みつ、沈みつ浮きつ。――しかもその小舟のうえには長持ちほどもあろうと思われる、大きなガラス張りの箱がおいてある。そしてガラス張りのその箱のなかには、おゝ、なんということだ、人間ひとり、身動きもしないで仰臥《ぎょうが》しているのではないか。

生きているのか、死んでいるのか、男か女か、さだかに見わけかねますけれども、淡路島の島影づたいに、小舟はしだいに海峡のほうへ流れていきます。

遠くから見てさえ相当のスピードですから、そば

へ寄ってみれば矢の如《ごと》き速さではありますまいか。潮に乗っているのです。

　このまゝ放っておけば、鳴門の渦に巻きこまれて、舟もガラス箱も、ガラス箱のなかに仰向《あおむ》けに寝ている人も、木《こ》っ葉《ぱ》微《み》塵《じん》となって魔の海底に吸いこまれていくことは、掌《たなごころ》をさすように明《あきら》かな事実であります。

「あら、たいへん、たいへん、誰かあの方を助けてあげて頂戴《ちょうだい》！」

　綾子は金切声《かなきりごえ》をあげて叫んだが、その時分、ほかにもこれに気附いた人もあったと見え、船中はにわかに大騒ぎになりました。

二

　乗客の報《し》らせによって、すぐにN――丸はその進行をとめました。

　そして、屈強な水夫たちによってボートがおろされました。

　ボートはすぐに舟をはなれていきます。

　水夫たちの逞《たく》ましい腕先にオールが躍って、きらきらと飴《あめ》のような海水をはねあげるのが見えます。

　そのボートの先頭に、すっくと立っているのは由利先生、潮風にふさふさとなびく白髪が、折からの西陽をうけてまっかに炎えあがっているのであります。

「うまく助かるでしょうか」

「えゝ、もう大丈夫よ。あれだけ屈竟な人たちが出向いていったんですもの」

「でも、このへんの潮の流れはとても危険なのよ。うっかり巻きこまれたが最後、鳴門《なると》の藻屑《もくず》になってしまうんですって。だから、御覧なさい。このへんいったい、一艘《そう》の漁船も見あたらないでしょう。漁師がおそれて近附かないんですって」

　大きな輪をえがきながら、しだいしだいに鳴門の渦に吸い寄せられていくあの奇妙なガラス舟と、それを目差して進んでいくボートの行方《ゆくえ》を、固唾《かたず》をのんで見まもる人たち、綾子のまわりにはいつの間にか、若い令嬢がおおぜい集まって来ていました。

「でも、もう大丈夫よ。ほら、ボートはもうあんなに近くなったんですもの。しかし、あの人、生きているんでしょうか、死んでいるんでしょうか」

「むろん、死んでいるのよ。生きていればあんなにじっとしている筈《はず》はないわ。死んでいるにしても、しかし、妙ねえ」

「ほんとに妙な舟よ。ガラス張りの舟なんて、いままで見たこともきいたこともございませんわ。あなたが発見なさいましたのね」

令嬢のひとりがそう綾子に訊《たず》ねました。

「えゝ、ぼんやり双眼鏡をのぞいていたら、何んだか妙なものが見えるでしょう。あたしもはじめのうち、何んだかさっぱり、見当もつかなかったんですけれど、あの方、——由利さんとおっしゃる方と御一緒に見ていると、人が乗っているようなので、ほんとにびっくりしてしまいました」

そういいながら綾子は、由利先生の坐《すわ》っていたデッキ・チェヤーへ眼をやりました。そこにはさっき白髪の由利先生が、読んでいた本が伏せてあります。その本の表紙には美しい金文字で、
犯罪心理学
「犯罪心理学——まあ！」

綾子はちょっととまどいしたような眼をしましたが、ちょうどその頃、ボートはやっと例の奇怪な舟のそばまで漕《こ》ぎ寄せていました。

「あゝ、もう大丈夫ね。うまくいったわ」

しかし、それはこちらで見ているほど簡単な仕事ではなかったと見えて、ボートはそばまで漕ぎ寄せながら、なかなかぴったりくっつかない。

まるで野獣がえものを狙うように、しばらくゆるい輪をえがいて、ガラス舟のまわりをうろついていましたが、やがて水夫のひとりがボートのへさきに立上ると、くるくるくると片手でまわしはじめたのは、さきを輪にしたロープなのです。

ロープは一枚の円盤のように、ボートのうえを躍っていたが、やがて一本の線となり、つつうーッと飛んだかと思うと、見事！　がっきと向うの舟のへさきに連結しました。

わあ！

こちらの甲板からいっせいに歓呼の声があがります。

「あゝ、助かったわ。もう大丈夫」

まさにそのとおりでありました。

ロープを手繰《たぐ》ってボートはしだいに舟に接近していく。

やがてその間半間《かんげん》ばかり、と、この時ひらりとこちらのボートから、向うの舟に乗り移ったのは白髪

の由利先生。先生はあの奇怪なガラス張りのなかを覗《のぞ》いていましたが、すぐ、ボートのほうを振りかえって手をふります。

と、ボートはくるりと方向転換、すぐまた、ひたひたと水を掬《すく》いあげながら、こっちのほうへ漕ぎ戻して来る。

やがて本船とボートの距離がせばまって来るにしたがって、甲板に群がっていた人たちは、何んともいえぬ奇妙な胸騒ぎをかんじはじめました。

それもその筈、接近するにしたがって、しだいにはっきりして来るその舟というのが、まことに尋《じん》常《じょう》ではないのです。

形はふつうの小舟だが、そのなかには、いろとりどりの美しい薔薇《ばら》の花が、盛りあがるように撒《ま》き散らしてある。それはまるで葬式の柩車《きゅうしゃ》のようでもあり、その花の香ぐわしさは、ボートがどんと本船の船腹にへさきをぶっつけたとたん、潮風にもめげず、プーンと令嬢たちの鼻孔をうったくらいなのです。

「まあ！」

甲板に群がった人々は、思わず顔を見合せたが、異様なのはそればかりではない。舟の中央に安置してあるあのガラス箱、まさに長持ちほどもあろうと思われる、大きな長方形のガラス箱には、黒いテープで結《ゆわ》えた花束が、――それこそ葬式の柩《ひつぎ》を飾るように白い花束がおいてありました。

「あら、じゃ、やっぱりあの方《かた》死んでいるのね」

「そうよ、そうよ、きっと。――そしてこの舟はお葬《とむら》いの舟なのよ」

「あら、いやだ、縁起の悪い。それなら何も苦労して、わざわざ引っ張って来なくてもよさそうなものにねえ」

「でも、変ねえ、このへんでは人が死ぬと、海に流す習慣があるのでしょうか」

令嬢たちは固唾をのんで、ガラス張りの箱をうえから覗きこんでいたが、その箱のなかにはたしかに人が、白衣をまとうた人の姿が横になっている。……と。――この時でした。

箱の向うにもたれていた由利先生が、つかつかと側面にまわったかと思うと、横についている蓋《ふた》を、静かにうえに跳ねあげました。

するといまゝで石像のように、身動きもせずに仰臥していた人物が、よろよろと、手探りで、そしてそれこそ秋風にそよぐ木の葉のように身をふるわせながら、箱の中から這《は》い出して来たではありませんか。

「あっ！」

甲板にむらがっていた人たちの唇からは、その時いっせいに、何んともいえぬ深い感動のさけび声が洩《も》れました。

それもその筈、大道寺綾子にしても、この時ほど、世にも衝動的な光景に接したことは、あとにもさきにも、いやいや、うまれてこのかた、一度だってありますまい。

ガラス箱からはい出して、よろよろと夕日を受けて立ちあがったのは、年のころ十九か二十の、それこそたとえようもない程の美少年！

それは何かしら、血の通った、現実にこの世の空気を呼吸している人間というよりは、蠟《ろう》でこさえた人形のように、妙に神秘的で、妙に物語めいて、まるで草双紙《くさぞうし》から抜け出して来たような美しさ、ぎりぎりと歯ぎしりが出るほどの、異様に身に迫って来る、たぐいまれなその美貌。

あゝ、ひょっとするとこの少年は、鳴門の渦から這いあがった海の精気ではありますまいか。それとも日も通らぬ暗黒の海底に棲《す》むという人魚が、なにかの拍子《ひょうし》で波間に浮かびあがって来たのではないでしょうか。

少年はブルブルとしっきりなしに身をふるわせる。まるでおこりを患《わずら》っているものゝように、からだ中をふるわせる。

柔《やわら》かい髪の毛が、海風に波うって、身につけた草色の洋服が、折からの西陽を吸ってあたたかそうに輝きます。

それにも拘《かかわ》らずその少年は、絶え間なくからだをふるわせ、そのあしどりには、どこか、めしいたものゝような頼りなさ、危《あぶな》っかしさがあるのでした。

少年は由利先生の肩につかまって、ようやく、令嬢たちのむらがっている、甲板まであがって来ました。

しかし、かれは少しもあたりにいる人々に気がついたふうはありません。絶間《たえま》なく、ブルブルとからだをふるわせておりますが、その瞳はめしいた如く動かず、かたく結ばれた唇《くちびる》は、結んだまゝワナワナとふるえています。

少年がまえをとおり過ぎると、令嬢たちは故知《ゆえ》らぬうそ寒さをおぼえて、思わずゾーッと後じさりをいたしました。

しかし、それさえ気づかぬように、少年の表情にはなんの反応もないのです。

「先生、この方……どこかお悪いのですね。……こんなにふるえて……」

自分のまえまでやって来たとき、綾子は喘《あえ》ぐように呟きました。由利先生は少年のからだを支えたまま立止《たちど》まると、

「いや、この少年のふるえているのは、肉体の病気のせいではないのですよ。この少年はおびえているのです」

「おびえて……？　まあ、可哀《かわい》そうに……でも、無理はございませんわ。生きながら、あんなものに入れられて……先生、この方《かた》眼が不自由なんですわね」

「そう、眼が見えないようですね。しかし、この少年の不自由なのは、眼ばかりではないらしいんですよ」

「え――？　眼ばかりではないとおっしゃいますと――？」

「ほら、これを御覧なさい。こんなものが、あのガラス箱のなかに、――寝ている少年の枕もとにおいてあったんですよ」

むつかしい顔をして、由利先生がさし出したのは……奇妙な金箔《きんぱく》塗りの木片でありました。それはちょうど位牌みたいな恰好《かっこう》をしているのですが、その木片のうえには、つぎのような文字が、達筆で彫ってあるのでした。

盲《もう》にして聾唖《ろうあ》なる虹之助《にじのすけ》の墓

「まあ！　盲にして聾唖ですって？　盲にして聾唖ですってこの人が……？　この人……あゝ、可愛《かわい》い、こんな美しい人が盲聾唖……」

綾子が唇をふるわせて絶叫したのも無理ではない。あゝ、この美しい、神秘的な、鳴門の渦からわきあがったような美少年虹之助こそは、眼も見えなければ耳も聞えず、口を利《き》くことも出来ぬ、あわれ、世にも悲惨な、世にも恐ろしい三重苦の不具者なのでありました。

三

世にも悲惨な三重苦少年の生葬礼《いき》。

この事件が、当時、どのように世間を騒がせたかは、その頃の関西の新聞をお読みになった方はよく御存じの筈であります。

新聞という新聞が、筆をそろえてこの奇怪な事件を書き立てました。

あの奇妙なガラスの舟のこと、撒きちらされた薔薇のこと、金箔塗りの位牌のこと、更に哀れな盲聾唖、虹之助の一挙手一投足については、どんな些細《ささい》な事実でさえも、あますところなく新聞紙上につたえられました。

それにしても生葬礼とは尋常ではない。

どのような事情があるにせよ、生きている人間を、ガラスの柩に入れて海に流すとは、天人ともに許さざる大犯罪であります。

それですから警察では、やっきとなってこの怪事件の真相を突きとめようとしましたが、なにしろ肝《かん》腎《じん》の本人が、目も見えなければ耳もきこえず、口も利けない盲聾唖と来ているのだから、取調べるにも取調べようがなかったのです。

虹之助少年は何をきかれようと、何を訊ねられようと、顔の筋肉ひとつ動かしません。

かれの瞳は、美しく澄んではおりますが、いつもある一点に釘着《くぎづ》けにされたように、決して動くことはないのです。

かれの唇は匂いこぼるゝ花のように艶《なまめ》かしいのですが、いつも冷く閉されたまゝ、決して開こうとはいたしません。

警察でもはじめのうちは、この哀れな盲聾唖を、贋物《にせもの》ではあるまいかと思って、いろいろと、知名の医者の診断を仰《あお》ぎましたが、その結果、どの名医の意見も同じでした。

虹之助こそは疑いもない完全な盲聾唖！　こうなると虹之助から、何かきゝ出すということは、絶対に不可能であります。そこで警察ではやむを得ず、ほかの角度からこの怪少年の素性《すじょう》を調べにかゝりました。

先ず最初に調べられたのは、少年をのせて漂流していたあの小舟だが、それからは何んの手懸《てがか》りも得られなかった。

ついで、東部瀬戸内海から紀淡地方の村から町が、かたっぱしから調査されたが、誰一人、このような奇怪な少年のことを知っている者はありませんでした。

第一、知っている者があったとすれば、新聞でもあのように騒いでいるのだから、いまゝで黙ってゐる筈がありません、どこからか情報が入って来そうなものですが、それがないのですから不思議です。

ひょっとするとこの少年は、その名のとおり、虹のように、瀬戸内海の水のうえに浮きあがった、つかまえどころのない存在なのではありますまいか。

そこで当然、いろいろな風説が、この三重苦少年をとりまいて伝えられました。昔、パーシュウスというギリシャの勇士は、その生誕にあたって、この子はいくいく祖父を殺すであろうという忌《いま》わしい予言をされたために、母とともに箱詰めにされて、多島海の潮に流されたということですが、この不思議な虹之助少年も、何かそのような忌わしい迷信のために、こんな悲惨な目にあったのではありますまいか。——しかしそれもいまのところ解けない謎《なぞ》なのです。

こうして、はや一ケ月あまりもたちました。そして移り気な世間では、しだいにこの三重苦少年に興味をうしない、そして忘れていきましたが、その頃になって、またしても、この少年を取りまいてつぎつぎと恐ろしい事件が起ったのです。

だが、それらのことをお話するまえに、虹之助少年のそののちの身のうえについて、簡単にお話しておかねばなりません。

警察でも、この少年の取扱いについてはほとほと困ってしまいました。どのような恐ろしい犯罪がこの少年の身にかくされているにしろ、いつまでもこのように体の不自由な不具者を、警察へとめておくことは出来ません。さればといって、引取人もないのにむやみに釈放するわけにも参りません。うっかり外へ出せば、たちまち自動車に轢《ひ》かれるか、電車に跳ねとばされて死んでしまうにきまっている。

それには警察もほとほと、困《こう》じ果てゝおりましたが、するとそこへ奇特な申出《もうしで》をしたものがありました。

ほかならぬ大道寺綾子なのです。

綾子は鎌倉《かまくら》の中御門《なかみかど》に、宏壮《こうそう》な邸宅を持っている富裕な未亡人なのですが、危《あやう》く鳴門の渦にまきこまれようとしたこの少年を、最初に見附けたということに、何んとなく深い因縁の糸をかんじて、あれ以来、ずっと大阪のホテルに滞在して、この少年の成行きを見ていたのですが、警察で虹之助の処置に困っていることをきくと、みずから保護者の役を買って出たわけでありました。

そして結局、綾子の申出どおり、虹之助は彼女のもとへ引取られることになったのです。むろんそれまでにはいろいろとむずかしい手続きもあり、面倒な条件もありましたが、結局警察でも綾子の熱心にほだされたと見えます。

虹之助は無事に綾子のホテルへ引渡されましたが、これが七月二十五日のこと、そして諸君よ、この日が日本でも三大祭といわれる、大阪は天満の天神祭であることを思い出していたゞきたい。

綾子は虹之助をひきとると、すぐにも鎌倉へかえりたかったのですが、音にきく天神祭がきょうときき、また評判の河渡御《かわとぎょ》が、ちょうど綾子の泊っている、ホテルの裏をお通りになるときいて、つい、出発を一日のばすことにしましたが、するとその夜、ひょっこりホテルへ綾子を訪れて来た人がある。

ほかならぬ由利先生、観光船以来の馴染《なじ》みなのです。

「奥さん、私があれほど忠告しておいたのに、あなたはとうとうこの少年を引き取りましたね」

ホテルの一室に、ちんまり表情もなく坐っている、あの美しい虹之助の姿を見ると、由利先生は苦笑せずにはいられない。

「すみません」

綾子は薄く頬を染め、

「先生の御忠告に反抗するわけではございませんけれど、あたしどうしてもこの人を、このまゝ捨てゝしまうわけには参りませんの。あたしとこの人とのあいだには、何かしら深い因縁があるように思われて……」

きらきら光る綾子の瞳には、言葉の殊勝さとは反対に、大胆な、悪戯《いたずら》っぽい、挑戦するような輝きがありました。

由利先生は苦笑をうかべて、

「困ったものだ。これだからお金持の未亡人は扱いにくい。何しろ金と暇《ひま》を持てあましているんだから」

「あら、失礼なことをおっしゃる。あたし何も自分の慰《なぐさ》みにこの人を、引取ったのじゃありませんのよ。あたし気まぐれや酔興《すいきょう》でこんな役を買って出たのではございませんわ」

「失敬々々、気にさわったら勘弁々々。しかし奥さん、こんな不自由な人間を引取って、これから先、いったいどうなさるおつもりなんですか」

「教育しますわ。えゝ、教育して一人前とはいかずとも、せめて僅《わず》かなりとも人生の意義というものを、この人に教えてやろうと思うんですわ。ヘレン・ケラーさんだってこの人と同じような盲聾唖なんでしょう。でもあのとおり立派な学者となっています。自分の考えるところをほかに発表することが出来ます。あたしこの人を教育して、何かしら、この世の役に立つ人間に仕立てたいのです。先生、これではひどい、これではあまり惨《みじ》めです。人間と生れたかいはありません。虫けらも同然でございますわ」

「奥さん、なるほどあなたのお覚悟は立派です。しかし、それは容易なことではありません。いまにきっと手を焼きますよ」

「容易でないことは覚悟しています。しかし手を焼くかどうかは、長い眼で見ていて戴《いただ》きます。あたしやり遂げる自信があります。えゝえゝ、きっとこの人を教育してみせますわ。そして、この人が自分の心を外に伝えることが出来るようになったなら、きっと、あの不思議な生葬礼の顛末《てんまつ》もわかって来るにちがいありませんわ」

「奥さん、そのことなんです。それがあるからこそ私は心配しているのです。この少年はたゞの盲聾唖ではない。この少年には恐ろしい敵があります。生きながら、ガラスの箱に入れて、鳴門の淵《ふち》に流しものにする。あゝいう残酷な仕打ちを見ても、その敵がいかにこの少年を憎んでいるかわかります」

「そうですとも、それですからこの少年には保護者がいるのです。しっかりとした、力強い保護者がいります」

しっかりとした、力強い保護者がいるといった時、綾子の耳はなぜかかすかに赧《あか》くなったようでありました。

由利先生はしかし気がつかず、いっそう語気を強めると、

「まあ、お聞きなさい、奥さん。その敵はその後の

虹之助の成行《なりゆき》を、どこかでじっとみまもっているにちがいありません。そしてあなたが虹之助を引取ったことも、虹之助を連れて鎌倉へかえろうとしていることも、きっと知っているにちがいない。この間の水葬礼では、そいつはまんまとしくじった。しかし、それきり諦《あきら》めようとは思えない。いつかそいつはまた、虹之助の身辺に。……」

由利先生はふと口を噤《つぐ》んだ。

その時綾子がふっと唇に指をあてたからである。綾子はそっと立上ると、スリッパをはいた足で、猫《ねこ》のように足音のしない歩きかたをしながら、部屋を横切ると、ドアの把手《とって》に手をかけて、いきなりそれを開きました。

「ど、どうしたんですか」

由利先生も驚いて、綾子のそばまで参ります。

「いまの人……いまの人、立聴《たちぎ》きしていたんじゃありません？」

「いまの人……？」

由利先生は驚いて、廊下の外へとび出しました。しかししいんとしずもりかえった逢魔《おうま》ケ時《とき》のホテルの廊下、どこにも人の姿は見えません。

「奥さん、そいつはどっちへいきましたか」

「向うの……階段のほうへ……」

先生は素速くそのほうへとんで行ったが、階段のうえにも下にも人の姿は見えなかった。どこかでバターンとドアを締める音。

先生が諦めて部屋へ戻って来ると、綾子はいくらか固張《こわば》った表情で、虹之助のそばに立っている。虹之助は依然として、作りつけの蠟人形のように椅子のなかに坐っております。

「奥さん、そいつはいったいどんな奴でした」

「さあ、あたしにもよくわかりません。ちらと後《うしろ》姿《すがた》を見たゞけですから」

「でも、だいたいの輪廓《りんかく》ぐらいわかるでしょう」

「そうですねえ」

綾子は小首をかしげながら、

「黒っぽい洋服を着て、……柔かそうな帽子をかぶって、……柄《がら》は小さいほうでした。そうそう、そして軽く跛《びっこ》をひいていましたわ」

「たしかにそいつ立聴きをしていたふうでしたか」

「わかりません。あたしにはわかりません。でも、さっき、先生のお話をうかゞっていると、あのドアの把手が動くものですから……誰か入って来るのかと思ったら、誰も来ないし……それでドアを開けて見たんです。でも……でも……」

綾子は急にひきつけたような笑い声をあげました。

「何んでもないのですわ、きっと、先生があまり脅《おど》かすんですもの、あたし神経質になって……立聴きでもなんでもなかったんですわ。きっと通りがかりの人だったんですわ」

「しかし、ドアの把手が動いたのは……？」

「誰かゞ部屋を間違ったのよ。そして気がついてそのまゝ行ってしまったのよ。こんなことに怯《おび》えるなんて。あたしもよっぽどお馬鹿さんね」

「奥さん」

由利先生は声をはげまして、

「だからいわないことじゃない。いまのが立聴きにしろ立聴きでなかったにしろ、あなたはすでにそんなに怯えていらっしゃる。この少年を引取ったが最後、あなたはもう心の平静は得られないものと思わねばなりませんぞ」

「構いません、先生、そんなこと構いませんわ。そのうち何か変ったことがあったら、その時は先生にお縋《すが》りするばかりですわ」

漸《ようや》く色をとりなおした綾子は、大胆な、悪戯っぽい眼をして笑いましたが、それは彼女がちかごろやっと、由利先生の正体を知るにいたったからであります。

さて、読者諸君よ。以上のべて来たところの事件こそ、この奇怪な恋と復讐《ふくしゅう》と、恐ろしい一連の殺人事件の発端なのです。

まえにもいったとおり、その日は天満の天神祭でありましたが、その夜の河渡御の最中に、どのような怪事件が起ったか、さてはまた、この哀れな三重苦少年の身の上に、いかなる秘密がかくされていたか、それらのことはこれから諸君の眼前に、血みどろの地獄絵巻物となって繰りひろげられていくことでありましょう。

第一編

天神祭河渡御のこと——女流歌手とその兄——
丁字香の恐怖のこと——虹之助鬼の絵を描く

一

七月二十五日。

天神祭の賑《にぎ》わいは夜にあります。

大阪天満の天神祭、この祭は東京の神田祭、京都の祇園《ぎおん》祭とともに、天下の三大祭とよばれるくらい、昔から世間に知られた祭礼だが、わけてもこのお祭のいっぷうかわっているところは、さすがに水の都の大阪だけあって、御神体が船でお渡りになるというう、つまり河渡御、しかもこの河渡御は夜にはいってから行われるのが慣例となっている。

御神体が舟でお渡りになるくらいだから、ふつうならば山車《だし》だの、屋台だのを仕立てゝ出るところが、これもすべて舟になります。

天満附近の氏子《うじこ》の町々が、数寄《すき》をこらして飾りたてた一種の山車舟が、ずらりと、御神体の前後につきそうて、篝火《かがりび》もあかあかと、河のうえを練るところ、これが即《すなわ》ち天神祭の名物の名物たるゆえん、ちょっとほかでは見られない賑わいです。

それですから、まいとし天神祭としていえば……大阪近在の町々むらむらは申すに及ばず、隣接都市であるところの、京都、神戸、さらにはもっと遠くのほうから、見物人が押し寄せて、天満の天神橋から中之島、さらにくだって船津橋きんぺんに至るまで、両岸は申すに及ばず、水の上まで、ぎっしりと見物の人と舟とで埋まるのであります。

さてその年の七月二十五日の夜には、あたかも中之島の公会堂で、有名な女流歌手の独唱会がありました。

この女流歌手というのは、ちかごろレコードで売り出している、若い美貌の甲野由美《こうのゆみ》。当時一世を風靡《ふうび》した「春の囁《ささや》き」だの「燕《つばめ》のように」だのを歌ったあの人気歌手の、大阪における第一回のリサイタル、それが天神祭とかちあったのだからたまりません。中之島公園いったいはいやがうえにも大混雑、陸のうえにも人、水のうえにも人、陸は自動車、水は舟、どこもかしこもひしめきあって、そうでなくとも暑い大阪の夜は、人いきれと、汗の匂いと、埃《ほこり》と喧騒《けんそう》とで、涼しかるべき川風も、蒸せかえるような熱風となる。

さて、いよいよ御神体が、天神様からおたちになったころのこと。中之島公会堂の楽屋では、いましも第一部を歌いおわって、舞台からさがって来た人気歌手の甲野由美が、ファンに取りかこまれて、さかんに愛嬌《あいきょう》をふりまいている。

「天神祭の賑わいってことは、あたしもよく伺《うかが》っておりましたけれど、まさかこれほどとは思いませんでしたわ」

「どうです。東京の深川祭や神田祭と?」

ファンのひとりがさっそく質問の矢を向ける。

「さあ、東京の祭もずいぶん昔は盛んだったそうでございますけれど、ちかごろでは何んといっても、電車や自動車という乗物のために、お渡りにも制限をうけますから……その点、このお祭はいゝですわね。水の上をお渡りになるのですから。さすがは水の都と感心しておりますのよ」

甲野由美。

——まことに艶《あ》でやかなものであります。年齢は二十二三でしょう。舞台に立つために、今夜は濃目のお化粧だが、しかもなお健康そうな、小麦色の肌を損《そこな》うほどではない。すらりとした痩《や》せぎすの肉体は、しかし処女の弾力と柔軟性にとんでいるように見える。円《つぶ》らな眼は大きくて、恰好《かっこう》のいゝたかい鼻とともに、西洋人とまではいかずとも、混血児のように見える。

そして自分のデザインでつくったという、純白のイヴニング・ドレスがまことによく似合うのであります。

「それに大阪の方に感心いたしますのは……」

と、由美は軽く扇《おうぎ》をつかいながら、巧みなエロキューションで話します。彼女が扇をつかうたびに、何んともいえぬよい匂いが、そこにいる人々の鼻を打ちます。それは薔薇とも菫《すみれ》ともまたヘリオトロープともちがった、妙に甘い、胸をときめかすような匂いであります。さすがに個性をとうとぶ芸術家、ありふれた香水にあきたらぬと見えますが、それにしても何んの匂いであろうと、一座のなかには首をかしげた若いものもありました。

「大阪の人たちは、よい意味の伝統を尊重なさいますのね。古いものでもよいものはちゃんと保存されておりますわね。たとえば文楽《ぶんらく》などに致しましても……」

誰しもお国自慢のないものはない。こうして郷土芸術をほめられると、いまゝで一度も文楽を聴いたことのないような青年でも、決して悪い気持ちはしないものである。

「今夜のお祭にしてもそうでございますわ。東京では神田祭も深川祭も、あたしどもにはまったく無関係なものになってしまいまして、あたしなど、もうかなり長いあいだ東京に住んでおりますが、いつがお祭りやら、それさえわきまえないくらいでございますのよ。それだのに、こちらへ参りますと、若い人たちまでが、天神祭に騒いでいらっしゃる。そういうところにも、ちゃんと地についた伝統というものがうかゞえますようで、ほんとにお羨《うらや》ましいと存じますわ。東京の学生さんたちなら、お祭なんぞどこ吹く風とばかりに、映画でも見にいくところでしょう」

しかし由美のこの最後の一句は、いさゝか贔屓《ひいき》の引きたおしの感がないでもなかった。ファンのひとりも笑って頭をかきながら、

「いやあ、そういわれると穴へ入りたいですな。大阪だってわれわれ若い者の気持ちはだんだん変って来ていますよ。現にこうして、天神祭もそっちのけで、あなたの歌を聴きに来ている奴が大勢ある」

「えゝ、ですからあたし今夜の聴衆の方々には、いっそう感謝しているんでございますの」

すかさずそう言ってのけたのは、さすがに人気稼《か》業《ぎょう》である。するとその時ファンの一人が膝《ひざ》をすゝめて、

「ところで甲野さん、われわれがこうして楽屋へ押しかけて来たのは、実はあなたに無心があるんです」

「無心……？　何んですの。サイン？」

「いや、サインもむろんちょうだいしたいですが、あなた暫《しばら》く体が空いてるんでしょう？」

「えゝ、これから管絃楽《かんげんがく》がはじまるところですから、四十分ほどひまがございます」

「実はわれわれもやっぱり大阪の青年でしてね。天神祭に関心を持ってるってわけです。で、この中之島のそばに舟を一艘用意しているんですが、それへあなたを御招待したいと思ってるんですがねえ」

「あらまあ！」

「いけませんか。すぐそこですからお手間はとらせないつもりですがねえ。第二部がはじまるまでには、きっとこちらへお送りしますよ」

「はあ」

由美が当惑そうに眉をひそめてもじもじしているので、別の青年が横から口を出しました。

「何か御都合の悪いことでもあるんですか」

「いえ、そういうわけではございませんけれど、実は……こうなったらほんとうの事を申上げますわ。実はあたしどものほうでも一艘用意してございまして、……折角《せっかく》天神祭の当日にこちらへ参っていながら、お渡りを拝まないでかえるのも残念だと、兄がそう申しますものですから」

「何んだ、そんな事ですか。それならかえって好都合じゃありませんか。ひとつわれわれに合流して下さいよ」

「お兄さんと二人きりなんですか。それともほかにもお連れが……」

「はあ、兄のお友達が一人おります」

「三人ですね。それくらいならこっちの舟にまだ余裕がありますから、みなさんこっちへ合流して下さいよ。ねえ、君」

「そう、それがいゝですよ。こんな事はなるべく賑やかなほうが面白いもんですよ」

ファンたちがわいわい言っているところへ、ドアがあいて顔を出したのは、三十前後の痩せぎすな、色の浅黒い青年でした。眼の大きなところや鼻のたかいところ、さては混血児のような感じのするところまで由美に似ている。これが由美の兄で、名前は静馬《しずま》というのである。

静馬はちょっと一同に目礼すると、

「由美さん、舟の支度が出来ているんだが、皆さんに失礼させて戴いたら……？」

「あら、兄さん、その事でいま皆さんから、御親切な御招待をいたゞいたんですけれど」

と、そこでいまのいきさつを手短かに話すと、静馬はちょっと眉をひそめたが、それはいけないとは申しかねました。

「ねえ、いゝでしょう。あなたもこっちへ来給《たま》えな。こっちのほうは広いんですから」

「えゝ、有難《ありがと》う、しかし友人がおりますから」

「兄さん、鵜藤《うどう》さんは？」

「鵜藤は舟で待っている」

相談の結果、結局、由美だけが青年たちの招待を受けることになりました。

そして兄の静馬と友人の鵜藤青年は自分たちの舟にするが、しかし二艘の舟はしじゅう行動をともにしようと、そういうことになって一同が、公会堂を出て、舟のつないである河岸ぷちへ来ると、そこには大きな団平船《だんぺいぶね》が用意してあって、由美を待ちかまえていたファンが四五人、わっと歓声をあげました。

その団平船のそばには、一艘のボートがつないであったが、それには静馬と同じ年頃の青年が、オールを握って待っている。それが静馬の友人で、鵜藤という人物でありましょう。小柄ではあるが、ずんぐり太った青年で、ふちなし帽を横ちょにかぶって、マドロスパイプをくわえたところは、画家か彫刻家といった感じです。

その青年は由美が団平船へ乗りこむのを見ると、不思議そうに眼をみはりましたが、静馬がわけを話すと、納得がいったのでしょう、うなずいて、しかしいくらか不平そうに鼻を鳴らしながらオールを握りました。

こうして二艘の舟はつかず離れず、互いに連絡をたもちつゝ、舟、舟、舟、舷々相摩《げんげんあいま》す河心へと漕ぎ出していったのでありました。

二

ちょうどその頃。

中之島の東詰《ひがしづめ》、お渡りをいまかいまかと待ちかまえている夥《おびただ》しい舟にまじって、物珍しげにあたりを見廻しているのは、いうまでもなくあの物好きな未亡人の大道寺綾子。同じ船に、由利先生と虹之助も同乗している。

「なるほど、ずいぶん賑やかなことね。噂《うわさ》にはきいていたけど、こんなだとは思わなかった。両国の川開きと好一対ですわ。あら、危い」

隣の舟にどしんとぶつかられて、綾子は思わず舷にしがみつく。

「ほんとにうっかり出来ないのね。まごまごしてると、水の中へ落されそうで」

「何しろ、このお祭ではときどき椿事《ちんじ》が起りますからね。奥さん、気をつけていらっしゃい。水の中へ落ちたが最後、それきりですよ」

「あら、いやだ。おどかしちゃいやよ。あたしは大丈夫だけど、この人が……」

　綾子のふりかえるその舳《へさき》には、あの三重苦少年の虹之助が、蠟人形のように、いや、それよりもっと無表情なかおをして、つくねんと坐っているのであります。

　あゝ、透《す》きとおるほど美しいこの少年は、いったい、いまどのようなことを考えているのだろう。かれはこの賑わいを見ることも出来なければ、この喧騒を聴くことも出来ないのだ。外界のあらゆる事物からきりはなされた盲聾唖、空《くう》の空、漠《ばく》の漠、一切が闇、すべてが暗黒、そこには永遠の暗闇があるばかり、そういう少年のあたまに、もし何かの想念がうかんでいるとしたら、それはどのように果敢《はか》ない、どのような遣瀬《やるせ》ないものでありましょう。

　それはまるで、暗闇のなかで演じられる、無言劇のようなものではありますまいか。あゝ、この少年こそは暗黒の劇場、暗闇劇場なのであります。

　綾子は身顫《みぶる》いを禁じ得なかった。

「奥さん、寒いのじゃありませんか」

「いゝえ」

　綾子は軽く首をふって、

「あたしいまこの人のことを考えていたのです。ねえ、先生、こういう境涯がどのように恐ろしいものかお考えになったことがございまして？　眼が見えぬ、それだけでもずいぶん不自由なことですわ。耳が聴えぬ、どんなに悲しいことでしょう。口が利けない。ずいぶんそれは自烈体《じれったい》ことにちがいございません。それだのに……それだのにこの人は、その三つの苦しみを同時に背負わされているのです。盲聾唖！　あゝ、何んということでしょう」

「奥さん！」

　由利先生はきびしい声でそれをさえぎった。それから、ゆっくりと諭《さと》すように、

「私は奥さんの、そういう考えかたに賛成することが出来ません。何度もいうように、あなたのような御婦人が、こういう呪われた少年に特別に関心を持つということには、どうしても賛成出来ません」

「あら、また、そのことをおっしゃる」

「幾度《いくど》でもいいますよ。あなたはこの少年の素性も知らなければ過去も御存じない。ましてや性格など

まるで分りっこない。それでいてあなたはたゞ、この少年の哀れな不具者であるということだけで、自己陶酔的な同情におぼれきっている。その同情がどういうふうに発展していくか、私は婦人のそういう感情にかなり危険なものを感じるのです。あなたに御主人でもあれば格別ですがねえ」

「あら、あたしが主人を失った暢気《のんき》な寡婦《かふ》であるからこそ、こんな物好きな真似《まね》が出来るんですわ。先生の御忠告はよくわかっています。でも、先生、あたしをいくつだとお思いになって？　明けて三十よ。三十といえば女ではお婆《ばあ》ちゃんですわ。ひととおりの思慮分別はあるつもりですから御心配なく。それに鎌倉へかえったら叔母《おば》もおりますし、相談相手になってくれるお友達もございますから」

綾子はなぜか頬をあからめ、遠くを見るような眼つきをしていたが、急に気がついたように声を立てて笑うと、

「先生、もう議論は止《よ》しましょう。つまらないんですもの。それより、……あら、あれ、何んでしょう。まあ！」

綾子が眼をみはったのも無理はなかった。

その時、水のうえを滑って聴えて来たのは、賑やかなジャズ音楽と陽気な歌声。これには綾子のみならず、あたりに犇《ひし》めいていた舟の連中、みな一様にどぎもを抜かれたようであります。

「なんや、なんや、天神祭のお渡りに、ジャズがつくようになったんかいな」

「あほらしい。そんな事があってたまりますかいな。あら、若いもんがふざけてるんや。ほら、あっこへ来よった、来よった」

「わっ、誰や踊っとるやないか」

「ほんにほんに、無茶やな、こんなとこで踊りよって、うっかり足を滑らしたらどないしよんねやろ」

「そやけど、あれ、よう踊りよるやないか。わっ、独楽《こま》みたいに舞いよる、舞いよる」

わいわい騒ぐ舟、舟、舟、――その舟のなかをかきわけて、しだいにこっちへ近着いて来るのは、いうまでもない、あの由美を招待した団平船の青年たちなのです。なるほどこういう趣向があるから、ああも熱心に由美を勧誘したものと見える。

見れば舟のなかにはあかあかとカンテラをともし、張りめぐらした五色のテープ、ふなべりいちめん花

で飾ったところは、とんと花電車のよう、そして舟の後部には、ずらりとジャズ・バンドの連中がいならんで、ドラム、サキソフォン、コルネットと、みんな汗みずくで演奏している。そして舟の中央には、花輪を頸《くび》にぶらさげた三人の青年が、舟の動揺にも拘らず、たくみに平均を保ちながら、見事なタップを踏んでいる。そしてそういう青年たちのなかにまじって、女王のように坐っているのは、いうまでもなく甲野由美。

なるほどこれでは、お渡り見物の連中が、どぎもを抜かれたのも無理ではない。

ひとしきり毒蜘蛛《どくぐも》につかれたような踊りが終ると、あたりの舟からわっと上る拍手と歓声。

「えゝぞ、えゝぞ、もっとやれやれ」

「おい、そこにいる別嬪《べっぴん》、あんたも何かやりんか」

「こらえゝ余興や。別嬪さん、頼みまっせ」

由美はすっかり上気していた。

舟のなかにはビール、サイダー、サンドウィッチ、果物なども山のように盛りあげてある。まったく至れりつくせりの歓待だから、由美たるもの、お礼心にどうしても、こゝで唄わなければなりますまい。

そこで彼女は立上る。

「皆さん、思いもよらずこのような歓待をうけまして、何んとお礼を申上げてよいか分りません。素晴らしい水の上でのこのジャズの音、皆様の素敵なタップ、そのかみの英国貴族の歓楽を、いまにうつしたようなこの一夜の思い出は、長くあたしの記憶にとゞまると存じます。この思い出の感謝のしるしに、皆様のこの素晴らしい御歓待へのお礼心に、それではあたくし、こゝで一曲唄わせていたゞきます」

割れるような拍手のうちに、やがて彼女の得意の一曲、「春の囁き」の甘いひとふしが、若者の郷愁をそゝるように、水のうえを流れて来ました。

「あら、あれ、甲野さんじゃないかしら」

その歌声にふと耳を欹《そばだ》てたのは、未亡人の綾子です。ふなべりから身を乗り出して、

「あゝ、やっぱり甲野さんだわ。妙なところで……」

「御存じなのですか」

「えゝ、今夜あの方、中之島公会堂に出ている筈なんだけど、どうしてこゝに……いゝえ、あたしお識《しり》合《あ》いってわけじゃありませんが、あの方の御親戚の

人を知ってるものですから……甲野さんのほうでは御存じないでしょう」

あの賑やかな団平船は、由美の歌声をのせたまゝ、しだいにこっちへ近附いて来る。やがてそれが綾子の舟のすぐそばまで来たとき、由美の歌は終りました。

湧上《わきあが》る拍手、歓声、賞讃の声々。

「あら甲野やないか」

「そやそや、今夜中之島へ出てる甲野由美や」

「こらえゝ、こら儲《もう》けた。天神祭を見物して、甲野の歌が只《ただ》で聞けた。こら大儲けや」

等々と、とかく大阪人は勘定高い。

と、この時です。

川上にあたってわっとあがる歓声、太鼓の音、それにつゞいて、めらめらと水にうつる篝火《かがりび》が、暗い河面《かわも》を虹《にじ》のようにはいて、こちらのほうへ流れて来る。さあ、いよいよお渡りがはじまったのです。

あたりにいた舟はこれを見ると、俄《にわ》かに犇めきあい、喧《わめ》きあい、罵《ののし》りあい、艫《ろ》べその軋《きし》る音、水をうつ響き、いちじにわっと鯨波《とき》の声をあげて、たいへんな騒ぎになりました。

「あかん、あかん、そないに無茶に舟を押したらあかんがな」

「こら、気をつけんか、危いがな」

「危いちゅうたて仕様《しよ》がないがな。向うの舟が押して来るのや」

「あれえ、助けてえ」

不心得な奴があって、少しでもお渡りを拝むに有利なほうへ、無理に舟をやろうとしたのでしょう。そのへん一帯にたむろしていた舟から舟へと、見る見る混乱が波及して、

「駄目だ、駄目だ、こら、気をつけないか」

由美の乗っているあの団平船も、押され押されて、ぴったり綾子の舟のそばにくっつきました。

「あなた、大丈夫、八時半までに公会堂へかえれて？」

由美はいさゝか心細そう。そういう由美の横顔が、すぐ眼のまえに来ましたので、綾子は思わず身を乗り出しました。

「あなた。……」

「…………？」

由美は怪訝《けげん》そうに振返る。

「あなた甲野さんですわね。あたし大道寺綾子です。あなたの従兄《いとこ》さんの志賀《しが》さんとは、ずっと御懇意に願っております」

突然、由美の眼が大きくみひらかれました。どういうわけかその眼には恐怖のいろが漲《みな》ぎっている。何か言おうとして、しかも言葉が出ないのでしょう、唇がわなわな顫《ふる》えて、白魚《しらうお》の指がふなべりも砕けよとばかりに……

綾子もこれには呆《あき》れました。茫然《ぼうぜん》として相手の顔を見守っていたが、するとこゝに世にも不思議なことが起ったのである。

いまゝで白蠟《びゃくろう》のように、無表情そのものだった虹之助の面《おもて》に、その時さっと恐怖の色が流れたかと思うと、盲《めし》いた眼を張りさけるように見張ったかれは、ヒクヒクと、犬のように小鼻をふるわせ、あちこちと水のうえの夜気を嗅《か》いでいましたが、突然、

「あ、あ、あ、あ、あ!」

と、身も世もあらぬ恐怖の叫びとともに、がばと舟に顔を伏せたから、驚いたのは綾子である。

「あら、虹之助さん、どうかして」

あわてゝ抱き起す綾子のからだを、しかし虹之助は邪慳《じゃけん》に押しのけると、むっくと首をあげ、ふたゝび、三度《みたび》ヒクヒクと小鼻を蠢《うご》めかしていましたが、盲《めし》いたその手にふと触ったのはオールである。それをとって矢庭《やにわ》にすっくと立上ると、

「危い!」

綾子が止めるひまもなかった。ふりかぶったオールをはっしとばかりに振りおろしたのは由美の頭上。

……

もし虹之助に視力があったら、そして由美がぼんやりしていたら、その一撃で見事に彼女は脳天を打ち割られていたにちがいなかった。最初の一撃に手ごたえなしと覚ったのか、虹之助はまたオールを振りあげる。

「危い、あなた! 先生! 先生!」

「こら、何をする!」

由利先生も驚いて腰をあげたが、それより早く、礫《つぶて》のように躍りこんで来たものがある。鵜藤なのです。由美の兄の静馬の友達。跳びこんで来るより早く、虹之助のオールを取りあげ、パンパンパン、虹之助の頰へ物凄《ものすご》い平手打ち。

「あら、あなた、何をなさいます!」

「鵜藤さん、止して、止して……」

「あ、あ、あ、あ、あ！」

虹之助は舟底にひっくりかえると、物凄く手脚をふるわせながら、口から泡を吹きはじめる。この少年、癲癇《てんかん》の発作があるらしい。

虹之助と由美と鵜藤青年。――由利先生は向うから、興味ぶかくこのトリオを眺めているのでありました。

三

こういう事件があったものゝ、しかし、その夜の河渡御は、目出度《めでた》く無事に終りました。ひしめきあう舟が、めいめいわれがちにと、思い思いの方向に漕ぎ散ってしまうと、さきほどの賑わいにひきかえて、これはまた、物凄いほど静かな河の上。

気がつくと、今宵《こよい》は陰暦十三日。

空にはまんまるい月が出て、ひろい河のうえは漫々と水を湛《たた》えてふくれあがっている。ギイギイと櫨べそのきしる音もわびしく、俄かに河風が身にしむ心地。

ホテルへかえりつくまで、綾子はぐったり疲れたように、ひとことも口を利かない。由利先生も黙々として腕組みをしています。

虹之助のみは、まださきほどの亢奮《こうふん》がおさまらないのか、おりおり身顫いをしながら、敵を警戒するように、見えぬ眼できょろきょろあたりを見廻している。

その様子が尋常とは思えない。

ホテルへかえると、綾子はぐったりと大きな椅子にからだを埋め、しばらくは口を利くのも大儀そうだったが、やがて艶《つや》のない声でこんなことを申しました。

「先生、先生のお訊ねになりたいことは、あたしにもちゃんと分っていますわ。甲野さんのことを、あたしがどの程度に知っているか、それを先生はお訊ねになりたいのでしょう」

綾子は椅子から乗り出すと、

「ところがあたし、あの人のことはちっとも知らないのですよ。あたしはあの人の従兄にあたる人を知ってるだけのことなんです。その人から、おりおり甲野さんのことをきいたことございますけれど、別に興味を持ってたわけじゃありませんから、いつもうわの空で聴流《ききなが》してしまって……あ、ちょっと待って！」

由利先生がポケットから葉巻を取出すのを見ると、何を思ったのか綾子はいきなり、その葉巻をひったくってしまいました。

「御免《ごめん》あそばせ、いま葉巻を吸っちゃいけませんの。そのわけはすぐ後でお話いたします。ねえ、先生、未亡人だって異性の友人を持っちゃいけないということはないでしょう」

この女はときどきこんなふうに、とんでもない飛躍的な口の利き方をするので、由利先生も面喰《めんくら》う。さぐるように相手の顔を見ながら、

「それはどういう意味かよくわからないが、あなたのような婦人には、私はむしろ結婚をおすゝめしたいぐらいですな」

「有難う。御忠告にしたがってあたし近いうちに結婚するかも知れませんのよ。えゝ、恋人があるんです。先生、おかしくって？」

綾子は謎のような微笑をうかべたが、すぐ固い、生真面目《きまじめ》な表情にかえると、

「そしてその恋人というのが、甲野さんの従兄ですの、ねえ、こういえば、あたしがさっきの事件をどんなに驚いているかおわかりになって下さるでしょう。この人が、なぜ甲野さんにあんなことをしたのか、……この人は相手を甲野さんと知っていたのか、……不思議ですわねえ。こんなに眼も見えなければ、耳もきこえず、口も利けない人が、だしぬけにあんなに感情の激発を示すなんて。……」

「甲野はたしかにこの少年を知っているんですよ。あなたがあの女を呼びかけた。するとふりかえった。その時にはあの女の表情に、別に何んのかわったこともなかった。ところがあなたが大道寺綾子と名乗ったでしょう。あの女の表情に恐怖のいろがうかんだのは、その瞬間でしたよ」

「しかし、なぜ、あたしの名前があの人に、そんな恐ろしい印象をあたえるのでしょう」

「それはあの女が新聞を読んでいたからです。大道寺綾子という物好きな未亡人が……この名前は従兄からきいてよく知っていたにちがいない。その大道寺綾子という人が、盲聾唖虹之助をひきとったということを、甲野は新聞で読んでいたにちがいない。だからあなたの名前をきいた瞬間、虹之助がそこに

いることに気がついたのです。あの女は一生懸命、虹之助のほうを見まいとしていましたが、その不自然さが、そばから見ていてもよくわかった」

綾子は椅子からゆっくりと立上った。

そしてのろのろと化粧台のほうへ足を運びながら、

「えゝ、そのことはあたしも気がついていました。いゝえ、その時はわからなかったのですが、後になってあゝいう事件が起ったので、すぐ思い当ったのです。あの鵜藤という男だって、この人をひどい目に遭《あ》わせたあの男だって、この人を知っているんです。この人を知っていて、……そして憎んでいるんです。それはあの顔色でよく分ります。しかし問題は、この人がどうして甲野さんを嗅《か》ぎつけたか、あゝ、ほんとうにこの人は甲野さんを嗅ぎつけたのよ。ねえ、先生もおぼえていらっしゃるでしょう。あの事件が起るまえ、この人が犬のようにヒクヒク小鼻を動かし、そこらを嗅ぎまわっていたのを、……あたし、盲聾唖というものは、外の世界からまったく締《しめ》出《だ》されているものとばかり思っていたが、そうではなかったのですわねえ。嗅覚《きゅうかく》というものが、あったんですわねえ」

綾子は化粧台のなかをさぐりながら、

「ほかの感覚が不自由なだけに、嗅覚だけが異常に鋭くなっているにちがいないのです。そして、何かの匂いが甲野さんを嗅ぎわけさせたのです。それが何んの匂いだったか、あたしこゝで実験したいと思っていますの」

由利先生ははじめてさっき、自分の葉巻をひったくったこの女の真意がわかった。と、同時にこの女の頭脳《あたま》のよさに舌を巻かずにはいられなかった。

一見、暢気な、気まぐれな未亡人に見えるこの綾子という女性は、なかなかどうして、鋭いところを持った女なのである。

「さあ、こゝに四種の香料があります。ローズに、ヘリオトロープにヴァイオレット、ほかにもう一種ありますが、これを順繰りにこの人に嗅がせてみますから、どの香料がどのような反応を呼起《よびおこ》すか、先生もよくごらんになっていて下さい」

綾子はまずローズの瓶《びん》を、虹之助の鼻さきに持っていく。それからヘリオトロープを、そして最後にヴァイオレットを。ところがこれらの匂いに対しては、たゞヒクヒクと鼻を蠢《うご》めかしたきり、なんの反

応も示さなかった虹之助だのに、最後の瓶をつきつけられた刹那《せつな》、

「あ、あ、あ、あ、あ！」

呂律《ろれつ》のまわらぬ奇妙な声で叫ぶかと見れば、まるで眼に見えぬ襲撃をまちかまえるように、わなわなと体をふるわせ、両手ではげしく虚空《こくう》をひっかき、猫に追いつめられた鼠《ねずみ》のように、椅子のおくへおくへと体をちぢめていたが、やがて恐怖の感情が絶頂に達したのか、突然、仰向けざまにひっくりかえると、手脚をはげしく痙攣《けいれん》させながら、口からブクブク、泡を吹きはじめて……

綾子はふうっと由利先生と顔見合わせました。

「先生、やっぱりそうです。この人は丁字香《ちょうじこう》の匂いに、ある特別の恐怖の思い出を持っているのですわ。そして……そして、あたしたしかにさっき甲野さんの体から、丁字香の匂いを嗅いだのですわ」

綾子は疲れ果てたようにぐったりと椅子に腰を落すと、やがて咽喉《のど》にひっかゝったような笑いかたをしながら、

「先生、現代は何もかも西洋かぶれの時代なんですよ。香料だってそのとおりで、ローズだのヘリオトロープだの、みんな舶来《はくらい》の香水を使います。甲野さんは何んだって、丁字香みたいな古風な香料を使っているんでしょう」

「しかし、そういう奥さんだって、げんにそれを持っているじゃありませんか」

「えゝ、だから不思議なんです。あたしがこの香料を持っているのは、あの人がこの匂いを好くからなんです。あの人……おわかりでしょう、甲野さんの従兄で、あたしが……あたしが結婚したいと思っている人……あゝ、済みません、もうお吸いになっても構いません」

由利先生は葉巻に火をつけると、この人としては珍しく、同情のない冷い眼附きで、椅子のうえでのたくっている美少年虹之助の姿を見守っている。

虹之助はしばらく、体を弓のように反らせ、手脚をふるわせていましたが、しだいにそれがおさまると、やがてけろりとしたように起直《おきなお》り、椅子に腰をおろしたまゝ、また蠟人形のように美しい無表情にかえりました。

由利先生はじっとその顔色を眺めていたが、

「よろしい、私もひとつ実験してみよう」

虹之助をデスクのまえにつれて来ると、その前に紙をあてがい、鉛筆を握らせ、

「この年になるまで、何も発表する意志がないとは、私にはどうしても信じられない。何かあるにちがいない。何か……」

そういう由利先生の言葉も終らぬうちに、しばらく紙のうえを撫《な》でていた虹之助の手が何か活潑《かっぱつ》に動き出しました。

綾子は恐怖に似た眼つきで、由利先生と虹之助を見くらべている。

あゝ、かれは何か書こうとしている。この盲聾唖がなにか已《おの》れの意志を発表しようとしている。

こんなことが信じられるだろうか。だがそれは真実なのです。

鉛筆を握った虹之助の手が、何か紙に書いているのです。

由利先生と綾子は、いきをつめて、華奢《きゃしゃ》なその指先をみつめている。

それはたどたどしい筆蹟《ひっせき》でした。線が二重になったり、くっつかなかったり、よほど同情をもって見なければ、判断に苦しむような鉛筆の跡だったが、しかし、それはたしかに絵になっている。しかも、あゝなんということだ。

それは美髯《びぜん》をたくわえた、男の顔ではありませんか。しかし、それにしてもこの盲聾唖が、どうして人の顔など知っているでしょうか。

虹之助は顔をかきあげると、しばらくじっと小首をかしげていたが、やがて、その頭に書きそえたのは二本の角《つの》。

二人はいよいよ驚いた。

「奥さん、この男はもう一度名医にみてもらう必要がありますね。この男は鬼の絵を知っている。ということは、少くとも過去において、そういう絵を見たことがあることを証拠立てゝいるんです。この男ははじめからの盲目ではない。そして、いまこの男がわれわれにつたえようという意味は、美髯をたくわえたこの紳士こそ、鬼のように恐ろしい人物だというに違いありません」

虹之助は二本の角を書きそえてからも、まだ鉛筆をはなさないで、じっと小首をかしげていたが、やがて思い出したように、顔のある一点にぽっつりと打ったのは、ピリオッドほどの黒い点。

由利先生と綾子は、また顔を見《み》合《あわ》せました。

「先生……」

綾子は息切れのするような声で、

「これはどういう意味なのでしょう。この点は……これは何を意味するのでしょう」

由利先生ははげしく葉巻の煙を吐きながら、

「奥さん、これでいよいよこの男が、かつて眼が見えたということがわかりますよ。かれはまえにこの絵の当人をその眼で見たことがあるのです。そして、その男の顔のどこかに、ほくろがあることを憶えているんです」

先生はその言葉をとくべつ威嚇《いかく》するようにいったわけではありません。それにも拘らず、その瞬間、綾子の顔色からはみるみる血の気がひいていったのでありました。

第二編

ほくろのある紳士——失踪した美少女——足なえ老女と三重苦少年——羽子板殺人事件のこと

一

「先生、こんどはいろいろお世話になりましたが、それではいよいよお別れですわねえ」

ひととおり身支度《みじたく》をおわった綾子が、一種の感慨をこめてこういったのは、列車が茅《ち》ケ崎《さき》を過ぎてから間もなくのこと。

汽車のなかは、いま、旅路のおわりらしく、荷物をまとめる人、朝化粧をする人、食堂へ往復する人、そういう人たちの楽しい急《いそ》がしさで、ひとしきりざわめいていて、綾子もかるい昂奮《こうふん》のためか、眠りたらぬ瞼《まぶた》のふちを、ほんのりと染めているのでした。

「なに、お礼をいわれるほどのこともない、それに、いまお別れしても、すぐまた会えますよ。東京のほうの用事がかたづいたら、いちどお伺《うかが》いしたいと思いますがよござんすか」

ゆったりと窓際に肘《ひじ》をおいた由利先生、いつに変らぬおだやかな調子なのです。快《こころよ》い朝風に、かるく靡《なび》いている白髪が美しい。

「えゝ、是非《ぜひ》。お待ちしております。いちどなどとおっしゃらないで、これを御縁にちょくちょくいらして下さいな。あたしひとりぼっちでほんとに淋《さび》しいのですから、是非ね、お約束しますわ」

「そういう事になるかも知れない。しかし、あなたのような美しい方のお相手が、わしみたいな無骨者《ぶこつもの》につとまるかな」

「あら、あんなことをおっしゃる。よござんす。そうおっしゃる先生こそ、お目あてはあたしじゃなくて、あの人――あの虹之助さんにおありのくせに」

「はゝゝゝは。ほんとうのことを言っちゃいけない。しかし、奴《やっこ》さんどうでした。昨夜はよく眠ったようでしたか」

「さあ、何《な》んですか、夜中にひどくうなされていたようですけれど。きっと怖い夢を見たのですわね」

綾子はかるく眉をひそめました。盲聾唖《もうろうあ》の少年が夢を見る。――それだけでもなんとなく、薄気味悪いではないか。


天神祭を見物して、すぐその翌日、綾子は大阪をたつつもりだった。

ところが、あの晩から虹之助が高い熱を出して、そのためにまた一週間も出発がおくれて、今日はもう八月二日。

見なれた沿道の風景も、綾子にはなにか珍らしいものゝように思えるが、それも無理ではありません。気楽な未亡人の一人旅、彼女はうかうかと三月ちかくも、旅から旅へと過して来たのです。あゝ、とうとう帰って来たのだと心が落着《おちつ》くにつれて、夢のような気がするのは今度の事件、思いきった自分の行動、何んだか取りかえしのつかぬことをしたような気もするのである。

「どうかしたんですか。いやにぼんやりしているじゃありませんか」

由利先生に注意されて、綾子ははっとしたように、

「あら、なんでもありませんのよ。少し疲れたんですわね。あゝ、もうすぐ大船《おおふな》ね。いまのうちにあの人を連れて来ておきましょう」

鎌倉へかえる彼女は、そこで汽車が乗りかえだった。

綾子がそわそわしながら寝台車から、虹之助をつれて来ると間もなく、列車は轟々《ごうごう》たる音を立てゝ、大船線のプラットフォームへ滑りこみました。

「誰か迎えに来ることになっているんですか。何んならついでに、鎌倉まで送ってあげてもいゝのだが、何しろそういうお荷物があっちゃ大変だ」

「あら、いゝんですのよ。電報を打っておきましたから、誰か迎えに来てくれてると思うんですの」

綾子は窓から首を出して、プラットフォームをさがしていたが、

「…………！」

かすかに声のない叫びをあげると、はっと由利先生のほうへ眼をやりましたが、すぐまたその眼を反らしてしまいました。

「どうかしましたか、誰かいるんですか」

「えゝ、ちょっと懇意なかたが……」

由利先生はいぶかしそうな眼で、そういう綾子の顔を見る。綾子の動揺した様子に、どこか尋常《じんじょう》でないものがあったから。

と、その時、

「やあ、とうとう帰って来たな」

と、手をふりながら列車のなかへ、ずかずかと踏みこんで来た男がある。さては、綾子が狼狽《ろうばい》したのは、この男のためであったのか、それにしても、この男は、綾子のいったい何んであろうと、由利先生はそれとなく、横眼で相手の顔を見る。

その男、年は三十五六でしょう。

背の高い、色の浅黒い、眼も鼻も口も大きい、まことに堂々たる風采の人物で、鼻下に美しい髭《ひげ》をたくわえている、がっしりとした逞《たく》ましい肉体、聡明そうな眼付きに反して、口もとの動物的な感じが、奇妙な対照をなしている。

態度にもどこか船乗りのように粗野なところがあって、それがまた妙に人懐っこい魅力を持っている。なるほどこれは、綾子のような女に好かれそうな男だと、由利先生は思わず微笑しましたが、つぎの瞬間、はっと眼を欹《そばだ》てました。

と、同時に綾子の狼狽の意味がはっきりわかったのです。

その男の唇《くちびる》の右下には、まぎれもなく大きなほくろがある！

「よお、志賀さん」

綾子は動揺のいろおおうべくもなく、

「あなたどうしてこゝへいらっしゃったの。誰からの者が迎えに来ているのに、お会いじゃなくって？」

「はっはっは！　僕が迎えに来たんじゃないか。さっき君んとこへ寄ったら電報が来ていたんでね。小母《おば》さんに頼まれて代りに来てやったんだ」

「まあ、叔母《おば》さんたら！」

「いゝんだよ、荷物は？」

「荷物はみんなチッキ。でこの人が……」

志賀という男は虹之助のほうを見ると、太い眉をひそめて、

「あゝ、これか、小母さんのいっていた……」

「えゝ、叔母さん、何かいってらして？」

「綾子の物好きにも困るって、だいぶ不服らしかった。だがまあいゝ、とにかく降りよう」

「あの、ちょっと待って頂戴《ちょうだい》、紹介します。こちら由利先生。旅先でいろいろお世話になりました。先生、お友達の志賀恭三《きょうぞう》さん」

「あゝ、そう」

由利先生と志賀恭三は、かるい目礼を交わしたが、後から思えば、これぞ間もなく、二人のあいだに演じられた、あの世にも凄《すさ》まじい心理的争闘の、最初の挨拶《あいさつ》でありました。

ところが三人が出ていくのと入違《いれちが》いに、ずかずかとこの車へ入って来ると、無言のまゝ、由利先生の隣へどっかと腰をおろした男がある。

二

「綾さん、君の物好きなのにも困るね」

「この人のこと？」

そこは横須賀行きの電車のなかで、虹之助は依然として、盲いた眼《めし》をみはっている。

「そうさ。小母さんも大分こぼしていたぜ。僕も話をきいて呆《あき》れちまった。いったい、そんな子供を引きとっていったいどうするつもりなんだ。ごたごたのもとだぜ」

「志賀さん、そんなにいわないでよ。いまさらそんなことをいったって仕様がないじゃありませんか？」

「ふゝん、君も後悔しているな。だから止《よ》しゃよかったんだ。君の物好きにも困ったもんだ。はゝゝゝは、だが、まあ、いゝや。今更いったって仕方がな

い。それより君、疲れたろう」

男の機嫌のなおった様子に、綾子はほっとしたように、

「それより志賀さん、あなたどうして今日鎌倉へいらしたの？」

と、甘えるようなくちぶりなのです。

「あゝ、君はまだ知らなかったんだね、僕はちかごろ鎌倉に住んでいるんだぜ」

「あら、いつから？」

「二三日まえから」

「お一人で？」

「いゝや、実はね、従兄弟《いとこ》の甲野がこんど鎌倉へ引っ越して来たんでね。例によって僕は食客《しょっかく》さ」

「甲野さんが鎌倉へ？　それいつのこと？」

「だから二三日前さ、急に鎌倉に家を見附けてね。引っ越すことになったのさ。だから家の中はまだ、滅茶々々《めちゃめちゃ》なんだよ」

綾子はなんとなく心が騒ぐ風情《ふぜい》で、きっと唇をかみしめた。

天神祭の河渡御《かわとぎょ》で、あゝいう騒ぎのあったのは、ちょうどいまから一週間まえ、そしてそれからすぐに甲野の一家が、この鎌倉へ越して来るというのは、そこに何か深い意味があるのではないか。綾子はまるで、網を張って待ちうけられているような、いやあな気持ちになりました。

「甲野さんといえば、大阪でたいへん失礼なことをしてしまって……」

「あゝ、この子供のことかい？」

「甲野さん、その話していらして？」

「うん、きいたよ。君の噂《うわさ》が出たとき、由美がその話をしてね、あの時はびっくりしたと云《い》っていた」

事もなげに云ってのける志賀の顔色を、綾子は探るように読もうとしたが、そこには何んの感情も現れていなかった。

「あの時は、ほんとにすまないことをしましたわ。何しろあまりだしぬけで、止めるひまがなかったものですから」

「この子、ときどきあんな兇暴性を発揮するのかい」

「いゝえ、そんな事はないわ。あんな事、あとにもさきにも、あの時きりよ。だからあたしも不思議でならないのよ。甲野さん、この子を知っていらっしゃるんじゃないかしら」

「由美が……？　まさか。……君はときどき妙なことを考えるね。しかし、その事があったせいか、あの子はとても好奇心を抱いているんだね。君がかえって来たらお友達になって、ぜひこいつに紹介して貰《もら》うんだなんて言ってたよ。はゝゝゝは、女という奴はどいつもこいつも妙な動物だぜ。はゝゝゝは、ほい、失敬」

　事もなげに笑ってのける志賀の様子を、そのまゝに受取ってよいのかどうか、綾子はいよいよ思い迷うのである。この間、虹之助のかいた鬼の顔、その顔に打ったピリオッド、世間にはほくろのある人間なんて、いくらでもあると打消しながらも、綾子はやはり男の顔を見直さずにはいられないのでありました。

　話かわって、こちらは東京へ向う列車のなか。

「三津木《みつぎ》君、見たかね。いまのがそうだよ」

「なるほど美少年ですね。美少年だけにかえって気味が悪い。それにしても盲聾唖とは、実に珍しいですね」

　それはさっき大船から乗りこんで来た人物であります。

　もし諸君がいまゝでに、由利先生の探偵談をお読みになったことがあれば、きっと御存じにちがいありません。

　新日報社《しんにっぽう》の花形記者三津木俊助《しゅんすけ》、それは先生になくてかなわぬ協力者、即《すなわ》ち片腕なのであります。

「私にはどうも今度のことが、このまゝですむとは思えない。あの少年を取りまいて、何か起る。何か恐ろしい、世にも気味悪いことが起りそうな気がしてならないのだ。だから、君にこゝまで来てもらって、あの少年や大道寺綾子をよく見ておいて貰いたかったのだよ」

　水平線にうかんだ一点の黒雲が、雨となるか風となるか、それを見わけるのは、熟練した水夫だけがよくなし得るところであります。

　由利先生は、いまや過去一ケ月あまりの出来事から、世にも恐ろしい犯罪の予感をかいでいるのだ。しかもそれは、いまゝでかつて経験したこともないような、気味悪さ、物凄《ものすご》さ、邪悪さをもって、由利先生をおびやかしている。

「ところで、このあいだ手紙で頼んでおいたことだが調べておいてくれたろうね」

「えゝ、調べておきました。いまこゝでお話ししましょうか」

「ふむ、東京へ着くまでに聴かせて貰おうかね」

「承知しました。では、まず第一に大道寺綾子ですがね」

俊助は膝《ひざ》のうえに手帳をひらくと、

「大道寺綾子はもと没落華族の娘ですが、女学生時分から美貌と才気で有名なものだったそうです。親爺《おやじ》は小藩の藩主の末で、男爵だったといいます。女学校は虎《とら》の門《もん》ですが、学校はじまって以来の才媛《さいえん》と謳《うた》われていたそうです。それが学校を出て二年目かに、N汽船会社の重役大道寺慎吾《しんご》に見染められて結婚したのですね。当時大道寺慎吾は四十五、綾子は二十一だったそうです。むろん、この結婚には多分に政略的なところがあって、綾子はその結婚によって生家の没落を救おうとしたのですね、しかし、そういう結婚にしては、そしてひどく年齢のちがった夫婦としては、わりに円満にいっていたらしく、綾子は完全によき妻になり切っていたという事です。慎吾は三年まえに死にました。病気は脳溢血《いっけつ》だったといいます。夫婦には子供がなかったが、その代り慎吾のほうに近い親戚もなかったので、遺産は全部綾子のものとなり、したがって彼女は大金持ちで、いわばメリー・ウイドウというわけですね。鎌倉の中御門に立派な邸宅を持っています。そのうちには、綾子の母方の叔母にあたる君江という、これも早くから良人《おっと》を失った中老の婦人がいて、これが家事一切をきりもりしているんです。ところで綾子ですが、彼女にはちかごろ新しい恋人が出来て、ちかくその男と結婚するだろうという噂があります。相手の男は志賀恭三といって……」

「いまの男だよ」

「あゝ、そうですか。僕もそうだろうと思いました。ところで、この恭三ですが、これは甲野一家のところでお話したほうが便利です。では、甲野家のことを話しましょうか」

「うん、話してくれたまえ」

由利先生は汽車の動揺に身をまかせながら、瞼を半眼に閉じたまゝきいている。

「甲野というのは瀬戸内海の小豆島にある、醬油《しょうゆ》醸造元として名高い家なんだそうです。大阪の支社に電話をかけて調査してもらったところによると、資産百万はあろうといわれ、多額納税者になっています。ところが極《ご》く最近、醸造事業の全部を親戚のものに譲って東京へ出て来たんです。それにはこういうわけがあります」

俊助は手帳を調べながら、

「甲野家の主人は四方太《よもた》といって、今年六十三だったそうですが、それが去る五月に急逝《きゅうせい》したんです。原因は心臓麻痺《まひ》だったそうです。ところでこの四方太が亡くなると、後に残るのは梨枝子《りえこ》という細君、これは今年四十五六らしい」

「ちょっと待ってくれたまえ。死んだ四方太が六十三で細君が四十五六とすると、相当年齢のちがった夫婦だね」

「そうです。それでいてどちらも再婚じゃない。つまり四方太老人の結婚がおそかったのですね。さて、夫婦には二人の子供がある。兄を静馬といって今年二十八、洋画家で春陽会の会員です。妹は由美といって、これは御承知のちかごろ売出《うりだ》しの歌手です。子供はこの二人きりなんですが、こういうふうに二人ともそれぞれの道に精進《しょうじん》しているんですから、家業なんか継げそうにない。二人はもう数年まえから東京の西荻窪《にしおぎくぼ》に家を持って、小豆島の生家からはまったく独立した生活をしていました。もっともこの家は四方太老人が建てたので、老人がおりおり上京する際の宿にしていたものです。その家で兄妹は婆《ばあ》やかなんかおいてそれぞれ勉強していたのですが、親爺もこの二人のうちの一人に家業をつがせることは、早くから諦《あきら》めていたようで、自分が死んだら、家業を譲ってしまうように、ちゃんと手筈《てはず》をしてあったそうです。さて、その四方太老人が死んだものですから、小豆島の家には梨枝子夫人が一人で残されることになった。この梨枝子というのが、中風《ちゅうぶう》か神経痛かなんかで、足が立たないのです。で、そういう不自由なものを一人でおいとくわけにはいかないというので、四方太老人の葬式がすむと間もなく、兄妹が東京へつれて来たんです。それが六月頃のことだそうです」

「ふうむ。しかしそれは妙だね。なんぼなんでも、主人が死んで一年も経《た》たないうちに、あとのまつりもしないで東京へ出てしまうというのは。――小豆島の家はどうしているんだね」

「それは閉めて来ているんです。僕もおかしいと思うんですよ。われわれみたいな書生とちがって、それだけの家であってみれば、いろいろ親戚などもうるさいでしょうし、田舎《いなか》というものは、ことにそんな事はむつかしい筈《はず》ですがね。そういう習慣を無視して、一家全部が東京へ出て来たというのは、そこに何かあったにちがいないと思うんです」

「ふむ、それでいま西荻窪に、住んでいるんだね」

「いや、ところが二三日まえに急に、鎌倉へ引っ越したんですよ」

由利先生はそれをきくと、大きく眼を瞠《みは》りました。

「鎌倉へ――？　そんなに急に――？」

その時、由利先生のあたまにさっと浮かんだのは、さっき綾子の感じた疑惑と、まったく同じであったようです。

「ふむ、すると今鎌倉に、梨枝子夫人と静馬由美の兄妹と、この三人で住んでいるんだね」

「いえ、そのほかに鵜藤五郎といって、同郷の者だそうですが、やっぱり画家の卵です。これが友人とも書生ともつかぬ恰好《かっこう》で同居しています。そのほかに例の志賀恭三が食客格で一緒にいます」

「よし、それではいよいよ志賀のことについて聞こう」

「この志賀恭三というのは、四方太老人の腹違いの妹の子供ですが、幼いときに両親に死別したので、ずっと四方太老人に育てられて来たのですね。学校は帝大の法科を出ているんですが、何んといっていいか、一種のアドヴェンチュアラーですね」

「アドヴェンチュアラー？」

「え、そうなんです。これといって職業はなく、始終大陸だの、南方だのを駆けずりまわっている男で、一年のうちの三分の二は日本にいないというような男です。そして日本にいる間は、甲野の家に寄食しており、経済的にも大分《だいぶ》迷惑をかけているようですが、それでいて死んだ四方太老人にも夫人の梨枝子にも、また静馬と由美の兄妹にも、ひどく人望があるらしい。つまりパーソナリティーを持っているというんでしょうね」

「大道寺綾子とはどうして識合《しりあ》いになったんだろう」

「さあ、そこまでは調査がいきとゞきませんでしたが、とにかく綾子の熱心さは非常なものだそうです、志賀のほうでも憎からず思っているらしいという話です。ところが志賀についてはちょっと妙なことがあるんですよ」

「妙なことというと？」

「この志賀には妹が一人あるんですがね。名前を琴《こと》絵《え》といって、今年十七か十八になる筈なんですが、これがちかごろ行方《ゆくえ》がわからない」

「行方がわからない？　いつ頃から……？」

「四方太が亡くなってから間もなくのことだといいますから、六月頃のことなんでしょう」

「いったい、どういういきさつがあって失踪《しっそう》したんだね」

「それはこうです。この琴絵という娘は小豆島の甲野の家で育てられたんですがね。兄の恭三はいつも旅行勝ちですから、伯父伯母の手許《てもと》で大きくなったんです。ところが四方太が亡くなると間もなく兄の恭三がやって来て、東京へ連れていくといって、小豆島を出ているんです。ところが恭三が東京へつれて来るとすれば、西荻窪の甲野の家よりほかにない筈なんですが、その家へ若い娘が来た形跡はないのです。どこかほかの家に預けているのかも知れませんが、甲野をさしおいて、若い娘を預けるような深い識合いはなさそうだし、たといあったとしても、一応甲野へ預けるのがほんとうだろうと思うんですが……」

由利先生は聞いているうちに、しだいに興味を催《もよお》して来たらしく、

「その琴絵という娘が小豆島からいなくなったのは、六月頃のことなんだね」

「そうです、そうです」

「三津木君、その娘はまさか盲聾唖じゃあるまいね」

俊助は一瞬ポカンとしていたが、急に大声をあげて笑い出した。

「先生、それはちがいますよ。まさか、虹之助という少年が、琴絵であるわけがありませんよ。それならそれと報告がある筈ですからね。琴絵というのは人一倍怜悧《れいり》な美人だったということですよ」

由利先生はううんと唸《うな》り声をあげると、がっかりしたように頭をうしろへもたせたが、すぐまた、

「三津木君、どちらにしても琴絵というのを探してみなきゃいけないね。四方太という老人が五月に亡くなって、六月に琴絵が小豆島から失踪している。そしてわれわれがあの虹之助を発見したのは六月十二日のこと、しかも場所は小豆島のすぐ近く、阿波《あわ》

の鳴門の近辺……。三津木君、この三つの事実のあいだには、きっと関連したものがあるに違いないよ。これらの事実の背後には何かしら恐ろしい秘密が、かくれているにちがいないよ」

　そこで由利先生はぶるっと身顫《みぶる》いをすると、

「三津木君、僕は恐れているんだよ。あの不幸な三重苦少年をめぐって、いまに何か起る。何かよくないことが起る。僕はその匂いを嗅《か》ぐことが出来るんだ。世にも陰惨な、世にも血腥《ちなまぐさ》い匂いを。……僕はそれを考えると、こうして白日《はくじつ》のもとにいても、身顫いが出るほど恐ろしい」

　由利先生は真実その匂いを嗅ぐかのように、ひくひくと小鼻を動かしたが、果せる哉《かな》、先生の予言は的中したのだ。

　それから二週間後の八月十五日、ちょうど東京のお盆の晩に、由利先生のもとへ一通の電報が舞いこんで来たのだが、その電文というのは、
　ジ　ケンオコルスグ　オイデ　ヲコウ」アヤコ

三

だが、その事件というのへ入るまえに、筆者はその後の綾子の動勢からお話していかねばならないだろう。

　綾子が鎌倉の中御門へかえって来たのは、まえにもいったとおり八月二日のことでしたが、それから三日も経たないうちに、彼女は甲野一家の人たちとすっかり心易《やす》くなっていました。

　かえって来た翌日、転宅早々でさぞ御不自由でしょうと、綾子が魚の籠《かご》をさげていったのがはじまりで、こゝに両家の交際がはじまったのです。

　甲野家でも梨枝子夫人は別として、あとは気のおけない若い者ばかり、こっちも寡婦《かふ》とはいいじょう、まだうら若い年頃なのですから、話が合って、すぐに打解けてしまいました。少くとも表面だけは。


―――


「いつぞやは失礼致しました。ほんとにあの時はびっくりなすったでしょう」

　初めて訪問していったとき、綾子が最後にこう切り出すと、由美はしかしあらかじめ、この言葉を覚悟していたものか、さのみ顔色も動かさず、

「えゝ、ほんとうにびっくりしましたわ、だってあまりだしぬけですもの。あの方いまでもお姉さまの

ところにいらっしゃるんですってね」

「えゝ、とうとう一緒に連れて来ましたよ」

「これから先、ずっとお世話をなさいますの」

「そうしたいと思っています。あれでもし、自分の思っていることを、他人《ひと》に伝えることが出来るようになったら、どんな面白い秘密がきけるかと思うと、それが楽しみなんですよ」

　綾子がその日訪問したのはなんとかして、由美の心中をのぞいてやりたいという下心があった事はいうまでもありません。

　由美のほうでもそれを知っているから軽々に、動揺を顔に見せまいと努力しているふうですが、それにも拘《かかわ》らず、綾子のいまの一言は、はっと彼女の心を打ったらしく、思わず顔色をくもらせながら、

「まあ、……でも、……でも、そんな事出来るでしょうか。耳も聴えず、眼も見えず、口も利《き》けないというような人に、思うことを発表させるなんて……」

「出来ない事はないと思いますわ。ヘレン・ケラーさんだって、やっぱり同じ盲聾唖なんですが、あゝして立派な学者になっているでしょう。だから気長に教育していけば、いつかそういう時節が来るのじゃないかと思いますの」

　由美はまた顔色をくもらせました。

「あたし何もあの人にえらい学者になって貰おうというのじゃありませんのよ。たゞ、少しでも思うことが話せるようになったら……そして秘密のかけらでも拾うことが出来るようになったらと、そればかりを楽しみにしておりますのよ」

　女というものは何んという残酷な趣味を持っているのでしょう。由美の顔色が悪くなればなるほど、綾子はますます調子に乗って、いかにも楽しげにそんな事をいうのでありました。

　その日を最初として綾子はときどき甲野家を訪問するようになりました。

　しかしさすがに慎《つつし》んで、その後はあまり虹之助のことに触れないようにしている。しかし注意ぶかい綾子の眼には、この一家に何か暗い秘密があるように映ってならない。足萎《あしな》えの梨枝子夫人は申すに及ばず、若い静馬や由美さては同居している鵜藤という青年まで、いつも何か重い屈托《くったく》に押しつぶされているようだ。

しかもそういう暗い空気は、綾子の訪問が度重なれば重なるほど、重苦しくなっていくように見える。たゞ、そこに恭三がいればだいぶ違ったものになります。

かれの重厚な、明るい、そして元気な笑い声が加わると、甲野家の人々も愁眉《しゅうび》をひらいたように、いくらか朗《ほが》らかになるのでした。綾子はそれを、何んとなく嫉《ねた》ましいものゝように思うのだが、しかし恭三がこの家にいることは極くまれで、相変らずかれは、東京横浜と、急がしく毎日のように出向いている。

こうして二週間はなんのこともなく過ぎ、そして前にもいったように八月十五日の晩にいたって、ここにはしなくも恐ろしい事件が持ちあがったのだが、それはこういうきっかけからでありました。

「お姉さまのお家にいらっしゃるあの方ね。ほら虹之助さんとおっしゃる方……」

ある日、浜辺であったとき、珍しく由美のほうからそんなふうに切出したのです。

「えゝ？　えゝ、あの人がどうかしまして？」

「母がね、とてもその方のことを心配しているんですのよ。そういう不自由な身になってみればどんなだろうと、この間も涙をうかべて同情しているんですの」

「お母さまといえば、その後いかゞ？」

「相変らずよ。あの足はもう二度と立たないでしょう」

「もとからあんなでしたの？」

「えゝ、だいぶまえから悪かったことは悪かったんですけれど、あんなにひどくなったのは、父が亡くなってからのことですの。多分そのショックでいっそう悪くなったのね。自分がそうして不自由なからだゝもんですから、いっそその方に同情が持てるのね。それで……」

と、由美はいくらか言いにくそうに、

「一度その方にお眼にかゝってみたいと、そんなことをいうんですのよ」

「あら、それはお易い御用よ。じゃ、一度あの人を連れてお伺いするわ」

綾子がその約束を果したのが、八月十五日の晩のこと。

綾子はなんの前ぶれもなく、虹之助の手をひいて、勝手知った甲野家の裏木戸からはいっていったが、見ると離れ座敷の縁側に唯《ただ》一人、坐椅子に倚《よ》りかゝっているのは梨枝子夫人、何やら手細工をしているのが、簾越《すだれご》しに見えました。縁側には岐阜提灯《ぎふぢょうちん》に灯が入って、風鈴の音チロチロ、蚊遣火《かやりび》の煙も涼しげだった。

二人の足音をきいて、梨枝子夫人はふと顔をあげ、いぶかしそうな眼で、二人の姿を見やったが、とたんにさあーっと真蒼《まっさお》になり、唇がわなわなとはげしくふるえました。

「小母さま、今晩は、御精が出ますこと」

綾子はじっと相手の顔色を読みながら、それでも言葉だけはさりげない調子。

「はあ、あの、いえ、ほんの手慰《てなぐさ》みで……」

静馬によく似た、陰気な顔に、梨枝子夫人は慥《こしら》えたような微笑をうかべる。

「大道寺さん、その方が、あの――?」

「えゝ、そうですの。小母さまがいちど会って見たいとおっしゃってたと、由美さんのお話でしたから、今夜連れて参りましたの。あら小母さん、器用なことが出来ますのねえ」

梨枝子夫人の膝もとに散らかっている、色とりどりの小裂《こぎ》れと、一枚の羽子板に眼をとめると、綾子は感心したように、

「その押絵《おしえ》、小母さんがなさいましたの」

「えゝ、退窟《たいくつ》なもんですから、こんなものをいじくっていたんですけれど、どうせ上手に出来やしないんですのよ」

梨枝子夫人は羽子板のうえに押していた押絵を両手でかくすようにおさえたが、その声は異様なふるえをおびている。

「小母さん、みなさん、お留守?」

「はあ、あの、あいにくみんな浜のほうへ出かけてしまいました。今夜は何か、浜で余興があるとか申しまして。あの、こんなものでもおつまみになりませんか」

梨枝子夫人がすゝめたのは、ガラス鉢に盛ったチョコレート。

「あら、いえ、結構ですわ」

「でも、こちらの方は……」

「さあ、こんなもの、食べたことないでしょう」

綾子はふと夫人の眼にうかんでいる涙に眼をとめました。しかも夫人は怯《おび》えたように出来るだけ、虹

之助のほうを見まいとつとめている。綾子は気味が悪くなって来たのか、

「小母さん、あたし由美さんを探して来ますから、そのあいだ、この人を預かっていたゞいてもいゝかしら」

「えゝ？」

「この人、こんな調子ですから、ちっとも心配なことはありませんのよ」

梨枝子夫人の小鬢《こびん》がブルブルふるえているのを、綾子は見て見ぬふりをしながら、虹之助の手をとって、縁側に腰をおろさせる。白い浴衣《ゆかた》の虹之助が、夕顔のようにほの白く薄闇のなかにうかびあがって、蚊やりの煙が静かに肩にからみつく。

「それじゃ、小母さま、お願いしましてよ」

「はあ、でも……」

夫人の言葉を聴流《ききなが》して、綾子はそのまゝ浜辺へ出ていった。

あゝ、その時、あとであのような恐ろしいことが起ると知ったら、決して二人を置きざりにしなかったのに……とその後綾子は由利先生にいくどもいくども繰り返《かえ》したが……


浜辺の雑踏のなかを、さんざん探しまわった揚句《あげく》、綾子がやっと由美を探しあてたのは、それから半時間も経ってからのこと。

「あら、由美さん、あなたお一人なの？　ほかの人はどうなすって？」

「あら、お姉さま。みんなとはぐれちまったのよ」

綾子はすぐに、虹之助を待たせてあることを話したが、その時の由美の表情を、彼女はずっと後にいたるまで、忘れることが出来なかった。

由美は一瞬、紙のように真白《まっしろ》になって、石みたいにそこに立ちすくんだが、つぎの瞬間、物もいわずに駆出《かけだ》したのです。

「あら、由美さん、どうかなすって？」

綾子もあわてゝ後を追う。由美は綾子に返事もしない。ひた走りに走って、ようやく家の近所まで来たとき、二人がばったり出会ったのは、駅からかえって来た志賀恭三。

「やあ、由美、どうしたんだい。顔色かえて……、おや、綾さんも一緒だね。何かあったのかい」

「あゝ、兄さん、あなたも来て頂戴」

「あら、ちょっと！」

ふいに綾子が叫びました。その声があまり異様だったので、由美も恭三も思わずどきりとして、

「綾さん、どうしたんだね」

「いま、お宅の裏木戸から、誰か出ていったようですけれど」

由美と恭三は、びくっとしたように向うを見る。お屋敷町の杉垣がずうっと続いている半丁《ちょう》ほど向うに、松の枝ののぞいているのが甲野家の裏木戸だが、木戸の柱に、裸電気がついていて、そこだけボーッとあたりの闇を破っている。しかし、二人がふりかえったとき、そこには誰の姿も見えなかった。

「どんな人だった?」

「さあ、ちらと見ただけだから、よくわからなかったけれど、黒っぽい洋服を着た、小柄の男で、跛《びっこ》をひくようにして、大急ぎで向うへ……」

恭三も由美も綾子がなぜそのように驚いているのか、なぜそのように声をふるわせているのかわからなかったが、しかし諸君は憶《おぼ》えていられる筈である。

いつか大阪のホテルで、由利先生と綾子の話を、立聴《たちぎ》きしていた人物について、綾子の語った人相というのがやっぱりこれと同じではなかったか。黒っぽい洋服を着た小柄の男。——そしてそいつは跛をひいている。……

「ともかく行って見よう」

三人は足を早めて裏木戸からなかへ跳込《とびこ》んだが、そのとたん、はっと一種異様な変事の匂いが、強くかれらの心を打ちました。

電気が消えてまっくらな離れ座敷に、ユラユラと懐中電灯の円光がうかんでいる。足音をきいてその円光が、パッとこちらを照らしました。

「あゝ、由美、——恭さんも一緒だね」

それは静馬でした。それにしてもその声のなんとうわずっていたことか。

「兄さん、どうしたの。何故《なぜ》、電気が消えているの」

「静馬君、何かあったのかい?」

「由美! 恭三さん、これを見て……」

静馬の持った懐中電灯が、闇中にくるりと弧を描いて照らし出した座敷の中央、そのとたん、三人とも思わずあっと立ちすくんでしまいました。

座敷のまんなかに坐椅子がひっくり返って、梨枝子夫人が仰向《あおむ》けに倒れている。しかも、その眉間は、滅茶々々《めちゃめちゃ》に乱打されたと見えて、いちめんに血が吹

き出している。むろん、すでに事切れていることは、物凄《ものすさ》まじい形相《ぎょうそう》と土色をした唇からでもわかるのである。

「兄さん！」

「誰が——誰が、こんな事をしたのだ」

静馬は、だまって懐中電灯の光を、座敷の隅《すみ》に向けましたが、そこには鵜藤青年が、真蒼に歪《ゆが》んだ顔で、誰かを膝の下に捩《ね》じふせている。

「あゝ、虹之助さん！」

と、絶叫したのは綾子です。

盲聾唖の虹之助は、またあの発作を起したのである。畳のうえに体を反らせ、手脚をはげしくふるわせながら、口から物凄く泡をふいている。だが、綾子を驚かせたのは、たゞそれだけのことではない。虹之助の右手に、しっかり握りしめているのは、まぎれもない、さっき梨枝子夫人の作っていた押絵の羽子板！　しかも、その柄《え》がいまにも折れそうになり、押絵の顔には、べっとりと血がついている。……

いきをのんで、シーンと立ちすくんだ一同の耳もとで、風が出たのか、軒《のき》の風鈴が俄《にわ》かにチロチロ鳴り出しました。

第三編

由利先生乗出す——ストリキニーネ——紛失したチョコレートの鉢——跛をひく怪人のこと

一

怪事件。——

まったく怪事件というもおろかである。

ギリギリと歯ぎしりをしたくなるような恐ろしさ、悪夢にうなされているような妖異《ようい》な美しさ。まったくそれは、血にいろどられたいっぷくの地獄絵巻、妖《あや》しくも美しい無残絵なのです。

「虹之助さん！」

綾子は気ちがいのように虹之助のそばに駆け寄って、

「あなたが——あなたが——こんなことをしたの？　虹之助さん、あんたがこんな恐ろしいことをしたの？」

しかし、この哀れな盲聾唖の耳にそんな言葉が入ろう筈はない。それでも、綾子が肩を抱いてやると、触感や体臭から、ちかごろ自分を可愛《かわい》がってくれる

人とわかったのか、虹之助は小猫《こねこ》が主人に甘えるように、ぴったり綾子に摺《す》り寄ると、

「あ、あ、あ、あ、あ！」

盲いた眼を必死と見張り、何やらわけのわからぬ身振りとともに、唖《おし》少年特有の濁《にご》った声で、

「あ、あ、あ、あ、あ！」

「いゝのよ、いゝのよ、何も怖いことないのよ。あたしが来たからもう大丈夫よ。さあ、これをお離し、ねえ、いゝ子だからこれを離すのよ」

盲聾唖の虹之助が、柄もくだけよと握っているのは、血に染まった押絵の羽子板、しかも血に染まっているのは、羽子板ばかりではありません。今日、仕立ておろしたばかりの虹之助の浴衣にも、いちめんにべたべたと血糊《ちのり》がついて、身動きするたびに、畳のうえに赤い汚点《しみ》を落していく。

「志賀さん、志賀さん、早くこのことを知らせなければ。……そして、誰かお医者様を呼んで来て。……」

不思議なことに、この時、一番気がたしかだったのは綾子だったのです。

ほかの人たちは、まるで石にでもなったように、茫然《ぼうぜん》として虹之助と梨枝子夫人の死体を見較《みくら》べている。

静馬も五郎も死人のように色蒼褪《あおざ》め、由美と来たらこれはもう完全に放心状態らしく、大きく視開《みひら》かれた瞳《ひとみ》は生気を失って、ガラスのように汚《にご》っている。

わけてもこの際不思議だったのは志賀恭三、日頃の沈着、物に動ぜぬ面魂《つらだましい》はどうしたのか、これまた茫然と虹之助を見詰めていたが、仔細《しさい》にその顔色を見れば、そこに何んとも名状することの出来ぬ、冷い、恐ろしいものがあったことに気附いた筈です。

一同は綾子の声にはっとわれにかえると、どうやらかれらは、意味ありげな視線をかわしたようであります。

静馬は五郎のほうを振返《ふりかえ》ると、

「鵜藤君、すまないが警察へいって来てくれたまえ」

「あゝ、それからお医者さんを呼んで来てね」

そばから口を出した由美の声には、世にも陰気なものがありました。

五郎は夢からさめたように、庭から出ていきましたが、綾子もそのあとから、急いで下駄《げた》をつっかけます。

「綾さん、どこへいく？」

「あたし？　あたし電報を打って来ます」

「電報？　どこへ？」

「由利先生のところへ……先生に来ていたゞくのですわ」

「由利先生？」

恭三と静馬は眼を見交わせました。

「綾さん、お待ち」

「何か御用？」

「何も由利先生を呼ぶ必要はないじゃないか。いまに警察の人が来る。それで十分じゃないか」

「でも、でも、あたし、由利先生によく調べていただかなければ気がすみません。そして、そして……」

と綾子は声をふるわせて、

「可哀《かわい》そうな虹之助さんを救《たす》けていたゞくのです。いゝえ、何もおっしゃらなくてもよくわかっています。あなたがたはみんな、この人が小母さんを殺したと思っていらっしゃるのでしょう」

「綾さん、君は昂奮《こうふん》しているんだ。落着かなくちゃいかん。われわれは何もこの少年が、伯母を殺したなんていってやしない」

「いゝえ、いゝえ、おっしゃらなくてもよくわかっています。あなたがたは寄ってたかってこの人を、罪人にしようと思っているんです。眼も見えず、耳も聴えぬこの人が人殺しだなんて！　これには何か恐ろしい悪企《わるだく》みがあるにちがいありません！」

「綾さん、何をいう！」

「えゝ、えゝ、そうよ、そうよ、みんなで何か企《たくら》んでいるのよ。だからあたし、由利先生に来ていたゞくのです」

「綾さん！」

恭三ははだしのまゝ庭へとびおりましたが、その時すでに綾子は砂をけって、いっさんに郵便局へと走っているのでありました。

二

「奥さん、だからいわないことじゃない。あゝいう少年を引きとるのは、考え物だとあれほどいっておいたのに」

綾子の急電に接して、由利先生が駆着《かけつ》けて来たのは、その夜の十二時過ぎのこと、電報を受取るとすぐ連絡をとったと見えて、三津木俊助も一緒でした。「そんなことをおっしゃったって……、まさかこんなことが起るとは思いませんもの」

駅頭に出迎えた綾子の顔は、いつもの艶《つや》を失って、さむざむとした鳥肌が立っている。急に老《ふ》けたように見えるのです。

「とにかく現場へ急ぎましょう。警察の人たちは来ているのでしょうね」

「えゝ、だいぶまえに。……そしてみんなしてあの人をいじめるのです。あたしがいくら盲聾唖だといっても、警察の人ったら、ほんとうにしてくれないのですよ」

由利先生はあわれむように、綾子の顔を見ましたが、思い出したように、

「奥さん、あなたは志賀恭三という人に、妹のあることを知っていますか」

「志賀さんの妹？」

「名前は琴絵というんだが……」

「そうそう、そういう妹さんのあることは、いつかきいたことがあります」

「あなたはその妹がいまどこにいるか、志賀君からきいたことはありませんか」

「その方なら小豆島にいるんじゃありません？　そんなふうにきゝましたけれど……でも、先生、その方がどうかしたのですか」

「その妹はいま小豆島にいないのですよ。志賀君が六月頃、東京へ連れていくといって、一緒に島を立去っているんです。あなたはそんなことを、志賀君からきいたおぼえはありませんか」

「いゝえ、一度も……でも、先生、志賀さんの妹さんと今度の事件とのあいだに、何か関係があるとおっしゃるんですか」

「いや、私にもまだよくわからないんですがね、ただこゝに不思議に思われるのは、志賀君が島から連れ出して以来、琴絵という娘の消息が杳《よう》としてわからないんです。しかもそれが六月のはじめというのだから、そこに何か、虹之助とのあいだに関係がありはせんかと思われるのです。奥さん、われわれが虹之助を、鳴門の渦から救いあげたのは六月十二日のことでしたね」

「えゝ、そうですわ。だけど、それが……」

綾子ははっとしたように立止《たちど》まると、

「先生、それじゃあなたは、その琴絵さんという人と、虹之助さんが同じ人だとおっしゃいますの」

「いや、はっきりそう云い切れるわけじゃないが、何かそこに関係がありはしないかと思われるんです」

「でも、虹之助さんはたしかに男ですよ。琴絵さんじゃありませんわ。でも、この事件にはなんて妙なことばかりあるんでしょうねえ」

そこはもう甲野家のすぐ近くだった。変事を知ってひとしきり騒いでいた近所の人々も、もう寝てしまったのか。あたりはしいんと静まりかえって、波の音ばかり高いのである。

と、この時、行手《ゆくて》から自転車を押してのろのろとやって来た男が、かれらのそばまで来ると、立止まって、

「ちょっとお訊《たず》ねしますが、このへんに甲野さんという家はありませんか」

見るとそれは郵便配達だった。

「われわれもその甲野へ行くんだが、電報かね」

「えゝ」

「宛名《あてな》は誰?」

電報配達は自転車のランプで、電報の宛名を見ると、

「甲野静馬方、志賀恭三というんです」

「あゝ、そう、それじゃ一緒に行こう」

海にちかい別荘地は、プーンと潮の香がしめっていて、薄月夜の闇のむこうから、時化《しけ》のまえぶれのように、どどん、どどんと波の音が聴えて来る。

言い忘れたが、甲野の家は由比《ゆい》ケ浜《はま》の松並木の、すぐうしろにある。四人が別荘の裏口からはいっていくと、まっくらな離れ座敷に、提灯《ちょうちん》の灯や、懐中電灯の灯がゆらゆらと動いて、その中をせわしそうに動いている警官の姿が見えました。

「あゝ、由利先生ですね」

暗闇の中からぬっと縁先に出て来た男が、

「私はこゝの司法主任をしている江馬《えま》という者です。あなたがお見えになるということを聴いたので現場はそのまゝにしておきましたよ」

かつて警視庁の捜査課長として、天下に令名をはせた由利先生の名を、江馬警部も知っていたと見えるのです。

「あゝ、そう。それは有難《ありがと》う。大道寺の奥さんに口《く》説《ど》かれてお邪魔に来ましたが、よろしく願いますよ」

由利先生は白い歯を出して笑うと、

「時に志賀恭三という人はいますか。電報が来ているようだが」

「うちの者はみんな母屋《おもや》のほうにいますよ。おい誰か、志賀という男を呼んで来い。先生おあがんなさい」

刑事の一人がすぐ奥へ知らせに入ったが、すると間もなく恭三が出て来て、暗闇の中で電報を受取りました。そしてそこにいる由利先生や三津木俊助に、じろりと鋭い一瞥《いちべつ》をくれると、そのまゝ奥へ入ってしまう。

由利先生は部屋のなかを見廻しながら、

「どうしたんです。電気はまだつかないんですか」

「いや、いまつけるところです。もうすぐですから……おい、まだなおらないのかい」

「えゝ、もうすぐ……、すみませんが、もっと明りを見せて下さい」

暗闇の天井から声がするのは、多分電気工夫でしょう。

「電気を滅茶々々に叩き毀《こわ》しているんですよ。気をつけて下さい。座敷の中はガラスのかけらがいっぱい散らかっていますから、あの盲聾唖の少年が、何かにおびえて、盲滅法《めくらめっぽう》、羽子板を振りまわしているうちに、誤まって電球を叩きこわしたんですね。少年の体にもガラスのかけらがいっぱいさゝって血だらけになっているんですよ」

「虹之助はどこに……?」

「向うで保護していますがねえ。何しろ恐ろしく昂奮していて、手がつけられないんですよ。あっ、どうも御苦労様」

そのとたんぱっと電気がついたので、由利先生と三津木俊助は、はじめて恐ろしいあたりの光景を見ることが出来ました。

「なるほど、あれが被害者ですね」

だいたいの話は、綾子から聞いていたが、あまり凄惨《せいさん》なあたりの様子にさすがの先生も眉をひそめずにはいられない。

「で、医者の鑑定はどうなんです。羽子板で殴《なぐ》り殺すなんて、類のない事件だが、果して羽子板で殴られたくらいで人が死ぬものですかね」

「それが非常に意外なんですがね」

「………?」

「医者の言葉によると、羽子板で殴られたゝめに死んだんじゃないというんです。その傷は、大半死後のものだというんですよ」

「羽子板のせいじゃない？　すると死因は……？」

「解剖してからじゃないとはっきりした事はいえないそうですが、被害者は毒を嚥《の》んでいるらしいというんです」

「毒……？」

由利先生と俊助は思わず顔を見合わせました。綾子は大きく眼を瞠って、すさまじい梨枝子夫人の死《しに》顔《がお》を凝視している。

「そしてその毒物というのは？」

「多分ストリキニーネだろうというんです。やはり解剖してみなければ分りませんが、筋強直の工合や、それから御覧なさい。恐ろしく眼球がとび出している。それに被害者の顔面に浮んだ、このすさまじい苦悶《くもん》の表情、そういうところから、十中の八九までストリキニーネにちがいあるまいというんですがね」

「なるほど、すると被害者は、ストリキニーネを嚥んで死んだ。そこを虹之助に乱打されたというわけですか」

「いやところがね、傷のうちの半分くらいは、まだ息のあるうちに受けたらしいというんです。他の半分はあきらかに死後出来たものですがね。そこで私はこういうように判断するんですがね」

江馬司法主任は綾子のほうを見ながら、

「大道寺の奥さんのお話によると、奥さんはこゝへ被害者と盲聾唖の二人を残して出ていかれたというんですが、その後で梨枝子夫人は自ら嚥んだかひとに嚥まされたか、とにかくストリキニーネを嚥んだのですね。ところでこの毒物の特徴は非常な苦痛をともなうものだそうですから、夢中になってそばにいた虹之助にしがみついたんじゃないかと思うんです。こう思われるのは、虹之助の手《て》頸《くび》に恐ろしい紫《むらさき》色の痣《あざ》が出来ているからですが、さて、だしぬけにしがみつかれた虹之助はどうしたでしょう。悲しい哉《かな》、盲《めくら》で聾《つんぼ》のかれは、相手が毒のために苦しんでいるなどとは知る由もない。不具者一流の猜疑《さいぎ》心から、何か危害を加《く》わえられると誤解したのではないでしょうか。そこで夢中でふりはなそうとする。しかし、相手はますます物凄く武者《むしゃ》振《ぶ》りついて来る。虹之助はいよいよ驚き恐れて、夢中になってそこらを引っかきまわしているうちに、手にさわったのがその羽子板……」

「なるほど、そこでたゞもう梨枝子夫人の手からのがれたい一心から、この羽子板でめちゃくちゃに殴りつけた……と、こういうわけですね」

由利先生はそこにあった羽子板を手にとると、何気なくその押絵を眺めていたが、ふいにふうっと眉をひそめました。

しかし、警部は気がつかず、

「そうです。そうです。そうして滅多矢鱈《めったやたら》に羽子板を振りまわしているうちに、それが電球に当って、木っ葉微塵《こっぱみじん》とガラスがとんだ。そのガラスが全身にさゝったものだから、奴さんいよいよ驚いた。きっと誰かゞそばにいて、危害を加えると思ったのでしょう。ますますあばれているうちに、すでに事切れた梨枝子夫人を無茶苦茶に打ちすえた……と、これが私の想像なんですがね」

あゝ、それは何んという恐ろしい想像でしょう。

毒を嚥んで致死期の苦悶にのたうっている老女、それを目前にひかえながら、助けるどころか反対に、何も知らずに狂気となって打ちすえている盲聾唖、世にこれほど恐ろしい光景がまたとあるでしょうか。

しかもストリキニーネの特徴として、先《ま》ず運動神経の中枢を麻痺させるということですから、梨枝子夫人は助けを呼ぶことも口を利《き》くことも出来ないのです。虹之助はもとより盲聾唖、したがってこの惨劇は終始無言のうちに行われたのにちがいない。

由利先生も三津木俊助も、それを思うと背筋の冷くなるような戦慄《せんりつ》を禁じ得ませんでした。

「ところで、被害者が毒を嚥んでいるとして、それは自殺ですか、それとも他殺の見込みですか」

「むろん、他殺の見込みです。家人の話によると、自殺の原因は何一つないといいますし、第一、ストリキニーネなど入手出来る筈がないというのです」

「なるほど、すると誰かゞ毒を盛ったとして、それはいつの事ですか。ストリキニーネというのはかなり症状が急激にやって来るものと憶えていますがねえ」

「そうだそうですね。で、被害者がそれを嚥んだのは、大道寺の奥さんがこゝを出ていってからという事になりますが、さて、犯人がいつそれを用意しておいたか、また、何に混ぜておいたか、そういう事は少しも分っていないんです。大道寺の奥さんがいらっしゃるまえから用意してあったかも知れないし、あるいはその後かも知れない。何しろ虹之助という奴があの通りの盲聾唖でしょう？　だから自分の眼の前でどんな事が行われていようと、何一つわからないわけなんですよ。だから、ひょっとすると犯人は、大道寺の奥さんがこゝを出ていってからやって来て、虹之助の眼のまえで、ゆうゆうと何かに毒を入れていったかも知れない。むろん、梨枝子夫人にはかくしてゞすがね」

「しかし、そうすると、犯人は梨枝子夫人の知っている人物ということになりますね」

「そうです、そうです。だから夫人は心を許して対談していた。その間に犯人が夫人のすきを見て、何かに毒を入れていったんですね。ところでそれについて大道寺の奥さんにお訊ねがあるんですが、あなたがこゝへいらっしゃった時、こゝに何か飲物のようなものはありませんでしたか」

「さあ。……あたし、よく憶えておりませんが……そう長くこゝにいたわけではございませんし、……でも、でも、飲物のようなものは何も……あっ」

突然、綾子は大きく眼を瞠りました。そして俄《にわ》かに息をはずませると、

「飲物のことはよく憶えておりませんが、そこに食物が……えゝ、チョコレートですの。銀紙にくるんだ丸いチョコレートが、小さなガラスの鉢に盛ってあって……」

「チョコレート？」

警部は眼を丸くして、

「しかし、われわれがこゝへ来たとき、そんな鉢はこゝにありませんでしたよ。死体を発見したとき、あなたもこゝにいたんでしょう。その時こゝにありましたか」

「あたし、存じません。……だって、だって、その時はまっくらで……たゞ懐中電気の光で見たゞけなんですもの。……それに……あたし、すぐこゝを飛出したものですから。……」

「江馬君、その事ならこの人より、こゝの家のものに訊ねたほうがよくはないかね」

由利先生はそばからそう注意しました。

「そうしましょう。しかし、あの連中、正直に話すかどうか」

江馬警部がいまいましそうに舌打ちしたとき、女中が銀盆に香り高いコーヒを運んで来ましたが、警部は手をふって、

「いや、それなら向うで貰おう。みんな奥にいるんだろうね」

そこで警部を先頭に、一同は母屋のほうへ入って行きました。

三

母屋の座敷には、志賀恭三に、静馬由美の兄妹、それに鵜藤五郎の四人が、寝そべったり膝小僧を抱いたり、思い思いの恰好で、むっつりと押し黙っている。みんなげっそりとして疲労の色が濃いのである。

時刻はもう一時過ぎ。明けっぱなした縁側に、誰が買って来たのか、籠《かご》に入った蛍《ほたる》が、病人が呼吸《いき》を吸うように、はかなく明滅しているのも淋《さび》しかった。波の音はひとしお高くなったようです。

一同が離れ座敷へ入っていくと、さっきの女中がコーヒを持って追っかけて来る。江馬警部をはじめとして、由利先生も三津木俊助も、すぐそれに手を出します。疲労した深夜の頭脳には、暖いコーヒの一杯が快い。

綾子は残りのコーヒから、カップを二つとると、つと志賀のそばへ寄りました。

「お上りになりません？」

「うん」

「さっきは御免《ごめん》なさいね」

「なんのことだ」

「あたしすっかり昂奮してしまって。……いまから考えると、悪いことをしたと思っています。あんなに喧嘩《けんか》ずくでとび出したりして……」

「はゝゝゝは！　何んのことだと思ったらそのことか。こっちは何んとも思ってやしない」

「ほんと？」

「昂奮してたのは君ばかりじゃない。われわれみんな同じことだよ。それに、由利先生に来て貰ったのは、結局いゝことだったかも知れない」

「あなたにそう言っていたゞくと嬉《うれ》しいわ」

あゝ、恋とはこんなものでしょうか。男の一言一句に三十女の瞳が、頰《ほお》が、小娘のように炎《も》えあがったり、赧《あか》くなったりするのです。由美と静馬と五郎

の三人は、向うでぼんやりコーヒを啜《すす》っている。

やがて江馬警部が立上りました。

「さて、皆さん」

警部はいくらか気取った様子で、

「こゝにまた、一つの疑問が起ったのですが……あなたがたも多分、お聞きおよびのことゝ思いますが、梨枝子夫人は羽子板で殴り殺されたのじゃなかった。ある毒物を嚥まされているという疑いが濃厚なんです。ところで、その毒物がどういう形で梨枝子夫人にあたえられたか、それについてこゝにいらっしゃる大道寺の奥さんが、こんなことをおっしゃるのです。奥さんが虹之助を残して離れ座敷を立去《たちさ》るとき、梨枝子夫人のそばには、皿に盛ったチョコレートがあった……と」

一同は顔を見合《みあわ》せましたが、すぐその中から、静馬が少し乗り出して、

「それじゃそのチョコレートの中に、毒が入っていたとおっしゃるのですか」

「いや、まだはっきり断言出来るわけじゃないが、梨枝子夫人のそばには、ほかに飲物も食物もなかったというから……」

「しかし、そのチョコレートならわれわれも食べましたよ。そうです。僕も由美も鵜藤君も、三人とも食べましたよ」

「君たちも食べた？　それはいつの事です」

「浜へ余興を見にいく直前です。出かけるまえにわれわれは離れへ寄って、母に留守を頼んだのです。その時、母が菓子鉢を出してすゝめたので、われわれはみな一つか二つずつ食べました」

「あゝ、すると君たちも、そこにチョコレートがあったことは認めますね。それならば、そのチョコレートはどこへいったのです。その菓子皿はどうしたのです」

静馬と由美と五郎は、また顔を見合せた。志賀だけが不敵な顔で、あぐらをかいたまゝ顎鬚《あごひげ》を抜いている。

「その菓子鉢なら、まだ離れ座敷にある筈だが……」

「ところがそれが見附からないのですよ」

三人はまた不安そうに顔を見合せた。

「梨枝子夫人の死体を最初に発見したのは、君たち二人でしたね。その時、そこに菓子鉢があったかど

うか憶えていませんか」

静馬と五郎は顔を見合せたが、二人とも首を横にふった。

「いゝえ、知りません。何しろわれわれがそこへ入って来たときは、あの通りまっくらでしたから……」

「なるほど。しかしそうすると、あなたがた二人のうちの一人が、相手に知られぬようにこっそり菓子鉢をかくすことも出来たわけですね」

「馬鹿な！　そ、そんな……それじゃあなたは、われわれが母を毒殺したとおっしゃるんですか」

「いゝえ、私はたゞ可能性をいっているんですよ。誰が毒を仕込んだか、それはあらゆる可能性をギリギリまで押しすゝめていって、はじめて帰納《きのう》することが出来るんです。ところであなたがたは、いつも懐中電灯を持って歩くことにしているんですか」

「そうです。夜が更《ふ》けると、このへんはまっくらになりますからね」

この返事はちょっと警部を失望させたようでした。警部の考えでは、二人のうちの一人が母屋へ懐中電灯をとりに走った。そのあとで一人が菓子鉢をかくすことが出来た筈だと、そう斬込《きりこ》むつもりだったのでしょう。

「すると、あなたがたは、死体を発見してから、ずっと二人一緒にいたんですね」

「むろん一緒にいました。由美や、恭さんや、大道寺の奥さんがやって来るまで。……」

「なるほど。そしてその時もまだまっくらだったのだから、後から来られた三人のうちの誰かゞ、菓子鉢をかくすことも可能だったわけですね」

「こんどはわれわれにお鉢がまわって来ましたな」

志賀恭三なのである。

まるで挑戦するようなその語調が、あまり大胆不敵だったので、警部はいうに及ばず、由利先生や三津木俊助まで、弾《はじ》かれたようにそのほうへ振返った。

警部はその挑戦をはねっかえすように、

「そうですよ、今度はあなたがたにお鉢がまわりましたよ。とにかく、大道寺の奥さんがかえって来るまでに、誰かゞ菓子鉢をかくしたのだから、われわれはあらゆる角度から、可能性を検討しなければならないんだ」

「可能性、大いに結構、しかし、大道寺の奥さんだけは、その可能性とやらから除外してもよさそうに思うがどうです。この人は甲野家と何んの関係もない人だから……」

「あなた、あなた……」

綾子は嬉しさと心配の溢《あふ》れた顔色で、恭三の袖《そで》をひっぱっていましたが、恭三はそんなことにはお構いなしで、

「いったい、警部さんはどういうふうに考えていられるのか知らんが、さっきの静馬君の話でもわかるとおり、静馬君と五郎君、それから由美さんの三人が、浜へ行くまえチョコレートを食べたという。静馬君、その時誰かゞ、いちいちチョコレートを撰択してほかの者に渡したのかね。それともみんなてんでに勝手にとって食べたのかね」

「むろん、みんなてんでに取って食べましたよ」

「と、すれば、その時にはまだそこに、毒入りチョコレートはなかった筈ですね。と、すると、三人が離れを出ていってから、誰かゞやって来て、チョコレートに毒を入れたということになるが、そんなことが可能ですかね。叔母は盲じゃないのですよ。目の前で毒を入れられるのを黙って見ている筈がない。とすれば、チョコレートの中に毒が入っていたということは、非常に可能性がうすくなると思うがどうでしょう」

「いや、いちがいにそうは言えませんね」

その時、横からゆったりと口を出したのは由利先生、それをきくと恭三は、反射的にそのほうを振返りました。

「と、おっしゃるのは……？」

「つまり、犯人があらかじめ、毒を仕込んだチョコレートを用意していたら、いまのあなたの疑問は、何んでもなく解決出来る。チョコレートをすりかえるか、あるいはいまゝであったぶんのうえへ放りこんでおくか、それぐらいのことなら、梨枝子夫人の眼の前でも、大して難しくなくやることが出来る。但《ただ》し、それには犯人が、こゝにチョコレートのあることをあらかじめ知っていなければならない」

「と、いうことは、犯人は甲野の家のものだとおっしゃるのですか」

恭三の眼にはありありと敵意のいろが濃くなって来る。由利先生はさりげなく、

「そういうことになりますね。しかし、これは、さっき江馬君がいっていたように、可能性の問題です

よ。チョコレートの中に毒が入っていたかどうか、まだはっきりしているわけではないし、まず、それから証明してかゝらねば、結局水掛論《みずかけろん》ということになりますな」

「しかし、先生」

警部は不服そうに、

「チョコレートの中に毒が仕込んであったということは、殆《ほと》んど確実と思いますがね。でなければ、なぜ、チョコレートの鉢をかくしてしまったのです」

警部はそこで静馬や五郎のほうに向き直ると、

「君たちは浜へ出てから、ずっと一緒にいたんですかね。由美さんは途中ではぐれたといっているが……」

「いや、われわれ、鵜藤君と僕も途中ではぐれてしまったんです。何しろ、余興場はたいへんな人出だったから」

「それじゃ、君たち二人いっしょにかえって来たわけじゃないんですね」

「いや、離れへ入ったのは二人いっしょでした。しかし、それまでは別々だったんです。実は、裏木戸のところで二人出会って……」

警部は意味ありげに由利先生のほうを見ながら、

「すると、君たちのうちのどちらでも、途中で一度こゝへかえって来ることが出来たわけですね。いや、君たちばかりではない、由美さんにしても……いや、これは可能性の問題ですよ」

「可能性の問題とすれば、僕にだってそれが出来たかも知れない」

その時、また挑戦するように口をはさんだのは志賀恭三。

「僕は東京からのかえりを、家の近くで由美や大道寺の奥さんに出会ったのだが、五分や十分誤魔化《ごまか》すのは何んでもないから、いちど家へかえって来て、毒入りチョコレートを伯母にすゝめ、それからまた出掛けて、誰かのかえって来るのを待っていたのかも知れない」

「あっ!」

綾子が突然、鋭い叫びをあげたのはその時でした。志賀恭三の皮肉な言葉に、静まりかえっていた時だけに、綾子の叫びは異様に高く、部屋のなかに響きわたった。一同は弾かれたようにそのほうへ振返る。

綾子は昂奮に頬を染めて、

「あたし、すっかり忘れていたわ。そうよ、そうよ。え〻、このことは志賀さんや由美さんに聴いて頂いてもわかります。あたしたち、あたしと由美さんは浜からかえって来る途中、角のところで、志賀さんに出会ったのです。そしてそこでちょっと立話をしていたのですが、その時、この家の裏木戸から出ていった人があるのです。ねえ、志賀さん、由美さん、あの時あたしそういったわねえ」

志賀と由美は無言のま〻頷《うなず》いた。

「警部さんのお話を、いま〻で黙って聴いていますと、小母さんを殺した人は、こ〻にいらっしゃる四人のほかにないようにおっしゃいますけれど、四人以外に、誰かこ〻へ来た人があるにちがいありませんん」

「それはどんな人物でしたか。男ですか。女ですか」

「男のようでした。でも、かなり離れておりましたし、すぐ暗闇のなかへ消えてしまったので、はっきりしたことは申せません」

「たしかにこの家から出ていったのですね」

「え〻、それはもう間違いございません。こ〻の裏木戸には軒灯《けんとう》がついていますから、その下から出て来るところがはっきり見えたのです。それからすぐ、あたしたちはこの家へ帰って来たのですが、その時、静馬さんも五郎さんも、あの離れ座敷にいたのですから、それがお二人でなかったことはたしかです。するとこ〻に、あたしたちのまだ全然知らない人物が、今夜——い〻え、もう昨夜になりますわね。昨夜この家にいたことはたしかですわ」

警部は志賀と由美のほうをふりかえった。

「あなたがたも、いまの大道寺の奥さんの話を認めますか」

「いや、由美も僕もそういう人影を見たわけではないのです。しかし、大道寺の奥さんはその時たしかに、誰かゞこ〻を出ていくのを見たといいましたよ。僕がふりかえった時にはもう見えなかったが……」

「由美さん、あなたはどうです」

「い〻え、あたしも見ませんでした。でも、その時、大道寺さんがそうおっしゃったことはほんとうです」

「警部さん！」

綾子が突然ヒステリックな声で警部を呼びかけました。

「あなたはあたしが嘘《うそ》を吐《つ》いているとでも思ってい

らっしゃるんですか。まあ、考えて下さい。その時はあたしまだ、こゝでこんな恐ろしいことが起ってるなんてこと、夢にも知らなかったんですよ。第一また、嘘を吐くのなら、志賀さんや由美さんも、それを見たとおっしゃる筈じゃありませんか。その方が御自分たちのために有利なんですもの」

「いや、誰も、あなたが嘘をついてるなどとは言ってやしない。しかし、いかに咄嗟《とっさ》のばあいでも、その男がどんな風態《ふうてい》をしていたか、だいたいの輪廓《りんかく》ぐらいわかりそうなものじゃありませんか」

「だから、それを申上《もうしあ》げようとしていたのじゃありませんか。それをあなたがよけいな口出しをなさるから……」

綾子は嘲《あざけ》るように警部に一矢《いっし》報いると、

「その人は、黒っぽい洋服を着た小柄な男で、跛をひいておりました。そして、そして……」

と、綾子は由利先生の顔を見ながら、

「あたし、その男を前にも一度見たことがあるのです。いえ、その時も後姿《うしろすがた》だけでしたけど、大阪のホテルで、……その男はあたしたち、あたしと由利先生の話を立聴きしていたんです」

由利先生はふいに大きく眼を瞠って、穴のあくほど綾子の顔を見詰めました。

「奥さん、それはほんとうですか。大阪のホテルで立聴きしていた男、たしかにそれに違いありませんか」

「違いございません。いえ、たしかに違いないと思います。どっちの場合も、顔を見たわけではございませんが、後姿や歩きぶりが、たしかに同じ人だと思われるのです」

綾子は一語々々に力をこめて、そう言い放つのでありました。

第四編

丁字の花咲く庭――琴絵の顔――羽子板小姓のこと――漂うボートの悲劇

一

綾子の証言によって、事件はこゝにいくらか違ったものになって来た。

警部のいまゝでの考えによれば、犯人はこの家のものにちがいないというのだが、こゝに新らしい登場人物が出て来たので、警部はいまゝでの考えかたを修正しなければならぬ破目《はめ》に陥入《おちい》ったわけです。

「いったい、ホテルで立聴《たちぎ》きしていた男がいるというのはどういうわけですか」

そこで由利先生は手短かに、大阪における出来事を警部に語ってきかせました。しかし、その時先生は、わざと河渡御《かわとぎょ》の際の、川のうえの出来事を省《はぶ》いたので、警部が何《な》んとなく腑《ふ》に落ちかねる風情《ふぜい》だったのも無理はない。

「すると、そいつは虹之助のあとをつけまわしている。そして、虹之助が奥さんに引き取られたから、ホテルで立聴きしていたと、そういうことになるのですね」

「まあそうですね」

「そして、虹之助が鎌倉へ来たので、そいつも後から追っかけて来た。そして今夜も、虹之助がこの家へ来ていたから、こゝへやって来た……と、なるほどそこまでは頷《うなず》けます。しかし、その男がなぜ縁もゆかりもない梨枝子夫人を殺すことになるんです」

「さあ。……」

由利先生もそれには困った。それを納得のいくように説明するためには、虹之助と甲野家に、何か関係があるのではないかという疑いを打明けなければならぬことになるのです。しかし、それはまだ決定的のことではないし、由利先生としても綾子にしても、はっきり打明ける勇気はなかったのです。

「警部さん」

その時横合《よこあい》から、そう口を出したのは綾子です。

「だから、それを探るのがあなたの役目ではありませんか。あたしがこゝで申上《もうしあ》げたいのは、虹之助さんを大阪からこゝまでつけて来た男がある。そしてその男が今夜、こゝへ来た、……と、それだけの事を申上げて、あなたの御注意を喚起したいのですわ。その男がこゝで何をしていたか、小母《おば》さんに毒を嚥《の》ましたか嚥まさなかったか、毒を嚥ましたとすれば、何故《なぜ》だろう、小母さんとどういう関係にあるのだろう。……と、そういうようなことを調べるのは、みんなあなたのお役目なんですわ」

辛辣《しんらつ》な綾子の言葉に、警部は思わず色をなしたが、その時、由利先生がそばから穏《おだや》かに言葉をはさんだ。

「いや、その事はいずれ後でよく調べるとして、志賀さん、あなたにちょっとお伺《うかが》いしたいことがあるのですがね」

恭三はぴくりと太い眉をあげたが、すぐ挑むように皓《しろ》い歯を出して笑うと、

「さあさあ、どうぞ。しかし言っておきますが、僕はその、虹之助という少年を大阪からつけて来たという人物については、正直の話、まったく何も知りませんぜ」

「いや、私の訊《き》きたいというのはそのことじゃない」

相手の皮肉を歯牙《しが》にもかけずに、

「私の知りたいのは、あなたの妹さんのことなんですがね」

あっと叫んで、あわてゝ口をおさえたのは由美でした。志賀はちらとそのほうを見ましたが、彼自身この質問にはかなり狼狽《ろうばい》したらしい。

「妹のこと?……はてな、妹がどうしたというんですかね」

さりげなく言ったものゝ、そこにはかくし切れない動揺がありました。

「琴絵さんがいまどこにいるか、それをお伺いしたいんですがね。琴絵さんを小豆島から連れ出したのはあなたでしたね。その時あなたは東京へ連れていくとおっしゃったそうですが、その琴絵さんはいまどこにいますか」

由美と静馬は怯《おび》えたように、由利先生と志賀の顔を見くらべている。綾子は不安そうな眼で、これまた二人を見くらべている。誰もかれもが、由利先生と志賀のこの応答に心を奪われていたゝめに、その時、五郎がこっそり部屋を脱出したことに気がつかなかったのは、まことに止《や》むを得ないことゝいわねばなりません。

志賀は由美と静馬のほうへ、ジロリと鋭い一瞥《いちべつ》を

くれると、

「はゝゝゝは、何んのことかと思ったら妹の事ですか、妙ですな。妹がこの事件に、いったい何んの関係があるというんです」

「そんなことはどうでもよろしい。志賀君、私の訊《たず》ねているのは、琴絵さんがいまどこにいるかということ、それに答えて戴《いただ》ければよろしい」

志賀はきっと唇《くちびる》をかんだ。

「琴絵は……いま……あるところにいます」

「どこですか。それは……?」

「それは言えない」

「言えない?」

「えゝ、言えませんよ。ねえ、先生、あなたが何故そんなことをおっしゃるのか知りませんが、人間というものは、それぞれ、かくし事を持っているものです。他人に知られたくない秘密を抱いているものです。むろん、その秘密が今度の事件に関係があるとすれば、多少いたいところがあっても、打明けるにやぶさかではありませんが、これは全然、問題が別ですからねえ」

「問題が別であるか別でないか、その判断はこちらでする。どうしても言えないというのですか」

「言いにくいですな。これはわが家の秘密ですから」

その不敵な面魂《つらだましい》を見ると、この男、梃《てこ》でも口をひらくまいことがよくわかる。由利先生はしばらく相手の顔を見詰めていたが、諦《あきら》めたように肩をゆすると、

「仕方がない。じゃその事は諦めましょう。ところで甲野さん」

「はあ」

「琴絵さんの写真があったでしょう。それをひとつ拝見したいのですがねえ」

「えゝ、その写真ならアルバムに……」

「由美!」

ほとんど同時に叫んだのは、志賀と静馬でありました。それをきくと由美ははっと気がついたように、真蒼《まっさお》になって、

「あら、あの、いえ、あったと思うんですけれど、よくわかりませんわ」

「はゝゝゝは、誤魔化《ごまか》しても駄目ですよ。アルバムに貼ってあるんですね。それじゃひとつそのアルバムを持って来ていたゞきましょうかね。いやいや、

こいつは私も一緒にいったほうがよさそうです。はゝゝゝは！」

恭三にちらと嘲《あざけ》るような一瞥をくれると、由利先生は由美の腕に手をかけて、

「さあ、行きましょう。どこにあるのですか。あゝ、書斎ですか」

警部は不思議そうなかおをして、二人のあとについていく。志賀と静馬も顔見合《みあわ》せながら、不安そうについていく。最後に綾子と俊助も、思い思いの顔色でついていきました。

書斎へ入ると、

「で、そのアルバムはどこにあるんですか」

「はあ、あの、本棚《だな》に……」

由利先生は本棚から、部厚なアルバムを取り出すと、そのページを繰りながら、

「琴絵さんというのは？」

「はあ、……あの……あたしたちの家族写真がそこに貼ってある筈《はず》なんです。その中の一番はしに立っているのが琴絵さんで……琴絵さんの写真というのはそれ一枚しかございません。えゝ、ほかには一枚もないのです」

由利先生はすぐにその家族写真というのを見つけました。

それはいかにも大家《たいけ》の庭らしい、由緒《ゆいしょ》ありげな木石の配置をバックとして、甲野一家の人たちがずらりとそこに並んでいる。中央に、梨枝子夫人とならんでいるのは、それが四方太老人だろう、胡麻塩あたまの、いかにも頑固そうな親爺《おやじ》。

その左右に、静馬もいる。

由美もいる。

五郎もいる。

そして志賀と、志賀にならんで一番右のはしに、女の姿がうつっていたが、何んとその女には首がなかった。

顔の部分だけ、見事に切抜《きりぬ》かれているのでありま す。

二

「由美さん」

由利先生のきびしい声に、由美ははっと顔をあげました。

「この顔はどうしたのです。いや、誰がこの顔を切

抜いたのですか」

「いゝえ、存じません、あたしじゃありません。あたし何も存じません」

「誰もあなたといってやしない。しかし、この切口の新しいところを見ると、これは極《ご》く最近にやったことですよ」

二人の問答をきいていた志賀は、不思議そうに由美の肩越しに覗《のぞ》いたが、ひとめ、切抜かれた写真を見ると腹をかゝえて愉快そうに笑い出した。

「こいつはいゝ。こいつは愉快だ。まんまと首無し美人が出来上って、由利先生大弱りの態《てい》。……」

「お黙りなさい！」

さすがにたまりかねたのか、由利先生、われにもなく大喝《だいかつ》しましたが、すぐ思い直したように、

「いや、これは失礼」

それから咽喉《のど》の奥でひくゝ笑うと、

「由利麟太郎一期《いちご》の不覚というところだから、これはどんなに笑われても仕方がない。しかし、この事は大いに参考になりますな。つまりあなたのいわゆる一家の秘密というのは、琴絵さんの顔にあるというわけですな。琴絵さんの顔をわれわれに見られたくない。……ね、そうでしょう。ところで、誰がこれを切抜いたのか……」

由利先生はあたりを見廻すと、

「江馬さん、鵜藤という青年はどうしたのです。われわれがこゝへ来るとき……あっ、そうだ。あの男なのだ。あの男がこの写真を切抜いたのだ。さっき向うで、琴絵さんのことが問題になって来たので、早晩この写真のことが出て来ると覚《さと》って、あの男が先廻りして、この写真を切抜いてしまったのです。江馬さん、とにかく鵜藤という男を探して下さい」

江馬警部があたふたと出ていくと、由利先生はにっこり笑って、志賀のほうを振向《ふりむ》きました。

「どうです。これで私は相当思いやりがあるつもりですがね。あなたのいわゆる一家の秘密を、これで私は相当尊重しているんですよ。甲野さん」

「はあ」

「この家族写真の背景になっているのは、小豆島のお宅なんでしょうね」

「はあ。……」

由利先生はいかにも嬉《うれ》しそうに咽喉の奥で笑うと、

「大道寺の奥さん、ちょっと……」

「はあ、何か御用でございますか」

「ちょっと、この写真を見て下さい。この写真は非常に面白いですよ。鵜藤君が、顔だけ切抜いていって、写真そのものを持去《もちさ》らなかったのは間違っている。奥さんはこの写真を見て、何か思いあたることはありませんか」

「さあ……」

綾子は不思議そうに写真をしげしげ眺めていたが、別に思いあたるようなところもなかった。静馬や由美や志賀も不安そうな顔をして、写真と由利先生の顔を見くらべている。

「まだわかりませんか、奥さん、この写真の背景に枝もたわゝに白い花をつけている樹があるでしょう。奥さんはこの花を御存じじゃありませんか」

「はあ、……存じません。……何んの花ですの」

「これは丁字《ちょうじ》の花ですよ」

「あっ！」

綾子は思わず、志賀の顔を振返《ふりかえ》る。志賀は不思議そうに眉をひそめて、

「これが丁字の花だとしたらどうしたというんです。われわれの一家に丁字の花が咲いていたらいけないんですか」

由利先生は皮肉な微笑をふくんで、

「君はこういう思い出があるから、丁字の匂いにノスタルジヤを持っているんですね。それで、大道寺の奥さんに、丁字香をすゝめたのでしょう」

「そうです。それが何かいけないとでも……」

「まあお聞きなさい。この丁字の匂いにノスタルジヤを持っているのは君ばかりじゃない。こゝにいる由美さんもそうのようです。ところがこゝにもう一人、丁字の匂いに思い出を持っている人物があるんですよ。しかもその人物にとっては、君たちのように懐しさを伴わないで、反対に恐怖と憎悪の思い出なんです。その人物とはほかでもない。あの盲聾唖《もうろうあ》、虹之助なんです」

志賀と由美、静馬の顔にはふっと不安の気が流れます。由利先生はそれを尻眼にかけながら、

「由美さん、大阪の天神祭の河渡御の際、虹之助があなたにあのような暴行を働いたのは、あなたの体から発散する丁字の匂いを嗅《か》いだからですよ」

由美は思わず二三歩うしろへたじろいだ。あの時の恐ろしい記憶がよみがえって来たのか、彼女の顔

色は真蒼になっていました。

志賀はしかし嘲るようにふてぶてしく笑って、

「ほゝう、なかなか面白いですね。あの盲聾唖がそんなことをあなたに告白したんですか。はっはっはっ、これは大笑いだ」

「志賀さん！」

綾子はすがりつくような眼で志賀を見る。

「志賀君、笑えるうちに笑っておいたほうがいゝですよ。いまに笑えなくなるかも知れないからね。この事を発見したのは私じゃない。こゝにいる大道寺の奥さんが、さすがに女だけあって鋭い嗅覚《きゅうかく》からこの事実に気がついたのですよ。そして奥さんはなかなか頭がいゝ。虹之助の嗅覚について実験してみたんです」

「なるほど」

志賀はしかしまだ〳〵負けてはいなかった。相変らず人を喰ったような微笑をうかべながら、

「いったい、何んのためにあなたが、そのような饒《じょう》舌《ぜつ》を弄《ろう》しているのか、僕にはとんとわからんが、要するにあなたは虹之助という盲聾唖が、われわれ一家と何か関係がある、と、こういいたいのではありませんか」

「さよう。その事については……」

「ま、ま、ちょっと待って下さい。しかし、先生、そりゃちと早計でしょうぜ。丁字の匂いという奴は、なるほど現代のような西洋流の香料が氾濫《はんらん》している時代には、珍しいかも知れない。しかし、さりとてわれわれ一家にしかないとは言えませんね。虹之助という盲聾唖が、丁字の匂いにある特別の感情を持っているとしても、それだけでわれわれ一家と関係があるなどといわれちゃ、こりゃちと迷惑ですな。世の中にゃ偶然ということもありますからね」

「さよう、偶然ということもありますね。ところで偶然というものも度重なれば、しだいに必然性をまして来る、と、こういうことは君も認めるでしょうねえ」

「それゃ、まあそういうことも言えますね。で、何かほかにも、虹之助と一家を結びつけるような偶然がありますかね」

「この羽子板ですがね」

さりげなく、由利先生が取り出したのは、血にまみれたあの羽子板でした。

「この羽子板の押絵《おしえ》は梨枝子夫人がお作りになったのですね」

「そうです。しかし、それが……」

「大道寺の奥さん、ちょっとこの羽子板の押絵を見て下さい」

「はあ、あの、この押絵が……？」

それは美しい前髪の若衆を押絵にしたものだが、若衆の顔を見ているうちに、綾子の顔にはしだいに驚きの色が濃くなっていく。

「まあ！　この顔は……この顔は……」

「奥さん、この顔について、どういうふうにお考えになりますか。ひとつ思ったまゝをいって戴きたいのですがね」

「はあ……あの……」

綾子は疑惑と恐怖と当惑にみちた顔色で、怯えたように志賀や由美、さては静馬の顔を見廻していましたが、やがて思いきったように、

「はあ、あの……この顔、虹之助さんにそっくりだと思うんですけれど、ひょっとするとそれはあたしの思いちがいでは……」

「な、な、なんですって！」

静馬も由美も志賀恭三も驚いたように体を乗り出すと、いっせいに羽子板の顔に目をやりましたが、たちまちかれらの顔色は、さあっと土色になりました。

あゝ、何んと、片頬《ほお》べっとり血に染んだ押絵の顔は、誰の眼にも、あの盲聾唖、虹之助に生写《いきうつ》しではありませんか。

三

「亡くなった梨枝子夫人は、羽子板の押絵の顔に、虹之助とそっくりの顔をうつしていたのですよ。これもやはり偶然でしょうかねえ」

由利先生の言葉に、誰も応酬《おうしゅう》する者はいなかった。さすが不敵なあの志賀恭三でさえが、しいんと押し黙っておりました。

「他人の空似《そらに》——絵そらごと、——そういう言葉で片附けてしまうには、これは少し深刻過ぎるような気がしますねえ。それに……」

その時、あわたゞしい足音がきこえて来たので、由利先生は言葉を切って、そのほうを振りかえりました。入って来たのは江馬警部だが、なんだかひど

く取り乱している。

「先生！　大変です！　鵜藤の姿が見えないのです」

「鵜藤君の姿が見えない？」

「えゝ、そればかりじゃありません。虹之助も……」

「なに！　虹之助の姿も見えない？」

「五郎さんと虹之助――さんが……」

由美は危《あや》うく倒れそうになりました。

「江馬君、虹之助はいったいどこにいたのだ」

「台所のわきの四畳半です。何しろ非常に昂奮《こうふん》していて、手がつけられないものだから、暫《しばら》く寝かせておいたほうがいゝと思って……」

「とにかくそこへ案内してくれたまえ」

由利先生は自らさきにたって部屋をとび出す。一同も不安におのゝきながら、どやどやとあとからついて行きました。

その四畳半は、納戸《なんど》代りに使っていたと見え、こわれた由美のヴァイオリンや、静馬の描きかけのカンヴァスなどが、ところ狭しと取り散らかしてある。

「こんなところへ一人で寝かしておいて、誰も見張りをしていなかったのですか」

由利先生の言葉に、刑事の一人が面目なげに頭をかきました。

「それが……実は私が障子の外で見張りをすることになっていたのですが、相手があのとおりの盲聾唖と来ているもんですから、つい心を許して……」

「ほかへ行って油を売っていたというんですね」

「すみません」

今更それを責めても仕方がない。

「誰か懐中電灯を……」

静馬が言下にさし出す懐中電灯を手にすると、由利先生は部屋をつきぬけ、窓の下の砂を眺めていたが、

「この窓の障子はまえからあいていましたか」

「さあ。……」

「先生、それじゃあの人は、この窓から逃出《にげだ》したのでしょうか」

「そうですよ。そこにはだしの足跡がついている」

「だって、だって、あんな眼の不自由な人が……」

「むろん一人じゃありませんね。誰か外から手引した奴があるんです。砂のうえには、虹之助のはだしの足跡にならんで、朴歯《ほおば》の跡がくっきりとついてい

ますよ」

「朴歯の跡ですって?」

何を思ったのか、由美はあたりを見廻し、そして、その顔はみるみるうちに蒼褪《あおざ》めていきました。

「そうです。朴歯の跡です。由美さん、何か心当りがありますか」

「い、いゝえ、朴歯の下駄《げた》なんか誰でも履いていますわ。御用聞きかなんかの足跡じゃありません?」

「そうかも知れません。しかし、不思議なことには、その朴歯の跡は、虹之助の足跡に前後して、ずっと、浜辺のほうまでつゞいているんですよ。だが、こんなことをいっている場合じゃない。とにかく、この足跡をつけてみなけりゃ。……三津木君、行こう」

「先生、あたしもいきます」

由利先生と三津木俊助のあとにつゞいて、綾子もガタガタ胴顫《どうぶる》いしながらついていく。そのあとから警部と刑事のひとりもつゞきました。

「ほら、見たまえ。生垣のところが少しこわれている。こゝを抜けていったのにちがいない。あ、あった。こゝに二つの足跡がある」

由利先生の指さすところを見れば、なるほどしめった砂のうえに、くっきりとはだしの跡と、朴歯の二の字がならんでいる。

「よし、こいつをつけていこう。どうせ遠くはいくまいからね」

二つの足跡はしばらく戸惑いしたように、ぐるりとゆるい円をえがいていたが、やがて松林を抜けて砂丘のほうへとつゞいている。

時刻はすでに真夜中過ぎ、昼間はあれほど賑《にぎ》やかな海岸も、いまはもうひっそりとしずまりかえって、砂丘のうえにはほの白い霧がおりている。

一同は霧のなかを急ぎあしに海岸へむかって歩いていた。

月はどこにあるのか、あたりは懐中電灯なしには、一歩も歩けぬほど薄暗い。二つの足跡は暗い砂丘を越えて、波打際《なみうちぎわ》までつゞいているが、そこでプッツリ、打ち寄せる波に洗われたように断ち切れている。

「あっ!」

綾子はそれを見ると、白蠟《びゃくろう》のように血の気をうしなった。

「先生、もしや、もしや、あの人は、この海のなかへ……」

「そうかも知れない。しかし、そうすると朴歯のほうはどうしたろう。波打際をつたって逃げていったのかな」

だが、すぐ先生ははっとすると、

「三津木君、海のどこかに舟が見えやしないかね。なに、そう遠くじゃない。どこかそのへんに……」

「あっ、先生、見えます、見えます、向うにボートらしいものが流れていきます。あれじゃありませんか。誰も乗手は見えません」

なるほど、薄闇をすかして見れば、波打際から一丁《ちょう》ばかり沖のあたりを、一艘のボートが、波にのってゆるやかに流れていく。

「警部どこかにボートはありませんか。大急ぎだ。大急ぎだ。あのボートを流しちゃ大変ですぞ」

言下に刑事が、渚《なぎさ》づたいに去っていったが、間もなく、自らオールを操ってやって来た。

由利先生をはじめ一同はそれにとび乗ると、オールはすぐに水をはねあげ、漂うボートの追跡なのです。

外海には嵐があるのか、うねりの高い波頭が、ゆるやかな漕手《こぎて》のないボートを沖へひきこんでいく、こちらのボートの中では未亡人の綾子が、恐怖と昂奮のために、ひっきりなしにガタガタと歯を鳴らせている。

二つのボートの距離はだんだん近くなっていく。

「あっ、先生、やっぱり誰か乗っている。舟底にぶっ倒れている人影が見える」

あゝ、なんということだ！　いつかも虹之助はこうして、漕手のない舟にのって、海のうえを漂うていたではないか。そしていままた——綾子はまるで悪夢のなかを彷徨《ほうこう》するように、ちかづくボートを見つめていたが、その時また三津木俊助が、奇妙な叫びをあげました。

「あっ、先生、ボートの中にいるのは一人じゃありませんぜ」

「なに、一人じゃない？」

「えゝ、二人です。折重なって倒れているんです。ほら、あの舟底に……」

二人——？　あゝ、それにちがいない。鈍い月光のなかにゆられゆられて漂うボートの中には、たしかに二人倒れている。それが誰と誰であるかは、顔を見ずともわかるような気がする。それに……それに……折重なって倒れている二人が、身動きもしないというのはどうしたのでしょう。……

「せ、先生！」

綾子はひしと由利先生にすがりつく。ボートはいよいよ近づいて、やがてこちらのボートがどしんと向うの舳《へさき》にぶつかった。と、まっさきに跳び移ったのは三津木俊助。

「大道寺さん、あなたはこゝにいらっしゃい」

由利先生もそれにつゞいて跳びうつる。

最後に警部も乗込みました。警部が照らす懐中電灯の光の中で俊助は先ず、折重なって倒れている二人の、うえの男を抱き起した。

「鵜藤五郎！」

いかにもそれは五郎だが、それにしてもその形相《ぎょうそう》のなんというすさまじさ。苦悶《くもん》のために顔全体がいびつに歪《ゆが》んで、眼球が恐ろしくとび出している。かれらはつい今しがた、これと同じ表情を見た。梨枝子夫人の死顔に……。

ストリキニーネ。そうです。梨枝子夫人を殺したのが、ストリキニーネであったとすれば、五郎の死因も、それと同じストリキニーネにちがいない。

由利先生は手早く五郎の脈をとってみたが、すぐ首を横にふると、

「もう、駄目。……」

それから、かれらは五郎の下に倒れている男を見ました。その男はうつむけに倒れていたが、首が半分千切《ちぎ》れるほども横にねじまげられ、しかもそこには何やら細いものが巻きついている。

「先生、針金みたいですね」

俊助は身顫《みぶる》いしながら、針金のはしに手をかけたが、すぐ指先に火傷《やけど》でもしたように、あっと叫んで離しました。

「ど、どうしたのだ」

「鵜藤君が……鵜藤君の死体が針金のはしを握っている……」

あゝ、何んということだ。鵜藤五郎はもう一人の男を、針金でしめ殺そうとして、そしてその針金を握ったまゝ、自分も死んでいるのです。

由利先生はふと下になった男の顔を覗きこみました。いや、顔を見ずともそれが誰であるかわかりきっている。

「先生、先生、……虹之助さんは死んでいるのです

か」

それに対して由利先生は、いかにも懶《ものう》げに首を横にふると、

「いゝえ、奥さん、あなたのペットは生きていますよ。唯《ただ》気を失っているだけなんです。それに反して鵜藤君は完全に死んでいる。あゝ、何んということだ！」

一同は放心したような眼付きで、この不可解な、物凄《ものすご》い光景を見つめているのでありました。波のうねりはしだいに高くなっていく。……

第五編

警部と俊助の論理——障子の穴——謎のアラベスク——二通の電報のこと

一

「やれやれ、この家には悪魔がとりついていると見える。ひと晩に二人だ。それに未遂がもう一人」

江馬司法主任は頭をかゝえて、

「あゝ、何んということだ！」

歎《なげ》くが如《ごと》く、呻《うめ》くが如く呟《つぶや》いたのも無理はない。あまりといえばあまりの怪事、警官たちの鼻先で、一人の男が毒殺され、一人の男があやうく絞殺《こうさつ》されようとしたのですから、世にこれほどの怪事件はまたとありますまい。

あれから間もなく、五郎の死体と、半死半生の虹之助を、甲野の家の離れ座敷へ連れもどった一行は、そこでまた警察医を呼出して、五郎の死体を調べてもらったのです。

誰の眼もおなじこと、五郎はやっぱり梨枝子夫人

と同じ毒薬、即《すなわ》ちストリキニーネのために死んでいるのでした。

さて、虹之助ですが、これは思ったよりも軽傷で、気を失っていたのは、咽喉の傷より、むしろ恐怖のためであったと思われる。

間もなくかれは息を吹返《ふきかえ》しましたが、厄介《やっかい》なことにはこの男、息を吹返しても吹返さなくとも同じようなものです。

生ける屍《しかばね》も同じ盲聾唖、取調べようがないのです。

「奥さん」

「はあ。……」

「あなたはもうかなりの期間、この男といっしょに住んでいらっしゃるわけですが、まだ、話をする方法は見つかりませんか」

「はあ……あの……」

綾子はおびえたような眼で、虹之助の咽喉に刻みこまれたみゝず腫《ば》れを見ながら、

「あたしもずいぶん苦労してみたのですけれど、何しろ眼も、耳も、口も、なにもかも駄目なもんですから……どれかひとつでも健全ならば、なんとか手のつくしようもございましょうが……とても十日や二十日では駄目ですわねえ」

「すると、この男から訊取《ききと》りを得るということは、やっぱり諦めなきゃいけませんかな。いや、有難《ありがと》うございました。お疲れでしょうから、あなたは向うへいって休息していて下さい」

「あの、警部さん」

「はあ……?」

「この人、……虹之助さんをつれていってはいけないのでしょうか。この人、あんなに弱りきっていますし、もともと丈夫なからだではなさそうですから」

「いや、それはもう少し待って下さい。取調べがすんだら、もちろんあなたにお願いいたします」

「そうですか。では……」

綾子が不本意らしく引きとったあとには、警部と由利先生と三津木俊助の三人きり。いやそこにはもう三人いるのだけれど、そのうちの二人はすでにつめたい死体となっており、もうひとりの虹之助、これはまた毎度いうとおり、生ける屍も同様の存在なのです。

「さて、先生」

警部は由利先生のほうに向きなおると、

「先生はこの事件をどういうふうにお考えになりますか」

「私――?」

由利先生は眉をあげると、

「正直のところ、私にはまだ何もわからない。五里《ごり》霧中《むちゅう》――と、いうのが、現在の私のいつわらざる心境ですね」

「そうでしょうか。そんなに難しい事件でしょうか」

警部は疑わしそうに由利先生の顔を見ながら、

「私はかえって、これで何もかも解決したような気がするんですがねえ。五郎が死んだので、ちょうど勘定があって来たんじゃありませんか」

「勘定があって来たとは……?」

「つまり梨枝子夫人を毒殺したのは五郎なのです。そうすると、問題のチョコレートの謎《なぞ》も雑作《ぞうさ》なく解けるわけです。一足さきにかえって来たか、それとも、あの暗がりを利用したか、ともかく、五郎にはチョコレートの鉢をかくす機会はいくらでもあったわけですからねえ」

「なるほど、すると五郎の死は、自殺だとおっしゃるのですか」

「そうです、そうです。梨枝子夫人を毒殺したが、まごまごすると尻が割れそうになった。そこでみずからも毒を呷《あお》って自殺した……と、こういうわけじゃないですか」

「なるほど、しかし、そうすると虹之助のことはどうなりますか。虹之助はあきらかに、五郎に咽喉を締められたのですよ」

「そうです。そうです。それはね、五郎には虹之助がけむたかったからです。梨枝子夫人は虹之助の眼のまえで死んだのですよ。してみればいまわの際に梨枝子夫人がどんなことを虹之助に囁《ささや》いたかわからない。むろん、虹之助は何を囁かれたところでわかる気づかいのない人間ですが、脛《すね》に傷持つ犯人としては、やはり安心出来ない筈です。どういう方法でか、梨枝子夫人が自分の意志を、相手につたえていないものでもない。また、いつどういうはずみでか、虹之助の口が利《き》けるようにならぬとも限らない。いかに盲聾唖とはいえ、虹之助は生きた人間、木仏金《きぶつかな》仏石仏《ぶついしぼとけ》じゃないのだから、犯人として油断のならぬ気持ちだったのでしょう」

「なるほど。……しかしそれがために虹之助を殺そ

うとしたのなら、五郎は自殺しなくともよい筈です
ね。いや、死にたくないからこそ、証人を殺すので
しょう。自殺するくらいなら、虹之助が何を知って
おり、また何をしゃべろうとも、構わない筈じゃあ
りませんか」

警部もそこでぐっと言葉につまりました。そうい
われてみればたしかにそうで、自分の説には論理的
に、大きな隙のあることに気がついたからでありま
す。するとそのとき、横合いから口を出したのが三
津木俊助。

「五郎の死が自殺であろうという説、それから五郎
が虹之助を絞殺しようとしたのは、梨枝子夫人から、
何かきいていやあしないかと恐れたゝめであるとい
う説、僕もこの二つの点に関しては、警部さんの説
に賛成ですがねえ」

「おや、三津木君、君にも何か意見があるのかね」

からかうような由利先生のくちぶりに、俊助は少
し赧《あか》くなりながら、

「そ、それゃ先生、僕にだって多少の意見はありま
さあ」

「よしよし、それじゃ拝聴しよう。つまりなんだね、
君も五郎の死を自殺だというんだね。そして五郎が
虹之助を絞殺しようとした点についても、警部と同
じ意見だというんだね。しかし、それじゃ、三津木
君、警部の意見と少しも違わないじゃないか」

「いや違います、いちばん重大な点で警部さんと意
見がちがっているんです。即ち、僕の意見では、梨
枝子夫人を毒殺したのは五郎ではない。……」

「ほゝう！」

と、由利先生は口をつぼめて、笛を吹くような真
似をする。警部は眉をひそめて、

「しかし、五郎が犯人でないとすると、なぜ自殺し
たんです」

「それは、つまり、五郎が犯人を知っていたからで
す。つまり五郎は身を殺して、犯人をかばおうとし
たのです」

「ふうむ」

由利先生は太い鼻息をもらすと、

「恐るべき犠牲的行為だね」

「そうです。恐るべき犠牲的行為です。しかし、こ
ういう例は必ずしもあり得ないことじゃない。五郎
は犯人を知っていた。そして、ほうっておけば遠か

らず、暴露するであろうことも知っていた。そこで、みずから身を殺して犯人をかばおうとしたのです。しかし、自分が死んだゞけでは安心出来ない。さっき警部さんもおっしゃったように、どういうことから、虹之助が犯人を知っていないものでもない。そしていつまた虹之助がしゃべり出さないものでもない。もしそんな事があった場合には、せっかくの自分の苦心も水の泡だから、さてこそ虹之助を冥途《めいど》のみちづれにしようとしたのです」

「いや、なるほど、これは恐入《おそれい》った」

警部はひどく感服の態で、

「先生、これゃ三津木君の勝ちです。私もしばしば、そういう犠牲的精神ってやつにぶつかったことがある。それはたいていの場合、恋愛から来ていますな。愛人のために死ぬ。――ある種の若者にとっては、それは殉教者《じゅんきょうしゃ》の法悦にも似たものがあるらしい。……」

警部はたいそう感服した模様だが、由利先生はにこりともせず、

「しかし、三津木君、それじゃ五郎はなぜ、虹之助を絞殺してしまわなかったのだね。なぜ、蛇《へび》の生《なま》殺しみたいに、絞殺を途中でやめてしまったのだね」

「それは先生、五郎はもう虹之助を死んだものと思いこんでいたんじゃありませんか」

「そうです、そうです。三津木君のいうとおり、虹之助がぐったりしたので、首尾よく絞殺したものと思いこみ、そこで毒を嚥んだ……」

だが、それに対して由利先生は、きっぱりとつぎのようなことをいったのである。

「江馬君、三津木君、せっかくながら僕は、君たちの説に賛成することは出来ないねえ。五郎は自殺じゃない。なぜといって、五郎が愛人のために死ぬんだったら、きっと自分が犯人であるということを、書きのこしていった筈ですからねえ。それでなければ後にいろんな疑問がのこるわけだから、せっかくの犠牲が犠牲にならない。それから、虹之助がすでに死んだと誤認して、毒を呷ったという説にも私は承服しかねる。あのとき五郎はまだ、針金の一端を握っていたんですよ。だから私は思うんだが、五郎は虹之助を絞殺しようとした。ところが、虹之助のまだ死に切らないうちに、毒がまわって逆に五郎が死んだのです。この一事をもってしても、五郎の死

が自殺でないことはわかっている。五郎も毒を嚥まされたのです。毒を盛ったやつが誰であるか、なぜまた五郎に毒を盛ったか、更にどういう方法で盛ったか、――そういうことはまだ一切私にも分らない。しかし、唯《ただ》一つ、これだけのことは断定してもよいと思う。この家には、恐ろしい毒殺魔がいるんですよ。惨忍《ざんにん》、冷酷、それこそ、爬虫類《はちゅうるい》のようにつめたい恐ろしい、血をもったやつが……」

由利先生はそういうと、われとわが言葉におびえるように、ゾーッと身顫いするのでありました。

二

さて、五郎が絞殺につかった針金、それはヴァイオリンの絃《げん》で、その絃の出所はすぐにわかりました。

虹之助が宵《よい》からぶちこまれていた四畳半、そこには転宅でかたづかぬ荷物が、いっぱい押込《おしこ》んであるのですが、その中には由美のヴァイオリンもありました、しかもそのヴァイオリンの第一絃はたしかにむしりとられている。

「君はずっとこの障子の外で張番《はりばん》をしていたのでしょう。それでどうして虹之助の連れ出されるのに気がつかなかったんですか」

由利先生の一言に、すっかり恐縮したのは見張りの刑事です。自分のちょっとした油断から、とんでもないことが起ったのだから、若い刑事が気の毒なほどしょげかえっているのも無理はない。

「それが……なにしろ相手が盲聾唖と来ているものですから……それにまた、警察の者が張込んでいる最中に、あんな大胆な真似《まね》をする奴があろうとは、夢にも思いませんでしたし……」

若い刑事はしどろもどろである。由利先生も気の毒になったのか、少し言葉をやわらげて、

「なるほど、それで気を許したんですね。まあ、そうきけば無理もないようなものゝ、以後気をつけるんですね。ところで、君がこゝで張番をしているあいだに、何か妙だと思われるようなことはなかったかね。どんなことでもいゝんだ。どんな些細《ささい》な、一見なんでもないようなことでもいゝんですが、何かこの四畳半のなかで……」

「そうです、そうです、そういえば、実はその時も、ちょっと妙に思ったんですが……」

と、刑事は唇をしめしながら、

「私が台所で水を飲んでいるときでした。部屋のなかゝら、話し声がきこえて来たのです」

「話し声？」

由利先生は眉をひそめて、

「で、どんな事をいったのだね」

「それが、よくわからないのですが、誰かそこにいるかね。——、とそういう言葉だったように思います。私はびっくりして、障子をひらいてみたんですが、虹之助がぐったりと寝ているきりで、誰もいません。むろん、あの盲聾唖に口が利けるわけはありませんから、私はてっきり自分の空耳《そらみみ》だと思って、そのまゝ障子をしめてしまったのです」

「君はそのとき、窓の外のことを考えてみなかったのかね」

「えゝ。それが、つい、その……いまから考えると、妙に低い、陰《いん》にこもった声でしたから、窓の外からよんだものかも知れないのです。しかし、その時はまるきり、そんなことには気がつかなかったものですから……」

「窓の外をのぞいてみなかったというのだね」

「えゝ。——すみません」

「先生、それがつまり五郎の声だったんですね」

三津木俊助がそばから口をはさんだ。

「そうだろう。——ところで君、ほかになにか気がついたことはなかったかね」

「そうですね」

刑事は小首をかしげていたが、ふと思い出したように、

「そういえば、私はもう一度はっとしたことがあります。さっき申上げた声がきこえてから間もなく、この部屋のなかゝら、ブルルンというような音がきこえて来たんです。そのときも、私はすぐこの部屋へ駆けつけようとしたんですが、途中でなあんだと気がついたので止《よ》してしまったんです」

「止した？　どうして？」

「でも、その物音の原因がすぐわかったものですから」

「わかった？　いったいそれはなんの音だったのだね」

「ヴァイオリンの糸をはじく音です。だから私は、虹之助のからだが、ヴァイオリンにさわったのだろうと思って……まさか、そのとき五郎の奴が、あん

な恐ろしい目的で、糸をはずしていたのだとは、夢にも思いませんでしたから」

由利先生の持っている、あの恐ろしいヴァイオリンの第一絃に眼をやりながら、刑事はかすかに身顫いしました。

さて、これ以上刑事を追究したところで、得るところもなさそうなので、由利先生はよい加減に切上げると、改めて部屋のなかを調べてみました。まえにもいったように、そこには転宅で片附かぬ荷物が、ごたごたといっぱい詰込《つめこ》んであるのだが、それらの中には静馬の画架や、三脚や、さては絵筆などが無雑作に突っ込んである。

また、由美のものらしい洋笛《フルート》などもありました。

由利先生はひとつひとつそれらの品を、目で追うていましたが、あゝ、その時先生が、それらの品々に、いかに大きな意味があるかを知っていたら！

――

しかし、由利先生とても神ならぬ身の、そこまで見透す力がなかったというのも、やむを得ないしだいでありました。

それはさておき由利先生は、部屋のなかを調べてしまうと、廊下へ出て、うしろの障子をしめましたが、そのとき、ふうっと眉をひそめたから、

「先生、なにかまた……」

「いや、別に……何んでもないことかも知れないのだが、……君、君」

呼ばれてそばへやって来たのは、さっきの若い刑事である。

「はあ……何かまた……」

「いや、大したことじゃないんだがね。ほら、そこの障子の、いちばん下の齣《こま》がすこし破れているだろう？　あれ、はじめから破れていたのかね」

見るとなるほど、小猫《こねこ》が出入りするほどの、小さな破れが出来ているのである。

「はあ、あの破れですか、さあ……」

と、刑事は不思議そうに由利先生の顔を見直したが、

「そういえば、虹之助をこゝへ連れこんで来たときには、あゝいう破れはなかったように思います。そうです、そうです。思い出しました。あゝいう破れはたしかにありませんでしたよ。御覧のとおりこの障子は、ちかごろ貼りかえたばかりらしくまだ真新

しいでしょう？　虹之助をこゝへ放りこんで、ぴったり障子をしめたとき、私はそう思って障子のおもてを見渡したのです。そのとき、こんな破れはたしかにありませんでしたよ」

「と、すると、これはいつ破れたのだろう」

「さあ。……」

「先生」

その時横から、不思議そうに口を出したのは江馬司法主任であった。

「この障子の破れているということに、何か意味があるとおっしゃるのですか」

「いや、それは私にもわからない」

由利先生は沈んだ声で、

「しかしねえ。江馬さん、三津木君、私にはこの事件が、とても世の常の事件とは思えないのだ。この事件の底には、何かしら恐ろしい、想像を絶したような怪奇な謎がひそんでいるように思えてならないのだ。こういうと君たちは嗤《わら》うかも知れない。いたずらに白昼、悪夢をえがいておのゝく者と嘲弄《ちょうろう》するかも知れない。しかし、しかし、私は誰がなんといおうとも、この確信は動かさぬ。この事件は、怪奇と謎のアラベスクなのだ。そしてそのアラベスクを理解するためには、障子の破れひとつといえども、そこに何か意味がありはしないかと、一応かんがえてみる必要があると思うんだよ」

由利先生はそこでふかいふかい溜息《ためいき》をついたが、先生のこの言葉にあやまりはなかったのである。なんでもない、小猫の出入りするくらいの障子の破れ、——そこにこそ、なんともいえない物凄い謎がかくされていたのでありました。

三

ほのかな暁《あかつ》きの光。——

水平線のかなたはようやく白んで、江の島が見果てぬ夢のようにぼんやり浮んでいる。外海には嵐がちかづいているのか、波の音はいよいよ高く、風の気配にもたゞならぬものがありましたが、昨夜一睡もしなかった由利先生や三津木俊助にとっては、かえってそのほうが快《こころよ》いのです。

あの悪夢にも似た、恐ろしい甲野の別荘をあとにした二人は、いま、黙々として駅への道を歩いている。さくさくと鳴る砂まじりの土の音が、熱しきったふたりの頭に、爽快《そうかい》な響きをつたえ、寝足らぬ頭も、いよいよ冴えかえって来るようです。明けかゝったとはいえ、鎌倉の町はまだほの暗く、どの家もしいんと寝しずまって、ところどころについている軒灯《けんとう》の灯が、夢を追うように淡くわびしいのでした。

「先生、警部はあれでまだ、五郎の自殺説を捨てかねているんですぜ」

由比ケ浜の通りへ出たところで、ポツンと三津木俊助がそんなことをいい出した。

「ふむ」

と、由利先生もうなずいて、

「そのほうが万事、納得しやすいからね。梨枝子夫人を殺したのは五郎である。そして犯罪の発覚をおそれて、五郎は自殺したのである。——と。そういうふうに説明してしまえば、なんの苦労もいらないわけだからね」

「しかし、警部がそういうふうな、イージーゴーイングな考えかたに傾いていくというのも、考えてみると無理はありませんね。奴《やっこ》さん、今度の事件の底を流れている無気味な暗流、即ち、甲野一家と虹之助とのあいだにある、薄気味悪いつながりを、少しも知っていないのだから」

「そうなんだ。それなんだよ。それが警部の最大の弱点なんだ。あの男はこの事件の序曲を知らないで、いきなり本題に突入しているのだから、いろいろ理解しがたい節《ふし》の多いのも無理はないのだ。それを打明けて注意しようとしないわれわれも、たしかにフエヤーじゃない。しかし、いまのところわれわれに何が話せるというのだ。天神祭の夜の出来事、虹之助がかいて見せた鬼の絵、それだってみんな偶然だの暗号だので、説明してしまえば出来ないことはないのだ。われわれはひょっとすると、疑心暗鬼に悩まされているのかも知れないのだ」

「しかし、先生はそれが疑心暗鬼でないこと、いまおっしゃったような些細な出来事が、今度の事件に深いつながりを持っているという、確信を持っていらっしゃるんでしょう」

「もちろん」

由利先生は言葉を強めて、

「三津木君、事件は今夜はじめて突発したんじゃないのだぜ。この事件はずっと過去から、陰惨な尾をひいて来ているのだ。われわれが瀬戸内海の波のうえから、虹之助を拾いあげたとき——いやいや、それよりももっともっと旧《ふる》い昔から、何かしら、強い、執念ぶかい呪いみたいなものが、幽霊のように尾をひいているんだ」

由利先生の調子には、いつにない熱っぽさがありました。

まだ、ほの暗い由比ケ浜通り、潮気をふくんだ黒い風が、ふたりのあいだを吹きぬけていく。空には速い雲脚のあいまから、びっくりするほど明るい星がひとつ、なにかの魂のようにキラキラ光っている。

「それにしても、先生、五郎はいったい、いつ毒を嚥まされたんでしょう。ストリキニーネというやつは、かなり早く徴候があらわれるということでしょう。してみれば、五郎が毒を嚥まされたのは、われわれがあそこへ行ってからのちということになりますね」

「そうなんだよ。五郎はわれわれの面前で、毒を嚥まされたんだよ」

「しかし、いつ……」

だが、そのとたん俊助は、思わずドキリと立止《たちど》まると、

「あゝ、あのコーヒ……」

「そうなんだ。三津木君、あのコーヒなんだ。あのコーヒは実に苦かったからね。だから五郎も、ストリキニーネの味がわからずに、嚥みくだしてしまったんだよ」

「しかし、じゃ、誰が……誰がコーヒのなかに毒をほりこんだのです。あの時五郎のそばにいたのは、静馬と由美のふたりきりでしたよ」

「そうだった。静馬と由美のふたりきりだった」

「先生、そ、それじゃ、毒殺魔というのは、静馬と由美、ふたりのうちのどちらかだとおっしゃるのですか」

「いゝや、私にもまだわからない、わからないというよりほかはない」

由利先生は沈んだ声でそういったが、やがてふうッと顔をあげると、

「しかし、三津木君、考えてみると怖いことだよ。ねえ、恐ろしいことだよ、だって、その時の五郎の行動をよく思い出してみたまえ。五郎は毒を嚥まされた。しかし、かれ自身は、そんな恐ろしい毒を嚥んでいることなど、少しも知っていなかった。そこ

でかれは何をしたか。琴絵のことが問題になって来ると、そっとその場をぬけだして、アルバムに貼ってある写真のなかゝら、琴絵の顔をえぐり取った。それからかれは表へ出て、窓の外から虹之助をおび き出したのだ……」

「しかし、先生、その時虹之助は、なぜおとなしくなかったのでしょう。なぜ、助けを呼ば 五郎についていったのでしょう。盲聾啞とはいえ、虹之助は声が出ないわけじゃない。また、抵抗出来ないほど弱りきっていたわけじゃない。それだのに、虹之助はなぜ、むざむざと五郎のあとについていったんでしょう」

「そこだ! 三津木君」

由利先生は急に言葉を強めると、

「そこなんだよ。虹之助はわれわれが考えているほども不能者じゃないのかも知れない。どういう方法でか、他人の意志を理解し、また自分の意志を他人に理解させることが出来るのかも知れないのだ」

「するとつまりその方法で、五郎は虹之助をあざむき、外へ連れ出したというんですね」

「そうなんだ。そしてボートに連れこむと、かくし持ったヴァイオリンの第一絃で、やにわに虹之助の咽喉をしめようとした。ところがそのとき、さっき嚥んだ毒のきゝめが現れて来た。五郎は咽喉をしめおわらぬうちに、自分のほうが死んでしまったのだ。毒のために……」

あゝ、それはなんという恐ろしいことでありましょう。

どんな恐ろしい連続的殺人事件でも、たいていの場合、そこに働いている犯人の意志というものは唯一つであるのがふつうなのです。

ところが今度の事件では、少くとも二つの意志が交錯している。虹之助を殺そうとする五郎の意志と、五郎を殺したべつの犯人の意志と。……

それを考えると由利先生は、何かしら得体の知れぬ妖雲《よううん》が、甲野一家におおいかぶさっているような気がして、ゾーッと鳥肌の立つかんじでしたが、そのときでした。まだほの暗い由比ケ浜通りを、向うからやって来たひとつの影が、ふたりの姿を見付けると、かくれるようにつと横町へ曲るのが見えました。

「おや、あれは……?」

俊助も見たのにちがいない。どきりとしたように由利先生と顔を見合せたが、つぎの瞬間、二人はいっせいに駆出《かけだ》しました。

曲角《まがりかど》まで来ると、相手はまた、向うの角をまがるところでした。ちらとこちらをふりかえった、その顔かたちまでは識別《みわ》けかねたが、

「ありゃ、たしかに志賀恭三だね」

「えゝ、そうのようでした」

「奴さん、どうしてあの家を抜出して来たんだろう、いや、それよりどこへいったんだろう」

「あと追っかけてきいてみましょうか」

「いや、まあ止《よ》そう。どうせ無駄だから。あの男、一筋縄でいく奴じゃない」

由利先生は苦いものでも吐き出すような口調でした。色の浅黒い、眉の秀でた、ひとをひととも思わぬ面魂《つらだましい》を持つ志賀恭三、あの男は由利先生にとっても、かなりの苦手と思われるのです。

「いったい、志賀という男は、どうして大道寺の未亡人と結婚しないのかね。大道寺の未亡人、あの男にあうと、まるで小娘のようにわくわくしているじゃないか。別にふたりの結婚には、なんの障害もないわけだろ？」

「そうなんです。志賀のほうでうんとさえいえば、いつでも結婚出来る立場なんです。ところが……」

「ところが……？」

「ところが、あの男はあれで相当自尊心が強い人ですね。大道寺の未亡人のほうは、あのとおりの金持ちでしょう？　ところが、志賀と来たらまるで無一文なんです。甲野の家の厄介者《やっかいもの》なんです。だから一儲《ひともう》けしてから結婚するという約束らしいんですが、その一儲けがいつのことやら、大道寺の未亡人、それでジリジリしているらしいんですよ」

「フーム、すると大道寺の未亡人が、あの男と結婚するためには、どうしてもあの男を金持ちにする必要があるわけだね」

由利先生はそういってから、急にぎょっとしたように立竦《たちすく》みました。

「三津木君、三津木君」

「先生、どうかしたんですか」

由利先生の顔色が、あまり悪かったので、俊助もはっとしたように唾《つば》を嚥みました。

「あのコーヒ……わしはたしかに憶《おぼ》えているが、女

中が盆にのっけて持って来たね。それを先《ま》ずわれわれがひとつずつとった。すると、後に五つ残った。その中から大道寺の未亡人が、自分のぶんと志賀のぶんをとって、残りの三つを静馬と由美と五郎のほうに渡したね」

「先生、な、なんですって？　するとあの時大道寺の奥さんが……？　しかし、先生、それは不合理ですよ。なぜって、三つ残ったコップのうち、どれを五郎がとるかわからないじゃありませんか」

「そうだ。どれが五郎に当るかわからなかった。しかし、そのコップ、毒の入ったコーヒのコップ、それは必ずしも五郎でなくともよかったのかも知れない。静馬でも由美でも、……甲野一家のものでさえあれば誰でもよかったのかも知れない」

「せ、先生！　そ、それじゃ大道寺の未亡人が……」

「いや、三津木君、私はいま大道寺の未亡人が毒殺魔だといいきっているわけじゃないんだよ。これは可能性の問題なんだ。あの未亡人にも十分チャンスはあった。いや、チャンスのみならず、動機もはっきりあるわけだ。甲野一家がつぎからつぎへと死にたえていったら、当然、あそこの財産は、志賀恭三のふところにころげこむわけだからね」

俊助はそれに対してなんとも答えなかった。いや、言葉を口に出すには、あまりにも心が重かったのである。そこで二人は、何んともいえない、暗い、いやアな気持ちで、黙々として駅へむかって歩いていたが、

「あ、三津木君、わかった、わかった」

だしぬけに由利先生が立ちどまったので、俊助はびっくりして先生の顔を見直して、

「え？　何が……」

「志賀恭三だよ。あいつがどこへ行ったか……ほら、あいつはこゝへ来たのにちがいない」

由利先生が指さしたのは、ほの暗い灯のついた郵便局。

「三津木君、志賀は昨夜電報を受取ったね。その返電を打ちに来たにちがいないぜ。とにかくなかへ入って調べてみようじゃないか。あいつがどんな電報を受取ったか、またどんな電報を打ったか……」

ふたりは郵便局のなかへ入っていったが、そこで局員に事情を話して、やっと聞き出した電報というのは、つぎの二通でありました。

コトエワルシスグ　コイ
キョウイク」シガ

そして志賀の打った電報の宛名《あてな》というのは、千住《せんじゅ》にある鈴木という精神病院なのでありました。

第六編

由利先生混乱す——ポンポン蒸気の冒険——跛の怪人のこと——志賀恭三の父

一

琴絵が精神病院にいる。——

この発見ほど、由利先生を動顛《どうてん》させたものはありません。まったくこれこそ由利先生にとっては何物にもましての大打撃なのでした。

虹之助が鳴門の渦にまきこまれようとしたあの日から、遠からぬ以前に、姿をくらました琴絵という少女に対して、由利先生はいまゝでずっとひとつの考えをいだきつゞけていた。琴絵という少女と、虹之助という少年と、この二人は結局同じ人間ではあるまいか。——こういう考えは牢固《ろうこ》として、抜きがたい根を由利先生のあたまに張っていたのです。

それにはいろいろ理由がある。一方の失踪《しっそう》と、一方の出現が、ほとんど時日を同じゅうしていること、それからまた、虹之助のあの類《たぐ》いまれな美貌なのです。
あの少年なら、女装をしていても、誰ひとり怪しむ者はなかったろう。ことに小豆島の甲野の家は、どこか神秘な、曰《いわ》くありげな家だったというから、そういう秘密も、案外うまくたもたれたかも知れない。——

由利先生のそういう疑惑に、さらに油をそゝいだのは、甲野一家の妙な素振《そぶ》り。琴絵のことに触れると、誰もかれも怯《おび》えたように言葉を濁《にご》すばかりか、五郎にいたっては、たった一枚しかない琴絵の写真を、警察官からかくすため、むしりとってしまったではないか。

それは即《すなわ》ち写真によって、琴絵と虹之助が同じ人物であることを、看破されるのを恐れたためではあるまいか。

更にもうひとつ、由利先生の疑惑をふかめるのは、虹之助の、虹《にじ》のように断ちきられた過去のことである。

人間の過去の生活が、あんなふうにぼやけてしまうということは、どう考えても不合理である。人間が水のなかゝら湧《わ》き出して来るものでない以上、虹之助にも過去の生活があり、その生活はいろんな点で、世間と交渉をもっていた筈《はず》である。

それが全然わからないというのは、つまりその過去の生活というのは、虹之助としての生活ではなかった。——と、こう考えるよりほかはないのです。

以上述べたような理由から、由利先生の頭のなかには、虹之助イコール琴絵という仮説が、いつの間にやら出来上っていたのだが、いま、二通の電報によって、その考えが木っ葉微塵《こばみじん》と打挫《うちくだ》かれたのだから、由利先生が眩《めくらめ》くほど動顛したのも無理ではなかった。

琴絵という少女は、虹之助とは別に、立派にこの世に存在している。甲野一家があのように、それを秘しかくしていたのは、彼女の現在いるところが悪かったからである。即ち肉親のなかに、狂人のあることを恥じたからである。ことに、兄にあたる恭三としては、ひとしおそれに触れたくなかったのも無理はない。……

「三津木君、やり直しだ。やり直しだ。はじめからすっかり出直しだ」

鎌倉から東京へかえる電車のなか、由利先生はぐったりと、肩を落して呟《つぶや》いた。

「あゝ、何《な》んということだ。こんなに見事に背負投げを喰わされたのは、わたしもこれがはじめてだ。ねえ、三津木君、そうすると虹之助という少年は、いったい何者なんだ。あいつは木の股《また》からでもうまれて来たのか。それともぼうふらみたいに、水の中からわき出したのかい。あゝ、あいつには親も兄弟も身寄りのものもないのかい」

「先生、まあ、そう落胆なさるには及ばないでしょう」

俊助も慰《なぐさ》めかねた面持《おもも》ちで、

「とにかく、琴絵という少女のいどころがわかっただけでも、何よりの収穫じゃありませんか。今日これから千住の鈴木病院へ出向いていって、その少女に会ってみたらどんなものでしょう」

「ふむ」

由利先生は窓から空を見上げながら、

「いよいよ、嵐が来そうだね。——これからすぐに行くか、それともひと眠りしてから出掛けるか、三津木君、君はどうだね。疲れてやあしないかね」

「それゃ、一睡もしていないのだから、疲れてることは疲れてますが、先生のお考えになるほどでもありませんよ。新聞記者というやつは、からだを無茶につかうしょうばいですからね」

健康そうな皓《しろ》い歯を出して、俊助は元気に笑ったが、さすがに眼のふちの黒いくまや、顎《あご》に生えた無精髯《しょうひげ》に、疲労のいろは争われませんでした。

「それじゃ、ひとやすみしてから出掛けることにしようか。いったいわたしは、琴絵が精神病院にいるということがわかったら、何んだか急に、その娘に対する興味をうしなったような気がするんだよ。甲野の連中が琴絵のことを、ひたかくしにかくしている理由というのが、発狂という事実のせいだとすれば、どうせ大して得ることもなさそうな気がする」

「でも、先生」

俊助は力づけるように、

「琴絵が発狂したのは——事実発狂しているとしてですね——虹之助が出現する直前のことですぜ。そこに何か意味がありはしないか、それにまた、発狂という理由だけで、あの連中が琴絵のことをかくしているのだとすれば、なぜ、その顔まで、われわれに見せることを拒むのでしょう」

「あゝ、そうだ！」

由利先生は、はじかれたように体を起すと、

「その事がある。それじゃどうしても一度、鈴木病院というのへ行ってみる必要があるね。三津木君、わたしはこれから家へかえってひと眠りするが、午過ぎ、一時ときめておこう。一時には社へ君を誘いによるから、それまでに君は、鈴木病院というのを調べておいてくれたまえ。精神病院などには、おりおりとんでもないインチキなのがあるようだから、一応、予備智識を持っていたほうがいゝ」

「承知しました。よく調べておきましょう」

こうしてふたりが、有楽町でひとまず別れたとき、嵐の前触れのような雨が、ボツリボツリと降りはじめていました。

あゝ、それにしても諺《ことわざ》にもいうではありませんか。鉄は熱いうちに打てと。

もし、その時、由利先生がすぐその足で、千住へ駆けつけていたら、この事件はもっと早く解決し、そして、これから後《のち》に述べるような、あの数々の惨劇は、未然に防ぐことが出来たであろうに。――それもまことに止《や》むを得ないことでありました。

二

嵐はとうとうやって来た。風はまだ吹きつのってはいなかったけれど、下界を圧する妖雲《ようウん》はひくく垂れさがって、車軸《しゃじく》を流すような雨脚が、隅田の流れにたゝきつけ、四界暗黒、観音《かんのん》様の五重の塔も、浅野セメントの煙突も、なすりつけたような薄墨の底に、小暗く、おのゝくようによどんでいる。

その隅田川を、よたよたと、喘《あえ》ぐようにのぼっていくのは、昔懐しいポンポン蒸気。

これがお天気のよい日だと、ゆるやかな流れをポンポンポンと、古風な音を立てゝ上下する、いわゆる一銭蒸気の風景は、まことにのどかなものですが、このような嵐の日には、見ているさえ危《あぶな》っかしい。渦巻く奔流、たゝきつける雨、そのなかを遡行《そこう》していくポンポン蒸気は、文字どおり木の葉のようにゆれながら、吾妻橋《あづまばし》から言問《こととい》まで。時刻はお昼の三時ごろ。こういう嵐にもかゝわらず、ポンポン蒸気は、満員鮨詰《すしづ》めの乗客でした。

やがて、ポンポン蒸気が言問の桟橋《さんばし》に横着けになると、どやどやと、われがちに降りる人、それをま

た掻《か》きわけて乗ろうとする人たち。

そうでなくとも狭い桟橋は、洋傘《ようがさ》と蛇《じゃ》の目《め》傘、長《なが》靴《ぐつ》と高足駄《たかあしだ》、レーンコートと防水マントがひしめきあって、危《あぶな》っかしいったらありません。

そういう人たちを掻きわけながら、一番最後におり立った二人づれ、危《あやう》く洋傘をじょうごにしそこなって、

「やあ、これはひどい風だ」

いうまでもなくこの二人連れとは、由利先生と三津木俊助、これから千住の鈴木病院へ、琴絵を訪ねていく途中と見えました。風はようやくその頃から、吹きつのって来たようであります。

ところが、ちょうどその時なのです。

ポンポン蒸気のすぐあとから、波を蹴《け》ってやって来た一艘《そう》のモーター・ボートがあります。乗っているのは、だぶだぶのレーン・コートの襟《えり》をふかぶかと立て、防水帽をまぶかにかぶり、しかも大きな煤《すす》色《いろ》眼鏡をかけた、どこか人眼をしのぶというふうな青年ですが、この嵐のなかでのこと、誰ひとり怪しむ者はありません。

青年はモーター・ボートをポンポン蒸気のすぐうしろにとめると、ひらりと桟橋にとびあがる。全身濡《ぬ》れ鼠《ねずみ》となって、帽子の廂《ひさし》から滝のように雨のしずくが垂れているので、いよいよ顔の識別《みわけ》はつかない。と、その時でした。青年のすぐ肘《ひじ》のところで、

「うっぷ。これはひどい。――三津木君、その鈴木病院というのは、こゝからよほどあるのかね。何しろこれじゃ……」

そういう声が雷のように青年の耳をうちました。ちょうどそのとき青年は、モーター・ボートを桟橋に繋《つな》ぎとめるのに、夢中になっていたのですが、この言葉が耳に入った刹那《せつな》、

「あっ！」

と低い叫びごえをもらしました。

幸いおりからの騒擾《そうじょう》で、誰ひとりその声を聞いたものがなかったからよいようなものゝ、そうでなかったら由利先生も、きっと驚いて振返《ふりかえ》ったでしょう。青年はモーター・ボートのうえに腰を曲げたまゝ、ちらりと二人のほうに素速い視線を投げましたが、どうやらそのとき、皮肉な微笑が、煤色眼鏡のおくではじけていたようでもあります。

二人のほうでは、むろん、そんな事とは気がつか

ない。ごった返す改札口に行列をつくって、

「千住といってもひろいから、こゝからだと、相当あるのかも知れません。とにかく急いでいってみましょう」

「さっきの電話では、しごく要領を得なかったが、ひょっとするとあの院長め、志賀の奴と同じ穴の貉《むじな》かも知れない。とすると、こいつちょっと厄介《やっかい》だが」

何しろ嵐にさからって口を利《き》くのだから、勢い声は大きくならざるを得ない。そういうふたりの話し声が耳に入るにつけ、煤色眼鏡の青年は、どうしたものかと、唇《くちびる》を噛《か》んで思案の模様であります。

「どうともいえませんねえ。事情を知っていて、その娘を監禁しているのかも知れない。そうすると相当手ごわい相手であることを、あらかじめ覚悟していなければなりません」

「ふうむ。そうだとすると、さっき電話をかけたのは失敗だったね。またどこか、ほかへ移してしまうかも知れない」

「そうですよ。それを僕も心配しているんですが……」

ようやくそのとき、改札口がすきました。そこで
俊助が先に立ってそこを出ると、何気なくうしろを振返りましたが、とたんに、

「先生！　先生！」

早口で叫びながら、由利先生の腕をつかんだ。

「ど、どうしたんだ。三津木君、な、何かあったのかい」

「あれです。先生、あの娘をごらんなさい」

「あの娘――？」

何気なく、いま出て来た桟橋のほうを振返って、由利先生思わず口あんぐりとその場に棒立ちになってしまったのです。

吹きっさらしの桟橋に、雨と風に揉《も》みくちゃになりながら立っているひとりの娘――その娘の横顔を見たとたん、由利先生は夢ではないかと自分の眼をうたぐったくらいでありました。

娘の年は十九か二十、無雑作《むぞうさ》に髪をたばね、藍《あい》の濃い中形《ちゅうがた》を、どことなくくるった調子で着ているのです。白粉気《おしろいけ》とては微塵《みじん》もないが、色白の、すきとおるように綺麗な顔――たゞ、惜しいことには、その眼つきが気になる。

美しい、張りのある眼を持ちながら、どこかその

瞳《ひとみ》に冴えないものがある。

つまりうつろなのです。精神的なひらめきに欠けているのです。

宙にういているのです。

しかも、宙にういているのは瞳のみならず、足許《あしもと》にも、どことなくフラフラと定まらぬものがあり、しかも吹きつける風、降りしきる雨にも一切無頓着《むとんちゃく》で、濡れ鼠になりながら、平然として立っているところ、気が狂っているらしい。——とは誰の眼にもすぐわかる。

しかし、由利先生や俊助が、ひと眼少女の顔を見て、あんなにも大きな驚きにうたれた理由《わけ》は、もっと別のところにありました。

その少女の顔なのです。

あゝ、その顔！　そしてその表情！　ぐっと抱きしめれば、そのまゝ春の淡雪《あわゆき》のように、解けてしまいそうな、どこか頼りなげな、虚弱な美しさ。——その美しいかおかたちは、あの盲聾唖《もうろうあ》虹之助と、そっくりそのまゝではないか。まったくそれこそ、虹之助が女装して、そこに現れたのだと思われるばかりの相似なのです。

琴絵なのだ！

由利先生と三津木俊助は思わず唸《うな》りました。そしてそれと同時に、甲野の一家が、あのような熱心さをもって、由利先生や警官たちの眼から、琴絵の写真をかくそうとした理由もはっきりわかりました。

かれらは琴絵の写真から、虹之助との相似を探り出されることを恐れたのにちがいない。かくも恐ろしい相似が、偶然に存在するとは思えないから、必ず琴絵と虹之助とのあいだに、血のつながりがあるにちがいない。

というのは、虹之助が甲野一家の血筋の者であることを意味している。——あゝ、由利先生はいまはじめて、甲野一家とあの盲聾唖、虹之助とのあいだをつなぐ、鎖の環のたしかな証拠を発見したのでありました。

それにしても、琴絵はどうしてこんなところへやって来たのだろう。ほかにつれらしいものも見当らないところを見ると、きっとひとりで病院を脱出《ぬけだ》して来たにちがいない。

そうなのだ。

昨夜の電報は、彼女の肉体的な病気を報《し》らせて来たのではなく、精神状態の悪いほうへの進行を、意味していたにちがいない。おそらく、俄《にわ》かにつのる発作から、琴絵はいま、ふらふらと病院を脱出《ぬけだ》して来たのでありましょう。

　由利先生は改札口からふたゝびなかへ入ろうとする。だが、どっこいそうはいかなかった。

「もしもし、どこへ行くんです」

　呼びとめたのは改札係りである。

「あゝ、ちょっと、あの娘さんに用事があるんだ。すまないがこゝを通してくれたまえ」

「いけませんよ、こゝを通るなら切符を買って来て下さい」

「いや、船に乗るんじゃないんだ。あそこにいる娘さんにちょっと用事があるんだ」

「どっちだって同じことです。切符のない人はこゝを通さないことになっているんです」

「わからない人だね、君は。……われわれはなにも船に乗ろうというのじゃない。ちょっとひとこと、あの娘さんと話をすればいゝのだから……」

　しだいにつのるこちらの声に、ふっと振りかえった狂女の眼に、由利先生と三津木俊助のすがたがうつりました。と、彼女の様子は急に不安らしくなって来る。

　おそらく二人を、病院からの追手《おって》とでも思ったのでしょうか、さっと身をひるがえすと、タタタタと桟橋をけっておりていく。

「あ、お待ち、危い！」

　だが、狂人には恐ろしいものはない。

　娘はそのまゝ、河の中へとび込みそうな勢いで、桟橋を突進していきました。事実、彼女はもう少しで、水の中へ顚落《てんらく》するところだったのです。もし、そのとき横合いから、あの煤色眼鏡の青年がとび出さなかったら。

　その際の、青年の挙動は、眼にもとまらぬ敏捷《びんしょう》さで、モーター・ボートのかたわらから、むっくと起き上ると、タタタタと娘のあとから追っていく。

　だが、だが、……そのとき由利先生と三津木俊助は、はっきりそこに見たのである。その男、たしかに跛《びっこ》をひいている。

「あっ！」

　跛――跛――かつて大道寺綾子が、大阪のホテルで目撃し、そしてまた、昨夜の惨劇の際にも見たという、怪人物はたしかに跛だったというではないか。

「あ、待て！　その娘をどうする！」

「いけませんよ、いけませんよ、無断でこゝをとび出しちゃ……」

跛の男にはそれだけの隙《ひま》があったのです。琴絵のからだを横抱きにすると、タ、タ、タ、跛ひきひき、モーター・ボートのそばまで来ると、どーんと娘をなかへ投込み、自分もあとから跳び込むと、ダダダダダ、――エンジンを鳴らして、はや水際から五六間《けん》。――あまりの早業《はやわざ》に、その場にいあわせた人々も、手を出すひまがなかったのです。

「待て！　畜生《ちくしょう》！」

意地悪く、まだ引きとめようとする改札係りを突きのけて、由利先生と俊助が、桟橋へ跳出《とびだ》していったときには、モーター・ボートは白い波を蹴立てゝ、いっさんに下流へむかって。――降りしきる雨、吹きすさぶ風のなかを、揉みに揉んで、みるみるうちに、薄墨いろのしぶきのなかへ消えていく。――

三

これがほかの日ならば、モーター・ボートで追跡することも出来たかも知れない。しかし、おりからのこの雨、この風、たとい追跡してみたところで、すぐ見失うことは火をみるよりも明《あきら》かです。由利先生も諦《あきら》めるより仕方がなかった。

「三津木君、いまの男を見たかい」

「顔は見えなかったが、たしかに跛をひいていましたね」

「そう、跛をひいていた」

由利先生はなにやら深くふかく考えている。

「跛の男というと、大道寺の未亡人がみたという、影のような男じゃありませんか。その男なら、虹之助と何か関係があるらしいから、琴絵に眼をつけるのも無理はありませんね」

「そうかも知れない。また、そうでないかも知れない」

由利先生は謎《なぞ》のような言葉を呟くと、

「いずれにしても、ありゃわれわれの知っている、甲野一家の者じゃなかったね」

「違います。静馬でも志賀でも、また由美の変装でもありませんでしたよ。第一、あの連中はいま、警察の監視のもとにある筈だから、とても脱出して来るわけにはいかないでしょう」

「ふむ。そのことなら、いずれ後で鎌倉の警察へ電話をかけて、たしかめて見ればわかる。いずれにしても、三津木君、これでまた、謎がひとつ殖《ふ》えて来たわけだよ。だが……まあ、いゝや。こゝまで来たんだから、ともかく鈴木病院というのへいって見よう。院長がどんなことをいうか、それを聞くのも一興だろう」

だが、それから間もなく、嵐をおかしてたずねあてた鈴木病院というのが、思いのほかに立派なのには、二人もちょっと当てのはずれた感じでした。

近所で二三きいてみても、悪い評判はないらしく、院長の鈴木博士というのも、会ってみると感じのいゝ、なかなか人柄な好紳士でありました。

「やあ、さきほどはお電話をどうも、……この嵐だからどうかと思っていましたが……」

院長はふたりに椅子をすゝめると、表の雨を気にしながら、

「ところで、あらかじめお断りしておかねばなりませんが、実は、こゝにちょっと困ったことが起りましてねえ」

院長は当惑そうに眉をひそめた。

「いや、わかっています。困ったことゝいうのは、例の患者が逃げたのでしょう」

「えゝ？　どうしてそれを御存じですか」

院長はピクリと眉をあげると、探るようにふたりの顔を見くらべました。

「なあに、実はこゝへ来る途中で出会ったのですよ」

と、由利先生が手短かに、さっきの話をきかせると、院長は眉をひそめてふむふむとうなずいていたが、やがてやおら椅子から乗出《のりだ》すと、

「いや、それをきいて安心しました。と、いっちゃ悪いが、さっきあゝいう電話があったあとで、問題の患者がいなくなったなどといおうものなら、その間《かん》に、何かうしろぐらいことでもあるように思われやしないかと、それを心配していたんですがね。しかし、お話のようなことがあったとすれば、捨てちゃおけない。さっそく警察のほうへも知らせておかなければ……鎌倉の志賀君へも電報を打っておかなければならない」

「そうですね。そうなすったほうがよろしいでしょうねえ」

「ところで、患者をうばっていった人物ですがね、あなたがたはそれについてお心当りはないのですか。もし、おありのようだったら、きかせて戴《いただ》きたいですね。捜査の手懸《てがか》りにもなろうと思うんですが」

由利先生は首を左右にふると、

「残念ながら、それについては少しも心当りはありません、たゞ、跛の男であった、――というよりほかに申上《もうしあ》げようはないのです」

「跛の男――？　そうですか。いや、それだけでも手懸りになるかも知れません。志賀にもそのことを伝えておきましょう。ところで――」

と、そこで院長は改めてふたりの顔を見直すと、

「どういう御用件でしょうか。患者がいなくなっちゃ、御期待に添いかねると思いますが……」

「いや、患者も患者ですが、実は志賀氏についてお訊《たず》ねしたいと思いましてね。あなたはあの人とよほど御懇意な間柄のようにきいていますが……」

「懇意――？　まあ、そういえばいえるでしょうね。あの男とは同郷でした、中学も一緒でしてね、小豆島ですよ。あの男はたしか私より三年か四年あとだったと憶《おぼ》えていいます。ところで、あいつが何かやらかしたのですか」

そういう口吻《くちぶり》から察すると、この人はまだ昨夜の事件を知らないらしい。由利先生は三津木俊助と顔を見合せました。

「いや、そのことについては、いずれお耳に入ることゝ思いますが、実は私の知りたいのは、あの人のひととなりについてなんです。いったいあの人は何をやっているんですか」

「何んといって、別に――」

院長は俄かに警戒のいろをうかべたが、急ににやにやすると、

「あゝ、そうそう、あなたは私立探偵でしたね」

「えゝ、まあ、そうです」

「警察とは関係がないのですか」

「ないこともありません」

「なるほど」

院長は意味ありげにふたりの顔を見較《みくら》べながら、

「それじゃ、ひとつ御自分でお調べになったらいかがですか、そういう事を調べるのが、お仕事なのでしょう」

「いや、御尤《ごもっと》もです」

由利先生はにやりとわらいながら、

「だから、こうして推参しているしだいなんですよ。いと、いうのは、志賀氏についてては、鈴木院長にきくのがいちばんちかみちだという評判ですからね」

「はゝゝは、これは一本参りました。誰がそんなことをいったのか知りませんが、事実かも知れませんけど。ところが、それでいて、私もあの男が何をやっているか、ハッキリ知らないんですよ」

「でも、多少は御存じでしょう」

「それはいくらか知っています。いったい、あの男は独立心の強い男でしてね。一種毅然《きぜん》としたところのある、義侠心《ぎきょうしん》にとんだ、なかなか偉いところのある男ですよ。ところがこのまえ会ったときには、金を儲《もう》けたい、大至急、まとまった金をつくらねばならんというようなことをいっていましたよ」

由利先生はまた俊助と顔を見合《みあわ》せました。

「しかし、あの人、金を持っているんじゃないのですか。少くとも、あの人の従弟《いとこ》の甲野というのは、相当の資産家のように聞いておりますがねえ」

「そう、甲野は金持ちですね。あれは小豆島一番の醬油《しょうゆ》の醸造元だから、しかし志賀は無一物《むいちぶつ》ですよ。素寒貧《すかんぴん》の浪人ですよ」

「でも。……志賀氏は甲野家とは親戚でしょう。いまの主人の静馬君とは従兄弟同志の筈ですね。だから、もし、いま甲野の人たちにもしものことがあったら……不吉なことをいうようだが、静馬君たちが死にたえたら、甲野家の財産は、志賀氏のふところに転げこむわけじゃないのですか」

院長は眼を細めて、興味深げにまじまじと由利先生の顔を眺めていたが、やがて薄ら笑いを口もとに浮かべると、

「なぜあなたがそんなことをおっしゃるのか、それからまた、志賀が何をやらかしたのか、私には見当もつかないが、いまおっしゃったような事で、あなたがたが、何か志賀について疑いを抱いていらっしゃるとしたら、それは大きな間違いですよ」

「間違い？　どうしてゞすか」

「どうしてといって、甲野の一家が死にたえたとしても、甲野家の財産は、志賀のものにはならない筈です」

「なぜ？　どうして？　志賀氏はこの間亡くなった、四方太老人の甥《おい》じゃありませんか」

院長はそこでまた眼を細めて、興味ふかげに由利先生の顔を見守りながら、

「だいぶ詳しく調べていらっしゃるようですね。しかし、遺憾《いかん》ながらその調査は間違っているようです。志賀はなるほど四方太老人の甥ということになっています。四方太老人の妹が他へ縁づいて、そこでうまれた子供ということになっています。ところが、その妹というのは、実際は四方太老人の肉親の妹ではなく、梨枝子夫人の姉にあたるひと、それを四方太老人が自分の妹分として縁づかせたのです。だから志賀は甲野家の財産相続については、なんの順位も持たないわけですよ」

由利先生は思わず大きく眼を瞠《みは》った。三津木俊助もいきをひそめて院長の顔を視詰《みつ》めている。

かれの調査は間違っていたのだろうか。

「しかし、四方太老人はなぜそんな妙なことをしたのです。姉のほうを自分の妹分として他へ縁づかせ、妹のほうと結婚する。それには何かわけがなければなりませんねえ」

「そうです。わけがありますよ」

院長は顔色をくもらせると、

「小豆島へいってお調べになれば、どうせわかることだから、こゝで申上《もうしあ》げてもいゝのですが、四方太老人は、ほんとうはその姉、つまり志賀君の母にあたる人ですね、その人と結婚するつもりだったのです。その人は貧しい家にそだったが、たいへん綺麗な人だったそうですよ。ところがそこに競争相手があらわれた。それが志賀のお父さんになる人ですね。その人も小豆島では相当の家の息子だったんですが、そこにいろいろ事情があって、志賀のお母さんはそっちのほうへ縁づくことになった。ところが、いざとなって志賀家の親戚のほうから、その結婚について苦情が出たんです。田舎《いなか》というところは、そういうことが面倒なところで、つまり嫁の実家が貧しすぎるというんですね。そこで四方太老人が義侠心を出して、その人を自分の妹ということにして、支度なども一切して志賀の家へ縁づかせたのです」

「なるほど。……そしてそれから後で、恋人の妹と結婚したというわけですね」

「そうです、そうです。四方太老人もその時分はまだ若かった。表向きは綺麗に恋をゆずったものゝ、失恋のいたでは深刻だったのでしょう。久しく独身

でとおしていたんですが、そのうちに梨枝子夫人が成長して、年頃になって来た。そこは姉妹ですから、昔の恋人によく似ている。そこでこれと結婚することになったのですね。幸い今度はなんの故障もなかったから……」

「なるほど、すると四方太老人は、姉に対する恋を、妹のほうで果したということになるのですね」

「まあ、そういうわけでしょうね」

「ところで、志賀氏のお父さんという人はどうしたのですか。志賀氏は子供のころから、四方太老人にそだてられたという話ですが」

　院長はそれに対して、しばらく無言のまゝひかえていました。暗いかおはいよいよ暗くなり、その質問にこたえたものかどうか、心のなかで迷っているふうでありました。

「いや、この質問が御迷惑ならば、おこたえいただかなくてもいゝですよ。そこまできかせていたゞければ、後はこちらも、調査が容易ですから」

　院長はそれをきくとビクリと眉をふるわせて、

「いや、おこたえしないわけじゃないが……それにしても志賀がいったい何をしでかしたというのですか。よほど重大な事件ですか」

「そうです、たいそう重大な事件です」

　院長はじっと由利先生の顔を視詰《みつ》めていたが、やがて心をきめたように、

「そう、それじゃお話しましょう。こんな事は私の口からいわなくとも、警察のほうで調べればすぐ知れることですし、同じ知れるのなら、私の口からいっておいたほうがよいと思う。志賀のお父さんという人は、たしか監獄でなくなったのだと憶えています」

　由利先生と三津木俊助は、思わず大きく息をうちへ吸いこみました。

　鈴木院長のこれから話す物語、その中にこそ、今度の事件の、おそろしい謎がかくされているのでありました。

第七編

二人の良人とふたりの妻と——疑惑の双生児
——二引く一は一残る——断崖での出来事

一

「志賀のお父さんという人は気の毒な人でした。元来、そう悪い人じゃなかったと、私の父などもいっていましたが、それが俄かに狂い出したのは、志賀がうまれて間もなくのことだそうです」

院長はくらい溜息《ためいき》をつくと、

「人間の心ほど厄介なものはありませんね。こういう病院を経営していると、とくにそれを感ずるのですが、憎悪、怨恨《えんこん》、嫉妬《しっと》、猜疑《さいぎ》、——本人が意識してそういう感情をいだいている場合もありますが、なかには無意識のうちに、いつの間にか、そういう悪魔の感情が、心のなかに入りこんでいて、本人にでもどうにもならないほど、強い根を張っていることがある。ことにそういう感情のうちでも、いちばん厄介なのは猜疑——それもいわれのない猜疑ですね。いわれのある猜疑だと、また、その原因を取りのけることも出来る。しかし、いわれのない猜疑は、本人の心にのみ原因があるのですから、余人にはどうすることも出来ない。志賀のお父さんという人は、そういういわれのない猜疑、悪魔の疑いに身をかまれ、ついには一身をほろぼすことになったひとです」

「いわれのない猜疑というと?」

「つまり四方太氏が自分の妻に親切すぎるというのですね。しかも、そういう疑いに油をそゝいだのは、志賀が早くうまれすぎた。結婚後九ケ月で志賀はうまれたのだそうです」

由利先生は思わずひやりとしたように眼をすぼめた。俊助も茫然《ぼうぜん》とした眼で、院長の顔を視詰《みつ》めている。院長はぎこちなく椅子のなかで身動きすると、またぼつぼつとこの陰惨な物語をつゞけるのでした。

「こういう疑いほど人間にとって悲惨なものはありませんね。一度こういう猜疑に身をかまれた人間は、とりもなおさず地獄へおちたも同然なのです。しかもそれを露骨《ろこつ》に口に出すことの出来る人間だとまだよかった。しかし、志賀のお父さんという人は、立派に教育もあるひとだし、元来が内気なひとだったそうですから、そういう浅間《あさま》しい疑いを、口に出して妻を詰問《きつもん》することが出来ない。口に出すことが出来ないから、疑いはますます心の中で内訌《ないこう》する。しぜん、夫婦なかも面白くなく、しだいに放蕩《ほうとう》に身を持ちくずしていくということになったんです」

院長はそこでまずそうに煙草《タバコ》を吸うと、しばらく黙って窓外に吹きあれる、太い雨脚を視詰めていたが、ふたゝび語をつぐと、

「ところで四方太氏ですが、この四方太氏や志賀のお母さんというひとが、もっと早く若い良人《おっと》のこゝろに巣喰っている猜疑に気がつけばよかった。良人の感情のとかくあらあらしくとがり立つ原因が、そういう疑いにあることを、せめて妻だけでも早く気づけば、なんとか手のほどこしようがあったのです。ところが身におぼえのないことゝて、ふたりともまるで気がつかない。気がつかないから、妻はなんとなく不幸です。良人に幻滅をかんじた妻は、しぜん四方太氏に頼るようになる。四方太氏としてもそのひとを、志賀の家に縁づかせた責任はじぶんにあると思うから、何かと相談相手になってやる。困ったことがあれば助けてやる。ことに四方太氏がうまれた赤ん坊を可愛《かわい》がることは非常なもので、それがいよいよ不幸な良人の疑いに、油をそゝぐ結果になったわけです」

由利先生はそこでぎこちなく咳《せき》をすると、

「ちょっとお訊ねしますが、その、志賀氏のお父さんの疑いというのは、ほんとうに根も葉もないことだったのですか。それとも、いくらかでも、根拠のあったことなんですか」

院長はそこでほっと軽い溜息をつくと、

「あなたでさえ、そういう疑問をいだかれる。だから、ましてや当事者の若い良人《おっと》が、猜疑に胸をかまれたのも無理はありませんね。まったくこういうことは、当事者同志、四方太氏と志賀のお母さん以外には、誰にもわからない秘密ですが、しかし私の父など――私の父は四方太氏の親友で、誰よりも四方太氏をよく理解していたそうですが、その父の言葉では、絶対にそんなことはなかったろうといっています。四方太氏が志賀のお母さんをおもっていたことは事実です。志賀のお母さんのほうでも、四方太氏を憎からずおもっていたことも争えない。しかしふたりの間に、結婚前も結婚後も、いまわしい関係

があったなどとは、考えられないことだと、少くとも私の父などは主張していましたよ」

「なるほど、よくわかりました。では、さきほどの続きをどうぞ……」

「四方太氏が志賀を可愛がったのは、おそらく犠牲者としてのおおらかな自己満足、かつての恋人のうんだ子供――と、そういう意味からで、別に他意はなかったろうと思われます。それに当時、四方太氏は生涯独身でとおそうというような、センチメンタリズムにおぼれていたのですから、いっそう自分の努力でまとめあげた夫婦のあいだに出来た子供に、満足と誇りとを感じていたのですね。ところがそういう友情や愛情が、ことごとく仇《あだ》になっていった。しかもなぜ仇になっていくか少しもその理由に気附かないから、いよいよ志賀のお母さんには親切にするし、志賀をも可愛がる。とそういうわけで、志賀のお父さんはこの恐ろしい疑惑のためにすっかり自《じ》暴自棄《ぼうじき》となり、身を持ちくずし、家屋敷を手離してもまだ足りず、とうとう詐欺《さぎ》かなんかで牢舎《ろうしゃ》にぶちこまれるような破目《はめ》になったのです。それがたしか、志賀の五つか六つの頃だったと憶えています」

「なるほど」

「ところが、志賀のお父さんがまだ未決にいる時分かに、一度四方太氏が細君をつれて会いにいったことがある。そのとき、志賀のお父さんが二人にむかって毒づいた言葉によって、ふたりははじめて、相手の胸に巣喰っている、恐ろしい疑いに気附いたのです。その時のふたりの驚き、これは察するにあまりあるものがありますな。ところが、こゝが四方太老人の常人とちがっているところで、ふつうならば、そういう疑いを受けていることを知ったら、一応身をひくのがほんとうでしょうが、四方太氏はそれをしなかった。相手のいわれのない疑惑に対して、はげしい怒りをかんずると、以前よりはいっそう志賀の細君に親切にするし、また、子供の志賀も可愛がったそうです。私の父など、うすうすその間の事情を知っていたので、何度となく忠告したが、四方太氏は頑《がん》としてきかない。いまこゝで身を引けば、あいつの疑いが事実であったと承認するようなものだ。あいつが疑うなら勝手に疑うがいゝ。自分はどうしてもあの可哀《かわい》そうな母子を見捨てるわけにはいかぬ。――そう頑張ってきかないのです。そこで私の父が、それじゃせめて君自身結婚したらどうだ、いつまでも独身でいるからこそ、あゝいう疑いを受けるのだから、こゝで思いきって結婚してしまえと重ねて忠告したそうです。四方太氏もこれまでは反対しきれなかったのか、それともその時分、梨枝子夫人がようやく年頃になって、だんだん姉に似て来ている。四方太氏はそれを憎からず思っていたのか、とうとう父の媒酌《ばいしゃく》で結婚することになったんです。それは志賀が七つか八つ、志賀の父が牢から出て来る直前のことで、その時梨枝子夫人はまだやっと十七だったそうです」

「なるほど、それであゝいう年齢のちがう夫婦が出来たわけですね」

「そうです、そうです。梨枝子夫人とその姉とは、十以上も年齢のちがう姉妹でしたからね。さて、そうしているうちに志賀のお父さんが牢から出て来た。牢から出て来ると、四方太老人は結婚している。そしてそのうちに静馬君がうまれ、由美さんができた。こうなると志賀君のお父さんの疑いも解けて、ひとつ真面目《まじめ》に働こうというんですが、何しろ家も屋敷も手離してしまって、小豆島ではうだつがあがりそうにない。そこで、大阪へ出る決心をしたんですが、女房子供をつれていくほどの自信もない。そこで四方太氏にふたりのことを頼んで、単身大阪へ出ると、そこで三年ほど働いていた。しかし、大阪のほうもどうも思わしくないので、また小豆島へ舞いもどって来たんですが、するとそれから間もなく琴絵さんがうまれた。ところが、なんとその琴絵さんも、八ケ月か九ケ月、つまり大阪からかえって来て、夫婦生活をするようになってから、十ケ月たゝぬうちにうまれたんですね」

由利先生は思わずシーンとした眼付きになった。三津木俊助も、なんともいえぬ暗い顔をする。院長は情《なさけ》なさそうに溜息をついて、

「まったく不幸なことですよ。志賀のお母さんというひとは、そういう体質だったんですね。しかし、志賀のお父さんにしてみればそうは思わない。自分の留守中に四方太氏と妻とのあいだに関係があった。そしてこの子もまた、四方太氏の子供である、とそう思いこんだものだから、そこでまたぞろ心の駒がくるい出して、ある晩、とうとう酒にくらい酔って、甲野の土蔵に火をつけたのです。この放火は、幸い

たいしたことにならなかったが、それでも土蔵二棟を焼きました。そこでまた志賀のお父さんはつかまって、こんどは前科があるから刑罰も重い。十何年かの懲役《ちょうえき》を申渡《もうしわた》されて、監獄にいるあいだに、どうして手に入れたものか、麻紐《あさひも》で首をくゝって死んでしまったのです」

まったくそれは傷《いた》ましい話であった。悲惨な、呪わしい、心のドス黒くなるような物語でありました。由利先生はしばらく薄眼をとじたまゝ、じっと話のあとさきをかんがえていましたが、やがてやおら体を乗り出すと、

「それで、志賀氏のお母さんは……?」

「お母さん、そのひとも気の毒な人でしたよ。良人《おっと》がそうして牢死すると間もなく、この人も傷心のあまり床について、三月《つき》もたゝぬうちに死んでしまったのです。それは、琴絵さんがうまれてから、まだ半年にもならない頃でした」

「なるほど、すると、琴絵さんの下には、もう子供はなかったのですね」

「ありません。あるわけがありません。いまいったように、琴絵さんがうまれてから、半年もたゝぬうちに、お母さんが死んでいるのですから」

その時、俊助がふと横から口を出して、

「ひょっとすると、その琴絵さんというのは双生児《ふたご》じゃなかったのですか。琴絵さんのほかにもうひとり、子供がうまれたんじゃありませんか」

院長はそれをきくと、驚いたように大きく眼を瞠って、俊助のかおを見直したが、

「どうしてあなたが、そういう考えを抱かれたのか知りませんが、そんな筈は絶対にないと思いますね。と、いうのは、私の父は医者だったんですが、琴絵さんのうまれるときには立合っている。だから、双生児がうまれたとしたら、父が知らぬ筈はなく、父が知っていれば、当然、私だってきいている筈ですからね」

俊助はそれをきくと、失望したように肩をゆすった。

「なるほど、そうすると……」

と、由利先生がふたりの話をひきとって、

「琴絵さんは、赤ん坊のうちに孤児になったわけですね。その時、志賀氏は……?」

「たしか十二か十三だったと憶えています。だいぶ

年齢のちがう兄妹ですが、つまりそのあいだ志賀のお父さんというひとが、牢へ入ったり、大阪へ出稼《でかせ》ぎにいったり、しじゅうふらふらしていたわけですね」

「なるほど、それで幼い兄妹は、甲野家へひきとられて、養育されたわけですね」

「そうです。梨枝子夫人にとっては、ほんとうの甥と姪《めい》ですから、ふたりを引取るのになんの不思議もないわけです。しかし、世間では、それについてもとかく噂《うわさ》がたえなくて、やっぱりあのふたりは、四方太氏の子供だったのだなんていっていましたよ。ところが四方太氏というひとが、そういう噂をきくと、かえって意地になるひとで、とてもふたりを可愛がるんです。ことに兄の志賀のほうは、自分の実子の静馬君や由美さんよりも、いっそう可愛がっていたくらいです」

「それじゃ、四方太氏のほうにも、由美さんのあとには、子供はなかったわけですね」

「ありませんでした」

院長はキッパリ言ったが、やがてまた意味ありげに、

「ある筈がなかったんです」

「え？　それはどういう意味ですか」

院長の言葉が、あまり妙なひゞきを持っていたから、由利先生は探るように、相手の顔を見直した。すると、院長はしばらくもじもじしていたが、やがて思いきったように咽喉《のど》の痰《たん》を切ると、

「いや、こゝまでお話したのだから、ついでに何かも話してしまいましょう。そのほうが四方太氏の濡衣《ぬれぎぬ》をはらす所以《ゆえん》にもなるのですから。私の父が医者だったことは、さきほども話しましたね。だからこの話は、医者としての父以外、当人の四方太氏をのぞいては、誰一人知るものゝない秘密なんですが、由美さんがうまれてから間もなく、四方太氏は大患にかゝったことがあるのです。それをなおすには唯《ただ》一つしか方法はなかった。それはある種の手術をすることですが、それをやると、いのちは助かるがそのかわり、将来、絶対に子供は出来なくなる。……」

由利先生はそれをきくと、思わずぎょっと眼をすぼめました。そして、はげしく息をうちへ吸いながら、

「そして、……そして四方太氏はそれをやったので

すか」

「やりました。子供はもういゝ、静馬と由美とあれば結構だというので……ところでその手術ですが、これをやっても、夫婦生活には別に大して差しつかえはないのです。それゃ、いくらかおとろえはありましょうが、全然駄目だということはない。だから梨枝子夫人なども、そのことを少しも知っていなかった筈です。四方太氏としても、男としては恥辱《ちじょく》になりそうなそういう疾患を、たとい相手が細君でも、話したくなかったのですね」

「なるほど、そしてそれは由美さんが出来て間もなくのことなんですね。すると琴絵さんも……」

「そうです。そうです。だからこの事を、志賀のお父さんが知っていたら、琴絵さんの出生について、あゝいう疑惑の起る余地もなく、したがって、あのような悲劇も起らずにすんだのでしょうがねえ」

二

三人はそのあと暫《しばら》く、おもいおもいの考えを温めながら、無言のまゝひかえていたが、やがてまた、由利先生が口をひらくと、

「いや、有難《ありがと》うございました。おかげで志賀氏の甲野家における立場がよくわかりました。ところで、こんどは琴絵さんですが、それについてひとつお伺《うかが》いしたいのですが……」

「ところが、あの娘については、私もあまりよく知らないんですよ」

院長は眉をひそめて、

「私が小豆島にいる頃は、あの子はまだほんのうまれたばかりの赤ん坊だったたし、その後ときどき帰省したおり、会ったこともあるんでしょうが、全然記憶にのこっていないんです、そうしているうちに、私はこっちへ移ってしまいましたしねえ。ところが先頃、そう六月頃のはじめ頃でしたが、突然、志賀のやつがつれて来て、面倒をみてくれというんです」

「急に発狂したんですね」

「そうだそうです。事情はよくわからないが、なにかよほど大きなショックを受けているらしいんですね。で、まあ、ほかならぬ志賀の頼みだから、面倒を見ていたんですが……」

「暴れるんですか」

「いや、その反対なんです。つまり憂鬱《ゆううつ》症なんです

な」

「発狂の動機については、全然お心あたりがありませんか」

「ありません。志賀も話したがらないふうだから、きかないことにしているんです」

「志賀氏はときどき見舞いに来るんですか」

「来ます。やはり肉親の妹だから……」

「静馬君や由美さんは？」

「このほうは一度も来たことはありません。しかし入院費一切、静馬君が負担しているんですから、むろん承知のうえですよ。由美さんも自分でこそ来ないが、おりおり見舞いの品など送ってよこす。あの兄妹が見舞いに来ないからって、責めるわけにはいきませんよ。こゝは若いひとたちの来るところじゃありませんからね」

院長はおだやかな微笑をうかべた。

「ほかに誰も、会いに来たものはありませんか」

「ありません。第一、あの娘がこゝにいることは、甲野家の人々と、志賀よりほかに知る者はない筈ですからねえ」

「いや、有難うございました。突然、参上しまして、どうもお邪魔をいたしました」

「どういたしまして」

こうして鈴木病院訪問の結果は、だいぶ得るところはあったようなものゝ、しかし肝腎《かんじん》の謎の中心、あの虹之助については、結局、まだ一切が五里霧中《ごりむちゅう》なのです。

「先生、院長はあゝいうけれど、虹之助と琴絵はやっぱり双生児ですぜ。でなければ、あんなに似ている筈がない」

三津木俊助はまだ双生児説を捨てかねて、

「田舎じゃよく双生児をきらう地方がある。ことに男と女の双生児はとても忌《い》みきらう地方があるんです。だから、虹之助はうまれるとすぐ、どこかへ里子にやられて、いまゝで一切秘密にされていたにちがいありませんぜ」

「そうかも知れない。いや、そうだといゝんだが……その程度の秘密だったら、私もあえて恐れない。しかしねえ、三津木君、虹之助をつゝむ秘密は、とてもそんな生やさしいものじゃないと思う。そこには、もっともっと陰惨な、眼をおおいたくなるような秘密がありそうに思えてならないんだよ」

由利先生はそういって、深く心におそれを抱いているふうだったが、果して先生の予想は当っていたのです。

最後に暴露された虹之助の秘密のおそろしさ、呪《の》ろわしさ、それはとても俊助などの思いもつかぬ、いやな、ものすごい、無気味なものでありました。

それはさておき、鎌倉の警察では、結局犯人をあげることが出来なかったようです。何しろ殺害されたのが梨枝子夫人ですから、子供であるところの静馬や由美を疑うわけには参りません。警察で手をまわして調べたところが、この親子には別に何んの葛《かっ》藤《とう》もなかったようだから、殺人の動機というものが発見出来ない。それからつぎに志賀恭三ですが、これまた梨枝子夫人を殺害しなければならぬような動機は、何一つもないのです。

こうして三人が嫌疑の外におかれると、あとは関係者として虹之助があるばかりですが、これは例の盲聾唖、第一、ストリキニーネなど持っている筈はありませんから、これまた疑うわけにはまいらない。

で、結局、警察では、はじめに江馬司法主任がかんがえたとおり、五郎の犯行ということにして、しかし、それにもいろいろうなずけない節《ふし》があるので、しばらく甲野一家を監視していようということになりました。

かくて一週間。

その間、由利先生や三津木俊助が、手をつくして琴絵のゆくえを探しもとめたことはいうまでもありませんが、跛の怪人につれ去られた、あわれな狂女の消息は、その後杳《よう》としてわからないのです。

むろん、それとなく甲野家にのこった三人の、その後の動勢などさぐってみるが、誰も琴絵のゆくえを知っていそうにありません。

第一、琴絵が誘拐されたあの時刻には、三人ともたしかに鎌倉にいたという確証があり、また、かれらが怪しい男と、通信しあったような形勢もありません。

これではさすがの由利先生も、手の下しようがなく、いたずらに奥歯にものゝはさまったような気持ちで、事態を見送っておりましたが、するとこゝにはしなくも、またもや恐ろしい事件が起ったのであります。

しかも、一つならず二つまで。――

三

おや。——

綾子はぎょっとしたように立止《たちど》まりました。なんとなくばつの悪いものをかんじて、そのまゝ崖《がけ》をおりて、砂浜のほうへとってかえそうかと思いました。ところが、そのまえに静馬がこちらの姿を見つけてしまったのです。

静馬は三脚に腰をおろし、画架にむかっておりました。赤い絵筆をなゝめにかまえ、入日の色に眼をやったとたん、かれの眼はふと、坂をあがって来る綾子と、綾子に手をひかれた虹之助のうえに落ちたのです。そのとたん、静馬ははげしく身顫《みぶる》いをしたようだが、さすがにそこまでは、綾子の眼もとゞきませんでした。すでに相手に見られた以上、きびすをかえして、あともどりをするわけにはまいりません。

そこで、綾子は虹之助の手をひいたまゝ、坂をあがっていきました。

「お珍しいこと、御精が出ますのね」

そこは稲村《いなむら》ケ崎《さき》の崖ぶちなのです。崖下には濃い藍色の波が岩をかんで、すぐその向うには、つい眼と鼻のあいだながら、江の島が模糊《もこ》として、夕靄《ゆうもや》のなかにけむっている。

綾子は虹之助の手をひいたまゝ、三脚のそばへちかづきました。あの恐ろしいことがあった夜以来、お葬《とむら》いのお手伝いやなんかで、綾子はたびたび静馬と顔をあわせたが、こうして誰もいないところで、二人きりになるのははじめてゞした。

「いや、なに、あまりくさくさするもんですから、ひさしぶりにこんなものを担《かつ》ぎ出してみたんですよ」

「よほどお出来になりまして?」

「なに、いま手をつけたばかりです。御散歩ですか」

「えゝ」

覗《のぞ》いてみると、なるほどカンバスのうえには、まだ海とも山ともわからぬ色が、ほんのちょっぴりなすりつけてあるばかり。

「その後、由美さんはどうなすって?」

「ぼんやりしていますよ」

「そうでしょうねえ。お見舞いもしないで……」

ふたりとも、それでしばらく話の継穂《つぎほ》をうしなったかたちです。静馬はなるべく、虹之助のほうを見ないようにしている。

綾子もそのことを知っている。

しかし、それについて綾子はなんとも申しませんでした。虹之助は枯木のように、しいんと静かに、綾子のそばに立っている。墓標のような無表情、それでいて、見えぬ眼が妙にパッチリ、ひらいているのも無気味です。静馬のタッチがかすかにふるえます。

「おやつれになりましたわね」

しばらくして、綾子がボツリと申しました。

「えゝ、やつれました。由美はもっとやつれていますよ」

静馬は吐き出すようにそういったが、急に何かに憑《つ》かれたように、せわしく絵筆を動かしながら、非常ないきおいで喋《しゃべ》りはじめたのです。

「奥さん、お聞きになったでしょう。解剖の結果を。――母も鵜藤も同じ毒で死んでいるんですってさ。で、警察では鵜藤が母を毒殺して、自分も同じ薬で死んだのだという意見だそうです。ところで、そんなこと、ほんとうに信じているのですかねえ。あるいは信じているようなふうをして、われわれを監視しているのですかねえ。どちらにしたって構いはしないが、鵜藤が犯人でないことだけはたしかですよ。僕は自分を信用するより、あの男を信用したほうが楽です。ところで、そうするとどういうことになりますかね。われわれ一家には、まだ毒殺者がいるということになる。われわれ一家、――つまり由美と僕です。ところで由美と来たら、このあいだから、こんどは自分のばんだって、泣いて利《き》かないんです。そうすると、二引く一は一残る――で、つまり僕が毒殺者ということになりますね」

「まあ、そんなことおっしゃるものじゃありませんわ」

綾子は身ぶるいしながら、虹之助の手を握りしめました。

「いや、これは僕がいうんじゃありません。近所の評判がそうなんです。しかし――いや二引く一じゃなかった、もう一人いましたね、恭三さんが」

静馬はそこで思い出したように、

「そうそう、奥さんはあの男が、ちかいうちに旅に出たいといっていることを知っていますか」

「志賀さんが、旅へ？……」

「えゝ、そういっていますよ。いつまでもこんなもやもやとした空気のなかに、ひっかゝっていたくないというんです。あの男のことだから、決心するとほんとうに跳出《とびだ》さないものでもない。そうすると、ほら、二引く一は一残る。――」

「あの、あたし失礼いたします」

「おや、もうお帰りですか。さようなら、その少年に気をつけてあげて下さいよ」

綾子は虹之助の手をひいて、逃げるように崖をおりると、やがてぐったりと、砂浜に横坐《ずわ》りになりました。何かしら寒いものが背筋をはう気持ちで、われながら顚倒《てんとう》しているのがはっきりわかります。

恭三からいつもきいている静馬という青年は、いたって口数の少い、もの静かな性質だというのに、さっきのお喋りはどうしたのだろう。

何かゞ取り憑《つ》いている。

そうなのだ。窪《くぼ》んだ眼窩《がんか》のおくから、ギラギラと熱気をおびてかゞやく眼つきは、たしかに尋常《じんじょう》ではなかったのです。綾子はそこに、ふいと死影をかんじて、しばらく身顫いがとまらなかったのでありました。


それにしても――

と、綾子はかんがえる。――恭三さんが旅に出るというのはほんとうだろうか。ほんとうだとすれば、なぜあの人はそれを言いに来てくれないのだろう。そういえば、ちかごろあのひとは、ちっとも自分にあいに来てくれない――

と、ぼんやり、悲しげにそんなことをかんがえているうちに、綾子はふと、身のまわりのかげっているのに気がつきました。

「あら！」

うしろをふりかえってみると、そこに立っているのは恭三でした。

「崖のうえで甲野にあったら、君がいまこっちのほうへ降りていったというので、急いであとを追って来たんだよ」

恭三はさびしい顔をしていたが、それでも、綾子のなにかをうったえるような瞳を見ると、思わずあたゝかな微笑になって、

「綾さん」

「えゝ？」

「今日は僕、君に折入って頼みがあるんだが……き

いてくれる？」

「まあ、どんなことですの」

「僕、ちかいうちに旅に出ようと思う」

「えゝ、いまそのこと、甲野さんから伺いましたわ」

「そう、それゃ好都合だ。それでそのまえに是非《ぜひ》きいてもらいたいことがあるんだ」

「だから、どういうことですの」

綾子の耳たぶがかすかに染まって、美しい瞳が情をふくんできらきらと輝きました。しかし、彼女の期待ははずれたのです。

「頼みというのはほかでもない。そこにいる、その少年を君のそばから遠ざけて貰《もら》いたいのだ」

「あら！」

「君が面倒を見るのはさしつかえない。ほんとうをいうと、それもいやなんだが、そこまでは君にいえない。だからね、そいつをどこか病院へ入れるとか、ひとに預けるかして、とにかく君の身辺から遠ざけてもらいたいのだ」

「あら、だって、どうして……？」

「理由はきいてもらいたくない。綾さん、僕の眼をみたまえ」

「えゝ？」

「僕がやきもちを焼いているように見えるかい？」

「あら！」

「僕が悪いやつに見えるかい？」

「いゝえ、いゝえ、そんな……」

「それじゃ、僕のいうことをきいてくれるね」

「あなた」

「うん？」

「あなたの頼みというのはそれだけなの？」

「……」

「あなた、なぜ旅になんかお出になるの、どこへもいかないで。……いつまでもいつまでも、あたしのそばにいて……」

「綾さん」

「え？」

「僕だってそうしたいさ。だけど……だけど……綾さん、君が金持ちでなきゃあよかったんだ」

「あら、またそのことをおっしゃる。あなた、そんな詰まらないこと考えないで、……ねえ、そんな意地を張らないで……あなた、あたしも連れてって。どこへでもいゝから、あなたのいらっしゃるところへつれてって……」

ふいに綾子は恭三のからだに身を投げかけた。両腕を恭三の首にまきつけました。

双の瞳は燃ゆるように輝いて、ぬれぬれとした唇が、なにかを求めるようにふるえている。恭三も思わず綾子を抱き寄せました。……

「あなた」

しばらくして、恭三の耳に囁《ささや》いた綾子の声は、夢のように甘く香《か》ぐわしくうっとりしている。

「いまの、嘘《うそ》じゃないでしょう」

「嘘……？　なぜ、そんなことをいうんだ」

「だって、あなたは由美さんを……」

「由美？」

恭三は大きく眼を瞠って、綾子の顔をのぞきこんでいたが、急に、声をあげて、何んともいえぬほど愉快そうに、はればれと笑いました。

「なんだ、それじゃこのあいだから、妙に君がこだわっていると思ったら、由美のことが気にかゝっていたのか」

恭三はそこでまた、世にもはればれとした笑いをあげました。あゝ、その笑い。――綾子の心にどのようにドス黒い疑いが巣喰っていたとしても、おそらく、その明けっぱなしな、わだかまりのない笑い声で、いっぺんに吹っとんでしまったでありましょう。

「いや、いや、笑っちゃいや。だって、だって、あの方、あんなに若くて美しい人ですもの。そして、あなたと子供のときから……」

だが、その言葉はおわりまでいうことが出来なかった。西洋の諺にも、女を黙らせるには、唯《ただ》一つより方法はない、それは接吻《せっぷん》で相手の唇をふさぐことである。……綾子は頰《ほお》をほてらせて、幸福に酔った気持ちです。

「綾さん」

「えゝ」

「僕と由美とはね、おそらく男と女が撰ぶ最後の相手だろうよ。僕たちは兄妹のように愛しあっているが、結婚となるとこれほど不似合いな相手はないのだ。由美はおそらく、そんなことを考えたゞけでも悪寒が走るだろうよ。僕だって同じことだ」

「まあ、どうして？」

「それはいまいわないことにしよう。いずれ君にも話すときがあるだろうが……」

恭三はそういうと、ちらと虹之助のほうを視《み》やったが、急に気がついたように、綾子の頤に手をかけると、

「どうしたの、綾さん、何故《なぜ》泣くのだ」

と、ぐいと顔をあげさせました。綾子は眼にいっぱい泪《なみだ》をうかべて泣いているのです。

「あなた。……」

「うん？」

「すみません、すみません。あたしあなたに悪いことをしているの。いゝえ、あなたばかりじゃないわ、甲野さんの御兄妹にも、すまないことをしているの」

「なにを……？　君が何をしたというのだ」

「あたし、由美さんが憎らしかったの。由美さんが憎らしいから、甲野さん一家が憎らしかったの。それで……それで……なんとかして虹之助さんと甲野一家の関係を、突止《つきと》めてやりたいと思ったものだから、琴絵さんを……琴絵さんを……」

ふいに恭三が大きく呼吸をうちへ吸って、

「琴絵を……？　琴絵を君がどうしたのだ」

「えゝ、琴絵さんをあたし……」

だが、綾子はその言葉を終《おわり》までいうことが出来なかった。ふいに彼女は恭三の指をつかむと、

「あっ、あなた！　あなた！　あれは……あれは……静馬さんはいったいどうしたの？」

たまぎるような綾子の声に、恭三も驚いて崖のうえをふりかえったが、あゝ、これはどうしたというのだろう。崖のうえに突っ立った、静馬のかおには物凄《ものすご》い苦悶《くもん》のいろがうかんでいる。いまにもとび出しそうな両眼、唇をまげ、舌を出し、何かに抵抗するように、両手ではげしく虚空《こくう》をひっかいていましたが、つぎの瞬間、クラクラと頭をさげて前にのめると、崖のうえからまっさかさまに顚落したのでありました。

崖の下では虹之助が、余念なく砂を掌《てのひら》のうえにこぼしている。……

第八編

まぼろしの盲聾唖——志賀恭三拘引さる——断ち切られたフルートの音——蔵の中の惨劇

一

麹町土手三番町《こうじまちどてさんばんちょう》。——市ケ谷のお濠《ほり》を見下ろす高台に、由利先生の住居があります。気のきいた和洋折衷《せっちゅう》の建物で、二階が応接室になっている。

その応接室にいま客がひとりありました。

「そういうわけで、あのときはついうっかりしていたのですが、後で新聞を見ると、鎌倉の甲野の事件が大きく出ている。しかも、その事件の際に、盲聾《もうろう》唖《あ》の少年がいあわせたということが載っていたので、ふと思い出したのですがねえ」

客というのはほかでもない。千住にある精神病院の病院長鈴木博士。さっきから、無言のまゝ院長の話をきいていた由利先生は、こゝにいたって急にからだを乗り出すと、

「ほゝう、すると、あなたはなにか、盲聾唖の少年に心当りがおありなのですか」

「いや、私に心当りがあるというわけじゃない。しかし、ひょっとすると、あれがそれを意味しているのじゃないかと思いましてね」

院長はなんとなく不安らしく、ハンケチで額《ひたい》の脂《あぶら》汗《あせ》を拭《ぬぐ》いながら、

「実は、このことは私にも、最近までなんとも判断がつきかねていたのです。いや、いまでもハッキリそうだとは申上《もうしあ》げかねる。それでいまゝで躊躇《ちゅうちょ》していたのですが、やはり一応あなたのお耳に入れておいて、このことがどういう意味をもっているか、よく考えていたゞいたほうがよかろうと思ったので、きょうは思いきってやって来たわけです。そのことゝいうのはほかでもない、志賀の妹の琴絵のことですがね」

「ふむふむ、琴絵さんがどうかしましたか」

「いつかも申上げたとおり、あの娘はひどい憂鬱《ゆううつ》症なんですが、それがときどき、ぱっと明るい表情になることがある。そういうときにはいつもきまって、なにやらくどくど独語《ひとりごと》をいっている。つまり幻の相手と語りあっているんですね。いや、こういうこと

は精神病患者には、別に珍しいことではないんですが、志賀の妹の場合には、そこにちょっと変った科《しぐさ》が入るんです」

「変った科《しぐさ》というと?」

「それがねえ、私にもいまゝでよくわからなかった。つまり、話相手の手をとって、それを自分の唇《くちびる》にあてる科《しぐさ》なんですよ。いまゝで私はそれを、接吻《せっぷん》のまねだとばかり思っていたんですが、この間の新聞を見て、こんどの事件に盲聾唖の関係していることを知った。それではじめて、琴絵という少女の無意識にやる科《しぐさ》の意味がわかったんです。つまりあれは、相手に自分の唇のうごきを読ませているんじゃないかと……」

「な、な、なんですって!」

由利先生は突然、雷にうたれたような大きなショックを感じました。

「それじゃ相手の盲聾唖は、読唇術《どくしんじゅつ》が出来るというのですか」

「そうです。いや、そうじゃないかと思うのです。むろん私にもハッキリしたことはいえない。いえないからこそ、あなたの判断にまかせたいと思っているのだが……」

「しかし、先生、そういうことが果して可能でしょうか。眼も見えず、耳もきこえぬ人間が、どうして読唇術を習得することが出来たろう」

「いや、もしその男がうまれながらにして、盲聾唖ならば、それはあるいは不可能かも知れない。しかし、うまれたときには、聾唖ではあったが、視力だけはかなり後まであったというような場合には、その少年は読唇術を習得することが出来ますね。読唇術、——御存じでしょう。話相手の唇のうごきを見て、相手の言っていることを読む。そして自分も唇の形や舌の動かしかたで、話をすることを習得するのです。この場合、その少年は聾ではあるが、唖ではない。相手の唇を見ることさえ出来れば、まず尋常《じんじょう》に会話をすることが出来る。ところがそういう少年が盲になる。するとその少年はもう相手の唇を読むことが出来ないから、ひとの話は全然わからない。しかし、いったん習得した、『話をする』すべはそう急に忘れるわけはないから、自分で喋《しゃべ》ることは出来る。だから、この場合この少年は、盲にして聾ではあるが、唖ではない。だからこの少年が、いまゝで眼で読んでいた相手の唇のうごきを、こんどは指先で読む練習をしようと思えば、それは絶対に不可能というわけではない。そして、その方法を会得しさえすれば、この少年は盲聾唖であって盲聾唖ではない。相手が唇に指先をあてることを許してくれさえすれば、かなり自由に会話をすることが出来るわけです」

由利先生はわきの下からびっしょりと、気味悪い汗のふき出すのを感じていました。

「そして先生、琴絵という少女は、たしかにそういう盲聾唖と、会話をする真似《まね》をしていたとおっしゃるんですね」

「そうなんです。そしてあの娘の科《しぐさ》から判断すれば、相手の盲聾唖は、かなり自由自在な話が出来るらしいと思えるんですがね」

話が出来る？　あの盲聾唖が……。口が利《き》ける？　あの虹之助が。……あゝ、それはなんという大きな驚きでありましたろう。

由利先生はなにかしら、ゾッと鳥肌の立つような無気味さをかんじましたが、そのとき、さっと稲妻のように脳裡《のうり》にひらめいたのは、あの恐ろしい事件のあった夜、虹之助を見張っていた刑事のきいたという言葉です。

あのとき、刑事は虹之助を、女中部屋に投げこんでおいて、台所へ水を飲みにいっていた。すると女中部屋のなかから、

「誰かいる？」

と、いう声がきこえたという。

その話をきいたとき、誰もかれもそれを五郎の声だと思っていた。しかし、いまから考えれば、五郎ならば誰かいる？　というようなことをいう筈《はず》はない。

あれは虹之助の声だったのだ！——由利先生は口中がからからにかわいて、舌が上顎《うわあご》にくっついてしまうようなショックを受けました。

「いや、先生……有難《ありがと》うございました。……おかげで大変参考になりました。……そ、そうです。……たしかにそうです。虹之助はかなり後まで、視力は達者だったらしいのです。……その証拠は十分あります」

まるで悪酒に酔ったように、由利先生がしどろもどろにそんな事を呟《つぶや》いているとき、卓上電話のベル

がはげしく鳴り出しました。

大道寺綾子から、またもや凶事を報《し》らせて来たのでありました。

二

プラットフォームの電気時計は、八時四十分を示している。

八月も二十日を過ぎると、海のあれることが多くて、海水浴にはむかないのですが、東京からちかいこの鎌倉へは、泳げても泳げなくても、夏中相当の客がおしかけて来る。そういう客のうち、日帰りのひとたちは、もうあらかた退《ひ》きあげたあとだったけれど、それでもまだ、なんとなくざわめいているなかに、綾子はさっきからじりじりする思いで待っていました。

今日の事件。——

綾子はそれを思い出すたびに、気の狂いそうな恐ろしさです。

静馬が崖《がけ》から顚落《てんらく》するのを目撃すると、綾子と志賀はすぐにその場へ駆けつけました。静馬はむろんこときれていましたが、そのときの、言語に絶した死態《しにざま》を思い出すと、彼女はいまだに悪夢に追っかけられているような気持ちなのです。

それはまるで、泥人形を石に、叩きつけたような光景でした。肉は裂け、骨は砕けて、あたりいちめん唐紅《からくれない》。——

しかも、彼女がほんとうに顫《ふる》えあがったのは、そういう目もあてられぬ惨状ではなく、そこにはそれ以上の、恐ろしい、不可解な秘密があったのです。

「ごらん、綾さん、甲野の顔を。——この男は崖から落ちて死んだのじゃないぜ。崖から落ちるまえに死んでいたのだ。叔母《おば》や鵜藤と同じ薬をのまされて。——」

あゝ、その声、その顔、その眼付き、それはまるで綾子を責めてゞもいるように見えたことでした。

静馬が崖から顚落したのは、発作を起したのでも、気が狂ったのでもなかったのです。かれもまた、母や五郎を殺したと同じ薬を嚥《の》まされて、断末魔《だんまつま》の苦しみのうちに、崖から足を踏みすべらしたのでありました。——

綾子はその時の恐ろしさを思いうかべて、ゾッと肩をすくめましたが、ちょうどそのとき電車が着いて、中からおり立ったのは由利先生と三津木俊助。

「先生！」

綾子はすがりつかんばかりです。

「あゝ、奥さん、だいぶ待ちくたびれたと見えますね。こんな場所で話も出来ないから、ひとまずこゝを出ましょう」

三人はすぐに駅から出ると、

「で、いったいどうしたというんです。さっきの電話では要領を得なかったから、もう一度お伺《うかが》いしましょうか」

「何もかも滅茶《めちゃめちゃ》々々ですわ。警察ではとうとう志賀さんをひっぱってしまいました」

「そうそう、志賀君がひっぱられたのでしたね。いったい、どういうわけでそんなことになったのですか」

綾子はそこで、きょうの夕方のことを話しました。崖のうえで静馬にあったことから、かれの気味の悪い話、それから間もなく志賀恭三がやって来たこと、更に砂浜から目撃した、あの恐ろしい刹那《せつな》にいたるまで、いかにも女らしい細かさで、落ちもなく語りおわると、

「そういうわけで、甲野さんに一番最後に接近したのがあの人だというのです。そして、たゞそれだけの理由で、志賀さんをひっぱっていきましたの、そんな滅茶な、そんな理不尽《りふじん》な話ってありましょうか」

「つまり志賀君が、あなたのところへおりて来るまえに、なんらかの方法で、静馬君に毒をあたえたというんですね」

「えゝ、でもそんなこと——あの人が叔母殺しで、従弟《いとこ》殺しだなんて、それはあんまりあの人を知らな過ぎる疑いですわ。そんな無茶苦茶な、間違った——」

「まあ、お聴きなさい。私の訊《たず》ねたいことはもっとほかにある。いまのあなたのお話で、私はちょっと興味のある事実を発見しましたよ。静馬君はきょう、お母さんが殺されてから、はじめて絵筆を握ったのでしたね」

「えゝ、たしかそうおっしゃっていました」

「そして、その絵筆というのは、お母さんが殺された晩、あの四畳半に押しこんであった、あれじゃないのですか」

「さあ、そこまではあたしも存じませんけれど、あ

るいはそうかも知れません。しかし、それが何か……」

「いや。……ときに、虹之助はお宅にいるんですね」

「えゝ、います」

虹之助の名をきくと、なぜともわからぬ動悸《どうき》をおぼえて、綾子は思わず怯《おび》えたような眼のいろをしました。

「そう、それじゃお願いがあります。あなたはこれから、家へかえって、虹之助を甲野の別荘まで連れて来て下さい」

「まあ、あの人がこんどの事件に何か……」

「いや、それは後でわかります」

「で、先生は？」

「私はこれから警察へ寄って、出来れば志賀君も一緒に甲野の家へいきます。ときに由美という娘はどうしていますか」

「由美さん？」

綾子はかすかに身顫《みぶる》いをすると、

「あたし、たった一週間ほどのあいだに、あんなに変った人を見たことございません。痩《や》せて、窶《やつ》れて、影みたいになって、今日、静馬さんの死骸《しがい》を見たときも、まるで夢遊病者みたいな眼付きをして。……」

「で、いま一人で家にいるわけですか」

「えゝ、志賀さんがひっぱられたから、あの人ひとりですね。お兄さんの死骸といっしょに。――」

「でも、女中がいるわけでしょう？」

「えゝ、女中さんならいます。でも、その女中さんもすっかり怯えて、早くお暇《いとま》をもらいたいなどといっていました」

「いや、いずれ暇をとるとしても、今夜だけはいてもらわねばならぬ。あれは重大な証人ですからね」

「えゝ？」

綾子も、そしてさっきから黙って二人の話をきいていた三津木俊助も、不思議そうに由利先生の顔を見直しました。しかし、由利先生はそれに対して別に説明をあたえようともしないで、

「それじゃ、奥さん、いって来て下さい。あゝ、ちょっと待って」

「まだ、何か御用がございますの」

二三歩いきかけて立止《たちど》まった綾子の顔を、真正面から見据えた由利先生は、奇妙な微笑をうかべながら、

「そう、虹之助のほかにもうひとり、連れて来てもらいたい人があります。ほら、お宅にいる筈の琴絵という娘。――」

あっ！――という叫びが、綾子と俊助の唇から、ほとんど同時に洩《も》れました。

「それじゃ……先生は……御存じでしたの」

「奥さん、探偵というものを、そう馬鹿にしたものじゃありませんよ。モーター・ボートのあの怪青年には、私もかなり悩まされましたが、ある理由から、結局あれは奥さん以外のものではあり得ないという結論に到達したのです。はゝゝゝは、奥さん、あなたもずいぶんひとが悪い。さ、早くいって、虹之助と琴絵のふたりを連れて来て下さい」

綾子はまるで、悪戯《いたずら》を見付けられた子供のように、真《ま》っ赧《か》になってもじもじしていましたが、やがて物もいわずに駆出《かけだ》していきました。

後見送った俊助は、茫然《ぼうぜん》とした眼付きで、

「先生、それじゃモーター・ボートの怪青年は、大道寺の奥さんだったんですか」

「そうだよ。しかし、その事についてはいずれ後ほど話すことにする。とにかく警察へいこう」

警察へはあらかじめ東京から電話がかけてあったので、江馬司法主任が待っていました。

「先生、さっきの電話では、今度の事件がすっかり解けたというような話でしたがほんとうですか」

「ほんとうです」

由利先生はにこりともせず、

「それでこれから甲野の家へいこうと思っているんですが、それには是非《ぜひ》、志賀という男をつれていきたいのです」

「しかし、あの男は大切な容疑者ですよ。もしも途中で逃出《にげだ》されたりすると。……」

「いや、そんな心配は絶対にありません。とにかく急ぐんですから、早くしてもらいたいですね」

急ぐ――という言葉を、先生は口でいったばかりでなく、全身をもって表現した。なんとなくいらいらとして、落着《おちつ》かぬ様子には、俊助さえも眼を丸くしました。

警部は不思議そうに先生の顔を見まもりながら、

「急ぐ――って、いったい何事なんです」

「何事？　いや、どんなふうにそれが起るか私にも分らない。あるいは何事も起らないかもわからない。

しかし起ったら取りかえしがつかないから、私はこんなにいらいらしているんだ」

「それじゃ、何かまた起る懸念《けねん》があるんですか」

「ある。おおありだ」

「今夜――？」

「そう、今夜、いや、こういううちにも起るかも知れん、とにかくお願いだ。大急ぎで志賀をこゝへつれて来てくれたまえ」

警部は呆《あき》れたように先生の顔を見ていたが、やがて刑事のほうに向って、

「おい、留置場から志賀恭三をつれて来い」

「君、大急ぎで頼む」

警部のあとから由利先生も大急ぎで怒鳴りましたが、やがて刑事が恭三をつれて来ると、

「さあ、出発」

由利先生はみずからさきに立って警察をとび出しました。そして、表に待っている自動車に、一同どやどやと乗込むと、由利先生ははじめていくらか落着いたように、かたわらに坐っている恭三のほうを振返って、

「志賀君、君はなぜ甲野一家とあいつの関係をもっと早く話してくれなかったのだ。いや、何故《なぜ》もっと早くあいつが、口を利けるということを、われわれに教えてくれなかったのです。それさえわかっていたら、静馬君はあんなことにはならなかったのだ」

恭三は悄然《しょうぜん》と首うなだれました。

「静馬君や由美さんのような、世間知らずの子供なら、むやみに警察をおそれるのも無理はない。しかし、君のように分別のある、しっかりした考えをもっている人が、なぜあゝひた隠しにかくそうとしたのか私にはわからない。君たちはまるでみずから目隠しをして、断崖《だんがい》のはしへ進んでいくようなものだ」

「先生、それじゃ叔母や鵜藤君や甲野を殺したのは、みんなあいつのしわざだというんですか」

恭三は放心したような眼をあげて尋《たず》ねます。

「そうです。あの男をおいて、ほかにこんな残酷な、恐ろしい、薄気味悪い方法で人を殺すやつがあるもんですか。そして君たちはみんなその事を知っていた筈なのだ」

恭三は急にほとばしる眼の色となり、

「そうだ！　私たちは知っていた。あいつ以外にこんな恐ろしい事をする奴は、ないということをよく

知っていた、しかし、あいつがどういう方法でやったのか、いや、それよりも、あいつがどこに毒をかくし持っているのか、それがわれわれにはわからなかった。いや、それよりまえに甲野の一家は、あいつのまえに出るとみんなからだが竦《すく》んでしまうんです。あいつの体から発散する、神秘的な妖気《ようき》に当てられて、舌も硬張《こわば》ってしまうのです」

恭三はそういいながら、いまさらのように身をふるわせたが、さっきからふたりの話をきいていた司法主任が、その時、驚いたように口をはさんだ。

「さっきからきいていると、あいつというのはどうやら虹之助のことらしいが、あの虹之助がなにかしたんですか」

「江馬さん」

由利先生は一句一句に力をこめると、

「梨枝子夫人からはじまる一聯《いちれん》の殺人事件、あれはみんな虹之助の仕業《しわざ》なんですよ」

「な、な、な、なんですって!」

警部はそれこそ、天地がひっくりかえったような驚きに打たれました。

「せ、せ、先生、そ、そ、それはほんとうですか。あの眼も見えなければ耳もきこえず、口を利くことさえ出来ぬ盲聾唖が……」

「そうです、その盲聾唖が三人を殺したのです。そしていま私がそれを証明しようとしているのです」

ちょうどそのとき自動車は、暗い垣根の曲角《まがりかど》でとまりました。甲野の別荘はそこから半丁《ちょう》ほど奥へ入ったところにあります。一同はすぐ自動車からとびおりると、暗い夜道をいそぎましたが、やがて別荘のまえまで来たとき、由利先生は突然、凍りついたように立ちすくんでしまいました。

「あ、誰か笛を吹いている!」

「由美ですよ」

なるほど家のなかゝら嫋々《じょうじょう》としてきこえて来るのは一管の洋笛《フルート》の音。しかも曲は葬送行進曲《フューネラル・マーチ》。

「由美が兄への手向《たむ》けに吹いているんですね。あの洋笛《フルート》はきょうまで四畳半に突込《つっこ》んであったものだが……」

そのとたん、由利先生ははじかれたように、駆出しました。

「あゝ、いけない!」

先生は狂気のように白髪をふりたて、玄関のなか

へ走りこむ。だが、そのとたん、ふうっと搔《か》き消すように洋笛《フルート》の音はとだえて、

「あれ、お嬢さん、お嬢さん、どうなさいました。あれ、誰か来てえ」

　たまぎるような女中の声、それをきくと由利先生は、

「あゝ、もう駄目か。……」

　と、一瞬、骨を抜かれたように立竦《たちすく》んだが、すぐまた爛々《らんらん》と眼を光らせると、

「畜生《ちくしょう》！　畜生！　死なしてたまるもんか。誰かすぐ医者へ走って下さい。ストリキニーネの中毒で、たったいまやられたものがある……そういって医者を呼んで来て下さい」

　それから由利先生は脱兎《だっと》の如《ごと》く玄関のなかへとびこみました。だが、もう遅かったのであろうか。由美は白布におおわれた兄の枕下で、洋笛《フルート》を口にあてたまゝ、がっくりとうつ伏せになっていました。まるで死出《しで》の化粧のように、美しく、純白の夜会服をつけて。……

三

幸い手当てが早かったので、どうやら由美はいのちを取りとめるらしい。――と、そう医者が自信をもって言いきることが出来るまでには、半時間ほどかゝりました。

　それには由利先生の用意して来た、吐瀉剤《としゃざい》が大いに物をいったのです。先生はなかへとびこむと、怯えきっておろおろしている女中や俊助を叱《しか》りとばしながら、食いしばった由美の口へ、無茶苦茶に吐瀉剤を注ぎこみました。その薬のおかげで、由美が猛烈な嘔吐《おうと》をしているところへ、医者が駆着《かけつ》けてくれたのでした。

「先生！」

　このぶんならもう大丈夫と、医者が保証してくれたとき、志賀はいきなり由利先生の手を握りました。

「有難うございました。これで、せめてひとりは助かりました」

「そうです。そしてこれがもう、この事件の最後の犠牲者ですよ」

「しかし、先生どうもわかりませんな」

江馬司法主任は当惑しきったようにがりがり頭をかきながら、

「さっきのお話によると、これらの殺人はみんな虹之助の仕業だとおっしゃるが、いったいどうしてあの少年にこんなことが出来たんです。この間の事件以来、あいつは一度もこの家へ来たことはない筈ですよ」

「そうです。あいつは一度もこゝへ来なかった。来る必要はなかったのです。あいつはこの間の晩、梨枝子夫人が殺された晩、静馬君の絵筆のさきや、その洋笛《フルート》の歌口に、ストリキニーネの濃い溶液を塗っておいたのです。いつかそれらのものが、静馬君や由美さんの口にあてられることを知っていたから」

警部はあまりの驚きに、口を利くことすら出来ません。

「そんな……そんな……いえ、先生のお言葉を疑うわけじゃありません。それは静馬の絵筆や、洋笛《フルート》を調べてみればわかることです。しかし、先生、梨枝子夫人の事件の際、私はこの家のもの、この家にいた連中、そういう人たちを全部厳重に身体検査をしたんですよ。虹之助がそんな恐ろしい薬を持っていたら、見逅《みのが》すはずはないのです」

「いゝや、やっぱり君は見逅したんですよ。そのことはいまに虹之助がやって来たら、……」

由利先生はそこで急に気がついたように、腕時計を眺めたが、俄《にわ》かに不安らしく眉をひそめると、

「どうしたんだろう、あれからもう四十分たっている。何か間違いが……」

「先生、何か……？」

「ふむ、大道寺の奥さんに、虹之助をこゝへつれて来るように頼んでおいたのだが——誰か電話をかけて見て下さい。大道寺の奥さんはもう家を出たかどうか——角の酒屋に電話がある筈です」

言下に刑事のひとりが跳出《とびだ》しましたが、ものゝ三分とたゝぬうちに、血相かえてかえって来ると、

「大変だ！　大道寺の奥さんが咽喉《のど》をしめられて——」

そのとたん、由利先生と三津木俊助、それから志賀恭三の三人が、ひとかたまりになって玄関から跳出していた。

それにしても、綾子の身にどんな間違いが起ったのか。それをお話するためには、是非とも時間を四

十分、あとへ戻さなければなりません。

由利先生に別れた綾子は、すぐその足でじぶんの家へかえって来たが、なんとなく不安な気持ちで、

「叔母さん、虹之助さん、いて？」

と、訊ねる声もふるえていました。

「あゝ、いるよ」

茶の間で針仕事をしていた叔母は、綾子のたゞならぬ顔色を、ジロリと眼鏡越しに見ると、

「どうしたのよ、顔色かえて」

とたしなめるような口吻《くちぶり》でした。元来、この叔母は最初から、あのような気味悪い少年を引きとることには、大反対だったのですから、虹之助のことゝいうと、いつもいゝ顔はしないのです。そこへ持って来て、

「琴絵さんは？」

と、綾子が訊ねましたから、叔母はいよいよ渋面《じゅうめん》をつくって、

「あの娘《こ》も離れにいるだろうよ。だけどねえ、綾さん、あんたいったいどうしようというのよ。あんな気味の悪い盲で聾で唖の子供なんかつれて来たかと思うと、こんどはまた気狂《きちが》いの娘をつれこんだりしてさ、こゝは化物屋敷《ばけものやしき》じゃないのよ。私は化物の番人なんかまっぴらだよ」

「叔母さん、御免《ごめん》なさい。もうすぐかたがつくんだから」

さすがに綾子も極《き》まりが悪いのです。吐きすてるようにそういうと、逃げるように茶の間を出て、虹之助の居間へいきました。

虹之助の居間というのは、一番奥の土蔵のなかで、そこはもと叔母の部屋だったのだが、虹之助が来てからは、彼女はその大好きな部屋を明けわたさねばならなくなりました。そういうところにも叔母の不満はあったわけです。

さて、いましも綾子が、暗いわたり廊下をわたって土蔵のまえまでやって来たとき、なかゝら妙な声がきこえました。

「誰かそこにいるの？」

怯えたような声なのです。しかも舌の縺《もつ》れた、妙に陰《いん》にこもった、一種不可思議の声でした。

綾子はハッと立ちすくむと、襖《ふすま》の隙間から覗《のぞ》いてみたが、部屋の中はまっくらで何も見えません。綾子はそうっと襖をひらくと、電気のスイッチをひね

りました。

そしてあわてゝ部屋のなかを見廻《みま》わしましたが、そこには虹之助のすがたがあるばかり、ほかに誰もいるようには見えません。

綾子は押入《おしいれ》のなかから、衣桁《いこう》の蔭《かげ》までくまなく調べてまわりましたが、人の影が見えないばかりか、いまゝで人のいたような気配すらない。綾子はもう一度虹之助のそばへかえって来ました。虹之助は寝床のうえに起きなおり、小首をかしげて、じっとあたりのようすを窺《うかが》いながら、ひっきりなしにふるえています。

綾子はしばらく目《ま》じろぎもしないで、虹之助の顔を視詰《みつ》めていましたが、突然、天啓のごとく、ある恐ろしい考えが脳裡にひらめきました。

「虹之助さん、あなたは——あなたは口が利けるの？」

まるで化物でも見るような眼つきでした。唇まで真白《まっしろ》になって、心臓が氷のように冷たくなってしまいました。膝頭《ひざがしら》ががくがくとおのゝきました。

綾子はしばらくそうして、世にも恐ろしいものを見るように、表情のない虹之助の顔を見詰めていましたが、やがて何かうなずくと、電気をけし、ピッシャリと襖をしめると、抜足差足《ぬきあしさしあし》、そっと衣桁の蔭にかくれました。

心臓が早鐘《はやがね》を打つように躍って、ハッハッとはげしい息使いが洩れます。でも、構うものか、相手はどうせ耳が聴えないのだもの。——

襖がしまったことは、虹之助にもすぐわかった様子でした。首をもたげてあたりの様子を窺っていましたが、やがてそっと立ちあがると、襖のそばへすべり寄り、両手でそのへんを撫《な》でまわしていましたが、ほっと安堵《あんど》の吐息をもらすと、

「あゝ、いってしまった！」

と。——今度こそもう間違いはない。舌のもつれる、陰にこもったあの声は、まぎれもなく虹之助の唇から洩れたではありませんか。

「あれえッ！」

いまや綾子は恐怖のかたまりでありました。日頃はあれほど賢い、分別のある女なのに、そのときは、唯《ただ》もう恐ろしさが胸いっぱい。

いっときも早くこゝを出ていきたい一心から、前後も忘れて襖のほうへ走りよったが、南無三《なむさん》、暗闇

のなかで虹之助にぶつかったからたまらない。

「あっ。……」

虹之助の腕が鞭《むち》のように、綾子の首にからみつきました。

「はなして、はなして。——嘘吐《うそつ》き、おまえは口が利けるのだわ。それをいまゝで隠しているなんて。……」

綾子は夢中で、虹之助の腕をふりはなそうとする。しかし、そうすればするほど、虹之助の腕は、ますます強くからみついて来る。それは何かしら、えたいの知れぬ蔓草《つるくさ》に、巻きつけられたようなかんじなのです。

虹之助はそうして片手で綾子の首をまくと、もう一方の手で、ソロソロ綾子の顔を探りにかゝる。綾子はゾッとして首を左右にふります。しかし、虹之助のネットリと汗ばんだ指は、まるで気味の悪い昆虫でゝもあるかのように、しつこく綾子の顔を撫でまわし、やがてピッタリ唇のうえに吸いつきました。

「あゝ、わかった、おまえはあたしの唇を、指で読もうとするのね。おまえはそうしてひとの話すこともわかり、自分で話すことも出来るのね。それをいまゝでかくしているなんて、嘘吐き！　嘘吐き！　あたしはおまえが嫌いだわ。あゝ、わかった！」

ヒステリー性の女性というものは、どうかすると、とんでもない思考の飛躍を示すことがあります。綾子はそのとき思いついたことを、思いついたまゝ、べらべらと喋舌《しゃべ》り立てました。

「おまえはそうしていつかの夜も、甲野の奥さんと話をしたのにちがいない。そして自分がどこにいるか、自分の周囲にどんなひとびとがいるか、奥さんからきいて、おまえはちゃんと知っていたのにちがいない。おまえは甲野の家となにか関係があるのだから、奥さんから話をきくと、すぐにわかったにちがいない。そして……そして……あゝ……」

綾子の言葉はふうっと暗闇のなかでとぎれました。虹之助の両手が、尺取り虫のように綾子の咽喉にはいよると、音もなく、声もなく、じわりじわりと。……綾子は二三度、咳《せき》をするように弱々しくいきを吐きました。

それから、骨を抜かれたように、ズルズルと畳のうえにくずおれました。

シーンとした、恐ろしい闇中のしゞま。——虹之助は障子をひらいて、渡り廊下へ出ると、手さぐりで、庭へおりようとしましたが、そのとき、やにわに虹之助にからみついて来たものがある。……

大団円

美しき人間の疫癘──闇！　闇！　闇！──甲野家の崩壊──船中よりの第一信

一

「それじゃ、先生、梨枝子夫人を殺し、五郎を殺し、静馬を殺し、由美を殺そうとした犯人は、あの虹之助だとおっしゃるのですか」

「ふむ、そのことはさっきも話したとおりです。虹之助をとらえれば、立派にそのことを証明してあげる」

中御門の、大道寺綾子の邸宅へ駆着けて来たのは、由利先生に三津木俊助、志賀恭三のうしろからは、江馬司法主任がおいすがるようにして、まだ解けやらぬ疑問の解明に急《いそ》がしい。

「しかし、虹之助がいったいどうして……」

「いや、江馬君、それはもう少し待ってくれたまえ。それよりも今は大道寺の奥さんのことが心配なんだ。三津木君……」

一同がどやどやと門のなかへなだれこんだそのあと。まっくらな繁《しげ》みのなかゝら、ぬうっと這《は》い出した二つの影がある。

「まあ、虹之助さん、それじゃあなたは……」

「琴絵、早く逃げよう。おれ、もうこの家はいやなのだ」

「えゝ、もうこうなったら仕方がないわ。あたしも一緒にあなたと逃げるわ」

いうまでもなく、それは琴絵と虹之助、手を取りあって闇から闇へとさまよい出たとも知らぬ、こちらは一同。案内をこうのもまどろかしく、そのまゝ奥へ踏込《ふみこ》む、といゝぐあいに綾子はいま、医者の手当てゞ呼吸《いき》を吹きかえしたところでした。

「あゝ、志賀さん」

あんな気丈な女だけれど、このときばかりはよほど動顛《どうてん》していたのでしょう。恭三のすがたを見ると、思わずよゝと泣きくずれます。

「あゝ、綾さん。気がついていたのかい。僕はどんなに心配したか知れやしない。ひょっとすると、このまゝ君はかえって来ないひとかも知れないと思っていたんだ」

「すみません。御心配をおかけして。……」

綾子は由利先生のすがたに眼をとめると、泣きじゃくりをしながら、

「先生、あたしが馬鹿だったのね。これが気まぐれな未亡人に対する天罰だったのね。あたしやっぱり、先生の御忠告にしたがわなければいけなかったのね」

「いや、そんなことはどうでもいゝが、それよりどうしてこんなことになったのです」

由利先生の声音《こわね》には、いたわりと、優しさが溢《あふ》れていました。

「あたし、今夜はじめてあの人が、人並みに口を利けることを発見しましたのよ。えゝ、口が利けるばかりじゃないわ。指先で、ひとの言葉を読むことも出来るのよ。それに気のついたときの恐ろしさ！」

悪夢にも似た、さっきの恐怖を回想して、ゾッと肩をすくめると、

「ところがあいつは、あたしがそういう秘密に気がついたことを覚《さと》ると、いきなりあたしに躍りかゝって、両手であたしの咽喉をしめつけて……」

と、綾子は泣き笑いをしながら、

「これもやっぱり、あたしの気紛《きまぐ》れと我儘《わがまま》が招いた

天罰なのね」

「いや、それにしてもあいつの力の足りなかったのは仕合《しあわ》せでした。そうでなかったら、いまこうして泣いたり笑ったりしていることは出来ないわけだ。それで虹之助は……？」

「逃げたらしいんですの。いま、叔母さんや姐《ねえ》やに探してもらったんですが、どこにも姿は見えないの」

「逃げた……？　しかし、どうせあの盲聾唖では……」

「いゝえ、そうじゃないのよ、警部さん、あの男といっしょに、もうひとり若い娘が逃出《にげだ》したのよ。だから皆さん、あたしはもう大丈夫ですから、一刻も早くあのふたりを探し出して。……」

「あゝ、琴絵が……」

由利先生と恭三は、おびえたように眼を見交わせたが、ちょうどその頃。

美しい仮面をかぶった人間の疫癘《えきれい》、あの恐ろしい毒殺狂の虹之助は、狂女琴絵に手をとられて、鎌倉の闇から闇へとさまようているのでありました。

闇！　闇！　闇！

それはまったく暗闇以外のなにものでもない。

空には月も星もなく、生ぬるい風が梢《こずえ》を鳴らして渦を巻く。虹之助はいくたびか石に躓《つまず》き、からたちの垣根にぶつかり、からだじゅう傷だらけになりながら、泳ぐように琴絵のあとについてゆく。

「琴絵。——琴絵。——おれをどこへつれていくのだ」

「どこでもいゝわ、ぐずぐずしてるとお巡《まわ》りさんにつかまるのよ。あんた、また悪いことをしたのね。叔母さんや、静馬兄さんを殺したのね。いゝえ、かくしてもあたしちゃんと知ってるわ。さっき通りかかったお巡りさんがそういってたわ。だから今度つかまると、とてもたいへんなことになるのよ。さあ、逃げましょう。誰もおいつけないところへ行きましょう」

そうして喋舌《しゃべ》っているあいだじゅう、琴絵は虹之助の手をとって、自分の唇を読ませている。虹之助は物凄《ものすご》い微笑をうかべて、

「それじゃ、あいつらとうとう死んでしまったのかい」

そういった虹之助の声には、なんともいえぬ陰気なものがありました。

「えゝ、そうよ、だからぐずぐず出来ないのよ。あゝ、誰か来たわ」

素速く路傍《ろぼう》のくらやみに身をかくして、通りかゝった人をやり過したふたりは、それからまた手をとりあって、海のほうへ逃げていく。それは実に、なんともいいようのない変梃《へんてこ》な道行《みちゆき》なのです。片っ方は盲聾唖の美少年、片っ方は狂える美少女、しかも二人は瓜《うり》二つといってい ゝほど、似かよった面影《おもかげ》の持主なのです。やがてふたりが辿《たど》りついたのは波打際《なみうちぎわ》。

「あ、あそこにボートがあるわ。あれに乗って逃げましょう。あのボートに乗って逃げましょう」

「ボート?」

と、きいて虹之助の顔には、一瞬ひるんだいろが浮かびました。

「えゝ、そうよ。ボートに乗って海へ逃げるのよ、海のうえなら、誰もあたしたちの邪魔をする者はいやあしないわ。さあ、何をぐずぐずしていらっしゃるの? あゝ、誰か来るわ」

まったく狂女にかゝってはかなわない。恐ろしい力で虹之助をひきずっていくと、いやがるかれを無理やりにボートへおしこみ、自分もあとから乗込むと、狂った手先にオールを操り、ボートははや汀《みぎわ》をはなれました。ちょうど退潮時であったのでしょう。ボートは恐ろしい勢いで、ぐんぐん沖へ吸われていく。

「琴絵! 琴絵! おれをどうしようというのだ。お願いだからおれを岸へかえしてくれ。おれ、ボートはきらいだ。海はきらいなんだ」

「駄目よ、駄目よ、あなたはあの人たちにつかまりたいの。ほら、誰かあたしの名を呼んでるわ。あゝ、あれ、兄さんの声だわ」

「兄さん?」

「えゝ、恭三兄さんの声よ」

そのとたん、虹之助の顔にはさっと狼狽《ろうばい》のいろがうかびました。美しい頰《ほお》が恐怖のためにはげしくふるえました。

読者諸君は憶《おぼ》えていられるでしょう。この物語のはじめ頃、虹之助がほくろのある男の顔を描いて、それに鬼のような角《つの》を生やしたのを。そうなのです。この悪魔の申し子のような虹之助には、世の中に怖いものはない。唯《ただ》ひとりの恭三をのぞいては。——

「キョ、キョ、恭三兄さんがおっかけて来るのかい。ほんとにあいつが追っかけて来るのかい」

「え丶、来るのよ。追っかけて来るのよ。ほら、ボートをおろしたわ。みんなでこっちへやって来るわ」

虹之助はふいにがばと舟底に身をふせました。恐ろしく口から泡を吹いて、そこら中をのたうちまわりました。

「まあ、いや、あんたそんな真似しちゃいやよ。あたし気味が悪いわ」

「琴絵――琴絵――おれ、もう駄目だよ。おれ、もう死んでしまう。琴絵、おまえもおれといっしょに死んでくれ」

「い丶わ、い丶わ、あたしいっしょに死んだげるわ。だけど、どうしたら死ねるの。ねえ、どうしたら死ねるのよう」

「うむ、うむ、いま、教えてやる。おれ、薬を持っている。あいつらを殺した薬、まだ残っている。琴絵、ちょっと待っといで」

そういったかと思うと、あ丶、なんということだ！　虹之助はやにわにおのれの眼玉をくり抜いたのでありました。……


それから間もなく、ボートをあやつって追っかけて来たひとびとが、そこに発見したのは、なんとも名状することの出来ぬ、恐ろしい光景でありました。

漂うボートの舟底に、折り重なって倒れている琴絵と虹之助。――その虹之助の片眼は、黒いうつろとなって、無気味に空を睨《にら》んでいる。そしてそのかたわらには、くり抜かれた眼玉が、星のようにきらきらと輝いているのでありました。

「偽眼だよ」

由利先生は江馬司法主任をかえり見て、

「そしてあの中に、ストリキニーネをかくしていたのだよ」

そういったかと思うと、由利先生は、しばらくふるえがとまらなかったくらいでした。

二

「虹之助の片眼が偽眼であることは、私もまえから知っていたんですがねえ」

それから間もなく、虹之助と琴絵の屍体《したい》を運びこんで来た、こ丶は甲野の別荘なのです。

由美はまだ意識をとりかえしていなかったけれど、

危険期はすでに通りすぎて、別室で看護婦のみとりを受けています。

綾子はすっかり元気を取戻して、中御門から駆着けていました。まだ血色も悪く、ほんとうの体ではなかったのだけれど、気丈な彼女は、家にじっとしていることが出来なかったのでしょう。それにこゝには恭三がいる。……

江馬司法主任と三津木俊助は、この陰惨な結末に、肉体よりも精神的な疲労が大きく、ぐったりとした顔色ですが、さすがに安堵《あんど》のいろは争われない。ふたりとも愁眉《しゅうび》をひらいたという顔色でした。

由利先生もやっと重荷をおろしたという顔付きで、ゆったりと愛用のパイプをくゆらしながら、さて、この事件について語りはじめるのです。

「虹之助の片眼が偽眼であることは、私もまえから知っていたんだが……」

由利先生はもう一度同じことを繰返すと、

「それにも拘《かかわ》らず、そこにストリキニーネがかくされているということを、いまゝで気がつかなかったのは、何《な》んといっても不明のそしりはまぬがれません。しかし……こういうと弁解めくが、当然そこへ気がつかなければならぬところを、妨《さまた》げている大きな要素がありました。それは虹之助を完全な盲聾唖であると信じきっていたこと、それだ。いや、これは私が信じていたばかりではなく、実際にそうだったのです。大阪における専門家たちの厳重な検査も、それを裏書きしていたのです。しかし、完全な盲聾唖でも、ひとゝ話をし得る。読唇術によって、話をする能力を習得し得る。――と、そこへ気がつかなかったのは、何んといっても私の大失態でした。しかも、私は虹之助の視力が、かなりのちまで健全だったらしいということには、だいぶまえから気がついていたのですから、いよいよもって弁解の余地はありません」

由利先生にそう謙遜《けんそん》されると、恭三は穴があったら入りたいような気持ちになるのでした。恭三はもとよりそのことを知っていた。

だから一言かれが注意すれば、梨枝子夫人はやむを得ぬとしても、爾後《じご》の犯罪は未然にくいとめることが出来たかも知れないのです。恭三のおもてには忸怩《じくじ》たるものがあり、悄然《しょうぜん》として首うなだれたのも無理はない。

「では、虹之助が話が出来ると否《いな》とでは、どういうふうにちがって来るか、――それはまず梨枝子夫人の場合からかんがえていかなければなりません。あのとき梨枝子夫人と虹之助はふたりきりで、向うの離れにとり残された。ある時間、二人だけでそこにいたわけです。しかも、この二人のあいだになにか関係があるらしいことは、私もまえから気がついていた。だから、私の疑いはともすれば、虹之助のほうに向いそうだったのですが、それをいつも喰いとめたのは、虹之助が完全な盲聾唖であるということ。ふたりのあいだにどのような関係があるとしても、虹之助がどうしてそれを知りえたか、いま自分と一緒にいるひとが、自分の憎いかたきであるということを、どうして覚りえたか。――それが私には不可能に思われたからです。いや、かりに一歩譲って、嗅覚《きゅうかく》や触覚によって、うすうすそれを感じたとしたところで、あたりに誰もいないということや、いまが絶好の機会であるということなど、わかる筈がない、――と、そう私が考えたからです。しかし、虹之助が話が出来るとなると、これは根本からちがって来る。……」

「すると、あの時、梨枝子夫人と虹之助は話をしたのですか」

警部は思わず眼を瞠《みは》った。

「そうです。話をしたのです。梨枝子夫人は虹之助の手をとって、自分の唇を読ませたのです。自分が誰であるかいってきかせたのです。いや、そればかりではない、こゝがどこであるか、どういうひとたちがこの家にいるか、そして、そのひとたちはいまどこへいっているか。――そういう事をことごとく虹之助に話をしたのです。まるで盲目の手引きをするように。そして、いまが絶好のチャンスであることを教えこむように。――」

つめたい悪寒が一同の背筋をはしった。綾子は寒そうに襟《えり》をかきあわせます。警部は不思議そうに眉をひそめて、

「いったい、梨枝子夫人と虹之助――いや、虹之助とこの家とは、どういう関係があるのですか」

「いや、そのことについては、もっとあとで話をしましょう。志賀君の説明をきかなければ、私にもまだハッキリ分っていないのだから。さて、そういうふうに梨枝子夫人の話によって、虹之助は必要なこ

とをすっかり知った。いまが絶好の機会であることを覚った。それのみならず梨枝子夫人は、チョコレートまでむいて食べさせたから、虹之助はそこに、ストリキニーネを仕込むに絶好の品があることまで知ったのです。そこで夫人と話をしながら、偽眼のなかのストリキニーネを、チョコレートのなかにいれて、夫人に食べさせたのです」

「しかし、眼のまえでそんなことをするのを、夫人は気がつかなかったのでしょうか」

「むろん、虹之助に殺意があると知ったら、夫人も警戒するからそんなチャンスはなかったろう。しかし、夫人は全然なにも知らない。夢にもそんなこと考えていない。おそらく夫人は泣き伏したり、泪《なみだ》を拭《ふ》いたりするのに急がしかったろう。更にもっとよく考えれば、虹之助が小便に立ったかも知れない。そして便所へいくまえに、チョコレートをひとつだけかくしていって、便所のなかでそういうからくりをやって、何気なくかえって来ると、毒入りチョコレートを夫人に食べさせたのかも知れない。要するにチャンスはいくらでもありましたよ」

「なるほど、それで夫人は毒入りチョコレートを食べた。苦しみ出した。すると虹之助もさすがに怖くなって、羽子板で滅茶々々に乱打したということになるのですね」

「そう。——しかし、怖くなったというのはどうだろう。虹之助は悪魔のような少年だから、おそらく怖くなるというようなことはなかったろうと思う。あれはやはりその場をカモフラージする。——と、いう意味じゃなかったろうか。とにかくあいつは恐ろしい奴だから、一応自分がなぐり殺したように見せておいて、調べてみると毒殺である。——そうなれば疑いは完全に自分から遠ざかる、と、そういう逆手をちゃんと心得ていたんじゃないでしょうか」

「ふうむ。恐ろしい奴ですな」

と、警部は唸《うな》りごえをあげると、

「そうするとわれわれは、完全にあいつの手に乗っていたんですね」

「そうですよ。いや、あいつの手に乗っていたのはあなただけじゃないから御安心なさい。われわれ全部が、あの盲聾唖に完全に飜弄《ほんろう》されていたんですからね」

「しかし、チョコレートの鉢をかくしたのは誰なんです。あれもやはり虹之助がかくしたのですか」

「いや、あれをかくしたやつはほかにある。その犯人はどこかそこらにいる筈ですがねえ」

由利先生の皮肉な視線をまともに受けて、真っ赧《まか》に頰をそめたのは綾子でした。警部は眼を丸くして、

「えっ？　それじゃあれは大道寺の奥さんですか」

「と、私は睨んでいるんですがねえ。あの際、チョコレートの鉢をかくすチャンスのあったのは、この人よりほかにない筈ですから。この人は私に電話をかけて来るといって、離家《はなれ》から跳出《とびだ》している。そのときあの離家は電気が消えてまっくらだったし、みんな梨枝子夫人や虹之助に気をとられていたから、人知れず鉢をかくす機会は十分ある。その鉢を持ったまゝ離家から跳出したのだ。——と、私ははじめからそう睨んでいるのだが、どうです、奥さん、こゝらで泥を吐いてしまっちゃ……」

「すみません」

「これは怪《け》しからん」

と、警部は冗談とも本気ともつかぬ口吻《くちぶり》で、

「しかし大道寺の奥さんがどうしてそんなことを……」

「それは分っているじゃありませんか。婦人が危険を冒《おか》してそんなことをする場合、動機はきかずともわかっている。愛するものをかばおうとしたんです。ということは、奥さんが志賀君を疑っていたということになる」

恭三はそれをきくと、驚いたように眼を瞠って、綾子の顔を見直した。

「綾子さん、どうして君は僕を……？」

「すみません。だってあたし……」

と、綾子は小娘のように頰を赧《あか》らめて、

「小母《おば》さんの死顔《しにがお》をひとめ見たとき、これは羽子板でなぐり殺されたのじゃない。毒を嚥《の》まされていらっしゃるのだと気がついたんです。そう気がついて、死体のそばを見るとチョコレートの鉢がある。しかも、そこにあるチョコレートは、あのまえの日、あなたが東京から買っていらっしゃったものだってこと、あたし知っていたんです。だって、あれと同じのを、あたしにも買って来て下すったんですもの。……」

「それで君は僕をかばうために……」

「いや、こちらの奥さんが、君をかばうためにやっ

たことはそれだけではないんですよ。もっとほかに細工をしている。たとえばあの跛《びっこ》の男を捏造《ねつぞう》したり……」

「まあ！　それじゃ先生は、あれが嘘だってこと、御存じでしたの」

綾子は思わず眼を瞠りました。由利先生はにこにこしながら、

「知っていましたよ。何故といって、跛の男など、はじめから奥さん、あなたの空想の産物だってこと、私はちゃんと知っていましたからね」

由利先生は、いかにも愉快そうにからからと笑いました。

「いったい、跛の男がはじめて跳出したのは、大阪のホテルでしたね」

と、由利先生はゆっくりパイプを詰めかえながら、

「ところで、あのときの情景を、もう一度こゝで思い出してみようじゃありませんか。あのとき、私は口を酸《す》っぱくして、虹之助のような少年を引取ることの危険をあなたに忠告していた。ひょっとすると、虹之助を水葬礼にした人間が、いまでも虹之助を監視しているかも知れないと私はいった。ところが、その直後ですよ。あなたが人の気配をかんじたといって廊下へとび出し、跛の男のうしろ姿を見たと言い張ったのは。……あのとき、私はすぐこの奥さん、お芝居をしているのだと直感したんです。私があまりムキになって忠告するものだから、お芝居をして、私をからかっているのだ……と、そう気がついていたのです」

「まあ！」

「世のなかには、ときどきそういう婦人があるものだ。才弾《さいはじ》けて、男を男とも思わないで、芝居気たっぷりで、……この奥さんはそういう人なのだと知っていたんです」

「あら、あら、あら！」

「だから私はそれに乗って、騙《だま》されたようなかおをしていたんです。別に事荒立てゝ詮議《せんぎ》するほどのことではない。まあ、そんな大人げないまねをするよりは、騙されたようなかおをして、相手を満足させておこう。――そういう肚《はら》でいたんです。ところが、その跛の男が、梨枝子夫人の事件の場合、またとび出して来たから私もちょっと驚いた。しかし、よくよく聞いてみると、こんどの場合も、それを見たの

は大道寺の奥さんだけだということがわかった。そこで私ははあ、大道寺の奥さん、またお芝居をやってるなと気がついたんです」

「しかし、先生」

と、その時横から口を出したのは三津木俊助。

「大道寺の奥さんが、跛の男を見たといったのは、まだ事件を知らないまえのことですよ。それだのにどうして……?」

「いや、そのことについては、私にきくより、こゝに当の本人がいられるのだから、直接伺ったらいゝだろう。奥さん、そのときの気持ちをひとつ説明していただきましょうか」

「先生、あたしほんとうに恐入《おそれい》ってしまいましたわ、女の浅智慧《あさぢえ》とはまったくこの事ですわねえ。えゝ、こうなったら、潔《いさぎよ》く兜《かぶと》をぬいで、何もかも申上げてしまいますわ」

綾子はてれたような、極《き》まり悪げな、そして驚異と讃嘆の眼で由利先生の顔を視詰《みつ》めながら、

「なぜ、あたしがあんな嘘をついたか、それを理解していたゞくためには、あのときの雰囲気をお話ししておかねばなりません。あの晩あたし虹之助——さんをつれてこゝへ参りました。そしてあの子を小母さんのそばへ残しておいて、みなさんを探しに浜へいったのです。そしてそこで由美さんにあってその事を話したのですが、そのときの由美さんの驚き。——えゝ、あたし、いまでもはっきり憶えていますが、それはなんともいいようのない怖《おそ》れと不安——そして由美さんは物もいわずに駆出したんですが、途中でぱったり出会ったのが志賀さんです。さあ、そこなのです。あたしには由美さんがなぜあのように怖れていらっしゃるのか、なぜあのように不安におのゝいていらっしゃるのか少しもわからない。ところが、志賀さんにはそれがわかっている。あたしにはそれが口惜《くや》しいのですわ。えゝ、もうこうなったらハッキリ申上げますわ。あたし、妬《や》けるのです。あたしの知らない秘密を、志賀さんと由美さんがわかちあっている。そう考えるとあたし口惜しくて口惜しくてたまらないのです。だからあの場合、少しでもお二人の注意を、あたしのほうに惹《ひ》きもどそう。あたしだってそんなにのけものにしたものじゃありませんよ、とそういう代りに咄嗟《とっさ》にあんな嘘をついてしまったのです。あたしって人間はそういう女な

んですわ」

あけすけな、思いきった綾子の告白は、一同からはかえって好感をもって迎えられたらしく、由利先生もにこにこしながら、

「つまり自我が強過ぎるんだな」

「えゝ、じゃじゃ馬なんですわ。あたしだって、よい性質とは思いませんけれど、いまになってなおりはしないし、またなおそうとも思いません」

「いや、改める必要はないでしょう。そのかわりに、よい騎手を見つける必要はありますな、なにしろこの奥さん、駻馬《かんば》みたいなものだから、よほどうまく乗りこなす人を見つけなければいけませんな」

「あら、ひどいことをおっしゃるのねえ」

綾子はちょっと睨むまねをしましたが、その顔には案外かえって嬉《うれ》しそうな色がうかんでいました。

「いや、失礼、失礼。それで咄嗟のあいだに、大阪で私を欺《あざむ》いた跛の男を持出《もちだ》したわけですね」

「えゝ、そうですの。あのとき、なぜ跛の男を持出したのか、それはあたしにもよくわかりませんが、多分おふたりの何んともいえぬ不安、おそれ――それが、咄嗟に大阪で先生を欺いたときと同じような気持ちに、あたしをさせたせいだと思います」

「いや、なるほど、それでよくわかりました。そうしてあなたは跛の男を、さも実在の人間らしく仕立てゝしまった。そこで琴絵さんを誘拐《ゆうかい》するときも、それを利用したんですね。ところであの事ですが、あれは志賀君に頼まれてやったんですか」

「いゝえ、あれはこちらちっとも御存じないのです。あたしが勝手にやったのですわ」

「しかし、奥さんは琴絵さんがあそこにいることをどうして知っていたのです」

「あら、それならあたし先生にお訊ねしますわ。先生はどうして御存じになったのです」

「あっ」

由利先生は思わず眼を瞠ると、

「それじゃ、奥さんも電報で……?」

「えゝ、そうですわ。志賀さんのところへ電報が来たこと、あたしだって気になっていましたわ。そこでつぎの日、郵便局へいって調べたのです。すると、先生もやっぱり調べていらっしゃる。さて、そこでまたぞろ、あたしの病気が出て来たのですわ。あの琴絵さんのこと、あれが志賀さんと由美さんの共通

の秘密なのでしょう？　それがあたしには口惜しくてなりませんの。そういうふうに仲間はずれにされると、あたしって人間は妬けてたまらないのよ。そこでまた横からちょっかいを出したくなったのです。あの日、ユクとは電報うってあるものゝ、志賀さんの行けないことはわかりきっている。しかし、由利先生はきっといらっしゃるにちがいない。そう思ったものだから、あたし、男装していったんですけれど、まさかあんな際《きわ》どい芸当を演じようとは思わなかった。何しろ先生や三津木さんの眼のまえから、琴絵さんをうばうのですから、たとえ成功するとしても、あたしだと看破《みやぶ》られたらなんにもならない。そこでまた、咄嗟に思いついて跛の真似をしてみせたんです」

　由利先生と三津木俊助は顔を見合《みあわ》せると、舌をまいて驚歎した。

「いや、恐るべきひとですな、あなたは……？」

「あら、そのお言葉ならこちらから返上しますわ。だってはじめから跛の男の存在など、嘘だと看破られていたとしたら、あれ、ほんとうにお茶番だったのねえ」

　綾子はさすがに感慨ふかげに呟いたが、そのとき横から膝《ひざ》を乗出《のりだ》したのは江馬警部。

「いや、これでだいたい大道寺の奥さんが、この事件で受持《うけも》っていた役割はわかりましたが、さて話を本題にもどして、鵜藤青年の場合、あれはどう説明するのですか。静馬君と由美さんの場合は、さっきもうかゞってだいたい分りましたが……」

「鵜藤君の場合、あれには私も悩みましたよ」

　由利先生は憮然《ぶぜん》とすると、

「静馬君と由美君は、さっきもいったように、絵と洋笛《フルート》に塗ってあった毒でやられたのですね。いまから思えばあの部屋へ、虹之助をぶち込んだのがそもそも間違いのもとだったんです。さっきもいったように虹之助は、梨枝子夫人からこの家が誰のうちか、そこにどういう人たちがいるか聞かされていた。そしてあたりを探ってみると、絵筆や洋笛が手にさわった。それが誰のものであるか、虹之助はよく知っていたから、さてこそ毒を仕込んでおいたのですね。ところが鵜藤君の場合はそれとはちがう。鵜藤君はあきらかに、あのとき嚥んだコーヒでやられたにちがいないが、虹之助がいつ、そのコーヒに毒を投ずることが出来たか——そう考えているうちに、はっと私が思いうかべたのは、あの障子の破れなんです。高さといい、大きさといい、ちょうど手を出すに好都合な穴だった。……と、そう気がついたものだから、さっきこゝへ来るや否や、女中さんに聞いてみたのだが、すると果して私の考えたとおりだった。台所でコーヒを入れた女中さんは、座敷へ運ぶまえに、一度あそこの廊下へ盆をおいて、台所へかえるとほかの用事をしていたのです」

「なんですって？　それじゃそのとき虹之助が……」

「そうです。あいつはね、眼も耳も駄目だけれど、嗅覚だけは健全なのです。だからコーヒの匂いを嗅《か》ぎわけることは十分出来たわけですよ」

「しかし……？」

と、三津木俊助は眉をひそめて、

「それは先生、おかしいですね、虹之助はそのとき、どのコップが五郎君にあたるか、知っている筈はなかったでしょう？」

「そうなのだよ。三津木君、そして、この事件で一番恐ろしいのはそこのところだよ。虹之助は誰でもいゝ、甲野一家の者さえたおせばよかったのだから、別にコップを撰ぶ必要はなかったのだ。しかし……しかし、あのときこの家にいたのは、甲野家の人たちばかりじゃなかった。警察の人たちもいたしわれわれもいた。だからひょっとするとあのコップは、君に当っていたかも知れないし、あるいは私に当っていたかも知れないのだ！」

三

あっ。——と、いう叫びが一同の唇からもれました。何んともいえぬ恐ろしさが胸もとにこみあげて来て、しばらく一同は口も利けなかった。

「恐ろしい奴ですね」

よほど暫《しばら》くたってから、やっと警部が溜息《ためいき》とともにそういいました。

「そうです。恐ろしい奴でした」

由利先生も身ぶるいしながら頷《うなず》きました。それからまたしばらく、一同は黙りこくって恐怖の影を追うていましたが、やがて警部が膝をすゝめると、

「さて、では、最後にいよいよ虹之助の素性《すじょう》をきかせて戴《いただ》きましょうか」

「それについては志賀君にきくのが一番いゝのです」

しかし、志賀が悄然とうなだれているのを見ると、

「だが、志賀君としてはいいにくかろうと思うから、私が代って申上げましょう。但《ただ》し、これは想像だから間違っているかも知れない。間違っていたら志賀君が訂正してくれるだろう」

由利先生はいかにも傷《いた》ましげに顔をくもらせると、

「あいつはね。志賀君のお父さんと、梨枝子夫人の間に出来た子供なんだ。どうです、志賀君、ちがいますか」

恭三はギクリと眉をふるわせましたが、そのまゝいよいよ深く首をうなだれました。由利先生は言葉をついで、

「志賀君のお父さんという人は気の毒な人だった。人生のはんぶんを猜疑《さいぎ》と嫉妬《しっと》の地獄のなかをのたうちまわって来たひとなのです。志賀君のお母さんと結婚した刹那から、自分の妻と甲野四方太――つまり静馬君や由美さんのお父さんですね。――とのあいだに不倫の関係があるという妄想《もうそう》に悩まされつゞけたのです。ことに琴絵さんがうまれたときは、てっきりそれを四方太氏の子供だと信じた。そこで、その復讐《ふくしゅう》として、――妻を盗まれた仕返しとして、相手の妻をぬすんだのです。それが合意のうえであったか、暴力の結果であったかは知らないが、とにかくそうして、志賀君のお父さんと、梨枝子夫人のあいだにうまれたのが、あの虹之助なのです。だから琴絵さんと虹之助が、あんなによく似ているのも不思議はない。ふたりは父を同《おなじゅ》うし、そして母同志は姉妹――それも非常によく似た姉妹だったそうですから」

しいんとした沈黙のなかに、突然、志賀の鋭い溜息があたりの空気をふるわせた。志賀は蒼白《そうはく》になった面《おもて》をあげると、

「先生がそこまで御存じとすれば、かくしていても無意味なことです。そのあとは私から申上げましょう。私の父は気の毒な人だった――と、いま先生はおっしゃって下さったが、気の毒な人間だからといって、父のあの、言語道断《ごんごどうだん》な行為には弁護の余地はありません。だから、甲野の叔父《おじ》、四方太老人があれ以後、一種の狂人のようになったのも無理はないのです。梨枝子夫人がみごもっている――そうわかったときから四方太老人は人が変ってしまいました。

老人は夫人を九州の山奥の温泉へつれていって子供をうませると、うまれた子供は、そのまゝ附近のものにくれてしまった。それを貰《もら》って育てたのは、山《さん》窩《か》というような人種だったらしいのです。虹之助がそのまゝそこに朽ちてしまっていてくれたら、われわれはどんなに助かったか知れない。ところがいまから三年まえ、突如その虹之助が山窩の仲間につれられて、小豆島へかえって来たのです。いまから思えば虹之助は、甲野家へ禍《わざわい》をもたらし、復讐するためにかえって来たとしか思えない。叔父も叔母も驚いた、狼狽《ろうばい》した、しかし追い出すわけにはいかないので、それを奥の土蔵のなかで、ひそかに養育することにしたのです。言い忘れましたが、虹之助はうまれながらにして聾だったのですが、三年まえにかえって来たときには片眼だけはまだあいていたそうです。たゞもう一方の眼だけは、その時分から偽眼をはめていたんですが、思えばその頃からすでにストリキニーネを用意して、甲野の一家をねらっていたんですね」

　志賀はほっと溜息をついたが、由利先生は眉をひそめて、

「しかし、三年も家にいて、よく人に知られなかったものですね」

　と、不思議そうに訊ねました。

「いや、その疑問は御尤《ごもっと》もですが、それは先生が甲野の家を御存じないからです。小豆島の甲野のいえというのは、ずいぶん古い、大きな、土蔵の十幾棟とあるような家なんです。その気になればひとりや二人、世間に知られずに養うぐらい、大して苦労ではないのです。第一静馬や由美や私でさえもずっと後になるまでこの事を知らなかったくらいなんですよ。ところがそのうちに恐ろしい問題が起った。その問題のために叔父から相談をうけて、私ははじめてそういう呪わしいものが、われわれの間に存在していることを知ったのです」

「問題というのは……？」

　志賀は苦汁《くじゅう》をのむようなかおをして、

「虹之助と琴絵が恋に落ちたこと。……」

　一同はどきりとしたように眼を見交わせる。あゝ、それはなんという陰惨なことだろう、虹之助と琴絵は姉と弟にあたるのではありませんか。

「そうなのです。物事というものは一度呪われると、

その呪いははてしなくひろがっていく。それを聞いたときの私の驚き、私はなんともいえぬ暗澹《あんたん》たる気持ちでした。御存じのとおり静馬や由美は、虹之助が来る前後から東京へ出ていましたし、私はしじゅう旅行がちだったから、知らなかったのだけれど、琴絵はいつも家にいるものだから、早くから虹之助の存在に気がついており、座敷牢《ざしきろう》同様の生活に、娘らしい同情を寄せていたのが、いつか妙な感情にかわっていったんですね。私は叔父から話をきいて、琴絵をいさめましたが、まさか若い娘にほんとうのことを打明けるわけにはいかぬ。だから、われわれが反対すればするほど、琴絵のほうではいこじになり、はてはとうとうあのとおり気が狂ってしまったのです。虹之助と来たら、はじめから禍をまくためにやって来たのだから、鼻の先でせゝら笑って取りあわないのです。幸い二人のあいだはまだ淡《あわ》い恋心――琴絵のほうだけですよ。虹之助になんの恋がありますものか――だけで、それ以上すゝんでいなかったが、私はそのときよっぽど虹之助を殺してしまおうかと思ったのです。ところが、突然その虹之助の、たった一つ残っていた眼が潰《つぶ》れてしまった。即《すなわ》ち、こゝに完全な盲聾唖が出来上ってしまったのです」

「あゝ、ちょっと待って下さい。虹之助はそのまえから読唇術は出来たんですね」

「そうです。山窩がつれて来たときから、読唇術はかなり達者で、向きあっていれば、唖とは思えぬくらい自由に話が出来たそうですよ」

「そして、両眼失明してから、指で唇を読む方法を教えたのは？」

「梨枝子夫人、即ち叔母です」

志賀はにがにがしげに、

「これは無理もないことかも知れないけれど、叔母はまたあの悪魔が可愛《かわい》くてたまらなかったのです。静馬や由美を犠牲にしても、あの虹之助が可愛かったのです。亡くなった人を悪くいってはすまないが、いったいあの叔母という人は不心得な人で、虹之助をうんだのも、決して父の暴力に屈したのではなく、叔母はまえから母に対して嫉妬していた。叔父に対していつも不満を抱いていた。そこを父に乗じられて、手もなく誘惑に乗ってしまったんです。そういうわけで、叔父に対する面当《つらあ》てからも、静馬や由美より、虹之助のほうを可愛がったのです。そういうわけで叔父が急死した際なども、われわれはよほどあいつを警察へ引渡そうかと思ったのですが、叔母が泣いて掻《か》きくどくものだから……」

由利先生は急に大きく眼を瞠って、

「それじゃ、四方太老人は……？」

「そうです。医者はそういう悪魔がうちにいることを知らないものだから、簡単に卒中《そっちゅう》と診断しましたが、毒殺の疑いは濃厚だったのです。いや、叔父のみならず、叔母自身、腰が立たなくなったのは、やはり怪しい中毒に悩んだ結果なのです。叔母もあいつを恐れているが、しかも盲目的な愛情をどうすることも出来なかったのです」

無智で、愚かで、女にありがちの一種の偶像崇拝狂の母には、あの美しい虹之助が、このうえもなくいとしいものに思われたのでしょう。そしてそのためには静馬や由美を犠牲にすることさえあえていとわず、ひいては自分の身さえそいつのためにほろぼしてしまう結果となったのでありましょう。

「しかし、私はそのときはっきり心を決めたのです。このうえあいつのために、甲野の家に迷惑を及ぼしてはならぬ。静馬や由美のこれからさき長い生涯に負担をおわせては可哀《かわい》そうだ。——そう思ったものだから、私はあいつを殺してしまうつもりでした。ところが、叔母は早くもそれを察して、私が東京へいっているあいだに、静馬と鵜藤を掻き口説《くど》き、あいつをあゝいう方法で水葬礼にしたのです。ひと思いに私に殺されるより、誰かに救われまたどこかの空で、生きているかも知れぬ。——と、そういういちるの望みを持っていたかったのでしょう」

「それを……それをお節介《せっかい》にも、あたしがまた連れてかえったのね。そして、あなたがたにこんな大きな迷惑をかけてしまったのね」

気まぐれな未亡人の綾子も、さすが自責の念にたえかねてか、そこでとうとう泣き出してしまいました。

「いゝや、綾さん、それは君の罪じゃないのだ。みんな呪わしい運命なのだよ。いや、それとも悪魔のようなあいつの執念が、どうしてももう一度甲野の家へかえって来て、陰剣な、邪智《じゃち》ぶかい復讐をしなければおさまらなかったのかも知れない。しかし、もう何もかも過ぎ去ってしまったことなのだ。われわれは君に対して、決して悪い感情は持っていないのだよ」

「そうです。志賀君」

由利先生はそこで厳粛《げんしゅく》な顔をすると、最後にこんな事をいったのであります。

「何もかも過ぎ去ったことなのだ。忌《いま》わしい過去は嵐のむこうに消えていった。そして、あとに残った君たちの使命は、新しい、健全な、何者にも呪われない生活をきずきあげていくこと、唯《ただ》それだけなんだ。聞けば君が大道寺の奥さんと結婚することを躊《ちゅう》躇《ちょ》しているのは、君が無《む》一物《いちぶつ》だからだという。しかし、そういう思想は健全ではないね。むしろ、旧《ふる》い、型にはまった、間違ったヒロイズムだよ。金はなくとも金以上のものを持っている、と、そういう自信が持てないのかね。とにかく一日も早く、大道寺の奥さんの希望をみたしてあげるんだね」

そこで由利先生は急にいたずらっぽい眼付きになり、にやにや二人を見較《みくら》べると、

「そうでもしてもらわなければ、この駻馬は、いつまた何をしでかすか分らないからね。はっはっはっ！」

先生はそういって、いかにも快《こころよ》げに哄笑《こうしょう》したのでありました。

さて、この陰惨な物語を、せめて明るくするために、最後につぎのようなことを、皆さんにお報《し》らせして筆をおくことに致しましょう。

志賀と綾子はそれから間もなく結婚しました。

そして由美と三人で巴里《パリ》へたちました。この旅行は二人にとってはむろん新婚旅行の意味もありましたが、それと同時に、なにもかも忘れて、声楽の修業をしたいという由美のこいをいれて、彼女の後見をするためでもあったのです。由美の修業がおわるまで、何年でも三人はヨーロッパにとゞまるのだそうです。

由利先生は神戸まで三人を見送りましたが、やがて船中から来た綾子の第一信には、つぎのようなことが書いてあったということです。

――淡路島の沖、鳴門のほとりを通るとき、あたしたちはめいめい船中から花輪を海に投げました。これがあの人へ対する最後の手向《たむ》けであり、今後あたしたちはもう二度と、あの恐ろしい名前を口に出さぬと誓いあったのでございます。――

付録

由利・三津木挿絵ギャラリー

伊東顕・画
白蠟変化（第一巻所収）
（「講談雑誌」昭和11年8月号より）

麹町三番町、外濠に面した閑寂な住居《すまい》の、表にかかった由利《ゆり》寓《ぐう》という表札を、斜《はす》に睨みながら訪《おとの》うたのは、ほかならぬ三津木俊助である。

主の由利というのは、五十にはかなり間のありそうな、見るからに精力的な人物であったが、不思議なことには頭には雪のような白髪をいたゞいているのである。

もし諸君のなかに、記憶のいゝ人があったら、数年前警視庁の捜査課に、同じ名の課長がいて、縦横の腕を揮ったことを憶えているだろう。この白髪の由利先生こそ、即ち往年の名捜査課長由利麟太郎なのである。

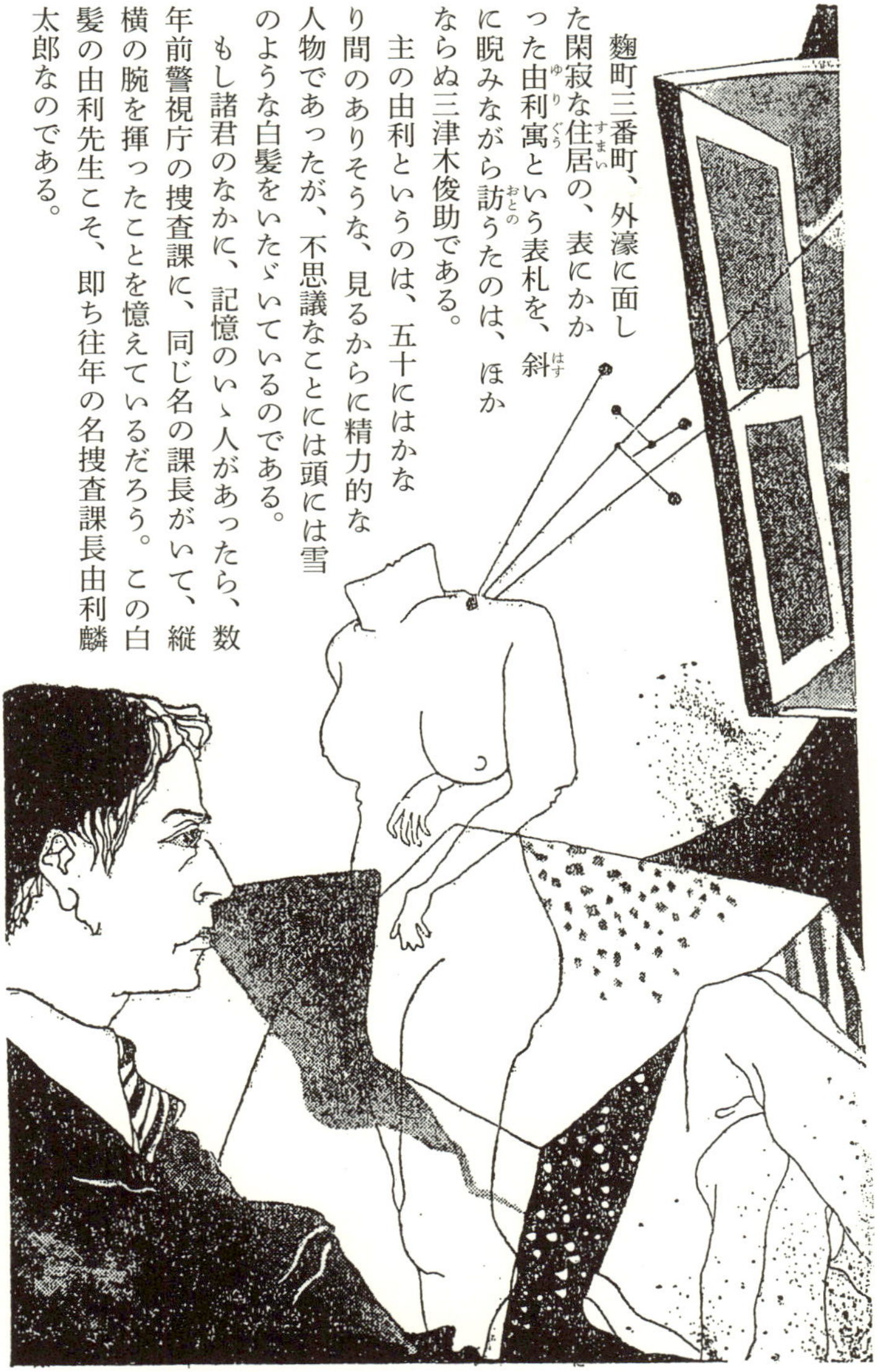

伊東顕・画

蜘蛛と百合（第一巻所収）

（「モダン日本」昭和11年7月号より）

「私にはよくわからないのです。が、まあお話しますから、先生自身、よろしく判断してみて下さい」

俊助が唇をしめしながら、話しだそうとしたとき、ふと、由利先生が手をあげた。卓上電話のベルが鳴りだしたからである。先生は受話器をとりあげて二言三言訊ねたが、すぐ俊助のほうへ振りかえった。

「君にだよ。伊馬という婦人からだ」

「伊馬？」

俊助があわてゝ受話器をうけとると、

「俊助？　ぼく、伊馬」

という声が、いきなり電話の向うで弾んだ。

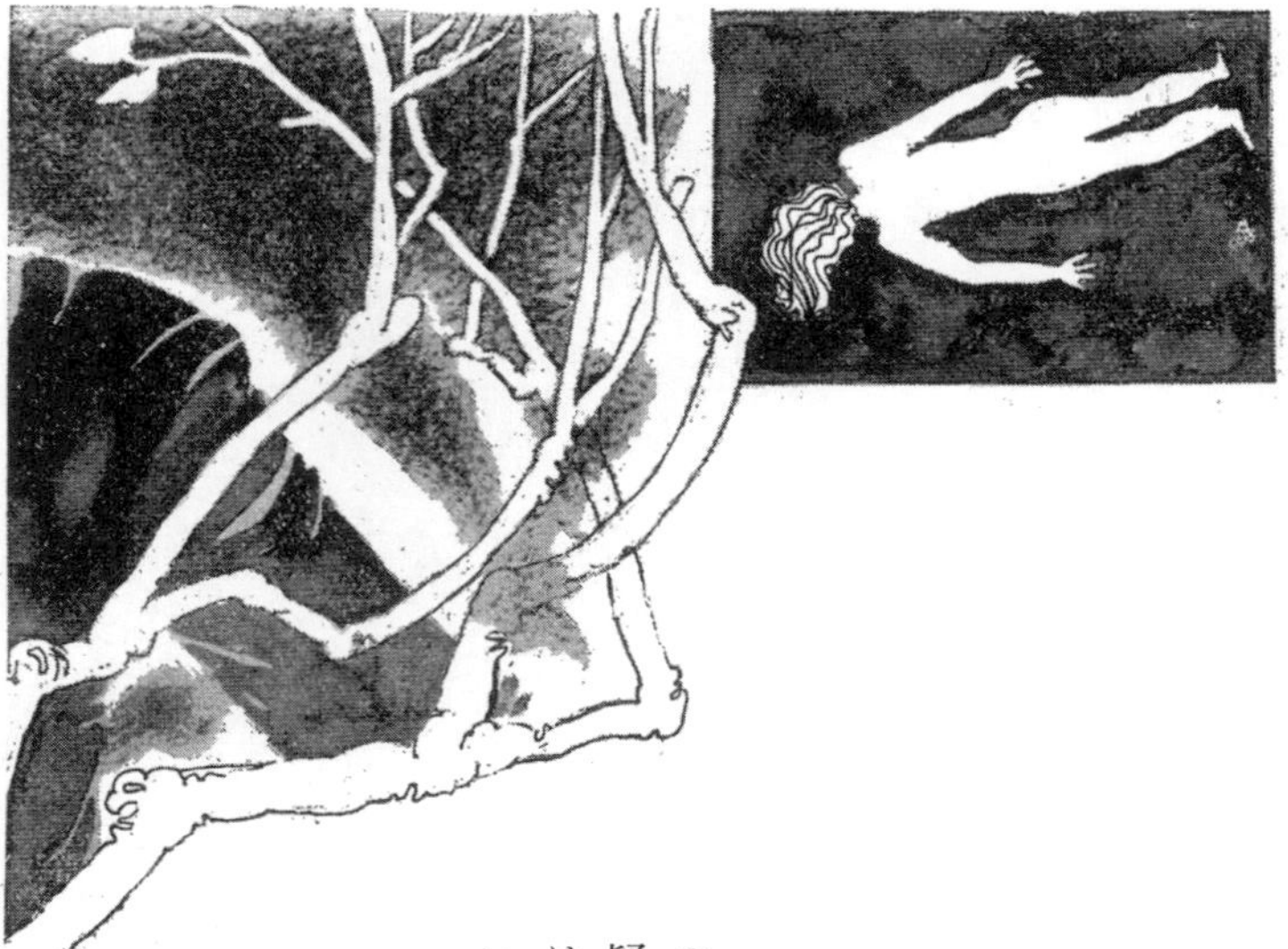

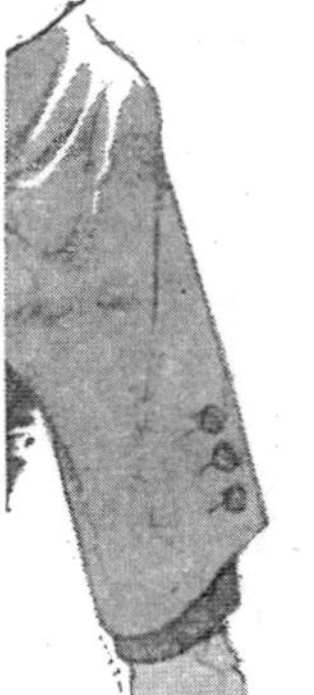

伊東顕・画

悪魔の設計図（第三巻所収）

（「富士」昭和13年6月号より）

がらがら！　がらがら！
鶴嘴《つるはし》を打ちおろす度に、セメントが崩れて、やがてその隙間から、真白な女の脛《ふくらはぎ》が見えはじめた。今はもう疑うべくもない。あの髪の毛は単独に木から生えたのではない。その根元には恐ろしい物が——人間の屍体がつゞいているのだ。

やがて警官が来る。野次馬が来る。その人たちの助力によって、漸く欅の洞から死体が掘り出されたのはそれから凡そ一時間ばかり後のこと。

「三津木君、左の腕を調べて見たまえ。水仙の刺青があるかね」

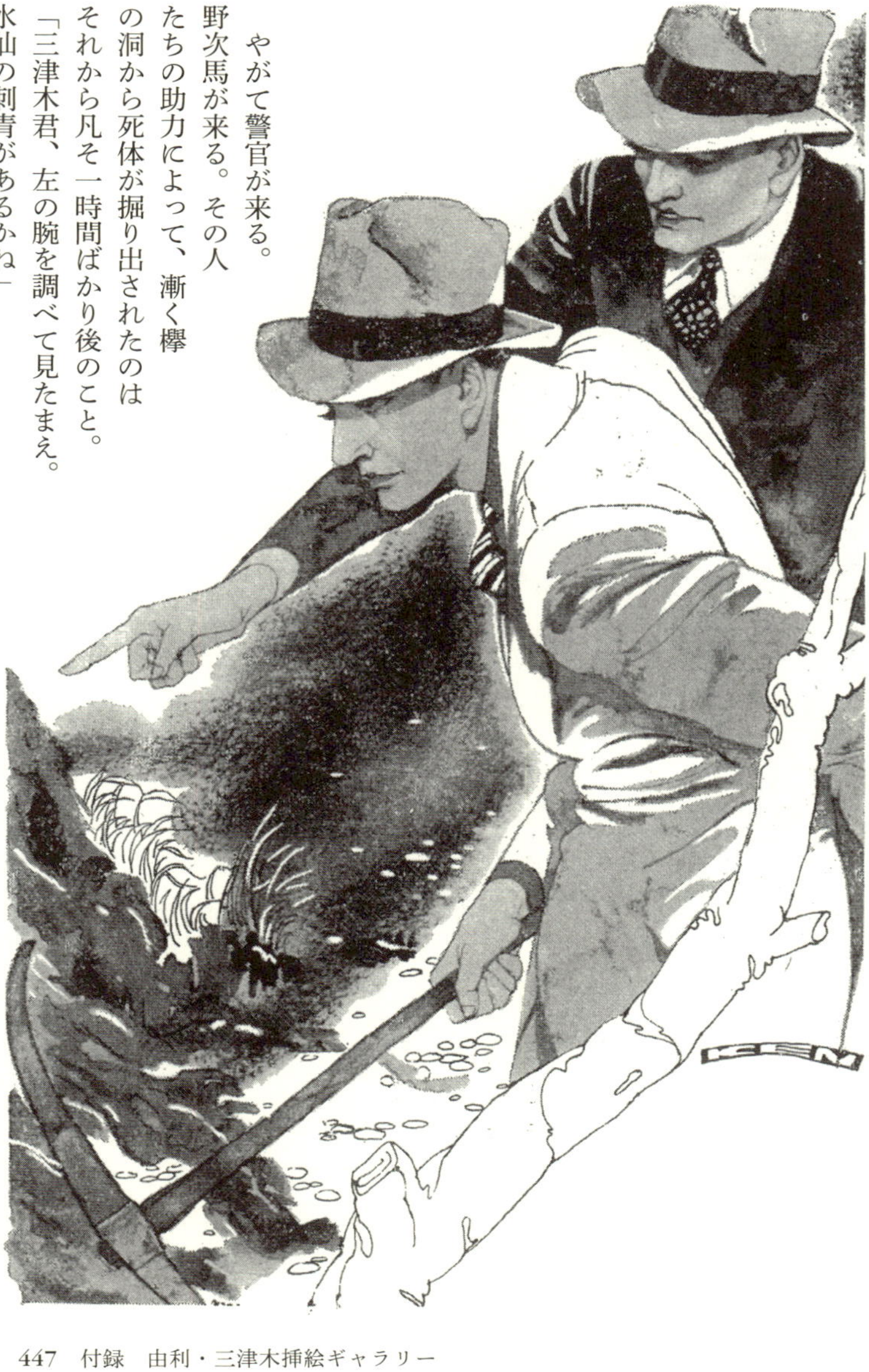

吉邨二郎・画

幻の女（第二巻所収）

（「冨士」昭和12年2月号より）

「な、なんですって？　刺青ですって？」

俊助が思わず大声をあげたので、由利先生も驚いて側へ駆けつけて来ると、ピンと聞耳《ききみみ》を立てた。

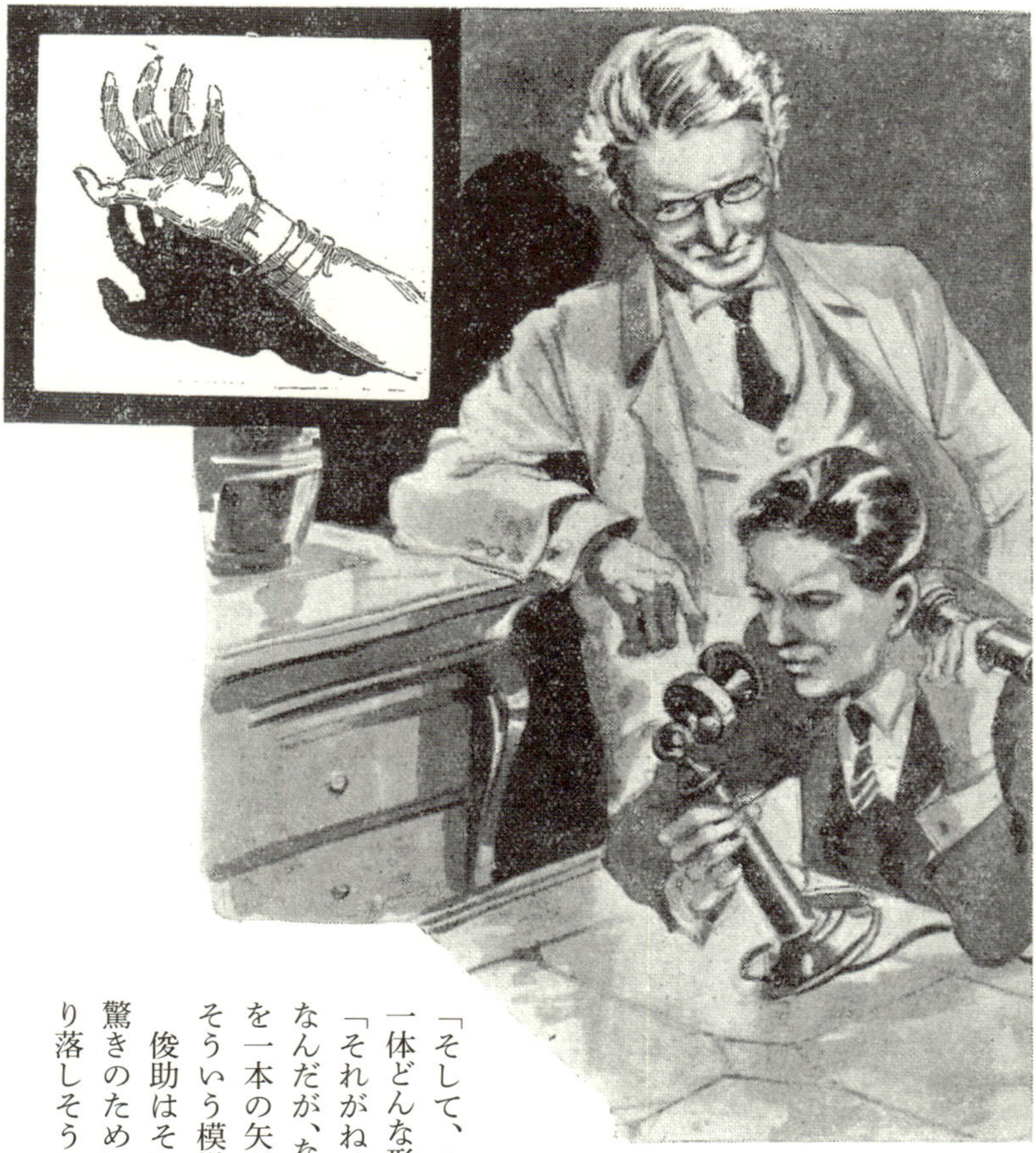

「そして、その刺青っていうのは、一体どんな形をしているんですか」
「それがね、極くありふれた図柄なんだが、なんでもね、二つの心臓《ハート》を一本の矢が貫いている。——とそういう模様なんだそうだ」
　俊助はそれを聞くと、あまりの驚きのために、思わず受話器を取り落しそうになった。

「駄目ですよ。三津木さま、あたしの持っているものが何だかお分りになりませんか？」

吉邨二郎・画
幻の女（第二巻所収）
（「冨士」昭和12年3月号より）

はっとして振りかえって見ると、久美子の手には、ピカピカとするピストルが握られているのである。俊助は呆然として久美子の美しい顔を眺めている。いったい、いつの間にこのような素晴らしい罠が用意されたのだろうか。

林唯一・画

銀色の舞踏靴（第三巻所収）

（「日の出」昭和14年3月号より）

女は、びっくりしたように振返ったが、しかしその大袈裟な身振りには、どことやらそぐわぬ調子があった。ちゃんと俊助の尾行を知っていながら、わざと驚いて見せたのではないかしら、そういう感じなのだ。

「何か御用でございますの」
「靴を持って参りましたよ、お嬢さん、この靴、お嬢さんのでしょう」
「靴ですって?」
　女は当惑したように俊助の手にした靴を見る。なんともいえぬほど魅力のある声だ。黒いネットの底から、美しい瞳が星のように輝いて、顎から唇へかけての線が、たまらなく蠱惑《こわく》的なのである。俊助は思わずブルブルと胴顫《どうぶる》いをした。

高井貞二・画

菊花大会事件（第四巻所収）

（「譚海」昭和17年1月号より）

俊助の足音に、スーッと雛段のまえをはなれた女、見れば洋装の、まだうら若い美人だったが、あわててポケットへ捩《ね》じこんだ手に、握っていたのはたしかに鉛筆と手帳ではないか。

梁川剛一・画

三行広告事件（第四巻所収）

（「満洲良男」昭和18年8月号より）

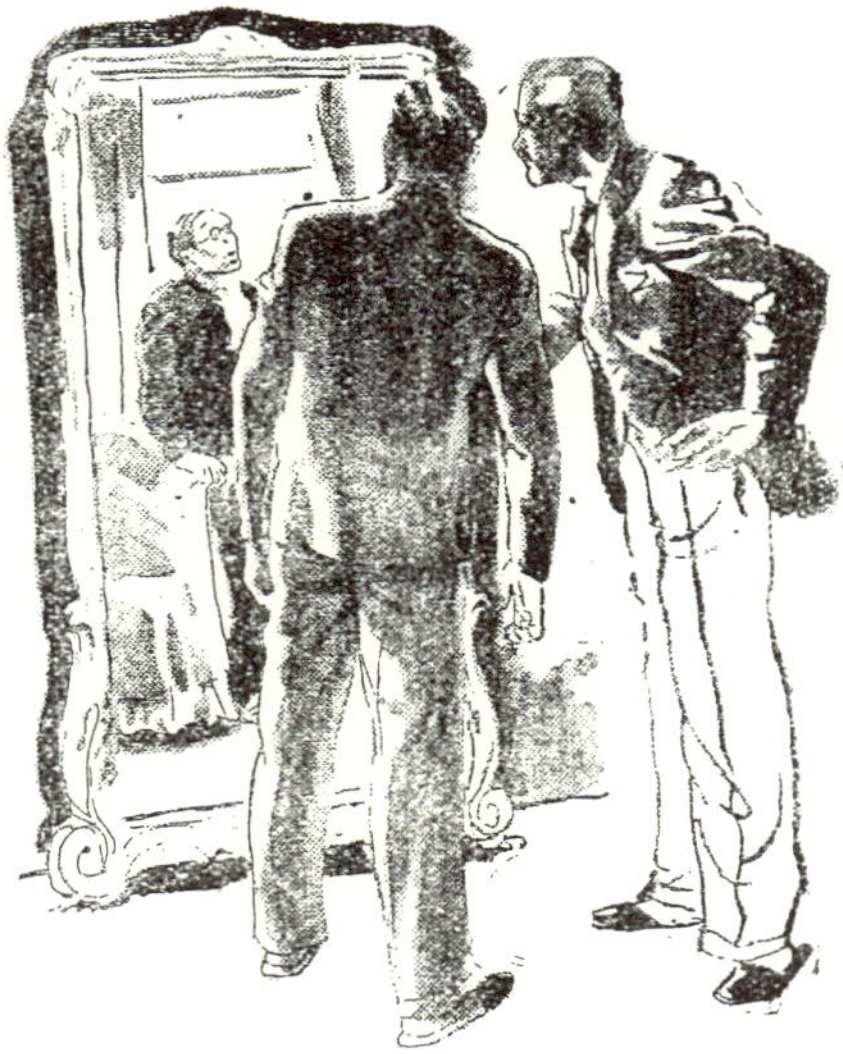

由利先生が立って壁際のスイッチをひねると書斎の正面にある大きな姿見がパッと明るくなって、そこに訪問客の姿がありありと映った。由利先生はいつもこうして、訪問客に会うまえに、一応相手の人柄を研究しておくのだ。

安藤氏は、矢庭にかたわらにあった電気時計に手をかけたが、その時には早くも俊助が、豹のように背中を丸めて、相手のからだに猛然と躍りかかっていたのだ。……

嶺田弘・画

薔薇と鬱金香（第二巻所収）

（「週刊朝日」昭和11年11月1日号より）


「御覧なさい。みんな先生のほうを振りかえっていきますよ」

「ふゝむ」

由利先生は苦っぽろい微笑をもらした。

「まったく、素晴らしいですからね、先生の銀髪は。光彩陸離《こうさいりくり》たるものがありますよ。ほら、あのお婆あさん、あまり見惚れて躓《つまず》いちゃった。はゝゝゝは！」

まったく、三津木俊助の言葉に嘘はなかった。由利先生はまだやっと四十五になったばかりだのに頭髪《あたま》を見ると、まるで七十歳の老爺のように見える。

三輪孝・画

蝶々殺人事件（第四巻所収）

（「ロック」昭和22年1月号より）

「由利先生というかたはいらっしゃいませんか。浅原さんからお電話ですよ」

「あゝ、そう、有難う」

先生は急ぎ足でロビーを出るとカウンターのほうへいった。

「えゝ、そう、由利です。あゝ、そうですか……」

由利先生の声がロビーのほうまで聞えて来る。

塩田英二郎・画

蝶々殺人事件

（「ロック」昭和22年3月号より）

由利先生はまじまじと、相良の顔を見守っている。その瞳には優しい懸念が、洪水のように溢れていた。

伊藤龍雄・画

模造殺人事件（第四巻所収）

（「スタイル読物版」昭和25年1月号より）

「先生、御覧になりましたか。今朝の新聞を。……」

「あゝ、見たよ。見るなといってもこうデカデカ、書立てられちゃ見ずにはいられないよ」

「堀口氏の死体が発見されたのは、たしか、昨日の夕刻、五時ごろのことだったね」

「先生、この方がお眼にかゝりたいといって、来ていられるんですが……」

名刺を見ると賀川春代とある。

「賀川春代……？」

と、由利先生は首をかしげて、

「知らないね。いったい、どんなひと？」

編者解説

日下三蔵

既刊の〈横溝正史《よこみぞせいし》ミステリ短篇コレクション〉と同様、今回のシリーズでも、横溝作品のテキストを初出および初刊の形に準じて収録している。そのために初出誌のコピーを可能な限り揃えたので、この機会に雑誌掲載時に挿絵を担当した画家の名前をリスト化しておこう。作品名は『　』が長篇と中篇、「　」が短篇および中絶作品である。

嶺田弘《みねだひろし》　「獣人」「猫と蠟人形」「首吊り船」「薔薇《ばら》と鬱金香《うっこんこう》」（連載第一、二回）「迷路の三人」『双仮面』「猿と死美人」「盲目の犬」「カルメンの死（迷路の花嫁）」

伊《い》東顕《とうけん》　『白蠟変化《びゃくろうへんげ》（白蠟怪）』「蜘蛛《くも》と百合《ゆり》」「花髑髏《はなどくろ》」「悪魔の家」「悪魔の設計図」「血《ち》蝙蝠《こうもり》」「嵐の道化師」

岩田《いわた》専太《せんた》郎《ろう》　『石膏《せっこう》美人（妖魂）』『真珠郎』『夜光虫』「焙烙《ほうろく》の刑」

吉邨二《よしむらじ》郎《ろう》　「薔薇と鬱金香」（連載第三、四回）『幻の女（まぼろしの女）』

田代光《たしろひかる》　「鸚鵡《おうむ》を飼う女」

伊勢《いせ》良夫《よしお》　「木乃伊《ミイラ》の花嫁」「白蠟少年」

林唯一《はやしただいち》　「銀色の舞踏靴」

富永謙太《とみながけんた》郎《ろう》　「黒衣の人」「神の矢」

高井《たかい》貞二《ていじ》　「菊花大会事件」

梁川剛一《やながわごういち》　「三行広告事件」

クレジットなし　『蝶々殺人事件』（連載第一～三回）
三輪孝《みわたかし》　『蝶々殺人事件』（連載第四、五回）
塩田英二郎《しおだえいじろう》　『蝶々殺人事件』（連載第六回以降）
伊藤龍雄《いとうたつお》　「模造殺人事件」
吉田貫三郎《よしだかんざぶろう》　『仮面劇場』（改稿前「サンデー毎日」連載時）
竹中英太郎《たけなかえいたろう》　『憑《つ》かれた女』（改稿前「大衆倶楽部」連載時）

本書には、初出時の挿絵から、由利《ゆり》先生と三津木俊助《みつぎしゅんすけ》が登場している場面をいくつか抜粋《ばっすい》し、巻末に付録として収録した。挿絵の大家・岩田専太郎の作品は、版権の都合でどうしても収録が叶《かな》わなかったが、当時の雰囲気を楽しんでいただければ幸いである。なお、可能な限り画家の著作権者の方々の許諾を得るように努めたが、どうしても連絡の取れなかった方がおられた。連絡先をご存知の方は、編集部までご一報ください。

第三巻の本書には、昭和十三年から翌年にかけて発表された八篇を収めた。各篇の初出は、以下のとおりである。

双仮面	「キング」	昭和13年7～12月号
猿と死美人	「キング」	昭和13年2月号
木乃伊の花嫁	「富士」	昭和13年2月増刊号
白蠟少年	「キング」	昭和13年4月号
悪魔の家	「富士」	昭和13年5月号

悪魔の設計図　「冨士」　昭和13年6月増刊～7月号
銀色の舞踏靴　「日の出」　昭和14年3月号
黒衣の人　「婦人倶楽部」　昭和14年4月号
仮面劇場　「サンデー毎日」　昭和13年10月2日～11月27日号　※原型版

「双仮面」は大日本雄弁会講談社の月刊誌「キング」に連載され、『旋風劇場』（42年7月／八紘社杉山書店）に初めて収録された。戦後には、蒼土社版（47年3月／探偵小説文学撰2／書影A）、東方社52年版（52年12月／B）、東方社の由利・三津木探偵小説選56年版（56年11月／C）、同61年版（61年7月／D）、桃源社ポピュラーブックス71年版（71年4月／E）、76年版（76年6月／F）、角川文庫版（77年10月／G）などの刊本がある。

連載に先立つ六月号の折込次号予告の末尾には、以下の宣伝文句がある。

A『双仮面』
蒼土社版表紙

B『双仮面』
東方社（52年版）カバー

C『由利・三津木探偵小説選』東方社（56年版）函

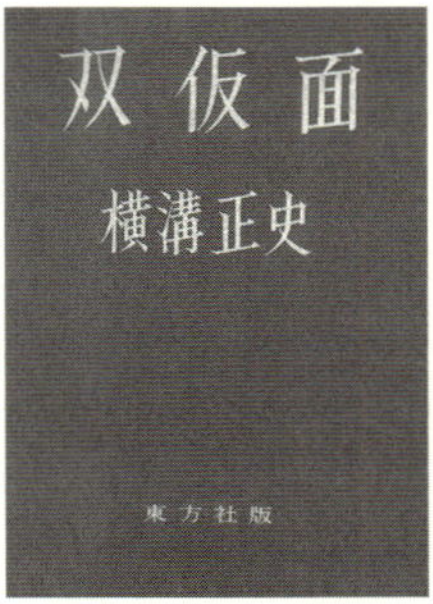

D『由利・三津木探偵小説選』東方社（61年版）函

更に長篇陣は、左の巨篇を加えて愈々《いよいよ》大充実！　見よ！　新人横溝氏会心の大傑作いよ〳〵新掲載！

◎大探偵小説　双仮面　横溝正史

怪奇凄艶《せいえん》、神出鬼没、波瀾万丈《はらんばんじょう》、トテモ面白い、トテモ痛快な大探偵長篇小説！　必ずや皆様の御期待に添うこと〻信じます。どうぞ御期待下さい。

連載第一回は「千晶の射撃」の章まで。末尾に添えられた煽《あお》り文句は「横溝正史氏が始めてキングに執筆する長篇、この怪事件は、如何《いか》なる波瀾を捲《ま》き起すだろう。次号は更に〳〵大波瀾を極むる風流騎士の大活躍！　乞《こ》う。絶大の御期待を――」

連載第二回は「戦《おのの》くカナリヤ」の章まで。末尾に添えられた煽り文句は「又しても怪事件、意外！　実に意外！　女優鮎子は、果して風流騎士と関係があるだろうか？　愈々波瀾を極むる次号楽しみにお待ち下さい」

連載第三回は「裸女と怪人」の章まで。末尾に添えられた煽り文句は「果然、暴露された怪事実！　如何なる方面に問題は転換されるだろうか？　次号を楽しみにお待ち下さい」

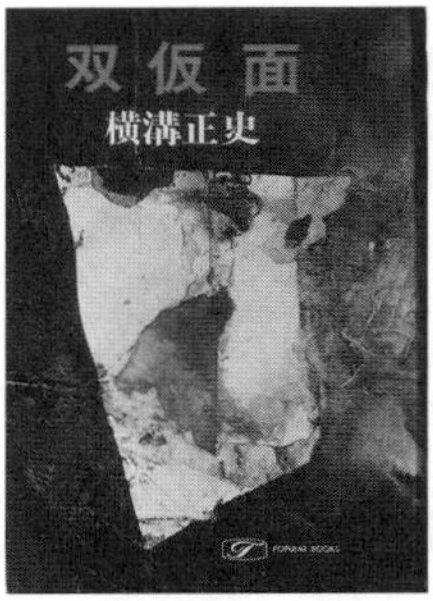

E『双仮面』ポピュラーブックス（71年版）カバー

F『双仮面』ポピュラーブックス（76年版）カバー

G『双仮面』角川文庫版カバー

連載第四回は「階段の奇計」の章まで。末尾に添えられた煽り文句は「又しても取逃したり矣《い》風流騎士今いずこ、千晶の身体に異変なきか？　次号いよいよ最高潮！」

連載第五回は「邪悪の微笑《ほほえみ》」の章まで。末尾に添えられた煽り文句は「次号に於て善玉悪玉の闘争《たたかい》は百八十度の急転換をする果して如何なる場面を展開するか。御期待あれ！」

連載第六回は「最後の惨劇」の章まで。末尾に添えられた煽り文句は「横溝正史氏が渾身《こんしん》の熱意を打ち込んで執筆された本篇は、大好評裡《り》に本号を以《もっ》ていよ〳〵完結しました。横溝氏並《ならび》に画家嶺田氏に深《しん》甚《じん》の謝意を表します」

初刊時および再刊時以降の脱漏と思われる個所はすべて初出時に戻し、初刊時の加筆はそのまま活かした。なお、版によっては「風流騎士現る」の章が単に「風流騎士」となっている刊本もあったが、これも初出・初刊時通りとした。

「猿と死美人」は「キング」に掲載され、八紘社『悪魔の設計図』（39年10月）に初めて収録された。角川文庫版では『幻の女』（77年3月）に併録されている。本作および「白蠟少年」「悪魔の家」には由利先生は登場せず、三津木俊助が単独で事件の解決に当たる。

「木乃伊の花嫁」は大日本雄弁会講談社の月刊誌「冨士」に掲載され、角川文庫『青い外套《がいとう》を着た女』（78年11月／H）に初めて収録された。これは、由利先生単独の事件である。

「白蠟少年」は「キング」に掲載され、八紘社『悪魔の設計図』（39年10月）に初めて収録された。角川文庫版では『仮面劇場』（70年3月）に併録されている。

H『青い外套を着た女』
角川文庫版カバー

I『幻の女』
東方社（53年版）カバー

J『悪魔の家』
角川文庫版カバー

「悪魔の家」は「冨士」に掲載され、東方社『幻の女』（53年5月／I）に初めて収録された。角川文庫版では『悪魔の家』（78年3月／J）の表題作になっている。

「悪魔の設計図」は「冨士」に犯人当ての懸賞小説として発表され、八紘社『悪魔の設計図』（39年10月）に初めて収録された。戦後には、金文堂出版部版（46年5月／K）、東方社の由利・三津木探偵小説選56年版（56年10月／L）、同61年版（61年6月／M）、角川文庫版（76年7月／N）などの刊本がある。

初出では「間一髪！」の章までが問題篇として掲載された。その末尾には、以下の煽り文句と告知がある。

奇《く》しき因縁に絡まる怪事件は次から次へと波瀾重畳《ちょうじょう》、興味百パーセント、作者近来の大快作！萩原倭文子《しずこ》は誰に殺されたか、都築静馬が果して日比野柳三郎だろうか黒川弁護士の正体は？等々幾多《いくた》の疑問はすべて次号に於《お》いて解決される筈《はず》でありますから是非《ぜひ》御期待の上引続き御購読願います。

なお、本篇をお読み下さいました諸賢《みなさま》には六五八頁《ページ》の懸賞問題を御覧の上奮《ふる》って御応募下さい。規定により当選者には素晴らしい賞品を贈呈します。

応募規定の問題文は以下の通り。

問題　横溝正史作『悪魔の設計図』の中で、花代を殺したのも、萩原倭文子（榎の中から出てきた屍骸《しがい》）を殺したのも実は同一人物なのです。その犯人は果して誰なのでしょうか？　あてて下さい。

賞品は、一等のキング箱型蓄音器《ちくおんき》三名、二等のアース双眼鏡が十名、三等の美術置時計が二十名、四等の美術煙草《タバコ》セットが五十名、五等の単行本吉川英治《よしかわえいじ》『恋ぐるま』が百名、六等の十大画家揮毫《きごう》美人絵はがきが一千名に当たった。正解および当選者の発表は、九月号で行われている。

なお、角川文庫版では「間一髪！」の章の「！」が落ちているが、これは補った。

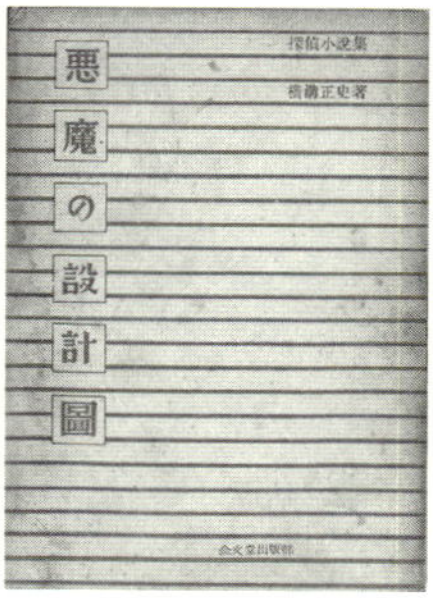

K『悪魔の設計図』金文堂版表紙

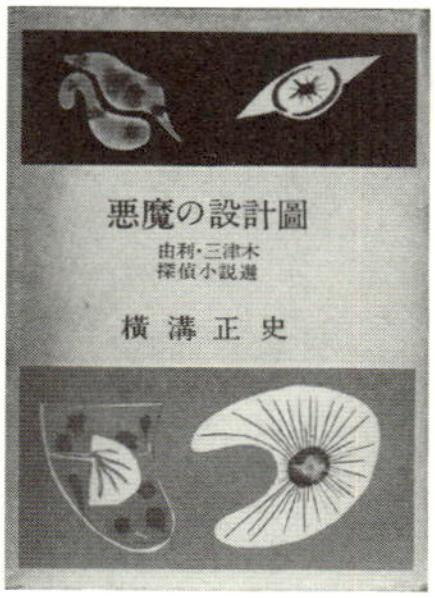

L『由利・三津木探偵小説選』東方社（56年版）函

M『由利・三津木探偵小説選』東方社（61年版）函

N『悪魔の設計図』角川文庫版カバー

O『血蝙蝠』
角川文庫版カバー

P『幽霊騎手』
東方社（54年版）カバー

「銀色の舞踏靴」は新潮社の月刊誌「日の出」に掲載され、角川文庫『血蝙蝠』（81年8月／O）に初めて収録された。

「黒衣の人」は大日本雄弁会講談社の月刊誌「婦人倶楽部」に掲載され、東方社『幽霊騎手』（54年6月／P）に初めて収録された。角川文庫版では『悪魔の家』（78年3月）に収録されている。

「仮面劇場」は毎日新聞社の週刊誌「サンデー毎日」に連載され、改題のうえ『旋風劇場』（42年7月／八紘社杉山書店／Q）に初めて収録された。戦後、大幅に加筆・改稿され、『暗闇劇場』（47年8月／一聯社／R）として刊行。改稿の事情を記した一聯社版の「まえがき」全文は、以下の通り。

この小説は最初サンデー毎日に連載したときは『仮面劇場』という題であった。その後単行本にした時は『旋風劇場』と改題された。改題の理由は、当時の時局として仮面などとは穏《おだや》かでないから改めたらよろしかろうと、どこからかお達しが出たとやら出なかったとやらで、出版社の主人が頭脳をひねって新しい題をつけてくれたのである。いままた三転して『暗闇劇場』。但《ただ》し、こんどは題を改めたばかりではない。小説の全部にわたって大改竄《かいざん》を加えた。新しく附加えた場面もあるし削除した場面もある。更に探偵小説の一番肝腎《かんじん》な部分であるところの謎《なぞ》の中心部をさえ改めた。今後この小説はこれを以《も》って定本としたいと思っている。

その後、『暗闇劇場』のタイトルで、東方社51年版（51年10月／S）、東方社53年版（53年?月）、東方社64年版（64年8月／T）、東方社66年版（66年11月）、東方社67年版（67年11月）などの刊本がある。講談社『横溝正史全集2　仮面劇場』（70年10月／U）でテキストは改稿版のまま連載時のタイトルに戻され、角川文庫版（75年3月／V）、講談社『新版横溝正史全集4　仮面劇場』（75年4月／W）が刊行された。

また、高階良子《たかしなりょうこ》によって「真珠色の仮面」としてコミカライズされ、講談社の月刊少女マンガ誌「なかよし」七二年十一月号および十二月号に掲載されている。単行本にKCなかよし版（75年11月／X）がある。

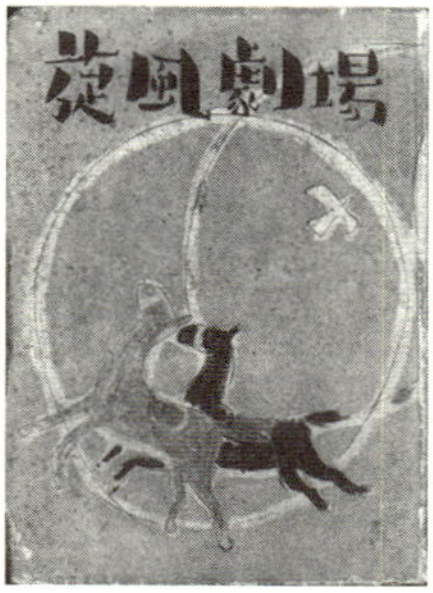

Q『旋風劇場』
八紘社版表紙

R『暗闇劇場』
一聯社版表紙

S『暗闇劇場』
東方社（51年版）カバー

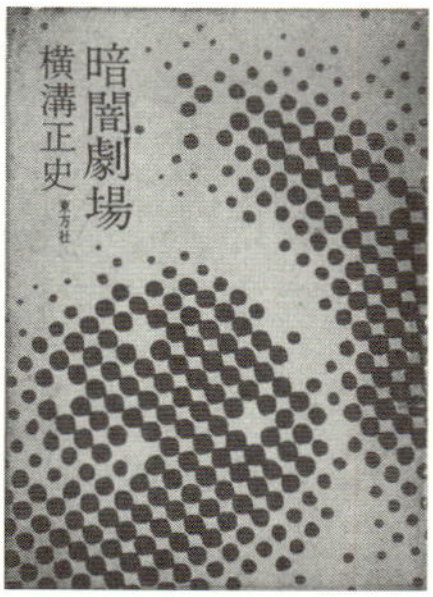

T『暗闇劇場』
東方社（64年版）函

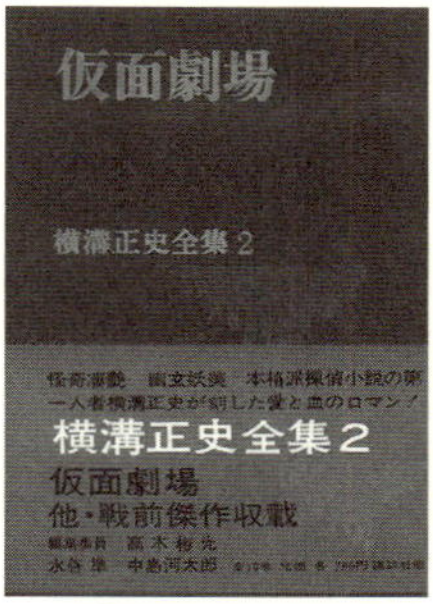

U『横溝正史全集２』
講談社版函

V『仮面劇場』
角川文庫版カバー

連載に先立つ「サンデー毎日」九月二十五日号の次号予告には、「作者の言葉」として以下のコメントが掲載された。

探偵小説に登場する人物というものは、どんな端役《はやく》にいたるまで決して素顔では現れません。みんなそれぞれの仮面を身につけています。その種々雑多な仮面の配色が読者を不思議な恍惚《こうこつ》感の中に誘いこんでいくように見えます。筆者がこれからお話ししようとする、この一風変った物語でも、むろん、人々はめいめいの仮面を用意しています。しかもその中の一人物と来たら、世にも奇妙な、言語に絶した、恐ろしい仮面の持主なのです。その異様な人物を中心に、筆者はこゝに、夢と現実の二色織り、不可思議な竪琴《たてごと》の音《ね》を読者にお送りしようと思っているのです。幸いに愛読を賜《たま》え。

Ｗ『新版横溝正史全集４』
講談社版函

Ｘ『真珠色の仮面』
ＫＣなかよし版カバー

この連載版は中篇で、「旋風劇場」と改題された初刊本でも、「双仮面」とのカップリングで収録されていた。これが大幅な加筆を施した「暗闇劇場」では長篇の分量となり、一聯社版や東方社64年版以降は単体で刊行されている。つまり『仮面劇場』には長さの異なる二つのバージョンがある訳だが、その改題の過程が複雑なので整理しておこう。

中篇版　仮面劇場（連載時）→旋風劇場（八紘社杉山書店）
長篇版　暗闇劇場（一聯社）→仮面劇場（講談社『横溝正史全集2』）

長篇版は一周回って連載時のタイトルに戻ったことになる。ここでは最終形を取って、中篇版を「旋風劇場」、長篇版を「仮面劇場」としよう。「集成」というコンセプトから、本来であれば本書には「旋風劇場」も収録したいところだったが、ただでさえ分厚い単行本に百ページ近い作品を加えることは難しかった。「旋風劇場」は出版芸術社の『横溝正史探偵小説コレクション4　迷路荘の怪人』(12年5月)に収録されており、浜田知明氏の解説で改稿の詳細についても触れられているので、ぜひそちらを併読していただきたい。

最後に「仮面劇場」の異同について触れておこう。講談社の新版全集まで、「第五編」の「二」の冒頭が、「さて、五郎が絞殺につかった針金、それがヴァイオリンの弦であったことについては、前にも申上げたように憶えていますが」となっているが、実際は文中で触れられていない。角川文庫版では「さて、五郎が絞殺につかった針金、それはヴァイオリンの弦で、その弦の出どころはすぐにわかりました」に改められている。本書では、この修正を活かした。

「大団円」の章は、初刊時に項「二」の次が「四」になっており、その後の刊本では「四」が「三」に改められている。初刊ではブランクが生じている個所(本書四三〇ページ上段十二行目と十三行目の間)があり、そこが本来の「三」であったとも推測されるが、判然としないため、ここでは各種刊本のままとした。

本書四三八ページ上段十一〜十二行目、志賀恭三の言葉の中で、「叔母もあいつを恐れているが(初刊時「いるから」)、しかも盲目的な愛情をどうすることも出来なかったのです」とある部分は文意が通らない。「しかも」が「しかし」なら意味は通るが、修正はせず、あえてそのままとした。

本稿の執筆にあたっては、浜田知明、黒田明、野村恒彦の各氏、および世田谷文学館から、貴重な資料と情報の提供をいただきました。ここに記して感謝いたします。

本選集は初出誌を底本とし、新字・新かなを用いたオリジナル版です。漢字・送り仮名・踊り字等の表記は初出時のものに従いました。角川文庫他各種刊本を参照しつつ異同を確認、明らかに誤植と思われるものは改め、ルビは編集部にて適宜振ってあります。なお、今日の人権意識に照らして不当・不適切と思われる語句や表現については、作品の時代的背景と価値とに鑑み、そのままとしました。

また、付録に収録した伊東顕、伊藤龍雄、塩田英二郎、林唯一、梁川剛一、各氏の著作権者のご消息を突き止めることができませんでした。ご存じの方がいらっしゃれば、ご教示下さい。

由利《ゆり》・三津木《みつぎ》探偵《たんてい》小説《しょうせつ》集成《しゅうせい》3

仮《か》面《めん》劇《げき》場《じょう》

二〇一九年二月五日　第一刷発行

著　者　横溝正史《よこみぞせいし》

編　者　日下三蔵《くさかさんぞう》

発行者　富澤凡子

発行所　柏書房株式会社

東京都文京区本郷二－一五－一三（〒一一三－〇〇三三）

電話（〇三）三八三〇－一八九一［営業］

（〇三）三八三〇－一八九四［編集］

装　丁　芦澤泰偉

装　画　大竹彩奈

組　版　有限会社一企画

印　刷　壮光舎印刷株式会社

製　本　小高製本工業株式会社

ISBN978-4-7601-5053-3